黎明之塔

玻璃王座系列六

TOWER OF DAWN

莎菈·J·瑪斯/著　甘鎮隴/譯

SARAH J. MAAS

謹將此作獻給我的祖母卡蜜拉，您翻山渡海的人生經歷就是我最喜愛的史詩傳奇。

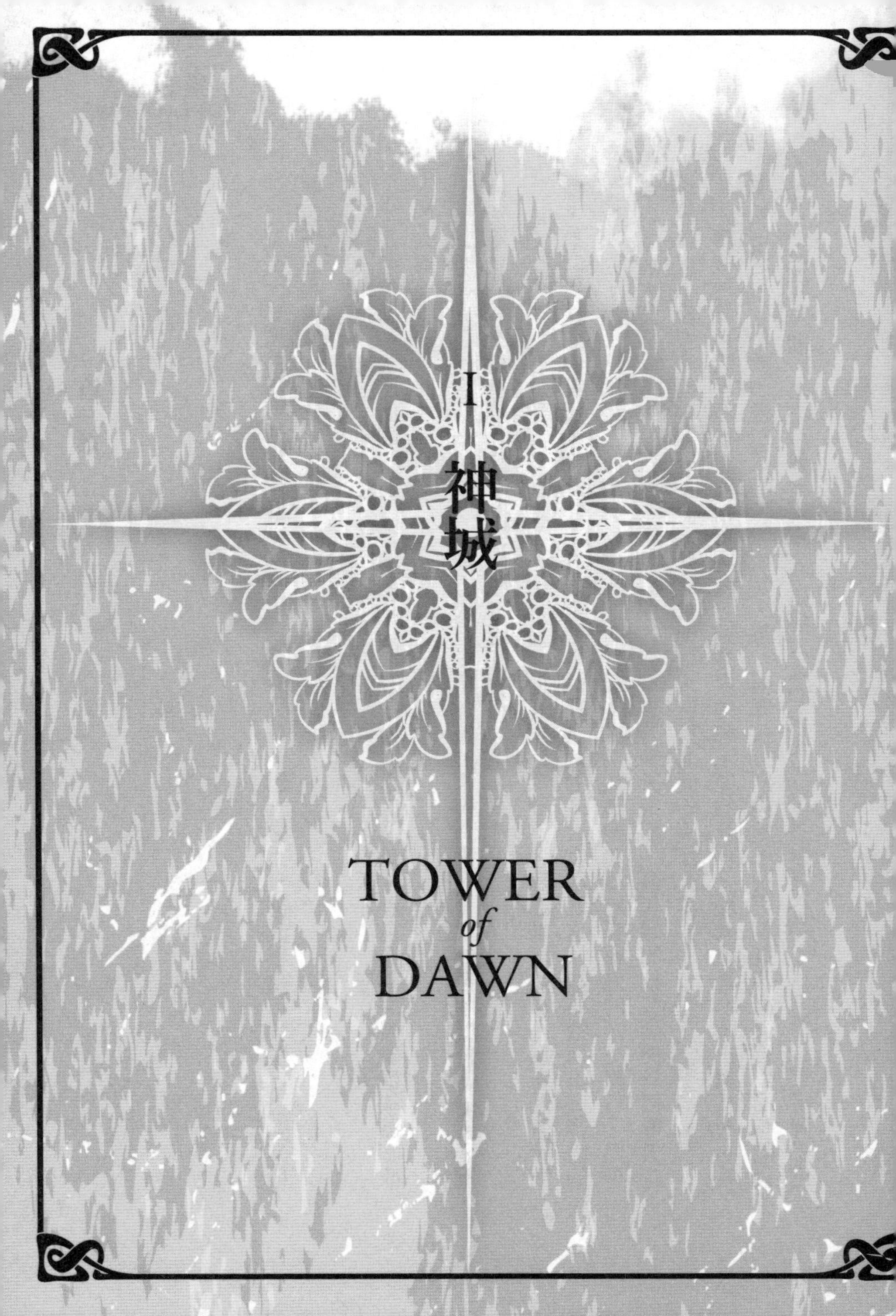
I
神城
TOWER
of
DAWN

第一章

鎧奧．韋斯弗，前任皇家侍衛隊長，現任亞達蘭「國王之手」御前首相，發現自己對某種聲響恨之入骨。

他這張輪椅的車輪聲。

車輪壓過船板時的噪音更令他感到格外刺耳，而他這三週以來就是搭乘這艘船橫越風暴肆虐的大海。

此刻，在這座金碧輝煌、位於南方大陸安第加城的卡岡宮殿中，這幾個喀啷作響的輪子壓過明淨光亮、布滿精巧圖紋的綠色大理石地板。

鎧奧所坐的輪椅雖然就像牢籠，卻也是讓他得以窺探周遭世界的唯一途徑。反正閒著沒事做，他開始仔細觀察這座坐落於主城之中諸多山丘之一的龐大宮殿。這棟建築透露卡岡帝國的雄厚國力，所用建材來自該王朝所掌控的各地領土，例如他的輪椅喀啷輾過的閃亮綠石，乃是取自這塊大陸西南方的採石場。紅色圓柱的造型宛若參天大樹，最頂端的枝杈延伸於拱形天花板，組成一座寬廣的會客廳，而這些建材則是來自東北面的荒沙大漠。

鑲嵌於綠色大理石地板的精巧圖紋，則是堤迦納工匠的傑作，堤迦納是卡岡王朝掌握的重要城市之一，位於山巒起伏的大陸南端。每一幅圖紋分別描繪卡岡王朝既殘酷又宏偉的各階段歷史：數百年間，這個族群原本是在這塊大陸的東部大草原遊牧民族，直到第一位卡岡王出現，這名軍閥把原本分散的諸多部族聯合了一支征戰之軍，透過狡獪計謀與高明兵法逐一征服各地，建立了一個橫掃全地的龐大帝國。在那之後的三百年間，歷代卡岡王持續擴張版圖，把來自上百處領土的財富分配各處，建造了無數橋梁和道路串聯各地區，以精確又清晰的眼光統治整塊大陸。

齊聚一堂的朝臣們交頭接耳，嗓音飄盪在雕飾支柱與鍍金天花板之間時，鎧奧不禁心想：地板上這些鑲嵌圖紋或許也描繪了亞達蘭原本能擁有的未來。可惜亞達蘭這些年來遭到一心只想讓魔族吞噬這個世界的魔王掌控。

鎧奧抬起頭，瞟向身後的娜斯琳。她推著輪椅，面無表情，只有那雙正在觀察周圍每一張臉孔、每一扇窗和每一根圓柱的黑眸流露對卡岡宮殿的絲毫興趣。

他們倆為今天換上最精美的服飾，身穿紅金制服、成為新任侍衛隊長的娜斯琳確實顯得光彩照人。至於鐸里昂究竟是在哪找出自己曾驕傲地穿在身上的這套制服，鎧奧毫無頭緒。

他原本想穿黑色，純粹因為……除了象徵亞達蘭王國的紅金二色之外，任何顏色都讓他覺得不自在。但現在，黑色象徵著遭到埃拉魍以法魯格之力影響的亞達蘭衛兵。那些衛兵侵占裂際城時就是一身黑衣。他們圍捕、折磨並屠殺了他的手下，還把死者吊在宮殿大門前隨風搖擺。

他刻意讓目光避開一路上經過的安第加衛兵——他們昂首而立，神情警覺，身背長劍，腰繫小刀。就算在這一秒，他還是逼自己別瞟向他們必定在殿中站崗的位置——他知道自己如果身為這座宮殿的侍衛隊長，也會把這些衛兵部署在相同地點。異國使節前來拜訪時，他自己一定會站在殿中監視一切。

娜斯琳回視他，冰冷黑眸眨也不眨，齊肩黑髮隨步擺動。她的冷豔臉龐毫無表情，完全看不出他們倆即將見到這個世界上最強大的掌權者之一；亞達蘭和特拉森之間必定已經爆發戰爭，而這名男子也許能改變這塊大陸的命運。

鎧奧面向前方，一言不發。她警告過他：這裡的牆壁、支柱與拱門都有耳目和口舌。就是這一點讓鎧奧自制，不再撥弄終於選定的衣物：淺棕色長褲、栗色高筒靴、高級白絲襯衫，再套上一件深青色外套。這件外套款式簡單，只有前襟的精美黃銅扣帶以及繡於高領與邊緣的細緻金線暗示這件外套的價格。他的皮帶上沒掛著長劍——失去這令人安心的重量，感覺就像失去一條肢體。

也像失去兩條腿。

他是為了兩項任務而來到這裡，他還不確定究竟哪一項更為艱難：

說服卡岡王及其六名子女率領這個王國的大軍對抗埃拉魍……

或是在泉塔找到能讓他再次行走的醫者。

能**修復**他的醫者。

他很討厭這個字眼，幾乎跟喀啷作響的車輪聲一樣討人厭。**修復**。雖然他確實希望這裡的傳奇醫者能修復他，但這兩個字還是刺得他內臟翻攪。

他推開這些雜念。在一群沉默僕人的帶領下，娜斯琳推著他離開碼頭，穿過塵埃密布的蜿蜒鵝卵石路，沿斜坡一路往上，來到擁有諸多圓頂和三十六座尖塔的宮殿。

一路上只見無數門窗和街燈掛著白布——材料包括絲綢、毛氈和亞麻。娜斯琳咕噥著「這八成表示最近死了哪個官員或三等王族成員」。這個國度的葬禮百百種，而且許多來自卡岡王朝所統治的眾多王國和領土，只有掛白布這種做法是流傳數百年的古老習俗，在卡岡族仍在大草原上縱橫馳騁、讓逝者在浩瀚天空下安息的年代。

話雖如此，娜斯琳和鎧奧一點也不覺得城中氣氛陰鬱。人們依然穿著各式各樣的衣物匆忙來去，攤販依然忙著叫賣，侍童在由木材或石塊建成的神廟中仍舊朝路上的人們招手。娜斯琳發現每一位神祇在安第加都有自己的家，而這些建築，甚至包括卡岡宮殿，都在南方山丘上一座耀眼的白石高塔的注視下。

泉塔。頂尖醫者的住處。鎧奧在馬車上時逼自己別一直盯著那座白色巨塔，就算在安第加的各個角落幾乎都看得見它。僕人都沒提起那座高塔，都沒指向那座幾乎比卡岡宮殿更為龐大的塔樓。

這群僕人一路上沉默寡言，彷彿沒注意到在乾燥風中搖曳的白布。無論男女，每一名僕人都保持緘默，一頭黑髮又直又亮，下半身是寬鬆長褲，上半身則是造型飄逸、邊緣繡有淡色金線的鈷藍與血色雙色外套。這些人是領有薪資的僕人，但他們的祖先是侍奉卡岡王族的奴隸。上一任卡岡王改變了這項制度，有遠見的她給這個帝國帶來無數改進，其中一個就是立法禁止奴役制度。前任卡岡王釋放了奴隸，但也留著他們，讓他們及其子女成為受薪僕人，現在這批則是那些子女的子女。

這隊僕人之中，沒有任何一人看起來營養不良或遭到剝削，他們護送鎧奧和娜斯琳從船上進入宮殿的一路上也沒人流露一絲恐懼。現任卡岡王似乎也善待僕人，希望他未來的繼承人也會照做。

不同於亞達蘭和特拉森，卡岡帝國的繼承人是由卡岡王選擇——但不是依據出生順序或性別。就算子女眾多、擁有更多人選，也只是讓這個選擇過程稍微容易那麼一點。而且王族子女之間的競爭……簡直就是一場血戰。每個孩子都得向父母證明自己最強壯、最睿智、最適合治國。

依據法律規定，卡岡王必須把一份密封文件藏在一個毫不起眼的地點——文件上寫明該王選定死後由誰繼承王位。國王雖然隨時可以更改密信的內容，但這麼做的宗旨是為了排除卡岡王朝在第一位卡岡王聯合了諸多王國和領土後就一直懷有的恐懼：自我分裂。不是毀於外侮，而是亡於內亂。

幾百年前的第一任卡岡王確實明智。卡岡王朝建立的這三百年來，沒發生過任何一場內戰。

僕人們在兩根巨型支柱之間停步，優雅鞠躬。娜斯琳推著鎧奧從旁經過，進入華麗的王座廳。以黃金製成的王座高臺在正午陽光下閃閃發亮，數十人圍在高臺旁。鎧奧看到五個人站在王座前，不禁好奇其中哪一位日後會被選為這個帝國的統治者。

他在幾秒內就估算現場約有四十多人。他們站在高臺兩邊，宛如以肉身、絲綢和珠寶組成的牆壁，也像一條街道。現場只聽見他們身上的衣物窸窣作響……連同輪椅的喀啷吱嘎聲。雖然她今早有給輪子上油，但航行數週還是鏽蝕了金屬。每一道金屬尖嘯聽起來都像指甲刮過石板。

不過他依然抬頭挺胸。

娜斯琳在王座高臺前的適當距離外停步，遠離五名年輕氣盛、擋在父王身前的王族子女。王子公主的首要職責就是保護皇帝。這也是表達忠誠、證明自己適合成為繼承人的最簡單方式。而眼前這五人……

鎧奧再次數算，刻意維持面無表情。只有五人。娜斯琳之前說過有六人。

但他彎腰鞠躬時沒尋找第六位王族子女。在海上航行的最後一星期，天氣變得較為炎熱，空氣也被太陽晒得更乾燥時，他不斷練習坐在輪椅上鞠躬。雖然坐在輪椅上行禮的感覺還是很不自然，但他還是壓低上半身，直到他瞪著自己毫無反應的雙腿、一塵不染的棕色長靴，連同感覺不到也動彈不得的雙腳。

從左手邊的衣物窸窣聲判斷，他知道娜斯琳來到身旁、向王座深深一鞠躬。兩人都按照娜斯琳先前所吩咐，把鞠躬姿勢維持到三次呼吸之久。

鎧奧利用這三口氣的時間冷靜下來，暫時放下心中的重擔。以前的他很擅長維持不動如山的姿態。他曾侍奉鐸里昂的父王多年，承接命令時眼睛眨也不眨。在那之前，他則應付過自己的父親，對方的言語就跟拳頭一樣凶狠。他父親是現任的安尼爾領主，也是真正的安尼爾大人。

現在放在鎧奧名字後面的「大人」二字無異於羞辱。無論鎧奧如何抗議，鐸里昂就是不願移除這兩個字所象徵的嘲弄與謊言。

鎧奧・韋斯弗大人，御前首相。

跟車輪聲相比，跟他這副從腰部以下毫無知覺的身軀——他就算過了這幾個星期還是無法相信這點——相比，他更痛恨「大人」這個頭銜。

他是微不足道的大人。違誓大人。欺詐大人。

鎧奧挺起上半身，回視王座上一頭白髮、眼角上挑的男子。看到卡岡王歷經風霜的棕色嘴角微微上揚……鎧奧不禁懷疑自己的心思是否已被對方看穿。

第二章

娜斯琳心想：自己其實算是兩個人。

其中一人如今成為亞達蘭皇家侍衛隊長，曾向國王發誓必定確保身旁這名輪椅上的男子獲得醫治，而且會向眼前王座上的男子尋求一支軍隊。這個娜斯琳維持抬頭挺胸，雙手跟腰間的華麗劍柄保持適當距離。

至於另一個娜斯琳……

這個娜斯琳在靠岸前瞥見這座神城中的無數尖塔、圓頂以及傲視群雄的閃亮泉塔時，不得不強忍淚水。這個娜斯琳在下船時嗅到濃郁的紅椒粉、刺鼻的生薑與甜美的孜然，打從心底知道自己**回到家鄉**。沒錯，她還是一心效忠亞達蘭，願意為了那個王國以及在那裡生活的家人而死，但她父親曾在這個地方生活，就連出生於亞達蘭的母親也覺得這裡更輕鬆自在。

這裡的人民就是她的同胞，深淺不一的棕色皮膚，黑得發亮的濃密黑髮——她的頭髮。上挑、渾圓、細長……各式各樣的眼睛，有黑色、栗色，甚至罕見的淡褐色和綠色。她的同胞。沒錯，他們來自不同的王國和領土，但是……這裡沒人辱罵他們。沒有孩童朝他們扔石塊。在這裡，她姊姊的孩子們不會覺得自己不一樣，不會覺得自己不受歡迎。

這個娜斯琳……她雖然抬頭挺胸，但還是因為面前站著誰——**對方的身分**——而膝蓋顫抖。

娜斯琳不敢讓父親知道自己跑去哪、做些什麼，只說自己是替亞達蘭國王辦些事情，會遠行一段時間。

她父親應該不會相信她有何經歷。娜斯琳自己也不太相信。

卡岡王朝向來只是個故事。在冬夜，父親在麵包店的壁爐前揉著麵團，訴說卡岡王那些後代的傳奇故事。祖宗的床邊故事不是讓她作個好夢、就是嚇得她徹夜難眠。

卡岡王朝是活生生的傳奇故事。卡岡王被視為神祇，正如統治這座城市和帝國的三十六神。安第加城中祭祀這些天神的神廟數量，就跟獻給各個卡岡王的貢品一樣多……不，**更多**。這裡之所以被稱作「神城」，不僅因為三十六神，也因為坐在黃金高臺的獸牙王座上的天子。

高臺真的是黃金打造，她父親輕聲訴說的傳奇故事不是胡扯。

至於卡岡王的六名子女……娜斯琳無須旁人介紹也說得出他們每個人的名字。

因為，雖然她這幾星期向前任侍衛隊長詳細介紹了自己的家鄉，但他也教了她宮廷禮儀。她知道鎧奧在航行時有勤做功課，相信他也辦得到。

但這場會面並不是這樣進行。

他們倆默默等候卡岡王開口。

她剛剛穿越宮殿時，一直逼自己別瞠目結舌。她這些年曾造訪過安第加幾次，但未曾踏入宮中，她的父親、爺爺……歷代祖宗也未曾有此經歷。在這座神城中，這座宮殿是最神聖的殿堂，也是最危險的迷宮。

雖然他很少直接參與宮廷程序，但在侍奉國王時曾多次旁觀。

他原本只是在賭桌旁看熱鬧，現在成了主要賭客，而且賭注極其龐大。

卡岡王沒從獸牙王座上站起。

一百年前，第七任卡岡王拆除原本的王座，換上這張更為寬敞的座椅，以便容納他的龐大身軀。根據歷史記載，他死於暴飲暴食，但幸好他在這張王座上死於心臟病發前已經選定繼承人。

現任卡岡王名叫烏魯斯，年紀不超過六十歲，而且看起來遠比實際年齡年輕。雖然一頭黑髮早已發白，就像他所坐的這張雕飾王座，雖然布滿皺紋的皮膚上疤痕累累，提醒眾人他在母親臨終前如何爭奪王位……但他那雙細長上揚、黑如瑪瑙的雙眼依然明亮如星，清晰敏銳，而且無所不見。

他的白髮上沒戴著王冠，因為凡人之中的天神並不需要物品來表達自己的神聖統治權。

他的身後，一條條繫在窗上的白絲布在灼熱微風中搖擺，把卡岡王及其家人的思念送往逝者之魂所在——無論過世的是誰，想必是個重要人物。逝者如今已重返歷代卡岡王族所信仰的「永恆藍天」和「沉睡大地」。不同於卡岡王族，一般民眾依然崇拜三十六神，而較晚加入卡岡帝國的各地居民也有不同於主流宗教的信仰。這類非主流信仰必定存在，因為王座上這名男子在位的三十年間，讓幾個海外王國納入了版圖。

他疤痕累累的手指上戴著的每一枚寶石戒指，都象徵卡岡旗下的一個王國。

錦衣華服的戰士。

他把雙手從獸牙王座的扶手上移開——組成座椅的獠牙是來自中央大草原的某種巨獸——放在膝上，半覆蓋於鑲以金邊的藍色絲綢之下。絲布所用的靛藍染料是來自一片悶熱又翠綠的西部大地，一個名叫巴爾朗的地區，娜斯琳祖先的家鄉。她的曾祖父在好奇心和雄心壯志驅使下決定帶家人翻山越嶺，橫越大草原和沙漠，來到氣候乾燥、位於北方的神城。

法里克家族歷代都是工匠，製作的東西算不上什麼高級貨，只是品質不錯的布料和家常香料。她的叔叔透過各種投資管道販賣這些商品，成了小富翁，他的一家就住在這座城中一棟美麗的屋子裡。他的日子確實過得比麵包師傅舒服——她父親當年決定離開這條海岸後所選擇的工作。

「一位新任國王派了這麼重要的人物來到我們的海岸，這確實罕見，」卡岡王終於開口，用的不是南方大陸的霍赫語，而是鎧奧的語言。「我猜我們應該備感榮幸。」

他的腔調跟她父親實在很像，但缺乏暖意和笑意。這名男子畢生居於上位，曾為了爭奪王位而經歷一番廝殺，還處決了兩名輸不起的手足。至於倖存的另外三名手足……其中一人流亡遠方，另外兩人則向他宣誓效忠，還接受了泉塔醫者進行的絕育手術。

鎧奧低下頭。「備感榮幸的是在下，偉大的卡岡王。」

他沒叫對方「陛下」，這個詞彙是留給國王或女王，只有對方的第一任祖先享有的稱號配得上眼前這名男子：偉大的卡岡王。

「你備感光榮。」卡岡王若有所思道，把黑眸移向娜斯琳。「你的同伴是誰？」

娜斯琳逼自己別鞠第二次躬。她意識到鐸里昂·赫威亞德跟眼前這人恰恰相反。至於艾琳·加勒席尼斯……娜斯琳不禁懷疑，跟赫威亞德國王相比，那位年輕女王搞不好跟這位卡岡王比較像。或者該說原本有這種可能——如果艾琳能活久一點，如果能坐上王座。

娜斯琳壓抑這些雜念。鎧奧抬頭看她，繃緊肩膀。他有此反應，不是因為夥伴是誰；她知道，這是因為光是抬頭面對王座上那位偉大的戰士國王……這對今天的鎧奧來說有些難度。

娜斯琳微微低頭。「娜斯琳·法里克，亞達蘭皇家侍衛隊長，正如韋斯弗大人在今夏被鐸里昂國王任命為御前首相前所擔任的職位。」她很慶幸，在裂際城的多年生活教導她別笑、別哭喪臉、別流露懼意。她很慶幸，自己懂得維持嗓音平穩，就算害怕得膝蓋打顫。

娜斯琳說下去：「我的家人就是來自這裡，偉大的卡岡王。我一部分的靈魂依然屬於安第加。」她把一手按在心上，指尖的繭皮摩擦身上的紅金制服，這兩種顏色所象徵的帝國總是讓她的家人覺得遭到唾棄排擠。「能站在您的宮中，這是我畢生最大的殊榮。」

這句話也許是事實。

如果她能找時間去花草林立、靜謐祥和的魯尼區探望親戚——她叔叔那種商人和工匠大多都住在那裡——他們就更可能相信她的說詞。

卡岡王的嘴角只有上揚少許。「那麼，容我歡迎妳回到妳真正的家，侍衛隊長。」

娜斯琳憑感覺而非視覺注意到鎧奧臉上閃過不悅。她不太確定他為何有此反應：因為卡岡王說這裡才是她的家？還是因為她取代他成為侍衛隊長？

娜斯琳只是再次鞠躬道謝。

卡岡王對鎧奧說下去：「我猜你來這兒是為了說服我加入你們那場戰爭。」

鎧奧答覆的口吻有點過度簡潔：「我們是奉吾王之命前來，」他提到吾王二字時顯然有些自豪。「希望雙方能一同開創繁榮昌盛的和平盛世。」

卡岡王的子女之一——一名黑髮如夜、眼如暗火的年輕女子——挖苦地跟左手邊的兄弟交換一眼，對方看起來大概比她大三歲。看來這兩人是赫薩蘅和薩韃克，分別排行老三和老二。每個人都穿著相似的寬鬆長褲、刺繡外袍，以及作工精美的高筒靴。赫薩蘅雖然稱不上美人，但她那雙眼睛……她瞥向兄長時，眸中烈火完全彌補了她在容貌方面的不足。

薩韃克平時的職責是為父王指揮天鷹騎兵。天鷹是一種體積龐大的鷹形飛禽，甚至抓得動牛隻和馬匹之類的生物。組成這支空中騎兵的卡岡族及其飼養的天鷹在高聳的塔凡山脈長期居住。和鐵牙女巫的翼龍相比，天鷹雖然缺乏破壞力十足的龐然體積，卻如狐狸般敏捷靈巧，最適合名聲遠揚的卡岡弓箭手。

薩韃克神情嚴肅，挺起寬肩，看起來似乎跟鎧奧一樣對盛裝場合感到不自在。娜斯琳不禁好奇，薩韃克所擁有的那頭名叫卡達菈的天鷹，此刻是否棲息在三十六座宮殿尖塔的其中一座上，盯著僕人和衛兵，不耐煩地等候主人。

既然薩韃克在場……這表示他們早就知道她和鎧奧的到來。

看到薩韃克和赫薩爾心照不宣地互望一眼，娜斯琳知道他們至少討論過這場會面可能如何收場。

薩韃克把目光從妹妹身上移向娜斯琳。

她忍不住眨眼。他的膚色比其他人更深──也許因為成天在陽光下翱翔──雙眸宛如黑檀，深邃而且莫測難辨；一頭黑髮披散，只有一條小辮子垂於耳邊，其餘皆披於厚實胸膛，在他點頭時微微搖擺──娜斯琳相當確定他這個動作是在取笑她。

亞達蘭派來的二人組居然如此狼狽。一個傷殘的前任侍衛隊長，再加一個出身平凡的現任侍衛隊長。也許卡岡王剛剛所謂的「備感榮幸」其實暗指自己覺得受到冒犯。

娜斯琳把注意力從王子身上移開，就算依然能感覺到薩韃克投來的銳利目光。

「我們帶來亞達蘭國王贈送的禮物。」說完，鎧奧在輪椅上轉身，示意身後的僕人們上前。

喬治娜王后──如今成了太后──及其臣子在今年春季逃往山中行宮前，幾乎清空了皇室寶庫。前任亞達蘭國王在死前的最後幾個月也幾乎把剩餘財寶走私一空。話雖如此，鎧奧和娜斯琳出海前，鐸里昂還是深入城堡地底的諸多寶庫探索，可惜在寶庫裡只找到零碎金幣。娜斯琳彷彿還能聽見他的咒罵迴響而來，遠比他平時飆的髒話更惡毒。

不過艾琳總是有辦法。

艾琳在房間裡掀開兩口大箱時，娜斯琳就站在新任亞達蘭國王身旁。箱子裡是光彩奪目、配得上女王——或刺客女王——的珠寶首飾。

我目前資金還算充裕，艾琳只是這樣答覆開口抗議的鐸里昂。就送卡岡王一些亞達蘭精品吧。

在那之後的幾星期，娜斯琳不禁懷疑艾琳其實早就想處理掉之前用殺人所賺取的「血錢」購買的珠寶首飾。艾琳似乎就是不打算把這批亞達蘭珠寶運往特拉森。

此刻，僕人們一一擺放四口較小的箱子，掀開箱蓋——艾琳建議把兩口大箱分裝成四口小箱，這樣東西看起來會比較多。

依然沉默的朝臣們上前圍觀，看到箱子裡閃爍如星的金銀珠寶時忍不住交頭接耳。

就連卡岡王本人也俯身向前觀察這些寶物時，鎧奧宣布：「這些禮物來自亞達蘭的鐸里昂・赫威亞德國王，以及特拉森的艾琳・加勒席尼斯女王。」

聽見第二個名字時，赫薩蘅公主驟然轉眼，瞪向鎧奧。

薩韃克王子只是回頭瞥向父王。長子阿古恩朝珠寶皺眉。

阿古恩是六名子女之中的政治家，深受這塊大陸上的商人和政治掮客喜愛。身形高瘦的他做的不是金錢和貨物的買賣，而是情報。

他們叫阿古恩「間諜王子」。阿古恩的兩個弟弟成了菁英戰士，他自己則磨練智力，現在負責監督父王底下的三十六大臣。他對這些珠寶皺眉是因為……

鑽石和紅寶石製成的項鍊。黃金和綠寶石製成的手鐲。藍寶石和紫水晶製成的耳環——看起來就像小小水晶燈。作工複雜的戒指，有些寶石跟燕蛋一樣大。梳子、別針和胸針。用殺人的血錢換來。

一名骨架嬌小、容貌美麗的女子離珠寶最近，也是在場的王族子女中最年輕的一個。杜娃。她把一隻纖手輕輕放在膨脹的肚皮上，這隻手上戴著一枚銀戒，上頭的藍寶石大得嚇人。她看來約懷有六個月的身孕，雖然也可能因為她一身飄逸衣物——她喜歡紫色和玫瑰色——加上身形矮小而顯得特別大。這想必是她的第一胎，她在父王安排下跟一名來自遠東領土的王子成婚，該地區擔心鄰北的朵拉奈爾精靈女王蠢蠢欲動，因此尋求隔海的南方帝國保護。娜斯琳和其他夥伴曾懷疑，也許這也是卡岡王朝第一次想大幅擴張到南方大陸以外的地區。

娜斯琳逼自己別盯著正在那隻手底下成長的生命。

因為，只要杜娃的哪個兄弟姊妹成為下一任卡岡王，新王的首要任務——等新王自己也生下不少子女後——就是消滅任何可能角逐王座的威脅，而頭號目標就是自己的手足——如果他們膽敢挑戰新王的統治權。

娜斯琳好奇杜娃到時候要如何應對。杜娃已經深愛在子宮裡成長的嬰孩，還是聰明得排除了這種愛意？孩子的父親到時候會不會盡一切力量把孩子帶去安全之處？

卡岡王終於靠向王座椅背，他的子女們也站直身子。杜娃把戴著銀戒的手垂於身旁。

「這些珠寶，」鎧奧說明：「是由亞達蘭的一流工匠打造。」

卡岡王勾轉手上一枚黃水晶戒指。「如果這些東西是來自艾琳·加勒席尼斯的收藏，那我一點也不懷疑你的說詞。」

娜斯琳和鎧奧沉默幾秒。他們倆早就知道——也料到——卡岡王在每一塊陸地、每一面海上都有間諜。對卡岡王來說，想查明艾琳的過去也只是稍微麻煩那麼一點點。

「因為你不只是亞達蘭首相，」卡岡王說下去：「也是特拉森大使，不是嗎？」

「正是。」鎧奧簡短道。

卡岡王起身時動作只有些微僵硬。他的子女們立刻站到一旁，在他走下黃金高臺時讓路。個子最高的一名子女打量人群，彷彿觀察當中有沒有任何威脅。他體格魁梧，跟內斂的薩韃克相比顯得較為外放。這人名叫卡辛，排行老四。薩韃克指揮北方和中部的天鷹隊，卡辛則指揮地面部隊，大多是步兵和所謂的「馬王」——馬隊首領。阿古恩統治三十六大臣，海軍則據說聽命於赫薩蘭。話雖如此，卡辛還是散發一種放蕩不羈的氣息，黑髮往後綁成辮子，臉形堅毅。他樣貌英俊，不過看起來深受軍旅生活影響，而且不是壞的方式。

卡岡王走下王座高臺，鈷藍長袍刮過地板時沙沙作響。卡岡王走過綠色大理石地板的每一步，娜斯琳都意識到這名男子不僅曾指揮天上的天鷹，指揮過諸多馬王，也說服了海軍加入他的麾下。烏魯斯及其兄長曾在母親——當年的卡岡王——要求下進行徒手決鬥，她當時罹患連泉塔也治不好的重病。誰能走離那片沙地，誰就是下一任卡岡王。

前任卡岡王喜歡精采場面。也因此，她為兩個兒子決鬥所挑選的場地是城中心的圓形競技場，而且歡迎任何人鑽進去旁觀。人們坐在拱道和階梯上，數以千計的民眾想擠進這座白石建築而把大街小巷擠得水洩不通。諸多天鷹及其騎士棲息在最頂層的柱子上觀戰，更多天鷹騎兵在天上盤旋。

兩名王儲打了六小時。

兩人的對手不只是彼此，母親還拿其他恐怖挑戰來考驗他們：貓科巨獸從隱藏於沙地底下的牢籠一躍而出；裝有尖刺、載有擲矛兵的馬戰車疾駛出陰暗隧道，朝兩兄弟輾壓過來。

娜斯琳的父親曾是那群瘋狂民眾之一，聽著攀在柱子上的觀眾吶喊報告。

在那場決鬥中，最後的致命一擊不是出自殘酷或仇恨。

現任卡岡王的兄長歐爾達被其中一輛馬戰車的擲矛兵擊中側身。經過六小時的血戰和掙扎後，那道傷讓他再也站不起來。

烏魯斯放下手中的劍。競技場一片沉默。烏魯斯把血淋淋的手伸向倒地的兄長，想拉對方起來。

歐爾達朝烏魯斯的心口擲出一把暗藏的匕首。

擊中的部位離心臟只差兩吋。

烏魯斯拔出匕首，咆哮尖叫，把刀子插在兄長身上。

烏魯斯沒像兄長那樣偏離目標。

娜斯琳不禁好奇，此刻走向自己、鎧奧和珠寶箱的卡岡王，他的胸膛上是不是還有那條疤？前任卡岡王是否曾私下悼念亡兒，就算殺掉他的人將在幾天後繼承她的王位？還是她從不允許自己關愛子女，因為她知道他們遲早會有什麼下場？

烏魯斯，南方大陸的卡岡王，在娜斯琳和鎧奧面前停步。他比娜斯琳至少高半呎，肩膀依然寬厚，背脊依然挺拔。

他彎下腰，從箱子裡拿起一條鑽石和藍寶石項鍊時，動作只有因為歲數而造成的少許僵硬。這條項鍊在他布滿疤痕、戴滿戒指的雙手中如河流般閃爍。

「我的長子阿古恩，」卡岡王把下巴撇向正在監視一切的瘦臉王子。「最近跟我彙報了一些很有意思的情報，跟艾琳．艾希里弗．加勒席尼斯女王有關。」

娜斯琳等卡岡王揮出當頭棒喝。鎧奧只是回視烏魯斯的熾烈目光。

但是卡岡王的黑眸閃爍——她意識到這雙眼睛跟薩韃克的有多像。他對鎧奧說：「十九歲就當上女王，當然會讓很多人感到不自在。鐸里昂・赫威亞德好歹打從出生後就為繼承王位、統領宮廷和王國而受訓，至於艾琳・加勒席尼斯……」

卡岡王把項鍊丟回箱子裡，發出的咚聲就像鋼鐵擊石般響亮。「我猜有些人會說，身為專業刺客的十年生涯也算是經驗。」

王座廳再次飄起竊竊私語。赫薩薾明亮如火的雙眸彷彿發光。薩韃克的表情毫無變化，也許是從他大哥那裡學到的本領——大哥指揮的那些間諜既然能查明艾琳的過去，本領必定不差。就連阿古恩似乎也忍不住嘴角上揚。

「我們雖然以狹海相隔，」卡岡王對臉色不改的鎧奧說：「但就連我們也聽說過瑟蕾娜・薩達錫恩。你送來的珠寶想必來自她。這些珠寶是送給我，但我女兒杜娃——」他瞥向站在赫薩薾身旁、懷有身孕的美麗女兒。「還沒收到來自你的新國王或那位回歸女王的任何形式的結婚禮物，而其他君主早在半年前都送了。」

娜斯琳逼自己別皺眉。雖然可以用許多事實來解釋為何有此疏忽，但都不是他們敢說出來的答覆，尤其不適合這裡。鎧奧保持沉默，一個字也沒說。

「不過，」卡岡王說下去：「雖然你把珠寶像幾袋米一樣丟在我腳邊，我還是想聽真相，尤其因為艾琳・加勒席尼斯粉碎了你那座玻璃城堡，謀殺了你的前任國王，還奪下你的主城。」

「既然阿古恩王子已掌握相關情報，」鎧奧終於開口，語氣無比沉著。「那您大概無須聽我贅述。」

聽見他這種不敬口吻，娜斯琳強迫自己別皺眉。

「也許確實無此必要，」卡岡王回話時，阿古恩微微瞇眼。「但我認為你會想聽聽我掌握的一些事實。」

鎧奧不感興趣，只是冷冷回一聲：「噢？」

卡辛渾身僵硬。看來這個兒子是父王最剽悍的護衛。阿古恩只是跟一名大臣交換視線，並向鎧奧微笑，就像一條準備出擊的蝰蛇。

「我來說說我認為你為何來此，韋斯弗大人，御前首相。」

現場一片寂靜，只有在王座廳圓頂高空盤旋的海鷗膽敢發出聲音。

卡岡王一一闔起其中三口箱子。

「我認為你來到這兒，是為了說服我加入你那場戰爭。亞達蘭遭到重創，特拉森一貧如洗，該國女王未經考驗，而且在裂際城過了十年的奢華生活，拿髒錢狂買這些珠寶，我相信這點很難說服依然倖存的特拉森領主為她而戰。你們的盟友寥寥可數且脆弱不堪，帕林頓公爵的軍隊則是陣容龐大並堅不可摧。你那塊大陸上的其他王國一盤散沙，還被帕林頓的軍隊切斷了跟北方領土的聯繫。所以你在八風允許的範圍內盡快來到此地，為了求我把我的軍隊派去你的海岸，為了說服我命令我的人民為了一場必敗之戰而流血犧牲。」

「有些人或許會認為這是一場高貴之戰。」鎧奧反駁。

「我還沒說完。」卡岡王抬起手。

鎧奧怒火中燒，但不再打岔。娜斯琳心跳如雷。

「許多人認為，」卡岡王將舉起的手揮向幾名大臣、阿古恩和赫薩蘭。「我們應該置身事外，更好的做法是跟註定勝利的那一方結盟，而他們跟我們這十年來都維持了對我們有利的貿易關係。」

他這隻手接著掃向另外幾名身穿金袍的大臣，然後是薩韃克、卡辛和杜娃。「有些人認為，我們就算和帕林頓結盟，他的軍隊以後還是可能攻打我們的港口。有些人認為，支離破碎的伊爾維和芬海洛還是可能在某個新政權的統治下恢復繁榮，我們將透過與這兩個王國的貿易獲利。我相信你會向我保證這兩種可能都會成真。你會給我優惠貿易條件，很可能會讓你們自己吃虧的那種。可是你走投無路，也拿不出我沒有的東西，或是我如果有心搶奪就能弄到的東西。」

幸好鎧奧把嘴巴牢牢閉上。卡岡王這番低調威脅氣得他的棕眼竄出怒火。

卡岡王窺視最後一口箱子：鑲有寶石的梳子，以及由亞達蘭的一流玻璃師傅吹製的華麗香水瓶。那些師傅建造的玻璃城堡就是毀於艾琳之手。「既然你大老遠跑來說服我加入你們的陣容，我會在你待在這兒的期間考慮考慮，畢竟你想必也有其他目的。」

他把覆以疤痕與珠寶的一手掃向輪椅。鎧奧的古銅臉頰泛紅，但他毫無退縮。娜斯琳逼自己一樣保持鎮定。

「我聽阿古恩說你是在不久前負傷——在玻璃城堡爆炸的時候。看來特拉森女王在保護盟友這方面不算太細心。」

在場從王子到僕人每個人都瞟向鎧奧的雙腿。他的下顎肌肉為之抽搐。

「因為你跟朵拉奈爾之間的關係有點緊張——這也要感謝艾琳・加勒席尼斯——我猜你想接受治療的唯一選擇只有這裡，泉塔。」

卡岡王聳聳肩，只有這個動作表露他年輕時是個氣焰囂張的戰士。「我如果不給傷患一個痊癒的機會，我摯愛的妻子一定會生我的氣，」娜斯琳這才驚訝地意識到皇后根本不在場。「所以呢，我當然允許你進入泉塔。至於那些醫者想不想救你，則由他們自己決定。就連我也控制不了泉塔的意願。」

泉塔統治安第加的南緣，在高山上俯瞰向綠海的安第加城。該塔是那些名醫的居所，也是供奉席爾芭——祝福所有治療師的醫者女神——的聖所。數百年來，這個帝國讓來自世界各地的宗教進入這座神城……而三十六神之中的席爾芭的地位未曾遭到撼動。

鎧奧的反應彷彿吞下滾燙煤炭，但還是勉強低下頭。「感謝您如此慷慨，偉大的卡岡王。」

「今晚好好休息吧。我會讓他們知道你明早會準備好。既然你無法自力前往，他們會派一名醫者來找你，只要他們願意這麼做。」

鎧奧動了動膝上的手指，不過沒有握拳。娜斯琳依然屏住呼吸。

卡岡王闔起最後一口珠寶箱。「御前首相，艾琳．加勒席尼斯的大使，你留著這些禮物吧。我用不到，也不感興趣。」

「我完全配合他們。」鎧奧緊繃道。

鎧奧猛然抬頭，似乎被卡岡王這句話激怒。「為什麼？」

娜斯琳臉上藏不住恐懼。鎧奧的口氣簡直就像質問，難怪卡岡王的眼神流露驚訝和憤怒，他的子女也彼此交換視線。

但是娜斯琳在卡岡王的眼裡注意到另一種情緒：消沉。

她再次注意到全城的窗戶都飄著白布，這時某種情緒滑進五臟六腑。她望向六名王位候選人，再次數算。

不是六人。

而是五人。現場只有五名王族子女。

奠旗懸掛宮中，全城飄揚。

這個民族並不熱中於哀悼逝者，至少不像亞達蘭那樣人人一身黑衣、愁眉苦臉好幾個月。就算是卡岡王族之中有人過世，生者也會繼續過日子。逝者不是被塞進石墓穴或棺材，而是裹以白布，擺放在遙遠草原上的專屬聖地，仰望開闊天空。

娜斯琳數算在場的五名王族子女，都是年紀最大的。她突然意識到應該剛滿十七歲的老么圖姆倫不在場時，卡岡王對鎧奧說下去：「如果你還沒聽說，那你的探子確實都是廢物。」

說完，他轉身走回王座。排行老二的薩韃克王子上前，深邃雙眼滿是憂傷。薩韃克默默地對娜斯琳點個頭。沒錯，她真的猜中了——

薩韃克渾厚又悅耳的嗓音飄揚全廳。「我們摯愛的妹妹圖姆倫，在三星期前驟然離世。」

諸神在上。在人家忙著辦喪事的時候要求幫忙打仗，這是何等無禮又沒常識——

在這團寂靜中，鎧奧看著每一位神情緊繃的王子和公主，最後盯著眼神哀傷的卡岡王，開口道：「我向您表達最深的哀悼。」

娜斯琳低語：「願北風帶她去更美好的原野。」

只有薩韃克點頭道謝，其他人則顯得更為冰冷僵硬。

娜斯琳以眼神警告鎧奧：別問死因。他看懂她的表情，點點頭。

卡岡王摳摳獸牙王座上一塊斑點，現場的氣氛就像馬王為了應對凜冽北風和堅硬木鞍而穿戴的外套那樣沉重。

「我們在海上待了三星期。」鎧奧試著解釋，換上較為柔和的語氣。

卡岡王懶得表現出體諒的表情。「這也能解釋你為何不知道其他消息，而且你為何更用得著這些冷冰冰的珠寶。」卡岡王冷笑。「阿古恩的眼線今早透過船隻送來一條消息：你們那座城的皇室寶庫全沒了，帕林頓公爵和他那些飛天怪物毀了裂際城。」

娜斯琳腦袋一片空白。她不確定鎧奧有沒有在呼吸。

「我們還不清楚鐸里昂國王的下落，只知道他被迫交出裂際城。據說他趁夜逃跑。該城已經淪陷，裂際城以南的一切現在都屬於帕林頓和他那些女巫。」

娜斯琳在腦海中先看到姪女和外甥，然後是姊姊，再來是父親。她看到家裡的廚房，看到那間麵包店，看到擺在木造長桌上冷卻的洋梨餡餅。

鐸里昂丟下那座城，讓那些百姓……做什麼？求助？生存？逃去艾琳那裡？皇家侍衛有沒有留在城中奮戰？有沒有任何人想辦法挽救城中的無辜百姓？她的雙手顫抖。她不在乎。她不在乎這群穿著華服的觀眾是否面露嘲笑。她姊姊的孩子，她這輩子最大的喜悅……鎧奧抬頭瞪她，臉上毫無情緒。沒有悲痛，沒有震驚。她身上的紅金制服令她呼吸困難，彷彿掐住她的咽喉。女巫和翼龍殺進她的城市，用鐵牙鐵爪大肆屠城。她的家人——她的「家人」——

「父王。」

薩韃克再次上前，黑如瑪瑙的眼睛輪流瞟向娜斯琳和卡岡王。「我們這兩位客人舟車勞頓。撇開政治議題不談，」他不悅地看阿古恩一眼，對方似乎一臉莞爾——他說出這項消息，害得她腳下的綠色大理石地板彷彿在翻騰起伏，他居然還笑得出來。「我們畢竟還是個懂得待客之道的國度。讓他們先休息幾小時吧，再請他們跟我們共進晚餐。」

赫薩蘅來到薩韃克身旁，朝阿古恩皺眉，顯然不是因為遭到斥責，而是因為阿古恩沒先讓她知道這筆情報。「我們可不能讓任何客人在我們家覺得住得不舒服。」赫薩蘅的用字雖然看似熱情，但語氣全然冰冷。

他們的父王只是納悶地回望一眼。「一點也沒錯。」烏魯斯朝柱子旁的僕人揮個手。「護送他們去客房。捎信去泉塔，請他們派最好的醫者來一趟——就請海菲札，如果她願意走出那座高塔。」

娜斯琳幾乎沒在聽。如果女巫掌控那座城，那麼今年夏季曾滲透該城的法魯格……將無人對付。沒人保護她的家人──

假設他們還活著。

她無法呼吸，無法思考。

她根本不該離開，不該接下這份職位。

她的家人可能正在受苦，可能已經死了。死了。死了。

她沒注意到一名女僕上前來推鎧奧的輪椅，只勉強注意到鎧奧伸手過來扣住她的手。

離開王座廳時，娜斯琳甚至沒向卡岡王鞠躬。

她腦海中只看見他們的臉孔。

孩子們。她姊姊的孩子們，滿臉笑意、肚皮圓滾。

她根本不該來這裡。

第三章

娜斯琳深受打擊。

鎧奧不能接近她，也不能把她抱進懷裡。

她如幽魂般無聲走動，進入位於宮殿一樓的華麗客房，隨即把門關上。她彷彿忘了這個世上還有其他人存在。

他不怪她。

鎧奧任憑身形嬌小、栗色捲髮及腰的女僕推動輪椅，帶他來到另一間臥室。這間套房能俯瞰一座花園，園中果樹林立，聳立著一座汩汩作響的噴水池。樓上露臺擺放著盆栽，其中的粉紅與紫色花朵如瀑布般下垂，在高聳的落地窗前形成活生生的簾布，他意識到這扇窗其實也是門扉。

女僕用他熟悉的語言咕噥說要幫他放洗澡水，她的通用語說得十分生硬，遠遜於卡岡王及其子女，雖然鎧奧根本沒資格批評——他自己除了通用語之外對其他語言都一竅不通。

她消失在一面雕木屏風後方，想必進入了浴室。鎧奧的視線穿過依然敞開的臥室門，越過白色大理石玄關，來到娜斯琳緊閉的房門上。

他們實在不該離開亞達蘭。

他就算待在裂際城其實也幫不上忙，可是……他知道這種自責會對娜斯琳造成什麼影響。

他自己已經深受影響。

他告訴自己：鐸里昂一定沒死，一定已經及時脫身、順利脫逃。如果鐸里昂落入帕林頓——埃拉魎——手中，鎧奧和娜斯琳一定會知道。阿古恩王子一定會知道。

裂際城，鎧奧的家，遭到女巫蹂躪破壞。他很想知道那場襲擊是不是由曼儂・黑喙率領。

鎧奧徒勞地估算艾琳和曼儂之間的恩怨。艾琳在緹米斯神殿饒了曼儂一命，但曼儂也說出鐸里昂遭到法魯格附身的這筆重大情報。這表示雙方扯平了？雙方之間有某種薄弱的盟友關係？

「希望曼儂會背叛莫拉斯」的這種想法只是痴心妄想，但他還是默默祈禱，希望哪個可能正在聆聽的天神會保佑鐸里昂，會引導他侍奉的國王逃往安全地帶。

鐸里昂這麼聰明且天賦異稟，不可能死去。鎧奧絕不接受其他任何一種可能。鐸里昂一定還活著，一定很安全，起碼正在前往安全地帶的路上。鎧奧打算一有機會就逼最年長的王子吐露所有情報，他才不管這戶人家是不是正在辦喪事，阿古恩知道什麼都得說出來，他還要叫浴室裡那名女僕去每一艘商船上打聽關於裂際城遭襲的情報。

他最近完全沒有艾琳的消息，不知道她現在在哪、在做什麼。如果他沒辦法取得卡岡王的協助，艾琳很可能就是原因。

他氣得咬牙，直到房門打開，一名寬肩男子大搖大擺地走進，儼然就是這裡的主人。

鎧奧心想，對方確實算是這裡的主人。卡辛王子獨自前來，沒帶武器，但動作顯然對自己的身手充滿自信。

鎧奧暗忖，自己以前也是以同樣姿態在裂際城中走動。

王子關上房門，打量朝自己低頭致意的鎧奧，這種目光是戰士的評估，坦然又徹底。王子的棕色眼瞳最後對準鎧奧的眼睛，以通用語開口：「你的傷勢在這兒不算罕見。我在許多人身上見過，尤其是我家族的同胞『馬族』。」

鎧奧不太想跟這位王子或任何人討論自己的傷勢，所以只是點點頭。「我相信。」

卡辛歪起腦袋，黑辮滑過肌肉厚實的肩膀。他再次打量鎧奧，似乎看得出對方不想討論這個話題。「我父王確實希望你們兩位跟我們共進晚餐，不只今晚，而是你們在此停留的每一晚，而且你們受邀同坐高桌。」

這種邀約對使節來說並不反常，能和卡岡王同坐一桌當然也是個光榮，但卡岡王派兒子來傳話……鎧奧謹慎考慮用字，最後選了一個最明顯的反應。「為什麼？」

這個王族既然失去了年紀最小的成員，現在應該只希望有彼此陪伴，為何邀請陌生人共進晚餐——

王子繃緊下顎。不同於較為年長的三名手足，這名男子顯然不習慣表露情緒。「阿古恩說我們宮裡沒有帕林頓公爵派來的奸細、他的探子還沒來咱們這兒。我一點也不信。至於薩韃克——」王子突然住口，彷彿不想提到二哥。「我選擇跟士兵一起生活是有原因的。宮中到處都是謊話……」

鎧奧很想表示自己能明白這點、自己大半輩子也抱持同樣看法，但只是問道：「你認為帕林頓的勢力已經入侵這個宮廷？」

卡辛——或阿古恩——對帕林頓的軍隊有多少瞭解？知不知道帕林頓那層外皮下其實是法魯格君王？知不知道帕林頓統領的大軍其實恐怖得超出他們想像？但是這份情報……鎧奧不打算說出口。如果阿古恩和卡岡王在這方面尚且一無所知，鎧奧想看看該如何運用這份情報。

卡辛揉揉後頸。「我不知道宮中奸細是帕林頓、特拉森、梅勒桑德還是溫德林派來的，我只知道我妹妹死了。」

鎧奧感覺心跳漏了一拍，但還是鼓起勇氣問道：「事情怎麼發生的？」

卡辛眼裡閃過悲痛。「圖姆倫的個性本來就有點瘋瘋癲癲、陰晴不定，上一秒還有說有笑，下一秒就可能突然變得陰沉憂鬱。他們……」他嚥口水，喉結起伏。「他們說這是她從露臺跳下去的原因。杜娃跟她丈夫在事發當晚發現圖姆倫。」

家人之死本來就會帶來沉重打擊，更何況是自殺……「我很遺憾。」鎧奧輕聲道。

卡辛搖頭，黑髮上舞動著反射自花園的陽光。「我不相信她是自殺。我的圖姆倫絕不會跳樓自盡。」

我的圖姆倫。這幾個字清楚表明這位王子跟妹妹有多親密。

「你懷疑事情不單純？」

「我只知道不管圖姆倫有什麼樣的情緒……我熟悉她的個性，就像我熟悉自己的心。」他把一手放在心口上。「她絕對不會跳樓。」

鎧奧再一次仔細思索對方這句話。「我雖然為你痛失家人感到遺憾，但你有沒有任何理由懷疑為何有哪個異國勢力想殺了她？」

卡辛來回踱幾步。「我們的領土上不可能有人這麼愚蠢。」

「特拉森或亞達蘭也不可能有人會這麼做——就算想誘使你投入這場戰爭。」

卡辛打量他一秒。「當過刺客的女王也不可能？」

鎧奧臉上沒洩漏絲毫情緒。「艾琳是當過刺客，但她從不違反某些原則，像是傷害或殺害孩童。」

卡辛在靠牆的梳妝臺前停步，調整烏黑檯面上的一口鍍金小盒。「我知道。我在我哥的報告上也看過這部分的情報，那份報告詳述她暗殺的對象。」鎧奧相當確定王子打了個冷顫。「我相信你的說詞。」

看來這就是這位王子來找他談話的理由。

卡辛說下去：「如此一來，有嫌疑的異國政權就沒剩幾個——而帕林頓在那份名單上排第一。」

「但他為何要殺掉你的妹妹？」

「我不知道。」卡辛又踱幾步。「她很年輕，天真無邪。她曾跟我和我們的宗族達岡族一起旅行，她還沒拿到屬於她自己的『蘇魯矛』。」

看鎧奧納悶皺眉，王子說明：「蘇魯矛是所有達岡族戰士使用的長矛。我們把愛馬的鬃毛綁在矛桿上，位於矛刃下端。我們的祖先相信鬃毛在風中飄往哪個方向，我們的宿命就在那裡等候。無論我們是否相信這個說法還是只把它當成傳統……我們去哪都帶著蘇魯矛。宮中有個院子，我和兄弟姊妹待在這裡的時候會把各自的蘇魯矛插在那裡，跟父王的矛一同感受風向。矛的主人一旦死去……」他臉上又閃過悲痛。「我們只保留死者遺留的蘇魯矛。達岡族戰士的靈魂將永遠存留矛中，插在我族聖地的大草原上。」王子閉上眼睛。「現在，她的靈魂將與風同行。」

娜斯琳之前也描述過卡岡族這方面的習俗。鎧奧只是重複一次：「我很遺憾。」

卡辛睜開眼睛。「我的兄弟姊妹之中，有些相信我對圖姆倫一事的看法，有些不信。至於我們的父王……他還沒做出決定。我們的母親難過得不出房門半步；如果對她提起這項猜測——我實在鼓不起勇氣告訴她。」他揉揉堅毅下顎。「因此，做為外交手段，我說服了我父王每晚邀請你們共進晚餐。但我希望你能以外人的眼光旁觀，讓我知道你覺得哪裡不對勁。也許你會發現一些我們沒注意到的事。」

如果幫助他們……或許就能獲得幫助。鎧奧大膽提問：「既然你對我如此信賴、開誠布公，那你何不答應為我們助陣？」

「我沒立場發表這種言論或做這種猜測。」果然是個訓練有素的士兵。卡辛掃視這間套房，彷彿觀察有沒有任何敵人潛伏其中。「除非父王有令，否則我不能出兵。」

如果帕林頓的勢力已經深及此地，如果莫拉斯確實跟圖姆倫公主之死有關……事情就會變得易如反掌，鎧奧就能立刻說服卡岡王加入鐸里昂和艾琳的陣營。帕林頓──埃拉魍不可能這麼笨。

如果鎧奧想說服卡岡王的陸軍指揮官助陣──

「我不玩那種遊戲，韋斯弗大人，」卡辛似乎看懂鎧奧的眼神。「你需要說服的是我的兄弟姊妹。」

鎧奧以一指敲敲扶手。「你在這方面有什麼建議？」

卡辛悶哼一聲，微微一笑。「在你之前也有其他使節來過──他們的王國遠比你的富裕。有些成功了，有些沒有。」王子瞥向鎧奧的兩腿，眼裡閃過一絲同情。看到這個英雄惜英雄的同情目光，鎧奧不禁抓住扶手。「我能給你的，只有祝你好運。」

說完，王子挪動長腿，幾個大步就來到門前。

「如果宮中真有帕林頓的奸細，」鎧奧對卡辛說：「那你應該知道宮裡每個人都已置身危險。你必須採取行動。」

卡辛把手放在雕飾門把上，回頭一瞥。「不然你以為我為何向你這位異國領主求助？」

說完，王子開門離去，留下的話語停滯在帶有甜味的空氣中。他的口氣並不惡毒，不帶冒犯，只有戰士的坦率直白……

腦中諸多思緒飛旋時，鎧奧竭力穩住呼吸。他在這裡沒看到黑戒指或黑項圈，但他也確實沒有認真觀察。他甚至沒考慮過莫拉斯的陰影很可能已經伸及此地。

鎧奧揉揉胸口。謹言慎行。他在這個宮廷必須謹言慎行，無論在公眾場合還是這個房間裡。

鎧奧盯著緊閉的房門、思索卡辛所說一切時，女僕再次出現，外袍和長褲已換成以綁帶固定的超薄絲袍，好身材一覽無遺。

他差點想扯開嗓門叫娜斯琳來幫忙。「幫我清洗身子就好。」他說得斬釘截鐵。女僕看起來一點也不緊張猶豫。他知道她不是第一次提供這方面的服務，因為她只是問一句：「我不合您的胃口？」

赤裸又誠實的疑問。跟這裡所有僕人一樣，她拿到的酬勞十分豐厚。她是自願在這裡工作，這件差事隨時可以交給別人，並不會影響她在這裡的工作權。

「沒這回事，」鎧奧撒個善意的謊言，刻意不讓目光掉到她眼睛以下的部位。「妳很悅目，」他澄清：「但我只是想洗個澡，」他把話說清楚：「不需要妳做其他事。」

他以為她會感激，但她只是點點頭，全然平靜。看來他在這名女僕在場的時候也得注意自己說什麼，注意自己和娜斯琳一起討論什麼。

娜斯琳緊閉的房門後面一直沒有任何聲響，現在也沒有。

他示意女僕把輪椅推進浴室，層層蒸汽飄過浴室的藍白瓷磚。

輪椅輾過地毯和瓷磚，在家具之間靈巧穿梭。出海離開亞達蘭之前，娜斯琳在當時已被清空的裂際城醫者地窟裡發現這張輪椅，顯然屬於那些醫者倉皇逃命時丟下的少數物品。

這張椅子比他預料得更輕盈，裝在椅子兩側的大型車輪很好轉動，無論是由別人代勞還是由他自行推動輪框上的金屬把手。不同於他見過的笨重輪椅，這一張椅子的木踏板旁還裝有兩顆小型前輪，能讓他隨心所欲地轉向。此刻，這兩顆前輪平穩地拐進煙霧瀰漫的浴室。

一座龐大的下沉式水池占據了大部分的空間，水面浮著精油和四散花瓣，燭光為翻騰蒸汽抹上金光。遠側牆壁的高處開了一扇小窗，能從中窺見綠意盎然的花園。

奢華。他的城市水深火熱，他卻在這裡享受奢華，在這裡尋求無法獲得的救援。鐸里昂在裂際城遭襲時一定想留下，只有徹底戰敗、不逃即死的情況才會迫使他逃亡。鎧奧不禁好奇：鐸里昂有沒有使用魔法？那一身法力有沒有發揮任何作用？

鐸里昂一定能逃往安全地帶，逃到盟友身邊。鎧奧打從心底知道這點，就算胃袋持續翻攪。他遠在大海另一頭，除了試圖贏得盟友之外根本幫不了自己侍奉的國王。就算所有本能都朝他尖叫，要他回亞達蘭去找鐸里昂，他還是會在這裡堅持下去。

鎧奧幾乎沒注意到女僕嫻熟地幫他脫下靴子。雖然他自己能脫衣服，倒也沒在她脫下他的深青色外套和底下的襯衫時提出抗議。他為了配合她而靠向她，咬牙出力，兩人默默配合彼此的動作。她開始脫他的長褲時，他才暫時放下思緒。她把手伸向他的內褲時，他終於揪住她的手腕。

他和娜斯琳還沒碰過彼此。除了三天前在船上一場草草收場的互動，他還沒表示想再次踏出那一步，就算他其實很想。他幾乎每天早上醒來都很想要，尤其跟她在艙房裡同床共寢的時候。但一想到自己無力像以前那樣在她身上縱橫馳騁……他的慾望立刻被澆了冷水，儘管他很慶幸自己身上某些部位仍能正常運作。

「我自己來。」鎧奧開口。女僕還來不及反應，他已經集中雙臂和背部的力氣，把身子從輪椅上撐起。他在漫漫航程中已經知道這個過程看起來很狼狽。

他撥動輪子上的門鎖，喀啷聲沿石地和水面反彈。他只做幾個動作就把身體挪到椅子邊緣，把雙腳從木踏板上抬起，放到地上，並同時把兩腿挪向左側。他用右手抓住膝邊的座椅邊緣，握起左拳，彎下腰，把左拳撐在冰涼又溼滑的瓷磚上。溼滑——

女僕只是輕巧走來，在他面前的地板上擺放一塊白色厚布，隨即後退。他感激地對她抿脣一笑，接著把左拳撐在這塊柔軟厚布上，用這隻手支撐體重。他吸口氣，依然用右手抓住座椅邊緣，接著小心翼翼地把自己放低在地上，不聽使喚的雙膝隨之彎曲時，終於把屁股挪離座椅。

他落地時雖然發出咚一聲，但好歹是坐在地板上，沒東倒西歪——不像他在船上一開始嘗試的那五、六次。

他慢慢挪向池邊階梯，直到能把雙腳擺在第二階上的溫水裡。女僕立即以白鷺般的優雅動作走進水中，一身薄紗浴袍吸水後變得透明如露。他想把自己挪進池中時，女僕伸出溫柔但有力的雙手，抓住他的兩脅，扶他坐在最頂階上，然後引導他一階一階往下挪，直到他坐在她肩旁，視線跟她渾圓又堅挺的雙乳齊平。

他急忙把視線轉向窗戶。她似乎沒注意到他的目光，只是把手伸向擺放著沐浴用具的小托盤，上頭放著精油、刷子和看似柔軟的布塊。她轉身拿東西時，鎧奧脫下內褲，啪一聲放在池邊。

因此，鎧奧閉上眼睛，乖乖接受女僕伺候，盤算接下來到底該怎麼辦。

娜斯琳還是沒從房裡出來。

第四章

整座泉塔之中，伊芮奈·塔爾斯最喜歡這個房間。

或許因為這個房間位於白石巨塔頂端，能欣賞到無與倫比的夕陽美景。

也可能因為她這十年來覺得在這個房間裡最安全。她在這裡第一次見到此刻坐在堆滿書籍和文件的桌後的老婦，聽見改變一切的一句話：這裡歡迎妳，伊芮奈·塔爾斯。

從那一天算起，已經過了兩年多。

她在這座高塔和城市工作、生活了兩年，這裡人口眾多，有各式各樣的美食，各式各樣的知識。

這個地方就跟她夢想的一樣，她也用雙手緊緊把握每一個機會和挑戰。她讀書、聆聽、練習，挽救也改變了生命，直到她成為班上第一名，直到受過專業訓練的治療師都向她這個來自芬海洛、沒沒無聞的醫者之女尋求建議和協助。

她擁有的法力有幫上忙。可愛又壯觀的魔法。這種治療方式有其代價，無論在醫者還是患者身上。但是伊芮奈願意付出代價。她一點也不介意以魔法治療重症所造成的後果：疲憊得連睡幾天。

只要能救命……這是席爾芭給她的恩賜，加上她兩年前在印尼希最後那晚從一名年輕陌生人手中獲得另一份贈禮。伊芮奈完全不打算浪費這兩份禮物。

瘦削女子讀信時，伊芮奈默默等候。侍童雖然盡力整理，但這張古老的花梨木桌永遠雜亂不堪，堆放著配方、咒文、藥瓶和藥罐。

桌上現在就放著兩支藥瓶——朱鷺腿造型銀架上的透明球，由塔內的充沛陽光予以淨化。泉塔的高階醫者海菲札拿起一支藥瓶，搖晃裡頭的淡藍液體，為之皺眉，接著放下。「所花時間總是比我預料的多出一倍。」她用伊芮奈的母語開口，語氣輕鬆。「妳覺得是為什麼？」

伊芮奈坐在桌子另一頭的破舊植絨扶手椅上，俯身觀察藥水。跟海菲札的每一次互動都是一堂課，都是學習的機會，都能獲得挑戰。伊芮奈從銀架上拿起藥瓶，湊在夕陽金光下，打量瓶中的濃稠蔚藍液體。「用途是？」

「一名十歲女童在六週前開始乾咳。她看過的醫師開的處方是蜂蜜茶、休息和新鮮空氣。她的症狀一度好轉，但在一週後變得更嚴重。」

泉塔醫師是世界上最頂尖的醫療專家，只輸泉塔醫者，純粹因為前者不像後者那樣擁有魔法。泉塔醫師的職責是為泉塔醫者預先診斷患者，所住的房間位於高塔底端錯綜複雜的龐大設施。

魔法非常珍貴，而且耗費大量體力，因此幾百年前一些高階醫者做出決定：患者必須先由醫師進行診察。這項規定也許是政治操作，只是丟給醫師的一根骨頭，因為這個民族吵著要魔法來治療百病。

但是魔法沒辦法治療百病，沒辦法阻擋死神，沒辦法讓死者復生。她在這兩年間——還有更早以前——就一再學到這個教訓。但就算有醫師篩檢的相關規定，伊芮奈還是發現自己走在安第加的狹窄坡路時，會不自覺地走向咳嗽聲。

伊芮奈來回搖晃藥瓶。「這種藥水也許對溫度產生反應。最近的氣候溫暖得反常，就連我們也覺得熱。」

夏季終於即將結束。就算過了兩年，伊芮奈還是不太習慣神城的乾燥高溫。幸好很久以前有個天才發明了所謂的「風塔」——位於建築頂端，把室外的新鮮空氣導入塔底的房間。有些風塔則是彼此相通，和安第加的地底運河串聯，把熱風冷卻成涼風。城中到處都有這座小型塔樓，如無數長矛般刺向天空，有些位於土磚小屋，有些位於擁有蔭涼庭院和清澈水池的豪宅。

不幸的是，泉塔是在風塔發明前建造，泉塔頂端雖然有一些精巧裝置用以冷卻下層房間，伊芮奈還是常常希望有哪個高明的建築師能給泉塔裝上最先進的設備。氣候愈加炎熱，加上塔中各處燒著爐火，海菲札的房間因此變得悶熱難耐。伊芮奈補充一句：「妳可以把藥水放在下層的房間，那裡比較涼快。」

「所需陽光從哪來？」

伊芮奈思索片刻。「裝設鏡子，把透窗而來的陽光集中在藥瓶上。每天調整幾次，以配合陽光的軌道。如果溫度較低，而且確保陽光集中，藥水也許就能更早完成。」

海菲札滿意地微微點頭。伊芮奈越來越喜歡對方這種點頭和那雙棕眼裡的光芒。海菲札只是回一句：「敏捷思緒比魔法更能救人。」

老師這句話說過上千次，通常是在稱讚伊芮奈的時候——她也總是為此自豪——但她還是低頭致謝，把藥瓶放回支架上。

「總之，」海菲札交扣著雙手放在明亮的花梨木桌上。「艾芮莎通知我，說她認為妳已經準備好、可以離開我們了。」

伊芮奈在椅子上坐直。她第一次爬上一千道臺階，來到塔頂、哀求著獲得接見那天，就是坐在這張椅子上。那場會面中，她的苦苦哀求是她最小的恥辱，最大的是她把一袋金幣丟在海菲札桌上，衝口說自己不在乎要花多少錢、什麼都想學的時候。

她沒料到海菲札不跟學生收錢。學生是用其他方式付學費。海菲札命令她把錢收回棕色袋子裡的時候，她怕得要命，就算她在破舊的白豬旅館工作時見過更恐怖的場面。伊芮奈像個收拾籌碼的賭客一樣匆忙收起金幣時，考慮要不要直接從海菲札身後那扇拱形高窗跳出去。

許多事情從那天起逐漸改變。她不再穿著自製裙裝，身材不再過瘦。泉塔的大型廚房提供了營養三餐，城裡的菜市場到處都是攤販，每一條熙來攘往的大街小巷都有餐館。伊芮奈心想，自己大概是因為在泉塔天天爬樓梯才沒變胖。

伊芮奈嚥一下口水，無法看懂高階醫者的表情。整座泉塔裡，只有海菲札讓伊芮奈無法看穿也無法預料。海菲札從沒發過脾氣，未曾提高嗓門，這點跟這裡許多導師——尤其艾芮莎——截然不同。海菲札只有三種情緒：高興、冷淡和失望。伊芮奈深怕後面兩種。

她害怕的不是任何形式的懲罰。這裡沒有懲罰，沒人會威脅不給她飯吃，沒人會威脅讓她吃苦頭。在白豬旅館，諾蘭會因為她頂嘴、過度款待哪個客人，或發現她把每晚的殘羹剩飯留給印尼希的流浪兒而扣她薪水。

她初來乍到時以為這裡也一樣：以為這裡的人會拿走她的錢，會讓她越來越難離開這裡。她在白豬旅館多待了一年，因為諾蘭漲了她的房租，減了她的薪水及微薄的小費，而且她知道印尼希大多數的女人都在街頭賣身，諾蘭這間旅館雖然噁心，卻絕對是更好的選擇。

她曾告訴自己絕不能再受人欺負，直到她來到這裡，直到她把那袋金幣丟在海菲札的桌上，準備欠債、出賣自己，只為了有個學習的機會。

海菲札卻壓根沒考慮過收取她的金錢或服務。跟曾經收取她的金錢或服務的人相比——例如諾蘭——海菲札所做的工作完全相反。伊芮奈還記得第一次聽見海菲札用腔調優美的渾厚嗓音開口，說出母親常常掛在嘴上的一句話：醫者不向學生或患者收取任何費用，因為這份天賦是來自療癒女神席爾芭的贈禮。

這片土地上的天神數量多得讓伊芮奈到現在還搞不太懂誰是誰，幸好席爾芭還是席爾芭。卡岡王朝在征服諸多王國和領土的期間，做了一個聰明絕頂的決定：保留並接納不同族群信仰的神祇，包括席爾芭；這片土地的醫者很久以前就開始信仰席爾芭。看來歷史確實是由勝利者寫下，至少伊芮奈的直屬導師艾芮莎這樣對她說過。就連天神在這方面也跟凡人一樣受到影響。

話雖如此，伊芮奈還是向席爾芭或哪個正在聆聽的天神默禱，然後開口答覆：「是的，我準備好了。」

「準備好離開我們。」簡單幾個字，說話時面無表情——平靜又有耐心。「還是妳有考慮過我提過的另一個選擇？」

伊芮奈有考慮過。海菲札兩星期前把她叫來這間辦公室、說出兩個令她揪心的字後，她就一直在考慮：留下。

留下，學習更多東西——留下，看看她在這裡開創的人生能成長到什麼程度。

伊芮奈揉揉胸口，彷彿還感覺到心臟被揪住。「戰火即將再次蔓延到我的家鄉——北方大陸。」這裡的人這樣稱呼那個地區。伊芮奈嚥口水，說下去：「我想去那裡幫助反抗暴政的人們。」

經過這麼多年，一支大軍終於正在集結。亞達蘭如今分裂，而如果謠言屬實，裂痕的一邊是北方的鐸里昂・赫威亞德，另一邊是南方的帕林頓公爵，前任國王的副手。鐸里昂的後盾是艾琳・加勒席尼斯，失蹤多年後重出江湖的女王，如今實力雄厚而且渴望復仇，從她如何對待玻璃城堡及其國王就可見一斑。謠言也宣稱，帕林頓的幫手是一種來自黑暗夢魘的怪物。

但如果這是能讓芬海洛重獲自由的唯一機會……

伊芮奈會去那裡幫忙，傾盡全力。夜闌人靜時，或因辛苦治療而精疲力竭的時候，她還是聞得到煙味，來自那些亞達蘭士兵放的火——燒死她母親的火。她還是聽得見母親的尖叫，能感覺到自己躲在歐克沃森林邊緣時指甲底下的樹幹。她當時目睹母親被他們活活燒死；在那之前，母親為了幫她爭取逃跑的時間而殺掉一名士兵。

從那天算起已經過了十年，將近十一年。伊芮奈雖然翻了山也渡了海……但有些時候還是覺得自己彷彿還站在芬海洛，嗅著那場火，指甲底下卡著木刺，看著士兵拿火炬燒掉她的小屋。

塔爾斯——意為「高塔」——這個家族世世代代的醫者都住在那間小屋裡。

伊芮奈心想：這還真貼切，因為自己現在就住在高塔裡頭。她左手上的一枚戒指是唯一證據，能證明芬海洛南側曾有一個天賦異稟、歷史悠久的醫者家族。此刻，她勾轉這枚戒指，只有這東西能證明她的母親、她母親的母親和她們之前所有的母親曾和平度日、療傷治病。伊芮奈寧可賣身，也絕不賣掉這枚戒指和另外某個東西。

太陽持續沉進港口的翠綠水面。海菲札沒回話，伊芮奈因此說下去：「雖然魔法回歸北方大陸，但當地醫者恐怕早被殺光，倖存的也可能根本沒受過訓練。我能拯救許多性命。」

「戰爭也可能奪走妳的性命。」

她知道。她抬起下巴。「我明白其中的風險。」

海菲札的黑眸變得柔和。「是的，是的，妳明白。」

伊芮奈和這位高階醫者第一次見面時就提過這個話題。

伊芮奈已經好幾年沒哭過——自從母親化為風中灰燼的那天——但海菲札問起她雙親時……她還是掩面痛哭。海菲札當時起身從桌後來到桌前擁抱她，溫柔地撫摸她的背。

海菲札常常這麼做，不只對伊芮奈，也對所有醫者，當他們辛苦工作、因施法治療而精疲力竭但還是不夠的時候。海菲札安撫他們，也支持他們。

伊芮奈在十一歲那年失去母親後，就屬海菲札最像她的母親。現在，她再過幾星期就要滿二十二歲，她猜自己永遠不會再遇到這麼像母親的女人。

「我已經考了試。」伊芮奈開口，儘管海菲札已經知道。監考人就是海菲札，在那一整個星期中考驗了伊芮奈的知識、技能以及在人體上實際進行治療。伊芮奈也確保自己是全班最高分，比這裡任何人都更接近滿分。「我準備好了。」

「妳確實準備好了，但我還是很好奇，既然妳在這裡短短兩年就學了這麼多，如果待個五年、十年會學到多少。」

伊芮奈因為能力優異而直接跳過在泉塔低層擔任侍童的階段。

和家族的歷代醫者一樣，她打從會走路和說話時就跟在母親身邊慢慢學習。十一歲時，伊芮奈學到的醫術已經超越一般人十年所學。在那之後的六年間，她在母親某個親戚的農場工作，那個親戚不確定該拿她怎麼辦，也不想多多認識她，畢竟大夥隨時可能死於亞達蘭帶來的戰亂。

她裝成普通人，但還是偷偷練習醫術，不過練習得不多，不容易引起注意。在那些年，就算只是提到魔法也可能被鄰居出賣。儘管魔法和席爾芭的恩賜都已消失，伊芮奈還是確保自己表現得就像農夫的親戚，聲稱她的母親只是傳授了一些緩解高燒、分娩之痛和跌打損傷的自然療法。

她在印尼希的時候做過更多練習，用少得可憐的零用錢購買草藥和藥膏，但在諾蘭及其寵愛的女侍潔莎日夜監視下只敢偶爾為之。也因此，她這兩年拚命學習，但這也算是為了發洩多年來的自我壓抑、撒謊和隱藏。

靠岸的那一天，她走下船，感覺到體內法力翻騰，感覺它伸向一名走路瘸拐的男子……她陷入一種震驚狀態，直到她在三小時後在書桌前這張椅子上痛哭才停止。

伊芮奈從鼻孔嘆氣。「我以後可能會回來繼續深造。可是——恕我直言，我現在已經是合格的醫者。」而且她可以去任何需要她的地方。

海菲札挑起棕臉上格外鮮明的白眉。「卡辛王子怎麼辦？」

伊芮奈在椅子上調整姿勢。「他什麼怎麼辦？」

「妳跟他曾是好友。他還是很喜歡妳，這不是小事。」

伊芮奈回以一般人不敢對這位高階醫者流露的眼神。「他會不讓我走？」

「他是王子，除了下一任王位之外，他想要什麼就有什麼。他很可能無法容忍妳的離去。」

不寒而慄的情緒在她心中奔流，源自脊椎，深入內臟。「我沒有讓他會錯意。我去年已經把話跟他說清楚。」

那真是一場災難。她曾一再回想自己說過的話，跟他之間的互動，在風拂草原的那座達岡族帳篷裡那場尷尬談話前發生過的一切。

她來到安第加的幾個月後，卡辛最喜愛的一名僕人患病。令她驚訝的是，王子親自在那名僕人身旁照料。伊芮奈在漫長的治療工作中跟王子談話，發現自己……面帶笑容。她治好了那名僕人，當晚離開那裡時，卡辛親自護送她來到泉塔的大門前。在那之後的幾個月中，兩人之間產生友誼。

這份友誼比她跟赫薩蘭之間的似乎更輕鬆一些；她曾幫赫薩蘭進行一些治療，後者也很欣賞她。她因為時間方面的衝突而很難跟泉塔裡的人來往，但確實和王子及公主成了朋友。她也跟赫薩蘭的愛人成了朋友，那人是個內外皆美的女子，名叫蕾妮雅。

這幾人是個古怪的組合，但是……伊芮奈很喜歡跟他們在一起。卡辛和赫薩蘭邀請她參加晚宴，就算她知道自己其實沒什麼理由出席；卡辛總是想辦法坐在她身邊，或至少坐得夠近，以便跟她談話。有那麼幾個月，一切都很好——好得不能再好。後來，海菲札曾帶伊芮奈來到大草原，卡岡王族的宗族土地，監督一場辛苦的治療，卡辛當時擔任護衛和嚮導。

此刻，高階醫者打量伊芮奈，微微皺眉。「也許就是妳的膽小讓他變得更積極。」

伊芮奈用拇指和食指揉揉眉心。「我跟他在那之後幾乎沒說過話。」這是事實。大多是伊芮奈避著他，就算赫薩蘭和蕾妮雅還是常常邀請她共進晚餐。

「這位王子不像是容易放棄的類型——尤其在追求意中人這方面。」

她知道這點，也欣賞卡辛這點，直到他想要她沒辦法給他的東西。伊芮奈微微呻吟。「那麼，我離開這裡的時候，得跟小偷一樣偷偷摸摸？」赫薩蘭絕不會原諒她，雖然她相信蕾妮雅會試著安撫那位公主。如果赫薩蘭是烈火，蕾妮雅就是流水。

「妳如果決定留下，就完全不用擔心這方面的問題。」

伊芮奈坐直。「妳真的打算拿卡辛逼我留下？」

海菲札發出溫暖輕笑。「不。但請妳體諒我這個老太婆想盡所有辦法說服妳。」

伊芮奈覺得胸中充滿驕傲和愧疚，卻仍不發一語——無言以對。

回北方大陸……她知道自己在那裡已經一無所有。當地只有殘酷的戰爭，還有需要她幫助的人們。

她甚至不知道該去哪裡——該航往何處，如何找到那些軍隊及其傷兵。她曾長途跋涉，曾避開一心想殺了她的敵方人馬，想到現在要再來一次……難怪有人覺得她發了瘋才不懂得珍惜海菲札擺在她眼前的提案。她在這件事上其實已經考慮了一段時間。

但伊芮奈每一天都望向城角的大海——望向北方。

伊芮奈彷彿被磁石吸引般把注意力從高階醫者身上移向後面的窗外，凝視逐漸變暗的海平線。

海菲札的語調變得稍微更為輕柔：「妳現在還不用急著做決定。戰爭很花時間。」

「可是我會需要——」

「我有件差事要給妳，伊芮奈。」

聽見這種命令語氣，伊芮奈愣住，瞥向海菲札剛剛在看的信。「什麼差事？」

「宮中來了一位客人——卡岡王的貴賓。我要妳治療他，然後妳再決定現在是否適合離開這片海岸。」

伊芮奈歪起腦袋。這很罕見——海菲札很少把卡岡王委託的工作轉交給其他人。「他是什麼狀況？」醫者接案時的標準臺詞。

「他是個二十三歲的年輕人，各方面都很健康，體格結實。但他今年夏天脊椎受到嚴重傷害，他從髖部以下癱瘓，感覺不到也無法移動雙腿，受傷後就一直坐輪椅。我決定跳過醫師初步診察的階段，直接把這個案子交給妳。」

伊芮奈飛快思索。這種傷勢很複雜，治療起來很花時間。脊椎緊鄰腦部，也幾乎跟腦子一樣難醫。想治這種傷，不是任憑她身上的法力流過傷部——沒這麼簡單，而是必須找到適當的部位和渠道，判斷該施加多少法術能量，好讓大腦再次朝脊椎下達的訊號通過破碎渠道，用全新的生命之核取代受損部件，之後還得……重新學走路。這要花費好幾星期，也許**好幾個月**。

「他是個活力充沛的年輕人，」海菲札說：「他受的傷跟妳去年冬天在大草原上治療過的那名戰士很相似。」

她也猜到這點——這八成就是為什麼海菲札選上她。她花了兩個月治療一名因墜馬而脊椎受創的馬王。這種傷勢在達岡族之中不算罕見，有些族人騎馬，有些乘坐天鷹翱翔，兩種都依賴泉塔醫者。治療那名馬王是她第一次實際應用所學，也是海菲札當時為何跟她一同前往大草原。伊芮奈相當確定自己這次能獨立作業，但注意到海菲札低頭瞥向信件時——只瞥一次——不禁僵住，忍不住追問：「他是誰？」

「鎧奧．韋斯弗大人。」不是卡岡王族該有的名字。海菲札凝視伊芮奈，補充說明：「前任侍衛隊長，現在是新任亞達蘭國王的御前首相。」

沉默。

伊芮奈在腦子裡和心裡都默不作聲。這個房間裡只聽得見在泉塔上空盤旋的海鷗啼鳴，還有在街上收攤回家的攤販吆喝。

「不。」伊芮奈輕聲吐出這個字。

海菲札抿緊薄唇。

「不，」伊芮奈重複：「我不醫他。」

海菲札回應時，臉上完全沒有慈母般的柔和表情。「妳入塔時發了誓。」

「不。」她只給得出這個答覆。

「我很清楚這對妳來說多麼困難——」

她的雙手開始顫抖。「不。」

「為什麼？」

「妳知道為什麼。」這幾個字彷彿被掐住喉嚨時吐出的呢喃。「妳——妳知道。」

「如果看到亞達蘭士兵倒在戰場上奄奄一息，妳會直接從他們身上跨過去？」海菲札對她說話時未曾如此殘酷。

伊芮奈揉揉手指上的戒指。「既然他是前任國王的侍衛隊長，那他——就曾為那人——」她的話語跌跌撞撞地從嘴裡蹦出。「他曾聽命於那個國王。」

「而他現在聽命於鐸里昂·赫威亞德。」

「新國王繼承了他父親留下的財富——從我的同胞身上奪取的財富。就算鐸里昂·赫威亞德沒幫忙掠奪，至少也在事情發生時袖手旁觀……」周圍的白石牆壁彷彿壓迫而來，就連腳下地板也似乎搖晃起來。「妳知不知道那個國王的手下在那些年裡做過什麼？妳知不知道他的軍隊、他的士兵、他的衛兵做過什麼？妳居然要我治療那些人的指揮官？」

「我提出這項要求，是因為妳的身分——我們的身分。這是所有醫者都必須做的抉擇。」

「而妳經常做出這種抉擇？在妳這個歌舞昇平的王國？」

海菲札的臉色變得陰沉，不是出於怒氣，而是回憶。「我曾奉命治療一名因拒捕而受傷的男子。他犯下一樁令人髮指的重罪……衛兵們在我走進那間牢房前告訴我他做了什麼。他們要我治好他，好讓他活著接受審判。大家都知道他一定會被處死——受害者都願意出庭作證，證據也確鑿充分。艾芮莎有見到最後一名受害者，他的最後一個。艾芮莎蒐集了所有相關證據，站在法庭上描述所見。」海菲札的咽喉起伏。「他們用鐵鍊把他綁在那間牢房裡，他傷得很重，我知道……我知道我可以施法讓他的內出血加重，不會有人發現，他明早就會死，也不會有人敢懷疑我。」她盯著裝有藍藥水的藥瓶。「那是我這輩子最接近成為殺手的一刻。我想因為他的所作所為而殺了他，這個世界會變得更好。我把雙手放在他的胸口上——我準備好動手。但我想起一件事，我想起我發過的誓，我想起他們叫我治療他是為了讓他活下去——為了幫他的受害者及其家屬伸張正義。」她看著伊芮奈的眼睛。「我沒資格殺了他。」

「後來怎麼了？」她嗓音顫抖。

「他堅稱無罪，就算艾芮莎提出證據，就算受害者願意作證。他是個徹頭徹尾的禽獸。他還是被定了罪，隔天日出時被處死。」

「妳有去觀刑嗎？」

「沒有。我回到塔裡，但是艾芮莎有去。她站在群眾前方，等他們把他的遺體搬到推車上才離開。她是為了沒有勇氣在場旁觀的受害者們而留在那裡。她回來後，我們倆一起哭了很長一段時間。」

伊芮奈沉默片刻，雙手漸漸不再顫抖。「所以我治療這名男子——是為了讓他在別的地方接受報應？」

「妳不知道他有何經歷，伊芮奈。我建議妳在考慮這種事之前先聽聽他的說詞。」

伊芮奈搖頭。「他不會遭到報應——既然他侍奉前任和現任國王，既然他狡猾得能維持權位。我知道亞達蘭的遊戲規則。」

海菲札凝視她許久。「妳走進這個房間的那一天，瘦骨嶙峋，風塵僕僕……我從來沒有在其他人身上感受過妳這麼強大的天賦。我當時看著妳這雙美麗的眼睛，差點因為妳身上的原始法力而屏息。」

失望。高階醫者的表情和嗓音現在傳達失望。

「我那時心想，」海菲札說下去：「這個姑娘這些年來一直躲在哪？是哪一位天神照顧妳，引導妳來到我的門前？妳腳踝邊的裙襬破破爛爛，但妳走進這個房間時就像貴族仕女一樣抬頭挺胸，彷彿妳就是創塔醫者卡瑪菈的傳人。」

直到伊芮奈把一袋金幣丟在桌上、在不久後情緒崩潰。她不太相信第一任高階醫者卡瑪菈曾有情緒崩潰的時候。

「就連妳的姓氏──**塔爾斯**──這很可能暗指妳母親那一邊的祖先跟泉塔之間的淵源。我在那一刻不禁心想，也許我終於找到我的傳人──我的後繼。」

伊芮奈感覺這番話就像揮向腹部的重拳。海菲札以前從沒這樣暗示過……但是伊芮奈的心願並不是有朝一日繼承這個房間，尤其當她的目光一直放在狹海另一頭。

留下，高階醫者曾如此邀請，不只要她繼續受訓，也為了要她繼承衣缽。就算現在……沒錯，這還是一份難以言喻的殊榮，但她還是無法接受。

「我問過妳打算如何運用我會傳授給妳的知識，」海菲札說下去：「妳記不記得當時如何回答我？」

伊芮奈記得，一秒也沒忘過。「我說我想為這個世界盡一分心力，拿我這條沒用又頹廢的小命做些貢獻。」

就是這幾個字引導她度過這些年，連同她無論換過多少口袋和衣物也必定隨身攜帶的一張紙條──一名神祕陌生人留給她的訊息，也許是某個天神披上憔悴少女的外皮，就是那名女子贈予的金幣救了她，讓她能來到這裡。「所以妳就該這麼做，伊芮奈，」海菲札說：「妳遲早會回家去，會做好事，會行神蹟。但在那之前，我要妳幫幫這個年輕人。妳不是第一次醫病治傷──妳現在也能再做一次。」

「妳為何不親自動手？」她以前講話從沒這麼悶悶不樂，這麼……不懂感激。

海菲札對她微微苦笑。「需要治癒的對象不是我自己。」

伊芮奈知道高階醫者這句話指的也不是那名男子。她嚥了口口水，吞下情緒。

「這是心傷，伊芮奈。任憑它潰爛至今……我也不怪妳。但妳如果讓它繼續惡化下去，我會責怪妳，也會替妳感到難過。」

伊芮奈抿起顫抖的嘴脣，眨眼壓抑灼熱淚珠。

「妳通過了考試，成績比爬進這座高塔的任何人都好，」海菲札輕聲道：「但我要把這項任務當成我私下給妳的考驗，最終測驗。如此一來，當妳決定離去的時候，我就能和妳道別，送妳上戰場，而且知道……」海菲札一手按住胸口。「知道無論人生帶妳前往何方，無論路上多麼黑暗，妳都能照顧自己。」

伊芮奈吞下試圖逃出體外的微弱聲音，把視線轉向窗外，城中白石在夕陽餘暉下顯得光彩奪目。高階醫者身後的窗口吹進一抹夾雜薰衣草與丁香的夜晚微風，吹涼伊芮奈的臉龐，也擾動海菲札一頭如雲白髮。

伊芮奈把手伸進淡藍裙裝的口袋，抓住一張摺起的羊皮紙，她早已熟悉它的光滑表面。她在乘船來此的途中，在海菲札接受她、一開始令她忐忑不安的那幾週裡，在受訓時疲憊得幾乎崩潰時，都緊緊捏著這張紙。

留下這張字條的那個陌生人在短短幾小時裡不僅救了她的命，還給了她自由。伊芮奈一直不知道那名少女叫什麼名字，只知道對方就像貴族仕女配戴高級珠寶那樣炫耀一身傷疤。那名少女是職業殺手，卻幫一名醫者出學費。

那一晚發生了太多好事。要不是放在口袋裡的這張信，加上她就算手頭拮据也絕不變賣的另一樣東西，否則她有時不禁懷疑那些事究竟有沒有發生。

那樣東西是一枚鑲有紅寶石的華麗黃金胸針，能買下安第加城中的幾條街。胸針是紅金雙色，也就是亞達蘭的顏色。伊芮奈未曾得知那名少女來自何方、是誰在那張漂亮臉蛋上留下瘀痕，但對方也曾提到亞達蘭。所有被亞達蘭奪走一切的孩子都會提到這個國家——亞達蘭把這些孩子的國家化為灰燼、血泊和廢墟。

伊芮奈用拇指撫摸羊皮紙，紙上寫著：

無論妳需要去哪，這些錢足以應付——綽綽有餘。這個世界需要更多醫者。

伊芮奈嗅聞夜風送進泉塔裡的香料和海水味。

她終於回頭看著海菲札，高階醫者神情平靜，耐心十足。

伊芮奈如果拒絕，一定會後悔。海菲札會讓步，但伊芮奈知道不管決定離開還是留下，如果拒絕這件差事……自己一定會後悔，一定會常常回想這件事，懷疑自己是不是以怨報德，懷疑母親會對自己做何感想。

而且，就算這名男子來自亞達蘭，就算他曾為那名屠夫辦事……

「我會見他，評估他，」伊芮奈退讓，抓緊口袋裡的紙條，嗓音只有微微顫抖。「然後我會決定要不要治療他。」

海菲札思索幾秒。「很公平，孩子，」她輕聲道：「很公平。」

伊芮奈顫抖地吐口氣。「我什麼時候見他？」

「明天，」聽海菲札這麼說，伊芮奈不禁皺眉。「卡岡王要妳明天去韋斯弗大人的房間。」

第五章

鎧奧幾乎整晚沒睡，第一個的原因是這裡的氣候酷熱難耐，第二個原因是他投靠的這戶人家未必能成為他的盟友，而且家中氣氛緊張，天知道隱藏了多少未知危險和奸細——搞不好來自莫拉斯。第三個原因是他珍愛的裂際城和家園遭遇的事。

第四個原因是他即將在幾分鐘後跟某人會面。

娜斯琳在起居室裡來回踱步，難得緊張兮兮。這個空間將充當他的診療室，四處擺放低矮沙發和軟墊，明淨地板鋪了最厚也最精美的地毯——娜斯琳跟他說過這些地毯是出自西部工匠的巧手。點綴這個空間的是來自卡岡帝國各地的藝術品和寶物、在熱氣中慵懶下垂的盆栽棕櫚及穿過花園落地窗和門扉的斑斕陽光。

昨晚共進晚餐時，卡岡王的長女告知他這場將於今天上午十點進行的會面。姿色普普但眼神犀利的赫薩薾公主只朝坐在身旁的一名年輕貌美女子微笑。從她們倆之間的頻繁觸碰和深情對視來判斷，鎧奧猜想這名女子不是公主的情人就是妻子。

看到赫薩薾宣布那位醫者將於何時出現時面帶冷笑，鎧奧不禁好奇他們究竟派來什麼樣的角色。

他到現在還不確定該如何判斷這些人和這個地方。這座城市享有高等教育，諸多文化與歷史在此融合，無數民眾在這裡和平共處……相較之下，亞達蘭的人民水深火熱，彼此猜忌，共同承擔亞達蘭政權犯下的罪孽。

共進晚餐時，他們詢問他關於卡拉酷拉和安多維爾那些奴隸遭屠一事。嚴格來說，提出這項疑問的是狡猾的阿古恩。如果這位王子是鎧奧訓練的侍衛新兵，他就能在適當時機下下馬威、輕而易舉地管住這傢伙。但在這裡，他沒有任何權力對付這位笑裡藏刀、傲慢無禮的王子。

例如，阿古恩問他為什麼前任亞達蘭國王覺得有必要奴役自己的人民，為什麼把百姓當畜生般宰殺，為什麼不向南方大陸學習奴役制度的缺點及汙點並避開。

鎧奧的簡短答覆近乎無禮。薩韃克——五名王族子女中只有他和卡辛比較不令鎧奧那麼討厭——終於受夠了大哥的連番質問，試著轉移話題，雖然鎧奧聽不太清楚他究竟把話題轉往哪個方向，因為他已經被阿古恩的犀利提問氣得耳裡嗡嗡作響，加上他忙著觀察進入這座大廳的每一個人，無論是貴族、大臣還是僕人，但沒發現黑戒指、黑項圈或任何值得注意的古怪舉止。

他對卡辛微微搖頭，表示毫無發現。王子假裝沒看見他搖頭，但以眼神警告：繼續找。

鎧奧照做，把一半的注意力放在眼前的大餐上，另一半則拿來留意周圍每個人的話語、眼神和姿態。

五名王位候選人雖然失去了最小的妹妹，依然把這場晚宴主持得熱熱鬧鬧、有說有笑，即使用的都是鎧奧聽不懂的語言。來自諸多王國的代表齊聚一堂，包括大臣、僕人和一對對夫妻，其中一對組合是如今成了老么的杜娃公主，她丈夫來自遠方，是個眼神憂鬱的黑髮王子，他一直待在孕妻身邊，很少跟周圍任何人談話。看到杜娃投來柔和微笑時……鎧奧不認為她丈夫容光煥發是出自演技。他猜想，她丈夫不講話不是因為個性寡言，只是還不熟悉他妻子的母語。

相較之下，娜斯琳沒有這種藉口。她在晚餐時一直默不作聲、心神不寧。他是聽見她房裡傳來怒罵聲和甩門聲才知道她洗了澡，接著看見一名僕人氣沖沖走出她的房間。那名男子再也沒回來，鎧奧也沒看見其他僕人前來遞補。

指派給鎧奧的女僕名叫卡妲嘉，她幫他在參加這場晚宴前更衣，幫他在睡前脫衣，還在他今早醒來後立刻送上早餐。

卡岡王顯然是個美食家。

桌上擺放著巧妙調理的香料燉肉，入口即化；以香草調味的各色米飯；抹上奶油和大蒜的麵餅；來自帝國各地葡萄園和蒸餾廠的濃郁葡萄酒及烈酒。鎧奧沒碰烈酒，只在卡岡王心不在焉地向新來賓敬酒致意時接受一杯形式上的葡萄酒。卡岡王雖然痛失愛女，但對客人表達的歡迎還是比鎧奧預料的更熱情。

娜斯琳只啜了一口酒，食物幾乎完全沒動。晚宴才剛結束，她就表示想回房。他同意了——他當然同意；但他們倆回到房間，關上門，他問她想不想談談時，她說不。她說她想睡覺，隔天早上再跟他見面。

他鼓起勇氣問娜斯琳要不要一起睡。

她把門在身後關上，讓他吃了閉門羹。

卡妲嘉扶他上床後，他輾轉難眠，渾身冒汗，真希望能用腳踹掉薄毯而不是只能用手掀掉。就連透過精巧的通風系統吹進室內的涼爽微風也沒讓他覺得比較舒服。

他和娜斯琳本來就不擅長交談。他們有試過，通常都取得災難性成果。

他們諸事不順，他因為沒能跟她重修舊好，也因為沒讓自己變得更好而一再自責。

等候那位醫者出現的這十分鐘裡，她幾乎沒看他一眼。她臉龐憔悴，及肩長髮黯淡無光。她身上不是侍衛隊長的制服，而是平時那套黑藍外袍和黑色長褲，彷彿她無法忍受亞達蘭的色彩。

卡妲嘉再次幫他換上深青色外套，甚至把前襟扣帶擦得發亮。這名女僕在工作時散發一種低調自豪，完全不像裂際城宮中那些僕人所抱持的忐忑與恐懼。

「她遲到了。」娜斯琳咕噥。角落那座華麗木鐘也證實醫者十分鐘前就該出現。「我們是不是該派人去查清楚她會不會來？」

「給她時間。」

娜斯琳在他面前停步，眉頭緊鎖。「我們必須立刻著手，沒時間能浪費。」

鎧奧吸口氣。「我知道妳想盡快回到家人身邊——」

「我不會催你，但是每一天都很寶貴。」

他注意到她繃緊嘴角。他相信自己的嘴角也一樣緊繃。他今早動用不少意志力才強迫自己別再擔心鐸里昂的下落。「等那位醫者出現後，妳何不進城尋找妳的親戚？也許妳在裂際城的家人有跟他們取得聯絡。」

她揮動纖纖細手。「我可以等你。」

鎧奧挑眉。「等我的時候一直來回踱步？」

娜斯琳在旁邊沙發上坐下，輕盈體重把金絲椅面壓得微微嘆息。「我來這兒是為了幫你——你求醫這件事，還有整個大局。我不會為了我自己的需求而半途脫隊。」

「如果我命令妳半途脫隊？」

她只是搖頭，簾布般的黑髮隨之搖擺。

他還來不及真的下達這項命令時，沉重木門傳來輕快的咚咚聲。

娜斯琳用霍赫語喊出一個字，鎧奧猜這個字的意思是「進來」。他聽著逼近的腳步聲——只有一人，步伐輕盈。

起居室的門板被一隻膚色如蜜的手推開。

鎧奧最先注意到的是她的眼睛。

她這雙眼睛八成能把路人瞪得不敢動，眸子是一種鮮明的金棕色，彷彿從眼球內部發出光芒；一頭茂密頭髮呈濃郁棕色，混雜暗金髮絲，觸及纖腰的髮梢微捲。

她邁步而來，腳上穿著實而不華的黑色涼鞋，步伐靈巧優雅，迅捷穩定，彷彿沒注意到或不在乎周圍的奢華家具。

她看起來很年輕，頂多二十二歲。

但那雙眼睛……遠比二十二歲蒼老。

她在金絲沙發對面的雕飾木椅前停步時，娜斯琳立即站起。這名女子來回瞥向鎧奧和娜斯琳；此人想必就是醫者，神情平靜，眼神清澈，一身款式簡單的淡藍棉質裙裝。她比娜斯琳矮幾吋，骨架一樣纖細，但是……他逼自己別把目光放在這位醫者蒙神祝福的某個部位上。

「妳來自泉塔？」娜斯琳用鎧奧的語言開口。

醫者只是瞪著他，那雙令人難忘的眼睛流露類似驚訝和憤怒的情緒。

她把一手伸進口袋，他以為她要拿東西出來，但她未曾抽手，彷彿只是抓著口袋裡某個東西。

她不像忙著逃跑的雌鹿，倒像雄鹿，正在評估該戰還是該逃，是否該堅守原地，是否該低下頭部發動衝鋒。

鎧奧冷酷又平靜地回視。他在擔任侍衛隊長的那些年裡對付過不少年輕雄鹿，都把他們管得服服貼貼。

娜斯琳用霍赫語說幾字，想必是重複同一個疑問。

醫者的喉部有一條細疤，大約三吋長。

他知道什麼樣的武器能造成那種疤痕。他想到的種種可能都令人不快。

娜斯琳沉默地看著鎧奧和女醫。

醫者只是轉身走向窗戶旁的辦公桌，在桌前坐下，把整齊堆放於桌角的一張羊皮紙拉到面前。

不管這些醫者是誰，卡岡王顯然沒說錯：他們才不聽掌權者使喚，對任何形式的權貴也不屑一顧。

她拉開抽屜，找出一支玻璃筆，把筆尖對準紙面。

「名字。」

她講話沒有腔調——嚴格來說沒有南方大陸的口音。

「鎧奧．韋斯弗。」

「年齡。」

她的口音……是來自——

「芬海洛。」

她停筆。「年齡。」

「妳來自芬海洛？」

妳跑來離家這麼遠的地方做什麼？

她冷眼瞪他。

他嚥下口水，答道：「二十三。」

她匆忙寫下。「描述受傷部位。」嗓門低沉，字字簡短。

她不爽奉命治療他？她原本要忙其他事？他想起赫薩蘥昨晚的冷笑，那位公主八成知道這名女子並非以和顏悅色著稱。

「妳叫什麼名字？」這句疑問來自臉色愈加緊繃的娜斯琳。

醫者停筆，瞥向娜斯琳，眨眨眼，彷彿這才注意到對方。「妳——是本地人？」

「我父親是本地人，」娜斯琳答覆：「他搬去亞達蘭，在那裡跟我母親結婚。我在亞達蘭——和這裡——都有家人。」她提到父母時居然有辦法不表露任何陰鬱情緒。她溫柔地補充說明：「我叫娜斯琳．法里克，亞達蘭皇家侍衛隊長。」

醫者眼中的驚訝轉為警覺，但只是再次瞪著他。

她知道他是誰。她的眼神顯然在分析他。她知道侍衛隊長這項頭銜原本屬於他，現在屬於別人。看來她問他叫什麼名字、現在幾歲……這全是演戲，不然就是形式上的規定，雖然他不太相信是第二種。

來自芬海洛的女子，見到兩名來自亞達蘭宮廷的成員……

他很快看穿她的心思，猜到她見過什麼，她脖子上的傷痕打哪來。

「既然妳不想來，」鎧奧沙啞道：「就派別人來。」

娜斯琳立即轉向他。

醫者只是回瞪他。「沒有其他人選。」這句話暗示得很清楚：他們派來的是菁英中的菁英。

看她自信滿滿的模樣，他一點也不懷疑。她再次把筆尖對準紙面。「描述受傷部位。」

尖銳敲門聲打破寂靜。他為之一愣，咒罵自己居然沒聽見有人逼近。

來者是赫薩蘅公主，身披綠金衣物，臉色像隻貓一樣沾沾自喜。「早安，韋斯弗大人、法里克隊長。」赫薩蘅大步走向醫者，髮辮搖擺。女醫抬頭回視時所流露的表情，看在鎧奧眼裡似乎是惱怒。赫薩蘅低頭吻她的雙頰。「妳平時沒這麼暴躁呀，伊芮奈。」

出現了——她的名字。

「我今早忘了喝咖啡。」南方大陸一種帶有苦澀辛香味的濃郁飲料，鎧奧今早就是用咖啡把早餐灌進胃裡。他曾問娜斯琳對咖啡做何感想，她回答說雖然味道怪怪的，但越喝越上癮。

公主斜坐於桌緣。「妳昨晚沒出席晚宴，卡辛對此悶悶不樂。」

伊芮奈繃緊雙肩。「我必須做準備。」

「伊芮奈．塔爾斯把自己關在泉塔裡工作？我還真震驚。」

鎧奧能從公主的語氣猜出答案：這名女子就是因為勤奮工作才能成為泉塔的頂尖醫者。

赫薩蘅把他打量一番。「還坐在輪椅上？」

「治療要花時間，」伊芮奈對公主溫和道，口氣裡既無謙卑也無敬意。「我們才剛開始。」

「所以妳答應了？」

伊芮奈瞪公主一眼。「我們正在評估這位大人的需求。」她朝門扉撇個下巴。「我忙完後再去找妳？」

娜斯琳佩服又擔憂地看向鎧奧。一個醫者居然叫世上最強帝國的公主滾蛋。

赫薩蘅俯身向前，搓搓伊芮奈的金棕秀髮。「妳要不是蒙神祝福，我一定親手挖掉妳的舌頭。」這句話聽起來就像混雜蜂蜜的毒液。伊芮奈只是回以淺淺一笑。赫薩蘅跳離桌邊，誇張地對鎧奧鞠個躬。「別擔心，韋斯弗大人，伊芮奈治過比你更嚴重的類似傷勢，她很快就能讓你重新站起來，好讓你再去為你主子賣命。」留下這句令娜斯琳冷眼以對的最後一擊後，公主轉身離去。

在場三人靜心等候，確認聽見外頭那扇門關上。

「伊芮奈・塔爾斯。」鎧奧只說出這幾個字。

「怎樣。」

她原本淡淡的笑意如今消失無蹤。好吧。

「失去知覺、動彈不得的範圍是從髖部開始。」

伊芮奈的目光立即瞥向他的髖部，在他身上遊走。「你的男性器官還能用嗎？」

他差點愣住。就連娜斯琳也忍不住對這種直白提問眨眼。

「能。」他緊繃道，壓抑臉頰上的灼熱感。

她來回瞥他們倆，若有所思。「能用到大功告成為止？」

他繃緊下顎。「這哪裡重要？」而且她怎麼猜到他和娜斯琳之間有這種關係？

伊芮奈只是動筆。

「妳在寫什麼？」他質問時詛咒該死的輪椅害他無法衝上去扯掉她手中的紙張。

「我在寫下一個大大的『不能』。」

而且她在這兩個字底下畫線。

他低吼道：「我猜妳接下來要問我的排便習慣？」

「這的確就是清單上的下一個項目。」

「我的排便習慣沒變，」他咬牙道：「除非妳需要娜斯琳證實這點。」

伊芮奈只是轉向娜斯琳，不為所動。「妳有沒有見過他便祕？」

「**別回答**。」他朝娜斯琳咬牙。

娜斯琳明智地找張椅子坐下，保持緘默。

伊芮奈站起身，放下筆，繞過桌邊，反映在秀髮上的午前陽光看似光明冠冕。

她在他腳邊屈膝。「你自己脫鞋？還是我來？」

「我自己來。」

她跪坐在地，看著他動手。這也是測試，為了看看他有多少行動力。兩條腿的重量，加上不斷調整姿勢……鎧奧咬緊牙關，揪住膝蓋，把一條腿從木踏板上抬起，接著彎下腰，用力拉扯幾下，脫下靴子。他脫下另一邊的靴子後問道：「褲子也要？」

鎧奧知道自己應該保持和顏悅色，應該哀求她伸出援手，可是——

「大概得等我把自己灌醉再說。」伊芮奈只是這樣回一句，接著回頭瞥向一頭霧水的娜斯琳。「我很遺憾。」她補充一句，挖苦程度聽起來只少了那麼一點點。

「妳跟她遺憾什麼？」

「因為我猜最近跟你同床共寢的倒楣鬼就是她。」

他用盡所有自制力才沒揪住她的肩膀拚命搖晃。「我有得罪過妳？」

這句話似乎令她停頓。伊芮奈只是扯掉他的襪子，丟在他的靴子上。「沒有。」

謊話。他嗅得到也嚐得到。

但她還是因為這句話而集中精神。鎧奧看著伊芮奈用纖細雙手抬起他的兩腳，他只能用看的，因為雙腿失去知覺——只感覺到腹肌隨之抽動。如果不用眼睛看，他就無法判斷她用多大的手勁抓住他的雙腳，她的指甲有沒有陷進這一處的皮肉。

他注意到她的無名指上有一枚戒指——婚戒。「妳的丈夫是本地人？」也可能是妻子，他心想。

「我沒——」她眨眨眼，朝戒指皺眉，沒把話說完。

看來她沒結婚。這枚銀戒造型簡單，鑲在上頭的石榴石只有小小一塊。她戴著這枚戒指大概是為了避免被騷擾。他在裂際城見過許多女子這麼做。

「你這裡有感覺嗎？」伊芮奈觸碰他每一根腳趾。

「沒有。」

她觸碰另一腳。「這邊呢？」

「沒有。」

羅紋當時在裂際城的石城堡裡已經幫他做過這些檢查。

「他一開始的傷勢，」娜斯琳插嘴，彷彿也想起精靈王子。「遍及整條脊椎。有個朋友大略知道這種傷怎麼治，也盡可能幫他做了處理。他的上半身因此恢復正常，但髖部以下癱瘓。」

「這道傷是怎麼來的？」

她的雙手在他的腳部和踝部遊走，敲擊測試，彷彿確實治過這種傷，正如赫薩蘭公主所說。

鎧奧整理腦海中那些由驚恐、痛苦和憤怒組成的畫面，沒立刻答覆。

娜斯琳張嘴，但被他攔住，他自行答覆：「戰鬥。我在戰鬥時背部受創，是魔法攻擊。」

伊芮奈的手指沿他兩腿慢慢往上挪，拍打揉捏。他什麼也感覺不到。她皺眉思索。「你能恢復到這種程度，你那個朋友想必是個天賦異稟的醫者。」

「他盡了力，就是他叫我來這裡。」

她按壓他的大腿。看著她的雙手持續北上時，他心中恐懼愈加強烈。他正想質問她是不是打算親手評估他的「男性器官」還剩多少活力時，她抬頭回視他。

在這種近距離下，她的雙眸宛如金焰，不像曼儂．黑喙眼裡那種冰冷金屬，沒有累積上百年的暴力傾向和掠食本能，而像……在冬夜中燃燒久久的烈火。「我得看看你的背部，」伊芮奈簡短開口，然後後退。「找張床躺下。」

鎧奧正想提醒她這對他有些難度時，娜斯琳立刻做出行動，推他來到他的臥室。卡妲嘉已經鋪好他的床鋪，還在床頭櫃上留下一束珠芽百合。伊芮奈嗅聞幾下──彷彿不喜歡這種花的味道。他逼自己別問原因。

娜斯琳試著扶他躺到床上時，他揮手拒絕。床鋪夠矮，他能靠自己。

伊芮奈站在門口旁觀。他把一手撐在床墊上，另一條胳臂撐在椅子上，然後用力一推，把自己撐到床上坐著。他解開擦拭過的扣帶，接連脫下外套和底下的白襯衫。

「我猜妳要我趴著？」

伊芮奈對他簡短點頭。

他抓住雙膝，繃緊腹肌，把雙腿拉到床墊上，然後仰躺在床上。

有那麼幾秒，他的兩條腿抽搐痙攣。這種現象是在幾星期前第一次發生，他當時意識到這種動作並非由他控制。他明白這種痙攣是這種傷勢所造成的某種影響──通常在大量耗費體力後發生──因此心情還是一樣沉重。

「這種傷經常造成腿部痙攣，」伊芮奈說明，看著腿部肌肉恢復平靜。「這種症狀應該會逐漸平息。」她朝他揮個手，提醒他改成俯臥姿。

鎧奧默默坐起，把一邊腳踝跨過另一邊，接著再次仰躺，然後扭動腰部及雙腿。

他這麼快就學會如何在下半身癱瘓的情況下改變姿勢；儘管她感到欽佩，也沒做出反應，甚至連眉毛也沒挑一下。

他把下巴壓在交疊的雙手上，回頭看著她走近，看到她示意再次來回踱步的娜斯琳坐下。

他觀察伊芮奈身上有沒有散發任何法力，就算他根本不知道法力看起來應該是什麼模樣。鐸里昂的法力形式是寒冰、疾風和閃光，艾琳的則是呼嘯烈火。至於治療法術……是某種外在又有形的東西？還是只有他的骨頭和血肉得以目睹？

以前的他很難接受這些疑問——甚至很難容忍魔法接觸自身。曾害怕魔法的那個鎧奧……他只慶幸那個自己已隨玻璃城堡一同粉碎。

伊芮奈站在他身旁觀察他的背部。

她把雙掌貼在他的肩胛骨之間時，他覺得她的雙手就跟晨曦一樣溫暖。「你這裡被擊中。」她輕聲做出觀察。

這裡有一道痕跡。前任亞達蘭國王做出的那一擊，在這一處的皮膚上留下擴散式的淡色疤痕。鐸里昂在鎧奧出海前教過他如何拿兩面鏡子觀察自己的背部。

「是的。」

她的雙手撫過他的脊椎。「那道攻擊在這一處擴散，截斷了內部結構。」她似乎不是在對他說話，而是自言自語、若有所思。

他強忍那道回憶帶來的劇痛、麻痺和空虛感。

「妳——看得見？」娜斯琳問。

「我的天賦會告訴我。」伊芮奈的手在他的背部中段停留，推擠按壓這一處。「你承受的那道攻擊……威力無窮。」

「是的。」他簡短答覆。

她的手繼續往下挪，把他的褲頭往下推幾吋。他咬牙嘶吼，回頭瞪她。「妳應該先跟我說一聲。」

伊芮奈沒理他，只是觸碰他的下背。他沒感覺。

她的十指如蜘蛛腿般沿他的脊椎往上移，彷彿數算他有幾根脊椎骨。「這裡呢？」

「有感覺。」

她的指尖稍微往下挪。「這裡呢？」

「沒感覺。」

她皺起眉心，像在暗自記下這個位置。她從他背部外圍開始觸碰，往上挪，問他從哪個位置開始沒感覺。她用雙手來回轉動他的頭頸，測試評估。

最後，她要他移動——不是起身，而是翻身。

鎧奧瞪著半球形的彩繪天花板，任憑伊芮奈戳刺他的胸肌、腹肌和肋部肌肉。她的指尖沿他的腹肌人魚線持續深入褲頭時，他忍不住質問一聲：「真有必要？」

伊芮奈不耐地回望。「你褲子裡是不是有什麼丟臉的東西怕被我看到？」

噢，這位來自芬海洛的伊芮奈．塔爾斯確實夠嗆。鎧奧回視她的挑釁目光。

伊芮奈只是嗤笑一聲。「我忘了北方大陸的男人都是保守紳士。」

「這裡的男人不是？」

「沒錯。這裡的人欣賞身體之美，不覺得這是什麼需要隱藏的羞恥。男女都一樣。」

難怪他的女僕在這方面豪邁大方。

「他們在晚宴上穿了不少衣服。」

「你該看看他們狂歡的時候。」伊芮奈冷冷回一句，但還是把手從他的褲頭收回。「如果你的男性器官在內部和外部都沒出現問題，那我就不用看了。」

他覺得自己彷彿又變回第一次試著跟漂亮女生講話的十三歲少年。他咬牙哼一聲：「嗯。」

伊芮奈後退一步，把他的上衣遞給他。他以雙臂和腹肌出力，坐起身，套上衣服。

「所以？」娜斯琳上前追問。

伊芮奈勾轉一縷鬆散捲髮。「我得先想想，也得先跟我的前輩談談。」

「我以為妳就是最好的醫者。」娜斯琳試探道。

「我是眾多好醫者之一，」伊芮奈坦承：「但這份差事是高階醫者交給我的，我想先跟她談談。」

「他的狀況很糟？」娜斯琳追問。他很感激她這麼做，因為他自己沒勇氣問。

伊芮奈只是看著他，眼神坦率，毫無懼意。「妳也知道他的狀況很糟。」

「可是妳能幫他？」娜斯琳這次的口氣更尖銳。

「我是治好過這種傷，可是他這個……還有待觀察。」伊芮奈回視她。

「那妳——妳什麼時候能給個答案？」

「等我有時間思考再說。」

鍇奧意識到，她還沒決定要不要醫他。

他再次瞪著伊芮奈，讓她知道他能體諒這點。他很慶幸娜斯琳沒注意到，否則伊芮奈的臉蛋現在可能會被壓在牆上。

對娜斯琳來說……醫者不容置疑，在這座城中就跟天神一樣聖潔。

「妳什麼時候會再來一趟？」娜斯琳問。

永不，他差點代答。

伊芮奈把雙手插進口袋。「我會派人告知。」她丟下這幾個字後轉身離去。

娜斯琳瞪著她的背影，接著揉揉臉。

鎧奧不發一語。

娜斯琳突然挺起腰桿，拔腿就跑——衝進起居室。他聽見紙張沙沙聲，然後——

娜斯琳在他的臥室門口停步，眉心緊蹙，手裡拿著伊芮奈剛來時寫下的紙條。

她把紙條遞給他。「這究竟什麼意思？」

紙上有四個字跡潦草的名字。

奧格妮雅。

瑪特。

蘿莎娜。

喬瑟芬。

最後一個名字重複寫了幾次。

而且底下重複畫線。

喬瑟芬。喬瑟芬。喬瑟芬。

「也許這些是其他人選，」他撒謊：「也許她怕被奸細聽見她介紹其他泉塔醫者。」

娜斯琳歪起嘴角。「等她回來的時候再看看她怎麼說吧。至少我們知道赫薩蘭能找到她。」

卡辛也能。那位女醫剛剛聽見卡辛這個名字時顯然心神不寧。雖然他不會強迫伊芮奈治他，不過……這筆情報確實有用。

鎧奧再次查看紙條。最後這個名字底下被拚命畫線。

彷彿伊芮奈在這裡的時候——有他在場的時候——需要提醒自己什麼，彷彿她需要讓紙上這幾人知道她記得他們。

他曾見過另一名來自芬海洛的年輕優秀女醫。鐸里昂深愛她，曾考慮跟她私奔，為彼此追尋一個更美好的人生。鎧奧知道芬海洛的年輕人有過什麼樣的經歷，知道索莎在那裡遭遇的苦難——後來在裂際城有何下場。

他過去幾年間曾騎馬橫越芬海洛傷痕累累的草原，見過被焚燒棄置、茅草屋頂被破壞殆盡的石屋。屋主不是被奴役、被殺，就是逃往別處，逃往遠方。

鎧奧拿著這張紙，意識到一件事：不，伊芮奈·塔爾斯不會回來。

第六章

伊芮奈雖然事先知道他的年齡，但還是沒料到前任侍衛隊長看起來這麼……年輕。她走進起居室，看見他那張堅毅帥氣、混雜警戒和希望的臉孔時，才確認了他的年紀。看到他臉上的希望，她氣得眼睛充血，只想在他另一邊臉頰劃下一條對稱的傷痕。

她在這次互動中完全丟掉專業意識。她以前從來沒有——一次也沒有——對哪個患者這麼無禮又冷漠。

幸好赫薩蘭出現，她因此稍微恢復冷靜。但在觸碰那名男子，思索該如何醫治他時……

她不是有意寫下過去四代的塔爾斯醫者之名，不是有意在假裝記錄他的病情時重複寫下母親的名字。這麼做完全無助於平息她腦海中的轟然怒吼。

她走出宮殿，穿過狹窄街道，爬上泉塔裡的無數階梯，這趟路花了將近一小時，漫長得就像一輩子。伊芮奈闖進海菲札的辦公室時，滿身汗水和沙塵。

她前往宮殿時居然遲到——這是她第一次這麼不專業，她以前赴約時從沒遲到過。但今天上午十點左右，她發現自己站在他房門外的走廊壁龕裡，雙手掩面，呼吸困難。

他不是她所想的那種莽夫。

他用字高雅，比較像貴族而非士兵，雖然他的身體絕對屬於第二種。她多次幫卡岡王的菁英戰士治傷，知道渾厚肌肉摸起來是什麼感覺。韋斯弗大人一身棕膚疤痕累累，清楚表達他那身肌肉得來不易，而他現在得靠那身肌肉推動輪椅。

至於他的脊椎所受的傷……

伊芮奈在高階醫者的辦公室門口停步時，坐在一名哭啼侍童身旁的海菲札抬起頭。

「我得跟妳談談。」伊芮奈緊繃道，一手掐在門柱上。

「我忙完就跟妳談。」海菲札簡短答覆，把一條手帕遞給啜泣女童。醫者之中雖然也有男性，但蒙受席爾芭恩賜的大多是女性。坐在辦公室裡的這名少女看起來頂多十四歲……伊芮奈十四歲時在親戚的農場上做牛做馬，夢想著來到這座高塔。她才不會跟任何人哭訴自己這輩子有多慘。

伊芮奈沒在門口等下去，而是退後幾步，把門關好，斜靠在樓梯平臺的牆上。

這個樓層有兩道門，上鎖的那一道通往海菲札的私人工作室，另一道則通往高階醫者的臥室；兩塊門板上分別刻著貓頭鷹振翅升空和貓頭鷹收翼歇息的圖案。貓頭鷹是席爾芭的象徵，塔中到處都是貓頭鷹的圖案，大多刻於石面和木板，有些則畫在一些令人出乎意料之處，表情搞怪，彷彿是很久以前哪個侍童塗鴉所留下。但是私人工作室門扉上的這隻貓頭鷹……

牠站在門板的一條粗糙鐵桿上，展翼準備躍入空中，但表情看來……警覺。牠像知道誰從門前走過，知道誰的目光在這道門上停留太久。只有海菲札有這扇門的鑰匙，承自前人。侍童彼此間竊竊私語，說這個房間裡藏有古老的知識和裝置、鎖在裡頭的反常事物根本不該重見天日。

伊芮奈對這些說詞一笑置之，沒跟侍童們說明海菲札曾邀請她和幾個被選中的醫者參觀這個房間，裡頭除了一些極其古老的工具和家具之外沒有任何值得討論之物。儘管如此，高階醫者的工作室確實充滿神祕感，這點數百年不變，也是繼續流傳於侍童當中的泉塔傳說之一。

伊芮奈用手搧搧臉，因為爬樓梯加上大熱天而氣喘吁吁。她把後腦杓靠在冰涼石牆上，再次摸索口袋裡的紙條。她不禁好奇，那位年輕領主有沒有注意到她常常把手放進口袋——抓著陌生少女留下的這張紙條。他會不會以為她口袋裡藏有武器？他一定什麼細節也沒漏掉，一定注意到她的每一次呼吸。

他是這方面的專家，畢竟他侍奉過前任國王；娜斯琳・法里克也是，來自這片土地的孩子如今侍奉亞達蘭國王，即使亞達蘭政權對外人很不友善。

這看在伊芮奈眼裡根本莫名其妙。她注意到那對男女之間的尷尬和默契，知道他們之間有某種感情羈絆，至於到什麼程度……不重要，唯一重要的是他也會需要的心靈療癒。這個男人不習慣說出自己的想法、恐懼、心願和傷痛——這點顯而易見。

辦公室的門終於打開，哭得紅鼻紅眼的侍童以苦笑向伊芮奈道歉。

伊芮奈嗤氣，也回以笑臉。她平時不喜歡衝進人家的辦公室。伊芮奈雖然忙碌，但總會撥些時間照顧侍童，尤其是想家的那些。

她剛來這裡的那幾天，在食堂用餐時沒人坐在她旁邊。

伊芮奈還記得那幾頓孤獨的飯。她還記得自己在兩天後終於情緒崩潰，開始把飯菜帶進位於地下室、規模龐大的醫者圖書館，避開禁止任何人在館中吃喝的圖書館員，只有貓頭鷹圖案和幾隻偶而出現、脾氣古怪的芭絲貓跟她作伴。

伊芮奈後來上課時認識一些同學，因此終於鼓起勇氣離開圖書館和那些讓人搞不懂的貓——反正她進圖書館本來就不是為了進行研究——跟笑臉迎人的同學們一起坐在食堂裡用餐。

伊芮奈拍拍侍童的肩，輕聲道：「廚娘今早烤了杏仁餅乾，我出門的時候有聞到。幫我跟她說我要六塊，但我要妳留著其中四塊，」她朝女孩使個眼色。「把剩下的兩塊放在我房裡。」

女孩眉開眼笑，點點頭。廚娘大概是伊芮奈在泉塔第一個認識的朋友，那位老婦注意到伊芮奈獨自用餐，於是私下多給她一些點心——放在她的托盤上，或放在她的房間裡，甚至她在圖書館裡的祕密基地。伊芮奈去年報答了廚娘，幫她的孫女治好了一種突如其來的肺病。廚娘每次碰到她時都會為這件事感恩得痛哭流涕，伊芮奈也確保每個月一定會去女孩家裡探望一次。

她離開泉塔前必須另外找個人照顧那女孩。逼自己離開在這裡建立的人生……一定很艱難，也一定會引發強烈的罪惡感。

目送還在抽鼻子的侍童沿螺旋樓梯的寬階蹦跳離去後，伊芮奈深吸一口氣，大步走進海菲札的辦公室。

「那位年輕領主以後能走路嗎？」海菲札以這句疑問代替問候，挑起白眉。

伊芮奈在老位子坐下，椅面殘留著侍童的體溫。

「能。他的傷跟我去年冬天治過的那個案例幾乎一模一樣，只不過這次比較麻煩。」

「妳是指治療方面還是妳自己？」

伊芮奈臉紅。「我在診察時表現得很……丟臉。」

「意料之內。」

伊芮奈擦拭額汗。「我沒臉讓妳知道我有多丟臉。」

「那就別說了。下次改進，咱們就把這次當作教訓。」

伊芮奈靠向椅背，在破舊地毯上伸展痠痛的兩條腿。無論僕人如何哀求，海菲札就是堅決不換掉這塊紅綠雙色地毯。既然前五代前輩對這塊地毯都毫無怨言，她當然也沒有。

伊芮奈把頭靠在柔軟椅背上，凝視窗外的無雲藍天。「我認為我能治好他，」她比較像在喃喃自語，而非對海菲札說話。「只要他配合，我就能讓他重新走路。」

「他會配合嗎？」

「今天舉止不當的不只我一個，」她說：「不過既然他來自亞達蘭，舉止不當應該就是他的本性。」

海菲札哼笑一聲。「妳下次什麼時候見他？」

伊芮奈猶疑不決。

「妳會再去見他吧？」海菲札追問。

伊芮奈摳摳扶手上被太陽晒白的線頭。「這對我來說真的很不容易——我很不想看到他，不想聽見他的口音，而且……」她的手停住。「可是妳說得對，我會……盡力試試，就算只是因為我不希望亞達蘭拿這件事怪罪我。」

「妳認為他們會怪罪妳？」

「他認識的權貴朋友可能會記恨。他的伴侶是新任侍衛隊長，她的家人來自這裡，她卻侍奉亞達蘭那幫人。」

「而這意味著什麼？」

這位老師總是在提點，總是在考驗學生。「這意味著……」伊芮奈吐口氣。「這意味著我其實有所不知。」她坐直身子。「但這也不表示他們得以脫罪。」

話雖如此，她這輩子見過一大堆壞人，她在印尼希曾跟他們一起生活，服侍他們。她第一眼看到韋斯弗大人那雙棕眸時，就打從心裡知道他不是壞人，他的伴侶也不是。

而且考慮到他的年紀……他在亞達蘭政權四處掠奪時還只是個少年。他當時確實可能以某些方式參與其中，況且亞達蘭政權最近幾年幹過更多壞事，她一想到就想吐，儘管如此……

「他的脊椎受的傷，」伊芮奈說：「他說那是某種邪穢魔法造成的。」

她接觸那道擴散式傷疤時，她體內的法力退縮，彷彿避之唯恐不及。

「噢？」

她打個冷顫。「我從沒……我從沒感受過這種傷，彷彿裡頭腐爛卻空無一物，冰冷得就像最漫長的冬夜。」

「我只能相信妳的說詞。」

伊芮奈噗哧一笑，感謝對方這種冷笑話，因為海菲札這輩子從沒見過雪。安第加四季如夏，這兩年最像冬天的那一天也只是薰衣草和檸檬樹早上結了霜。

「那道傷……」伊芮奈壓抑那道傷疤帶來的不悅感。「我從沒見過類似的魔法傷害。」

「會不會影響他的脊椎癒合？」

「我不知道。我還沒用法力探測那道傷，不過……我會讓妳知道答案。」

「我樂意協助。」

「就算這是妳給我的最終考驗？」

「好的醫者，」海菲札微笑道：「知道什麼時候必須求助。」

伊芮奈心不在焉地點點頭。等她乘船回鄉、投入那場血戰，到時候能向誰求助？

「我會回去，」伊芮奈終於做出答覆：「明天。我打算今晚去圖書館找些關於脊椎創傷和癱瘓的資料。」

「我會讓廚娘知道上哪兒能找到妳。」

伊芮奈對海菲札苦笑。「啥事都逃不過妳的法眼？」

海菲札心照不宣的眼神讓伊芮奈很不自在。

女醫在初次診察的這一天沒回來。鎧奧在起居室看書打發時間，娜斯琳等了一小時……兩小時後，終於宣布要去探望親戚。

她已經好幾年沒見到叔叔一家，只希望他們還住在她拜訪過的那棟屋子裡。

她幾乎沒睡，滿腦子的煩惱讓她幾乎感覺不到飢餓或疲憊。沒把話說清楚的女醫當然只是讓她煩上加煩。

既然今天跟卡岡王族沒有什麼約定……

「妳應該知道我自個兒會找事做。」鎧奧把書放在膝上時，娜斯琳又一次瞟向玄關。「我要是能走路，就會跟妳一起去。」

「你很快就能走路。」她保證。那位女醫看起來本領不錯，雖然擺明拒絕給他們一絲希望。如果那女人幫不上忙，娜斯琳就要另外找個醫者，下一個不行就再找一個，就算她得哀求高階醫者伸出援手。

「去吧，娜斯琳，」鎧奧命令：「妳如果不去，心裡一定不安。」

她揉揉頸後，接著從金絲沙發站起，大步走向他。她把雙手撐在他的扶手上，他的輪椅目前對準敞開的花園門扉。她把臉湊到他面前，彼此間已經好幾天沒這麼近。不知道為什麼，他的雙眸似乎變得……比較明亮，比昨天稍微好那麼一點點。「我會盡快回來。」

他對她淺淺一笑。「妳慢慢來。去見妳親戚吧。」他跟她說過他已經好幾年沒見過母親和弟弟；至於父親……鎧奧不喜歡提到父親。

「也許，」她低語：「咱們能找出那位醫者要的答案。」

他納悶地對她眨眼。

她呢喃：「關於你的某個部位能不能用到大功告成為止。」

他眼睛裡的光芒瞬間熄滅。

她立刻後退。她在航行途中撲到他身上時被他拒絕。稍早前看到他赤裸上身，看到他稜角分明的背肌和腹肌……她差點哀求醫者讓她代為診察。

真可悲。雖然她本來就不擅長壓抑慾望。她那年夏天開始跟他發生關係，是因為她看不出繼續抗拒心之所欲究竟有何意義，就算她當時不像現在這樣在乎他。

娜斯琳掠掠頭髮。「我會在晚餐前回來。」

鎧奧對她揮手，在她離開前已經拿起書繼續閱讀。

他們沒對彼此做出任何承諾，她提醒自己。她知道他出於天性而想善待並尊重她，而在今年夏天，玻璃城堡崩塌，她以為他喪命時……她才體驗到前所未有的恐懼。那是她這輩子第一次拚命祈禱——直到艾琳的烈火熔解並固化滿天碎玻璃，讓她得以保住小命。娜斯琳當時也為另一件事向諸神祈禱：希望艾琳也饒了鎧奧一命。

娜斯琳走過宮中走廊，憑印象尋找通往城中的大門時，逼自己別再想著那幾天的事，別再想著當時以為自己想要什麼，以為什麼最重要，直到卡岡王子說出某個消息。

她丟下了家人。她應該待在家人身邊，保護孩子們，保護年邁的父親，保護堅強又愛笑的姊姊。

「法里克隊長。」

聽見這個悅耳嗓音加上自己還不習慣的頭銜，娜斯琳停下腳步。她站在宮中一處岔路上，如果繼續往前走就能抵達正門。她在進入這座宮殿時已經記住每一道出入口。

薩韃克站在另一條走廊的盡頭。

此刻，王子身上不是昨天那套華服，而是緊身皮衣，肩上罩著造型簡單但牢固的護甲，皮衣的腕部、膝部和脛部都有護具，但沒穿胸甲。他的黑色長髮往後綁成辮子，用一條細皮繩紮起。

她深深一鞠躬，腰彎得比面對卡岡王其他子女時更低。據說這位王子最可能繼承王位，也因此最可能成為亞達蘭的盟友——

如果亞達蘭能撐到那時。

「妳似乎急著出門。」薩韃克示意她所選的這條走廊。

「我——我在這座城裡有親戚，我正打算去見他們。」她心不在焉地補充一句：「除非殿下你找我有事。」

他莞爾。她這才意識到自己用的是母語。彼此的共同語言。「我正要騎卡達菈出門，我的天鷹。」他用母語澄清。

「我知道，」她說：「我聽過相關故事。」

「就算在亞達蘭？」他挑起一眉。戰士兼魅惑大師，很危險的組合，雖然她不記得有人說過這位王子已婚。的確，他手上沒戴戒指。

「就算在亞達蘭。」娜斯琳答覆，沒補充說明亞達蘭的一般人大概沒聽過。但在她家裡……噢，大家都聽過，都叫他「飛翼王子」。

「讓我送妳一程吧？就連我也覺得城中街道跟迷宮一樣複雜。」

很大方的提議，也是一份殊榮。「我不想妨礙你乘鷹翱翔。」因為她實在不知道該如何跟這種男人談話——生於權貴之家，習慣被高貴淑女和滿腦子算盤的政客包圍。不過根據傳聞，他的天鷹隊員來自世界各地。

「卡達菈習慣等我，」薩韃克說：「至少讓我送妳到城門前。今天新來了一個衛兵，我會叫他們記住妳的臉，好讓妳能順利返回宮中。」

因為她身上這種衣物，而且頭上沒有任何飾品……的確，衛兵很可能會把她拒於門外。如果進不來……她不敢想下去。「謝謝你。」說完，她走在他身旁。

兩人經過一扇飄著白布的窗戶時都沒說話。鎧奧昨天跟她說過，卡辛懷疑么妹是被謀殺——凶手是帕林頓派來的奸細。這在她心中埋下恐懼的種籽，她不禁注意身旁每一張臉孔，窺視每一個陰暗處。

娜斯琳步伐穩健地走在王子身旁，瞥向對方。王子朝幾名身穿金袍、向他鞠躬的男女大臣點頭回禮。

娜斯琳忍不住問道：「大臣真的有三十六個？」

「我們對數字很講究，所以，沒錯。」他悶哼一聲，聽起來一點也不像王子該有的舉止。「父王考慮過減少一半的數量，但天神發怒比政治後果更令他擔心。」

能用母語跟人交談，這在這裡再正常不過，讓她覺得就像清新秋風拂過全身般輕鬆自在。

「韋斯弗大人跟醫者見面沒有？」

娜斯琳覺得坦承無妨。「有。伊芮奈・塔爾斯。」

「啊。赫赫有名的黃金女士。」

「噢？」

「妳不覺得她令人驚豔？」

娜斯琳微微一笑。「看來你喜歡她。」

薩韃克咯咯笑。「噢，我才不敢。我不想惹我弟卡辛不高興。」

「他們倆有戀愛關係？」赫薩薾之前也如此暗示過。

「他們是朋友——或者該說曾經是。我已經幾個月沒見到他們談話，不過誰知道究竟發生什麼事？既然我跟妳說了這件事，看來我跟宮裡那些愛聊八卦的沒兩樣。」

「這還是很有用的情報，畢竟我們要跟她合作。」

「她對韋斯弗大人的評估結果是好是壞？」

娜斯琳聳肩。「她不太願意給個確切答案。」

「大多數的醫者都是這樣，他們不喜歡讓人期望落空。」他把髮辮撥到一邊肩後。「不過我也要告訴妳，伊芮奈去年冬天治好了卡辛底下一名傷勢非常相似的達岡族人。我們的馬族和我自己的天鷹隊，長年來都是由醫者們治療這種傷，他們知道怎麼處理。」

娜斯琳心中燃起的希望就像前方那團強光——通往主庭院和宮殿大門的明亮門扉。「王子殿下，你從什麼時候開始騎乘天鷹？」

「我以為妳聽說過相關故事。」他臉上舞動著笑意。

「我只聽過謠言，我比較想聽真相。」

薩韃克把黑眸對準她，她只慶幸平時沒什麼機會見到這位王子，不是出於恐懼，而是……這種沉重視線集中在她一個人身上，讓她很不自在。他的眼神就像老鷹的目光——天鷹的目光，尖銳犀利。

「我十二歲那年，父王帶我們大夥去山中鷹巢。我偷偷脫隊，爬上騎兵隊長的天鷹，盡情高飛，逼得他們追我下來。父王告訴我，如果我摔得粉身碎骨，也只是為我的愚蠢付出應有的代價。做為懲罰，他命令我跟天鷹隊一起生活，直到我能證明自己不是無藥可救的蠢蛋——他提議的期限是一輩子。」

娜斯琳輕聲發笑，來到寬廣庭院時被陽光刺得眨眼。華麗的拱門和圓柱刻有各種動植物雕飾，聳立於兩人身後的宮殿宛如巨獸。

「幸好我沒死於愚蠢，而是愛上乘鷹而飛，愛上他們的生活方式。他們因為我是王子而把我整得很慘，但我很快就證明了自己的能耐。卡達菈在我十五歲那年孵化，我親自照顧牠，從此沒有其他坐騎。」他的黑眸閃閃發亮，流露驕傲和情感。

娜斯琳和鎧奧卻請求——哀求他騎著那頭坐騎投入戰場，對抗龐大殘暴、尾巴淬毒的翼龍。她覺得胃袋翻攪。

兩人來到高聳的大門前，覆以釘飾的青銅門板上開了一扇小門，以便為王族辦事的人員徒步進出。娜斯琳站在原地，薩韃克向站崗的重裝衛兵說明她的身分，命令他們讓她自由通行。衛兵們鞠躬遵命，舉拳貼胸，背上的劍柄在陽光下閃閃發亮。

她之前就注意到鎧奧不太願意看著他們——或是宮中衛兵，還有碼頭那些。

薩韃克帶她穿過小門時，她發現青銅門板將近一呎厚。兩人來到鵝卵石大路上，這道斜坡通往迷宮般的城中街道。周圍林立著更多衛兵和諸多豪宅，為想住在宮殿陰影下的富豪所有。街上擠滿忙於工作或休閒散步的人們，甚至有一些旅人為了欣賞宮殿而辛苦爬上斜坡，試著從娜斯琳和薩韃克剛剛走過的小門窺探門後的庭院。似乎沒人認出她身邊的人是王子，即使她知道在街上以及門前站崗的衛兵們正在監視每個人的言行舉止。

她瞥薩韃克一眼，看得出王子走出門後雖然裝成普通人，但也在觀察周圍。她打量前方的繁忙街道，聆聽喧囂。她得走一小時的路才能抵達親戚在城裡的住處，不過搭乘馬車或騎馬過去會更久，因為路上擠得水洩不通。

「妳真的不需要我送妳一程？」

注意到對方斜眼窺視自己時，娜斯琳的嘴角微微勾起。「我能照顧自己，王子，但我還是感謝你的好意。」

薩韃克把她打量一番，就像迅速評估一名戰士。的確，他走出宮外也沒什麼好怕。「如果妳有時間或感興趣，讓我載妳兜兜風。天空開闊而且空氣清新，不像在地上到處都是沙塵和鹽水味。」

開闊得不用擔心有人偷聽。

娜斯琳深深一鞠躬。「聽起來很吸引人。」

她走過豔陽大道，閃避路上的推車和彼此爭道的交通工具時，感覺到王子仍在看著自己。

她不敢回視對方，儘管她不太確定原因。

娜斯琳出門至少三十分鐘後，鎧奧才呼喚卡妲嘉。她一直在門外走廊待命，聽見他喊她的名字時立即來到他的套房。他在玄關看著女僕輕盈地走來。她垂頭盯著地板，等候進一步指示。

「我需要妳幫忙。」他說得緩慢清晰，暗自責備自己當年應該在鐸里昂學習霍赫語時一起學幾句。

她只是點個頭。

「我需要妳去碼頭一趟，找些情報來源，詢問有沒有裂際城遭襲的後續消息。」卡妲嘉昨天去過王座廳，一定也聽見裂際城的新聞。他考慮過拜託娜斯琳出門時順便打聽，但如果只有壞消息……他不希望她獨自承擔、獨自把壞消息帶回宮中。「妳覺得妳做得到嗎？」

卡妲嘉終於抬眼，就算頭依然低下。「做得到。」她簡短答覆。

他知道她很可能聽命於宮中哪個貴族或大臣，但就算「請她幫忙打聽情報」這件事很可能會被呈報上去，也不會給他的任務造成任何影響。如果他們覺得他關心老家是軟弱或愚蠢的表現，他也不在乎。

「很好。」鎧奧把輪子往前推一呎，聽見輪椅吱嘎作響，而雙腿依然毫無知覺，他強迫自己別皺眉。「我還有一件事要拜託妳。」

只因為娜斯琳忙著去見親戚，不表示他必須閒著。

但是卡妲嘉把他推進阿古恩的房間時，他不禁懷疑自己其實應該先等娜斯琳回來。最年長王子的會客室就跟鎧奧的整間套房一樣大。這個橢圓形空間的最遠側通往一座庭院，院子裡有一座波光粼粼的噴水池，還有兩隻白孔雀四處走動。他看著牠們快步走過，雪白羽毛拖過地面石板，精美羽冠隨著走動而上下搖擺。

「牠們很美吧？」

左邊一道布滿雕飾的雙扇門開啟，臉龐瘦削、眼神冷漠的王子從中現身，注意力放在孔雀身上。

「令人驚豔。」鎧奧坦承。他討厭自己必須抬頭才能看著對方的眼睛。他如果站著，至少會比對方高四吋，就能在這場會面中運用自己的身高優勢。他如果站著——

他不讓自己在這條思路上想下去，現在不行。

「牠們是我的寶貝，」阿古恩把鎧奧的語言說得十足流暢。「我的家鄉到處都是牠們的後代。」

鎧奧猜想換作鐸里昂或艾琳會說什麼，但毫無頭緒。他無論說什麼聽起來都像蠢話或假話，所以他只是回一句：「我相信那裡一定很美。」

阿古恩的嘴角微微上揚。「只要你能容忍牠們每年某些時候拚命叫春。」

鎧奧咬牙。他在裂際城的同胞不是瀕臨死亡就是已經沒命，他居然忙著跟人討論吵鬧又臭屁的笨鳥？

他考慮該繼續配合還是切入重點時，阿古恩開口：「我猜，你是來問我對你那座城還掌握多少情報。」王子終於投來冰冷視線，鎧奧穩穩回視。至少他還玩得動互瞪比賽，他以前常常這樣瞪過不懂分寸的衛兵和朝臣。

「你向你父王稟報了這筆情報。我想知道是誰跟你說明裂際城遭襲的細節。」

王子的棕眸流露笑意。「你果然是直腸子。」

「我的同胞正在受苦，我必須盡可能蒐集情報。」

「那麼，」阿古恩摳摳翠綠外袍上的一條金線頭。「為了誠實起見，我什麼情報也沒辦法給你。」

鎧奧慢慢眨一下眼。

阿古恩朝通往室外的門扉伸出手。「這裡有太多眼睛，韋斯弗大人。不管我們究竟討論什麼，看到我跟你共處一室，他們都可能產生誤解，無論好壞。所以，我雖然感謝你前來造訪，但還是得請你離開。」在門口等候的僕人們立刻上前，顯然打算推他離開。

看到其中一名僕人把手伸向他的輪椅後方……

鎧奧朝僕人亮牙，對方驟然停步。「別過來。」

就算這名僕人聽不懂他的語言，也顯然看懂他的表情。

鎧奧轉頭看著王子。「你真的想玩這種遊戲？」

「這不是遊戲。」阿古恩簡短道，大步走回剛剛所在的書房。「我說出的這項消息正確無誤。我的間諜不會為了娛樂聽眾而捏造故事。祝你有個美好的一天。」

說完，他消失在門後。

鎧奧很想捶那道門，捶到阿古恩願意再次開口為止──也許順便在王子臉上捶幾拳，不過……他身後的兩名僕人正在等候，正在監視。

他在裂際城應付過不少朝臣，看得出誰在說謊，儘管他這方面的能力在過去幾個月中失敗得一塌糊塗，在艾琳的事情上，在其他人的事情上，在……所有事情上。

但他總覺得阿古恩沒說謊。完全沒有。

裂際城確實遭到重創，鐸里昂依然行蹤不明，同胞的命運依舊不明。

僕人上前推動輪椅，送他回房時，他沒再抗拒，就算這恐怕比什麼都更令他怒火中燒。

娜斯琳沒回來吃晚餐。

時間一分一秒過去，但她就是沒出現在走廊，沒進入大廳參加晚宴。鎧奧沒讓在場的卡岡王、王族子女和三十六名眼神如老鷹般犀利的大臣察覺到他多麼擔心。她離開了好幾小時，都沒派人捎來消息。

就連卡姮嘉也在晚餐前的一小時回來。他瞥了一眼她刻意保持平靜的臉龐，就得到答案：她在碼頭沒問到任何有關裂際城遭襲的其他情報，只有確認阿古恩所宣稱：許多船長和商人跟一些航經裂際城或僥倖脫逃的人談過而獲得可靠消息，那場襲擊確實發生，目前無法估計究竟多少人死亡、城中受損得多麼嚴重。南方大陸和北方大陸之間所有貿易目前中斷──至少跟裂際城之間，以及所有需要從該城旁邊通行才能抵達的北方地區。沒人知道鐸里昂是否安好。

這把他壓得呼吸困難，但很快就變成次要的擔憂，因為他在為晚宴換好衣服後發現娜斯琳還沒回來。他暫時放下煩惱，要卡妲嘉推他來到晚宴所在的大廳。但隨著時間持續經過，娜斯琳還是沒回來，他越來越難裝得若無其事。

若卡辛關於亡妹的推測正確，她非常可能遭遇不測。要是莫拉斯的奸細真的已經滲透此地，鎧奧相信他們已經知道他和娜斯琳來到這裡，開始獵捕他們。

他不應該在她今天出門前沒考慮到這個問題，不應該只想著自己的煩惱。但如果要求衛兵去外頭找她，只會讓潛在的敵人知道他最珍惜什麼，知道該從哪下手。

所以，鎧奧逼自己吞下食物，勉強聽見旁人在討論什麼。他右手邊是懷有身孕、神情平靜的杜娃，正在問他的家鄉現在流行什麼樣的音樂和舞蹈。在他左手邊的阿古恩沒提到他今天下午登門拜訪，只是問他關於既有以及可能的貿易路線。鎧奧捏造了半數的答覆，王子微笑以對，彷彿知道他在瞎掰。

娜斯琳還是不見蹤影。

伊芮奈倒是有來。

她在晚宴進行一半時出現，身上是一件稍微比較好但款式依然簡單的紫色長袍，把她的金棕肌膚襯托得閃閃發亮。赫薩薾及其情人起身迎接醫者，前者握起伊芮奈的手，吻她的臉頰，並趕走坐在左手邊的大臣，以便騰出空位。

伊芮奈向卡岡王鞠躬，對方只是看她一眼，揮個手，繼續跟在場的貴族談話。阿古恩裝作沒看見她。杜娃對伊芮奈眉開眼笑，一旁文靜的丈夫只是露出低調笑容。只有薩韃克點頭致意。卡辛則給她一個不甚熱情的抿脣微笑。

伊芮奈在赫薩薾身旁坐下時，卡辛的視線還是在女醫身上稍微逗留。鎧奧想起公主今天上午拿哪件事取笑過伊芮奈。

伊芮奈沒回應王子的微笑，只是冷淡地點個頭，在赫薩薾為她征服的椅子上坐下。她開始跟赫薩薾和蕾妮雅談話，接受蕾妮雅堆在她餐盤上的肉塊。公主的情人說伊芮奈看起來太疲倦、太瘦弱也太蒼白。伊芮奈只是茫然地接受每一份食物，微笑並點頭道謝，視線刻意避開卡辛和鎧奧所在之處。

「韋斯弗大人，我聽說，」鎧奧右手邊一名男子用亞達蘭語開口：「被指派給你的醫者是伊芮奈。」

發現俯身過來搭話的這人是卡辛，而且在對方眼裡看到露骨警告時，鎧奧一點也不感到訝異。他常常見過這種眼神：**宣告所有權**。

不管伊芮奈是否歡迎這項宣告。

她似乎對這位王子愛理不理，鎧奧猜這表示她占上風，就算他完全搞不懂原因。卡辛在王族男丁之中最為英俊。鎧奧待在玻璃城堡那些年裡，見過太多女人向鐸里昂投懷送抱。卡辛臉上就是鎧奧常常在鐸里昂臉上看到的那種自滿。

那是很久以前的事，感覺像上輩子，在一名刺客登場，在鐸里昂被套上項圈，在那一切發生之前。

在大廳四處站崗的衛兵如點燃的火焰般引起他的注意。他不願瞥向最近的一名衛兵；他出於習慣而記住對方的方位，那名衛兵站在高桌旁的二十呎外。他自己曾站在那名衛兵所站之處，面對另一位國王，身處另一個宮廷。

「是的。」鎧奧簡短答覆。

「除了高階醫者，伊芮奈就是我們最頂尖的醫者。」卡辛瞥向依舊沒理他的女子。「伊芮奈似乎跟蕾妮雅聊得更熱絡。

「我有聽說。」**伊芮奈絕對是舌頭最毒的醫者。**

「她在正式考試上的成績遠比任何人優異。」卡辛說下去。伊芮奈還是沒理他，他臉上閃過類似難過的表情。

「看看他有多猴急。」阿古恩的低語越過杜娃夫妻和鎧奧，來到薩韃克耳中。杜娃用力拍打阿古恩的胳臂，責備他妨礙了她用叉子把食物送進嘴裡的過程。

卡辛似乎聽不見或不在乎大哥對他的批評。薩韃克居然也沒做出反應，而是選擇跟一名身穿金袍的大臣談話。卡辛對鎧奧說下去：「前所未有的好成績，尤其考慮到她在這裡只待了兩年多。」

這也是一筆小小情報。原來伊芮奈在安第加沒有住很久。

鎧奧發現伊芮奈冷眼瞥來。這是她給他的警告：別把她拖進這場談話。

他考慮兩種選擇的好處：對她先前的挑釁做出無聊報復，或者……

她是他的治療師，至少她正在考慮要不要醫他。他是笨蛋才想得罪她。

因此他對卡辛說：「我聽說你平時都住在南方的巴爾朗，管理地面部隊。」

卡辛坐直身子。「沒錯，我平時都住在那兒，監督練兵。我如果不在那裡，就是跟宗族的馬王們一起在大草原。」

「感謝諸神。」赫薩蘭的咕噥從桌子對面傳來，換來薩韃克以眼神警告。赫薩蘭只是翻白眼，在情人耳邊呢喃幾字，逗得蕾妮雅發出銀鈴般的笑聲。

伊芮奈還在盯著鎧奧，臉上似乎殘留著反感——彷彿他同坐一桌就足以令她咬牙。卡辛開始說明自己在西南岸那座由他管理的城市裡有哪些例行公事，馬族在大草原上過著什麼樣的生活。

卡辛停止說話、啜飲葡萄酒時，鎧奧也冷冷瞪伊芮奈一眼，接著連番詢問王子的生活。他意識到，這些都是跟他們的軍隊有關的有用情報。

不是只有他意識到這點。卡辛描述在北方地區建造的鍛爐時，阿古恩打岔：「吃晚餐時就別談公事了吧，老弟。」

卡辛立刻閉嘴，果然是訓練有素的軍人。

出於某種原因——既然卡辛像個普通士兵一樣對大哥完全服從——鎧奧這下知道他沒被列為王位候選人。但他似乎是個好人，是比傲慢的阿古恩或凶狠如狼的赫薩藺更好的人選。這無法完全解釋伊芮奈為什麼就是想跟卡辛保持距離。雖然這不關他屁事，他也不感興趣，尤其因為伊芮奈每次轉頭看到他都會繃緊嘴角。

要不是擔心她可能會決定不幫他治療，他很想當場問清楚她幹麼這種態度。不過，既然卡辛喜歡她，不管她是否拒絕，在這個場合跟她吵這件事絕不明智。

後方傳來腳步聲，只是一名大臣的丈夫，那人在妻子耳邊呢喃幾字後離去。

娜斯琳還是沒出現。

鎧奧觀察桌上菜餚，估算還有多少菜要上。現在還沒送上任何甜點，而昨晚的宴席拖到很晚。

他再次瞟向出入口，略過在那裡站崗的衛兵，尋找她的身影。

鎧奧回頭面向餐桌時，發現伊芮奈在觀察自己。那雙金眸依然警覺，依然帶有反感，現在還帶有……警告。

她知道他在找誰。她知道誰的行蹤不明令他不安。

令他震驚的是，她居然微微搖頭。別動聲色，她似乎告訴他。別叫他們去找她。

雖然他本來就明白這個道理，但還是對伊芮奈簡短點個頭，繼續裝作沒事。

卡辛試著跟伊芮奈搭話，但每次都被她禮貌地用簡短答覆潑冷水。

這位女醫今早對鎧奧的不屑也許是出於個性，而非因為痛恨亞達蘭的侵略。也可能因為她就是討厭男人。他很難不去注意她頸部的淡疤。

甜點終於送上後，鎧奧以疲倦為理由退席。和其他僕人一起在最遠的圓柱旁待命的卡妲嘉立刻趕來，默默推動他的輪椅，輪子每次震動都令他咬牙。

伊芮奈沒跟他道別，也沒保證明天會去找他。她看都沒看他一眼。

他回到房間後，發現娜斯琳不在。如果他派人去找她，如果他引起注意，讓敵人知道他有什麼弱點……

所以他繼續等候。他聽著院子裡的噴水池汩汩作響，聽著無花果樹上的夜鶯歌唱，聽著起居室壁爐架上的時鐘穩穩地滴答作響。

十一點。十二點。他叫卡妲嘉先去睡，他能扶自己上床。但她沒退下，只是在玄關的彩繪牆邊等候。

將近凌晨一點時，房門打開。

娜斯琳輕輕走進。他知道是她，他早已熟悉她的腳步聲。

她看到起居室裡的燭光而大步走來。

她身上沒有傷，只有……光芒。她臉頰紅潤，眼睛比今早更明亮。「抱歉，我沒趕上晚餐。」她只這樣說一句。

他從喉嚨深處說出低沉答覆：「妳知不知道我有多擔心？」

她停下腳步，髮絲晃動。「我不知道我得派人通知你我的行蹤。是你叫我去的。」

「妳跑去異國之城，沒在妳說好的時間回來。」字字尖銳。

「這裡不是異國之城——起碼對我來說不是。」

他一掌拍在輪椅的扶手上。「有個公主在幾星期前被謀殺。**公主**。在她自家的宮殿裡——這個世界上最強大的帝國的大本營。」

她交叉雙臂。「我們不知道那是不是謀殺。似乎只有卡辛這麼認為。」

這根本不是重點。就算他今晚差點忘了在晚宴上觀察現場有沒有任何法魯格入侵的跡象。

他把嗓門壓得極輕：「我甚至不能派人去找妳。我甚至不敢讓他們知道妳不知去向。」

她慢慢眨眼。「如果你很想知道原因，那我告訴你，我的親戚很高興見到我，而且他們昨天收到我父親寄來的短信：我父親他們成功脫逃，」她解開外套鈕釦。「現在可能在任何地方。」

「我很高興聽見這個消息。」鎧奧咬牙，就算他知道對她來說，不知道家人現在在哪，其實就跟她昨天不知道他們是死是活一樣令她驚恐。他盡量保持語氣平穩：「如果妳不告訴我妳在哪、妳的行程有變，妳我就無法合作。」

「我在他們家吃晚飯，我忘了時間。他們哀求我留下。」

「妳明明知道應該派人通知我，特別是我們經歷過的事。」

「在這座城裡，在這個地方，我沒什麼好怕。」

她口氣苦澀。他知道她是指裂際城……她在裂際城的時候提心吊膽。

他很難過她有這種感受。話雖如此，他還是說：「我們不就是為此而戰？好讓我們的家園有朝一日變得安全？」

她收起所有表情。「嗯。」

她解開每一顆鈕釦，脫下外套，露出底下的襯衫，再把外套甩在一邊肩上。「我要去睡了。明早見。」

沒等他說再見，她已經大步走進自己的臥室，關上門。

鎧奧在起居室坐了幾分鐘，想等她再次出來。他終於叫卡妲嘉推他回房，幫他換上睡衣。女僕吹熄蠟燭，輕輕走離後，他等著房門被打開。

但是娜斯琳沒進來。他也不能去找她——這麼做就得叫醒已經去睡的可憐卡妲嘉，她就算在睡覺時也在恭候差遣。

他還在等娜斯琳時，逐漸被睡意征服。

第八章

伊芮奈確保隔天早上準時赴約。她沒提前派人通知，但敢打賭韋斯弗大人和新任侍衛隊長會在上午十點等她，儘管他昨晚的眼神似乎表示他不期望她再次出現。

她原本想拖到上午十一點再來，因為赫薩蘥和蕾妮雅昨晚拉她出去喝酒——嚴格來說是去看她們倆拚酒，她自己小口啜飲葡萄酒，凌晨兩點才爬回泉塔裡的房間。赫薩蘥昨晚邀請她在宮中過夜，但一想到她們三人在玫瑰區那間靜謐高雅的酒館裡差點碰到卡辛，她不想冒可能再次碰到他的風險。

他要怎麼想是他家的事。

說真的，卡岡王命令子女返回各自的崗位時，都是要求他們立刻照辦。圖姆倫死後——赫薩蘥到現在還不願提起這件事——其餘子女在宮中延期逗留。伊芮奈很少見過最年幼的那位公主；圖姆倫平時都跟卡辛和達岡族一起在大草原生活，遠離由高牆包圍的諸多城市。但在圖姆倫的遺體被發現、海菲札親自確認她是跳樓身亡之後的那幾天，伊芮奈很想去找卡辛，一方面是為了表示哀悼，另一方面則是為了看看他好不好。

伊芮奈大致熟悉他的個性，知道他雖然平時隨和又堅強，在父王面前是個言聽計從、訓練有素的軍人，於指揮陸軍方面是個無懼大將，但在那副笑臉底下卻是驚濤駭浪般的悲痛。他一定在想如果之前做些什麼，也許就能避免妹妹發生這場悲劇。

伊芮奈和卡辛的關係雖然變得尷尬，但……她還是關心他。話雖如此，她沒去找他，她不想打開幾個月以來一直試著關上的那道門。

她為此討厭自己，而且每天都會想到這件事，尤其當她看到飄揚於城中和宮中的白色尊旗。她昨晚參加餐會時對他不理不睬，其實在心裡逼自己別慚愧得縮成一團。他對她依然讚譽有加，每次提到她總是讚不絕口。

笨蛋，艾芮莎不只一次這樣罵過她——伊芮奈在進行一次格外辛苦的治療工作時，向艾芮莎坦承了去年冬天在大草原上發生什麼事。伊芮奈知道自己確實很笨，可是……總之，她另有計畫，她不願也不能放棄的夢想。所以，等卡辛和其他王族子女返回各自的崗位後……事情就會再一次變得簡單，變得更好。

她唯一感到厭煩的是，「韋斯弗大人能不能順利回去他那個令人唾棄的王國」這件事，完全取決於她能給他多少協助。

伊芮奈壓抑怒火，挺起肩膀，敲敲套房的門板。敲門聲還在走廊迴響時，臉蛋精緻的女僕已經前來應門。

宮中僕人一大堆，伊芮奈只記得其中幾人的名字，但她以前見過這名女孩，也對其美貌印象深刻。伊芮奈點頭致意，大步走進。

僕人們享有豐厚薪水和良好待遇，因此太多人都想進宮搶這份工作——尤其因為這種工作機會通常都留給僕人的家人。卡岡王朝把僕人當人看，並用權益和法律予以保護。

相較之下，亞達蘭的僕人大多在鐐銬束縛下度過一生。卡拉酷拉和安多維爾的奴隸永遠看不到太陽，永遠嘗不到新鮮空氣，永遠見不到失散的家人。

她在今年春天聽說過那場礦坑大屠殺。想到那場慘案，她來到豪華起居室時臉上再也藏不住情緒。她不知道這兩人找卡岡王另外有什麼事，但卡岡王對待客人確實周到。

韋斯弗大人和侍衛隊長所坐的位置跟昨天一樣，而且看起來都不太高興。

的確，這兩人沒看彼此一眼。

好吧，至少今天不會有人故作開心。

領主打量伊芮奈，顯然注意到她身上是昨天來這裡的同一套藍裙和鞋子。

伊芮奈有四件裙裝，她昨晚赴宴所穿的紫裝是最好的一件。赫薩蘭總是承諾會為她提供更好的衣服，但每次都是隔天就忘，雖然伊芮奈自己也不太在乎。她如果真的獲贈衣物，就會覺得有必要更常造訪宮中，而且……的確，她在某些寂寞的夜裡也搞不懂自己幹麼拒絕卡辛，她知道這世上大多數的女孩會為了獲邀進宮而彼此廝殺。但她不會再在這裡待多久，接受卡辛也毫無意義。

「早安。」開口的是新任侍衛隊長——娜斯琳．法里克。

這名女子似乎比昨天更專心也更平靜，但顯然和韋斯弗大人之間有些不愉快……

不關伊芮奈的事，除非會影響她進行治療。

「我跟我的前輩談過了。」這是謊話，雖然嚴格來說她確實跟海菲札談過。

「結果？」

領主到現在還沒開口。他的棕眼底下浮現黑眼圈，古銅皮膚比昨天蒼白。就算他因她再次出現而感到驚訝，臉上也毫無情緒。

伊芮奈用一把小木梳把頭髮的上半部固定在腦後，下半部依然披散。她在工作時喜歡採用這種髮型。「我想幫你重新站起來，韋斯弗大人。」

領主的眼裡毫無情緒，倒是娜斯琳顫抖地吐口氣，靠向金絲沙發的豐厚椅背。「妳的成功率有多高？」

「我治過脊椎創傷，不過那個案例是個騎手落馬，不是戰鬥負傷，更不是被魔法擊傷。我會盡我所能，但沒辦法保證成果。」

韋斯弗大人不發一語，在輪椅上動也沒動。

別不吭聲，她暗自要求，回視他冰冷又疲憊的眼睛。

他的視線移向她的咽喉——艾芮莎去年曾主動提議幫忙消除這條疤，但她拒絕。

「妳會每天幫他治療一段時間？」娜斯琳語氣沉穩，幾乎平淡，但是……這女人顯然不喜歡被關起來，即使是這種鍍金牢籠。

「我建議妳，」伊芮奈回頭對娜斯琳說：「隊長，妳如果有其他職責或工作要忙，可以利用我來這裡進行療程的幾小時。我如果需要妳幫忙，會派人去找妳。」

「妳如果需要移動他？」

聽見這句話，領主的雙眼閃爍。

伊芮奈雖然很想拿這兩人去餵天鷹，但注意到這名領主強忍怒火和自我厭惡時，還是忍不住回一句：「我自己應該能應付，但我相信韋斯弗大人完全有能力移動自身。」

他臉上出現一絲警覺和感激，但他只是對娜斯琳說：「而且我如果有什麼想問的，我自己有嘴巴。」

娜斯琳愣住，臉上閃過慚愧，接著點頭咬唇，對鎧奧咕噥：「我昨天收到一些邀約。」他以眼神表示理解。「我打算今天處理一下。」

很聰明——她沒清楚交代行蹤。

鎧奧嚴肅地點個頭。「這一次，派人捎個口信回來。」

伊芮奈昨晚在餐會上就注意到，他因為這名女子遲遲未歸而憂心忡忡。這個男人不習慣他在乎的人們不在他的視線範圍內，而他能去尋找他們的能力如今受限。她記下這筆情報，留待日後參考。

娜斯琳向兩人道別後離去——對領主說話時的態度似乎更為緊繃。

聽見門關上後，伊芮奈才說道：「她沒把計畫說清楚，這很聰明。」

「為什麼。」

這是他第一次對伊芮奈開口。

她朝敞開的玄關門扉撇個下巴。「這裡到處都有耳目，而且所有僕人都是跟卡岡王的子女或大臣拿錢。」

「我以為他們都是卡岡王付的薪水。」

「噢，是沒錯，」伊芮奈拿起放在門邊的小背包。「但是他的子女和大臣用其他方式收買僕人的忠誠，拿恩惠、舒適生活和特殊地位來換取情報。如果我是你，我會提防他們指派給你的僕人。」

讓她進門的那名女僕雖然看似乖巧，但她知道最小的蛇也可能最毒。

「妳知道是誰……掌管僕人？」他說出「掌管」這個字眼時，表情彷彿嘗到酸味。

伊芮奈只是回一句：「不知道。」她從背包裡找出兩支裝有琥珀色液體的藥瓶、短短一截白粉筆，連同幾條毛巾。他盯著她每個動作。「你在亞達蘭有沒有奴隸？」她問得心不在焉，彷彿只是在做準備時隨口聊聊。

「不。從來沒有。」

她把一本黑皮筆記簿放在桌上，挑起眉。「一個也沒有？」

「我認為工作就該拿到酬勞，就像你們這裡的作風，而且我認為自由是人類與生俱來的權利。」

「如果你抱持這類想法，那我很意外你的國王讓你活到現在。」

「我把這類想法藏在心裡。」

「明智之舉。與其為眾多奴隸發聲，還不如明哲保身。」

聽見這句話，他靜止不動。「勞動營和販奴活動都已被禁止，這是我的國王最先頒布的法令之一。他草擬的時候，我就在他身邊。」

「新紀元的新法令，我猜？」這幾個字比她帶來的一套用於手術、切除腐肉的刀具更鋒利。

他堅定地回視她。「我這些年侍奉的是鐸里昂・赫威亞德，他跟他父親不一樣。」

「但你是前任國王光榮的侍衛隊長。我沒想到卡岡王那些子女沒吵著要聽你如何討好前後兩任國王。」

他抓緊扶手。「我為我過去的一些抉擇——」他緊繃道：「感到懊悔，但我只能往前走——並試圖彌補，想辦法不讓那些錯誤再次發生。」他的下巴撇向她帶來的用具。「而我坐在輪椅上的一天，就沒辦法往前走。」

「你坐在輪椅上也絕對可以達成你這些目標。」她語氣刻薄而且言之由衷。他沒回話。好吧，既然他不想討論這個話題……她更不想。伊芮奈朝寬敞的金絲沙發撇個下巴。「躺上去。脫上衣，面朝下。」

「為什麼不選床上？」

「法里克隊長昨天上午也在這兒。我不想沒經過她的許可就進去你們的臥室。」

「她不是我的……」他欲言又止，改口道：「這不會造成問題。」

「但你昨晚也看到這可能給我造成問題。」

「所以——」

「沒錯。」她把銳利目光投向門扉，打斷他的話。「沙發就行。」

她有注意到卡辛在晚宴時看向鎧奧的眼神。她當時只想從椅子滑下，躲到桌子底下。

「妳對情侶這種關係沒興趣？」他自行把輪椅推向幾呎外的沙發，然後解開外套鈕釦。

「我沒打算追求這種人生。」尤其因為風險太大。

如果她嫁給卡辛，而他決定為了爭奪王位而挑戰下一任卡岡王，最壞的下場就是她和丈夫連同孩子被一併處決，最好的下場是接受海菲札的絕育手術——就等新任卡岡王生下數量充足的後代。

那晚在大草原上，卡辛沒把她提出的這些擔憂當一回事，也拒絕理解這些問題必定造成的嚴重隔閡。

但是鎧奧點頭，大概已經猜到如果嫁進這個王族但配偶沒能繼承王位的沉重後果。因為卡辛永遠不可能成為下一任卡岡王——薩韃克、阿古恩和赫薩蘅更有可能被選上。

鎧奧正想多問一些，這時伊芮奈補充一句：「而且這都不關你的事。」

他慢慢把她打量一番，不是一般男人或卡辛那種眼神，而像……打量對手。

伊芮奈交叉雙臂，把體重平均分攤於雙腳。當年那名陌生少女就是這樣教她：不動如山的防禦性站姿，準備好對付任何人——就算對手是來自亞達蘭的貴族。

他繃緊下巴，似乎注意到這種站姿的特點。

「上衣。」她重複。

他用餘燼般的灼熱視線怒瞪她，隨即把襯衫拉到頭頂脫下，整齊地放在疊於沙發扶手的外套上。他再用力拉扯幾下，脫下靴子和襪子。「然後是褲子，」她告訴他：「內褲不用脫。」

他把手移向腰帶時心生猶豫。

他想脫下長褲，就需要旁人幫些忙——至少坐在輪椅上的時候。

她朝沙發揮個手，臉上毫無憐憫。「躺上去，我幫你脫。」

他再一次遲疑時，伊芮奈雙手扠腰。「我雖然很想說我今天只有你這個患者，」她撒謊：「但我確實還有其他人要顧。沙發，麻煩你。」

他感覺下顎肌肉抽搐，仍把手壓在沙發上，另一手撐於輪椅邊緣後撐起身子。光是做出這個動作所需要的肌力就值得佩服。

他的臂膀、背部和胸部肌肉輕而易舉地將他整個人往上舉起，彷彿他這輩子天天都這麼做。

「看來你一直有在練身體……你是什麼時候受的傷？」

「事情是在仲夏期間發生。」他語氣平淡——空洞。他把兩條腿抬到沙發上，出力時發出低哼。「而且，沒錯，我在事發後沒變懶，我也看不出現在變懶有什麼意義。」

這個男人就像石頭——磐石。這道傷是給他造成一些裂痕，但沒粉碎他。她好奇他知不知道這點。

「很好，」她簡短道：「鍛鍊身體——你的上半身及兩條腿——在治療期間至關重要。」

他低頭看著微微抽搐的雙腿。「鍛鍊我的兩條腿？」

「我等會兒就解釋。」她示意他轉身。

他回以不悅的眼神，但還是乖乖趴下。

伊芮奈深吸幾口氣，打量他全身。他魁梧得幾乎占據整張沙發，身高顯然超過六呎。如果他能重新站起，她勢必得抬頭仰望。

她來到他腳邊，粗暴地把他的褲子往下拉。雖然他的內褲遮住不少部位，但她能透過薄薄的布料看到他結實的臀部輪廓。不過他的大腿……她昨天還感覺到這一處的肌肉，但現在觸診時，感覺……

這部分的肌肉正在萎縮，已經缺乏其餘部位的活力，古銅皮膚底下的起伏肌肉似乎比較鬆弛——比較貧乏。

她把一手放在大腿後側，感受腿毛底下的肌肉。

她的法力透過掌心穿透他的肌膚，找到並滲進他的血肉和骨頭。

沒錯——這一處的肌肉開始出現缺乏運動的後果。

伊芮奈抽手，發現他正在看她，他的手擱在下巴底下的抱枕上。「那裡的肌肉正在分解，是吧？」

她維持面無表情。「肌肉萎縮的肢體也可能完全恢復。不過，你猜對了。我們必須想辦法維持你的肌力，你必須在治療期間鍛鍊肌肉。如此一來，等你站起來的時候——」她確保他聽見她稍微強調「等」這個字。「你的兩條腿就能提供支撐力。」

「所以療程不只是治療，也包括鍛鍊。」

「你說過你以前喜歡運動。脊椎創傷的患者也有許多鍛鍊方式，能讓血液和力量進入腿部，有益治療。我會監督你。」

她避免使用「幫助」這個字眼。

鎧奧．韋斯弗大人不是喜歡任何人幫助的類型。

她沿著他的身體走幾步，查看他的脊椎、頸背下方的怪異淡色傷痕，以及脊椎上的第一個突起處。

雖然他受傷已經好一陣子，但她從掌心釋出的無形法力似乎還是想躲回她體內。

「什麼樣的魔法造成這種傷？」

「很重要嗎？」

伊芮奈將手懸於這一處，卻沒讓法力觸碰其中。她咬牙道：「如果知道什麼樣的力量給你的神經和骨頭造成這麼嚴重的傷害，對我的診療可能會有幫助。」

他沒吭聲。典型的亞達蘭狗屁作風。

伊芮奈追問：「是火系——」

「不是火。」

魔法造成的傷。事情是發生在……仲夏，他剛剛說過。據說魔法就是在那一天重返北方大陸——由艾琳・加勒席尼斯釋放。

「你當時的對手是重獲能力的魔法師？」

「不是。」這兩個字簡短又尖銳。

她凝視他的眼睛，仔細觀察他的嚴厲瞪視。

無論當時發生什麼事，想必極其駭人。那道攻擊的威力給他造成這種陰影和緘默。

她曾治療一些經歷過駭人場面的患者，他們甚至無法回答她提出的疑問。況且，他雖然侍奉過那個屠夫，可是……伊芮奈逼自己別皺眉。她意識到前方有什麼路要走，海菲札在指派她幫他治療前大概就猜到什麼：醫者不只必須治療患者身體上的傷，也得治療精神上的創傷。不是透過魔法，而是透過……談話。陪患者走過這一條黑暗險路。

而患者是他……伊芮奈把雜念推到一邊。晚一點。她晚點再想。

伊芮奈閉上眼睛，把法力凝聚成一支溫柔的探針，把手掌貼於他脊椎上的星狀傷痕。

一股寒意闖進她體內，如尖刺般扎進她的血肉和骨頭。

伊芮奈猛然後退，就像挨了一拳。

冰冷、黑暗、憤怒又痛苦——

她咬牙忍耐這股刺骨寒意，把法力探針伸向黑暗深處。

他當初承受這一擊時，想必劇痛難耐。

伊芮奈對抗寒意——冰冷、虛無，一種不屬於這個世界的邪穢。

她的本能提出警告：這種魔法不屬於這個世界，不屬於自然或光明面。她從沒見過也沒應付過這種魔法。

她的法力拚命尖叫，要她收回探針，移開——

「伊芮奈。」狂風、黑暗和空虛感在她周圍呼嘯，他的嗓音聽來遙遠。

那種空虛感的回音……像是覺醒。

寒意充斥她周身，沿她的四肢燃燒，擴散包圍。

伊芮奈在一陣奪目強光中甩出法力，光芒純如海沫。

黑暗退散，就像蜘蛛匆忙躲進陰暗角落。雖然只退散少許，也足以讓她把手和自己抽回來，發現鎧奧目瞪口呆地看著她。

她低頭看著顫抖的雙手，再盯著他背上這團擴散式淡疤。殘留在傷痕裡的力量……她把法力聚於體內深處，強迫它給身子帶來暖意，讓她冷靜下來。她命令法力本身也穩定下來的時候，感覺某種源自體內的無形之手予以安撫。

伊芮奈沙啞道：「告訴我，這究竟是什麼。」因為她以前從沒見過、感受過或聽說過這種力量。

「它在我體內？」他的眼睛流露發自內心的恐懼。

噢，他知道。他知道什麼樣的力量造成這種傷勢，知道什麼樣的力量潛伏其中。他知道的程度足以讓他害怕。如果這種力量存在於亞達蘭……

伊芮奈嚥口水。「我認為……我認為它只是——只是某種更強大的力量留下的痕跡，就像刺青或烙印。它雖然沒有生命力，卻……」她伸展手指。她只是用法力稍微刺探這團黑暗力量就引發這種激烈反應，要是全力猛攻……「告訴我，它究竟是什麼。如果我要應付的是……是這種東西，我必須知道真相，必須知道你能告訴我的一切。」

「我沒辦法告訴妳。」

伊芮奈正想抗議，但領主瞟向敞開的門扉。她想起先前給過他的警告。「那我們就換個方法，」她宣布：「坐起來。我想檢查你的脖子。」

他照做。他坐直時放鬆發達的腹肌，接著小心翼翼地把雙腿甩到地上。很好。他不僅維持了這麼高的行動力，而且在移動身體時冷靜又有耐心……非常好。

伊芮奈暗自記住這一點，接著用依然顫抖的雙腿走到桌前，拿起裝有琥珀色液體的藥瓶。這是按摩用的精油，原料是安第加城外莊園種植的迷迭香和薰衣草，以及來自遙遠南方的尤加利葉。

她拔掉塞子，跟他一起坐在沙發上。她選擇尤加利葉，是因為這種香氣清新又濃郁，有安撫作用——他們倆都需要。

一起坐在沙發上的時候，他確實比她高。看他渾身肌肉，她明白他為何曾是菁英侍衛。

但不知道為什麼，坐在他身邊的感覺跟站在他身旁為他診療不一樣。坐在一位亞達蘭領主身旁……

伊芮奈推開雜念，在掌上倒了一點油，揉搓雙手加熱。他深深吸口氣，彷彿把味道吸進肺裡。伊芮奈沒對他說話，只是把雙手按上他的頸背，沿他粗壯的頸肌來回撫摸，滑過他的肩膀。

她的手撫過他肩頸一個肌肉糾結處時，他舒服得發出低沉呻吟，這個聲響引發的共振傳至她的掌心。

他整個人僵住。「抱歉。」

她無視這聲道歉，只是繼續用拇指按壓這一處。他又從喉嚨深處發出呻吟。她沒對他這種尷尬舉動做出任何評論，沒表示無所謂，這麼做似乎很殘酷，但她只是俯下身，手掌沿他的背部往下滑，跟駭人傷痕保持適當距離。

她壓抑體內的法力，不讓它再次觸碰他的傷。

「把你知道的都說出來，」她在他耳邊低語，臉頰近得擦過他的下巴鬍碴。「現在。」

他等候幾秒，豎耳觀察周圍有沒有第三者。伊芮奈的手撫過他的脖子，按揉連她也為之皺眉的緊繃肌肉時，韋斯弗大人輕聲開口。

鎧奧不得不佩服伊芮奈．塔爾斯。他在她耳邊訴說這個就連暗黑神也掰不出來的驚悚故事時，她的手未曾停頓。

命運之門、命運之石、命運獵犬。法魯格、埃拉魍、王子和項圈。這個故事聽在他自己耳裡也像個童話故事，就像小時候在狂風呼嘯的漫長冬夜中，母親在安尼爾要塞裡對他輕聲訴說的故事。

他沒讓她知道命運之鑰，前任國王被奴役二十年，鐸里昂自己也曾淪為奴隸。他沒讓她知道究竟是誰打傷他的脊椎，也沒讓她知道帕林頓的真實身分。他只有描述法魯格掌握什麼樣的力量、帶來什麼樣的威脅，而且法魯格效命於帕林頓。

「所以，那個……惡魔的使者，是他擊中你這一處。」伊芮奈思索呢喃，一手懸在他的脊椎上方。她不敢觸碰傷痕，她幫他按摩時一直避開這一處，彷彿深怕再次接觸殘留其中的黑暗力量。此刻，她把手移到他的左肩上，繼續按揉。她消除了他背部、上臂和頸肩的痠痛，他舒服得忍不住呻吟。

他這才知道這些部位多麼緊繃——他以前在鍛鍊時把自己操得多慘。

「是的，」他終於開口，音調依然低沉。「那一擊原本會殺了我，不過……我保住一命。」

「什麼原因？」她的嗓音裡不再有恐懼，雙手不再顫抖，就算依然冰涼。

鎧奧歪起腦袋。她按壓一處極度緊繃的肌肉時，他痛得咬牙。「一道護符——加上運氣——幫我擋下一部分的邪惡力量。」先王因殘留於心的慈悲而稍微手下留情，這份慈悲不只是給他，也是給鐸里昂。

伊芮奈這雙能創造奇蹟的手停止動作。她稍微後退，盯著他的臉。「艾琳．加勒席尼斯摧毀了玻璃城堡。她那麼做——而且拿下裂際城，是為了擊敗他們？」

她沒說出口的質問是「你當時在哪？」。

「是的。」他發現自己聲音發顫地對她補充一句：「她、娜斯琳和我一起合作，連同許多夥伴。」

他沒有那些人的消息，完全不知道他們的行蹤。他們去戰鬥、忙著拯救各自的家園和未來，他卻躺在這裡，想跟任何一位王子私下談話都做不到，更別提跟卡岡王。

伊芮奈思索片刻。「那些怪物是帕林頓的盟友，」她輕聲道：「我們這一方的對手。」

她臉色蒼白，再次流露恐懼，但他還是說出他能說的真相：「是的。」

「而你——你也要跟他們打？」

他回以苦笑。「只要妳我能想辦法解決我這個狀況。」只要妳能開創奇蹟。

她沒回應對方的幽默，只是坐回沙發，評估他，眼神警覺又茫然。有那麼幾秒，他以為她會說些什麼、問他一些事，但她只是搖頭。「繼續治療之前，我有很多事情要調查清楚。」她指向他的背，他突然意識到自己只穿著內褲。

他逼自己別拿起衣服。「幫我診察……會不會給妳帶來什麼危險？」如果會——

「我不知道。我……我以前真的沒見過這種狀況。我想先仔細研究一下，再開始幫你治療，安排你的健身計畫。我今晚得去泉塔圖書館找些資料。」

「當然。」如果治療這道傷也會給她帶來傷害，他一定會拒絕接受醫治。如果發生這種狀況，他不知道自己會怎麼做，但絕對不會再讓她碰他。她不僅得付出龐大心力，還得承擔風險……「妳還沒提到妳要收取多少費用。」

想必是天價，畢竟她是菁英中的菁英，本領高強——

伊芮奈皺眉。「如果你很想付錢，任何金額的捐款都能讓泉塔和裡頭的人員維持營運，沒有規定至少要捐多少。」

「為什麼？」

她站起身，把手伸進口袋。「這份天賦是席爾芭給我的，既然我是免費獲得，就不應該收錢。」

席爾芭——療癒女神。

他認識另一個蒙神祝福的年輕女子。難怪她們的眼睛都燃著烈火。

伊芮奈拿起裝有芬芳精油的藥瓶，收拾起背包。

「妳為什麼決定回來幫我？」

伊芮奈停頓，把纖細身軀轉向他。

一縷風從花園飄來，吹動她的頭髮，拂過胸口和肩膀。「如果我不醫你，我擔心你和法里克隊長以後會拿這件事報復我。」

「我們沒打算一輩子住在這兒。」不管她另外有何暗示。

伊芮奈聳肩。「我也是。」

她把背包收拾完畢，走向門口。

他的下一個提問攔住她。「妳打算返鄉？」回去芬海洛？那個人間地獄？

伊芮奈望向門口，知道僕人們在玄關外頭待命兼偷聽。「是的。」

她不只打算回去芬海洛，還打算為戰爭盡一分心力，因為那場大戰一定迫切需要醫者。難怪她聽見他輕聲訴說的駭人事件時嚇得臉色蒼白，不只因為他們將面對什麼樣的怪物，也因為她擔心自己可能會怎麼死。

雖然她依然面無血色，但注意到他挑眉時補充道：「這麼做是對的。畢竟我被賜予那麼多——獲得那麼多恩惠。」

他考慮是否該警告她留在這裡，因為這裡才安全，但他注意到她眼睛裡的警戒。他意識到，別人大概也勸過她留下，她可能因此稍微懷疑過自己的決定。

因此鎧奧只是說：「我和法里克隊長不是會為這種事怨恨妳、想報復妳的那種人。」

「你侍奉過那種人。」而且很可能執行過他的命令。

「如果我告訴妳，他把骯髒差事丟給我管不到的人去處理，而且大多都不讓我知道，妳會相信嗎？」

她的表情給了他答案。她的手伸向門把。

「我知道，」他輕聲道：「我知道他做過令人髮指的惡行。我知道我小時候有人試圖對抗他，但他粉碎了那些勢力。我——為了成為侍衛隊長，我必須放棄某些……特權、財產。我是自願那麼做，因為我的目標是守護未來，我的目光在鐸里昂身上。我小時候就知道他跟他父親不一樣，我知道他會開創更好的未來，只要我能確保他活久一點，只要他能活下來，身心健康，在龍蛇雜處的宮廷裡能有個盟友，一個真正的朋友。我和他當時都沒成年，沒能力挑戰他父親。我們看到偷偷討論揭竿起義的人們有何下場。我知道如果我——如果他稍微越界，他父親一定會殺了他，不管他是不是繼承人。所以我當時只希望局勢穩定，只想維持現狀。」

伊芮奈的表情沒變，沒變得更柔和，也沒變得更嚴厲。「後來發生什麼事？」

他終於拿起上衣時，心想這還真貼切：在半裸狀態下說出赤裸的心裡話。「我們遇到某個人，那人把我們全引到一條路上，我抗拒那條路，直到這麼做害我自己和其他人付出沉重代價，無比慘烈。所以，妳可以瞧不起我，伊芮奈·塔爾斯，我也不怪妳，但相信我這句話：整個艾瑞利亞，沒有誰比我更痛恨我自己。」

「因為你發現自己被迫走的那條路？」

他套上襯衫，拿起褲子。「因為我抗拒那條路——因為我這麼做的時候犯下的錯誤。」

「那你現在走在哪條路上？亞達蘭首相打算如何塑造亞達蘭的未來？」

沒人問過他這個問題，就連鐸里昂也沒問過。

「我還在學習，還在……判斷。」他坦承：「但當務之急是把帕林頓和法魯格從我們的家園抹去。」

她注意到他的用字——我們的。她咬脣，彷彿在嘴裡嘗到這個字的味道。「仲夏那天究竟發生什麼事？」他稍早前說得含糊不清，他沒詳述那場襲擊、那之前發生什麼事、之後有什麼餘波。

他想起那間廳室——一顆人頭滾過大理石地，鐸里昂淒厲尖叫。這一幕跟另一幕彼此重疊：鐸里昂站在其父身旁，臉色冰冷如屍，看起來比死神赫拉斯掌管的任何一層地獄都殘酷。

「我剛剛跟妳說了發生什麼事。」他簡短道。

伊芮奈打量他，勾轉厚重皮背包的背帶。「面對你這道傷帶來的精神創傷，也是治療過程的一部分。」

「我沒有什麼要面對的。我知道事件之前、之中和之後發生什麼事。」

伊芮奈靜靜站在原地，看盡滄桑的雙眸不為所動。「這點我們走著瞧。」她轉身離去。

她提出的挑戰在空中揮之不去，她留下的這幾個字在他嘴裡凝結。他感覺胃袋翻攪。

第九章

兩小時後，在寬敞的泉塔地下洞穴裡，伊芮奈把一塊厚布墊在頭底下，仰頭靠在鑿建於石地的浴池邊緣，凝視上方黑影。

現在是下午三點左右，被稱作「席爾芭的子宮」的澡堂裡沒什麼人。這裡的白石柱之間掛著鐵鍊，鍊上繫著無數鈴鐺。此刻陪伴伊芮奈的，只有從鐘乳石滴下的水珠落在鈴鐺上發出的聲響，還有天然溫泉湧過十幾座下沉式浴池時發出的流水聲。

天然壁龕裡以及每一座浴池兩邊都豎著諸多蠟燭，燭光給夾雜硫磺味的蒸汽染上金光，刻在每一面牆壁和光滑柱子上的貓頭鷹圖案為之舞動。

伊芮奈嗅聞澡堂裡的厚重空氣，看著氣流上升、消失於遠在上方的陰涼黑影。清脆悅耳的鈴聲在周圍迴響，偶爾穿插幾道特別清晰的音符。

泉塔裡沒一個人知道最初是誰在席爾芭的子宮裡裝上這些由玻璃、白銀和青銅製成的鈴鐺。有些鈴鐺因歷史悠久而布滿礦物結晶，鐘乳石的水珠滴在上頭時只發出微弱的咚咚聲。雖然沒人知道緣由，但這裡有一項伊芮奈也參與過的傳統：每一名新進侍童都要在這裡裝上一枚鈴鐺，把自己的名字和入塔日期刻在鈴鐺上，找個地方掛起，接著走進冒泡浴池。鈴鐺將在此處永久懸掛，為日後每一位醫者提供鈴聲與指引，就像永遠對深愛的姊妹們歌唱。

考慮到多少醫者進出過泉塔，考慮到懸掛於此、大小不一的無數鈴鐺……這座幾乎跟卡岡王宮大廳一樣大的洞穴因此充斥著層層鈴聲。伊芮奈浸泡於舒適熱水時，腦袋和骨頭被不絕於耳的鈴鐺嗡鳴包圍。

古代某個建築師發現泉塔地底深處有天然溫泉，於是挖鑿了十幾座彼此串聯的浴池，讓泉水流動其中，提供源源不絕的暖意。伊芮奈一手貼在池側的排水口上，泉水鑽過指縫，沿管道返回泉水主脈——湧向沉睡的大地之心。

伊芮奈又吸一口氣，把黏在額上的溼髮往後撥。她在走進浴池前已經清洗了身體——人人都必須遵守這項規定，在進入浴池前必須先在前面的小浴室裡洗掉在外頭沾染的灰塵、血跡和汙垢。伊芮奈剛剛洗澡時，一名侍童拿著一件薰衣草色——象徵席爾芭的色彩——的薄袍在一旁等候；她淨身後穿著這件紫袍進入溫泉區，把袍子丟在浴池旁，走進池中，身上除了母親留下的戒指之外完全赤裸。

伊芮奈在繚繞蒸汽中把手湊到眼前，打量戒指——燭光沿金面彎曲，彷彿在石榴石中悶燒。周圍鈴鐺嗡鳴歌唱，與流水聲彼此融合，直到她隨著這團活生生的聲浪一同漂流。

水是席爾芭的元素。浸於這裡的聖水，遠離上面的世界，就等於進入席爾芭的生命泉源。伊芮奈浸在泉水裡，覺得自己彷彿蜷縮在席爾芭溫暖的子宮裡，彷彿這個空間只為她和席爾芭而設，但她知道其他人都有這種感受。

至於上方的黑暗處……跟她在韋斯弗大人身上感受到的那種黑暗完全相反。她上方那團黑暗是創造、休息，是尚未成形的思緒。

伊芮奈瞪著那團黑暗，直視席爾芭的子宮，總覺得某種力量也在瞪著她自己，總覺得某種東西在她回想韋斯弗大人描述的那些事時聆聽她的腦海。

來自上古夢魘的怪物，來自另一個世界的怪物。惡魔、黑魔法，準備入侵她的家園。伊芮奈雖然置身於宜人溫水，卻還是覺得血液失溫。

她原本以為，在那些遙遠的北方戰場，要處理的是骨折和刀劍與箭矢造成的傷害，還有在軍營中擴散的疾病，尤其在較為寒冷的月份。

她沒料到有怪物能摧毀身心靈，能利用尖牙利爪和猛毒造成傷害。殘留在他脊椎那道傷裡的邪惡力量……不是普通的骨折或神經斷裂——雖然嚴格來說是這種損傷，但跟邪穢魔法息息相關。

她到現在還是甩不掉那種令她心煩的感受，那道傷裡有某種東西覺醒。

鈴聲前後流動，引導她的心靈休息並敞開。

她今晚要去圖書館，去看看有沒有任何與那位領主所述有關的資料，有沒有哪個醫者針對魔法造成的傷害留下心得。

但這種傷沒辦法靠她一個人治好。

她在結束今天的療程前也說過這點。想對抗殘留在他體內的黑暗力量……**究竟該怎麼做？**

在飄著鈴聲和冒泡聲的靜謐環境中，伊芮奈朝蒸汽和黑暗呢喃這幾個字。

她到現在還能看見自己的魔法探針退縮，還能感覺到自己的法力在碰到源自惡魔的力量時反彈。那股邪力跟她的本質與法力完全相反。她在懸於上方的那團黑影中能看到一切，在席爾芭的子宮裡……某個聲音呼喚她，彷彿對她說「妳必須進入妳害怕行走之地」。

伊芮奈嚥口水。要她觸碰緊抓那名領主不放的汙穢力量……

妳必須進去，從黑暗傳來的甜美低語流過她周身，伴隨水聲，彷彿她就在席爾芭的血管裡游動。

妳必須進去，它再次呢喃。上方那團黑暗似乎擴張，慢慢挪近。

伊芮奈允許它接近，也允許自己對那團黑暗投入更多目光，縮短更多距離。

為了對抗殘留於那位領主體內的邪穢力量而冒這種險，為了達成海菲札給她的考驗，為了治療一個來自亞達蘭的貴族，就算她的同胞正在那場遙遠的戰爭中受苦，她在這裡每拖延一天……我辦不到。

妳是不願意，美麗黑影反駁。

伊芮奈猶豫膽怯。她跟海菲札保證過會留在這裡治療那名男子，但她今天感受到的那股黑暗之力……治療他不知道要花多少時間。她根本不知道自己有沒有辦法治好他。她保證過會醫他，雖然有些傷勢需要醫者陪患者一起走過復健之路，可是他這種傷——

那團黑影似乎退去。

我辦不到，伊芮奈堅稱。

那團黑影沒再回話。一道清澈鈴聲傳來，聽來遙遠——彷彿她自己漂流到遠方。

聽見這個聲響，伊芮奈眨眨眼，瞬間回過神，四肢和呼吸恢復運作，彷彿剛剛靈魂出竅。她凝視那團黑影——只看到一團薄紗般的平滑陰影，就像被挖空般虛無，上一秒還在那裡，下一秒已不見蹤影。彷彿她氣走它，彷彿她令它失望。

伊芮奈坐起身，覺得有點頭暈。她伸展有些僵硬的四肢，就算明明泡在富含礦物質的熱水裡。她泡了多久？

她揉搓光滑的雙臂，感覺心跳如雷。她打量那團黑影，彷彿它可能還有別的答案給她，能讓她知道她必須怎麼做，能讓她知道她前方有什麼挑戰。

那團黑影沒做出任何反應。

某個聲響飄過洞穴，顯然不是鈴聲，不是流水聲，也不是熱水拍打浴池的聲響。是顫抖的吸氣聲。

伊芮奈轉身察看，挽成頂髻的溼髮滴下水。她發現一名醫者不知何時進入了澡堂，躺在對面的一座浴池裡。在蒸汽阻礙下，伊芮奈很難辨識對方的身分，雖然她本來就不知道泉塔裡每一名醫者的名字。

嘆息聲再次飄過澡堂，伊芮奈坐得更直，在浴池中站起，雙手撐在池邊的冰涼石地上，任憑蒸汽拂過肌膚。她拿起薄袍穿上，繫上腰帶，布料緊貼溼透的身軀。

大家都知道澡堂的相關規定。這個場所作用是獨處。醫者浸於泉水，是為了跟席爾芭鞏固關係，為了讓自己平靜下來。有些為了尋求引導，有些為了尋求寬恕，有些則是為了發洩不能在患者或任何人面前表現出來、但壓抑許久的情緒。

伊芮奈雖然知道不該打擾對面那座浴池裡的醫者，雖然已經準備好離開這裡，讓對方盡情哭泣……

那名女子的肩膀顫抖。又一聲模糊啜泣。

伊芮奈踏著近乎無聲的腳步走向那名女子。她看到那張年輕臉龐上的淚痕——淡棕肌膚，金棕頭髮幾乎跟她自己同樣顏色。女子凝視上方那團黑暗，那雙黃褐眼眸裡滿是陰鬱，淚水流過纖細下巴，掉進波動的池水。

不是所有的傷都治得好。如果病灶扎根扎得太深，如果醫者來得太晚或沒能及時看出跡象，到時候就連醫者的力量也無法阻止。

伊芮奈默默在女子的池邊坐下，屈膝抱胸，對方沒抬頭回視。伊芮奈牽起女子的手，跟對方十指交扣。

伊芮奈坐在原處，握著對方的手時，女子默默啜泣。蒸汽中迴響著清脆鈴聲。

不知道過了幾分鐘，池中女子呢喃道：「她才三歲。」

伊芮奈捏捏女子的手，沒有話語能安撫對方。

「我真希望……」女子語帶哽咽，渾身顫抖，燭光沿一身米色肌膚跳動。「有時候我真希望我沒有這份天賦。」

聽見這句話，伊芮奈僵住。

女子終於轉頭，打量伊芮奈的臉，似乎認出她是誰，接著衝口問道：「妳也有過這種感覺嗎？」

沒有，她一次也沒有，就算母親被焚身時冒出的濃煙刺痛她的眼睛，就算她知道自己完全沒辦法救母親。她一次也沒恨過自己擁有的天賦，因為這些年來就是這項能力讓她從來不覺得孤單。家鄉的魔法消失後，伊芮奈還是能感覺到這個力量，它就像一隻溫暖的手抓住她的肩膀，讓她記得自己是誰、來自何方。它就像一條活生生的繩索，把她和歷代所有走過這條路的塔爾斯女子彼此綁定。

女子在伊芮奈的眼裡尋找自己想要的答覆，她沒辦法給予的答覆。她只是再次捏捏女子的手，凝視黑暗。

妳必須進入妳害怕行走之地。

伊芮奈知道自己必須怎麼做，也真希望自己不用這麼做。

「所以？伊芮奈治好你了沒？」

鎧奧坐在王座廳的高桌旁，轉頭回視隔了幾個位子的赫薩蘭公主。一陣暗指風雨將至的微風從窗口飄進，吹動掛在窗框上的白色奠旗。

卡辛和薩韃克瞟向鎧奧和赫薩蘭——薩韃克皺眉對妹妹表示不悅。

「雖然伊芮奈確實天賦異稟，」鎧奧開口時小心翼翼，知道周圍有許多人暗中旁聽。「但療程應該十分漫長，我們才剛開始。她今天下午離開後，去泉塔圖書館做些研究。」

赫薩蘭勾起嘴角，回以惡毒微笑。「我們可真幸運，能跟你再相處一段時間。」

講得好像他想在這裡多待一秒。

娜斯琳代替他答覆，她因為今天下午跟親戚共處了幾小時而心情依然愉快。「任何能讓我們這兩片土地建立友誼的機會都是好運。」

「的確。」赫薩蘭簡短回話，繼續戳戳面前的番茄佐秋葵冷盤。她的情人不在場——伊芮奈也不在。伊芮奈今天下午表達的恐懼……強烈得幾乎能讓鎧奧摸得到。但她當時憑意志力穩住自己——憑意志力和脾氣，鎧奧心想，也好奇這兩者之中哪一種更為強大。

他當時有一點點希望伊芮奈留下，就算只是為了避免她強烈暗示彼此之間也會進行的某種活動：談話。討論事情，討論他自己。

他明天會跟她說清楚：他不用談心也能痊癒。

接下來漫長的幾分鐘裡，鎧奧保持沉默，觀察坐在桌旁的人們、從旁快步走過的僕人，還有在窗邊和拱道站崗的衛兵。

看到衛兵身上的制服，看到他們抬頭挺胸、神情自豪，他感覺吞進胃袋裡的羊肉如鉛塊般沉重。他曾多少次在宴席的出入口或中庭站崗、守護亞達蘭國王？他多少次因為部下駝背或閒聊而責罵他們，丟他們去更卑微的地方站崗？

一名衛兵注意到他的瞪視，對他俐落點個頭。

鎧奧立刻移開視線，感覺掌心冒汗，但還是逼自己繼續觀察周圍每一張臉孔，觀察他們穿什麼、如何移動、如何微笑。

沒有——沒有任何跡象顯示來自莫拉斯或哪個地方的邪惡力量已經滲透此地，除了悼念公主的白旗之外。

艾琳說過法魯格有一種特殊臭味，他自己也多次見過被法魯格附身的人類體內流淌黑血，但除非要求現場每個人在自己手上劃一刀……

這個辦法其實還不賴——只要卡岡王願意私下接見他，讓他有機會說服對方下達這項命令，他就能觀察誰逃跑、誰藉故推辭，就能試著說服卡岡王相信這個危險真實存在，就能想辦法在結盟這件事上取得一些進展，就能避免坐在周圍的王子和公主們被套上法魯格項圈。他們絕對無法想像看著一個被套上項圈、臉上只有殘酷冷笑的人是什麼樣的感覺。

鎧奧吸口氣，俯身向前，面向坐在幾個座位外的卡岡王，對方正在和杜娃公主以及一位大臣專心談話。

如今成了老么的杜娃似乎大多在旁聽而沒參與，她那張漂亮臉孔因帶著甜美笑容而變得柔和，但她那雙眼睛沒錯過任何細節。大臣停下來啜飲一口酒，杜娃跟坐在左手邊的寡言丈夫說話時，鎧奧把握機會，清清喉嚨，對卡岡王開口：「偉大的卡岡王，我再次感謝您安排您的醫者給我。」

卡岡王把疲憊又嚴峻的目光轉向他。「他們不是我的醫者，正如他們也不屬於你，韋斯弗大人。」他瞟向身旁的大臣，後者對鎧奧打岔而皺眉。

但是鎧奧說下去：「我誠摯希望能有幸私下與您談談。」

圍坐高桌的人們紛紛沉默下來，娜斯琳用手肘頂他，以示警告。但是鎧奧拒絕把視線從這名男子身上移開。

卡岡王只是回一句：「你可以跟我的宰相討論這些事，他負責安排我每天的行程。」他把下巴撇向一名眼神機靈、從幾個座位外看著這一切的男子。看到宰相面帶冷笑，鎧奧知道不可能私下見到卡岡王。「我現在最在乎的，是幫助我的妻子走出傷痛。」卡岡王眼裡的哀傷並非演技。的確，卡岡王之妻沒出席，甚至也沒人留位子給她。

在隨之而來的寂靜中，只聽見遠方雷聲翻騰。現在不是堅持這項請求的時機或場合。卡岡王尚未走出喪女之痛……鎧奧如果再不放棄，不僅是個蠢蛋，而且極度無禮。

鎧奧低下頭。「原諒我在這種艱難時期如此失禮。」他無視阿古恩——對方從父王身旁觀察這一切——臉上的竊笑。杜娃倒是給他一個聊表同情的苦笑，彷彿表示「你不是第一個被拒絕，給他一點時間」。

鎧奧對公主微微點頭，回頭盯著自己的餐盤。如果卡岡王無論心情好壞就是不想理他……也許他該透過其他途徑傳達情報、贏得支持。

他瞥向娜斯琳。她在晚餐前回來時已經跟他說過她今早沒能找到薩韃克。此刻，薩韃克坐在他們倆對面啜飲葡萄酒，鎧奧忍不住以輕鬆口吻問道：「殿下，聽說你那頭傳奇天鷹卡達菈就在這兒。」

「可怕的野獸。」赫薩蘊心不在焉地朝拿到嘴前的秋葵咕噥一聲，換來薩韃克的呵笑。

「赫薩蘊到現在還在記恨，因為卡達菈第一次見到她時想吃了她。」薩韃克坦承。

赫薩蘊翻白眼，不過眼裡閃過一抹莞爾。

隔了幾個位子的卡辛補充一句：「當時從碼頭都能聽見她尖叫。」

娜斯琳的提問出乎鎧奧意料：「你是指公主還是那頭天鷹？」

薩韃克忍不住哈哈大笑，原本冷漠的眼神滿是笑意。赫薩蘭只是用眼神警告娜斯琳，接著望向身旁的大臣。

卡辛對娜斯琳露齒而笑，輕聲答道：「都有。」

一聲咯笑逃出鎧奧的喉嚨，但他在赫薩蘭的瞪視下控制住自己。娜斯琳面帶微笑，誠摯地向公主低頭道歉。

薩韃克的視線越過手上的黃金高腳杯的杯緣，嚴密觀察他們倆。鎧奧問道：「你在這裡也常常騎乘卡達菈飛行？」

薩韃克立刻點頭。「我盡可能這麼做，通常是在天亮前。我今天吃過早餐就升空了，回來時幸好趕上晚餐。」

赫薩蘭看著身旁的大臣，但對娜斯琳咕噥：「他這輩子吃飯從沒遲到過。」

卡辛爆出笑聲，就連一段距離外的卡岡王也忍不住瞟來，阿古恩不悅地板起臉。這個王族在最年幼的公主死後有多久沒笑過？從卡岡王的緊繃神情來看，大概有好一陣子。

薩韃克只是把一條長辮甩到肩後，拍拍華服底下的結實腹部。「妹妹，除了享用美食之外，妳以為我為什麼這麼常回家？」

「為了結黨營私？」赫薩蘭柔聲反問。

薩韃克收起笑意。「可惜我連這種時間也沒有。」

薩韃克臉上似乎掠過一道陰影——鎧奧注意到王子瞟向何處。掛在高窗上的白旗被某種氣流擒住，顯然表示一場雷雨即將到來。薩韃克似乎希望能有更多時間，好顧及他的人生中更重要的一些事。

娜斯琳以較為溫柔的語調問道：「殿下，看來你每天都有去天上轉轉？」

薩韃克把視線從悼念幺妹的奠旗上移向娜斯琳。這名王子是戰士而非政客，但還是點頭——對她暗示的請求做出答覆。「沒錯，隊長。」

薩韃克轉頭答覆來自杜娃的提問時，鎧奧憑眼神就向娜斯琳清楚下達了命令。

黎明時去鷹巢一趟。查清楚他在這場仗站在哪一邊。

第十章

午夜將至時，一場夏日風暴從狹海奔騰登陸。

伊芮奈雖然窩在龐大的泉塔圖書館裡，還是清楚感覺到每一聲雷鳴帶來的震撼。零星電光劃過館裡的狹窄步道，狂風從白石之間的隙縫鑽進，擾動燭火。蠟燭大多藏在燈籠的玻璃罩底下，以確保珍貴的書籍和卷軸遠離火源。但風仍找到燭火——吹得吊在拱形天花板上的玻璃燈籠搖晃吱嘎。

在一個較為陰暗又偏僻的壁龕裡，伊芮奈坐在一張嵌牆的橡木桌前，看著掛在牆上的金屬燈籠被風吹得東搖西晃。燈籠側面開了星星和弦月狀的洞口，透過彩釉玻璃映射出的藍紅綠三色光斑照在她前方的石牆上，就像以色彩組成的翻騰大海。

一聲震耳雷鳴傳來，她嚇得打個顫，屁股底下的老舊椅子吱嘎抗議。

這聲雷鳴也引發幾個女性尖叫聲，然後是咯笑聲。

是侍童——正在為下星期的考試做準備。

伊芮奈自嘲地哼笑一聲，甩甩頭，繼續盯著諾莎在幾小時前幫忙找來的文獻。

伊芮奈和擔任館長的諾莎不算親密，前者如果在食堂看到後者也絕對不會打招呼，話雖如此……諾莎熟悉十五種語言（有些已無人使用），還在西岸那座帕瓦尼圖書館受過訓練——該設施遠近馳名，坐落於巴爾朗城外生產香料的富饒土地。

巴爾朗被稱作「圖書館之城」。如果泉塔是醫者的領域，帕瓦尼圖書館就是學者的國度。出於這個原因，巴爾朗和寬廣的「姊妹之路」——從安第加一路通往堤迦納的橫貫公路——之間的聯絡道路被命名為「學者之路」。

伊芮奈不知道諾莎幾十年前為什麼搬來這裡，泉塔給了她什麼樣的待遇請她留下，但她確實是個極其寶貴的人才。諾莎雖然從沒笑過，但總是能找出伊芮奈需要的資料，無論後者的要求多麼匪夷所思。

今晚，伊芮奈進食堂後來到諾莎面前，表示很抱歉打擾對方用餐，諾莎一臉不悅。伊芮奈原本想等到明天早上再提出請求，但她明天要上課，之後要去見韋斯弗大人。

諾莎用餐完畢後來這裡跟伊芮奈會合。她的修長十指交疊於蓬鬆灰袍前，聆聽伊芮奈的說詞——和需求：

情報。能找到的任何情報。

惡魔造成的傷勢。黑魔法造成的傷勢。反常力量造成的傷勢。依然殘留力量、但似乎不再給受害者造成重創的傷勢。留下痕跡卻非疤痕的傷勢。

諾莎找到相關資料。一疊又一疊書籍，一束又一束卷軸。她默默把這些東西堆在桌上。有些用霍赫語寫成，有些用伊芮奈的母語，有些用伊爾維語，有些用……

伊芮奈從每一張桌上都有的玻璃罐裡拿出幾顆光滑的黑瑪瑙石，壓住攤開的卷軸，紙上的文字看得她抓抓頭髮、一頭霧水。

就連諾莎也坦承看不懂這些怪異符號——看起來像某種符文。她也不知道這些卷軸最早來自何處，只知道它們跟旁邊這些伊爾維書籍一起塞在伊芮奈從沒去過的圖書館地下深處。

伊芮奈撫摸面前的符號，指尖沿怪異的直線和弧線滑過。

這張羊皮紙顯然十分古老，諾莎因此警告過伊芮奈：膽敢讓上頭沾到食物、水或酒，就等著被活活剝皮。伊芮奈問這張紙究竟有多古老時，諾莎只是搖頭。

一百年？伊芮奈問過。

諾莎只是聳肩，說從存放地點、羊皮紙的種類以及墨跡來判斷，必定超出一百年的十倍之多。

伊芮奈對自己小心觸摸的這張紙皺眉，輕輕拿起壓住紙角的黑石。用她的母語寫成的書籍都沒能提供任何有用資料——大多是關於提防被人詛咒之類的無稽之談，不是韋斯弗大人描述的那種力量。

聽見右邊的陰暗處傳來輕輕一聲喀啷回音，伊芮奈抬頭，打量黑影，準備一看到老鼠就逃到椅子上。

似乎就連圖書館裡深受喜愛的芭絲貓——三十六隻母貓，不多不少——也對付不了所有鼠輩，儘管「芭絲」這個名稱源自戰士女神「芭絲特」。

伊芮奈愁眉苦臉地再次打量右邊的陰暗處，只希望能召喚一隻眼如綠鑽的芭絲貓去狩獵。但是沒人能召喚芭絲貓。沒人辦得到。牠們想在何時何地出現，都由牠們自己決定。

打從泉塔圖書館完工，芭絲貓就在這裡棲息，沒人知道牠們從哪來、如何世代交替。每一隻都跟人類一樣獨特，唯一的共同點是眼眸都像綠寶石，而且上一秒還窩在你的大腿上，下一秒就懶得理你。有些醫者，無論老少，確信這種貓能穿越陰影、瞬移到圖書館的其他樓層；有些則信誓旦旦地表示曾目睹這些貓用爪子翻動紙頁——**在閱讀**。

如果真是這樣，那牠們如果願意少看點書、多抓老鼠，絕對會更有幫助。但是這些貓不聽命於任何人，八成只聽命於其名稱來源的那位女神，不然就是哪個在席爾芭的陰影底下、在這間圖書館裡隱居的天神。冒犯任何一隻芭絲貓就等於羞辱全體芭絲貓。伊芮奈雖然本來就喜愛大部分的動物——某些蟲類例外——但還是特別善待這些貓，偶爾留些剩飯給牠們，不然就是在牠們屈尊指揮人類這些奴才時摸摸牠們的肚皮、抓抓牠們的耳後。

但在此刻，那個陰暗處裡沒有那種閃閃發光的綠眼，也沒有來去匆忙的老鼠，因此伊芮奈吐口氣，小心翼翼地把上古卷軸放到桌面邊緣，把一本伊爾維厚書拉到面前。

這本書裹著黑色封皮，重量跟門擋差不多。她的老家鄰近伊爾維，加上母親熟悉伊爾維語，所以她也略懂——絕對不是因為她父親來自伊爾維。

塔爾斯家族的女人從不結婚，而是找個情人，讓對方留下一份會在九個月後誕生的禮物，不然頂多讓對方待個一、兩年。伊芮奈根本不知道自己的父親是誰，對他一無所知，只知道他是個旅人，在某個晚上為了躲避一場席捲草原的猛烈風暴而出現在她母親的小屋門前。

伊芮奈撫摸書皮上的鍍金書名，試著發出已經好幾年沒說過也沒聽過的發音。

「詩……詩……」她用指尖敲敲書名。她應該問諾莎，雖然對方已經答應幫忙翻譯她另外注意到的一些文字，不過……伊芮奈又嘆口氣。「詩……」詩句？頌詞？歌詞？「歌曲，」她低語：「開……」開始？開頭？「初始。」

初始之歌。

韋斯弗大人說過，惡魔——法魯格——源自上古，為了準備出擊而等候至今。法魯格來自一些聽起來簡直就像床邊故事的古老神話。

伊芮奈掀開書皮，朝目錄的陌生文字皺眉。字體很古老，不是印刷而成，而是手寫，其中的一些異體字如今已被棄用。

電光再次閃過。伊芮奈揉揉太陽穴，翻動散發霉味的發黃紙頁。

這是一本歷史書，就是這麼簡單。

她的視線被其中一頁吸引。她停頓，往回翻，直到那幅插圖再次出現。圖中的色彩只有黑、白、紅，以及少許黃色，都出自一名大師之手，畫中內容顯然就是描繪圖片底下的文字描述。

這幅插圖上是一座荒涼峭壁，大批身披黑鎧的士兵跪在峭壁前。

他們跪拜的對象是峭壁上的某個東西。

一座高聳的大門，其周圍沒有高牆，其後方沒有堡壘，彷彿某人憑空建造出一座黑石門扉。

這道拱門沒有門板，只有一片旋轉其中的黑色虛無，投射出幾道光束，彷彿遭到汙染的恆星之光，照射在跪在前方的士兵身上。

她瞇眼觀察位於前景的這些身影。他們的身體看起來像人類，但持劍的手……帶有利爪，而且扭曲。

「法魯格。」伊芮奈呢喃。

塔外雷霆挑這時候轟隆一聲。

這聲雷鳴引發的共振沿她的雙腳往上竄，她皺眉看著搖晃的燈籠。

她翻動紙頁，直到下一幅插圖出現。三個身影站在先前那幅畫中的黑門前，因視點遙遠而只能看出他們都是高大魁梧的男性身軀。

她撫摸插圖底下的文字說明，翻譯道：

奧迦斯。曼提克。埃拉魍。

法魯格三王。

鑰匙持有者。

伊芮奈咬住下唇。韋斯弗大人沒跟她提到這部分。

不過，既然有一道門……就會需要用以開啟的一把鑰匙。或是好幾把。

書上這段文字的「鑰匙」是複數。

圖書館主廳的大鐘發出敲擊聲，表示現在是午夜十二點。

伊芮奈繼續翻頁，找到下一幅插圖。這一幅分成三格。

看來那位領主說的一切都是事實——當然，她當時就相信他。如果他背上那道傷還不足以證明，那她現在看到的這些文字絕對不容質疑。

因為，在第一格裡，被綁在一座黑石祭壇上……是一名絕望的年輕男子，他拚命掙脫，想逃離一名朝他走近、頭戴王冠的陰暗身影。某種東西在這個身影的手上旋轉——某種黑霧和邪念的混合體。這個身影不是真正的生物。

第二格……伊芮奈不禁稍微後退。

年輕男子出於哀求和恐懼而瞪大眼睛。黑霧怪物撐開他的嘴，鑽進他喉嚨裡。

把伊芮奈嚇得渾身發涼的是第三格。

電光再次閃爍，照亮這幅插圖。

年輕男子的臉龐全然平靜，毫無情緒。他的眼睛……伊芮奈來回觀察前面兩格和最後一格。他的眼睛在前面兩格是銀色，但在最後一格……變成黑色。看起來大致像人類的眼睛，但原本的銀色被某種邪穢烏黑取代。

他沒死。因為圖上描繪他站起身、被移除鎖鍊。他不再是威脅。

因為他們塞進他體內的東西，不管是什麼……

雷聲再次呻吟，更多尖叫聲和咯笑聲隨之傳來，還有準備回房休息的侍童們喀啦離去的聲響。

伊芮奈打量這本書，以及諾莎堆在這裡的其他資料。

韋斯弗大人曾描述能讓法魯格惡魔附在人類宿主身上的項圈和戒指。他說過，就算拿掉項圈或戒指，法魯格還是可能殘留在宿主體內。項圈和戒指只是便於把惡魔植入人體的工具，如果惡魔在宿主體內吸食太久……

伊芮奈搖頭。畫中男子不是被奴役——而是被寄生。那種魔法是來自擁有那種力量的某人，來自宿主體內的惡魔。

電光閃過，雷鳴接踵而至。

然後是喀啷聲——很微弱，帶有回音——來自她右手邊的一排排書架，聽起來比剛剛那次更近。

伊芮奈再次瞥向陰暗處，感覺寒毛倒豎。那不是老鼠發出的聲音，也不是貓抓石板或書架。

伊芮奈踏進這座塔的那天起就再也沒擔心過自己的人身安全，但現在凝視右手邊的陰暗處時，發現自己渾身僵硬。她慢慢轉身察看身後。

兩邊擺滿書架的筆直走道通往一條較大的走廊，只要走個三分鐘，她就能回到主廳，那裡燈火充足，而且一直有人監視。頂多走個五分鐘。

此刻，她周圍只有陰影、皮革和塵埃，燈籠綻放的光芒不停搖晃。

治療法術可沒有防禦力，她透過慘痛經驗學到這個教訓，但在白豬旅館的那一年，她學會豎耳聆聽，學會所謂的「閱讀空氣」，察覺空氣如何流動。人也會造成風暴般的氣流擾動。

雷鳴回音逐漸遠去，只留下寂靜。

寂靜，還有古老燈籠在風中搖擺時的吱嘎作響。那陣喀啷聲沒再出現。

她真蠢——大半夜看恐怖故事，還挑個打雷的晚上。

伊芮奈嚥口水。館員雖然希望每一本書都別離開圖書館，不過……

她猛然闔起《初始之歌》，塞進背包。她確認桌上大部分的書籍都沒用，除了其中六本，用伊爾維語或其他語言寫成。伊芮奈把這幾本書也塞進背包後，輕輕把卷軸塞進斗篷的內側口袋。

與此同時，她一直查看身後——後面的走廊，還有右手邊的書架。

*如果妳多用點腦袋，現在就不欠我什麼。*在那個命運之夜，陌生少女救她一命後如此厲聲斥責，當時那句話緊緊咬住她的心頭，縈繞至今，連同少女教過她的其他教訓。

雖然伊芮奈知道自己明早一定會自嘲，剛剛聽見的喀啷聲也許真的只是一隻芭絲貓在暗處走動，但她還是決定聆聽恐懼本能提出的勸告。

雖然她可以走捷徑，穿過書架之間的陰暗走道，但還是選擇走在燈火照明處，而且抬頭挺胸，正如那名少女所教。*讓對手覺得妳看起來打算反抗——讓對手相信妳不值得他們浪費時間。*

她心跳如雷，能感覺到胳臂和頸部的脈動，但她只是緊緊抿脣，眼神明亮又冰冷。她看起來怒氣沖沖，步伐迅捷輕快，看起來好像弄丟東西，好像哪個館員找不到她需要的書。

她離那條寬敞的主走廊越來越近。侍童們要返回舒適的宿舍之前一定會走過那裡。

她清清喉嚨，準備隨時放聲尖叫。

別大喊有人想強暴妳，別大喊有小偷，別大喊膽小鬼寧可置之不理的威脅，而是大喊

「失火了」，那名少女教過她。喊出旁人無法置身事外的威脅。如果有人襲擊妳，就大喊發生火災。

正如那名少女所吩咐，伊芮奈這兩年半把這些技巧傳授給無數女性同胞。伊芮奈沒想到有一天得在自己心中複習這些教導。

伊芮奈加快腳步，咬緊牙關。她身上只有一把用來清理傷口、切割繃帶的小刀——收在背包底層。

但這個塞滿書的沉重背包……她把皮革背帶纏在手腕上，牢牢握住。

如果狠狠一甩，擊中要害，就能讓對手倒地。

她離那條安全的走廊越來越近——

就在這時，她從眼角注意到它，察覺到它。

旁邊的書架後面有人，平行走在她身邊。

她不敢看，不敢確認。

伊芮奈壓抑爬過全身的恐懼，感覺眼睛著火。

她瞥見陰影和黑暗，有人在跟蹤她，獵捕她。

它加快腳步，為了抓住她——為了在她進入那條走廊前把她抓進暗處。

快動腦。快動腦。

如果拔腿奔跑——它會知道。它知道她察覺到它的存在，它就會出手，不管它是誰。

快動腦。

她離主走廊還有一百呎，昏暗燈籠之間凝聚陰影，光芒如今成了黑海當中的珍貴島嶼。

她相當確定聽見某人的指尖撫過書架另一邊的書時發出輕微咚聲。

伊芮奈把下巴抬得更高，面露微笑，直視走廊，發出歡笑。「麥迪雅！妳怎麼這麼晚還在這兒？」

她加快腳步，尤其當書架另一邊的那人驚訝得放慢腳步，顯然有所猶豫。

伊芮奈感覺腳踢到某個柔軟——又軟又硬——的東西時強忍尖叫。

她這才發現一名醫者側身倒在書架旁的陰暗處。

伊芮奈彎下腰，抓住女子的細瘦雙臂。對方體型纖細，因此伊芮奈翻過對方的身子時——

腳步聲再次傳來。她逼自己吞下難以壓抑的尖叫聲。

這名女子的淡棕臉頰變成空殼，眼眶青紫，嘴脣蒼白乾裂，身上的醫者長袍今天早上應該合身，如今顯得鬆垮，纖細身軀變得瘦骨如柴，彷彿被吸乾生命力——

她認得這張臉孔，即使它變得憔悴不堪。她認得這頭幾乎跟她自己同樣顏色的金棕頭髮。她幾小時前在澡堂見過這名女子，安撫過對方——

伊芮奈把顫抖的手指按在女子如皮革般乾燥的肌膚上，尋找脈搏。

一無所獲。她以法力探知……沒有能接觸的生命體。女子已經失去生命。

書架另一邊的腳步聲持續逼近。伊芮奈膝蓋發顫，站起身後深吸一口氣，逼自己再次行走，逼自己把斷氣醫者丟在黑暗中，逼自己舉起背包，彷彿什麼事也沒發生，彷彿只是想向前方的某人展示背包。

在書架阻隔下，神祕人不知道她前方有沒有人。

「我剛把今晚要看的書看完。」她朝前方的無形救星呼喊，也默默感謝席爾芭，幸好自己的嗓音聽來依然平穩愉悅。「廚娘在等我去跟她喝一杯睡前茶。要不要一起來？」

故意表示有人在等她——這是她後來學會的另一招。

伊芮奈再走五步後，意識到神祕人再次停頓。

對方對她的把戲信以為真。

伊芮奈跑過最後幾呎，進入走廊，注意到幾名侍童剛走出另一座書架迷宮，她立即飛奔上前。

看到伊芮奈跑來，侍童們瞪大眼睛，但她只是低語兩個字：「**快走**。」

這三名女孩才剛滿十四歲，注意到她眼裡的驚恐之淚、她臉色蒼白，因此沒浪費時間查看伊芮奈身後。她們沒抗命。

她們上過她的課。她教了她們幾個月。

注意到她把背包的背帶緊緊纏在手上，她們立刻聚在她身邊，露齒而笑，好像什麼壞事也沒發生。「大家一起去廚娘那裡喝茶吧，」伊芮奈對她們說話時拚命壓抑尖叫的衝動。死了，有個醫者死了──「她在等我。」

如果我沒出現，就會有人搖響警鈴。

三名少女陪她沿主走廊繼續行走時居然沒發抖，沒流露一絲驚恐。四人來到主廳，這裡燃燒著爐火，有三十六盞吊燈和三十六組沙發和椅子。一隻烏黑芭絲貓趴在爐火前的一張刺繡椅子上。她們接近時，這隻母貓突然跳起，嘶吼以對，就跟芭絲特女神一樣凶悍，但牠嘶吼的對象不是伊芮奈或三名少女……牠瞇起綠寶石般的雙眸，對準她們身後的圖書館。

一名少女把伊芮奈的胳臂抓得更緊，但她們都沒離開伊芮奈身邊，只是跟她一起走近館長及其繼承人所在的龐大書桌。烏黑芭絲貓堅守原地──維持瞪視。今晚值勤的副館長聽見這陣騷動，從書上抬起頭。

伊芮奈朝這名身穿灰袍的中年女子低語：「有個醫者在主走廊附近的書架處遭到致命襲

擊。立刻撤出每個人，通知皇家侍衛。**快**。」

女子沒多問，沒遲疑，沒發抖，只是點個頭，把手伸向固定於桌邊的鈴鐺。搖晃三下。聽在外人耳裡，似乎只是宣布圖書館即將關閉。

但對住在這裡、知道圖書館從不關閉的人們來說……

第一道鈴聲表示：注意。

第二道鈴聲表示：**認真聽**。

副館長用力搖晃第三下，回音響徹圖書館，深入每一個陰暗角落和走廊。

第三道鈴聲表示：**快逃**。

伊芮奈來這裡的第一天，艾芮莎就要她發誓絕不把這項祕密告知外人，然後說明如何辨識警鈴。伊芮奈當時提出每個人都問過的問題：為什麼有這個必要？誰安裝了警鈴？

很久以前，遠在卡岡王征服安第加之前，這座城市在十幾場征戰和統治者之間易手。有些軍隊善待此地，有些沒有。

圖書館的地下樓層還有一組用於撤退的地道——雖然已被封鎖許久。

對館內發布的警鈴依然存在。泉塔裡的警鈴存在了一千年，有時候會進行相關演習，以防有必要撤離人員。

第三道鈴聲沿石頭、皮革和木頭反彈。伊芮奈總覺得能聽見無數腦袋從桌上抬起，能聽見椅子被往後推，書籍被丟下。

快逃，她默默哀求，務必走在燈火照明處。

伊芮奈和其他人默默站在原地，數算時間。芭絲貓收起嘶吼，盯著主廳後面的走廊，黑尾巴拍打椅子的坐墊。伊芮奈身旁一名女孩跑去找泉塔門口的衛兵，他們應該已經聽見鈴聲，正在趕來這裡。

聽見匆忙腳步聲和衣物沙沙聲逼近時，伊芮奈正在發抖。她和副館長觀察匆忙走出圖書館的每一張臉孔和每一雙瞪大的眼睛。

侍童、醫者、館員。沒人看起來不對勁。芭絲貓似乎也在觀察他們，那雙綠鑽般的眼睛似乎能看見伊芮奈所不能見。

看到六名泉塔衛兵從圖書館的門口走來，加上那名女孩緊跟在旁，伊芮奈安心得差點哭出來。

伊芮奈向衛兵說明狀況時，侍童和身旁的兩名夥伴留在原地。衛兵們去尋求支援，副館長則去找來諾莎、艾芮莎和海菲札。三名少女都留在原地，其中兩人抓住伊芮奈發抖的手。她們沒放手。

第十一章

伊芮奈遲到了。

鎧奧習慣在上午十點等她出現，雖然她從沒說過究竟幾點會到。娜斯琳在他起床前早已出門、去找薩韃克和天鷹，留他一個人在這裡洗澡然後……等待。

一等再等。

一小時後，鎧奧再也受不了周圍的寂靜、高溫及咕嚕個沒完的噴水池聲，於是開始進行能獨自完成的健身活動。他的思緒不斷回到鐸里昂身上，一直想著自己侍奉的國王如今身在何方。

伊芮奈描述過一些健身項目，其中一些跟鍛鍊腿部有關；如果她連準時出現都不願意，那他也絕對懶得等她出現再開始運動。

矮櫃上的雕飾木鐘敲擊十二下，小銀鈴發出的清脆聲響四處飄蕩時，他的兩條手臂已累得發抖。他把自己撐到輪椅上，雙臂顫抖出力，汗水流過臉龐、胸膛和背脊。他正準備叫卡姮嘉拿一瓶水和一條溼毛巾來的時候，伊芮奈抵達。

他在起居室裡聽見她進門後停步。

她朝正在玄關待命的卡姮嘉開口：「我有一件必須保密的差事，需要妳親自處理。」

卡姮嘉默默聽命。

「韋斯弗大人需要某種藥水。他的腿起了疹子，很可能因為妳倒進他洗澡水裡的某種精油。」這句話聽來平靜卻也尖銳。他朝自己的雙腿皺眉；他今早沒看到腿上起疹子，但他的確沒辦法感受到痛癢或灼熱之類的感覺。「我需要柳樹皮、蜂蜜和薄荷，宮廷廚房裡會有。別讓任何人知道妳為什麼要這些東西，我不希望謠言亂傳。」

又一陣沉默——接著是關門聲。

他盯著通往起居室的敞開門扉，知道伊芮奈正在確認卡妲嘉離去，然後他聽見她長嘆一聲。片刻後，伊芮奈來到起居室。

她看起來憔悴不堪。

「妳怎麼了？」

他衝口說出後，才想到自己無權過問。

但是伊芮奈的金棕臉龐一片灰白，眼帶黑圈，頭髮黯淡無光。

她只回一句：「看來你有運動。」

鎧奧低頭瞥向自己溼透的上衣。「用這種方式打發時間還不賴。」

她踏著緩慢又沉重的步伐走向辦公桌。他重複剛剛的提問：「妳怎麼了？」

她來到桌邊，依然背對他。他氣得咬牙，很想推輪椅過去、看清楚她的臉——他如果能走路，一定會大步上前，闖進她的個人空間，逼她說清楚究竟發生什麼事。

伊芮奈只是把背包咚一聲扔在桌上。「如果你想運動，兵營會比較適合，」她挖苦地看著地毯。「而不是在昂貴的宮廷地毯上把汗水灑得到處都是。」

他握起拳頭。「不。」他只回一個字。他火大得說不出別的字。

她挑起一眉。「你以前不是侍衛隊長？跟宮殿衛兵一起健身也許效果比較——」

「不。」

她回頭，以金眸打量他。他毫無情緒反應，就算受傷的自尊持續瓦解。

他相信她已經注意到這點、已經記下這筆可用情報。他有點為此討厭她，也討厭自己因為個性頑固而揭露這道心傷，但伊芮奈只是從桌前轉過身，大步走向他，表情莫測難辨。

「如果你腿上起疹子的這個謠言開始四處流傳，我向你道歉。」她放下平時的鎮定，姿態有些不安。「不過，卡妲嘉如果跟我想得一樣聰明，就會擔心你起疹子是因為她照顧不周，也就不敢說出去。不管怎樣，她至少也該猜得到，這件事如果洩漏出去，我們一定會知道就是出自她的嘴。」

好吧，她還是不想回答他的問題，所以他改口問道：「妳為何支開卡妲嘉？」

伊芮奈在金絲沙發上一屁股坐下，揉揉太陽穴。「因為昨晚有人在圖書館殺害一名醫者——還想找我下手。」

鎧奧愣住。「什麼？」他立即查看窗戶、敞開的花園門扉和其他出入口，但周圍只有熱氣、水池聲和鳥叫聲。

「我當時在看書——研究你跟我說的那些故事，」伊芮奈臉上的雀斑因面無血色而格外鮮明。「然後我感覺有人接近。」

「誰？」

「不知道，我沒看到對方。醫者……我逃走的時候發現一名女醫。」她緊張得嚥口水。「我們幫她……收屍後，把圖書館徹底搜查了一遍，但沒找到凶手。」她咬牙搖頭。

「我很遺憾。」這是他的真心話，不只因為有人失去生命，也因為這裡長久以來的和平與安定似乎不復存在，但他還是提出下一個問題，因為他必須找出答案，必須評估風險，正如他必須呼吸。「什麼樣的傷？」就算他不太想知道答案。

伊芮奈靠向沙發椅背，凝視鍍金天花板，身下的羽絨靠墊被她壓得輕聲嘆息。「我在她死前見過她，她很年輕，頂多比我大幾歲。我發現她倒在地上的時候，她看起來像一具風乾許久的屍體，沒有血跡，沒有傷痕，只是……看起來像空殼。」

聽見這種再熟悉不過的描述，他的心往下沉。法魯格。他敢把所有賭注押在這個答案上。「凶手把她的遺體丟在那裡？」

她點頭，用顫抖的雙手抓抓頭髮，閉上眼睛。「我覺得凶手意識到自己殺錯人，所以立刻拉開距離。」

「為什麼？」

她轉頭，睜開眼睛，眼裡滿是疲憊和強烈恐懼。「因為她看起來——生前看起來像我，」伊芮奈沙啞道：「我跟她的體型、膚色和髮色都很相似。不管凶手是誰……我覺得他們在找的其實是『我』。」

「為什麼？」他飛快思索，整理她說的這一切。

「因為我昨晚在研究傷害你的那股力量可能來自什麼源頭的時候……我把幾本書放在桌上。衛兵後來搜查那個區域時，我發現那些書不見了。」她又一次嚥口水。「有誰知道你來到這個國度？」

天氣悶熱難耐，鎧奧卻覺得血液失溫。

「我們沒刻意隱瞞這項行程。」他本能地把手放在不復存在的劍柄上——他在幾個月前把那柄劍扔進艾弗利河。「雖然沒公開宣布，但任何人都可能聽說，遠在我們上岸之前。」

那種事件再次發生，而且是在這裡上演。有個法魯格惡魔來到安第加——最好的情況是低等惡魔，最壞的情況是法魯格王子。兩種都有可能。

艾琳曾描述和羅紋在溫德林發現死於法魯格王子之手的受害者，聽起來很像伊芮奈所見——原本生氣蓬勃的活人變成空殼，彷彿被法魯格吸乾靈魂。

他忍不住輕聲說一句：「卡辛王子懷疑圖姆倫是被謀殺。」

伊芮奈坐起身，臉上殘存的血色徹底消失。「圖姆倫的遺體不像空殼。海菲札——高階醫者本人宣布那是自殺案件。」

當然，這兩起命案之間可能並無關聯，卡辛很可能對圖姆倫一事判斷錯誤，起碼鎧奧有點希望是這樣。但就算兩起案例之間無關，昨晚的命案——

「你必須去警告卡岡王。」伊芮奈似乎看穿他的想法。

他點頭。「當然，我當然會這麼做。」這種局勢雖然險惡……卻也可能是讓他私下見到卡岡王的契機。但他注意到她臉上的恐懼。「很對不起——把妳牽連進來。泉塔的戒備有沒有增加？」

「有。」她輕聲答覆，揉揉臉。

「那妳呢？妳來這裡的路上有沒有衛兵陪同？」

她對他皺眉。「在大太陽底下？在大街上？」

鎧奧雙臂抱胸。「法魯格什麼事都幹得出來。」

她揮個手。「反正我近期內不會獨自走在暗巷，我們泉塔的成員都不會這麼做。他們已經召集了衛兵，在圖書館裡每一條走廊站崗，彼此只相隔幾呎。我連海菲札是從哪把他們召來都不知道。」

法魯格惡魔能占據任何人的軀殼，但是法魯格王子在這方面挑三揀四，尤其喜歡美男子，鎧奧猜他們應該不會願意附在普通衛兵身上。

他想起一條項圈、一張死屍般的冰冷笑臉。

鎧奧吐口氣。「我真的很遺憾——為那位女醫。」特別是若是因他在這裡而引發這起命案，如果他們追殺伊芮奈只是因為她幫助他。他補充一句：「妳最好提高警覺，時時刻刻。」

她沒理會這項警告，只是打量所在的房間、腳下的地毯和一旁的茂密棕櫚。「那些女孩——年紀還小的侍童……她們真的嚇壞了。」

那妳呢？

換作以前，他一定會主動提議在她的房門外站崗、管理士兵，因為他知道這些事該如何處理。但他不再是侍衛隊長，他也不認為卡岡王及其屬下會願意聽他這個外國貴族指揮。

但他還是忍不住問道：「有什麼是我能幫忙的？」

伊芮奈的眼睛掃向他——評估。不是在評估他，但他總覺得她似乎在評估她自己的某種想法。她審視自己的內心時，他靜止不動，維持目光沉穩。她終於嘆道：「我有在教課，每週一次。經過昨晚的事件後，孩子們都身心俱疲，所以我讓她們休息。今晚我們將為那位……離世的醫者舉行燭光晚會，但明天……」她咬咬嘴唇，又考慮幾秒後補充一句：「我希望你能參加。」

「什麼樣的課程？」

伊芮奈勾轉一縷豐厚捲髮。「泉塔不收學費，但學生得用其他方式幫忙，像是煮飯、洗衣和打掃。但我來到這裡的時候，海菲札……我跟她說我煮飯洗衣打掃樣樣精通，這些工作我都做過——而且時間不短。她問我除了治療之外還會什麼，我跟她說……」她咬唇。「有人教過我防身術，如何擊退壞人，尤其是男性歹徒。」

他很難不把目光移向她脖子上那條疤，很難不去想她是不是因為那條疤而學習防身術——也許就連她學會的防身術也不夠用。

伊芮奈從鼻孔嘆氣。「我跟海菲札說我會一點防身術，而且……我跟教我防身術的那人保證過，會盡可能把這些東西傳授給其他女生，我也付諸行動。我每星期一次教導侍童，而年紀比較大的學生、醫者、僕人或圖書館員，只要想學都可以參加。」

這個在診察患者時無比溫柔的女人……他猜自己學到一件事：看似柔弱的臉孔底下也可能暗藏威猛力量。

「那些女孩真的被嚇死了。泉塔已經很久沒遭到入侵。如果你明天也參加我的課——把你知道的傳授出去，我覺得這應該很有幫助。」

他瞪她許久，眨眨眼。

「妳應該有注意到我坐在輪椅上。」

「又怎樣？你這張嘴還能動啊。」好一張伶牙俐齒的嘴。

他又眨眨眼。「她們應該不會覺得我像個令人信服的教練——」

「不，她們應該會被你的帥氣熏得頭暈目眩、讚嘆連連，結果忘了害怕。」

他第三次——最後一次——眨眼，令她微微一笑，儘管笑容嚴肅。他不禁好奇，她真心覺得莞爾，真心感到高興的時候，會是什麼樣的笑臉？

「你那道疤給你添加了一點神祕感。」她搶先他開口時，他才想起自己臉上的傷痕。

在他的注視下，她從沙發起身，大步來到桌前，打開背包。「妳真的希望我明天去一趟？」

「我們是得想個怎樣讓你過去的辦法啦，但應該不會很難。」

「把我塞進馬車就行。」

她僵住，回頭瞥他一眼。「把埋怨的力氣留在我們的訓練上，韋斯弗大人。」她掏出一小瓶油膏，放在桌上。「而且你沒有馬車可坐。」

「僕人扛轎子？」他寧可用爬的。

「馬。有沒有聽說過這種生物？」

他抓緊扶手。「有腿才能騎馬。」

「幸好你兩條腿都在。」她回頭繼續翻找背包裡的藥瓶。「我今早跟我前輩談過，她見過類似的傷患透過特殊繫帶和支架騎馬，後來能騎得跟一般人一樣快。就在咱們談話的這一刻，他們正在工作坊幫你打造用具。」

他消化這項消息。「看來妳認定我明天想參加。」

伊芮奈終於轉身，拿著背包。「我認定你想騎馬。」

她拿著藥瓶走近時，他做不出其他反應，只能瞪著她。她臉上只有一本正經的不爽，總好過驚魂未定。他詢問時嗓音有些沙啞：「妳真的覺得我能騎馬？」

「我真的覺得。我明早天一亮就來，好讓咱們有充足時間準備。我的課是九點開始。」

騎馬——他雖然不能走路，但騎馬……「拜託妳別給我希望再讓我失望。」他沙啞道。

伊芮奈把背包和藥瓶放在沙發前的矮桌上，示意他靠近她。「好醫生才不做這種事，韋斯弗大人。」

他今天沒穿上外套，腰帶則留在臥室裡。他把汗溼襯衫拉到頭頂脫下，然後迅速解開褲頭鈕釦。「鎧奧，」他過了片刻後開口：「我的名字——叫做鎧奧，不是韋斯弗大人。」他低哼一聲，把自己從輪椅抬到沙發上。「我父親才是韋斯弗大人。」

「這個嘛，你也是個大人。」

「我只是鎧奧。」

「鎧奧大人。」

他調整雙腿時瞪她一眼。她沒伸手過來幫忙調整。「我原本以為妳還對我充滿怨恨。」

「如果你明天幫忙指導我那些女孩兒，我會重新考慮要不要繼續怨恨你。」

看到她那雙金眸裡的光芒，他雖然很懷疑她這句話，但嘴角還是微微上揚。「今天也要按摩？」拜託妳，他差點補充一聲。他的肌肉已經因為剛剛的運動而痠痛，加上他成天在床鋪、沙發、椅子和浴室之間來回移動——

「不。」伊芮奈以手勢要他趴在沙發上。「我今天就開始治療。」

「妳找到了相關資料？」

「沒有，」她以冰冷又俐落的手法扯下他的長褲。「但經過昨晚的事件……我不想再拖延。」

「我會——我能……」他咬牙。「我們會想出辦法，在妳做研究的時候保護妳。」他討厭這幾個字，感覺就像發酸的牛奶滾過舌頭、灌進喉嚨。

「我認為他們知道這點，」她低語，沿他的脊椎抹上一點油膏。「但我覺得他們想殺了我，並不是為了避免我找到跟你說過的那些故事有關的資料。」

他感覺內臟繃緊，就算她的雙手溫柔地撫過他的背脊，在背傷頂點的擴散式痕跡上逗留。

「那麼，妳認為他們的目的是什麼？」

他已經猜到答案，但還是想聽她說出口——想知道她是否也有同感，是否跟他一樣明白其中的風險。

「我懷疑，」她終於答覆：「他們這麼做，不只因為我在研究那些故事，也因為我要醫治你。」

這些字句落定後，他扭頭看她。她只是瞪著他的脊椎，神情疲憊。他猜她整晚沒睡。「如果妳太累——」

「我不累。」

他繃緊下巴。「妳可以在這裡小睡片刻，我會看著妳，」雖然他根本沒有戰鬥力。「晚點再幫我治療——」

「我現在就幫你治療。我才不會被他們嚇倒。」

她的嗓音未曾顫抖。

她放柔聲調，但語氣同樣堅定地補充：「我以前很害怕別人。我任憑他們欺負我，就因為我害怕拒絕他們會有什麼後果。我不知道怎樣拒絕。」她用力一壓他的脊椎，命令他把頭趴回去。「我來到這片海岸的那一天，拋棄了以前的我。我絕不讓那個我再次出現，絕不讓別人對我說我該怎麼過我的人生、我該怎麼做選擇。」

聽見她嗓子裡悶燒的怒火，他感覺寒毛倒豎。這個女人是鋼鐵和餘燼的化身。她把掌心沿他的脊椎往上推，推向那團擴散式白痕時，掌心確實散發熱氣。

「咱們來看看這團傷痕喜不喜歡被欺負。」她低語。

伊芮奈把手放在傷痕的正上方。鎧奧張嘴想說話——卻發出尖叫。

第十二章

彷彿被刀片劃過般的灼熱劇痛掃過背脊。

鎧奧痛得拱起身子。

他感覺到伊芮奈急忙抽手，緊接著聽見東西砸落在地。

鎧奧喘氣，用手肘撐起身子，看到伊芮奈坐在茶几上，藥瓶傾倒，裡頭的油膏流過整張木桌。她目瞪口呆地盯著他的背部，她的手剛剛摸過的部位。

他痛得說不出話。

伊芮奈把雙手湊到面前仔細觀察，彷彿以前從沒見過她的手。

「你背上的傷……不只是討厭我的法力而已。」她低語。

雙臂癱軟乏力，他因而趴回坐墊上，看著她。伊芮奈宣布：「而是痛恨我的法力。」

「妳說過殘留在裡頭的力量只是一種回音——跟傷勢無關。」

「也許我錯了。」

「羅紋治療我的時候完全沒有這些問題。」

她對這個陌生的名字皺眉。他默默咒罵自己居然在到處都有耳目的宮裡透露羅紋的名字。

「你當時醒著？」她問。

他思索幾秒。「不。我當時——奄奄一息。」

她這才注意到油膏打翻在桌上，她輕聲罵髒話；跟他以前有幸見過的一些出口成髒的人物相比，她的咒罵聲十分輕柔。

伊芮奈把手伸向背包，但他動作更快，已經從沙發扶手上拿起汗溼襯衫，丟到持續擴散的油汙上，避免油滴到想必昂貴的地毯上。

伊芮奈打量這件上衣，再瞥向他伸來的手，他這條胳臂幾乎橫越她的大腿。「你在那次治療中可能因為昏迷而沒感覺到這種劇痛，不然就是你這道傷裡的力量當時還沒……完全附著。」

他感覺咽喉緊縮。「妳覺得我被附身？」附在他身上的東西曾棲息在國王體內，做出天理難容之事——

「不，但是痛楚也可能讓人覺得這種疼痛本身『擁有生命』。也許你感受到的疼痛也一樣，也許它不想放手。」

「我的脊椎究竟有沒有受損？」他鼓起勇氣問道。

「有，」她的答覆令他胸腔洩氣。「我有感覺到破損的部分——雜亂和斷裂的神經。但想治療神經、讓它們跟大腦恢復溝通……我就必須繞過那團回音般的力量，不然就是打得它稍微讓路，讓我有空間治療你。」她嚴肅地抿脣。「這團陰影，騷擾你——你的身體——的這股力量，一定會全力反抗我，一定會想辦法透過劇痛說服你叫我住手。」她的眼神清澈——而且嚴峻。「你明白我的意思嗎？」

他的嗓音低沉沙啞。「如果要讓妳成功，我就必須承受那種痛苦，重複不斷。」

「我有草藥能麻醉你，但你這種傷勢……我覺得光是我一個人對抗那股力量恐怕還不夠。你如果在治療期間不省人事……我擔心它可能會在你昏睡時試著占據你，在你的夢境——你的心靈之中。」她的臉色似乎變得更蒼白。

鎧奧把手從充當抹布的衣服上移開，捏住她的手。「妳該怎麼做就怎麼做。」

「你到時候會很痛，就像剛剛那樣，每分每秒，而且很可能比剛剛更痛。我必須從上往下治療，處理一節一節脊椎骨，最後才是尾椎。我必須在對付那股力量的同時治療你。」

他更用力抓住她的小手。「妳該怎麼做就怎麼做。」他重複。

「而你，」她輕聲道：「你也必須對抗它。」

聽見這句話，他整個人僵住。

伊芮奈說下去：「如果這種力量的本質就是吸食宿主……如果它一直在吸食，但你依然健康……」她指向他的身體。「那它一定在吸食別的東西，你體內的某物。」

「我什麼也感覺不到。」

她看著彼此交扣的手——而後抽手，儘管動作不像甩下他的手那樣粗暴，但用意還是很明顯。「也許我們應該討論這件事。」

「討論什麼。」

她把頭髮撥到一邊肩後。「當時發生了什麼事——你究竟讓它吸食了什麼。」

他的掌心冒汗。「沒什麼好討論。」

伊芮奈瞪他許久，他差點在她的直視下退縮。「據我聽說，這幾個月發生過不少值得討論的事，對你來說似乎……動盪不堪。你昨天也說過，沒有誰比你更痛恨你自己。」

他昨天說過的那句話其實已經略嫌保守。「而妳突然想聽這個故事？」

她不為所動。「如果能讓你早點痊癒早點滾。」

他挑眉。「好吧，妳終於說出真心話。」

伊芮奈的臉龐就像一副無法看透的面具，跟戴著項圈的鐸里昂有得比。「我猜你不想在這兒待一輩子，畢竟就像你說的，我們的家鄉爆發戰爭。」

「不也是妳的家鄉？」

伊芮奈默默起身，拿起背包。「我沒興趣跟亞達蘭沾上邊。」

他明白，他真的懂。也許這就是為什麼他還沒讓她知道殘留在他身上的黑暗力量究竟來自誰。

「而你，」伊芮奈說下去：「正在逃避目前這個話題。」她在背包裡翻找。「你遲早得說出當時的事發經過。」

「恕我直言，那不關妳事。」

她轉眼瞪他。「你顯然不知道『治療身體創傷』跟『治療心靈創傷』之間關係多麼密切。」

「我面對了當時發生的事。」

「那你脊椎裡的怪東西究竟在吸食什麼？」

「我不知道。」他不在乎。

她終於從背包裡拿出某個東西。她大步走向他時，他看到她手上拿著什麼，感覺胃袋收縮。

一塊咬合板，用新鮮的深色皮革製成，未曾使用。

她遞給他時毫無遲疑。為了治療比他更嚴重的傷勢，她把這種東西遞給患者過多少次？

「想叫我住手就趁現在，」伊芮奈一臉嚴肅。「如果你寧可討論過去幾個月的遭遇。」

鎧奧只是趴下，把咬合板塞進嘴裡。

娜斯琳從天上欣賞了日出。

破曉的一小時前，她發現薩韃克王子已經在鷹巢忙碌。這座尖塔的最頂層是開放式結構，一身皮衣的王子後面就是那頭巨鷹。娜斯琳一手撐在樓梯井的拱門上，爬樓梯爬得氣喘吁吁。

卡達菈真美。

這頭天鷹的每一根金羽毛都像經過拋光的金屬般閃亮，胸前白毛如初雪般皎潔。牠立刻用金色眼瞳把娜斯琳打量一番。薩韃克忙著在牠的闊背上安裝鞍座，這才轉身察看。

「法里克隊長，」王子寒暄：「妳起得真早。」

很無辜的臺詞，為了提防有人偷聽。

「昨晚一夜風雨，吵得我難以成眠。希望我沒打擾你。」

「正好相反。」在昏暗光線下，他的嘴角微微勾起。「我正要出去兜風——這隻胖鳥偶爾也該自己抓早餐。」

卡達菈氣得蓬起羽毛，咂咂巨大的嘴喙——絕對能一口咬掉一般人的腦袋。難怪赫薩蘭公主對這隻鳥退避三舍。

薩韃克咯咯笑，拍拍牠的羽毛。「要不要一起來？」

聽見這句話，娜斯琳突然意識到這座尖塔真的、真的很高，而且卡達菈大概會飛得比尖塔更高。只有薩韃克這名騎手和剛剛裝好的鞍座能避免她摔死。

話雖如此，騎乘天鷹……

而且是跟一位也許能提供情報的王子一起騎乘……

「我不擅長高處，但我很榮幸能跟你一起飛，王子。」

接下來的過程只花了幾分鐘。薩韃克叫她換下黑藍外套，從牆邊一口五斗櫃裡找出一件皮衣穿上。她也換掉褲子時，他禮貌地轉身背對她。她的頭髮長度只到肩膀，因此很難往後編成辮子，但王子從口袋裡掏出一條皮繩給她，方便她把頭髮挽成髮髻。

他告訴她，這種東西一定要隨身多帶一條，否則她接下來梳頭幾星期頭髮都直不了。

卡達菈像一隻特大號母雞一樣壓低身子，貼向地板。王子先爬上眼神犀利的天鷹，三兩下就順利爬上牠的側身，然後朝娜斯琳伸手。她小心翼翼地把一掌撐在卡達菈的肋處，她沒想到冰涼的羽毛摸起來跟最高級的絲綢一樣光滑。

薩韃克把她拉上他前方的鞍座時，她以為天鷹會挪動身子、怒目相視，但牠依然溫馴，耐心十足。

薩韃克幫彼此繫好束帶，並再三確認所有皮帶牢固，然後咂嘴一聲，接著——

娜斯琳知道以碎骨勁道緊抓王子的胳臂很不禮貌，但在卡達菈展開金澄雙翼、躍入塔外——往下跳時，她還是這麼做。

娜斯琳感覺胃袋跳上喉嚨，眼睛泛淚模糊。

天風襲擊她，試著將她扯離鞍座，她為了夾緊座椅而大腿疼痛。她緊抓薩韃克握住韁繩的雙臂，她的手勁逗得他在她耳邊咯咯笑。

但是安第加的諸多白石建築逼近，在破曉天光下看似深藍。卡達菈持續俯衝，就像天降流星——

然後牠大張雙翼，直轉而上。

娜斯琳慶幸自己沒吃早餐，否則現在一定會因為胃袋震盪而吐乾淨。

卡達菈在幾秒後向右傾——飛向轉成粉紅色的地平線。眼前是一望無際的安第加，但隨著飛鷹衝天而越來越小，直到看起來只像通往四面八方的鵝卵石路。她能看見城外的橄欖園和麥田，郊外莊園和小鎮羅列各處。她左方是北面沙漠的起伏沙丘。太陽從她右方的山脈探出頭來，給蜿蜒璀璨的諸多河流染上金光。

薩韃克沒說話，沒指出各個地標，甚至懶得指向通往南方地平線、看似白線的姊妹之路，而是在日升光輝下讓卡達菈決定路線。天鷹載著兩人飛得更高，空氣變得更為凜冽——牠每振動巨翼一次，持續甦醒的藍天就更明亮一分。

開闊。浩瀚。

大海雖然無垠，但波浪令人厭煩，而且四處擠滿船隻。

在天上的感覺……這才叫舒坦。這種感覺……

她貪婪地把這一切盡收眼底。每個景物看起來都渺小、可愛又清新。這片土地被一個強國征服，但受到關愛和滋潤。

她的土地。她的家園。

太陽、樹叢和如浪草原在遠方向她招手。西邊是茂密叢林和稻田，東北邊是沙漠的白色沙丘。這片景色超越她畢生所能踏遍，超越卡達菈能在一天內飛抵的範圍。這片土地就是一整個世界，自成一體。

她搞不懂父親為何離開這裡，為何在亞達蘭被黑暗籠罩時還留在當地，為何不帶全家離開那座腐敗之城；她在那裡很少抬頭望天，嗅到的微風總是夾雜艾弗利河的刺鼻鹽味或街上的垃圾味。

「妳很安靜。」王子這幾個字像在提問而不是做出評論。

娜斯琳用霍赫語坦承：「我沒有文字能形容這種體驗。」

她感覺緊貼在後的薩韃克綻放笑容。「我當時也是同樣感受——第一次飛的時候，之後的每一次也是。」

「我這下能明白你當初為何決定留在鷹隊營地，為何急著回去。」

片刻沉默。「我這麼容易被看透？」

「你怎麼可能不想早點回去？」

「有些人覺得我父王的宮殿是世上最美的皇宮。」

「的確是。」

他的沉默已經提出質疑。

她接著道：「裂際城的宮殿沒這麼美，沒跟所在土地如此融合。」

薩韃克若有所思地嗯一聲，聲線的震動透過背部傳達給她。他輕聲道：「我妹妹的死對我母后打擊很大。我是為她留下。」

娜斯琳微微皺眉。「我真的很遺憾。」

接下來的一段時間，只聽見疾風呼嘯。

薩韃克再次開口：「妳剛剛說到裂際城的宮殿時用的是過去式。為什麼？」

「你也聽說了它的下場——玻璃部分的結構。」

「啊。」又幾秒沉默。「被特拉森女王粉碎，被妳的……盟友。」

「我的朋友。」

他把上半身繞過她肩頭，看著她的臉。「她真的是妳朋友？」

「她是好人，」娜斯琳言之由衷。「沒錯，她是有點難搞，不過……貴族幾乎都很難搞。」

「聽說她就是覺得前任亞達蘭國王很難搞而殺了他。」

她考慮遣詞用字。「那個國王是個禽獸──給天下蒼生帶來威脅。他的副手帕林頓現在還是個麻煩。她那麼做是幫了艾瑞利亞一個大忙。」

薩韃克拉扯韁繩，卡達菈開始緩緩下降，飛向一座閃亮溪谷。「她的力量真的那麼強？」

娜斯琳考慮是否該如實坦承，還是幫艾琳隱藏實力。「她和鐸里昂都擁有強大魔法，但我認為他們擁有的更強大的武器是智慧。沒有智慧，蠻力毫無用處。」

「沒有智慧，蠻力非常危險。」

「是的，」娜斯琳同意，嚥口水。「你……」她不習慣拐彎抹角的宮廷談話。「你的宮裡是不是有類似的威脅，所以我們必須在天上才能交談？」

他很可能就是那個威脅，她提醒自己。

「妳跟我的手足同席過，妳見過他們是什麼樣的人。如果我安排在宮裡接見妳，就等於向他們傳達訊息，表示我願意聆聽妳的請求，也許願意向我們的父王請願，他們就會考慮如果阻撓我會有什麼風險和好處，加入我這邊……會不會讓他們更有面子。」

「那你呢？你願意聽我們的請求嗎？」

薩韃克沉默許久時，只有呼嘯風聲填補寂靜。

「我願意聽妳和韋斯弗大人發言。我想聽妳知道什麼、妳和他有何遭遇。雖然我對我父王的影響力不如我的手足，但他知道天鷹騎兵都效忠於我。」

「我以為──」

「妳以為他最喜歡我？」幾聲低沉苦笑。「我原本也許有機會被選上，但是卡岡王不會因為最喜歡誰就選誰當繼承人，況且他最喜歡的是杜娃和卡辛。」

她能理解模樣可人的杜娃為何討父王歡心，但——「卡辛？」

「他對我父王無比忠誠。他從不打歪主意，從不背叛。我有做過——我曾跟他們每個人鬥智，就為了達成我自己的目的。但是卡辛……他雖然統管陸軍和馬王，雖然在必要時很殘忍，但對我父王絕無二心。他是最愛父王、最忠誠的兒子。等我們的父王死後……我很擔心卡辛如果不屈服，其他手足會怎樣對付他，更糟的是父王的死會給卡辛造成多大的打擊。」

她斗膽提問：「你會怎樣對待他？」如果他不發誓效忠就毀了他？

「這得先看他會帶來什麼樣的威脅或盟友關係。目前只有杜娃和阿古恩已婚，而阿古恩還沒有孩子。不過呢，卡辛如果有辦法，應該能擄獲那名年輕女醫的芳心。」

伊芮奈。

「怪的是她對他不感興趣。」她說。

「其實這對她有利。去愛卡岡王的子女並不容易。」

露水未散的綠草在日出下隨風起伏。卡達菈飛向一條湍急河川，牠的巨爪能輕易抓起大把漁獲，但牠掠過河面不是為了捕魚，而是在尋找——

「昨晚有人侵入泉塔圖書館，」薩韃克邊說邊看著天鷹在深藍水面上狩獵。河面霧氣吻過娜斯琳的臉龐，但他這番話帶來更強烈的寒意。「兇手殺了一名醫者——透過某種邪穢力量把她變成空殼。我們從沒在安第加見過這種命案。」

娜斯琳感覺胃袋翻攪。他這番描述——「誰？為什麼？」

「伊芮奈．塔爾斯發布警報。我們搜索了幾小時，但一無所獲，只知道她放在圖書館桌上的幾本書不翼而飛、兇手是在哪個區域跟蹤她。伊芮奈受到驚嚇，但有驚無險。」

研究——鎧奧昨晚跟她說過，伊芮奈打算研究關於魔法和惡魔造成的傷勢。

薩韃克試探地問道：「妳知不知道伊芮奈當時在研究什麼，怎麼會有人偷走她研究的書？」

娜斯琳思索。這可能是伎倆——他刻意透露關於家人和人生的祕辛，好誘使她如法回報。娜斯琳和鎧奧目前為止還沒對卡岡王及其子女透露任何關於命運之鑰、法魯格和埃拉魍的情報。他們一直在等候——判斷誰最值得信賴。因為，如果被敵人聽見他們正在尋找鑰匙，為了封鎖命運之門……

「不，」她撒謊。「但也許凶手來自我們的敵方，想嚇得她和其他醫者不敢再治療那位隊長。我是指——韋斯弗大人。」

沉默。她以為他會在這件事上追問下去。卡達菈離河面越來越近，彷彿盯上某個獵物。

「妳獲封新的頭銜，但它的昔日主人就在妳身邊，這種感覺一定很怪。」

「我在出海前的幾星期前才當上隊長。我猜我回去後有得學。」

「如果伊芮奈順利完成任務，而妳也取得其他方面的成果。」

像是爭取到盟軍派兵支援。

「嗯。」她勉強回一聲。

卡達菈突然急速俯衝而下，薩韃克因此緊緊摟住她，用自己的大腿撐住她的腿。她任憑他引導，兩人穩穩坐在鞍座上。卡達菈把爪子伸進水裡，稍微扭動，接著把某個東西甩到河岸上，幾秒後自己也飛到岸上，用利爪和尖嘴戳刺切割獵物。被牠壓住的生物拚命掙扎——

骨頭斷裂聲。不再掙扎。

天鷹平靜下來，羽毛蓬鬆，胸口和頸部都沾染血跡。有些血也濺到娜斯琳的靴子上。

「小心，法里克隊長。」薩韃克開口時，娜斯琳看清楚天鷹正在享用的獵物，體積龐大，將近十五呎長，滿身護甲般的厚鱗，很像伊爾維的沼澤獸，但更為巨大肥胖，想必因為岸邊牛隻都被牠拖進水裡吃掉。

「我父王的國土很美，」卡達菈撕咬巨屍時，王子說下去：「但也暗藏危險。」

第十三章

伊芮奈坐在地毯上喘氣，兩腿往前伸，背靠沙發，鎧奧大人則趴在沙發上喘氣。

她勉強把雙手放在大腿上，感覺嘴如沙粒般乾燥，四肢劇烈顫抖。

聽見吐氣聲和輕微的咚聲，她知道他拿掉了嘴裡的咬合板。

他剛剛雖然嘴裡塞了東西，仍是發出激烈咆哮，幾乎跟殘留在傷痕裡的魔法一樣嚇人。

那團魔法宛如虛空，就像黑暗的地獄。

她自己的法力就像一顆脈動星體，衝擊那團黑魔法在他的脊椎頂端和其餘部位豎起的黑牆。她知道——不用測試也知道——如果讓自身法力繞過這堵牆，直入他的脊椎末端……那團黑魔法也會趕到同一處攔截。

但她還是試著把自己的力量推進去，一試再試，直到她精疲力盡、呼吸困難。

儘管如此，這堵黑牆絲毫不為所動，似乎只是對她輕聲譏笑，夾雜古老的寒意與惡意。

她傾盡全力衝擊這堵牆，一次又一次用散發熾熱白光的白魔法衝擊黑魔法，但……毫無成果。

她的法力找不到任何空隙可鑽，她準備收手時，黑牆似乎開始發生變化。

變成……別的東西。

伊芮奈的法力在這堵牆前面變得不堪一擊。她因為那名女醫遇害而激發的鬥志已經冷卻，而且她看不見——也不敢看——聚在傷痕裡的某種力量，是它讓那團黑暗充滿說話聲，聽起來就像沿一道長廊迴響而至。

但這股黑暗力量確實存在，而且她隱約看見它的輪廓。

這堵黑牆擁有生命。一幅又一幅畫面在牆上流動，彷彿她是透過別人的眼睛看著這一幕。她出自本能地知道這些畫面並不是來自鎧奧大人。

一座黑石要塞聳立於灰白荒山，要塞的高塔如刺槍般尖銳，稜角與胸牆宛如刀鋒。在要塞後方，一支大軍遍布於山中溪谷和平原，伸往遠方，營火多得她數不清。

而且她知道這個地區的名稱以及聚在這裡的大軍。她在腦海中聽見這個名字，節奏就像榔頭敲打鐵砧。

莫拉斯。

她抽回法力，把自己撤回光芒和熱氣之中。

莫拉斯——她不確定這幅畫面是不是造成背脊創傷的力量所留下的某種真實回憶，還是她心中最黑暗的恐懼所召來的幻象……

她看到的畫面不是真的，起碼在這個陽光充足、噴泉聲不絕於耳的房間裡不是真的。不過，如果這道幻象真的就是鎧奧大人昨天提到的那支大軍……

她要面對的敵人是那支魔軍。在最惡劣的情況下，她將面對那支大軍，連同他們造成的受害者。

這就是她回到家鄉後要面對的威脅。

不是現在——她現在要專心治療眼前這名男子。如果為這件事胡思亂想，如果讓他想起他必須面對什麼、他的朋友們可能正在面對什麼樣的險境……這麼做對她和他都沒幫助。

因此，伊芮奈只是坐在地毯上，從鼻孔吸氣，從嘴巴吐氣，逼自己發抖的身體慢慢平靜下來，讓周身法力重新填滿。她讓鎧奧大人在身後的沙發上繼續喘氣，彼此都沒說話。

的確，這次的治療工作一點也不尋常。

但如果她延期返鄉，留在這裡治療他，無論需要花多久時間……戰場上恐怕也會有他這種遭到類似攻擊的傷患。如果現在就學著如何面對這種傷，不管過程多麼令她害怕……沒錯，延期返鄉可能會有更多好處，只要她能再次忍受這股黑暗力量，能找出某種辦法擊潰它。

妳必須進入妳害怕行走之地。

一點也沒錯。

她疲憊得沉沉睡去。女僕不知何時歸來，帶來伊芮奈要求的材料。女僕只是看了兩人一眼，隨即離去。

過了幾小時，漫長得就像好幾天。

她餓得胃袋打結，這種身為正常人會有的感受變得特別怪異，因為她剛剛花了幾小時對付他背上的黑暗力量，她只依稀注意到自己把手放在他的背上，依稀聽見她用自身法力推擠那堵牆的時候他發出淒厲尖叫。

他未曾叫她停手，未曾哀求暫停。

他用顫抖的手指擦過她的肩膀。「妳……還……」他吐出的每一個字灼熱沙啞。她已經讓他喝下蜂蜜薄荷茶。她應該把女僕叫來——如果她記得開口、還發得出聲音。「……好嗎？」

他把手放在她肩上時，她把眼睛睜開一條縫。她感覺他這麼做不是出於情愛或關心，而是因為他已經精疲力竭，沒辦法把手收回去。

她自己也累得沒辦法像不久前那樣拍掉他的手。「我才該問你還撐不撐得住。」她沙啞問道：「你的狀況有沒有好轉？」

「沒有。」這兩個字毫無情緒，讓她清楚知道他的思緒和失望。他停頓幾秒後重複一次：「沒有。」

她再次閉眼。治療恐怕得花好幾星期、好幾個月——如果她找不到驅逐這堵黑牆的辦法。

她沒力氣移動雙腿。「我去幫你拿些——」

「休息。」他按住她的肩膀。「休息。」他重複。

「你今天到此為止，」她說：「不准再運動——」

「我是指——妳。**妳休息**。」他每一個字都說得很辛苦。

伊芮奈慢慢把視線拖向角落的大鐘，眨眼一下，兩下。五下。

居然已經過了五小時——

而且他承受了每一秒。五小時的劇痛——

想到這一點，她屈起雙腿，把一手撐在矮桌上，凝聚力氣，撐起身子，直到站起。她雖然有些搖晃，但——站著。

他把胳臂挪到身子底下，試著撐起身子，背肌隨之起伏。「別動。」她警告。

他沒照做。他發達的胳臂和胸膛肌肉沒令他失望。他把身子往上撐，直到坐起。他瞪著她，目光茫然。

伊芮奈沙啞道：「你需要……茶水。」接著虛弱地說出一個名字：「卡妲嘉。」

女僕立刻出現。太快出現。

伊芮奈仔細觀察對方——這女孩顯然一直在偷聽。

伊芮奈懶得微笑，只是說：「薄荷茶。大量蜂蜜。」

鎧奧補充道：「兩杯。」

伊芮奈看他一眼，但只是癱坐在他身旁的沙發空位上。坐墊有點潮溼——她意識到是被他的汗水浸溼。她看到閃閃發亮的汗水沿他的棕銅胸膛滑過。

她閉上眼睛——只閉幾秒。

卡妲嘉把兩個精美茶杯和一個鐵製的小茶壺放在茶几中央的時候，伊芮奈才意識到自己的眼睛不是只閉幾秒。口乾舌燥加上過度疲憊，她沒力氣叫女僕住手，沒辦法說一次喝下這麼多蜂蜜會不舒服。

女僕默默攪拌兩杯茶，先把一杯遞給鎧奧。

他只是把這杯茶交給伊芮奈。

她累得沒表示反對，只是用雙手捧著茶杯，顫抖地湊到脣前。

他似乎察覺到她有多累。

他叫卡妲嘉把第二杯放在桌上後退下。

伊芮奈看著鎧奧幫她把茶杯舉到她嘴邊，感覺就像隔著窗戶旁觀。

她有點想拍開他的手。

沒錯，她願意醫他，他也的確不是她原先所想的那種禽獸、以前見過的那種男人，但讓他這麼靠近她，這樣照顧她……

「妳如果不喝，」他稍微咬牙。「我們就得繼續這樣癱坐個幾小時。」

她把眼睛對準他，發現他雖然疲憊，但眼神平靜清澈。

她什麼也沒說。

「看來這就是妳劃下的界線，」鎧奧像在喃喃自語。「妳能忍受幫助我，但不能忍受我幫助妳，也不能忍受妳眼裡的我做出任何不符合妳預料的舉動。」

他其實比一般人所想的更機靈。

她總覺得自己的嚴峻眼神就反映在他這雙深棕眼眸裡。

「喝下。」命令式——這個男人習慣發號施令。「妳可以討厭我，但把該死的茶喝下去。」

而他眼裡的少許擔憂……

他雖然習慣發號施令，但也習慣關心人、照顧人。他沒辦法壓抑這種天性，沒辦法透過後天訓練改掉這點。他就算成了傷殘者也一樣死性不改。

伊芮奈朱脣微張，默默屈服。

他溫柔地把瓷杯貼在她嘴邊，幫她傾倒。

她啜飲一口。他輕聲鼓勵。她又啜飲一口。

她好累。她這輩子從沒這麼累過——

鎧奧第三次把杯子壓在她脣前，她喝下一大口。

夠了。他比她更需要補充體力——

他似乎察覺到她打算罵他自己幹麼不喝，於是把茶杯從她嘴邊挪開，湊到自己脣前。一大口。兩大口。

他喝完這一杯，拿起另一杯，先讓她啜飲幾口，然後自己狂灌。

這個男人真討厭。

伊芮奈猜自己有說出這句話，因為他突然有些莞爾。「妳不是第一個這樣說我。」他的嗓音比剛剛圓潤，不再那麼粗啞。

「我相信我也不會是最後一個。」她咕噥。

鎧奧只是又對她淺淺一笑，拿起茶壺倒滿兩個茶杯。他自行倒進蜂蜜——分量比卡妲嘉倒進的少，更為適當。他攪拌茶水時雙手平穩。

「我自己能動手。」伊芮奈抗議。

「我也能。」他簡短回話。

這一次她拿得動杯子。他確認她喝得順利後，才把另一杯湊到自己的脣前。

「我該走了。」一想到要走出這座宮殿，還得走回泉塔，然後爬樓梯回房間……

「休息。吃東西——妳一定餓壞了。」

她瞥他一眼。「你不餓？」他在她到來前做過劇烈運動，應該早就飢腸轆轆。

「我也餓，大概等不到晚餐時間。」他補充一句：「妳可以跟我一起用餐。」

醫治他，協助他，甚至讓他幫她倒茶，這些是一回事，至於跟他一起吃飯……這個男人曾侍奉亞達蘭屠夫，在那支黑暗大軍集結於莫拉斯時替那人賣命……出現了，她又聞到那一天的煙味，聽見那一天劈啪作響的烈火和淒厲尖叫。

伊芮奈俯身向前，把茶杯放在桌上後站起，每個動作都僵硬痠痛。「我得回泉塔，」她感覺兩腿發軟。「日落就要開始舉行燭光晚會。」幸好離現在還有一小時。

他注意到她搖搖欲墜而伸手想扶她，但她挪步避開。「我會把這些用具留在這裡。」她實在不想扛著這麼重的背包回去。

「讓我幫妳叫輛馬車。」

「我會請大門的人幫忙。」既然有人想追殺她，乘車確實比較安全。

她行走時得把手撐在旁邊的家具上才能維持站立。房門遙遠得似乎一輩子也走不到。

「伊芮奈。」

她在門前勉強停步回頭。

「明天的課，」他那雙棕眼已經恢復力量。「妳要我在哪跟妳會合？」

她考慮要不要取消。她搞不懂自己幹麼叫這傢伙去幫忙。

但是……五小時。五小時的劇痛，他居然沒崩潰。

也許她就是因為這點而拒絕跟他共進晚餐。既然他沒崩潰，那她也不能崩潰——尤其因為她記得他以前的身分、他侍奉過誰。

「日出時，我在主庭院跟你碰面。」

擠出力氣走路雖然不容易，但她還是做到了。一步一步向前走。

她留他獨自在起居室裡瞪著她的背影。

五小時的劇痛，而且她知道那不全是身體方面的痛。

她撐牆行走時察覺到一件事：那團黑暗力量也向他展示了黑暗另一邊的事物。

她施法時也瞥見一些浮光掠影，雖然無法辨識，但那些畫面……彷彿回憶。夢魘。也許兩者皆是。

他卻未曾叫她停手。

伊芮奈拖著疲憊步伐走過宮中時不禁懷疑：鎧奧大人沒叫她收手，不只因為他學過如何忍痛，也因為他覺得自己活該受折磨。

渾身都痛，無一例外。

鎧奧不讓自己思索當時看到的幻象──他被灼熱劇痛折磨得死去活來的時候在他腦海中閃過的畫面。他看到的景物……人物。床上的軀體。脖子上的項圈。滾過地板的頭顱。

他沒辦法逃避這些畫面，尤其在伊芮奈治療的時候。

所以他只能讓痛楚貫穿全身，只能一再看見那些畫面。

只能拚命尖叫咆哮。

她累得癱倒在地的時候才收手。

他累得渾身無力，形如空殼。

她還是不想跟他多相處一秒。

他不怪她。

雖然她才不會在乎。不過，他提醒自己：是她主動請他明天幫忙。

用他幫得上忙的方式。

鎧奧在原處用餐，依然只穿內褲，又痛又累而無法顧及禮儀。卡妲嘉似乎沒注意到這點，不然就是不在乎。

艾琳如果看到他這副模樣，八成會捧腹大笑。當年的他會在她宣布月事到來時匆忙逃出她的房間，現在卻坐在這間豪華起居室裡，身上只有一條內褲，不在乎任何人的眼光。

娜斯琳在太陽下山前回來，臉色紅潤，頭髮被風吹亂。看到她的靦腆微笑，他已經知道答案：至少她跟薩韃克的互動倒是有些成果。也許她做到他做不到的事：爭取到一支跟她一起回家的大軍。

他原本打算今天去跟卡岡王談談，討論昨晚的襲擊事件所帶來的威脅，但如今天色已晚，沒辦法安排這種會面。

娜斯琳輕聲描述騎在薩韃克的宏偉大鵬上、薩韃克可能願意提供支持，鎧奧聽得心不在焉。他想像騎乘天鷹的騎兵大戰駕馭翼龍的鐵牙女巫，判斷誰的贏面比較大時，已經累得幾乎睜不開眼睛。

但他勉強吐出在舌尖上打滾的命令：*去狩獵吧，娜斯琳。*

如果埃拉魍的法魯格惡魔真的來到安第加，時間就所剩無幾。他們倆在這裡的所有舉動和請求都可能被彙報給埃拉魍知道。如果法魯格惡魔真的在追殺伊芮奈，不管是因為她在研究法魯格的相關文獻或治療亞達蘭首相……他都只能把這項任務交給他在這裡最信賴的人，也就是娜斯琳。

娜斯琳對他的請求點頭，明白他下令時為何咬牙切齒，因為他不想讓她冒險、去獵捕那麼危險的對手……

但她溫柔地提醒他一件事：她在裂際城有狩魔經驗。他在睡意侵襲下覺得渾身沉重，但還是勉強下達最後一項指示：**務必小心**。

鎧奧任憑她把他抱到輪椅上、推進臥室。他試著把自己抬到床上但沒能成功，只依稀記得娜斯琳和卡妲嘉像搬動大型肉塊般把他抬到床上。

伊芮奈……從沒做過這種事，從不在他能自己動手的時候幫他推輪椅，而總是叫他自己想辦法。

他對此感到納悶，但現在累得想不出原因。

娜斯琳說她會在晚宴上為他的缺席向大家道歉，說完就去換衣服。他不禁好奇，僕人們聽不聽得見她的臥室門縫傳出她拿石塊磨劍的聲響。

他在她出門前已經睡著，起居室的時鐘傳來七次敲擊聲。

晚宴上沒什麼人理會娜斯琳，之後也沒人注意到她帶著格鬥刀、長劍和弓箭悄悄出門來到城中。

就連卡岡王的妻子也沒注意到她。

娜斯琳走出宮殿時，大步穿越一座寬廣的石景花園，突然注意到一抹白影，她立刻躲到庭院旁的一根圓柱後面。

看清那人後，她在一秒內把手從腰間的刀柄上移開。

皇后走在穿梭於造景石之間的步道上，一身白色絲袍，黑髮披散，步伐如鬼魅般寂靜輕靈。只有月光與陰影充斥這個空間。皇后獨自走動，無人陪同，一身樸素白袍如陰風吹動般飄於身後。

白袍，為了悼念死者。

皇后一臉素顏，遠比她的子女蒼白，全無喜悅，毫無生命。她也對喜悅和生命絲毫不感興趣。

娜斯琳待在柱子陰影底下，看著皇后逐漸遠去，彷彿行走於某種夢境……也可能是某種虛無地獄。

娜斯琳不禁心想，皇后現在的心境，是不是很像她自己在剛失去母親的那幾個月的感受？皇后是不是每天也活得像行屍走肉，舌頭上的食物味如死灰，渴求睡眠卻難以如願？

卡岡王之妻消失在一塊大石後方，娜斯琳才走出藏身處，繼續前進，腳步比之前稍微沉重一些。

滿月照映下的安第加宛如一片藍銀大海，點綴著懸掛金光燈籠的餐廳，以及販賣咖啡和點心的路邊攤。幾個街頭藝人用魯特琴和鼓演奏，其中幾人的才華讓娜斯琳很想逗留，但她今晚的盟友是匿蹤和速度。

她走在陰影中，分析城中喧囂。

大道上聳立著幾座神廟，有些以大理石柱撐起，有些頂著尖形木製屋頂和彩繪柱子，有些只是設有水池或石園、動物沉睡其中的庭院。三十六神守護這座城，而散落於城中各處的神廟數量更是三倍之多。

娜斯琳每經過一座神廟，都好奇這些天神是不是正在從柱子、雕石、屋簷後面——甚至透過一隻趴在神廟階梯上假寐的花貓之眼——窺視周遭。

她懇求所有天神讓她的步伐迅捷無聲，引導她去她該去的地方。

如果法魯格惡魔——甚至王子——真的已經來到這塊大陸……娜斯琳查看周圍諸多屋頂，連同泉塔的巨大圓柱。柱子在月光下蒼白如骨，就像一座看守此城的烽火臺。

雖然鎧奧和伊芮奈今天沒取得成果……沒關係。娜斯琳不斷提醒自己：沒關係。治療本來就要花時間，而就算伊芮奈……娜斯琳看得出伊芮奈對鎧奧的身世——他以前在亞達蘭帝國扮演的角色——有些私人恩怨。

娜斯琳在一個巷口停步時，一群年輕的狂歡者從旁蹣跚走過，唱著想必會引來她嬸嬸責備的猥褻小曲。不久後，她自己也哼著這首曲子。

娜斯琳觀察這條巷子和周圍的扁平屋頂時，突然注意到一堵磚牆上的粗劣雕飾：收翼棲息的貓頭鷹，瞪大永遠不眨的反常大眼睛。她這麼做也許無異於蓄意破壞，但她伸出戴著手套的手，撫摸這幅圖案的線條。

貓頭鷹圖案在安第加城中無所不在，為了向一位大概比三十六神更受歡迎的女神表達敬意。席爾芭雖然不是統管南方大陸的主神……娜斯琳再次打量那座巨塔，它比位於城市另一頭的卡岡宮殿更為耀眼。席爾芭在這裡的地位未曾遭到挑戰。侵入泉塔並殺害醫者……凶手如果不是走投無路，就是喪心病狂。

不然就是沒把諸神放在眼裡、只擔心任務失敗會引來主子震怒的法魯格惡魔。

如果她是法魯格惡魔，會躲在城中何處？挑哪裡潛伏？

她知道城中的一些住宅區底下有幾條地下運河，但它們的規模遠不如裂際城的下水道系統。話雖如此，如果觀察一下泉塔的圍牆……

娜斯琳走向隨著距離縮短而愈顯龐大的泉塔。她在一棟屋子的陰影底下停步，馬路對面就是泉塔的牢固圍牆。

白牆上的托架掛著火炬，牆下和牆頂每隔幾呎就有一名衛兵站崗，從制服來看是皇家侍衛，泉塔專屬的衛兵則身穿矢車菊藍和黃色衣物。戒備如此森嚴，不可能有人溜得進去。娜斯琳觀察入夜後已經關閉的鐵門。

「如果那扇鐵門昨晚敞開，衛兵也不敢承認。」

娜斯琳急忙轉身，舉起小刀。

薩韃克王子斜靠在她後方幾呎外的牆邊，凝視高聳泉塔。他的寬肩後面探出兩把劍的握柄，腰間繫著幾把長刀。他已經換下晚禮服，穿著飛行皮衣——鋼鐵肩甲，銀色臂鎧，頸繫黑圍巾。不，不是圍巾，而是用來遮住口鼻的面罩，搭配斗篷的厚重兜帽，為了隱藏身分、避人耳目。

她收刀入鞘。「你跟蹤我？」

王子把平靜黑眸轉向她。「妳全副武裝走出大門時也沒刻意低調。」

娜斯琳轉向泉塔圍牆。「我要做的事沒什麼好遮遮掩掩。」

「妳以為襲擊醫者的凶手會在這附近溜達？」他來到她身旁，鞋底在古老石塊上只發出輕微摩擦聲。

「我想調查凶手是怎麼進去的。我想弄清楚這裡的地形，判斷凶手可能覺得哪裡適合躲藏。」

片刻沉默。「妳似乎很熟悉妳的獵物。」他沒說出口的是妳今早跟我一起兜風的時候怎麼沒想到該透露這點？

娜斯琳斜眼瞥向薩韃克。「很不幸的，我確實熟悉。如果凶手就是我們懷疑的對象……我今年春夏幾乎都在裂際城追殺他們。」

薩韃克凝視圍牆許久，輕聲問道：「當時有多糟？」

娜斯琳嚥口水，諸多畫面閃過腦海：屍體、下水道、玻璃城堡爆炸、致命的玻璃之牆從天而降——

「法里克隊長。」

他輕輕碰她一下。他身為戰士王子，對她說話卻格外溫柔。

「你的探子怎麼跟你說的？」

薩韃克繃緊下巴，臉上閃過陰影。「他們說裂際城危機四伏，人不再是人，而是怪物，彷彿來自萬斯的夢魘。」

萬斯——女死神。祂在這座城裡的歷史甚至比信奉席爾芭的醫者們還悠久。就連歷代卡岡王也害怕並尊重萬斯的追隨者所組成的祕密教派，就算該教派的儀式完全不同於卡岡王和達岡族所信奉的「永恆天空」。娜斯琳剛剛曾經過萬斯的黑石神廟，入口只有一道瑪瑙階梯，通往由白蠟燭照明的地下空間。

「看來妳一點也不覺得這些說詞聽來荒謬。」薩韃克說。

「一年前的我也許會這麼覺得。」

薩韃克打量她身上的武器。「看來妳面對過那些怪物。」

「是的，」娜斯琳苦悶坦承：「那些經驗大概也沒什麼用，畢竟裂際城現在還是落在他們手上。」

薩韃克思索片刻。「一般人應該不會想對付他們，而是急著逃跑。」

這種言論顯然想安慰她，她不想表示贊同或反對。他很好心，雖然他這種身分的人不需要好心。她忍不住回一句：「我——我剛剛有見到你母后，她獨自走過一座花園。」

薩韃克的眼神變得黯淡。「噢？」

很謹慎的提問。

娜斯琳擔心自己可能多嘴，但還是說下去：「我讓你知道這件事，是因為……你也許有知道這件事的需要或意願。」

「她當時身邊有沒有衛兵？侍女？」

「我沒看到。」

他斜靠牆邊，神情擔憂。「謝謝妳告訴我。」

這是別人家的私事，而且是這世上最強大的家族，她無權過問，但她還是輕聲道：「我母親是在我十三歲那年死的。」她抬頭望向皎潔泉塔。「前任國王……你也聽說過他如何對待魔法持有者和擁有法力的醫者。所以，我母親重病時，沒人能救她。我們好不容易找到某個醫者，她說我母親的乳房裡似乎長了某種東西，要不是魔法消失、被禁用，她也許能治。」

這是她第一次對家族以外的人說出這件事。她不確定現在為何告訴他，但她說下去：「我父親當時走投無路，只想帶她出海來這裡，但戰爭爆發，席捲了我們的土地。所有船隻都被亞達蘭徵用，我母親太虛弱，沒辦法走陸路經由伊爾維來這裡。我父親研究了每一張地圖上的每一條貿易路線，找到某個商人願意載他們——只有我爸媽兩人——來安第加的時候……我母親已經病得不能移動。當時就算出海，她也沒辦法活著抵達這裡。」

她說話時，薩韃克只是面無表情地看著她。

娜斯琳把手插進口袋。「所以她留在家裡。她……嚥氣的時候，我們都在她身邊。」陣年悲痛再次襲來，刺痛她的眼睛。「我花了幾年時間才覺得恢復正常，」她說下去：「我過了兩年才感覺到臉上的陽光，才嘗到食物的味道——才開始再次享受食物。我父親……他維繫了我們一家、我和我姊。他難過的時候從不讓我們看見，他盡可能讓我們家裡充滿歡笑。」

她沉默下來，不確定該如何解釋提起這個話題的理由。

薩韃克終於開口：「裂際城遭襲後，他們現在在哪？」

「我不知道，」她低語：「他們有逃走，可是……局勢動盪，我不知道他們逃去哪、能否順利抵達。」

薩韃克沉默一分鐘，娜斯琳後悔沒把嘴牢牢閉上。王子再次開口：「我會吩咐手下——暗中。」他撐牆站起。「我會叫我的探子尋找法里克家族，盡可能協助他們逃去安全地帶。」她感覺胸口緊繃得疼痛，但還是勉強答道：「謝謝你。」他真的很慷慨。不只是慷慨而已。

薩韃克補充道：「妳母親的死雖然已經是滿久以前的事，我還是為妳的損失深感遺憾。我……身為戰士，從小就是牽著死神的手長大，但我妹……這件事讓我們特別難熬，我母后應該比我更難過。」他搖搖頭，故作輕鬆，黑髮反映月光。「不然妳以為我幹麼急著今晚追著妳跑？」

娜斯琳忍不住微微一笑。

薩韃克挑起一眉。「不過，妳如果能讓我知道我究竟該留意什麼跡象，這會有些幫助。」

娜斯琳考慮是否該告訴他——也納悶他究竟為何來這裡。

看她遲疑許久，他發出低沉輕笑。「妳以為是我襲擊醫者？即使今早是我讓妳知道這個新聞？」

娜斯琳低下頭。「我無意冒犯。」雖然她今年春天才見過亞達蘭王子遭到奴役——她為了救他一命而朝一位女王放箭。「你那些探子說得沒錯。裂際城……我一點也不想看到安第加發生類似遭遇。」

「而妳深信泉塔事件只是序幕？」

「不然我來這兒做什麼？」

片刻沉默。

娜斯琳補充道：「如果任何人，無論熟人還是外人，送給你黑戒指或項圈，如果你發現有人配戴那種東西……別猶豫，一秒也別，立刻動手，而且別砍歪，只有砍下腦袋才能徹底收拾他們。軀殼底下的人已經死了，別試著救他們——否則你自己也會淪為奴隸。」

薩犍克的目光掃向她腰間的長劍和背上的弓與箭，輕聲道：「把妳知道的都告訴我。」

「我不能。」

這樣拒絕就可能要她的命，但薩犍克體諒地點頭。「那把妳能說的說出來。」

她照做。站在泉塔圍牆外的陰暗處，她盡可能說明一切，只隱瞞了命運之鑰、命運之門，以及前後兩任亞達蘭國王遭惡魔奴役。

她說完後，薩犍克表情沒變，只是揉揉下巴。「妳原本打算什麼時候跟我父王說明這些？」

「就等他願意私下接見我們。」

薩犍克低聲吐出創意十足的髒話。「我妹妹的死……他雖然不願承認，但他其實很難走出來。他拒絕聆聽我或任何人的勸告。」

聽見王子口氣裡的擔憂和哀傷，娜斯琳忍不住回一句：「我很遺憾。」

薩犍克搖頭。「我必須花些時間思考妳剛剛說的一切。這塊大陸上，我同胞的家園附近有些地方……」他揉揉脖子。「我小時候聽鷹巢的夥伴說過類似的恐怖故事。」他比較像在自言自語。「也許我該去探望我的族母，再聽聽她那些故事，關於古代人如何對抗這個捲土重來的古老威脅。」

這裡也有關於法魯格的紀錄？她的家人從沒跟她說過這種故事，但畢竟她的家人是來自這塊大陸的偏遠地區。如果天鷹騎兵知道——甚至面對過——法魯格……

聽見路上傳來腳步聲，他們倆緊挨巷道牆壁，手握劍柄，但發現只是個酒鬼在晚上蹣跚回家，他朝牆邊的泉塔衛兵敬禮，引來幾名衛兵咧嘴發笑。

第十四章

就算可能在睡夢中被人殺掉，伊芮奈也不在乎。

在泉塔庭院舉行的肅穆燭光晚會結束後，伊芮奈爬回位於塔樓高層的臥室，但在最後一段樓梯前終於放棄、癱坐在地。兩名侍童見狀扶她回房。

廚娘把晚餐送到她房裡。她只吃一口就昏睡過去。

她在午夜過後醒來，發現叉子掉在胸口上，而且自己最喜歡的這身藍袍沾染香料燉雞的醬汁。

她呻吟幾聲，但覺得精神稍微好一點。她在近乎全黑的房間裡坐起，為了上廁所而下床，接著把小桌拖到門前，把一些書籍和能找到的瑣碎物件堆在桌上，再三確認門有鎖好，然後又爬回床上，和衣而睡。

她在日出時再次醒來。

就在她約好跟鎧奧大人見面的時辰。

伊芮奈咕噥幾句髒話，把堆滿書籍的小桌拖到一旁，解開門鎖，拔腿就跑。

她已吩咐工匠把鎧奧的騎馬用具直接送去皇宮庭院，加上她昨天把醫療用具留在他的起居室，所以她現在唯一要做的，就是慌慌張張地沿漫長的螺旋樓梯飛奔而下，朝默默批評她的牆面貓頭鷹怒目相視。她經過的一道道房門逐一開啟，睡眼惺忪的醫者和侍童納悶地對她眨眼。

伊芮奈感謝席爾芭讓自己透過全然無夢的深度睡眠恢復體力。她跑出高塔，跑過兩旁種滿薰衣草的走道，跑過剛打開的大門。

安第加城開始慢慢甦醒，幸好街上依然無人，她能朝坐落於城中另一頭的宮殿全力衝刺。她抵達皇宮庭院時已經整整遲到三十分鐘。她喘著大氣，渾身每一條縫都香汗淋漓。

韋斯弗大人沒等她，已經開始忙碌。

伊芮奈大口吞下空氣，在高聳的青銅門旁逗留，窺視鎧奧上馬的過程。太陽尚未遠離地平線，青銅門扉所投下的陰影依然深沉，讓她得以藏身。

他們遵守了她的要求，準備了一匹個子較矮的雜色母馬，方便鎧奧抬手就能抓住鞍角，而他正在這麼做。伊芮奈注意到這點時，覺得心裡充滿成就感。至於她其他的安排……

一般人如果沒辦法輕鬆上馬，可以使用階梯式的登馬梯，而她為了鎧奧的狀況而請工匠製作了木製斜板。

但他似乎決定不予採用，而是叫他們直接把馬牽來。那塊斜板就丟在庭院東牆依然陰暗的馬廄旁，彷彿他連碰都不想碰，彷彿他想憑自己的力量上馬。

她一點也不意外。

鎧奧沒看聚在周圍的衛兵們一眼，至少沒看他們第二眼。他們背對她，她因此只認出其中一、兩人，不過——

一名衛兵默默上前，讓鎧奧把另一手撐在他以護甲覆蓋的肩膀上。鎧奧用力一撐，抬起自身。母馬耐心等候，讓他用右手抓住鞍角，維持身體平衡——

韋斯弗大人朝俯身靠來的衛兵肩部施力，以側坐姿勢把自己撐到鞍座上。看到這一幕，伊芮奈走上前。

鎧奧順利上馬，但沒對衛兵道謝，只是簡短點個頭，默默打量面前的鞍座，判斷如何把一條腿挪到另一邊。他羞愧得面紅耳赤、下巴緊繃。衛兵們逗留旁觀時，他似乎渾身繃得越來越緊——

然後他再次行動：把上半身往後仰，用手把右腿抬到鞍角的另一邊。剛剛協助他上馬的衛兵立即上前支撐他的背部，第二個衛兵從另一頭趕來，避免他墜馬，但鎧奧的上半身依然穩如泰山。

他控制肌肉的能力實在了不起。這個男人把自己的身體訓練得能在任何狀態下——甚至現在——服從大腦的指示。

而且……他順利坐進鞍座。

鎧奧朝衛兵們低語幾字，他們因而後退。他分別朝左右兩邊彎下腰，繫好兩條腿上的支架扣帶。腿部支架是固定在鞍座上（伊芮奈向工作坊的女子描述了鎧奧的體型，鞍座因此極為合身），功用是穩住他的雙腿，讓他在騎乘時不需要為了穩住上半身而用大腿——他也沒這種能力——夾住馬兒的側身。這種支架是過渡性質的輔助工具，用到他習慣騎馬為止，他也很可能根本不需要。不過……既然這是他在傷殘後第一次騎馬，還是小心為上。

伊芮奈擦掉額汗，邁步上前，向返回崗位的衛兵們一一道謝。剛剛為韋斯弗大人遞上肩膀的衛兵轉向她，伊芮奈對他綻放燦爛笑容，用霍赫語開口：「早啊，阿申。」

年輕衛兵也笑容以對，繼續走向庭院陰暗處的小型馬廄，經過她時朝她使個眼色。「早啊，伊芮奈。」

她回頭望向前方時，發現鎧奧在鞍座上抬頭挺胸；看到她走近時，他的姿態和下顎不再緊繃。

伊芮奈理理衣服，來到他前方時才意識到自己身上還是昨天那一套裙裝，只不過前襟沾染了一大團紅漬。

鎧奧注意到這團汙漬，再瞟向她的頭髮——老天，她的頭髮——只是說一聲：「早安。」

伊芮奈嚥口水，因一路飛奔而還是有點喘。「很抱歉，我遲到了。」她發現在這種近距離下其實很難注意到他的腿上繫了支架，尤其因為他在馬背上坐得威風凜凜，他的頭髮因清晨沐浴而依然潮溼。伊芮奈又一次嚥口水，朝丟在庭院另一頭的登馬斜板點個頭。「其實那也是為你準備的。」

他挑眉。「我不太相信戰場上也能提供那種設備，」他歪起嘴角。「所以我還不如學會怎麼靠自己上馬。」

有道理。但就算置身於清新的黎明金光，她還是想到在為他治傷時看到的幻象，他們倆可能會面對的敵軍形成一望無際的大片黑影——

伊芮奈注意到某個動靜，立刻回過神，看到阿申從陰暗馬廄裡牽來一匹小型的白色母馬，馬背上已經裝好鞍座。她朝自己的裙裝皺眉。

「如果我要騎馬，」鎧奧簡短道：「妳也得騎。」也許這就是他在衛兵們散場前給他們的吩咐。

伊芮奈衝口道：「我才不——我已經很久沒騎馬。」

「既然我願意讓四個大男人扶我爬上這匹該死的馬，」他的語氣依然簡短，臉頰依然紅潤。「那妳也能上馬。」

她從他的語氣聽得出來，剛剛的上馬過程讓他覺得很丟臉，她現在也在他臉上看見這個表情。但他完成了挑戰，他咬牙忍了過來。

加上衛兵們剛剛協助他……她知道他是出於許多原因而不願意多看他們一眼。這些衛兵會讓他想到他以前的身分，難怪他不想跟他們一起鍛鍊。

但這不是現在要討論的話題——現在不是時候，尤其當他的眼眸才剛恢復神采。

伊芮奈捲起裙襬，讓阿申扶她上馬，雙腿幾乎完全裸露，但她在這裡見過更多裸露畫面，就在這座庭院。阿申和其他衛兵都沒看她。

她轉向鎧奧，想叫他先出發，但發現他盯著她——她的兩條腿從腳踝到大腿中段暴露在外，比她其餘部位的金棕肌膚更白皙。她是容易晒黑的體質，但她已經好幾個月沒游泳或長時間晒太陽。

注意到自己偷瞄被發現，鎧奧急忙把目光移向她的眼睛。「妳的坐姿很標準。」他的口氣就像她對患者們說明身體狀態那樣就事論事。

伊芮奈不爽地看他一眼，接著向阿申點頭道謝，然後兩腿一夾，命令馬兒開始走動。鎧奧拉扯韁繩跟上。

兩人一起朝庭院出口前進時，她斜眼觀察他。

支架很穩。鞍座也很穩。

他低頭觀察自己的鞍座，而後抬頭瞟向大門。城中持續甦醒，最為高聳的泉塔就像表示歡迎而豎起的一隻手。

陽光穿過拱門而來，給他們倆染上金光，但是伊芮奈相當確定身旁這位前任侍衛隊長的棕眼之所以閃閃發亮，不只是因為黎明到來。

騎馬雖然不等於能夠走路，但總好過坐在輪椅上。

雖然腿部支架有些礙事，完全違背他在騎馬時所產生的本能，但……確實讓他得以坐穩，讓他能引導伊芮奈穿過前門。這名女醫三不五時抓住鞍角，徹底忘了轠繩的存在。

看來他終於發現她在某件事上缺乏自信——騎馬。

他忍不住嘴角微微上揚，尤其看她忙著調整裙襬。她之前常常責備他沒禮貌，現在卻因為裸露雙腿而說不出話。

街上的男人，不管是工人、小販還是護城衛兵，都忍不住多看她幾眼，想看到心滿意足為止。

直到他們注意到鎧奧投來的瞪視。

他也確保他們移開視線。

就像他剛剛確保庭院那些衛兵在她氣喘吁吁、滿臉通紅地跑來時保持禮貌，不可以因為她還穿著昨天那套裙裝、衣服沾染汙漬和汗水而盯著她看。

他剛剛拒絕使用登馬斜板、被當成搖搖晃晃的行李扶上鞍座的過程確實令他丟臉——讓那些制服整潔、肩甲和劍柄在晨曦下閃爍的衛兵們看著他爬來爬去，但他終究跨過那個難關。然而，注意到衛兵們以審美眼光盯著她的時候，他發現自己立刻忘掉了那份成就感。任何女士，無論容貌或年齡，都不該被盯著看，更何況是伊芮奈……

鎧奧確保自己的坐騎緊緊靠在她身旁。在前往晨光照映下如奶油般白皙的泉塔的路上，他回視每一個盯著她的男子，每個人都被他瞪得急忙轉移視線，有些甚至以眼神表達歉意。

至於伊芮奈有沒有注意到這點，他一無所知。她忙著在坐騎突然做出什麼舉動時抓住鞍角；馬兒為了走上一道較為陡峭的斜坡而加快腳步時，她因此在鞍座上滑動而嚇得花容失色。

「把身子往前傾，」他指示她：「調整重心。」他自己也在腿部支架允許範圍內照做。

兩人的馬兒慢慢爬坡，出力時搖頭晃腦。

伊芮奈瞪他一眼。「我會騎馬。」

他挑眉，以眼神表示：那我還真看不出來。

她板起臉，但面向前方，如他指示的俯身向前。

娜斯琳昨晚深夜回到宮中時，他已經睡死，但她還是把他暫時叫醒，說她在城中完全沒發現法魯格的蹤跡，沒有任何一條運河能進入泉塔，而且圍牆有大量衛兵看守。他向她道謝，在聽見她保證今天也會繼續搜索後又睡回去。

今天晴朗無雲……絕對不是法魯格偏愛的黑暗環境。艾琳跟他說過，法魯格王子能自行召喚黑影，那種影霧能擊殺並吸乾任何生物。就算這座城中只有一個法魯格，不管是王子還是嘍囉等級……

鎧奧推開這個煩惱，皺起眉心，望向隨著距離縮短而愈顯龐大的巨塔。

「塔爾斯，」他自言自語，瞥向伊芮奈。「妳的姓氏是純屬巧合？還是妳的祖先來自泉塔？」

她把鞍角抓得指關節發白，彷彿只要轉頭看他就可能害她自己墜馬。「我也不知道，」她坦承：「我——我沒被告知這方面的真相。」

他思索她這句話，注意到她刻意瞇眼看著那座白塔、不願回應他的瞪視。她來自芬海洛。他不敢問她為什麼不知道這方面的真相，不敢問她的家人在哪。

他只是朝她手上的戒指撇個下巴。「用婚戒唬人真的有用？」

她打量這枚布滿刮痕的古老戒指。「很不幸的，真的有用。」

「妳在這裡有碰到那種行為？」*在這座好到不行的城市？*

「非常、非常少，」她扭扭手指，又把手放回鞍角上。「但這是我在家鄉就有的習慣。」

有那麼幾秒，他想起一名白袍染血、倒在兵營門口的刺客。他想起一名男子用淬毒之刃襲擊她──連同無數受害者。

「我為妳感到慶幸，」他過了一會兒開口：「妳在這裡不用擔心那種事。」這裡的衛兵雖然喜歡盯著她看，但還是懂得分寸。她甚至直呼其中一人的姓名，那人的熱情回應也是發自內心。

伊芮奈又一次緊握鞍角。「卡岡王要求每個人都必須遵守法律，王子犯法與庶民同罪。」

這個觀念雖然不算新穎，不過……鎧奧眨眨眼。「真的？」

伊芮奈聳肩。「是真的，起碼根據我自己的聽聞和觀察。貴族如果犯法，別想靠金錢或地位脫罪，而這就給一般人起到殺一儆百的作用。」她停頓幾秒。「你有沒有……」

他知道她想問什麼。「我奉命釋放或假裝沒看見貴族犯罪，至少是那些被前任國王在宮廷或軍隊裡重用的貴族。」

她盯著身前的鞍角。「至於你的新國王？」

「他不一樣。」

如果他還活著。如果他逃出裂際城。鎧奧逼自己補充一句：「鐸里昂一直在研究──也很欣賞——卡岡政權。他大概會採用一些卡岡律法。」

她打量他許久。「你覺得卡岡王會跟你結盟嗎？」

他沒跟她說過這件事，但她顯然猜到這是他的任務之一。「我只能如此希望。」

「卡岡王的軍隊……在對抗你所說的那股勢力方面真的會有幫助？」

鎧奧重複：「我只能如此希望。」他沒勇氣說出真相——他們現有的軍隊就算依然存在，也少得可憐而且分散，跟持續壯大的莫拉斯相比……

「這幾個月發生什麼事？」她以微弱嗓音小心提問。

「想誘使我說出來？」

「我想知道。」

「不值得說。」他的故事確實不值一提，無論哪個部分。

她沉默不語。兩人在經過下一個路口前都沒說話，只聽見馬蹄喀啷作響。她終於開口：「你遲早得說出來。我……昨天在你身上窺見一些畫面。」

「那還不夠？」這幾個字跟他腰間的小刀一樣尖銳。

「如果那股力量吸食的就是你心裡的陰影，如果說出來能讓你重新掌握你自己的心，那我就必須知道細節。」

「妳就這麼肯定？」他真該管好自己的舌頭，他知道，不過——

伊芮奈在鞍座上打直腰桿。「想治好身體創傷，就必須也顧到心靈層面。」

「我不想要也不需要這麼做。我只想站起來——能再次走路。」

她搖頭。

他反擊：「那妳呢？咱們乾脆做個交易：妳說出妳心中最黑暗的祕密，伊芮奈．塔爾斯，我就說出我的。」

她用美麗的眼睛瞪他，眼裡竄出怒火。他當然瞪回去。

伊芮奈終於噗哧一聲。「你真的跟笨驢一樣頑固。」

「我被罵過更難聽的字眼。」他的嘴角微微勾起。

「我不意外。」

鎧奧呵笑一聲，注意到她臉上浮現一絲笑意，但她低頭隱藏，彷彿跟亞達蘭貴族相視而笑就是犯罪。

儘管如此，他還是對她注視許久——她臉上逗留著笑意，豐厚捲髮偶爾被來自大海的微風吹動。他發現自己還在微笑，因為某個在胸中糾結的情緒放鬆下來。

兩人默默騎過剩下的路，沿陽光下的一條寬敞坡道前往位於丘頂的高塔。鎧奧在接近泉塔時仰起頭，它在近距離下顯得更為龐然。

這座塔占地廣大，比較像軍事要塞，但呈圓形結構，周圍幾棟建築跟塔樓的低層結構連結，這些設施都由高聳白牆包圍，而鐵門——造型就像一隻貓頭鷹展翅——目前敞開，揭露裡頭一條由薰衣草叢和花圃包夾的沙色碎石路。

不，那些不是花，而是草藥，它們向清晨太陽敞開所釋放的氣味充斥他的鼻腔：羅勒、薄荷、鼠尾草和更多薰衣草。就連兩人的馬兒在接近那些植物時似乎也愜意地嘆氣。

身穿藍黃雙色制服的衛兵們——他猜這就是象徵泉塔的顏色——沒問一聲就讓他們倆通過，伊芮奈低頭道謝。衛兵們未曾聚焦在她腿上，要麼不敢，要麼就是因為不願冒犯她。鎧奧把視線從他們身上移開，不想回應他們好奇的目光。

伊芮奈騎在前方，帶鎧奧穿過一道拱門，來到前庭，這裡被一座環繞式的三層樓建築包圍，上頭的窗戶反映陽光而閃閃發亮。至於這座庭院本身……

這裡十分靜謐，除了從外頭傳來的城市喧囂，除了他們倆的馬兒喀啷踏過白色碎石，只聽見兩座設於牆邊的噴泉嘩啦作響，噴水口的造型是張大的貓頭鷹嘴，吐出的水湧進下方的深水池。檸檬樹之間的牆壁長滿淡粉紅色和紫色花朵，園丁雖然把花圃排列整齊，仍任植物隨意生長。

這裡是鎧奧見過最令人平靜的場所之一。二十幾名女子在場看著他們接近，這些人的衣物雖然顏色不盡相同，但大多都是伊芮奈喜歡的簡單款式。

她們整齊地列隊站在碎石路上，有些年少，有些成年，有些年老。

其中一名黑膚白髮的老婦走出隊伍，對伊芮奈露齒而笑。老婦的臉孔顯然未曾美過，但那雙眼睛散發的慈祥與祥和之光，令鎧奧驚奇得眨眼。

其他女子都看著這名老婦，彷彿她就是這個團隊的軸心。伊芮奈也對老婦微笑，跳下鞍座時似乎慶幸終於能下馬。從後面跟來的一名衛兵打算把馬牽走，但看到鎧奧依然高坐馬背而不知該如何是好。

鎧奧沒理這名衛兵，只是看著伊芮奈用手梳理糾結的頭髮。她用他的語言對老婦開口：「今天一大早就聚集了這麼多人，我猜都是因為妳？」語氣輕快，或許是為了沖淡圖書館事件引發的恐懼。

老婦微笑——如此溫暖，比從牆後探頭出來的太陽更溫暖。「這些女孩聽說有個英俊貴族要來教課，我剛剛下樓時差點沒被她們踩死。」

她以笑臉挖苦其中三名少女，她們看起來不超過十五歲，各個面紅耳赤，臉上帶著罪惡感。她們從睫毛底下偷瞄他的時候，倒是一點罪惡感也沒有。

鎧奧強忍笑意。

伊芮奈轉向他，打量他的支架和鞍座，這時輪椅輾過碎石的聲響飄來。

他的笑意消失。一想到要在這些女子面前下馬……

夠了。

這兩個字貫穿他體內。

如果他在一群菁英醫者前只想顧面子，那他活該繼續忍受病痛折磨。他說過會幫忙，他會履行承諾。

尤其因為他注意到後排有幾個更年幼的女孩，各個臉色蒼白，緊張地挪動身子。

尤其因為這個聖域，這片美地……遭到陰影入侵。

他會盡全力擊退這個威脅。

「鎧奧．韋斯弗大人，」伊芮奈對他開口，示意一旁的老婦。「容我介紹海菲札，泉塔的高階醫者。」

聽見他的姓名，一名羞赧少女輕聲嘆息。

伊芮奈的眼裡光芒舞動。鎧奧只是朝老婦點頭致意。她朝他伸出雙手，他回握，感覺她的皮膚如皮革般粗糙——而且跟她的笑容一樣溫暖。她緊緊捏住他的手指。「你跟伊芮奈說的一樣帥。」

「我才沒說過這種話。」伊芮奈嘶吼。

一名少女咯咯笑。

看到伊芮奈以眼神警告那名女孩，鎧奧挑眉，接著對海菲札說：「能見到您是我的榮幸，女士。」

「帥爆了耶。」他後方一名少女呢喃。

那妳該看看我下馬的時候，他差點說出口。

海菲札再捏一次他的手，然後放開，接著面向伊芮奈——等候。

伊芮奈只是兩手一拍，對在場的女孩們說道：「韋斯弗大人的脊椎下半段受過重創，因此不良於行。工作坊的辛卓菈昨天幫他打造了這組支架，這種設計是源自草原馬族為了遭遇類似傷害的騎手所製作的裝備。」她揮手示意他的腿和支架。

她說出的每一個字都讓他覺得肩膀愈加緊繃。

「妳們以後如果遇到類似的傷患，」伊芮奈說下去：「騎馬所帶來的自由應該比乘坐馬車或轎子更讓他們開心，特別是如果他們在受傷前就很好動。」她思索幾秒後補充一句：「如果患者是從小就行動不便，也應該會在妳們幫他們進行治療期間喜歡騎馬這種活動。」

看來這跟做實驗差不多。就連臉紅的少女們在打量支架和他的兩腿時也收起笑容。

伊芮奈問她們：「誰願意協助韋斯弗大人從馬背轉移到輪椅上？」

十幾隻手立刻舉起。

他試著強顏歡笑，但終究失敗。

伊芮奈指向其中幾人，被點到的快步上前。沒人把視線放在他腰部以上之處，甚至沒人對他說早安。

伊芮奈被她們包圍時提高嗓門，確保聚在庭院的其他人也聽得見。「雖然騎馬不適合全身癱瘓的患者，但韋斯弗大人的上半身還能動，能透過韁繩控馬。當然，平衡和安全還是當務之急，不過另一個重點是他的男性器官依然保有功能和知覺，而支架就可能給這個部位造成一些不適。」

聽見這番話，一名年紀較小的女孩咯咯笑，其他人大多只是點點頭，盯著伊芮奈所指的部位，彷彿他身上一件衣服也沒有。鎧奧感覺臉龐灼熱，只想拿東西蔽體。

兩名年輕醫者解開支架時，另一些人忙著觀察扣帶和支撐桿。她們還是沒看著他的眼睛，彷彿他只是一個新玩具——新課程、新奇道具。

伊芮奈說下去：「搬動他的時候，小心不要太用力推擠他——**小心啊**。」

他盡力維持面無表情時，忍不住懷念起卡岡皇宮那些衛兵。在伊芮奈洪亮又明確的指示下，她們把他扯下鞍座。

他沒試著配合或抗拒這些侍童，只是任憑她們拉扯他的胳臂，其中一人伸手穩住他的腰部。她們持續把他往下拉時，他眼前的世界一片歪斜。但他的身體實在太重，他感覺自己持續滑離鞍座，地面離他越來越近，烈日彷彿在他的皮膚上留下烙印。

女孩們吆喝呻吟時，其中一人跑去另一邊，想把他的右腿抬過馬背——起碼他如此猜想，純粹因為他注意到她的捲髮腦袋出現在馬兒的另一側。她把他的右腿往上推時，他依然懸掛在馬背上，左側的三名女孩咬牙出力，試著扶他下來，其他人則默默旁觀——

一名女孩「哎呀」一聲，沒能抓緊他的肩膀。他眼前天旋地轉——

幾隻強壯的手抓住他，他的鼻尖離白色碎石地不到半呎。其他女孩吆喝挪動，試著扶他坐直。他雖然下了鞍座，但兩條腿癱在身前，跟他之間的距離就像泉塔尖端那樣遙遠。

他感覺耳裡嗡嗡作響，感覺渾身赤裸，這種感受慘過只穿條內褲呆坐幾小時，慘過跟女僕一起洗澡。

及時抓住他肩膀的伊芮奈對醫者們說：「還有進步空間，女孩們，很大的進步空間，從各方面來說。」她嘆口氣。「我們晚點再討論這次哪裡做得不好，但現在先把他搬到輪椅上。」

他被體重不及他一半的女孩們抱起時，實在很不想再聽伊芮奈說下去。伊芮奈站到一邊，吹聲響亮的口哨，讓剛剛不小心鬆手的女孩回到原位。

輪椅輾過碎石所發出的嘶吼聲從附近傳來。他懶得瞟向侍童推來的輪椅，懶得發表意見，只是任憑她們把他放到輪椅上，椅子被他的體重壓得震動。

「**小心**。」伊芮奈再度警告。

女孩們在原地逗留，聚在庭院的其他人繼續旁觀。這場折磨從開始到現在經過了幾秒？還是幾分鐘？他緊抓扶手時，伊芮奈下達指示和評論。一名女孩彎腰想幫他擺好他套著靴子的雙腳時，他把扶手抓得更緊。

諸多文字湧上咽喉，他知道這些話語即將爆發，知道自己一定會叫正在把手伸向他沾滿灰塵的黑靴的這個侍童後退——

女孩的手離他的靴子只有幾吋時，被一雙布滿皺紋的棕手按住手腕。

海菲札和藹道：「我來。」

女孩後退，讓海菲札彎腰幫他。

「叫那些女士準備好，伊芮奈。」海菲札回頭說道。伊芮奈遵命，催促女孩們排好隊。

老婦的雙手懸在他的靴子上——他的腳上，兩邊的腳尖對準不同方向。「大人，你要我幫你，還是你自個兒動手？」

他無言以對，也擔心自己的手恐怕會抖得厲害，所以只是對老婦點頭表示允許。

等伊芮奈走遠幾步、去向女士們下達冗長指示後，海菲札幫他拉直一腳。

「這裡是學習的場所，」海菲札低語：「年長的學生教導年幼的學生。」她雖然說話有口音，但他完全聽得懂。「韋斯弗大人，伊芮奈是出於本能而想讓孩子們知道她如何運用支架——讓她們親身體驗如何面對這種傷患。為了學習如何運用支架，伊芮奈曾親自前往大草原，而大多數的學生都沒有她那種機會，至少幾年之內不可能。」

鎧奧終於回視海菲札，發現她體諒的眼神比一群小女生拖他下馬更令他羞愧。

「我的伊芮奈這麼做是出於善意。」

他沒吭聲，不確定該說什麼好。

海菲札幫他伸直另一腳。「大人，她身上還有許多傷痕，不只是脖子上那條。」

他想對老婦說他對此再清楚不過。

但他壓抑這份唐突無禮，連同在腦子裡悶燒的怒火。

他承諾過要教導她們、協助她們。

海菲札似乎看出——察覺到——他這個想法，只是拍拍他的肩，然後站直身子，微微呻吟一聲，接著回到隊伍中的空缺。

伊芮奈這時已經轉身打量他，彷彿海菲札的身影讓她發覺有事情不對勁。

她盯著他的眼睛，眉頭緊蹙。*怎麼了？*

他無視她眼裡的疑問和些微擔憂，只是把情緒埋在心底，推輪椅朝她而去，一吋一吋接近。碎石路不利輪子轉動，但他咬牙。他承諾過這些女士，絕不食言。

「我們上一堂課學到哪？」伊芮奈詢問前排一名女孩。

「戳眼。」女孩露齒笑道。

鎧奧差點被口水嗆到。

「沒錯，」伊芮奈揉搓雙手。「誰來示範一下？」

他默默看著幾隻手竄起。伊芮奈選中一名骨架嬌小的女孩，接著擺出襲擊者的姿態，以令人意外的狠勁從前方抓住女孩。

女孩立刻把纖纖細手移向伊芮奈的臉，拇指按在她的眼角上。

鎧奧差點為了介入而撐扶手從輪椅跳起，幸好女孩及時收手。

「下一步？」伊芮奈只是問道。

「把拇指像這樣勾進去——」女孩舉起手，向大夥示範。「然後**啵**。」

聽見女孩用嘴發出「啵」一聲，幾個女孩輕聲發笑。

艾琳如果在場，一定會笑到岔氣。

「很好。」伊芮奈評論時，女孩歸隊。伊芮奈轉向他，看到他眼裡的情緒時，又流露擔憂。「今天是這學期的第三堂課，我們目前只有學習如何應付從正面進攻的歹徒。我平時會叫衛兵來自願當受害者——」這句話引來幾聲竊笑。「但今天我想請你來告訴我們，你認為女生，無論年齡和體能，在碰到任何種類的襲擊時該怎麼辦？你認為最重要的招式和技巧是什麼？」

他以前訓練那些年輕男子，是要他們準備好流血——不是要他們治療傷患。

但「防禦」就是他自己學到的第一堂課，也是他教給那些年輕衛兵的第一堂課——

結果他們後來被吊在玻璃城堡的大門上。

瑞斯那張血肉模糊、眼睛茫然的臉孔閃過他的腦海。

在生死關頭，他教導的東西救了他們多少人？

一個也沒有。他信賴、親自訓練、共事多年的核心團隊……全死了。布羅，對他傾囊相授的恩師暨前輩——布羅的付出為他們換來什麼？他遇見並接觸的每個人……都受盡折磨。他曾發誓保護的每一條生命——

太陽變得熾白，兩座噴泉的流水聲聽來遙遠。

他的城市和同胞慘遭蹂躪時，他學過的東西發揮了什麼功用？

他抬起頭，看到站成幾排的女子們好奇地看著他。

正在等他。

他想起把佩劍扔進艾弗利河的那一刻。當時的他無法忍受那柄劍在腰間、在手裡的重量，因此把它，連同身為侍衛隊長的所有意義，丟進湍急黑水。

從那一刻起，早在他的脊椎受創前，他一直載浮載沉。他不確定自己有沒有試著游動。自從那把劍消失在河中，自從他把鐸里昂及其父王留在那個廳堂裡，自從他對鐸里昂這個老友——這個兄弟——說自己愛他，而且知道這是永別。他……離開了，無論是字面上還是隱喻上。

鎧奧逼自己吸氣，逼自己試著開口。

看他一直沒說話，伊芮奈來到他身旁，再一次顯得納悶又擔心，彷彿她搞不懂他為什麼一點也不……

他拋開這個雜念，連同其他雜念，把它們丟進積滿淤泥的艾弗利河底，那把鷹隼劍首的長劍此刻就躺在那裡生鏽，被世人遺忘。

鎧奧抬起下巴，輪流看著每一名少女、女子和老婦。伊芮奈說過，這些人當中有醫者、侍童、圖書館員和廚子。

「歹徒盯上妳的時候，」他終於開口：「通常會試著先把妳帶去別的地點。絕對不能順他們的意。妳如果照做，他們帶妳去的地方就會是妳的葬身之地。」他在裂際城調查過不少凶案，勘查過不少命案現場，知道這方面的重要性。「如果他們想帶妳離開妳所在之處，妳就必須把所在之處當成戰場。」

「我們知道，」其中一個臉紅女孩表示：「伊芮奈第一堂課就教過。」

伊芮奈對他嚴肅點頭。他又一次逼自己別盯著她的頸疤。

「踩歹徒的腳背？」他勉強對伊芮奈開口。

「第一堂課也教過。」同一個女孩代替伊芮奈回答。

「癱瘓效果極佳的襠部攻擊？」

大家都點頭。伊芮奈知道的招式確實不少。

鎧奧嚴肅微笑。「那麼，能讓我這種體格或更大隻的男人在兩招內倒下的幾種辦法？」

幾個女孩微笑搖頭。這種反應沒讓他比較安心。

第十五章

伊芮奈感覺鎧奧散發的怒火就像水壺飄出熱氣。

他生氣的對象不是在場的老少女性。她們對他愛慕有加。她們雖然把精神完全集中在他全面又精確的課程上，雖然圖書館事件造成的陰影如灰色裹屍布般籠罩泉塔，但她們還是歡笑連連。昨晚的燭光晚會上許多人落淚——她今早匆忙跑過走廊時，還看到幾人的眼睛依然紅腫。

幸好，鎧奧大人叫來三名衛兵、要他們自願被女孩們重複摔倒在碎石地上的時候，她們的紅眼和淚水已消失無蹤。

那三名衛兵答應配合，大概因為他們知道就算受傷，幫他們治療的可是這世上除了朵拉奈爾城以外最偉大的醫者。

鎧奧以笑臉回應女士們——甚至衛兵們，這點令伊芮奈震驚不已。

至於伊芮奈自己……鎧奧沒對她笑，完全沒有。

她每次來到他面前問問題，或看著他指導侍童演練招式時，他的表情變得嚴肅，眼神宛若冰霜。他散發將領之風，全神貫注，沒放過任何細節。哪怕學生只是站姿稍微有錯，他也立刻糾正。

長達幾小時的課程結束時，每一名學生都曾把衛兵摔得仰躺在地。這三個可憐的大男人瘸拐離去時嘻皮笑臉，大多因為海菲札保證會送他們一人一桶麥芽酒——連同她最強效的治療藥水，這可勝過任何酒精。

鐘聲敲擊十下時，女子們紛紛散場，有些去上課，有些去忙雜務，有些去治療患者。幾個花痴程度較為嚴重的女孩兒在原地逗留，朝韋斯弗大人眨動羽睫，其中一個看起來甚至很想窩在他的大腿上，直到海菲札淡然提醒她還有一大堆衣服等她洗。

高階醫者慢慢走向這名侍童前，只是看伊芮奈一眼。伊芮奈相當確定這是表達警告和「我知道妳在想什麼」的眼神。

「那麼……」伊芮奈對鎧奧開口，這時兩人再次獨處，雖然幾個女孩從泉塔的一扇窗探頭出來咯咯叫。注意到伊芮奈的瞪視時，她們急忙把頭縮回去，把窗戶猛然闔起時還是拚命笑個不停。

願席爾芭保佑她，因為她真的不知道該怎麼應付少女。

她沒當過少女——起碼不是這種無憂無慮的少女。她甚至等到去年秋天才第一次吻過一名男子，而且這輩子從沒為男生而傻笑。她真希望自己有這種經驗，她有過許多願望，但它們都隨著那座火葬柴堆和火炬終結。

「這堂課比我預料得更順利，」伊芮奈說話時，鎧奧朝高聳的泉塔皺眉。「她們鐵定會拜託我請你下星期也來。當然啦，如果你願意。」

他沒吭聲。

她嚥口水。「如果你願意，我今天也想試著治療你。你希望我在這裡找個房間，還是我們回皇宮？」

他眼神陰鬱地回應她的目光。「皇宮。」

聽見他的冰冷口氣，她感覺胃袋扭擰。「好吧。」她勉強回話，前去尋找衛兵和那兩匹馬。

他們默默騎回皇宮。稍早前來泉塔的路上，兩人雖然在某些路段也沒說話，但這次……氣氛緊張凝重。

伊芮奈拚命思索，心想自己在上課時是不是說錯什麼——是不是忘了什麼。也許他看到衛兵那般生龍活虎而想到自己目前什麼狀況。也許光是看到衛兵就讓他心情惡劣。

她回到皇宮時也在想著這件事。鎧奧在阿申和另一名衛兵的協助下坐上輪椅後，只是以緊繃微笑向他們道謝。

鎧奧大人回頭看她，午前陽光已經把庭院烘烤得令人窒息。「妳來推？還是我自己來？」

伊芮奈眨眨眼。

「你自己也推得動。」她的毒舌模式在聽見他的語氣時啟動。

「也許妳該叫妳的侍童來推，也許該叫五個來，幾個都行，就看妳認為多少人數才配得上亞達蘭貴族。」

她再次眨眼，這次眨得很慢。緊接著，她大步離去，沒給他任何警告。她沒停下來看他有沒有追上來——如果有，速度有多快。

皇宮的柱子、走廊和花園如飛影般從旁掠過。伊芮奈只想早點進入他所住的客房，幾乎沒聽見有人喊她的名字。

那人重複一次時，她才認得——而且皺眉。

她轉過身，只見卡辛已經來到身邊，他身披護甲，滿身是汗，看來剛剛和皇宮衛兵一起操練。

「我一直在找妳，」他的棕眼飛快鎖定她的胸口。不——他盯的是她前襟上的食物汙漬。卡辛挑眉。「如果妳想把這件衣服送洗，我相信赫薩蘭能先借妳衣服穿。」

她忘了自己身上還是這件又髒又皺的裙裝。她這才覺得自己狼狽不堪，像一隻農場動物。

「謝謝你的提議，但我自己能處理。」

她走離一步時，卡辛說：「我聽說圖書館遭人襲擊。我安排了更多衛兵每天日落到天亮前在泉塔警戒，任何人都別想闖進去。」

很慷慨——也很好心，他總是這樣對待她。「謝謝你。」

他嚥口水，臉色依然嚴肅。伊芮奈為他接下來要說的話做好心理準備，但他只是說道：「請務必小心。我知道妳已經跟我把話說清楚，可是——」

「卡辛。」

「這不會改變我們是——或原本是——朋友的事實，伊芮奈。」

伊芮奈逼自己回視他的眼睛。「韋斯弗大人提過你對……圖姆倫一事的想法。」

卡辛瞥向在窗外飄動的白旗。她張開嘴，也許終於想表達哀悼，想修補彼此間的裂痕，但王子只是說：「那麼，妳明白這個威脅多麼嚴重。」

她點頭。「我明白，而且我會小心。」

「那就好。」他簡短道，綻放自在笑容，有那麼一秒，伊芮奈真希望自己對他能感覺到超越友誼的喜歡，但她一直沒有那種感覺，起碼就她自己而言。「韋斯弗大人的療程進行得如何？妳有取得進展嗎？」

「一部分。」她避免直接答覆。用當場走人這種方式來羞辱王子很不明智，就算彼此曾是朋友，但如果這場談話繼續拖下去……她吸口氣。「我雖然想留下來跟你聊——」

「那就留下。」他的笑意加深。英俊——卡辛真的是很英俊的男人。如果他是別的身分，擁有別的頭銜——

她搖搖頭，擠出笑臉。「韋斯弗大人在等我。」

「我聽說妳今早跟他一起去泉塔。他沒跟妳一起回來？」

她行個屈膝禮，逼自己別露出哀求的表情。「我得走了。再次謝謝你關心我——也謝謝你安排衛兵，王子。」

這個頭銜如大鐘般懸在兩人之間，轟然作響。

伊芮奈已經邁步離去，拐過轉角前一直能感覺到卡辛的目光。

她斜靠牆壁，閉上眼睛，長吐一口氣。笨蛋。一定會有一大堆人罵她是笨蛋，但——

「我幾乎有點同情他。」

她睜眼看到鎧奧，他喘著氣，推輪椅拐彎而來，眼裡依然悶燒著怒火。

「當然，」他說下去：「我剛剛離得太遠，聽不見你們談話內容，但我在他離去時清楚看到他的表情。」

「不懂的事就別發表意見。」伊芮奈冷冷道，繼續走向他的套房，這次放慢腳步。

「妳不用配合我的速度。妳剛剛的身手快得令人佩服。」

她斜瞪他一眼。「我今天到底哪裡得罪你？」

他只是繼續以粗壯胳臂推動輪椅，臉上的沉穩目光沒洩漏任何情緒。

「說話啊？」

「妳為什麼拒絕王子？妳跟他似乎一度親密。」

此時此地不適合討論這種話題。「那不關你事。」

「說來聽聽也無妨吧。」

「才不要。」

她在來到套房門前的一路上加快腳步，他輕易跟上。

伊芮奈對站在門外的卡妲嘉下達一道莫名其妙的命令：「我需要乾燥的百里香、檸檬和大蒜——」聽起來就像她母親當年料理新鮮鱒魚的食譜。

女僕鞠躬後快步離去。伊芮奈一把推開雙扇門，撐住其中一塊門板，讓他進去。

「只是跟你說一聲，」伊芮奈嘶吼，把門在身後用力關上。「你這種爛脾氣對任何人、任何事都沒幫助。」

鎧奧在玄關中央猛然煞車停定。她不禁皺眉，猜得到他這麼做手會有多痛。他張開嘴，但還是閉起。

就在這時，通往其中一間臥室的門打開，娜斯琳從中出現，頭髮溼潤，渾身綻放光澤。

「我還在想你去哪了。」她對他說，然後對伊芮奈點頭致意。「一大早就出門了？」

娜斯琳出現後，伊芮奈花了幾秒重新整理在場三人的順序。伊芮奈不是首要……人物，而是幫手，是次要……天知道是什麼。

鎧奧兩手一攤——掌心果然浮現紅痕——朝娜斯琳開口：「我去泉塔教女孩們防身術。」

娜斯琳看著輪椅。

「我騎馬去的。」他補充道。

娜斯琳立即興奮得轉頭瞪向伊芮奈。「妳——怎麼做到的？」

「支架，」伊芮奈澄清：「我們正要開始第二次治療。」

「你真的能騎馬？」

伊芮奈能感覺到鎧奧在心裡皺眉——因為她自己也有這種反應。娜斯琳對他能騎馬這件事居然這麼大驚小怪。

「我們只有騎馬快走，不過，我能騎。」他淡定道，彷彿料到娜斯琳會這麼問，彷彿已經習慣。「也許明天我會試試騎馬小跑。」

可是他的兩腿無法出力，遇到起伏彈跳的時候……伊芮奈在腦海中尋找關於鼠蹊傷害的資料，但還是保持緘默。

「我跟你一起去，」娜斯琳的黑眸發光。「我可以帶你去城裡逛逛，也許還可以去我叔叔家。」

鎧奧只是回一聲：「我很樂意。」然後娜斯琳在他臉上親一下。

「我現在要去見他們，大概待一、兩個小時，」娜斯琳說：「然後我要去見——你知道。我下午會回來，然後再繼續進行我那些……職責。」

用字謹慎，伊芮奈能體諒，因為她透過半開的房門勉強看到堆了滿桌都是的武器：好幾把小刀，好幾把長劍，好幾組弓與箭……這位隊長的睡房簡直是小型軍械庫。

鎧奧只是嗯一聲表示同意，臉上帶著淺淺笑意，看著娜斯琳大步走向出口。隊長在門口停頓時，伊芮奈從沒見過她這麼開心的模樣。

希望。她臉上充滿希望。

娜斯琳把門喀一聲關上。

兩人再次在寂靜中獨處時，伊芮奈交叉雙臂，還是覺得自己像個外人。「我們開始之前，需不需要我幫你拿什麼東西來？」

他只是把輪椅往前推——進入他的臥室。

「我比較喜歡起居室。」她邊說邊抓起卡妲嘉放在玄關小桌上的用具包。卡妲嘉很可能已經翻過裡頭。

「受苦的時候，我寧可趴在床上。」他回頭補充一句：「希望妳這次不會昏倒在地板上。」

他輕而易舉地把自己抬到床上，開始解開外套的扣帶。

「告訴我，」伊芮奈在門口逗留。「告訴我，我做了什麼惹你不高興。」

他脫下外套。「妳是說，除了讓我像隻破碎的人偶一樣在妳那些侍童面前展示？讓她們把我像條死魚一樣拖下馬？」

她僵住，從背包裡拿出咬合板，再把包包丟在地上。「皇宮裡也有很多人幫你。」

「沒妳想像得多。」

「泉塔是學習的場所，很少看得到你這種傷勢的患者──尤其因為通常都是我們去患者所在。我那麼做，是為了向侍童示範什麼樣的措施能幫到類似傷患。」

「是啊，我是妳的殘廢模特兒，看看我在妳面前有多乖，多麼溫馴。」

「我不是這個意思，你也知道。」

他扯下上衣，拉到頭頂時差點扯開衣服的縫線。「妳那麼做是某種懲罰？因為我侍奉我的國王？因為我來自亞達蘭？」

「**不是**。」他居然以為她會這麼殘酷、這樣公報私仇。「我剛剛已經說了，我那麼做是為了向她們『示範』。」

「**我**不希望妳向她們示範！」

伊芮奈站直身子。

鎧奧咬牙喘道：「我不希望妳把我當成展示品、讓她們**處理**我。」他的胸膛起伏，胸肌底下的肺臟如鼓風爐般運作。「妳知不知道這是什麼樣的感受？從**那樣**──」他揮出手，示意她的身體、雙腿和脊椎。「變成**這樣**？」

伊芮奈覺得有些站不穩。「我知道這很辛苦——」

「是很辛苦，但今天因為妳而更辛苦。妳平時逼我半裸地坐在這個房間裡，但今早我才體會到什麼叫做『眾目睽睽下赤身露體』。」他眨眨眼，彷彿沒想到自己會說出口——沒想到自己會坦承。

「我——我很抱歉。」她說不出其他話。

他的喉頭起伏。「我原本所有的想法、計畫和心願……全沒了。我現在僅存的就是侍奉我的國王，連同一個荒謬又渺茫的希望：我們能在這場戰爭中活下來，而且我能想辦法彌補。」

「彌補什麼？」

「毀在我手上的一**切**。一**切**。」

說到最後幾個字時，他的嗓音變得哽咽。

她覺得眼睛刺痛，不知道這是出於慚愧還是難過，也不想知道答案——也不想知道他究竟有何遭遇、他的眼裡為何滿是哀傷。

她知道他必須面對過去，必須說出來，可是……

「我很抱歉，」她重複，然後僵硬地補充一句：「我應該考慮到早上那件事會對你的情緒造成什麼影響。」

他凝視她許久，接著解開腰帶，再來脫下靴子和襪子。

「如——如果你不願意，可以不用脫下長褲。」

他還是脫下，然後等待。

他怒氣未消。看著她的時候，他的眼神依然怨念極深。

伊芮奈嚥一下口水。兩下。

也許她應該先去弄些早餐。

但如果用這種理由離開這裡……伊芮奈總覺得如果現在離開他，如果他看到她轉身……醫者和患者之間必須有信賴關係，某種情感連結。

如果她現在轉身離開他，這條裂痕恐怕永遠無法修補。

所以她只是示意他移到床鋪中央趴下，然後她自己在床緣坐下。

伊芮奈把一隻手懸在他肌肉發達的背脊上。

她沒考慮到他的感受，沒考慮到他可能會有情緒。騷擾他至今的那些過往……

他開口時呼吸淺而急促。「我想問清楚：妳的怨恨是針對我一個人？還是整個亞達蘭？」

他盯著遠側的牆壁，浴室入口被一塊雕飾木屏風遮掩。伊芮奈就算滿心慚愧，還是穩穩地把手對準他的背部。

她這幾天確實狀況不佳。差得很。

他的脊椎傷勢被午前陽光襯托得異常鮮明，她的手在他的皮膚上投下與背疤有些相似的陰影。

潛伏在這道疤裡的力量……再次令她的法力畏縮。她昨晚太累，今早太忙，沒來得及考慮如何再次面對這股黑暗力量，自己可能會看到什麼、對抗什麼——他可能也要忍受什麼。

但就算她愚蠢得沒顧到他的心情，他還是履行了承諾，指點了那些女孩。她猜自己能報答他的唯一方式，就是也履行自己的承諾。

伊芮奈深吸一口氣，知道再做多少準備也是徒然。無論她再深呼吸多少次，也無法降低接下來這個過程的恐怖程度。對他們倆來說都是。

伊芮奈默默把皮製咬合板遞給鎧奧。

他塞進嘴裡，輕輕咬住。

她盯著他。

他的身體準備好迎接痛楚，他把面無表情的臉孔對準門口。

伊芮奈輕聲道：「我十一歲那年，亞達蘭的士兵把我母親活活燒死。」

鎧奧還來不及回話，她已經把手按在他的脊痕上。

第十六章

他只感覺到黑暗和劇痛。

他咆哮反抗，依稀注意到嘴裡的咬合板以及喉嚨裡的疼痛。

活活燒死活活燒死活活燒死

眼前的虛空向他展示烈火。一名頭髮與肌膚皆呈金棕的女子痛得仰天尖叫。

他看到一具破碎身軀躺在一張血淋淋的床上。一顆人頭滾過大理石地板。

都怪你都怪你都怪你

一名眼如青焰、髮如純金的女子站在他面前，高舉匕首，準備刺進他的心臟。

他希望她這麼做。有時候他真希望她當時沒停手。

他臉上的疤——她用指甲狠抓他的臉，那是她第一次對他動手……他照鏡子時，心中就是這個充滿恨意的心願——希望她當時沒停手。床上的屍體、那個冰冷的房間、那聲尖叫。棕膚喉嚨上的項圈，他深愛的那張臉孔不該綻放的那種笑容。他獻出的心被丟在河岸碼頭的木板上。一名刺客出海遠去，一位女王歸來。一排好人被吊在城堡大門上，脖子上都有同樣的細疤。他無法原諒也無法遺忘的一幕。

虛空一再向他展示這些畫面，就像拿熾紅的九尾鞭狂掃他的身軀。

它讓他看到他的母親。他的弟弟。他的父親。

他丟下的一切。他的失敗。他痛恨什麼、他變成什麼——這兩者之間的界線變得模糊。

而且他努力過了。他這幾星期、這幾個月一直在努力。

但是虛空對此置若罔聞。

黑火沿他的血管奔流，試著淹沒這些思緒。

留在他的床頭櫃上的一朵金火玫瑰。他的國王給他最後一次的擁抱。

他試過了。他試過懷抱希望，但——

一群小女生把他拖下馬，對他又戳又摸。

他的脊椎深層爆發痛楚，他痛得無法呼吸，沒辦法憑尖叫驅逐它——

一道白光出現。

閃爍。在遠方。

不是火焰的金色、紅色或藍色，而是陽光般的白色，清晰透淨。

那是黑暗中的一道閃光，就像馳騁夜空的閃電……

然後痛楚再次凝聚。

父親的眼睛——他宣布要加入侍衛隊時，父親眼竄怒火、握緊拳頭。母親哀求他改變心意。他策馬離開安尼爾時，她臉上滿是悲痛。那是他最後一次看到她，最後一次看到他的城市、他的家園。那是他最後一次看到他的弟弟，瘦小的他躲在父親的深沉陰影底下。

他為了另一個兄弟而拋下弟弟。

黑暗擠壓他，彷彿想把他的骨頭碾成粉末。

黑暗會殺了他。

它會殺了他，這種痛苦，這……宛如無底坑的空虛感。

也許死亡就是慈悲。他不覺得自己的存在有任何重要性，起碼不足以讓他盡力一試，不足以讓他想回歸真實世界。

黑暗喜歡他這種想法，似乎從中獲取力量。

而黑暗正在增強施加在他骨頭上的勁道。它沸騰了他體內的血液，他不斷哀號——

白光衝擊他，令他致盲。

填補了虛無。

黑暗尖嘯後退，緊接著如海嘯般包圍他——

卻被白光之盾擊退，這團光芒籠罩他，如磐石般支撐被黑暗打碎的他。

深淵中的光芒。

它溫暖、安靜又善良，在黑暗前未曾膽怯。

彷彿它在這團黑暗中棲息許久，熟悉黑暗的弱點。

鎧奧睜開眼睛。

伊芮奈已經把手從他的脊椎上移開，正在轉身拿起他丟在地毯上的上衣。

他看到她來不及隱藏的血跡。

他吐出咬合板，抓起她的手腕，聽見自己劇烈的喘息聲。「妳受傷了。」

伊芮奈擦擦口鼻和下巴，然後轉向他。

她藏不住領口和前襟沾到的血。

鎧奧急忙坐起。「諸神在上，伊芮奈——」

「我沒事。」

她的鼻腔裡還有血，嗓音因而模糊。

「這——這很常見？」他逼肺臟充氣，想叫人另外找個醫者來幫她——

「嗯。」

「騙子。」聽她語氣遲疑，看她避開目光接觸，他知道她說謊。他張開嘴，但她把手按在他的胳臂上，放低拿來擦拭血跡的上衣。

「我沒事。我只是需要——休息。」

她的嘴和下巴沾染大片血汙，看起來沒事才怪。

又一滴鼻血滲出，伊芮奈又用他的上衣摀住鼻孔。「至少，」她隔著布料和鼻血開口：「這個顏色跟今早的汙漬很搭配。」

這個笑話有點冷，但他還是給她一個嚴肅笑容。「我以為那團汙漬是花紋造型。」

她給他一個疲憊又茫然的眼神。「給我五分鐘，然後我就能繼續幫你——」

「立刻給我躺下。」為了加強語氣，他在床墊上挪開幾呎。

伊芮奈打量床上的諸多枕頭，這張床大得至少能睡四個人。她呻吟一聲，繼續把衣服壓在臉上，然後癱靠在枕頭上，踢掉涼鞋，把腿縮到床上。她把頭往後仰，以便止血。

「要不要我幫妳弄什麼東西來？」他看著她茫然地瞪著天花板。她為他治療時曾說過同樣的話，大概因為他當時心情惡劣——

伊芮奈只是搖頭。

他默默看著她把衣服壓在鼻孔上，看著鼻血不斷在衣服上暈開，後來擴散得越來越慢，最終停止。

她的口鼻和下巴一片紅，眼睛因疼痛或疲憊而茫然。也許兩者皆是。

他不禁問道：「怎麼會這樣？」

她知道他在問什麼。伊芮奈輕拭胸口上的血跡。「我進入你的背痕所在，跟之前一樣，我的法力就是打不垮那堵牆。我覺得它好像讓我看到……」她抓緊衣服，壓在前襟的血跡上。

「什麼？」

「莫拉斯，」她輕聲吐出這三個字時，他相當確定就連花園裡的鳥兒也停止歌唱。「它展示了一些殘留在你身上的回憶，讓我看到一座令人毛骨悚然的龐大黑色要塞，一支軍隊在要塞周圍的山地上待命。」

意識到這道回憶應該屬於誰的時候，他感覺血液結凍。「那幅畫面是真的？還是欺騙妳的幻象？」他自己的回憶也曾遭到同樣的操弄。

「我不知道，」伊芮奈坦承：「但我有聽見你尖叫，不是在這張床上，而是……在那幅畫面裡。」她又擦擦鼻子。「然後我意識到，對付那堵牆……我認為那其實是聲東擊西，為了轉移我的注意力，所以我追蹤你的尖叫聲尋找你。」進入他的心靈深處。「那股力量忙著撕裂你，沒注意到我接近。」她打個冷顫。「我不知道它究竟做了什麼，但……我看不下去，我不能袖手旁觀。我衝進去的時候驚動了它，但我不知道下一次它會不會等著我，會不會記得這一次。那東西……似乎擁有想法，它不是活物，比較像一道被野放在這個世界上的回憶。」

鎧奧點頭，彼此間一陣沉默。她又擦擦鼻血，然後把血衣放在床頭櫃上。

陽光掃過地板，風兒騷動棕櫚。

不知道過了幾分鐘後，鎧奧開口：「我很遺憾——為妳母親的事。」

如果追溯歷史……伊芮奈的母親遇害的時間點，應該就在艾琳家破人亡的幾個月後。亞達蘭當時在太多孩子心裡留下創傷——如果那些孩子僥倖沒被亞達蘭殺掉。

「她是這世界上所有光明的化身，」伊芮奈蜷縮身子，凝視床尾那扇窗外的花園。「她……

我能逃走，就是因為她……」伊芮奈說不下去。

「她做了任何母親都會做的事。」他幫她說完。

伊芮奈點頭。

當時第一批受害者之中很多是醫者。許多醫者在魔法消失許久後依然遭到處決，亞達蘭在追殺擁有魔法天賦的醫者方面向來心狠手辣，不少村民為了賺取幾枚硬幣而出賣同村醫者。

鎧奧嚥口水，過了幾秒後開口：「前任亞達蘭國王在我面前宰殺鐸里昂所愛的女人，我卻無力阻止，沒能救她。前任國王因為我密謀推翻他而要殺掉我的時候……鐸里昂介入，他對抗他父親，為我爭取逃跑的時間。我逃走了——我逃之夭夭，因為……沒有其他人能延續那場反抗之戰、把消息傳給需要知道的人們。我留他獨自對抗他父親、面對後果，我自己卻落荒而逃。」

她默默看著他。「但他現在很平安。」

「我不知道。我知道他自由了——他還活著。但他平安嗎？他受過折磨，飽嘗痛苦，我根本無法形容那種苦……」他的喉嚨緊縮得疼痛。「受苦的應該是我才對，我當時一直計畫好由我來承擔苦痛。」

一滴淚珠沿她的鼻梁滑落。

被鎧奧以手指半途攔截。

伊芮奈回視他許久，她的淚眼在陽光下無比璀璨。他不知道時間過了多久，不知道她花了多少時間試著劈開殘留在他身上的黑牆——哪怕只是打出一條裂痕。

套房的門扉打開又關上，聲響極輕，他知道來的是卡妲嘉。伊芮奈把目光從他身上移開，瞟向來者。少了伊芮奈的目光，他覺得冷——沉寂和寒意。

鎧奧握起拳頭，逼自己別把她的臉孔轉向自己、盯著她的眼睛。伊芮奈在他的手指上留下的淚珠滲進他的皮膚。

但她突然回頭轉向上方，差點撞到他的鼻梁。

伊芮奈的金眼發光。

「鎧奧。」她低語。他覺得這好像是她第一次直呼其名。

但她把視線往下移，他順著她的視線看去。

她的目光掃過他赤裸的上半身和兩條腿。

來到他的腳趾上。

他的腳趾正在慢慢伸展彎曲，彷彿試著想起這個動作。

第十七章

娜斯琳敲敲叔叔和嬸嬸位於魯尼區這棟美麗豪宅的大門時，她的堂弟堂妹正在上學。如果從塵土飛揚的馬路望向這棟由厚實高牆包圍的屋子，只能看到覆以花形鐵框的雕飾橡木門，但兩名保鑣立刻推開大門，招呼她進去。門後是一條鋪設白石的寬敞林蔭大道，兩旁的柱子爬滿洋紅九重葛，道路中央是一座嘩啦作響的海玻璃噴水池。

這種房屋的設計在安第加及娜斯琳家族的老家巴爾朗十分常見。娜斯琳的家族早已習慣沙漠氣候，這棟豪宅就是為了因應當地的烈日和風向而設計：外圍窗戶遠離南面熱源，屋頂用於捕捉微風的狹型風塔則避免朝向東方，以免東風挾帶的沙粒入侵室內。安第加許多更為富裕的住家底下有運河通行，她叔叔家雖然沒這麼幸運，但高聳植物和雕飾木棚所提供的遮蔭還是讓庭院周圍的活動區堪稱終日涼爽。

娜斯琳大步走過美麗庭院時愜意地深呼吸。嬸嬸半路前來迎接，問她：「妳吃過了沒？」

娜斯琳雖然已經吃過，但還是答道：「我把胃留給妳的料理，嬸嬸。」這種用霍赫語說出的對話在法里克家族中是習以為常的問候語——任何人在拜訪某戶人家時，尤其是法里克家族，都得在東道主家裡用餐，至少一頓。

嬸嬸高興地點頭。這名女子雖然生下四名子女，但依然是個體型豐滿的美女。「我今早才跟布拉辛說過，咱家的廚子比皇宮那些都厲害。」

二樓一扇以木製百葉窗遮蔽、俯瞰庭院的窗戶傳出噗哧一笑。那是她叔叔的書房，二樓少數幾個房間之一，該樓層平時不開放外人進入。「別太大聲啊，札希妲。如果給卡岡王聽見，小心妳的寶貝廚子被他抓進宮裡。」

嬸嬸朝那扇華麗木製百葉窗後面的身影翻白眼，挽住娜斯琳的胳臂。「那個偷窺狂，老是從上頭偷聽咱們談話。」

叔叔只是呵呵笑，沒發表意見。

娜斯琳咧嘴笑，讓嬸嬸帶自己走過茵娜女神的肉感雕像，進入寬敞的室內。茵娜是保佑闔家平安的女神，也是保佑巴爾朗族的神祇，舉起的雙臂象徵接納與保護。「宮裡那些貴族一個比一個瘦，搞不好就是因為他們的廚子比妳的遜色太多。」

嬸嬸哼笑一聲，拍拍豐滿肚皮。「難怪我這些年這個部位越來越厚。」她朝娜斯琳眨個眼。「也許我真該叫老廚娘滾蛋。」

娜斯琳親吻嬸嬸如花瓣般柔軟的臉頰。「妳現在比我小時候見到的更美。」她言之由衷。

嬸嬸揮手表示沒這回事，但還是眉開眼笑，一同進入陰暗涼爽的室內。一根根柱子撐起長型走廊的挑高天花板，木梁和家具上刻有遙遠家鄉的動植物圖案。嬸嬸帶她深入其他來賓進不去的區域，來到房屋後面一座較小的庭院。這一座是家人專用，遮棚的陰影底下擺放一張長桌和幾張寬敞的椅子。在這個時辰，太陽懸在屋子的相對側——這就是為什麼嬸嬸選擇住在這裡。

嬸嬸引導她在緊鄰主位的位子坐下，匆忙去叫廚子送上飲料。

娜斯琳在寂靜中聆聽微風穿過沿牆爬向露臺的茉莉花時發出的嘆息。這是她見過最平靜的家——尤其跟她在裂際城的家相比。

娜斯琳揉揉緊繃的胸口。他們一定還活著，一定逃走了。

但這無法回答他們現在在哪、此刻在危機四伏的北方大陸面對什麼樣的險境。

「妳父親想太多的時候也是那種表情。」叔叔的嗓音從後面傳來。

娜斯琳在椅子上轉身，朝走進庭院的布拉辛．法里克微微一笑。叔叔比她父親矮，但也比較瘦——大概因為不是靠烤麵包維生。的確，叔叔以這種年齡來說依然苗條，黑髮尚未全白，大概因為他在經商期間總是四處奔波。

但是布拉辛的臉孔……就是薩耶．法里克的臉孔，她父親的臉孔。薩耶和布拉辛彼此差不到兩歲，小時候常被誤認為是雙胞胎。看到那張慈祥而且依然英俊的臉孔，娜斯琳覺得喉嚨緊縮。「看來這是我遺傳他的少數特質之一。」

的確，娜斯琳寡言而且經常陷入沉思；相較之下，家裡常常能聽見父親的隆隆笑聲和姊姊的歌聲與傻笑。

叔叔在她對面的位子坐下，把主位留給札希妲，娜斯琳能感覺叔叔正在打量自己。在法里克家族中，男人和女人一同齊家，而這種共治就是孩子必須遵守的律法。娜斯琳確實乖巧聽話，至於姊姊……她到現在還記得德萊菈長大而渴求獨立時經常跟父親大吵大鬧。

「妳身為皇家侍衛隊長，」叔叔若有所思：「我很意外妳有時間這麼常來看我們。」

嬸嬸端來一面托盤，上頭放著一瓶薄荷涼茶和幾個玻璃杯。「噓，別抱怨，布拉辛，否則她就不會來啦。」

娜斯琳微笑，來回瞥向夫妻倆。嬸嬸幫大夥倒茶，把托盤放在彼此的桌面上，然後在主位坐下。娜斯琳說道：「我想這時候來一趟——趁孩子們在學校。」

這是卡岡政權的諸多德政之一：每一個孩子，無論貧窮富裕，都有上學的權利，而且完全免費，因此這個帝國幾乎沒有文盲——可惜娜斯琳沒辦法同樣稱讚亞達蘭。

「可惜了，」叔叔淡淡笑道：「我還以為妳要來多唱幾首歌給我們聽呢。妳那天回去後，孩子們就像巷子裡的貓一樣不停唱著妳的歌。我實在不忍心讓他們知道他們的歌聲真的比不上優秀的堂姊。」

娜斯琳輕笑以對，覺得臉龐灼熱。除了家人之外，她很少唱歌給誰聽。她從沒唱給鎧奧或其他夥伴聽過，甚至很少讓人知道她的歌喉……不是一般的讚。平時聊天很少會談到這種話題，況且最近幾個月不是適合唱歌的時候，這點諸神能為她作證。但她那天晚上忍不住唱歌給堂弟堂妹聽——父親教她的一首歌，安第加的一首搖籃曲。她當時唱完的時候，嬸嬸和叔叔聚在周圍聆聽，嬸嬸拭淚，之後……總之，唱過的歌就不可能收得回去，不是嗎？

這一家子大概每次見到她都會吵著要她唱歌，直到她永遠不再開口。

可惜的是，她這次來這裡不是為了唱歌。她輕輕嘆息，鼓起勇氣。

嬸嬸和叔叔納悶地交換視線。嬸嬸輕聲問：「怎麼了？」

娜斯琳啜飲涼茶，考慮如何開口。嬸嬸和叔叔還是耐心十足地等她。如果換作姊姊，現在早就拚命搖晃她的肩膀，叫她有屁快放。「泉塔前天晚上遭到襲擊，有個年輕醫者慘遭入侵者殺害，凶手還沒被找到。」

她和薩韃克昨晚仔細搜查安第加為數不多的下水道和運河，但找不到任何一條通往泉塔，也沒發現法魯格巢穴的蹤跡，除了城市汙水的惡臭以及來去匆忙的老鼠之外一無所獲。

叔叔罵聲髒話，換來嬸嬸以眼神責備。但就連嬸嬸也忐忑地揉揉胸口，問道：「我們聽說過傳聞，可是……妳親自來警告我們？」

娜斯琳點頭。「歹徒行凶的手法，跟亞達蘭那些敵人的方式一致。他們如果已經來到這裡、就在這座城裡，我擔心可能跟我來此有關。」

她不敢讓嬸嬸和叔叔知道太多，不是因為不信任這對夫妻，而是擔心可能有人偷聽。所以，她沒讓他們知道法魯格、埃拉魍和命運之鑰，只讓他們知道她的任務是爭取軍隊，因為這件事不是祕密，但……她不敢冒險讓他們知道薩韃克的事，像是他及其天鷹隊可能就是讓她能爭取到卡岡王支援的關鍵，他的部下可能曾在無意間應付過法魯格。她甚至不敢讓夫妻倆知道她騎過那位王子的天鷹，雖然說了他們也不會相信。叔叔這一家雖然富裕，但富翁不等於貴族。

叔叔問道：「他們會不會為了對付妳而盯上咱們這一家？」

娜斯琳嚥口水。「應該不會，但我也相信他們什麼事都做得出來。我——這場襲擊跟我來到這裡究竟有沒有關聯，目前尚不明朗，但如果真的有關……我這次來是警告你們，盡可能多雇些私人保鑣。」她來回看著兩人，把雙手攤在桌上，掌心朝上。「我很抱歉，把這種麻煩事帶到你們府上。」

嬸嬸和叔叔又對視一眼，接著都握住她的手。「妳沒什麼好道歉的。」嬸嬸說。叔叔附和：「妳那天突然出現在咱們面前，這就是天大的恩賜。」

她覺得喉嚨收縮。這——這就是埃拉魍一心想破壞的美好世界。

她一定要想辦法爭取到軍隊。無論是從戰場上救出家人，還是避免戰火蔓延到這片海岸上。

嬸嬸宣布：「我們會雇用更多保鑣，派人護送孩子們上下學，」她對丈夫點個頭。「也護送我們去城裡任何地方。」

叔叔問道：「那妳怎麼辦？妳總是一個人在城裡走動。」娜斯琳揮手要他們別擔心，但還是深受感動。她沒讓他們知道她曾花好幾星期在裂際城的下水道獵殺法魯格，她昨晚就在安第加的下水道裡狩獵。她也絕不會讓他們知道她跟玻璃城堡的破滅有多大關聯。她不想嚇得叔叔跌下椅子、嬸嬸一頭秀髮驟然轉白。「我能照顧自己。」

嬸嬸和叔叔雖然看起來有些懷疑，但還是點頭。這時廚娘到來，對娜斯琳露齒而笑，乾枯雙手端著幾盤冰鎮沙拉。

接下來的漫長時光裡，娜斯琳吃下嬸嬸和叔叔堆在她盤子上的一切，味道的確媲美宮中菜餚。她吃到肚皮快炸開、杯裡的茶喝得只剩殘渣的時候，嬸嬸狡猾地對她說：「其實，我原本希望妳會帶個朋友來。」

娜斯琳噗哧一聲，撥開臉前的頭髮。「韋斯弗大人很忙，嬸嬸。」不過既然伊芮奈有辦法讓他今早騎上馬……也許她明天真的能帶他來這裡，把他介紹給她的親戚——以及讓這個家充滿混亂和喜悅的四個娃兒。

嬸嬸優雅地啜飲茶水。「噢，我說的不是他，」札希妲和布拉辛相視而笑。「而是薩韃克王子。」

娜斯琳慶幸自己老早把茶水吞下肚。「他怎麼了？」

嬸嬸臉上竊笑依舊。「聽說**有人**——」她意有所指地看著娜斯琳。「被發現昨天天亮的時候跟那位王子一起出門，騎在他的天鷹上。」

娜斯琳逼自己別皺眉。「我……有。」她只希望昨晚沒人看到她跟他在一起，希望法魯格不知道自己正在被她追蹤。

叔叔呵呵笑。「妳原本打算什麼時候才說出來？聽說親愛的堂姊居然能騎上卡達菈的時候，孩子們興奮到失控。」

「我不想炫耀。」好爛的藉口。

「嗯哼。」叔叔以眼神挖苦。

但是嬸嬸給她一個心照不宣的眼神，棕眸鬥志十足，彷彿一刻也沒忘掉丈夫的兄長那一家還在亞達蘭、此刻可能正試著逃來這片海岸。嬸嬸只是說一聲：「天鷹才不怕翼龍。」

第十八章

伊芮奈跪在鎧奧身邊，看著他的腳趾挪動，感覺心跳如雷。

「你能——感覺到嗎？」

鎧奧還在瞪著這一幕，彷彿難以置信。

「我……」他的話語在喉嚨裡停滯。

「你能控制動作嗎？」

他似乎集中精神。

他的腳趾停住。

「很好，」她為了方便觀察而坐直。「現在，挪動它們。」

他似乎再次集中精神，然後——

兩根腳趾彎曲。另一腳的三根腳趾彎曲。

伊芮奈開心地露齒而笑。她轉頭看他的時候，笑意未散。

他只是瞪著她，盯著她的笑臉。看到他一臉專注，她稍微靜止下來。

「怎麼會？」他問。

「我——也許我在幫你療傷的時候，我的法力稍微擊退了黑暗……」當時真是慘烈，發現他被那團黑暗困住，那種空虛、冰冷、劇痛和驚恐。

她碰上那堵牆時，拒絕接受那股黑暗力量一再試著讓她目睹的畫面：那座猙獰要塞，以及在她重返家園時等著她的命運。她碰上那堵牆時，她體內的法力哀求她停手撤退。

直到……直到她聽見他的聲音，在遙遠的深處。

她盲目地如擲矛般衝向那一處。他在那裡——或者該說破碎的他，彷彿這就是他和傷勢之間的拴繩核心，不是推擠上方那些神經線路的黑牆。

她以法力包圍他，緊緊擁抱他，就算黑暗力量持續衝撞他。做為反擊，她的法力像一把光之鐮刀劈砍黑影，就像一支只燃燒了幾秒的火炬。

但幾秒似乎已經足夠。

「這樣很好，」伊芮奈宣布，雖然有點多此一舉。「這樣好極了。」

鎧奧盯著她，說聲：「真的。」

她這才注意到自己身上的血跡——如此狼狽。

「我們就從這個成果繼續努力，」她說：「你稍微做些鍛鍊，我們就結束今天的療程。」

她居然對他說出母親的事……在這之前，她只有在第一天進入泉塔時對海菲札坦承過，在蹣跚踏進那座農場求救時對母親的親戚透露過。

她不禁好奇，他把他自己的故事鎖在心裡多久。

「我先叫些東西吃。」伊芮奈做出決定。她瞟向以木屏風遮擋的浴室，再瞥向自己血淋淋的胸前。「等食物送來前……拜託你讓我借用你的浴室，順便也借我一套衣服穿。」

鎧奧的眼神依舊專注又平靜。她沒見過他這種表情，彷彿擺脫少許黑暗掌控後而得以揭露。

她以前沒見過的男子。

她不確定該拿這項發現——拿他——怎麼辦。

「妳想拿什麼就拿。」鎧奧對她說話時，嗓音低沉——沙啞。

伊芮奈頭暈暈地爬下床，拿起他血淋淋的上衣，匆忙走進浴室。她告訴自己：頭暈是因為流鼻血。

儘管她在泡澡時忍不住笑吟吟。

「說真的，我覺得我被妳冷落了，」赫薩蘮慢條斯理道，瀏覽著伊芮奈不敢多問的幾張地圖。伊芮奈坐在公主這間豪華會客室的另一頭，看不清楚那些地圖，只看見赫薩蘮皺眉沉思、把幾支獸牙製成的模型擺放在幾處。「當然啦，」赫薩蘮把一支模型往右邊推兩吋，繼續皺眉。「蕾妮雅說我不該期待能常常見到妳，我猜我這兩年是被寵壞了。」

伊芮奈啜飲薄荷茶，沒發表意見。得知伊芮奈一整天都在忙著治療韋斯弗大人時，赫薩蘮派一名僕人把她叫來這裡，說保證會讓她享用一些她確實需要的提神飲料。的確，角豆餅乾和茶水稍微降低了她的疲憊程度。

她和公主之間的友誼純屬意外。伊芮奈最早的一次現場實習，是被海菲札帶來這裡治療公主，赫薩蘮當時因為持續腹痛而從位於東北方的濱海行宮回來這裡。伊芮奈和公主年齡相仿；海菲札花費幾小時忙著從公主的腸子裡抓出一條有夠嚇人的絛蟲時，赫薩蘮命令伊芮奈開口。

伊芮奈照做，滔滔不絕地談起自己上的課，偶爾提到在白豬旅館工作時一些格外噁心的經驗。公主特別喜歡聽她描述幾場格外血腥的酒鬼幹架。在那幾天裡，海菲札從公主嘴裡（高階醫者當時把話跟公主說清楚：口腔或肛門擇一）慢慢取出以魔法擊殺的絛蟲屍體時，伊芮奈奉命把公主最喜歡的故事說了三次：一名年輕陌生人救了伊芮奈的命，教她如何保護自己，還留給她不少金幣和珠寶。

伊芮奈以為這都只是閒聊，以為公主被海菲札清出最後一段絛蟲屍體後再也不會記得自己名叫伊芮奈。但在兩天後，她被叫進公主的寢宮，赫薩蘅當時忙著把各式各樣的美食塞進嘴裡、補充流失的體重。

她用「我太瘦了」這幾個字向伊芮奈打招呼，說自己得把臀部養得更肥美圓潤，好讓情人晚上摸得舒服。

聽見這句話，伊芮奈不禁爆出笑聲——她已經很久、很久沒這樣真心笑過。

赫薩蘅只是嘻笑以對，邀請伊芮奈共享一些來自低地河域的燻魚。那一開始也許不算地位對等的友誼，但赫薩蘅似乎很喜歡有她作伴，她也沒立場拒絕。

總之，公主每次待在安第加時都會召見伊芮奈——公主後來把蕾妮雅帶進宮裡，介紹給父王連同伊芮奈認識。如果要伊芮奈說實話，蕾妮雅的確更適合強勢又毒舌的公主，但赫薩蘅個性排外、容易吃醋，總是確保蕾妮雅遠離朝臣和潛在情敵。

雖然蕾妮雅在這方面未曾令公主擔心。比伊芮奈只大一個月的蕾妮雅，眼裡只有公主，對公主全然忠誠。

赫薩蘅稱蕾妮雅為女士，並把自己掌管的一塊領土封給她。但伊芮奈聽過一些醫者偷偷說起的事情：赫薩蘅最早注意到蕾妮雅的時候，曾私下請海菲札幫蕾妮雅治療一些……在以前的生活中染上的疾病，據說源自之前的工作。伊芮奈從沒問過赫薩蘅相關細節，但考慮到蕾妮雅多麼忠於公主，因此懷疑赫薩蘅這麼喜歡聽她被神祕恩人搭救的故事，是因為公主自己也見到一名女子受苦而伸出援手——然後再也沒放下對方的手。

「而且妳今天比較常笑，」赫薩爾放下玻璃筆。「雖然妳那身衣服有夠醜。」

「我為了治療韋斯弗大人而犧牲了自己的衣服，」伊芮奈揉揉隱隱作痛的太陽穴，就連茶水和角豆餅乾也幫不上忙。「他很好心，借我衣服穿。」

赫薩爾賊賊一笑。「有些人大概會以為妳是因為某個更舒服的理由而丟了衣服。」

伊芮奈臉紅。「那我希望他們別忘了我是泉塔的專業醫者。」

「這只會讓這個八卦更耐人尋味。」

「我還以為他們除了討論一個默默無名的醫者之外有別的事要忙。」

「妳是海菲札的非正式傳人，這讓妳的身分稍微變得更有趣點。」

這番直言直語沒惹伊芮奈不高興。她沒讓赫薩爾知道自己大概會離開這裡、海菲札必須另覓傳人。她猜公主對此不會表示贊同——赫薩爾大概不會讓她走。她一直都在擔心卡辛的反應，但赫薩爾……

「總之，我對韋斯弗大人沒有企圖。」

「妳應該改變想法。他帥得與眾不同，就連我也心癢難耐。」

「真的？」

赫薩爾發笑。「假的。不過我看得出妳有理由對他心癢難耐。」

「他和法里克隊長是一對。」

「如果他們不是？」

伊芮奈慢慢啜飲一口茶。「他是我的患者，我是他的醫者，而且帥哥又不只他一個。」

「例如卡辛。」

伊芮奈皺眉，視線越過茶杯的黑金雙色邊緣，投向公主。「妳老是把妳弟推給我。是妳在鼓勵他？」

赫薩蘮一手貼胸，修剪整齊的指甲在午後陽光下閃閃發亮。「卡辛對待女人原本得心應手，直到妳出現。妳跟他曾是那麼好的朋友，我怎麼可能不希望我的好友跟我弟發展出更深的關係？」

「因為如果妳被選為下一任卡岡王，而他不願臣服，妳就會殺了我跟他。」

「他如果不磕頭，我大概會殺了他。而妳如果被確認沒懷上他的種，而我自己也有後代，我大概會讓妳去做絕育手術，也讓妳留著財產。」

語氣一派輕鬆，內容無比沉重。為了避免這個宏偉帝國從內部分裂的殘酷手段。她真希望卡辛也在場聆聽、明白賭注有多大。

伊芮奈問道：「那妳打算怎麼做——生育後代？」

既然蕾妮雅很可能成為皇后，赫薩蘮就必須想個辦法生下合法繼承人。

赫薩蘮又推推地圖上的模型。「我已經跟我父王說過了，這件事不關妳事。」

的確。如果公主已經選定哪個男性做出貢獻……伊芮奈最好別知道。其他王族子女很可能會想殺了赫薩蘮和蕾妮雅信任的那名幫手，不然就是懸重金查明赫薩蘮和蕾妮雅現在是不是正在考慮生育後代。

但赫薩蘮接著道：「我聽說圖書館那個殺手要殺的其實是妳。」她臉上充滿嚴峻鬥志。「妳當時為何不先找我幫忙？」

伊芮奈還來不及回話，幸好赫薩蘮說下去：「聽說受害者的死狀很詭異，一點也不尋常。」

伊芮奈試著把那名女醫的乾枯臉孔推出腦海，但終究失敗。「的確。」

赫薩蘥啜飲茶水。「我不在乎那場襲擊是針對妳，還是只是某種巧合。」她以控制力十足的動作放下茶杯。「等我找出凶手，鐵定親自斬首。」公主用指尖敲敲放在橡木桌邊緣上的帶鞘佩劍。

伊芮奈相信她說到做到，但只是說：「我聽說這是個……相當大的威脅。」

「我的朋友被當成野獸般追殺，我絕不坐視不管。」這種口氣不是公主——而是戰士女王。「我也絕不容許泉塔醫者遭到跟蹤殺害。」

赫薩蘥雖然毛病不少，但絕對忠誠，尤其對她關愛的人，寥寥可數的幾人。有這麼個言行一致的朋友，這點總是令伊芮奈感到安心。凶手如果真的倒楣碰到赫薩蘥，一定會被她砍下腦袋，而且她絕對不會猶豫。

伊芮奈思索自己對凶手所知的一切，逼自己別讓公主知道其實斬首就是對付法魯格惡魔的正確辦法。

除非碰上的是被法魯格附身的熟人。如果碰上那種情況……她今天跟韋斯弗大人同樣疲憊不堪，決定先收起這部分的貧瘠情報，以後再研究，不只為了治療他，也為了如果以後再碰上法魯格——在戰場上。就算見到法魯格惡魔以原始型態現身的可能性應該很低……

伊芮奈啜飲茶水，冷靜下來，然後問道：「北方大陸現在陷入戰亂，而我們這裡開始出現敵人入侵，妳不覺得這可能不只是巧合？」她不敢提到圖姆倫一事。

「也許就是韋斯弗大人和法里克隊長派探子跟蹤妳。」

「這不可能。」

「妳就這麼肯定？那兩人走投無路，狗急也會跳牆。」

「我已經在幫他治傷，他們對我還有什麼目的？」

赫薩爾勾轉一指，要伊芮奈靠近點。伊芮奈放下茶杯，大步走過深藍地毯，來到窗前的辦公桌旁。赫薩爾這個房間能俯瞰深青色的海灣——諸多船隻、海鷗和碧綠狹海。

赫薩爾指向面前的地圖。「妳看見什麼？」

伊芮奈認出陸地輪廓時覺得喉嚨收縮。北方大陸——她的家鄉。地圖上的紅色、綠色和黑色模型……

「這些是——軍隊？」

「這支是帕林頓公爵的軍隊，」赫薩爾指向幾支黑色模型組成的一堵牆，橫越大陸中心。牆的南面聚著幾支模型。

北面……一小群綠色模型。靠近裂際城海岸則是孤零零一支紅色模型。

「其他模型是？」

赫薩爾說：「特拉森有一支小型軍隊。」她對聚在歐林斯周圍的綠色模型冷笑。

「在亞達蘭的這個呢？」

赫薩爾拿起紅色模型，在另外兩支模型之間轉動。「這傢伙沒有軍隊。鐸里昂・赫威亞德目前依然下落不明。他會往北還是往南逃？也許他會逃去內陸——雖然山脈另一頭只有半開化部落。」

「那支模型是？」伊芮奈問，注意到赫薩爾根本沒放在地圖上的一支金色卒子。

赫薩爾拿起這支模型。「艾琳・加勒席尼斯。同樣下落不明。」

「她不在特拉森？沒跟她的軍隊在一起？」

「嗯。」赫薩爾拍拍稍早調整地圖上的模型配置時所研究的資料。伊芮奈意識到這些是軍事報告。「根據最新彙報，特拉森女王似乎不在她自己的王國或其他哪個王國。」她微微一笑。「也許妳該拿這件事問問妳那個大人。」

「我不認為他會告訴我。」她很想說清楚他不是她的大人。

「那也許妳該想辦法讓他告訴妳。」

伊芮奈警覺地問道：「為什麼？」

「因為我想知道。」

伊芮奈思索對方的暗示。赫薩蘅想要這筆情報——搶在父王和手足之前。

「為什麼？」

「一國掌權者失蹤，這可不值得慶祝，尤其是動不動就能毀宮滅城的那種人。」

恐懼。赫薩蘅雖然巧妙隱瞞，但確實正在考慮艾琳・加勒席尼斯如果盯上其他國家該怎麼辦。

但擔任赫薩蘅的間諜……「妳認為圖書館命案跟這件事有關？」

「我認為韋斯弗大人和法里克隊長知道該怎麼玩這種遊戲。如果是他們倆讓事情看起來像帕林頓派來的威脅來到我們這裡，我們就當然會考慮跟他們合作了吧？」

伊芮奈一點也不覺得他們倆在玩這種遊戲。「妳認為他們這麼做是為了幫助艾琳・加勒席尼斯？還是因為她不知去向，他們害怕失去一名強大盟友？」

「我就是想知道這方面的真相，連同那位女王的下落，或他們倆認為她現在應該在哪。」

伊芮奈逼自己回視公主。「我為什麼應該幫妳？」

公主綻放芭絲貓般的笑臉。「除了咱倆是好朋友之外？可愛的伊芮奈，有沒有什麼是我可以給妳的，好讓妳更覺得這比交易划得來？」

「我一無所缺。」

「好吧，但妳應該記得海軍聽我的，狹海歸我管。對忘掉這點的人來說，渡海恐怕難如登天。」

伊芮奈不敢退縮，不敢避開公主的陰暗視線。

赫薩蘭知道——不然就是猜到——伊芮奈想走。她如果不協助這位公主……伊芮奈一點也不懷疑赫薩蘭在愛恨兩方面同樣激烈，足以讓伊芮奈永遠無法離開這片海岸。

「我會盡我所能打探。」伊芮奈拒絕讓語調放輕。

「很好，」赫薩蘭宣布，手一揮，把模型全掃進抽屜再闔起。「第一步：妳何不在後天晚上跟我一起參加泰洪姆之宴？我會轉移卡辛的注意力，盡量幫妳開路。」

她感覺胃袋翻攪。她忘了兩天後是紀念女海神的節日。說真的，這裡幾乎每隔兩星期就有一場節日，伊芮奈也盡可能參加，但這一次……赫薩蘭掌管艦隊、狹海和另外幾個海洋，當然會好好祭拜泰洪姆。整個卡岡王族當然也會向深海女王致敬，畢竟大海這幾百年來都對他們照顧有加。

伊芮奈不敢拒絕，在赫薩蘭的犀利視線前不敢有一絲遲疑。「只要妳不介意我到時候穿著之前那一套衣服。」她盡可能表現得一派輕鬆，摳摳身上這件特大號上衣。

「我不需要介意，」赫薩蘭反駁，露齒而笑。「我已經幫妳選好衣服。」

第十九章

伊芮奈離去許久後，鎧奧還在繼續扭動靴子裡的腳趾，雖然感覺不太到，但知道腳趾確實有在動。

不管伊芮奈究竟怎麼做到的……

娜斯琳在晚餐前回來、報告說沒發現法魯格的蹤跡時，他沒把腳趾能動這件事說出來，只是輕聲表示伊芮奈的治療取得不少進展，因此他想改天再去拜訪娜斯琳的親戚。

她顯得有些失望，但還是接受，眨眼幾下就換回冷漠的表情。

她從旁走過、準備更衣參加晚宴時，他吻她。

他揪住她的手腕，把她往下拉，吻她一下。這個吻很短——但很徹底，也令她驚訝不已。

他後退時，她還沒恢復過來，碰也沒碰他一下。

「做好準備。」他示意她的臥室。

娜斯琳回頭瞥他一眼，嘴角微微上揚，遵循他的吩咐。

在接下來的幾分鐘裡，鎧奧瞪著她的背影，同時繼續扭動靴子裡的腳趾。

剛剛的吻裡沒有熱情，沒有真實的感覺。

他也料到這點，畢竟他這幾星期一直冷落她。她沒做出熱情回應，他一點也不怪她。

兩人來到晚宴會場時，他還在靴子底下把腳趾扭個不停。今晚他會請求卡岡王私下接見，再次提出請求，不管這戶人家是不是正在辦喪事，不管這麼做是否違反規矩。他還要向卡岡王說明自己所知的威脅。

他打算在伊芮奈抵達會場前提出這項請求——以防他和娜斯琳抵達時已經遲到。他們倆似乎真的遲到了。今天的療程花了三小時的時間。三小時。

伊芮奈雖然逼他喝蜂蜜茶喝到快吐，但他還是覺得喉嚨灼痛。在那之後，她逼他健身，許多項目是在她的協助下才能進行：扭腰，把腿轉向兩側，轉動腳部和踝部。她說這些活動都是為了迫使血液進入正在萎縮的肌肉，為了重建脊椎和腦部之間的聯繫。

她逼他重複這些動作，直到過了一小時，直到她又開始搖搖欲墜，眼睛又變得茫然。筋疲力竭。她協助他扭腰、命令他三不五時扭動腳趾時，也把體內每一絲法力灌進他的兩條腿，直接避開脊椎。他感覺腳趾刺麻，宛如針扎——彷彿成群螢火蟲停在上頭。他只有出現這種感覺，就算她一直試著修補他體內的神經網路。她在幾小時前取得小小成果，但代價是消耗龐大法力……

看到伊芮奈在他完成最後一個項目時搖搖晃晃，他立刻叫來卡姮嘉，要她派人為醫者準備一輛擁有武裝護衛的馬車。

令他意外的是，伊芮奈沒表示反對，雖然他猜她想表示反對也很困難，因為她在卡姮嘉攙扶離去時已經累得幾乎昏厥。伊芮奈離去前，只是咕噥叫他在明天早餐後再次上馬。

但他今天下午獲得的好運似乎已經用完。

因為他發現卡岡王沒出現在晚宴上。詢問之下，他得知卡岡王今晚與愛妻單獨用餐，無須說明的意思就是哀悼期正在順其自然地進行，所有政治活動都必須擱置。鎧奧盡量表現得能體諒這點。

至少娜斯琳似乎在薩韃克身上取得一些成果，就算其他貴族已經對鎧奧和娜斯琳在此逗留感到厭煩。

所以他照常用餐，繼續在靴子底下扭動腳趾，在回到套房、回到自己的床上後，都沒讓包括娜斯琳在內的任何人知道他今天有何成果。

他在天亮時醒來，發現自己……只想趕緊梳洗更衣，發現自己在娜斯琳的挑眉瞪視下只想趕緊吃完早餐。

但娜斯琳自己也早早出門，去宮中的三十六塔其中一座跟薩韃克會合。

明天是某種節日，為了紀念三十六塔所象徵的其中一位三十六神——女海神泰洪姆。日出時碼頭將舉行一場儀式，所有貴族，甚至卡岡王，到時候會把諸多花環拋進水裡，娜斯琳說那是獻給深海女王的禮物。日落時宮中將舉行一場盛宴。

他在亞達蘭時對節慶不感興趣，覺得那些只是祖先為了向無法解釋的自然力量與元素表達敬意的迂腐儀式，但此刻的他被繁忙活動包圍，宮裡四處掛起的花環和貝殼取代了白色奠旗，以奶油和香料調理的貝類海鮮香氣四溢……這都令他大感好奇，他感覺視野變得更清楚也更明亮。

他推動輪椅穿過忙碌宮殿，來到庭院，只見這裡擠滿來來去去的攤販，他們送來食物、裝飾品，以及看似賣藝的男男女女。這一切都是為了祈求女海神大發慈悲，因為夏季接近尾聲，即將迎來每年都會出現的猛烈風暴，能撕裂船隻甚至好幾個濱海城鎮。

鎧奧在庭院裡尋找伊芮奈的身影時，不忘伸展腳趾。他注意到那天騎過的兩匹馬並排待在東牆旁的小型馬廄裡，但……不見她的蹤影。

她昨天有遲到，所以他等下去；等到快睡著時，他終於示意馬廄工人扶他上馬。但牽來母馬的不是馬廄工人，而是昨天那一名鼎力相助的衛兵。伊芮奈叫他阿申，她對這名衛兵打招呼時似乎跟他很熟。

阿申不發一語，只是點頭致意，不過鎧奧知道這座皇宮裡每一名衛兵除了霍赫語之外也會許多語言。鎧奧也無言以對，只是默默上馬，雙臂使勁，引體向上。他終究做到，似乎比昨天輕鬆一點點，他相當確定阿申在返回崗位前對他眨個眼表示欽佩。

鎧奧刻意不去想阿申這個舉動給自己的情緒造成什麼影響，只是繫好支架的扣帶，打量混亂的庭院和敞開的大門。衛兵們檢查每一輛馬車，確認有文件證明車上的東西是宮廷成員訂購的貨物。

很好。不管他能不能私下跟卡岡王談話，看來至少有人——大概是卡辛——警告過衛兵務必提高警覺。

太陽和氣溫都持續攀升。伊芮奈還是沒出現。

宮中深處傳來鐘聲。她遲到了一小時。

他騎乘的母馬開始變得焦躁不安，他拍拍牠汗水密布的厚毛頸部，輕聲安撫。

又過了十五分鐘。鎧奧打量大門和門外的街道。

雖然泉塔沒派人送來警訊，但要他繼續這樣等下去……

他忍不住猛拉韁繩，拍拍馬兒的側身，命令牠開始行走。

他已經記住伊芮奈昨天走過的路線。也許他會在路上碰到她。

為了明天的節慶，安第加城中到處都是攤販和民眾。已經開始舉杯向深海女王致敬的狂歡者們擠滿街上每一間有樂手演奏的酒館和餐廳。

他花了將近兩倍的時間才來到飾以貓頭鷹圖案的泉塔大門前，不過他行動緩慢的原因之一是他在每一條擁擠的大街小巷尋找伊芮奈的身影。但他就是沒發現那位女醫。

他和同樣大汗淋漓的馬兒穿過泉塔大門，衛兵們對他微笑——他昨天來這裡教課時也記住這些臉孔。

他在亞達蘭多少次這樣受到迎接而視為理所當然？

他總是毫無遲疑地穿過黑鐵門，進入玻璃宮殿，頂多只注意到誰在場站崗、誰看起來儀容不整。他曾和那些人一起鍛鍊，他對他們的生活和家人有所瞭解。

他的夥伴。他們生前是**他**的夥伴。

想到這裡，鎧奧只能對衛兵回以緊繃微笑。他盡快避開視線接觸，進入泉塔庭院，被薰衣草的香氣包圍。

他深入幾呎後勒韁停定，掉頭轉向，詢問最近的一名衛兵：「伊芮奈・塔爾斯今天出門沒有？」

和卡岡皇宮的衛兵一樣，泉塔每一名衛兵也必須熟悉至少三種語言：霍赫語、北方大陸的語言，以及東方地區的語言。這裡有來自艾瑞利亞各地的訪客，在泉塔大門站崗的衛兵必須熟悉這三種通用語。

膚色黝黑的衛兵搖搖頭，被高溫烘烤得滿身是汗。「還沒有，韋斯弗大人。」她可能正在處理別的事情，如果現在就去找她恐怕不太禮貌，畢竟她說過她有其他患者要顧。

他點頭道謝，再次讓身下的雜色母馬轉向，對準泉塔，準備前往左方的庭院時，聽見底下傳來一個蒼老嗓音：「韋斯弗大人，很高興看到你這麼有精神。」

海菲札。高階醫者站在幾呎外，細瘦胳臂上掛著一口籃子，身旁是兩名中年醫者。衛兵們向她鞠躬，鎧奧點頭致意。

「我在找伊芮奈。」他用這句話代替寒暄。

海菲札挑起白眉。「她今早沒去找你？」

他覺得內臟緊繃。「沒有，不過也可能是我剛好錯過她——」

海菲札身旁的一名女醫上前一步，對高階醫者低語：「她在床上休息，夫人。」

海菲札對她挑眉。「還在睡？」

對方點頭。「她累壞了。艾芮莎一小時前看過她，她還在睡。」

海菲札繃緊嘴唇，不過鎧奧大概猜到她要說什麼。老婦開口前，他已經感到無比慚愧。

「韋斯弗大人，我們醫者雖然能透過法力施展奇蹟，但也得為此付出沉重代價。伊芮奈昨晚……」她思索遣詞用字，也許因為這個語言不是她的母語，也可能是不想讓他更感愧疚。「她昨晚坐車回來的時候已經在車上睡著，是被人抱回她房間。」

他全身僵住。

海菲札拍拍他的靴子，他相當確定腳趾感覺到這個接觸。「別擔心，大人。只要讓她睡上一天，她明早一定會在皇宮出現。」

「既然明天是節日，」他提議：「她可以趁這個機會休息一天。」

海菲札呵呵笑。「如果你以為伊芮奈會把這類節日當成休息日，那你對她真的一無所知。」她指向他。「不過呢，如果你想休息一天，就確實該知會她一聲，否則她明早大概會去敲你的門。」

鎧奧回以微笑，但還是望向高塔。

「她睡覺只是為了恢復體力，」海菲札說明：「再尋常不過。別為這件事自尋煩惱。」

他瞥白色巨塔最後一眼，然後點點頭，把馬頭轉向大門。「能不能讓我護送妳去什麼地方？」

海菲札的笑容和正午陽光一樣耀眼。「當然，韋斯弗大人。」

高階醫者在每一條路上都被攔下，有些人只是想摸摸她的手，有些人只是希望能被她摸摸。

聖潔、神聖、深受愛戴。

光是從泉塔走過六條街就花了半小時。海菲札和兩名夥伴進入一座位於小路上的樸實住家時，他表示願意在外頭等候，但她們揮手拒絕。

路況擁擠得讓他失去探索意願，他很快決定返回皇宮。

但他在人群中穿行時，一直忍不住瞟向那座白塔——地平線上的巨獸——瞟向在塔中睡覺的醫者。

伊芮奈睡了一天半。

她原本沒打算睡這麼久。她只有為了上廁所而勉強醒來一會兒，並揮手把前來確認她還活著的艾芮莎趕出去。

昨天的療程——她在天亮前的灰光下更衣時，意識到那已經是前天的事——令她完全虛脫。那麼一點成果，加上隨之而來的流鼻血，都讓她付出代價。

但他的腳趾動了。她讓法力流淌於他的神經網路，無數光點在他體內竄動……那些結構確實受損，但如果她能慢慢替換掉那些受損的微小突觸……這個過程必定漫長又艱難，但……

伊芮奈知道自己在泰洪姆節這天起個一大早，不只出於罪惡感。

他來自亞達蘭——他應該不想在今天休息。

伊芮奈輕輕來到泉塔庭院停步時，天才剛亮。

太陽悄悄從牆後探頭出來，射下幾束金光，形成紫黑陰影。

在其中一束陽光下，他那頭棕髮裡的少許金絲閃閃發亮……

「妳醒了。」鎧奧大人開口。

伊芮奈大步走向他，碎石吱嘎聲在靜謐黎明下格外刺耳。「你騎馬來的？」

「而且沒人幫我。」

她只是對他身旁的白色母馬挑起一眉。「你把另一匹馬也牽來了？」

「我是道道地地的紳士。」

她交叉雙臂，皺眉看著鞍座上的他。「有沒有別的部位也開始能動？」晨曦照亮他的眼睛，把棕色映得近乎金色。「妳感覺如何？」

「麻煩你回答我的問題。」

「妳先回答我。」

她對他有些目瞪口呆，考慮要不要板起臉。「我沒事，」她揮動一手。「但你有沒有感覺到什麼進──」

「妳有充分休息？」

伊芮奈這次對他瞠目結舌。「**有**。」她這次真的板起臉。「但這跟你無關──」

「當然有關。」

他的口氣還真平靜，濃濃的大男人主義。「我知道在亞達蘭，男人怎麼說女人就得怎麼做，但在這裡，如果我說某件事跟你無關，就真的跟你無關。」

鎧奧對她微微一笑。「看來我們今天又回到敵對關係。」

她逼自己別咆哮。「我們沒回到任何關係。我是你的醫者，你是我的患者，我在問你身體的狀況──」

「如果妳沒充分休息，」他的口氣彷彿這是再明顯不過的道理。「那我就不會讓妳靠近我。」

伊芮奈張嘴又閉上。「那你要怎樣判斷我有沒有休息夠？」

他的視線慢慢掃過她身上每一吋。

在他這種漫長注視和不間斷的注意下，她感覺心跳如雷。「好氣色，」他說：「好姿勢，而且夠潑辣。」

「借用你昨天的臺詞，我不是模特兒。」

「那是前天的臺詞。」

她雙手扠腰。「總之，我好得很。換我問你，你狀況如何？」字字強硬。

鎧奧的眼裡光芒舞動。「我覺得精神不錯，伊芮奈。謝謝妳的關心。」

伊芮奈。要不是她很想跳到他的坐騎上掐死他，他說出她名字的方式其實會害她羞得彎起腳趾。

但她嘶吼：「別把我的好心當愚蠢。如果你出現什麼進步或退步，我會找出來。」

她知道他這是在開玩笑，但……還是繃緊背脊。

「如果這就是妳好心的一面，那我還真不想看到妳壞心的一面。」

他似乎也意識到這點，因而從鞍座俯下身。「那是玩笑話，伊芮奈。妳的好心遠勝過……總之，我只是在開玩笑。」

她聳個肩，走向白馬。

她覺得他接下來這句話大概是為了把話題轉往安全方向。「那場襲擊事件後，其他醫者的狀況如何？」

她聽見這句話時感覺背脊打冷顫。她抓起母馬的韁繩，但沒上馬。她曾主動提議幫忙處理喪禮，但海菲札拒絕，要她把精神留給韋斯弗大人。但她兩天前還是有進入泉塔的地下停屍間，這個鑿岩而建的石室中央是一座石臺，呈脫水狀態的屍體就躺在石板上，臉龐如皮革般乾燥，薄紙般的皮膚底下清楚看見骨頭輪廓。伊芮奈在離開石室前向席爾芭祈禱，而那具遺體昨天被移往塔底深處的地下墓穴長眠時，伊芮奈一直在睡覺。

此刻，伊芮奈皺眉望向前方高塔，它平時總是讓她感到安心，但……圖書館事件發生後，海菲札和艾芮莎雖然盡量想辦法鼓勵大家，但圖書館和高塔裡一直瀰漫著一種沉寂氣氛，彷彿原本充斥這個空間的光芒搖曳不定。

「她們盡量試著跟平時一樣過日子，」伊芮奈終於開口：「我猜那是為了對抗……凶手。海菲札和艾芮莎以身作則，保持得平靜又專注，盡量笑臉迎人。我覺得這對驚魂未定的女孩們有幫助。」

「如果妳要我再幫妳上課，」他提議：「我隨時奉陪。」

她心不在焉地點點頭，用拇指撫摸馬轡。

彼此間的漫長沉默充斥著搖曳薰衣草和盆栽檸檬樹的香氣。然後——「妳今天真的原本打算在天亮時闖進我房間？」

伊芮奈把視線從耐心十足的白馬身上移開。「你看起來不像是喜歡賴在床上的類型。」她挑眉。「不過呢，如果你打算和法里克隊長在床上交戰——」

「妳如果願意，可以天亮時就來。」

她點頭，雖然她平時真的很愛睡覺。「我今天原本打算先去查看一名患者再去找你，畢竟咱倆在一起的時候常常容易……忘了時間。」他沒吭聲，所以她說下去：「如果你不想浪費時間，可以先回皇宮，我兩小時後——」

「我可以跟妳一起走，我不介意。」

她放下韁繩，打量他——他的兩條腿。「我們出發前，我想先讓你做些活動。」

「在馬背上？」

伊芮奈大步走向他，腳下碎石沙沙作響。「這項活動對許多傷勢都有幫助，不只是背脊創傷。騎馬的動作能改善患者的感官敏銳度，還有其他好處。」她解開支架扣帶，把他的腳挪出腳鐙。「我去年冬天去了大草原一趟，治療的那名年輕戰士是在進行一場艱辛狩獵時墜馬——

他的傷勢幾乎跟你一模一樣。我抵達大草原前，他的族人已經幫他製作了支架，因為他比你更討厭待在室內。」

鎧奧悶哼一聲，撥撥頭髮。

伊芮奈抓起他這隻腳，開始轉動，並注意他乘坐的這匹馬。「當時叫他做任何復健活動都是一場折磨。他很討厭窩在帳篷裡，他想感受到清新空氣撲面而來，所以呢，為了讓我自己能喘口氣，我讓他上鞍，騎乘一小段路，然後我要他在馬背上做些復健項目，之後在帳篷裡讓他進行更全面的活動。但他在馬背上做的活動取得很好的成果，結果這成了他的主要療程。」伊芮奈輕輕彎曲再伸直他的腿。「我知道你除了腳趾之外——」

「沒感覺。」

「——但我要你專心扭動腳趾，盡你所能，連同整條腿，但在我這麼做的時候把精神集中在你的腳上。」

他不發一語。她移動他的腿時也沒抬頭看他，只是示範他坐在馬背上時該做些什麼活動。移動他這條沉重的腿把她累得冒汗，但她持續伸展、彎曲和轉動這一處。他的厚重黑靴底下……他的腳趾真的有在扭動伸展。

「很好，」伊芮奈告訴他：「繼續。」

他再次把腳趾伸向鞋內皮革。「大草原——卡岡王的族人最早就是來自那裡。」

她把復健活動再完整重複一次，確保他的腳趾一直保持活動，接著把他的腿腳放回支架和腳鐙上，從安全距離外繞過馬兒前方，解開他另一條腿的扣帶。「是的，美麗又原始的一片土地，綿延不絕的青草山丘，只有零星幾片松林和幾座禿山。」伊芮奈呻吟出力，挪動他的腿，開始進行同一套復健活動。「你知道嗎？第一任卡岡王只憑十萬人馬就征服了整塊大陸，而且只花了四年。」她以驚奇目光瞟向這座甦醒中的城市。「我知道他族人的歷史、達岡族的歷史，但我抵達那片大草原時，卡辛告訴我——」她突然沉默下來，後悔說出最後幾個字。

「王子與妳同行？」一派輕鬆的提問。她敲敲他的腳，命令他繼續扭動腳趾。鎧奧哼笑一聲，遵循她的無聲指示。

「卡辛和海菲札跟我一起去，我們在那裡待了一個多月。」伊芮奈上下伸展他的腳，緩慢又小心地重複這些動作。雖然魔法能協助治療，但物理方面的治療也同樣重要。「你有沒有盡可能扭動腳趾頭？」

他悶哼一聲。「有的，夫人。」

她強忍笑意，在他的髖關節許可範圍內盡量把他的腿拉直，然後小幅度轉動。

「我猜卡辛王子就是在那趟草原之旅對妳真情告白。」

伊芮奈差點丟下他的腿，但只是抬頭怒瞪，發現他那雙棕眼裡滿是挖苦。「不關你事。」

「妳真的很喜歡這句口頭禪，就算妳成天逼我供出我的私事。」

她翻白眼，繼續彎曲他的膝蓋，伸展他的腿部。「卡辛是我在這裡最早交到的朋友之一，」她沉默許久後開口：「是我僅有的朋友之一。」

「啊，」他停頓片刻。「結果他後來希望不只是朋友……」

伊芮奈終於把鎧奧的腿放下，綁回支架上，擦掉他靴子上和她自己手上的灰塵。她雙手扠腰，瞪著他，在日升光輝下瞇起雙眼。「我只想跟他做朋友，我也跟他說清楚了，就這樣。」

鎧奧嘴角微微勾起。伊芮奈終於走向等著她的母馬，爬上鞍座，坐直後確保裙襬遮住雙腿，然後對他說：「我的目標是回去芬海洛，去最需要我的地方幫忙。我對卡辛的感情沒強烈到讓我想放棄這個夢想。」

他以眼神表示明白，接著張嘴，似乎想表示什麼意見，但終究只是點頭微笑，說聲：「我很慶幸妳沒回去。」她納悶得挑眉，他露齒而笑。「如果妳不在這兒對我大小聲，我還真不知道該怎麼辦。」

伊芮奈板起臉，抓起韁繩，把馬兒轉向大門，尖銳道：「你坐在鞍座上的時候，如果開始覺得哪裡不舒服或刺刺麻麻的，跟我說一聲——而且盡量持續扭動腳趾。」

令她意外的是，他沒表示抗議，只是微笑道：「帶路吧，伊芮奈・塔爾斯。」

兩人進入持續甦醒的城中時，伊芮奈雖然叫自己別笑……不過嘴角還是偷偷上揚。

第二十章

民眾大多前去碼頭參加紀念泰洪姆的日出儀式，街上因此幾乎空無一人。鎧奧心想，今天大概只有重病者才會躺在床上，也因此他們在一條日照充足、塵土飛揚的馬路上接近一棟細長型房屋時，還沒去敲門，大老遠就能聽見劇烈咳嗽。

嚴格來說，只有伊芮奈去敲門。既然輪椅不在身邊，他就只能待在馬背上，但伊芮奈下馬時沒對此發表意見，只是把坐騎拴在一段距離外的馬樁上，接著大步走向那棟屋子。他繼續在靴子的狹窄空間裡伸展腳趾。他知道能動腳趾已經是天大的恩賜，但這麼做所需要的專注力和體力也比他預料得更多。

鎧奧還在伸展腳趾時，一名老婦應門，對伊芮奈嘆氣，接著以霍赫語緩緩開口，說得慢八成是為了方便伊芮奈聽懂，因為伊芮奈回話時說得斷斷續續，就算說得還是比他溜。

他從路邊能透過敞開的窗戶和半開的前門看到屋內，上了漆的窗臺底下放著一張小床，似乎是為了方便患者透氣。

床上躺著一名年老男性——咳嗽聲的來源。

伊芮奈對老婦說幾句，然後走向老人，拉一張三腳凳坐在窗邊。

鎧奧撫摸坐騎的頸部，繼續扭扭腳趾時，伊芮奈一手牽起老人的枯手，另一手貼在他的額頭上。

每個動作都溫柔沉穩，而且她那張臉……浮現柔和笑容。他從沒見過的笑顏。

伊芮奈朝一旁扭擰雙手的老婦說些什麼，再慢慢捲開老人身上的薄毯。

看到老人胸腹上密密麻麻的瘡瘍，鎧奧不禁皺眉，就連老婦也出現同樣反應。

但是伊芮奈連眼睛也沒眨一下，平靜姿態未曾改變，只是把一手舉到身前，白光沿手指和掌心閃爍。

她把這隻手放在患者胸上時，老人雖然意識不清，但還是倒抽一口氣。

她把手放在最嚴重的褥瘡上，在接下來漫長的幾分鐘裡，她只是把手放在原處，眉心緊蹙，白光從掌心流向老人的胸口。

她抬起手時……老婦哭泣，親吻伊芮奈的兩隻手。伊芮奈只是微笑以對，親吻老婦鬆垮的臉頰，跟對方道別前說些什麼——鎧奧猜她在牢牢提醒老婦關於居家照護的注意事項。

伊芮奈走出屋外，把門在身後關上，這才收起美麗笑臉。她打量布滿灰塵的鵝卵石路，緋緊嘴角，彷彿忘了他在這裡。

聽見他的馬嘶鳴一聲，她猛然抬頭。

「妳還好嗎？」他問。

她只是解開馬兒的拴繩，上馬後兩人開始慢慢移動，她咬住下脣。「他染上惡疾，我們已經努力治了五個月，但這一次嚴重發作……」她搖搖頭——失望。對她自己失望。

「沒有治療方法？」

「在其他患者身上有治好，但有時候宿主……他年紀很大，我以為清除了病灶，結果病症再度復發。」她吐口氣。「在這時候，我覺得我好像只是幫他苟延殘喘，並沒有真的解決他的問題。」

他觀察她繃緊的嘴角。她要求自己做到完美，卻不期望或希望別人做到完美。

鎧奧忍不住問道：「還有沒有其他患者需要妳去查看？」

她朝他的腿皺眉。他在靴子底下伸展腳趾，鞋面皮革隨之起伏。「我們可以回皇宮去——」

「我喜歡待在戶外，」他衝口而出：「街上沒什麼人，讓我……」他不知道如何收尾。

但伊芮奈似乎明白。「城市另一頭有個少婦。」路程遙遠。「她兩星期前經歷了一場難產，我想去看看她。」

鎧奧差點安心得吐口氣。「咱們走。」

兩人一同前往少婦所在。伊芮奈告訴他，敬神儀式大概上午十點才結束，因此路上依然空蕩。這個帝國雖然是諸多信仰的大熔爐，但大多數的人還是只慶祝所屬族群的節日。

她說打從第一任卡岡王就開始倡導「宗教包容」——歷代君王也採取同樣態度。對任何宗教的迫害只會給帝國造成動亂，所以卡岡王融合了所有信仰，有些是字面上的意思：把幾個神祇濃縮成單一神祇。但他確保人們想信哪個神就信哪個。

鎧奧則對伊芮奈說明他在研究卡岡歷史的一項發現：在弱勢宗教遭到不公平對待的其他王國，常常出現一大堆自願的間諜。

她說她早就知道這點，還問他有沒有利用間諜來滿足……個人目的。

他說沒有，雖然他沒坦承自己曾有一些暗中行動的手下，但那些人不同於艾迪奧和雷恩·

奧斯布魯克曾差遣的間諜，而且他自己在今年春夏也在裂際城中進行間諜活動。但提到他以前那些衛兵時……他沉默下來。

她不再多問，彷彿他不說話並不是因為沒有話題。

她帶他來到一個城區，這裡到處都是小型花園和公園，房屋簡樸但屋況良好，顯然是中產階級。他覺得這裡有點像裂際城，只是比較……乾淨、明亮。今早路上雖然沒什麼人，但這裡還是感覺朝氣蓬勃，尤其是一棟造型優雅的小房屋。

他們倆在這裡停定。一名眼神充滿笑意的年輕女子從二樓窗戶探頭出來，用霍赫語朝伊芮奈呼喊，然後把頭縮回去。

「看來她精神很好。」伊芮奈輕聲道，這時前門打開，女子從中現身，懷裡抱著一個胖娃娃。

看到鎧奧時，少婦愣住，但他禮貌地點頭致意。

少婦對他燦笑，接著對伊芮奈挑眉竊笑。

伊芮奈發笑，這個笑聲……雖然優美，但她臉上的笑容——那種喜悅——更美。

他從沒見過這麼美的臉孔。

伊芮奈下馬，從少婦伸來的雙臂中接過胖娃娃——看來嬰兒很健康。「噢，她真美。」她溫柔呢喃，以一指撫摸嬰孩的圓潤臉頰。

少婦眉開眼笑。「她跟毛毛蟲一樣胖。」她用鎧奧的語言開口，要麼因為伊芮奈就是用這個語言跟她交談，不然就是因為她看得出他的長相跟安第加人十分不同。「而且跟豬一樣貪吃。」

伊芮奈輕輕搖晃女嬰。「哺育很順利？」

「我如果不把她拉開，她會天天巴著我的胸不放。」少婦抱怨，一點也不覺得有他在場時不適合討論這種話題。

伊芮奈咯咯笑，伸出一指讓嬰孩握住時笑得更開心。「她看起來健康極了，」她做出觀察，然後看著少婦。「妳的狀況如何？」

「我有執行妳交代的養生法——泡澡很有幫助。」

「沒有出血？」

少婦搖頭，接著似乎終於注意到鎧奧，因為她降低嗓門。鎧奧也突然覺得這個街坊的其他屋子非常有意思。少婦問道：「我還得等多久才能……妳知道？跟我老公？」

伊芮奈噗哧一笑。「再等七週吧。」

少婦仰天咆哮。「可是妳治好我了啊。」

「而妳差點在我治好妳之前失血致死。」口氣沒得商量。「給妳的身體復原的時間。其他醫者會叫妳至少再等八週，不過……妳可以在七週後試試看，如果出現任何不適——」

「我知道，我知道，」少婦揮揮手。「我問這個只是因為……有好一陣子沒……」

伊芮奈又笑一聲，鎧奧忍不住盯著她。伊芮奈說下去：「這個嘛，妳都等了這麼久，再等一陣子也無所謂吧。」

少婦對伊芮奈苦笑，抱回咿咿呀呀的嬰孩。「我真心希望妳正在連我的份一起享受。」

鎧奧比伊芮奈更早注意到少婦投來的暗示目光。

看到伊芮奈先是眨眼然後僵硬最後臉紅，他暗爽在心。「嘎——噢，噢老天，**才不要**。」

聽見她吐出這聲**才不要**……他心裡一點也不爽。

少婦只是哈哈笑，把孩子舉得更高一點，轉身走進溫馨的家。「換作我，不要才怪。」

房門關上。

依然臉紅的伊芮奈轉向他，刻意避開他的視線。「她的意見很多。」

鎧奧呵呵幾聲。「我沒想到我會被歸類成才不要。」

她怒目相視，爬上馬背。「我才不跟患者同床，況且你是跟法里克隊長在一起，」她立刻補充道：「而且你——」

「沒能力取悅女人？」

他沒想到自己會說出口。但看到她瞪大眼睛時，他又感到得意洋洋。

「不是啦，」伊芮奈的臉蛋紅上加紅。「當然不是這個意思，而是因為你是……你。」

「我正在努力不讓自己覺得被冒犯。」

她揮揮手，四處張望，刻意不看他。「你懂我的意思。」

因為他來自亞達蘭，因為他曾侍奉亞達蘭國王？他無法否認，但決定放過她。「我剛剛只是在開玩笑，伊芮奈。我……是跟娜斯琳在一起。」

她嚥口水，臉還是紅通通。「她今天去哪了？」

「她跟親戚去參加儀式。」娜斯琳沒邀請他，他也說過他想過陣子再跟她一起在城中騎馬兜風。他現在卻跟別人一起在城中騎馬兜風。

伊芮奈冷淡地點頭。「你會參加今晚的宴會嗎——宮裡那場？」

「會。妳呢？」

她點頭。一陣令人不自在的沉默後，她說：「我今天不太敢幫你治療——我怕我們又沒掌握好時間，結果錯過宴席。」

「錯過宴席真的會很糟？」

兩人拐過一條轉角時，她瞥他一眼。「就算不會惹深海女王不高興，也會惹宮裡一些人不高興，我不確定哪種後果會更慘。」他聽得呵呵笑時，伊芮奈說下去：「赫薩蘅要借我一套禮服，我怕惹她生氣，所以非去不可。」

她臉上閃過幾抹陰影。他正想追問時，她接著道：「要不要我帶你參觀參觀？」

他瞪著她，沒想到她會拋出這種提議。

「我承認，我沒那麼瞭解歷史，但我因為工作而去過城裡每一區，至少認得路——」

「好，」他低語：「好。」

伊芮奈回以忐忑微笑，默不作聲。

她為他帶路時，街上隨著儀式結束、慶祝活動展開而愈加繁忙。歡笑不斷的人們湧過大街小巷，音樂聲四處飄揚，食物和香料的氣味包圍他。

他忘了高溫，忘了烈日，忘了三不五時扭扭腳趾。兩人沿蜿蜒道路穿過城中各區，他對圓頂神廟和公眾圖書館大感驚奇；伊芮奈向他展示這裡所用的紙鈔——桑樹皮貼上絲布——取代累贅的硬幣。

她請他品嘗她最喜歡的點心——一種用角豆製成的甜點。她對每個人都笑吟吟，雖然對他冷冰冰。

她沒有拒絕進入哪條街，她似乎不害怕任何一個街坊或小巷。這是神城，但也是學習、光明、舒適與財富之城。

太陽爬到頂點的時候，她帶他來到一座蒼翠繁茂的公眾花園，大樹和藤蔓擋住了當頭烈日。兩人騎馬穿過迷宮般的走道，民眾大多正在餐館享用午餐，園中因此幾乎無人。架起的花圃裡花開滿溢，蕨類植物在海面吹來的涼風中搖曳，樹上鳥兒競相啼鳴。

「你覺得……」漫長的幾分鐘沉默後，伊芮奈開口：「以後有沒有一天……」她咬咬下脣。「我們也能擁有這種地方？」

「在亞達蘭？」

「任何地方，」她說：「但，沒錯──在亞達蘭，在芬海洛。我聽說伊爾維的城市原本也這麼美，直到……」

直到他們倆之間的那道陰影出現。直到他心中那道陰影出現。

「沒錯。」鎧奧逼自己別想著一位曾住在伊爾維、深愛伊爾維的公主，就算他臉上的傷疤似乎有些刺痛。但他思索她的提問時，在回憶的陰影中聽見艾迪奧．艾希里弗的聲音。

你認為其他大陸的人民、大海彼岸的蒼生，對我們作何感想？你認為他們恨我們？還是因為我們如何對待彼此而憐憫我們？或許其他地方也一樣糟，或許更糟。但……我必須相信其他地方更好。在某個地方，情況比這裡好。

他好奇到底有沒有機會讓艾迪奧知道自己真的找到那種地方。他很想對鐸里昂描述自己在這裡的所見所聞。他想幫忙把殘破的裂際城──他的王國──重建成這麼美好的地方。

他意識到自己沒把話說完。撥開一縷懸垂紫花的伊芮奈還在等他說下去。「能，」他終於對她眼裡暗藏的小小希望做出答覆。「我相信我們有朝一日也能打造出這種城市。」他補充道：「只要我們能打贏這場仗。」如果他離開這裡時能帶著一支軍隊去挑戰埃拉魍。

時間壓力令他窒息。快一點。他在每件事上都必須快一點──

伊芮奈在花園的沉重熱氣中觀察他的臉。「你很愛你的同胞。」

鎧奧點頭，無言以對。

她張嘴，彷彿想說什麼，但終究閉上，接著道：「其實這十年來，就連芬海洛的百姓也不是完全沒錯。」

鎧奧盡量別瞟向她脖子上的淡疤。傷害她的該不會是她的同胞——

她嘆口氣，掃視在高溫中無精打采的玫瑰園。「我們該回去了，趁路上還沒擠得水洩不通。」

他不禁好奇，她剛剛想說什麼但臨時改口，她眼裡為何潛伏陰影。

但鎧奧只是跟上她，讓這些沒說出口的話語懸在彼此之間。

兩人返回皇宮後道別，宮中走廊擠滿正在為盛宴做準備的僕人。伊芮奈直接去找赫薩蘭，對方保證會提供她禮服和沐浴。鎧奧則回到自己的房間洗掉一身塵土和汗水，找一套更適合宴席的衣物。

娜斯琳在他洗澡洗到一半時回來，嚷說她也要洗，隨即回房關門。

他選擇之前那件深青色外套，在走廊等娜斯琳現身。她出現時，他對她的合身紫外套和長褲眨眨眼。他已經好幾天沒看到她穿侍衛隊長的制服，也沒打算問她原因，只是對她說：「妳看起來真美。」

娜斯琳微笑以對，烏黑秀髮在洗澡後顯得溼潤。「你看起來也不賴。」她似乎注意到他臉色紅潤，因而問道：「你今天有晒太陽？」她的腔調比以前更明顯，在某些發音上的捲舌音更重。

「我跟伊芮奈一起去城中幾處探視患者。」

兩人進入走廊時，娜斯琳微笑。「很高興得知。」她完全沒提到他推遲跟她兜風、拜訪親戚的計畫——他懷疑她自己搞不好也忘了。

他還沒讓她知道他的腳趾能動，但兩人來到宮中大廳時……晚一點，這件事晚一點再討論。

這座大廳堪稱奇觀。

只有奇觀這種字眼適合形容。

宴會本身的規模沒他預期的大，只是比平時那些大臣和貴族再多出幾人，但裝飾極其奢華，十足盛宴。

他看得有些目瞪口呆，娜斯琳也是同樣反應。兩人被領到高桌旁——他到現在還是很意外他們倆受到如此款待。杜娃告訴他，卡岡王和皇后不會參加這場宴會；她母親這幾天狀況不佳，想私下和丈夫過節。

看到奠旗被紛紛扯下，想必令皇后難過。而且今晚大概也不適合追問卡岡王關於結盟一事。

又有幾名賓客出現，包括赫薩爾、蕾妮雅和伊芮奈，這三人彼此挽臂，身後跟著兩名婢女。

鎧奧和伊芮奈稍早前在皇宮的一條主廊道別時，她渾身都是汗水和塵埃，臉頰紅潤，耳邊髮梢微捲，衣服也因為騎馬一整天而皺起，裙襬沾滿沙塵。

完全不同於她現在的打扮。

他感覺到同桌的男子們大半都把注意力轉向步步逼近的赫薩爾——連同伊芮奈。赫薩爾一臉得意洋洋，身穿鮮紅禮服的蕾妮雅令人驚豔，至於伊芮奈……

這位美女雖然身穿這個帝國所能提供的最上等華服珠寶，神情卻有些無奈。沒錯，她是抬頭挺胸，但之前令他窒息的那副絕美笑顏消失無蹤。

赫薩蘅給伊芮奈的這身鈷藍禮服襯托出她的溫暖膚色，她的棕髮如鍍金般閃耀。公主甚至在伊芮奈臉上撒了一些亮粉——那張雀斑臉頰有些泛紅，也許是因為禮服的低胸緊腰剪裁揭露出傲人胸圍。伊芮奈平時那些裙裝當然藏不住身材，但現在這身禮服……他這才意識到她的腰多麼纖細，底下的雙臀多麼豐滿，上半身的雙峰多麼膨脹。

多看她幾眼的不只他。薩韃克和阿古恩也在椅子上俯身，看著妹妹帶領伊芮奈來到高桌。伊芮奈的頭髮大多披散，只有側邊頭髮用黃金和紅寶石梳子固定在後。同樣造型的耳環擦過她的纖頸。

「她看起來好像貴族。」娜斯琳對他低語。

伊芮奈看起來確實很像個公主——只是表情無比嚴肅，彷彿正在被拉上絞刑臺。她稍早跟鎧奧道別時的好心情，在跟赫薩蘅相處兩小時後煙消雲散。

王子們起身迎接伊芮奈，卡辛率先站起。

高階醫者的非正式傳人，以後很可能會在這個國度掌握某些大權。他們似乎都意識到這方面的含意，尤其正以敏銳目光打量伊芮奈的阿古恩。擁有大權——和美貌——的女子。

他在阿古恩的眼裡看到一個詞彙：**寶物**。

鎧奧綳緊嘴角。伊芮奈顯然不想被最英俊的王子注意——他也無法想像她會對另外兩名王子感興趣。

阿古恩想對赫薩蘅說話，但公主直接走向鎧奧和娜斯琳，在娜斯琳耳邊低語：「讓位。」

第二十一章

娜斯琳驚訝得朝赫薩蘅眨眼。

公主綻放毒蛇般的冷笑，補充道：「妳老是只跟妳的同伴一起坐，這樣很不禮貌喔。我們早就應該把你們倆分開啦。」

娜斯琳瞥向鎧奧，其他人都盯著這一幕。鎧奧完全不知道該說什麼好。伊芮奈看起來則是窘迫得只想在大理石地板上融化消失。

薩韃克清清喉嚨。「來我這兒坐吧，法里克隊長。」

娜斯琳立刻站起，赫薩蘅對她燦笑，接著拍拍她讓出的座位，對站在幾呎外的伊芮奈溫柔道：「妳坐這兒，以防有人需要妳。」

伊芮奈朝鎧奧投以應該是表達哀求的眼神，但他維持面無表情，只是回以抿脣微笑。

娜斯琳來到薩韃克身旁坐下，王子已經請原本坐在這裡的大臣換到幾個座位外。赫薩蘅對目前的座位安排感到滿意後，顯然不想坐在平時的老位子上，因此趕走阿古恩旁邊的兩名大臣——第二張椅子是留給蕾妮雅；這女人以眼神對情人稍微表達譴責，但還是面帶笑意，彷彿這都是家常便飯。

大夥繼續用餐，鎧奧把注意力移向伊芮奈，她另一邊的大臣完全沒理她。僕人們忙著傳遞托盤、送菜倒酒。鎧奧低聲咕噥：「我會不會想知道妳這兩小時發生了什麼事？」

伊芮奈戳戳金盤上的燉羊肉和番紅花燉飯。「不會。」

他相當確定她今天下午試著壓抑的憂鬱、對他欲言又止……一定跟她現在這種反應有關。他瞟向一段距離外，看到娜斯琳正在看著他和伊芮奈。一旁的薩韃克對娜斯琳說些什麼，但鎧奧在餐具敲擊和旁人談話干擾下聽不見。

他以眼神向娜斯琳道歉。

娜斯琳回以警告的眼神——針對赫薩薾。**小心這女人**。

「你的腳趾狀況如何？」伊芮奈邊問邊小口啃食。他見過她在騎馬時大口吞下角豆點心。她現在這樣優雅進餐——只是演戲。

「能動。」他微微一笑，雖然兩小時前才見過她。

「感覺？」

「有點刺麻。」

「很好。」她吞嚥時頸疤隨之挪移。

他早就知道自己和伊芮奈正在被監視監聽。伊芮奈也知道。

伊芮奈緊握餐具，指關節發白，背脊挺直，臉上沒有笑容，畫了黑眼線的眼睛沒什麼光芒。

公主這樣安排，是為了方便他和伊芮奈談話？還是為了刺激卡辛做出什麼舉動？卡辛確實正在看著他和伊芮奈，就算自己正在跟兩名金袍大臣談話。

鎧奧對伊芮奈低語：「妳不適合卒子這種角色。」

她的金棕雙眸閃爍。「我聽不懂你在說什麼。」

她其實懂，她這句話也不是說給他聽。

他想些適合這場宴席的話題。「妳下次給那些女士上課是什麼時候？」

伊芮奈的肩膀稍微放鬆。「兩星期後。原本應該是下星期，但她們大多都要準備考試，得專心唸書。」

「運動和新鮮空氣對她們應該有幫助。」

「我也這麼認為，但對她們來說，那輪考試事關生死。我考試的時候也有同感。」

「妳還有考試要應付？」

她搖頭，耳環反映光芒。「我兩星期前全考完了，我已經是正式的泉塔醫者。」她的眼裡流露少許表達自豪的笑意。

他朝她舉杯。「恭喜。」

她聳個肩，但還是點頭道謝。「不過海菲札想再給我最後一項考驗。」

啊。「原來我真的是個實驗項目。」

他試著用這種拙劣方式沖淡幾天前那場令他難過的爭吵。

「不，」伊芮奈立刻輕聲回話：「這最後一項非正式考驗……重點是我，不是你。」

他想詢問細節，但周圍有太多眼睛。「那我祝妳好運。」他以正式口吻表示。這場對話完全不同於他們倆在城中騎馬穿行時的氣氛。

宴席進行得緩慢卻又迅速，他和伊芮奈聊得有一搭沒一搭。

咖啡和甜點上桌時，阿古恩兩手一拍，命令藝人開始表演。

「既然父王待在房間裡，」鎧奧聽見薩韃克對娜斯琳透露：「我們選擇的慶祝方式就比較……隨意。」

正如薩韃克所說，一群身穿華服的樂手登場，手持令人熟悉或陌生的樂器，來到高桌後方的柱子之間。鼓聲、笛聲和號角聲宣布重頭戲登場：舞群。

八名男女舞者從柱子旁的布幕後面出現。薩韃克向忐忑微笑的娜斯琳解釋，「八」是神聖數字。

鎧奧差點被口水嗆到。

這八人渾身漆成金色，佩戴珠寶，身披以腰帶固定的薄紗袍，但袍子底下……完全赤裸的身體年輕又靈活，正值青春與活力顛峰。他們扭腰拱背，雙手交叉高舉，開始穿梭於彼此以圓圈和直線組成的陣形。

「我跟你說過了。」伊芮奈對他咕噥。

「我覺得鐸里昂會很喜歡這場表演。」他也輕聲回話，意外地發現自己想到這點時嘴角上揚。

伊芮奈瞥他一眼，聽得莫名其妙，但眼裡恢復一些光芒。觀眾們在椅子上調整姿勢，以便看清楚這群身材健美又靈活的赤腳舞者。

舞者們的動作完美又精確，身體彷彿也成了樂器。真美——輕靈卻又……真實。他意識到，艾琳也會很喜歡這場表演，喜歡到無法自拔。

舞者們演出的同時，僕人們忙著調整桌椅、沙發和靠墊，在桌上擺放好幾碗散發甜膩氣味的菸草。

「你如果想保持清醒，就別太靠近那種東西。」伊芮奈警告鎧奧時，一名男僕端著抽菸用的金屬盤走向一張雕飾木桌。「那是種溫和鴉片。」

「爸媽不在的時候，孩子們還真的很隨意。」

一些大臣起身退席，但大多數離開餐桌，來到躺椅上，整座大廳在短短幾分鐘內就重新擺設，然後——

僕人從布幕後面出現，也身穿華麗的薄紗袍。這些俊男美女坐在賓客的大腿上、沙發扶手上，有些窩在大臣或貴族的腳邊。

鎧奧曾在玻璃城堡參加過不少放浪宴會，但整體氣氛還是有些僵硬，大家還是會覺得肉慾活動應該在關上的房門後面進行。起碼鐸里昂是在自己的房裡做，不然就是別人的房間，再不然就是拖鎧奧進裂際城或跑去貝爾海文，那裡的貴族舉辦的派對遠比喬治娜王后的宴會放縱。

薩韃克和娜斯琳仍坐在餐桌旁，娜斯琳瞪大眼睛欣賞身手非凡的舞群，但另一名王族子女……杜娃，一手捧著肚皮，向她道別，在依然寡言的丈夫陪同下離去。杜娃表示二手菸對胎兒有害，伊芮奈點頭贊同，雖然沒人徵求她的意見。

阿古恩在舞群附近占據一張沙發，斜躺在上，把金屬小碗裡悶燒飄散的煙霧吸進肺裡。貴族和大臣們搶著坐在第一王子附近。

赫薩蘭及其情人占據一張小沙發，前者以雙手不停勾轉後者的濃密黑髮，片刻後還把嘴埋上後者的頸窩。蕾妮雅笑得緩慢又開心——赫薩蘭靠在她頸邊呢喃時，她眨眼閉目。

伊芮奈和鎧奧看著這場展開中的頹廢糜爛時，卡辛似乎在等候。

想必在等伊芮奈起身。

伊芮奈盯著眼前冒著煙的小杯咖啡，臉頰泛紅。

「妳見過這種場面？」鎧奧問她。

「等個一、兩小時，他們就會各自回房——當然啦，不是獨自一人。」

卡辛王子似乎不想再跟身旁的大臣聊下去，而是盯著伊芮奈，張開嘴——鎧奧已經看出他以眼神表示邀請。

鎧奧必須在幾秒內做出決定。他看到薩韃克邀請娜斯琳一起換個地方坐——不是餐桌旁，不是沙發，而是靠近大廳後側的兩張椅子，那裡不受煙霧干擾，加上窗戶敞開，而且一樣方便欣賞表演。她以不慌不忙的腳步跟王子一同移位，點頭要鎧奧別擔心。

卡辛俯身過來，正想開口邀請伊芮奈一起去坐沙發時，鎧奧轉頭對她說：「我想跟妳一起坐。」

她稍微瞪大眼睛。「哪裡？」

看到卡辛閉上嘴，鎧奧總覺得自己的胸膛被畫上箭靶，但還是盯著伊芮奈。「哪裡比較安靜就坐哪。」

現場只剩幾張空沙發——都很靠近煙霧和舞蹈。但有一張沙發大略隱藏在大廳另一頭的壁龕裡，矮桌上的小火盆裡燒著菸草。「既然妳我今晚註定要被看到一起坐，」他把嗓門壓低得只讓伊芮奈聽見。「那麼，在這裡多待一會兒，總好過一起離開。」考慮到這場宴會的氣氛改變，他如果和她一起走，可以想像旁人會怎麼想。「而且為了妳的安全，我絕不讓妳獨自走動。」

伊芮奈默默起身，嚴肅微笑。「那麼，讓我們去放鬆放鬆，韋斯弗大人。」她指向照明範圍外的那張陰暗沙發。

她讓他自行推動輪椅。她走向那面壁龕，抬頭挺胸，裙襬拖於身後。這件禮服背部幾乎全裸，露出皎潔無瑕的光滑肌膚，連同脊椎骨的細緻溝痕。他甚至能看見她下背的兩處凹痕，彷彿被哪個天神用拇指壓過。

她在沙發坐下，將裸露的手臂放在豐厚椅背上，踝邊裙襬在地板上扭曲。他感受到太多目光。

僕人還來不及上前幫忙，鎧奧已經來到沙發前，慢慢把自己從輪椅抬到沙發上，始終回應她瞇眼投來的瞪視。他在幾個動作內就把身體靠向她，然後點頭感謝僕人把輪椅推走。他們倆從這裡能清楚看見舞群、座位區、僕人，以及忙著用手和嘴摩擦肌膚和布料、但眼睛繼續盯著這場精采表演的貴族。

目睹此況，鎧奧覺得胃袋因某種情緒而扭擰，但不是令人不愉快的那種。

「他們這裡不強迫僕人，」伊芮奈輕聲道：「我剛接觸這種宴會的時候就問過這點。宮裡宮外的僕人都渴望升職，而宮裡這些都知道如果今晚跟貴族一起睡就能獲得什麼好處。」

「如果他們這麼做是為了錢，」他反駁：「如果他們擔心拒絕就會被降級，這怎能算真正的你情我願？」

「既然你這樣形容，的確不算，但是卡岡政權有劃定其他界線，像是年齡限制和口頭同意，只要違反相關規矩就會受罰，貴族也一樣。」她幾天前也說過王子犯法與庶民同罪。

阿古恩兩邊是一名年輕女子和男子，其中一人舔咬他的脖子，另一人用手指在王子大腿上畫圈。王子倒是面不改色地繼續跟坐在左手邊一張椅子上的大臣談話。

「我以為他有老婆。」鎧奧說。

伊芮奈順著他的視線望去。「他是有老婆，她住在他的郊外莊園，而且僕人提供的服務不算外遇。幫主人解決這種生理需求……對他們來說就跟幫主人洗澡差不多。」她眼裡光芒舞動。「我相信你來這裡的第一天也發現這點。」

他臉紅。「那天……僕人對細節的專注以及身體力行令我十分驚訝。」

「他們派卡妲嘉照顧你，大概就是為了取悅你。」

「我不習慣亂搞，即使是跟一位自願的女僕。」

伊芮奈瞥向正在跟薩韃克專心談話的娜斯琳。「那麼，她很幸運有你這麼忠誠的伴侶。」他以為自己會吃醋，因為他看到娜斯琳對王子微笑，她的姿態完全放鬆，而王子翹著二郎腿，把一條胳臂擱在她背後的椅背上。

也許是因為他信任娜斯琳，但他看到這一幕時，並沒有出現吃醋反應。

鎧奧注意到伊芮奈在看著自己，她的眼睛在陰影和煙霧交錯下宛如黃寶石。

「我前幾天晚上跟某個朋友見了面，」她眨動羽睫，看起來就像一個被鴉片熏得飄飄欲仙的普通女人，就連鎧奧也開始覺得腦袋發暈、身子變暖、怡然自得。「今晚晚餐前又見了一次。」

赫薩薾。

「然後？」他忍不住盯著伊芮奈微翹的髮梢，忍不住挪動手指，想像她的頭髮摸起來是什麼感覺。

一名端著蜜餞的僕人從旁走過後，伊芮奈才繼續說下去：「她告訴我，你的某個朋友依然下落不明，而且桌子正中央被撒下天羅地網。」

他眨眨眼，在草煙和談話聲干擾下分析這句話。

軍隊。帕林頓的大軍被部署於北方大陸中段。難怪她今天騎馬時沒提起這件事，難怪她眼裡充滿陰影。「哪裡？」

「那片山脈——離你老家不遠。」

他在腦海中調出北方大陸的地圖。從菲力安峽谷到裂際城。諸神在上。

「妳確定？」

她點頭。

他感覺不時有人掃來幾眼。

伊芮奈也感覺到了。她把手放在他的胳臂上時，他差點一愣。她抬起頭，目光從低垂的睫毛底下投向他，眼神慵懶——帶有邀請意味。「我的朋友在那天和今天對我提出這項要求時，都是用我無法拒絕的方式。」

她被威脅。他咬牙。

「我需要一個地點、一個方向，」她低語：「關於你另一個朋友可能的下落。」

艾琳。「她在……哪？」

「他們不知道。」

艾琳——行蹤成謎。就連卡岡政權的探子也找不到她。

「她不在家鄉？」

看她搖頭，鎧奧感覺心臟狂跳。艾琳和鐸里昂——雙雙失蹤，不知去向。如果帕林頓這時發兵……「我不知道她會去哪、她有何打算。」他把手放在她的手上，蓋住她的滑嫩肌膚。「她原本的計畫是返回老家、組建軍隊。」

「她沒回家，我也不認為這裡和那裡的眼睛有看錯。」

赫薩薾的探子，連同其他人的間諜。

艾琳不在特拉森，未曾踏上歐林斯。

「收起你臉上的表情。」伊芮奈溫柔軟語，雖然用手擦碰他的胳臂，但眼神嚴肅。

他逼自己照做，勉強給她一個慵懶笑容。「妳那個朋友是不是認為他們倆落在別人手上？」

「她沒有答案。」伊芮奈的指尖輕盈又緩慢地滑過他的胳臂，她手上還是那枚造型簡單的戒指。「她要我來問問你，打探你的口風。」

「啊。」她的纖纖玉手撫過他的胳臂。「難怪今晚換座位。」難怪伊芮奈今天好幾次欲言又止。

「如果我不想辦法讓你喜歡上我，她會把我的人生搞得很麻煩。」

他把她的手壓在自己的二頭肌上，發現她的手指微微顫抖。也許因為飄盪周圍的甜膩草煙，也許因為音樂和赤裸舞者的感染，總之鎧奧回話：「我認為妳已經做到了，伊芮奈·塔爾斯。」

在他的注視下，她的臉蛋瞬間紅通，她眼裡的金澤更為明亮。

危險。他講這種話既危險又愚蠢，而且——

他知道其他人在旁觀。他知道娜斯琳跟王子坐在一起。

她會明白他剛剛那句話是為了演戲。娜斯琳跟薩韃克的互動也只是演戲，只是表演的一部分。

他這樣自我解釋時，繼續盯著伊芮奈的眼睛，繼續把她的手壓在自己的二頭肌上，繼續看著她臉頰泛紅。她吐出舌尖，舔舔乾燥的嘴脣。

他也看著她這個動作。

他內心深處產生一團令他平靜的強烈暖意。

「我需要你跟我說個地點，哪裡都行。」

他花了幾秒才聽懂她的要求。公主威脅她務必從他嘴裡挖出情報。

「何必撒謊？我如果知道真相，一定會告訴妳。」他感覺自己的嘴彷彿失去知覺。

「上次請你教那些女生防身術，」她咕噥：「我欠你一份人情。」

而且他現在得知赫薩薾想獲得哪些情報……「她會不會願意加入我們的陣容？」

伊芮奈觀察周圍時，鎧奧忍不住把手從她手上挪開，摸向她的裸肩，貼在她的脖子上。她的肌膚無比柔軟，就像被太陽晒暖的天鵝絨。他用拇指撫摸她的喉嚨側面，離那條細疤極近，她抬眼瞪他。

她的眼裡帶有警告……但他知道這項警告不是針對他，而是她自己。伊芮奈低語：「她……」他忍不住再一次用拇指撫摸她的頸側。她又一次嚥口水時，喉頭貼著他的手起伏。「她擔心烈火的威脅。」

而這種恐懼可能造就或破壞結盟的可能性。

「她認為……你可能就是圖書館事件的幕後主使，為了操弄王族。」

他嗤之以鼻，但停住按在她頸動脈上的拇指。「她高估了我的能耐。」但他注意到伊芮奈眼裡流露警覺。「妳怎麼看，伊芮奈・塔爾斯？」

她把手放在他手上，但沒打算把他的手從自己的脖子上拿開。

「我認為你的到來很可能引發某些勢力採取行動，但我不相信你是會玩遊戲的那種男人。」就算他跟她現在的互動就是在玩某種遊戲。

「你想要什麼就追求什麼，」伊芮奈說下去：「而且你直截了當，不拐彎抹角。」

「我以前是那種人。」鎧奧反駁，沒辦法把目光從她身上移開。

「現在呢？」她的話語輕如吐息，脈搏在他的掌心底下強力跳動。

「現在，」鎧奧把頭靠向她，她的鼻息掠過他的嘴脣。「我有點後悔當初沒認真學習我父親想教我的東西。」

伊芮奈的視線垂向他的嘴，他把所有本能和注意力鎖定在她這個動作上，結果胯部一柱擎天，強勁得令他痠痛。

他若無其事地用外套蓋住大腿，感覺這種硬直狀態比泡在碎冰裡更舒暢。

草煙——鴉片。這是某種催情藥，能麻痺人的自制力。

伊芮奈繼續盯著他的嘴，彷彿把他的脣當成水果，她袍衣底下的高聳豐胸隨著急促呼吸而起伏。

他逼自己把手從她的頸部移開，逼自己後退。

娜斯琳一定在偷瞄，一定在想他究竟在做什麼。

伊芮奈對他有恩，他不該這樣挑逗她、亂摸她——

「骷髏海灣，」他衝口說出：「告訴她，在骷髏海灣能找到烈火。」

那裡是海賊之王的據點，大概是艾琳絕對不會去的地方。他聽過那個故事一次，她跟羅弗之間發生過什麼樣的「鬧劇」，彷彿搗毀那座城市、破壞羅弗珍貴的船隻對她來說只是娛樂。海賊之王曾發誓看到艾琳就要當場宰殺，她確實最不可能跑去骷髏海灣。

伊芮奈眨眨眼，彷彿想起自己是誰，想起彼此怎麼會膝碰膝、鼻湊鼻的坐在這張沙發上。

「嗯，」她後退，又用力眨眨眼，朝桌上金屬碗裡的悶燒物皺眉。「足夠。」

她揮手搧開一縷試圖鑽進彼此之間的煙霧。「我該走了。」

她的眼裡流露一種狂野又強烈的驚慌，彷彿她也意識到、感覺到——

她站起身，撫平裙襬。她不再是剛剛大步走來這張沙發的撩人女子，此刻只是一個二十出頭、獨自在異國之城生活、由王族子女擺布的獵物。「我希望……」她瞥向娜斯琳。慚愧——她的肩膀被慚愧和罪惡感壓垮。「我希望你永遠學不會怎麼玩那種遊戲。」

娜斯琳仍專心與薩韃克談話，毫無異狀，完全不知道鎧奧這裡發生了什麼事。

他真是個王八蛋。天殺的王八蛋。

「明天見。」他想不出還能對伊芮奈說什麼。她轉身要走時，他衝口道：「讓我找個人護送妳。」

因為卡辛正在廳堂另一頭觀察他們倆；坐在王子腿上的一名女僕忙著撫摸他的頭髮。卡辛臉上……沒錯，跟鎧奧對上視線時，王子臉上滿是冰冷殺意。

其他人也許會以為鎧奧和伊芮奈的互動只是一場戲，但卡辛……這個男人其實不是其他人所想的那種愚忠類型，而是摸透了身邊每個人，懂得看人，懂得評估。

而且王子意識到鎧奧也喜歡伊芮奈，不是因為注意到他的勃起反應，而是因為他發覺自己和伊芮奈流露出罪惡感。

「我會請赫薩薾安排護衛。」說完，伊芮奈走向公主和情人所在的沙發，兩女正在不慌不忙、鉅細靡遺地互相舔拭。

鎧奧坐在原位，看著伊芮奈接近兩女。赫薩薾茫然地抬起頭，眨眼以對。

看到伊芮奈簡短點頭時，公主臉上的情慾立即消散。達成任務的伊芮奈彎下腰，輕吻赫薩薾的臉頰道別，同時在耳邊低語幾字。鎧奧雖然隔得老遠，還是能辨識她的唇形。骷髏海灣。

赫薩薾緩緩微笑，接著彈個響指，叫來一名待命衛兵。男子立即上前。在鎧奧的注視下，她對男子下達命令，顯然表明如果伊芮奈沒能安然回到泉塔，他就會嘗到生不如死的滋味。

伊芮奈只是不耐煩地對公主微微一笑，對她和蕾妮雅說晚安，跟衛兵一同離去前回頭瞟向壁龕。

彼此之間雖然相隔了將近一百呎的光滑大理石地板，但這個空間似乎變得緊繃，彷彿他兩天前在自己心中窺見的那道白光變成了活生生的繩索，彷彿她那天下午把她自己植入他心中。

伊芮奈甚至沒對他點頭，只是轉身離去，裙襬旋於周身。

鎧奧再次瞟向娜斯琳時，發現她正在回視他。

他發現她面無表情地——出於刻意——對他微微點頭，他猜這表示她明白。今晚的配對活動已經結束，她等著聽最後結果。

一小時後，他推輪椅來到她和薩韃克所坐的靜謐小空間，看著來賓們紛紛回到自己的房間——或別人的房間。沒錯，鐸里昂一定會很喜歡這個宮廷。

薩韃克護送鎧奧和娜斯琳回到套房，有些僵硬地對兩人道晚安，比先前談笑時更顯拘束。鎧奧不怪他，這裡大概到處都有眼睛，雖然這位王子的眼睛都鎖定在娜斯琳身上。她向薩韃克道別，然後和鎧奧進入套房。

和娜斯琳進門時，鎧奧覺得煙味依然殘留於鼻腔、頭髮和外套。

套房裡幾乎一片漆黑，只有卡妲嘉放在玄關小桌上的彩色玻璃燈透出火光。兩間臥室的門扉如大嘴般聳立。

兩人在昏暗玄關停頓時多逗留了一秒。

娜斯琳默默走向自己的臥室。

她才剛踏出一步，就被鎧奧抓住手。

她慢慢轉身，黑髮如烏絲般挪移。

儘管光線昏暗，但他知道娜斯琳看懂自己的眼神。

他繃緊皮肉，心跳急促，但繼續等候。

她終於開口：「我認為我現在應該待在另一個地方，而不是這座宮殿。」

他沒放開她的手。「我們不該在玄關討論這件事。」

娜斯琳嚥口水，但點一下頭。她作勢要推他的輪椅，但他已經自行動手，推向自己的臥室。

他等她跟來，等她把門在身後關上。

月光穿過花園窗戶而來，灑得滿床都是。

卡妲嘉沒點燃這個房間裡的蠟燭，可能因為她猜想這個房間在宴會結束後應該不是用來睡覺，不然就是他今晚根本不會回來。但在黑暗中，在來自花園的蟬鳴包圍下……

「我需要妳待在這兒。」鎧奧說。

「真的嗎？」直白又坦率的提問。

他拿出起碼的尊重——他認真考慮娜斯琳這個問題。「我……我們應該合力完成這份差事，完成一切。」

她搖頭，短髮甩動。「人遲早會分道揚鑣，你應該明白這個道理。」

他明白，真的明白，話雖如此……「妳想去哪？」

「薩韃克說他想在鷹族之中找出答案：法魯格以前有沒有來過這塊大陸。我……我很想跟他一起去，如果他允許。我想看看是不是真能找出答案，而且我說不定能說服他違背他父王的命令，或至少請他為我們發聲。」

「可是，妳要跟他去哪？南方那些天鷹騎兵所在？」

「或許吧。他在宴會中說過他會在幾天後出發。你我來到這裡後一直沒取得多少進展，但也許我能透過這位王子提高我們的成功率，在鷹族當中找到重要情報。如果埃拉魍的使者真的就在安第加……我相信卡岡王的衛兵會保護這座皇宮和泉塔，可是你和我，我們必須在埃拉魍派出更多人對付我們之前盡可能召集一支軍隊。」她停頓。「而你……你正在取得不錯的成果，我不想打擾到你。」

她這項提議有弦外之音。

鎧奧揉揉臉。如果讓她離去，如果就這樣接受兩人來到岔路上的事實……他吐口氣。「等明早再做決定吧。半夜做選擇，必定錯誤百出。」

娜斯琳沉默不語。他把自己抬到床上，脫衣脫鞋。「妳能不能陪我坐一會兒？跟我說說妳那些親戚——今天跟他們一起過節的事。」他只有聽過少許細節，也許現在這麼做是出於愧疚，但……

兩人的目光在黑暗中接觸，一隻夜鶯唱起的讚歌鑽過門縫而來。他相當確定她臉上出現體諒的表情，然後這個表情消失，就像石頭沉進水池。

娜斯琳輕輕來到床邊，把外套解開甩到椅子上，然後踢掉靴子，接著爬上床墊，枕頭被她壓得嘆息。

我有看到，他相當確定她眼裡的光芒是什麼意思。我知道。

儘管如此，娜斯琳還是開始描述碼頭儀式，她的四個小堂親把花環丟進海裡，然後尖叫著逃離想搶走他們手上的杏仁小餅乾的海鷗大軍。她描述叔叔布拉辛和嬸嬸札希妲，還有他們那棟豪宅，擁有諸多庭院、茂密花圃和格網狀屏風。

兩人每一次目光接觸時，都能聽見沒說出口的三個字迴響。我知道。我知道。

鎧奧讓娜斯琳說下去，繼續聆聽，直到她的嗓音誘使他進入夢鄉，因為他自己也知道。

第二十二章

隔天，伊芮奈有點不太想進宮裡。

畢竟昨晚在沙發上發生了那種事……

她回到泉塔臥室時渾身發熱、情緒焦躁。她迅速脫下赫薩蘮提供的禮服和珠寶，用顫抖的雙手把衣服整齊地疊放在椅子上，然後把行李箱擋在緊閉的門前，以防圖書館殺人魔注意到她吸進大量鴉片菸、想趁她神智不清時下手。

因為她真的神智不清，徹底失去理智。她只知道他的體溫、氣味以及令她安心的體格——他布滿繭皮的手撫過她的肌膚，害她只想被他摸遍全身。她老是盯著他的嘴，只想用指尖——和嘴——撫過他的唇。

她討厭那種派對。那種草煙會讓人丟掉理智和自制。雖然這就是為什麼達官富豪喜歡鴉片，不過……

伊芮奈在泉塔臥室中來回踱步，不停揉搓臉龐，赫薩蘮親手給她上的妝因而暈開。

她洗了三次臉，換上最輕薄的睡袍，上床後翻來覆去，布料攀附並摩擦她香汗淋漓的滾燙軀體。

她數算一分一秒，直到鴉片的影響力終於開始減退。

但也沒輕易放手。

在最沉寂也最黑暗的時辰，伊芮奈決定親自動手解決問題。

今晚派對上的鴉片劑量特別重。藥效的利爪爬過她全身，滑過每一吋皮肉，在她腦海中呈現某人的臉孔，她想像某人的手撫摸她的肌膚——

她發洩後感到空虛——慾求不滿。

天亮時，伊芮奈怒目看著洗臉盆上方的鏡中倒影。

雖然鴉片的影響力在她勉強睡了幾小時後終於消失，但……她還是覺得小腹深處有某種東西扭擰。

她梳洗更衣後，把赫薩蘭提供的華服和珠寶收進一口背包裡。長痛不如短痛。她晚點會把這些東西還給公主。昨晚聽見伊芮奈說出鎧奧提供的假情報時，赫薩蘭露出跟芭絲貓一樣沾沾自喜的笑容。

她原本其實不想讓他知道公主的密令，但在吸進鴉片菸之前，在那些瘋狂事發生前……他為了幫她避開卡辛而主動提議跟她一起坐。他跟她在城中悠哉地兜風一整天後，她決定相信他，結果徹底丟了理智。

伊芮奈來到皇宮，前往韋斯弗大人的套房，一路上盡量避開衛兵、僕人、大臣和貴族的視線。他們當中一定有人注意到她昨晚跟鎧奧一起坐在沙發上。其他人就算沒看到，也可能有聽說。

她以前從沒在宮裡出現那種行為舉止。她應該告訴海菲札，應該在高階醫者從其他人嘴裡聽聞前先坦承自己多麼不知羞恥。

雖然海菲札不會責備她，不過……伊芮奈總覺得自己必須認罪，必須彌補過錯。

她會讓今天的療程維持簡短，或者說盡量簡短，畢竟她在他傷口的黑暗地獄裡奮戰時總是忘了時間。

她今天要表現得像個專業人士。

伊芮奈進入套房，吩咐卡妲嘉：「準備生薑、薑黃和檸檬。」然後走進鎧奧的臥室。卡妲嘉似乎有點想提出質疑，但伊芮奈不予理會，只是推開臥室門——

隨即驟然停步，差點跌倒。

她首先注意到凌亂的床單和枕頭，再來是他赤裸的胸膛，他的髖部勉強以白絲被單遮蔽。然後是趴在他身旁枕頭上的一顆黑髮腦袋。床上這兩人都在睡覺，看來疲憊不堪。

鎧奧突然睜眼。伊芮奈除了輕輕「噢」一聲之外做不出其他反應。

他張開嘴，眼裡流露震驚和……另一種情緒。

他身旁的娜斯琳微微翻身，眉頭緊皺，襯衣布滿皺痕。

鎧奧抓住被單，用手肘撐起身子，胸肌和腹肌挪移——

伊芮奈退出門外。

她坐在起居室的金絲沙發上抖腳等候，看著花園，攀爬於玻璃門外的柱子上的花朵含苞待放。

噴水池的咕嚕聲沒能徹底淹沒娜斯琳醒來時發出的呢喃，接著是她赤腳從他的臥室走回她自己的房間時的啪啪聲，然後是關門聲。

不久後，他在輪椅吱嘎聲的伴隨下出現，身穿襯衫和長褲，依然凌亂的頭髮彷彿他有用手抓過——或是被娜斯琳抓過，重複不斷。

伊芮奈雙臂抱胸，突然覺得這間起居室格外寬敞，她和他之間的空間過於空曠。她應該吃過早餐再來，省得現在感覺頭暈目眩、腹中虛空。

「我沒想到妳會這麼早來。」他輕聲道。她相當確定他的嗓音裡夾雜罪惡感。

「是你說我可以天亮就來，」她的語調雖然同樣輕柔，但她痛恨自己語帶指控，因此急忙補充道：「我應該先派人跟你說一聲。」

「不。我——」

「我可以晚點再來，」她急忙站起。「等你們吃完早餐。」

他和娜斯琳一起吃早餐。就這兩人。

「不，」他強硬道，把輪椅推往平時那張沙發時停頓。「現在就行。」

她沒辦法看他，沒辦法回視他，也沒辦法解釋為什麼。

「伊芮奈。」

她無視他以命令口氣說出她的名字，只是走向書桌，在桌後的椅子上坐下，慶幸彼此間以這張穩固的雕飾木桌阻隔。她打開放在桌緣上的背包，小心翼翼地拿出東西：她用不著的幾瓶精油、筆記簿，還有書籍——從圖書館拿來的《初始之歌》，連同幾份珍貴的上古卷軸。她當時把東西寄放在這裡，因為她想不出還有什麼地方比這裡更安全、有誰比他更可靠。

伊芮奈以極輕的嗓音說道：「我可以製作一種藥水——給她用，如果有需要。我的意思是，如果你們不想要……」

小孩，她就是說不出口。例如她昨天看到他投以露齒笑容的那個小孩。他似乎把那孩子視為恩賜，他以後也想要的幸福——

「我也可以幫你製作適合你天天喝的那種藥水。」她補充道，感覺每個字都是跌跌撞撞地從嘴裡蹦出去。

「她一直有在喝，」他說：「從十四歲開始。」

大概是從她來了初潮開始。這對在裂際城那種地方生活的女人來說確實明智，尤其如果她也想要無拘無束的性愛。

「很好，」伊芮奈繼續堆疊書本，想不出其他回應。「很聰明。」

他推輪椅來到桌前，膝蓋被另一側的桌緣遮住。「伊芮奈。」

她咚咚咚地堆疊一本本書。

「拜託。」

聽見這個字眼，她不禁抬頭，回視他的目光，他的眼睛就像被太陽晒暖的土壤。看到他的眼裡組成「對不起」這幾個字，她立刻從椅子上站起，走過起居室，一把甩開花園門。

他不需要道歉，完全不用。

他和娜斯琳是情侶，而她自己……

伊芮奈在花園門口逗留，直到娜斯琳的房門打開又關上，直到她聽見娜斯琳探頭進來打量起居室、對鎧奧咕噥一聲再見後離去。

伊芮奈試著轉身對法里克隊長禮貌微笑，但還是決定假裝沒聽見他們倆短暫互動，假裝忙著觀察淡紫花朵在晨曦下綻放。

她抵抗心中的空虛感。她已經很久、很久沒覺得自己如此渺小，如此……微不足道。

妳是高階醫者海菲札的非正式傳人。妳對這男人來說毫無意義，他對妳來說也毫無意義。按原定計畫行事。記住芬海洛——妳的家鄉。記住老家那些人——需要妳幫助的那些人。記住妳承諾過要做些什麼，要成為什麼樣的人。

她把手插進口袋，握住裡頭的紙條。

這個世界需要更多醫者。

「事情不是妳想的那樣。」鎧奧的嗓音從她身後傳來。

伊芮奈閉眼片刻。

奮戰——為妳這條庸庸碌碌的卑微小命奮戰到底。

她轉過身，擠出禮貌笑容。「性事是很自然、很健康的。我很高興你覺得……能勝任。」

從他竄出怒火的眼睛和緊繃的嘴角來判斷，他似乎沒能勝任。

這個世界需要更多醫者。這個世界需要更多醫者。這個世界需要更多醫者。

只要搞定他、治好他，她就能抬頭挺胸地離開海菲札，離開泉塔。她就能回家，前往浴血戰場，履行承諾，報答那名陌生人那晚在印尼希賜給她的自由。

「我們開始吧？」

今天的療程必須在起居室進行，因為一想到坐在那張大概還殘留著男女體味的凌亂床鋪上——

無論她呼吸多少次，就是甩不掉喉嚨和聲帶裡的緊繃感。

鎧奧觀察她，評估她的語調、用字和表情。

他看到——也聽到她的僵硬和脆弱。

我本來就沒有任何期待，她想說。我——我什麼也不是。拜託你別問了。拜託你別逼我。拜託。

鎧奧似乎也看出這一點，輕聲說：「我沒跟她發生關係。」

她逼自己別當場指出對他不利的大批證據。

鎧奧說下去：「我跟她只是蓋棉被聊天，聊到深夜睡著，什麼也沒發生。」

伊芮奈聽見這句話時其實覺得既空虛又充實。她消化他的說詞時沒開口，深怕說錯話。鎧奧彷彿知道她需要喘口氣，因此打算把輪椅推向沙發，但注意到她堆在桌上的書——和卷軸。

他臉上瞬間失去血色。

「那是什麼。」他咬牙道。

伊芮奈大步來到桌旁，拿起羊皮紙，小心攤開，展示上頭的怪異符號。「我那天晚上請圖書館館長諾莎幫我找資料，有關……傷害你的那股力量，這就是她找到的文獻之一。後來——事情一團亂，結果我忘了這件事。這份卷軸原本放在靠近伊爾維書籍的書架上，所以她一併交給我，以防我用得著。我猜這份卷軸很古老，至少有八百年歷史。」她說得又快又急，口齒不清，只想趕緊把話題從他原本觸及的事情上移開。「我認為這些符號是符文，但我以前從沒見過這種類型，諾莎也沒有。」

「這些不是符文，」鎧奧沙啞道：「而是命運之痕。」

根據他之前說過的故事來猜測，伊芮奈知道他有更多事還沒說出來。她撫摸《初始之歌》的黑色封面。「這本書……提到一道門、幾把鑰匙，還有持有鑰匙的三王。」

她覺得他好像停止呼吸。鎧奧以低沉嗓音開口：「妳看到這類內容，在這本書裡？」

伊芮奈攤開書，翻到那幅插圖——三個身影站在異界門扉前。她走向他，把書攤給他看。「書上的文字我大多都看不懂——是用古伊爾維語寫成——不過……」她翻到另一幅插圖，年輕男子在祭壇上被黑暗力量附身。「他們……真有這種能耐？」

他把雙手垂在輪椅兩側，目不轉睛地瞪著畫中年輕男子的冰冷黑眼。「有。」

這一個字所傳達的痛苦和恐懼超出她的預期。

她張開嘴，但他冷靜下來，以眼神警告她。「把書藏好，伊芮奈。把這些東西全藏起來。快。」

她在胸口和四肢感覺到如雷心跳，但還是趕緊抓起書本和卷軸。他查看門窗時，她把這些文獻藏在坐墊底下和大花瓶裡。但這份卷軸……太珍貴、太古老，不能這樣粗魯對待，光是攤開就可能破壞紙張和墨水的完整性。

他注意到她抱著卷軸、不知所措地左顧右盼。「麻煩妳把我的靴子拿來，伊芮奈，」他若無其事道：「我今天想穿另一雙。」

好辦法。好辦法。

伊芮奈急忙從起居室進入他的臥室，朝凌亂的床鋪皺眉，她這個大笨蛋看到人家一起躺在床上就認定——

她走進小型更衣室，找到他的靴子，把羊皮卷軸塞進其中一只，然後把這雙靴子橫放在一口抽屜裡，再拿一疊亞麻毛巾蓋住。

她在片刻後回到起居室。「我找不到那雙靴子，卡妲嘉八成送去清理了。」

「真可惜。」他一派輕鬆道，已經脫下腳上的靴子及上衣。

她的心臟還在狂跳時，他慢慢把自己移到金絲沙發上，但沒躺下。

「你看得懂嗎？」她在他面前屈膝，抓起他的一隻赤腳。你看得懂命運之痕？

「不。」他伸展腳趾，她開始小心翼翼地轉動他的踝部。「但我認識某人，能把重要內容讀給我聽。」用字模稜兩可，以防有人偷聽。

伊芮奈繼續伸展他的兩腿，他也盡可能挪動腳趾。「我改天該帶你參觀圖書館，」她提議：「你也許會發現讓你感興趣的東西——然後請你認識的那人讀給你聽。」

「妳還有沒有其他同樣令人感興趣的文獻？」

她放下他的左腿，開始處理另一條腿。「我可以問問。諾莎什麼都知道。」

「等我們先做完療程，等妳充分休息。我已經好一陣子沒對哪本書……感興趣。」

「我很榮幸能帶你參觀圖書館，大人。」他對這種正式稱呼皺眉，但伊芮奈只是以同樣手法按摩他的右腿，然後叫他躺在沙發上。她盡可能伸展並彎曲他的腿，默默轉動他的髖部，鼓勵他試著自行扭動這一處。

過了一會兒，她以細微嗓音開口：「你只有提過埃拉魍，」聽見這個名字，他以眼神警告她。「怎麼沒聽你提過奧迦斯和曼堤克？」

「誰？」

伊芮奈開始幫他鍛鍊他的腿部、髖部和下背。「三王之中的另外兩個，那本書裡有提到他們的名字。」

鎧奧停止挪動腳趾；她撥撥他的腳趾，提醒他別停。他繼續挪動腳趾時吐口氣。「他們在第一次大戰中被擊敗，我記不清楚他們是被趕回老家還是被殺掉。」

伊芮奈思索時把他的腿放回沙發上，輕推示意他翻身趴下。「我相信你和你那些夥伴很擅長『拯救世界』這回事，」她這句話引來他的嗤之以鼻。「但我會想辦法幫你找到答案，查明他們究竟是什麼下場。」

她在他的身體沒能完全占據的沙發邊緣坐下。

鎧奧扭頭看她，背肌為之隆起。「為什麼？」

「因為，如果他們只是被趕回老家，搞不好他們一直等著回來我們這個世界？」

第二十三章

伊芮奈提出的疑問懸於半空時，鎧奧兩眼茫然，臉色又一次變得蒼白。「媽的，」他咕噥：「**媽的**。」

「你不記得另外兩個君王是什麼下場？」

「不——不，我原本以為他們已被消滅，可是……為什麼**這裡**會有文獻提到他們？」

她搖頭。「我們可以深入研究，多做調查。」

他的嘴角肌肉抽搐，然後長吐一口氣。「就這麼做。」

他朝她伸手，提出無聲要求。她意識到他想要咬合板。

伊芮奈再次觀察他的下顎和臉頰，他顯然心裡滿是怒氣和恐懼，這種狀態不適合治療，所以她改口道：「這條疤是誰留下的？」

看來她不該問。

他把手指伸進支撐下巴的抱枕底下，背部變得僵硬。「有資格留下這條疤的某人。」

說了等於沒說。「發生什麼事？」

他只是再次伸手要咬合板。

「我不會給你，」她的臉宛如冷漠的面具，就算他把凶惡的眼睛對準她。「我也不會在你發怒的時候進行治療。」

「如果我真的發怒，伊芮奈，妳一定會知道。」

她翻白眼。「告訴我，什麼事惹你不高興。」

「惹我不高興的是我連動動腳趾都很勉強，而且我要面對的恐怕不是一個法魯格君王，而是**三個**。如果我們失敗，如果我們沒辦法——」他及時阻止自己說下去。伊芮奈相信他擬定的計畫極為機密，機密到他平時連想都不太敢想。

「他們所到之處只有死亡——寸草不生。」說完，鎧奧瞪著沙發扶手。

「是他們給你這條疤？」她握起拳頭，阻止自己觸碰。

「不。」

但她還是俯身向前，用一根手指觸碰他的太陽穴髮鬢遮掩的一條細疤。「這條呢？誰給你的？」

他的臉色變得嚴峻冷漠，但他的怒火、焦躁和慌亂……平息下來。他雖然變得冷漠，卻也冷靜。不管他暗藏的這份古老憤怒究竟是什麼，確實讓他變得平靜。

「我父親，」鎧奧輕聲道：「在我小時候。」

她感到不寒而慄，但他至少說出答案，說出真相。

她沒追問，沒逼他多說點，只是說：「我等會兒進入你的傷口時……」她觀察他的背部，嚥口水。「我會再次試著找到你。如果那股黑暗力量正在等我，我可能得另外想個辦法接觸你。」她思索。「而且可能得想個奇襲之外的攻擊方式。但我猜我們只能看著辦。」雖然她勾起嘴角，雖然他知道這是醫者安撫患者的微笑，但她也知道他注意到她呼吸加速。

他只回一聲：「務必小心。」

伊芮奈終於把咬合板送到他嘴邊。

她把咬合板塞進他嘴裡時，他的唇擦過她的手指。

有那麼幾秒，他只是盯著她的臉。

「你準備好了嗎？」再次想到潛伏於他體內的黑暗力量時，她不禁倒抽一口氣。

他做出無聲答覆——伸手捏捏她的手指。

但是伊芮奈從他手裡抽手。他把手放回枕頭上。

他還在打量她，看著她深呼吸自我冷靜的時候，她把手放在他的背疤上。

他跟父親說要離開安尼爾的那一天，天空降下白雪。他說自己決定加入裂際城的城堡衛隊，因而要把安尼爾繼承人的頭銜讓渡給弟弟。

父親把他踢出家門。

把他甩到要塞的前門階梯上。

他的太陽穴撞到灰石，牙齒咬到嘴唇。他沿結冰的梯面滾落時，母親的哀求尖叫沿石塊反彈。他的腦袋不覺得痛，只感覺到冰塊擦過掌心、劃開褲管和膝蓋皮肉時的劇痛。

俯瞰銀湖的山中要塞周圍一片寂靜，只聽見母親對父親的哀求，以及就算在盛夏中也從不停歇的狂風呼嘯。

那陣風鞭笞他，拉扯他當時尚未剃短的頭髮。狂風把來自灰天的脫隊雪花甩到他臉上。雪花飄向要塞下方的陰鬱之城，飄向大湖岸邊再沿岸捲起，飄向西方的宏偉瀑布，或者該說那些瀑布留下的回憶。水壩早在多年前扼殺了那些大瀑布，連同從白牙山脈一路流向安尼爾門前的河水。

安尼爾四季如冬，在夏天也一樣。

這座倚山而建的要塞裡終年寒冷。

「丟臉。」父親怒罵時，旁邊的漠然衛兵都不敢扶他起來。

他感覺頭昏腦脹，頭殼悸痛，傷口滲出的溫血在臉上凍結。

「你就自個兒想辦法去裂際城吧。」

「求求你，」母親輕聲哀求：「**拜託**。」

鎧奧最後一次看到母親時，父親揪住她的胳臂，把她拖進以上漆石塊和木材組成的要塞。她的臉色蒼白又悲痛，她的雙眸——跟他的眼睛如出一轍——滲出的銀色淚珠就跟要塞下方那片湖一樣明亮。

他的父母站在要塞敞開的門口，形成渺小身影。

泰瑞。

他的弟弟鼓起勇氣，朝他走出一步，冒險踏過結冰的階梯，就為了幫他。

父親的嚴厲叱喝從陰暗的門廊傳來，泰瑞嚇得愣在原地。

鎧奧擦掉嘴角的血，搖頭制止弟弟接近。

鎧奧慢慢站起時，看到泰瑞臉上只有驚恐。也許弟弟剛從父親口中得知自己成了下一任領主……

看到泰瑞那張稚氣圓臉充滿恐懼，鎧奧看不下去，因而轉過身，咬牙忍受腫脹又僵硬的膝蓋傳來的疼痛，手掌滲出的血水與冰雪融合。

他瘸拐走過樓梯平臺，沿梯而下。

階梯盡頭的一名衛兵給他一條灰羊毛斗篷、一把長劍和一把小刀。

第二個衛兵提供了一匹馬和路線指示。

第三個衛兵遞來一個背包，裡頭有食物、繃帶、藥膏和攜帶式帳篷。

他們都沒吭聲，沒要他多待一秒。

他不知道他們叫什麼名字。多年後，他才知道父親當時在要塞的三座高塔的其中一座看著那一幕，看到那三名衛兵做了什麼。

多年後，父親親自讓鎧奧知道當時伸出援手的三名男子有何下場。

他們被解雇，跟各自的家人一起被趕去白牙山脈，就算時值深冬。

三個家庭被流放荒野。到了隔年夏天，只有其中兩個家庭仍有音訊。

這就是證據——他說服自己別殺掉父親之後意識到這點。這個證據證明了他的王國多麼腐敗，壞人在各方面迫害好人，他當初確實該離開安尼爾，該跟鐸里昂在一起——為了保護鐸里昂，也為了確保一個更美好的未來一定會成真。

他曾派出一名信使暗中調查那三個家庭的下落，還要對方帶著黃金轉交給他們。他不在乎要花上多少年。

但信使沒能找到那些人。他在幾個月後回到裂際城，把金幣如數歸還。

鎧奧當時做了一個選擇，也為此付出代價，承受後果。

一具屍體躺在床上。

一把匕首對準他的心臟。

一顆人頭滾過石地。

一條項圈套住頸項。

一把長劍沉進艾弗利河底。

他的身體感受到的痛楚並不重要。

他每次試著幫助誰……只會把情況弄得更糟。他做出的努力毫無價值，全無用處。

床上那具屍體……娜希米雅。

她失去了生命。雖然那也許算是她自己的安排，但……他當時確實沒叫瑟蕾娜——艾琳——提高警覺，沒讓娜希米雅的衛兵知道亞達蘭國王的企圖。他等於親手殺了她。雖然艾琳原諒他，表示責任不在他，但他知道自己原本可以做得更多更好，看得更清楚。

娜希米雅死後，那些奴隸起身反抗。娜希米雅之死象徵伊爾維之光熄滅，那些奴隸發出怒吼。

亞達蘭國王也扼殺了他們的生命。

卡拉酷拉。安多維爾。男女老幼。

他終於做出行動、選擇站在哪一邊時……

鮮血、黑石、呼嘯魔法。

你瞞了我瞞了我瞞了我

你永遠不是我的朋友我的朋友我的朋友

黑影鑽進他的喉嚨，令他窒息。

他沒反抗。

他感覺自己把嘴張得更開，好讓這團黑影鑽得更深。

動手吧，他告訴黑影。

很好，黑影對他輕柔呢喃。很好。

黑影讓他看到無比駭人的莫拉斯；玻璃城堡的地牢，他知道裡頭那些人永遠等不到所求的慈悲；他看到一雙年輕的手施放那些痛苦，彷彿他就站在那人旁邊與之合作——

他知道。他早就猜到是誰被迫折磨並殺害他那些手下。他和那個人都知道。

他感覺那股黑暗力量膨脹並準備出擊，準備讓他痛苦尖叫。

但黑影消失。

一望無垠的金澄田園在無雲藍天下隨風起伏。璀璨小溪蜿蜒其中，繞過零星幾棵橡樹。他右手邊是歐克沃森林中錯綜複雜的高聳綠樹。

他後方是一間茅頂小屋，牆壁灰石覆以綠橘雙色地衣。一堵古井聳立於幾呎外，一口水桶岌岌可危地擺放在井口上。

小屋緊鄰一座小型畜欄，幾隻肥雞在裡頭漫步，盯著眼前的泥土。

小屋後面……

一座花園。

不算是美麗又正式的那種。花園只以低矮石牆圍起，牆中木柵此刻敞開。

兩個人影彎腰站在整齊種植的綠色植物中間。處於靈體狀態的他朝那兩人飄去。

他認出她的金棕頭髮，在夏日豔陽下格外明亮。她的肌膚被晒成美麗的深棕色，而她的眼睛……

那是一張洋溢喜悅的稚氣臉孔。女孩看著跪在泥地上的女子，對方指向一種淡綠色植物，細長的錐形紫花在溫暖微風下搖擺。

女子問道：「這個呢？」

「鼠尾草。」看起來頂多九歲的女孩答覆。

「有什麼功用？」

女孩眉開眼笑，抬頭挺胸，背誦道：「可用於改善記憶、精神和心情。對懷孕和消化也有幫助。如果做成藥膏可麻痺皮膚。」

「非常好。」

女孩露齒而笑，嘴裡缺了三顆牙。

女子——顯然是母親——用雙手捧起女兒的圓臉。她的膚色比女兒的深，捲髮更為茂密也更具彈性，但她們倆的體格……女兒的身形遲早會跟母親一樣，也繼承了母親的雀斑、鼻子和嘴巴。

「看來妳有認真唸書嘛，我聰明的孩子。」

母親一吻女兒布滿汗水的額頭。

鎧奧雖然是飄在門口的靈體，但還是能感受到這個吻——連同裡頭的愛。

因為他所在的這個世界就是被愛渲染。愛與喜悅。

幸福。

他沒能在自己家裡或任何人身上嘗到的滋味。

這個女孩是被愛的。深深的愛。無條件的愛。

他想起一道幸福回憶——寥寥可數的其中一個。

「那麼，牆邊那團灌木叢是什麼？」母親問女兒。

女孩皺眉思索。「鵝莓？」

「沒錯。鵝莓可以拿來做什麼？」

女孩雙手扠腰，款式簡單的裙裝在溫暖微風中飄揚。「可以……」她不耐煩地用腳掌頻頻踏地——她氣自己想不起來。他曾在安第加那個老人的家門口看到她露出這種表情。母親輕輕來到女兒身後，把她擁進懷裡，親吻她的臉頰。「可以做成鵝莓餡餅。」女孩的欣喜尖叫飄過琥珀草原和清澈溪流，甚至飄向歐克沃的古老密林深處。說不定還深入白牙山脈，連同坐落於山脈邊緣的那座冰冷城市。

他睜開眼睛。

發現自己一整隻腳壓向沙發坐墊。

他感覺到赤裸的腳底被坐墊的刺繡金絲刮過。他的腳趾。

感覺到。

他急忙坐起，發現伊芮奈不在身旁。

不在視線範圍內。

他目瞪口呆地看著自己的腳。踝部以下……他挪動並轉動這隻腳，感覺到肌肉。

無數話語卡在咽喉裡，他感覺心跳如雷。「伊芮奈。」他沙啞道，尋找她的身影。

她不在這個套房裡，可是——

他注意到陽光反映於某個金棕表面。在花園。

她坐在外頭，獨自一人，寂靜無聲。

他不在乎自己處於半裸狀態，而是盡快把自己挪到輪椅上，驚奇地發現腳底能感覺到光滑的木地板。他幾乎敢發誓就連雙腿……也感覺到某種似真似假的刺麻感。

他推輪椅來到這座方形小花園，氣喘吁吁，瞪大眼睛。她修好了另一段傷口，另一段——

她坐在圓形倒影池前的華麗小椅上，用拳頭撐著腦袋。

他以為她在陽光底下打瞌睡。

但他慢慢接近時，注意到她臉上的反光和水分。

不是血——而是淚。

她凝視被粉紅百合花和睡蓮葉覆蓋大半的倒影池，默默掉淚。

她瞪著池子，但彷彿看不見水池，也沒聽見他。

「伊芮奈。」

一滴又一滴淚珠滑過她的臉龐，落在她的淡紫裙裝上。

「妳有沒有受傷？」鎧奧沙啞道，輪椅輾過花園的白色碎石。

「我忘了……」她依然盯著池子，未曾轉頭，呢喃時嘴唇顫抖。「我忘了她的模樣、她的氣味。我忘了……她的聲音。」

看到她神情痛苦，他感覺胸腔緊繃，隨即把輪椅推到她的椅子旁邊，但沒碰她。

伊芮奈輕聲道：「我們曾發過誓——永不殺生。但在士兵出現的那天，她違背了那條誓言。她把匕首藏在衣服底下。看到士兵抓住我的時候，她……撲到他身上。」她閉上眼睛。「她殺了他，為了讓我有時間逃跑。我逃走了。我丟下她，我看著……我從森林裡看著他們放火，我聽得見她不停尖叫——」

她渾身顫抖。

「她是好人，」伊芮奈呢喃：「她是好人，她很善良，而且她很愛我。」她還是沒擦掉眼淚。「他們殺了她。」

是他曾侍奉的亞達蘭國王殺了她。

鎧奧輕聲問：「在那之後，妳去了哪？」

她擦擦鼻子，顫抖程度稍微減弱。「我母親在芬海洛北部有個親戚，我逃去那裡，走了兩星期。」

她當時十一歲，在芬海洛遭到侵略時逃出那裡——**十一歲**。

「他們有個農場，我在那裡工作了六年，裝成普通人，行事低調，用草藥行醫，避免引人注意，但那都不夠。我心裡有……有個空洞，我有想做的事。」

「所以妳來到這裡？」

「我離開了原本待的地方。我是註定要來這裡。我走過了芬海洛，走過了歐克沃，然後翻……翻山越嶺……」她哽咽呢喃。「耗時半年，但我做到了——我抵達印尼希的港口。」

他從沒聽說過印尼希，應該在梅勒桑德，因為她說她翻——

翻山越嶺。

他身邊這個弱女子……居然跋山涉水來到這裡，而且獨自一人。

「我在路上用盡盤纏，所以留在當地，找了一份工作。」

他逼自己別看著她脖子上的疤痕，別問她做了什麼工作——

「印尼希那時候——現在也不是什麼好地方，女孩子大多都在街上賣身，但我還是在碼頭一間旅館找到工作，擔任女侍和僕人，然後……我留在那裡。我原本只打算在那裡工作一個月，卻待了一年。我任憑他扣我薪水，霸占我該拿的小費，漲我的房租，給我住的是樓梯底下的儲藏室。我當時沒有盤纏，加上我以為……我以為這裡需要學費，我不想沒準備好學費就上路，所以……我留在那裡。」

他觀察她的手，她把雙手緊扣在大腿上。他想像這雙手握著水桶和拖把，抓著抹布和髒碗。他想像這雙手紅腫疼痛。他想像那間旅館和裡頭的住客——那些人必定對她垂涎三尺。

「妳是怎麼來到這裡？」

伊芮奈繃緊嘴角，收起淚水，吐口氣。「說來話長。」

「我有時間。」

但她又搖搖頭，終於回視他。她的臉上……眼裡流露一種清晰感。她堅定道：「我知道誰給了你那道傷。」

鎧奧僵住。

那名男子殺了她深愛的母親，害她奔逃了半個世界。

他勉強點頭。

「老國王，」伊芮奈低語，再次盯著池子。「他當時——也被附身？」

她這句話輕如吐息。

「是的，」他勉強開口：「長達數十年。我——抱歉，現在才向妳承認。我們一直把這件事視為……機密真相。」

「因為這可能會影響你的新國王在人們眼中的可靠度。」

「是的，也可能引得人們提出最好別問的問題。」

伊芮奈揉揉胸口，神情陰鬱。「難怪我的魔法對你的傷口產生激烈反彈。」

「抱歉。」他重複這個字眼，想不出除了道歉之外還能說什麼。

她的眼睛掃向他，神情全然警覺。「這更讓我有理由對抗它，掃除他留下的最後汙漬——將它永久清除。剛剛在治療的時候，它早就在等我，它再次嘲笑我。我雖然成功接觸到你，但包圍你的黑暗力量太過沉重，它形成……外殼。我能看到它——看到它向你展示的一切，你的回憶，連同他的回憶。」她揉揉臉。「我就是在那時候知道答案，我知道它是什麼——誰給你那道傷。我也看到它給你造成什麼影響。我只想阻止它、驅逐它……」她噘嘴，彷彿為了避免嘴唇再次顫抖。

「那是少許良善，」他幫她說完：「光明和良善的回憶。」他不知道該如何表示感激，只能想像她為了對抗殺母之魔而獻出關於母親的那道回憶會是什麼感覺。

伊芮奈似乎看穿他的思緒。「我很高興跟她有關的回憶稍微擊退了那股黑暗力量。」

他用力嚥口水，感覺喉嚨緊縮。

「我有看到你的回憶，」伊芮奈輕聲道：「那個……男子，你的父親。」

他逼自己別多做評論。

「那一切都不是你的錯。」

「他是徹頭徹尾的王八蛋。」

「你很幸運，當時沒摔破頭。」她觀察他的額頭，被頭髮遮住的疤痕很難看得見。

「我相信我父親對此有不同看法。」

伊芮奈眼裡閃過陰影，只是說聲：「你不該被那樣對待。」

這幾個字擊中他心靈中化膿的痛處——他封鎖並忽視多年的某處。「謝謝妳。」他勉強回一聲。

兩人默默坐了幾分鐘。「現在幾點了？」他問。

「三點。」

鎧奧一愣。

但是伊芮奈的眼睛掃向他的腿——他的腳，觀察這一處如何挪動。

她默默張嘴。

「又一點成果。」他說。

她微笑——雖然壓抑，但……發自內心，不是她在幾小時前貼在臉上的那種假笑。她當時走進他的臥室，發現他和娜斯琳在一起；看到她在那一刻的表情時，他感覺天旋地轉。她拒絕回應他的瞪視，而她雙臂抱胸時……

他真希望自己能走路——好讓她看見他願意爬向她。

他不知道自己為何覺得自己是人渣中的人渣、為什麼不太敢回應娜斯琳的視線，就算他知道娜斯琳觀察力敏銳、不可能沒注意到他的反應。這是他們倆昨晚沒說出口的協議——兩人都刻意不談這個話題。光是這個原因……

伊芮奈戳戳他的裸腳。「感覺得到嗎？」

鎧奧彎起腳趾。「嗯。」

她皺眉。「我壓得大力還是小力？」

她使勁戳向他的皮肉。

「大力。」他悶哼一聲。

她放輕手勁。「現在呢？」

「小力。」

她在他的另一腳上重複同樣的測試，觸碰每一根腳趾。

「我認為，」她做出觀察：「我逼退了那股黑暗力量——把它趕到你的背脊中段某處。你的背痕雖然形狀沒變，但感覺像……」她搖頭。「我沒辦法形容。」

「妳不需要形容。」

她拿自己回憶中的喜悅——一份未曾遭到汙染的喜悅——為他爭取到這份成果。她敞開心靈，獻出回憶，為了幫他擊退那道傷造成的汙染。

「我餓了，」鎧奧用手肘輕輕推她。「跟我一起吃飯好嗎？」

令他意外的是，她說好。

第二十四章

娜斯琳知道。

她知道鎧奧昨晚要她陪他聊天不是出於興趣，而是愧疚。

她告訴自己：無所謂。她是他的人生裡兩個女人的替代品，至於第三個女人……她大步走過安第加的街道、返回皇宮時也對自己說聲「無所謂」，她這次巡邏也完全沒發現法魯格的蹤影——

娜斯琳鼓起勇氣，仰望宮殿，還沒準備好進入室內躲避毒辣的午後豔陽。

她注意到一座尖塔上的龐大身影，不禁露出嚴肅笑容。

她爬到鷹巢時氣喘吁吁，幸好只有卡達菈在場目睹。

天鷹對娜斯琳咂嘴問候，繼續撕扯一大塊帶肋牛屍。

「我聽說妳會來這裡。」薩韃克的聲音從她身後的樓梯傳來。

娜斯琳連忙轉身。「我——你怎麼會知道？」

王子給她一個心照不宣的笑臉，走進鷹巢。卡達菈興奮地蓬起羽毛，繼續用餐，彷彿想早點吃飽早點升空。「宮裡到處都是間諜，其中一些是我的。妳來這裡有什麼事嗎？」

他打量她——她的叔叔嬸嬸昨天也盯著她這張臉，說她看起來太疲憊、憔悴、不開心。那對夫妻拚命給她餵食，然後堅持要她帶四個娃兒去碼頭買晚餐要用的魚，之後又把更多食物塞進她的咽喉。還是氣色不佳，札希妲咂嘴評估。妳的眼神看起來還是很沉重。

「我……」娜斯琳打量塔外，城市在午後熱浪下悶燒。「我只想找個地方靜一靜。」

「那我不打擾妳。」說完，薩韃克轉身走向通往樓梯間的拱門。

「不，」她衝口道，朝他伸手，但在這隻手即將碰到他的皮衣時急忙放下。王子怎麼能碰？任何人都碰不得。「我的意思不是你必須離開這裡。我……我不介意你在場。」她趕緊補充一聲：「殿下。」

薩韃克嘴角上揚。「現在用我的華麗頭銜稱呼好像遲了點？」

她以眼神哀求他。她剛剛那句話是言之由衷。

昨晚跟他在宴會上談話，甚至幾天前那晚在泉塔外的巷子裡跟他談話……她都不覺得自己寡言、冷漠或不自在。他給了她這麼多注意力，已經令她受寵若驚，他還親自護送她和鎧奧回房。她不介意他在場——她雖然話不多，但確實喜歡有人陪。但有時候……

「我昨天幾乎一整天都跟親戚在一塊兒，他們有時候還滿……讓我難以招架，他們的要求很多。」

「我明白妳的感受。」王子淡然道。

她的嘴角微微勾起。「我想也是。」

「可是妳愛他們。」

「你不愛你的家人？」很大膽的提問。

薩韃克聳肩。「卡達菈和天鷹騎兵就是我的家人。至於我的血親……既然我們以後會彼此抗爭，就很難彼此相愛。愛必須建立在信賴上。」他朝一旁的天鷹微笑。「我對卡達菈是以性命相託。我願意為牠死，牠對我也是。至於我對我的手足能不能說出同樣的話？我的父母？」

「好淒涼。」娜斯琳坦承。

「至少我還有牠，」他指的是天鷹。「還有我那些騎兵。我可憐我那些手足，他們沒我這麼幸運。」

他是好人。這位王子……是個好人。

她走向俯瞰城中的敞開拱門，若從這裡摔下必定粉身碎骨。

「我很快就要離開——前往天鷹騎兵所在的山區，」薩韃克輕聲說：「為了查明妳我那天晚上在城裡討論過的那個問題。」

娜斯琳回頭瞥他，試著鼓起勇氣說出該說的話。

他補充一句，表情依然中立。「我相信妳的親戚一定會因為我這麼問而想砍下我的腦袋，但……妳願不願意陪我一起去？」

願意，她想輕聲答覆，但還是逼自己問一句：「多久？」

因為時間不是站在她這一邊——他們這一邊。在諸多威脅逼近之際尋找答案……

「幾個星期，不超過三星期。我想維持騎兵們的紀律，我如果離開太久，他們就會開始亂來。看來這趟旅程也算是一石二鳥。」

「我——我需要跟……韋斯弗大人商量一下。」她昨晚對鎧奧如此保證過，會一起評估各種優缺點，一起考慮接下來該怎麼走。他們倆在這方面還是團隊，依然扛起同一面旗旗。

薩韃克嚴肅點頭，彷彿看懂她臉上所有情緒。「當然，不過我很快就要出發。」

她這時聽見某個聲響——僕人們低哼呻吟，扛物資爬樓梯上來鷹巢。

「看來你是現在就走。」娜斯琳澄清，注意到斜倚牆邊的一支長矛。他的蘇魯矛。綁在矛刃底下的赤褐馬鬃在吹進鷹巢的風中搖擺，黑木桿磨得光滑。

薩韃克的眼睛似乎變得比平時更烏黑。他走上前，拿起蘇魯矛，掂掂雙手裡這面靈魂之旗，然後架在身旁，木製矛桿咚一聲敲在石地板上。「我……」這是她第一次看到他欲言又止。

「你原本想不告而別？」

無論是否可能結盟，她都沒資格這樣質問或期待他什麼。

薩韃克把蘇魯矛放回牆邊，開始把黑髮編成長辮。「經過昨晚的宴會，我以為妳會……很忙。」

忙於鎧奧。

她挑眉。「你以為我會跟他耗上一整天？」

王子給她一個無賴笑臉，把長辮編好，又拿起長矛。「換作我，絕對跟妳耗上一整天。」

不知道是哪位天神慈悲，臉紅喘氣的僕人們這時扛著大包小包出現，娜斯琳因此不用做出答覆。僕人帶來的東西包括食物、毛毯和閃閃發亮的兵器。

「路程有多遠？」

「今天飛個幾小時，天黑休息，然後明天飛一整天，後天再飛個半天就能抵達塔凡山脈的第一批鷹巢。」薩韃克把蘇魯矛遞給一名經過的僕人。卡達菈耐心地讓他們把各式各樣的行李放到牠身上。

「你晚上不飛？」

「我會累，卡達菈不會累。有些愚蠢的騎手犯過這種錯——結果在睡夢中墜落雲間。」

她咬脣。「你何時出發？」

「一小時後。」

她有一小時可以考慮……

她還沒讓鎧奧知道她昨晚有看到他的腳趾挪動。她看到他睡覺時伸展又彎曲腳趾。她當時默默喜極而泣，淚珠沿臉龐滑到枕頭上。她沒告訴他。他醒來後……

來場冒險吧，娜斯琳·法里克，他在裂際城時曾對她如此承諾。她當時也喜極而泣。

但也許……也許他們倆當時都沒看到前方的路，連同那條路上的岔路。

她能清楚看見其中一條。

榮譽與忠誠依然完整，雖然讓他——和她——呼吸困難。而她……她不想充當安慰獎，不想接受憐憫，不想被當成障礙物。

但在另一條岔路上，橫越草原、叢林和山川的那條路……所通往的答案或許能幫助他們，也可能毫無幫助，但也可能改變這場戰爭的走向，這一切都承載於一頭天鷹的金翼……

她確實會來一場冒險，為她自己。這一次，她將見到家園，將置身並體驗其中。她將從上空目睹家鄉，看到那幅景象如天風般迅速掠過。

這是她欠自己的，也欠鎧奧。

也許她和這位黑眸王子能找到對抗莫拉斯的少許希望，也許她能帶支軍隊回家。

最後一個僕人鞠躬離去後，薩韃克還在看著她，刻意維持面無表情。他的蘇魯矛綁在鞍座底下，方便隨時取出。

矛上的馬鬃在風中搖曳，飄向南方，飄向遙遠又原始的塔凡山脈。正如所有魂旗，這支矛也要主人前往一個未知的地平線，去征服正在當地等候的一切。

娜斯琳輕聲說：「好。」

王子眨眼。

「我跟你走。」她澄清。

他的嘴角微微上揚。「好。」薩韃克把下巴撇向拱門。僕人們已走出門外，前往尖塔下層。「不過，務必輕裝上陣——卡達菈的酬載已經差不多到極限。」

娜斯琳搖頭，注意到卡達菈身上的弓和裝滿箭的箭袋。「我沒有行李。」

薩韃克凝視她許久。「妳至少會想跟他說再見——」

「我一無所有。」她重複。聽見這句話，他的眼睛閃爍，但她補充道：「我——我會留下紙條。」

王子嚴肅點頭。「到了當地，我會提供衣服給妳。對側那堵牆的儲物櫃裡有紙筆，妳可以把信放進樓梯旁的箱子，晚上會有信使收取。」

她照做時雙手微微顫抖，不是因為恐懼，而是因為……自由。

她寫下兩封信，第一封給叔叔嬸嬸，信上滿是關愛、警告和祝福。第二封信……內容簡單扼要：

我跟薩韃克一起走了，去拜訪天鷹騎兵。我應該會離開三星期。

我不要求你給我任何承諾，我也不會給你任何承諾。

娜斯琳把兩封信放進箱子——信使想必經常檢查箱子以確認有沒有來自天空的訊息——接著把上一次穿過的飛行皮衣再次換上。

她發現薩韃克坐在卡達菈上，正在等她。

王子伸出布滿繭的手，示意拉她上鞍。

第二十五章

吃過午餐後，伊芮奈和鎧奧匆忙趕往泉塔圖書館。鎧奧以還算輕鬆的動作爬上馬背後，阿申熱情地拍拍他的背，表達欽佩。注意到鎧奧回視阿申、以緊繃微笑道謝時，伊芮奈有點想笑。

兩人經過泉塔聳立其後的白牆，檸檬和薰衣草的芬芳充斥伊芮奈的鼻腔……她因而有些放鬆。

幾年前的那一天，她的船終於靠岸，她第一次看到這座高塔時也覺得放鬆。高塔就像一隻白皙的手，伸向天空向她致意，彷彿對她說：歡迎妳，孩子，我們一直在等妳。

泉塔圖書館位於高塔的低層結構，館裡大多數的走廊都裝有斜坡，以便館員推動手推車運送或收拾侍童忘記歸還的書籍。

碰到少數幾條沒有斜坡的樓梯時，伊芮奈只好咬牙硬把他的輪椅拉上去。

她完成這種壯舉時，他瞪著她。她問他看什麼，他說這是她第一次幫他推輪椅。

她心想「還真的是」，但她警告他下不為例，並要求他自行推過燈火明亮的泉塔走廊。

防身術課程的幾個女孩注意到他們倆而停步，對亞達蘭貴族投以小鹿般的眼神，亞達蘭貴族回以歪嘴微笑，逗得她們走離時咯咯笑個不停。伊芮奈也對她們的背影微笑搖頭。

他心情不錯，也許是因為他的一腳從踝部以下正在持續恢復知覺及動作。今天來到這裡前，她逼他再進行一系列復健動作，她叫他躺在地毯上，然後伸展並轉動他的腳。這些動作都是為了促進血液循環，希望能讓他的腿恢復更多知覺。

成果足以讓伊芮奈面帶微笑，直到他們來到諾莎的桌前。這位館員正忙著把幾本書塞進沉重的背包裡，準備回房休息。

伊芮奈瞥向那天晚上敲過的警鈴，逼自己保持鎮定。鎧奧帶著一把長劍和一把匕首，她在出發前以彷彿遭到催眠般的目光看著他以俐落動作把刀劍繫在身上。他幾乎無須仰賴視覺，手指彷彿任憑肌肉記憶引導。她能想像他以前每天早晚穿脫那條劍帶。

諾莎和鎧奧彼此打量時，伊芮奈隔著桌子朝諾莎俯身，開口道：「我想看看妳是在哪找到那些來自伊爾維的文獻，還有那些卷軸。」

諾莎皺起白眉。「會不會給我添麻煩？」她瞟向鎧奧放在膝上的劍。他這樣擺放是為了避免劍身敲擊輪椅。

「我會確保不會。」伊芮奈輕聲說。

在他們後面，燃燒著烈火的壁爐前的一張扶手椅上，一隻雪白色的芭絲貓正在半閉著眼睛，垂於靠墊邊緣的長尾如鐘擺般搖擺。牠想必正在聆聽每一個字——八成正在轉告其他貓姊妹。

諾莎用力嘆口氣——伊芮奈太多次見過她這樣嘆氣——但還是揮手要他們前往主走廊。諾莎用霍赫語命令附近一名館員暫時接手，隨即為伊芮奈和鎧奧帶路。

白貓這時把綠眼睜開一條縫。伊芮奈急忙向牠鞠躬致敬，牠只是心滿意足地繼續睡覺。

在伊芮奈的注視下，鎧奧在接下來的幾分鐘裡觀察周圍的彩燈、溫暖石牆和無數書架。

「這裡跟裂際城的皇家圖書館相比毫不遜色。」他做出觀察。

「那間圖書館很大？」

「是的，不過這間可能更大，而且絕對更古老。」他的眼裡閃過陰影，顯然是關於昔日的瑣碎回憶。她好奇下次幫他治療時能不能窺見其中。

她今天看到的回憶……她到現在還沒完全恢復過來。

但她的淚水裡的鹽分產生洗滌效果。她現在才知道自己需要這種洗滌。

兩人持續沿各樓層的主斜坡深入圖書館。館員們忙著在書架上整理書籍，侍童們落單或成群在桌前讀書，醫者們在沒有門的房間裡專心閱讀散發霉味的厚書。幾隻芭絲貓趴在書架上，有些走進陰暗處，有些只是坐在十字路口——彷彿在等候什麼。

伊芮奈和鎧奧在諾莎的帶領下繼續前進。

「妳怎麼知道那些文獻放在這裡？」伊芮奈朝諾莎的背影問道。

「我們保留的紀錄很詳盡。」館長只這麼回一句。

鎧奧以眼神告知伊芮奈：裂際城那間也有很不耐煩的館員。

伊芮奈咬脣，知道千萬不能笑，因為諾莎能像尋血獵犬一樣嗅到笑意並狠狠制止。

三人終於來到一條散發石頭味和塵埃味的陰暗走廊。

「第二排書架。別弄壞任何東西。」諾莎用這句話做為說明和道別，轉身離去，未曾回頭。

鎧奧納悶地挑眉，伊芮奈吞下笑聲。

他們倆來到諾莎所說的那面書架，許多書的書脊上寫著伊爾維語，書的下方放著大批卷軸。

鎧奧從齒縫輕輕吹聲口哨。「說起來，泉塔的歷史究竟有多久？」

「一千五百年。」

他愣住。

「這間圖書館存在了這麼久？」

她點頭。「這一切當年是一口氣蓋好。整座設施是一位古老女王送給醫者的禮物，感謝醫者救了她孩子的命。這個地方能方便醫者們研究和生活——離皇宮也不算遠——也能邀請其他醫者來這裡居住。」

「所以這裡的歷史遠比卡岡政權悠久。」

「這塊土地有過無數征服者，卡岡王只是最近的一批，也絕對是那個女王之後最仁慈的統治者，雖然她的皇宮沒泉塔這麼幸運。你現在住的那個宮殿區域……是蓋在女王的城堡廢墟上面，那座城堡就是被卡岡政權夷為平地。」

他低聲罵髒話。

「不管你是當前的統治者還是入侵者，」伊芮奈打量書架。「都非常需要醫者。其他設施……都沒存在的必要。至於一座住著能行醫療奇蹟的女人之塔……」

「比黃金更寶貴。」

「說到這裡就令人好奇，亞達蘭的前任國王……」她差點說出你的國王，但總覺得這個說法不太適合。「他為什麼覺得有必要殺害他那塊大陸上的醫者？」她的意思其實是「他體內的惡魔為什麼覺得有必要這麼做？」。

鎧奧沒看她的眼睛，不是因為慚愧。

他知道一些還沒說出來的真相。

「什麼？」她問。

他打量陰暗書架，確認附近沒有其他人。「他確實……被占據，被入侵。」

之前發現他的傷勢裡的黑暗力量來自誰的時候，她震驚不已，但這項發現也成了對她的法力發出的戰鬥口號，彷彿某種恐懼霧靄被清除，留下的只有她的強烈憤怒和憂傷，促使她撲向黑暗。但是……前任國王當時確實被附身，而且長達幾十年。

鎧奧從書架上抽出一本書翻閱，沒認真看內容。她相當確定他看不懂伊爾維語。「他知道自己當時的遭遇，殘留體內的自我意識也盡可能反抗。他知道那個種族……」法魯格。「那個種族覺得擁有法力天賦之人……很誘人。」魔法持有者。「他知道那個種族想征服這類人，好奪取他們的力量。」

為了附在他們身上，就像控制前任國王，就像《初始之歌》裡的插圖。

伊芮奈感覺內臟翻攪。

「前任國王想辦法暫時奪回身體，下達命令：處決所有魔法持有者，以免那類人被惡魔用於大屠殺。」

惡魔想附身在魔法持有者身上，把他們改造成兵器。

伊芮奈靠向身後的書架，一手挪向喉嚨，摸到脈搏。

「他痛恨自己做出那項決定，但還是覺得有其必要，而且他也覺得有必要想個辦法確保掌權者無法使用魔法或找到擁有魔法之人。想這麼做就必須取得名單，或鼓勵人們為錢出賣那些人——追殺魔法持有者。」

當年魔法消失得一點也不自然。「他——他找到辦法驅逐魔法？」

鎧奧用力點個頭。「說來話長，總之他壓抑住魔法，阻礙其流動，以免那個種族能獲得想要的宿主。後來，他追殺所有魔法持有者，確保他們的人數少之又少。」

亞達蘭國王壓抑了魔法，殺掉了魔法持有者，派兵處決了她母親和無數人……原因不是盲目的仇恨和傲慢，而是透過這種扭曲的方式拯救人類？

她的如雷心跳引發的震盪貫穿全身。「可是，我們醫者沒有戰鬥能力，除了你也看過我會的那一點點防身術。」

鎧奧瞪著她，全然靜止。「我認為妳可能擁有他們非常想要的某種東西。」

她渾身起雞皮疙瘩。

「不然就是他們不希望妳對某件事知道太多。」

她嚥口水，感覺到自己臉上失去血色。「就像——你的傷口。」

他點頭。

她顫抖地吐口氣，走向面前的書架和卷軸。

他的手指擦過她的手。「我絕不會讓妳受到傷害。」

伊芮奈感覺他在等她反駁，但她相信他。

「至於我之前讓你看過的那個東西？」她朝卷軸點個頭。他說過那些符號叫做命運之痕。

「也是這個故事的一部分。那是一種更古老的力量，不同於魔法。」

而且他有個朋友能看懂並運用命運之痕。

「我們最好動作快，」她警告，提防可能有人偷聽。「關於如何治療你的陳年腳癖的資料應該就在這兒，而且我餓了。」

鎧奧震驚地瞪著她。她皺眉，以眼神對他道歉。

但他把幾本書放到腿上時，眼裡閃過笑意。

卡達菈在一座灰石小山的裸岩上降落時，娜斯琳的臉龐和耳朵凍得發麻。她雖然穿了皮衣，但四肢還是冰透，而且痠痛不已。她在薩韃克扶她下鞍時痛得皺眉。

王子也皺眉。「我忘了妳不習慣這麼長時間的騎乘。」

真正令她難受的不是姿勢僵硬，而是膀胱快炸開──

娜斯琳緊緊交叉雙腿，打量天鷹為主人選定的紮營地點。這裡的三面由巨石和灰石柱保護，還有一大塊裸岩能用來避雨，但無法遮身。如果她得問王子這附近哪裡能上廁所──

薩韃克只是指向一群巨石。「妳如果需要，那裡夠隱密。」

娜斯琳臉紅點頭，不太敢看著他的眼睛，只是匆匆走向他所指的地點，鑽過兩顆巨石之間，找到另一小塊裸岩，這裡的峭壁下方是尖銳岩地和溪流。她選定一顆比較小的避風巨石，趕緊解開褲子。

她依然皺著眉回到薩韃克所在時，發現他已經卸下卡達菈身上大部分的行李，但沒拿掉鞍座。娜斯琳走向大鳥，把手伸向鞍座上的第一條扣帶──

「別。」薩韃克輕聲道，把最後一批行李放在裸岩底下，蘇魯矛斜放於後面的岩壁。「旅行的時候不能卸下鞍座。」

娜斯琳放下手，打量這隻大鳥，牠從頭到尾一直盯著她。「為什麼？」

薩韃克把兩條鋪蓋攤在岩石上，占據其中一條。「如果我們遭到埋伏、碰上任何危險，就必須盡快升空。」

娜斯琳掃視周圍群山，天空被夕陽染上粉紅和橘色。她沒記錯的話，阿西米爾山脈是一片極為偏遠的小山脈。離北方的塔凡山脈那些天鷹騎兵還很遠。她已經超過一小時沒見到任何村莊或人煙，這類荒山經常發生山崩洪水之類的災害，她猜這裡確實不適合居住，而且八成只有天鷹有辦法來到這種地區——或是翼龍。

薩韃克找出幾罐醃肉和水果，連同兩小條麵包。「妳有沒有看過牠們——莫拉斯的坐騎？」他的話語幾乎被岩壁後方的呼嘯風聲淹沒。她搞不懂他怎麼猜到她正在想什麼。

卡達菈蹲俯在一塊巨石旁，把雙翼緊緊收攏。他們之前曾半途著陸——為了讓卡達菈進食，也為了讓兩人上廁所——以免這頭天鷹得在這片荒山野嶺覓食。胃袋依然飽滿的卡達菈似乎即將睡去。

「有。」娜斯琳坦承，拉掉辮子上的皮繩，用依然凍僵的手指撥開糾結的頭髮，慶幸這個動作能讓她掩飾想到那些女巫和翼龍所產生的恐懼。「卡達菈的體型大概是翼龍的三分之二。大概吧。卡達菈以天鷹的標準來說算大還是算小？」

「妳不是聽過所有關於我的傳聞？」

娜斯琳噗哧一笑，最後一次甩甩頭髮，走向他準備的鋪蓋和食物。「你知不知道他們都叫你飛翼王子？」

他淺淺一笑。「知道。」

「你喜不喜歡這個稱號？」她在鋪蓋上盤腿而坐。

薩韃克遞給她水果罐頭，她沒等他，而是直接開動，罐頭裡的葡萄因為浸泡於高空的凜冽空氣而冰涼。

「我喜不喜歡這個稱號？」他思索，撕下一塊麵包遞給她。她接過時點頭道謝。「我覺得這還滿怪的，還活著的人居然已經成了傳奇故事。」他咬麵包時斜眼瞥她。「妳自己也被一些活生生的傳奇人物包圍，他們對此做何感想？」

「艾琳當然樂在其中。」她從沒見過另外有誰擁有——而且喜歡炫耀——那麼多外號和頭銜。「至於其他人……我跟他們不熟，沒辦法猜測他們的想法。不過艾迪奧・艾希里弗……他跟艾琳很像。」她把第二顆葡萄扔進嘴裡，俯身向前，從罐頭裡再拿幾顆放在掌上，頭髮隨之搖擺。「他們雖然是表親，但情同手足。」

他若有所思。「北方之狼。」

「你聽說過他？」

薩韃克遞來醃肉罐頭，讓她挑選她想要哪一塊。「法里克隊長，我跟妳說過，我的間諜很盡責。」

想促使他願意結盟，就得小心踩在一條很細的界線上。她如果表現得太迫切、太常讚美她那些夥伴，就會被他看透，但如果什麼也不做……就違反她的個性。她以前擔任護城衛兵時每天都有事要忙，不管是在裂際城中巡邏，還是幫父親和姊姊準備第二天的商品。

追風人，母親這樣叫她。妳就是坐不住，總在想著風兒會叫妳去哪裡？我的小玫瑰，風兒以後會叫妳去哪裡旅行？

看看風兒今天帶她來到多麼遙遠的地方。

娜斯琳說：「那麼，希望你那些探子有告訴你，艾迪奧的凶煞軍團是戰力高強的軍團。」

薩韃克微微點頭。她知道薩韃克已經看穿她所有的計畫。他吞下麵包後問道：「那麼，人們如何描述妳，娜斯琳・法里克？」

她咀嚼鹹豬肉。「沒人把我說成傳奇人物。」

她不在乎名聲，無論好壞。她更在乎別的東西。

「甚至沒人歌頌妳那一箭救了變形者的命？從屋頂射出的神準一擊？」

她急忙扭頭瞪他。薩韃克只是拿起水袋喝水，用眼神表示「我跟妳說過我那些間諜很厲害」。

「我以為情報都是由阿古恩負責。」娜斯琳試探道。

他把水袋遞給她。「阿古恩喜歡自吹自擂，我覺得那完全算不上低調行事。」

娜斯琳喝幾口水，挑起一眉。「你把這些事都跟我說了，這也算低調？」

薩韃克咯咯笑。「一針見血。」

陰影拉得越來越長，風勢增強。她打量周圍的岩石和行李。「看來你不打算冒險生火。」

他搖頭表示沒錯，黑辮隨之搖擺。「在這裡生火，看起來就像烽火臺。」他朝她的皮衣和堆在周圍的行李皺眉。「我有厚毛毯——在行李裡頭某處。」

兩人沉默下來，繼續用餐。太陽消失，繁星在最後一抹藍天中眨眼甦醒。月亮現身，給營地投下還算充足的照明，方便他們收拾東西。王子把罐頭封好，收進背包。

營地另一頭的卡達菈開始打鼾，低沉嘶聲在石面上反彈。

薩韃克咯咯笑。「如果牠的鼾聲會害妳睡不著，我先向妳道歉。」

娜斯琳只是搖頭。跟天鷹一起紮營，在遠離草原的高山上，在飛翼王子身邊……不，她的家人絕對不會相信這個故事。

他們倆默默觀星，都沒打算睡覺。剩下的繁星一一出現，比她在航海的那幾星期中看到的更為明亮清晰。她突然意識到，此刻看到的星星不同於在北方看到的那些。

雖然不一樣，但這些繁星在她的祖先頭上，在她父親頭上，燃燒了不知道多少年。父親丟下這片星空，這麼做是不是很怪？他會不會想念這片星空？他從沒說過搬到另一片星空下的土地是什麼樣的感覺——他晚上會不會覺得寂寞。

「涅絲之箭。」不知道過了幾分鐘，斜靠岩壁的薩韃克開口。

娜斯琳把視線從星空移向他的臉，銀色月光沿他的黑辮舞動。

他把前臂擱在膝蓋上。「我的間諜給妳取了這個外號，我也跟著這樣叫妳，直到妳出現。涅絲之箭。」女神涅絲是箭術兼狩獵之神，源自西方一個古老的沙地王國，如今已融入卡岡帝國的多神信仰。他的嘴角微微上揚。「所以，如果妳在外頭聽說一、兩個跟妳有關的傳奇故事，別太驚訝。」

娜斯琳觀察他許久，山風的呼嘯聲跟卡達菈的鼾聲融合。她向來精通箭術，也為此自豪，但她不是為了名聲而學習射箭，而是因為樂在其中，因為這讓她在追風時有個方向可以瞄準。

話雖如此……

薩韃克把食物收拾完畢，確認營地安全後，走向巨石之間的空隙。

只有天上這片異國星空看見娜斯琳綻放笑容。

第二十六章

鎧奧在泉塔廚房裡用餐。一名被稱作「廚娘」的瘦削女子拿煎魚、脆麵包和烤番茄佐淡味乳酪與龍蒿拚命餵他，甚至還成功說服他吞下一塊淋上蜂蜜、撒上開心果的千層蛋糕。伊芮奈坐在他身邊偷笑，看著廚娘繼續把一大堆食物堆到他的盤子上，直到他開口哀求她別再堆了。

他的肚皮撐得令他難以移動，就連伊芮奈也懇求廚娘放他們一馬。廚娘讓步，把注意力移向廚房裡的工人，指揮他們把晚餐送去樓上，儼然就像將軍發號施令，連鎧奧也忍不住認真觀摩。

他和伊芮奈默默坐著，旁觀周圍的混亂活動，直到廚房後面的寬窗外已經看不到太陽。他咕噥說該叫人給他的馬裝上鞍座時，伊芮奈和廚娘都叫他今晚得在泉塔過夜、這點沒得商量。

他只好照做。一名女醫正好要去宮裡的僕人宿舍探望一名患者，他寫了信拜託她轉交、通知娜斯琳他在哪而且別等他。

花些時間消化後，他跟著伊芮奈來到塔裡某個房間。她用全無憐憫的口氣告訴他塔裡樓梯一大堆，而且沒有多餘的客房。但她指向鄰近的醫師塔樓——又方又正，不像泉塔是圓形——說那裡的一樓總是有幾間空房，大多是給患者的家人過夜。

她打開一扇門，來到一個俯瞰中庭花園、雖小但乾淨的空房，被太陽晒暖的白色牆壁賞心悅目。一張小床靠牆擺放，窗前放著一張椅子和小桌，空間勉強足夠他推輪椅移動。

「我再幫你檢查一下。」伊芮奈指向他的腳。

鎧奧用手抬起一腿伸展，然後轉轉踝部，因腿頗具重量而呻吟出力。

她跪在他面前，脫下他的靴子。「很好。我們在這方面得繼續加油。」

他瞥向她丟在門口的背包，裡頭裝滿從圖書館搜刮來的書籍和卷軸。他完全看不懂上頭的文字，但他們倆能拿的全拿了。如果圖書館命案的凶手其實偷走了一些文獻，而且還沒機會回去偷更多……他擔心歹徒遲早會這麼做。

伊芮奈認為她那天藏在他房間裡的卷軸有八百年歷史。但存放在圖書館深處的這些文獻，再考慮到泉塔的歷史……

他猜這些文獻的歷史絕對不只八百年，但沒這樣告訴她。這些古物的來源地很可能已經再也找不到書中記載的資料。

「我可以幫你找些衣服。」伊芮奈掃視這個小房間。

「我身上這些就夠了。」鎧奧沒看她。「我睡覺時——不穿衣服。」

「啊。」

兩人沉默下來，他猜她八成想起今天早上闖進他房間的事。那真的是同一天的事？看來她真的累壞了。

伊芮奈指向桌上的燭火。「需不需要更多燈火？」

「這樣就夠了。」

「我可以幫你弄些水來。」

「不需要。」他的嘴角往上抽搐。

她指向角落的瓷壺。「那好歹讓我扶你去——」

「這我也能應付。只要瞄得準就不成問題。」

她臉紅。「的確。」她咬咬下唇。「那就……晚安啦。」

他相當確定她是刻意逗留。他原本也願意讓她留下，只不過……「現在很晚了，」他告訴她：「妳應該趁周圍還有人走動的時候趕緊回房。」

雖然娜斯琳在安第加沒發現法魯格的蹤影，雖然圖書館襲擊事件已經過了好幾天，但他絕不放鬆戒備。

「的確。」伊芮奈一手撐在門框上，把手伸向門把，準備把門在身後拉上。

「伊芮奈。」

她停步，歪起頭。

鎧奧回視她的專注目光，嘴角微微上揚。「謝謝妳，」他嚥口水。「為了一切。」

她只是點頭離去，把門在身後關上。但她消失前，他注意到她眼裡光芒舞動。

隔天早上，名叫艾芮莎的嚴肅女子來到他的房間，跟他說伊芮奈要跟海菲札開會、午餐時會去皇宮見他，並麻煩她護送他回皇宮。鎧奧搞不懂伊芮奈為何拜託這名年長女子；他收拾武器和裝滿書卷的沉重背包時，艾芮莎不耐煩地用腳掌頻頻踏地，只要他動作稍慢就嘖聲抱怨。

和艾芮莎一起騎馬穿過陡峭街道的路程倒是感覺不壞；這名女子的騎術相當高明，而且絕不允許馬兒不聽話。話雖如此，她把他送回皇宮前院後只是咕噥一聲再見，懶得跟他多聊幾句。

衛兵們這時剛換班，結束晨班的人員還留在現場閒聊。鎧奧在這裡待了不短的時間，已經算是熟面孔，有些人對他點頭致意。一名馬廄工人把輪椅推來時，他勉強點頭回禮。

他才剛從腳鐙抽出腳，準備再來一次依然艱辛的下馬挑戰時，聽見輕盈小跑聲逼近。他轉頭發現來者是阿申，對方把手放在他的前臂上——

鎧奧眨眼。阿申在他面前站定後脫下手套。

鎧奧原以為這是阿申的手。他看到阿申的制服袖子底下，從手肘到手套的部位……是用金屬製成的前臂和手，無比精細。

他仔細觀察，看到綁在阿申身上的這條金屬臂的二頭肌所隆起的線條。

鎧奧不太確定要不要為了下馬而把手撐在阿申這條胳臂上時，對方注意到他的瞪視。衛兵用鎧奧的母語開口：「你發現這件事之前，我已經扶過你了，韋斯弗大人。」

鎧奧感覺心裡出現一種似乎比慚愧更強烈的情緒。

他逼自己將手撐在阿申的肩上——這個肩膀下方就裝著金屬臂。阿申扶他坐上輪椅時，他感覺到這條金屬臂的力量多麼充沛。

鎧奧坐在輪椅上瞪著阿申。馬廄工人把馬牽走時，這名衛兵解釋：「我是在一年半前失去胳臂。阿古恩王子當時拜訪一位大臣的莊園，結果遭到一群來自一個動亂王國的暴徒襲擊，我就是在那場戰鬥中失去這隻手。我回來這裡之後，伊芮奈幫我治療——我是她最早的重症傷患之一。她盡可能治好了從這裡以上的部位。」他指向從手肘到肩膀這一段。

鎧奧打量這條胳臂，在手套覆蓋下完全看不出端倪，只看得出這條肢體從沒動過。

「醫者雖然能行許多奇蹟，」阿申說：「至於憑空變條肢體出來嘛……」他輕笑幾聲。「這就難了，對伊芮奈那麼厲害的人來說也是。」

鎧奧不知道該說什麼好。道歉好像不太對，不過……

阿申低頭對他微笑，全無自我憐憫。「我花了很長一段時間才走到這裡。」他的嗓音有些輕柔。

鎧奧知道他指的不是使用這條義肢的熟練度。

阿申補充道：「但我必須告訴你，我不是靠自己走過來。」

衛兵以棕眼表達沒說出口的邀請。鎧奧眼前這個男人沒被打垮，沒因為傷殘而自怨自艾，而是尋找一個新的方式在這個世界上走下去。

而且——阿申繼續擔任衛兵一職，還是世上最頂尖的皇家侍衛之一。這不是靠其他人的憐憫，而是靠他自己的努力和毅力。

鎧奧找不到適合的字眼來形容此刻的心情。

阿申點點頭，彷彿能明白。

回房的這趟路格外漫長。鎧奧沒注意周圍的臉龐、聲響、氣味或是穿過宮中的風力。

他回到套房後，發現昨天寫給娜斯琳的信就放在玄關小桌上——沒被拆開。

他的腦子一片空白。

他拿起這封她沒看的信，心跳如雷，手指顫抖。

然後他注意到被這封信壓住的另一封信。他的名字，她的字跡。

他急忙拆信，閱讀上頭短短幾行文字。

他看了兩遍。三遍。

他把信放回桌上，瞪著她的臥室——房門敞開，裡頭全然無聲。

他是個混蛋。

是他硬拉她來這裡。他好幾次差點害她死在裂際城，他老是跟她暗示想跟她有個未來，但——

他不讓自己想下去。他應該表現得更好，應該更善待她。難怪她跑去天鷹隊的山中基地，她想幫薩韃克找到法魯格在這片土地上——或北方大陸——活動過的相關情報。

媽的。**媽的**。

雖然她不要求他給她任何承諾，可是他……他要求自己履行承諾。

但他不僅沒好好處理彼此的關係，還把她當成某種拐杖——

鎧奧吐口氣，把娜斯琳的信和他自己的信一併揉爛。

當天下午，伊芮奈告訴自己：也許他在醫師宿舍的那個小房間裡沒睡好，因為他習慣了更寬敞豪華的宮中住宿，所以他這麼沉默，臉上沒有笑容。

她在午餐後進入鎧奧的套房時，臉上就掛著笑容。她已經跟海菲札說明了目前成果，對方確實高興，甚至在她離去前親吻她的額頭。她來皇宮的一路上幾乎都是蹦蹦跳跳。

直到她進入這間套房，發現裡頭一片寂靜。

發現他一聲不吭。

「你現在感覺還好嗎？」伊芮奈若無其事地問道，把他今早帶回來的書籍找個地方藏起。

「嗯。」

她斜靠書桌，看著坐在金絲沙發上的鎧奧。

「你已經有幾天沒鍛鍊了。」她歪起腦袋。「我指的是你身體的其他部位。我們應該現在開始。」

對習慣天天運動的人來說，好幾天沒動的感覺就像戒毒——躁動不安又迷茫。他有維持腿部運動，但其餘部位……也許這就是令他心煩的原因。

「好吧。」他的眼神茫然冷漠。

「在這兒？還是去衛兵的操練場？」她準備承受他的拒絕。

但鎧奧只是平淡道：「這裡就行。」

她再試一次。「跟其他衛兵一起運動可能更有幫助——」

「這裡就行。」說完，他將身子滑離沙發和茶几，躺到寬敞的地毯上。「我需要妳幫忙抓住我的腳。」

聽見他這種語氣，伊芮奈逼自己別發怒、別拒絕。但她在他身旁跪下時還是忍不住開口：「咱們真的又要回到以前那種敵對關係？」

他對她這句疑問置若罔聞，只是開始仰臥起坐，強壯的上半身迅速豎起再躺下。一下，兩下，三下……她在六十下左右時已經數不清。

他每次坐起都避開她的瞪視。

這也很正常，畢竟心靈的痊癒跟身體一樣需要時間。他的治療一定會有困難的時候——甚至困難的幾週。但兩人昨晚道別時，他明明有對她微笑，今天卻——

「告訴我，到底怎麼了。今天顯然有事情發生。」她的口氣也許不算是醫者該有的溫柔。

「什麼也沒發生。」他繼續上下擺動，汗水滑過頸部，滴在白襯衫上。

伊芮奈咬牙，默默數算他做到第幾下。她如果對他破口大罵，對彼此都沒好處。

鎧奧翻身趴下，改成以俯臥姿進行的腹肌鍛鍊，她因此必須稍微把他的腳抬高。上下上下上下。他背部和雙臂的流線型肌肉收縮挪移。

他進行另外六種健身操，然後把所有項目重複一遍。

伊芮奈按捺怒火，幫他固定身子。

給他想要的空間，讓他慢慢把事情想清楚，如果他就是想這麼做。誰管他想要什麼。

鎧奧完成一組項目，仰躺瞪著天花板，氣喘吁吁，胸膛起伏。

他臉上閃過某種尖銳又強烈的情緒，彷彿默默答覆某個疑問。他抬起上半身，開始下一輪——

「夠了。」

他終於把竄出怒火的眼睛對準她。

伊芮奈懶得陪笑臉、裝體貼。「再做下去會受傷。」

他怒瞪自己被她壓住的彎曲膝蓋，再次抬起上半身。「我知道我的能耐。」

「我也知道。」她厲聲道，把下巴撇向他的雙腿。「你如果再做下去，就可能傷到背部。」

他咬牙切齒。看他表情如此凶狠，她不禁放開他的腳，結果他重心不穩而往後倒。他為了撐住身子而急忙伸出雙臂，但她已經上前抓住他的肩膀，避免他重重倒在地板上。

她的指尖摸到他汗溼的上衣，他的沙啞呼吸聲傳進她耳裡。「我沒事。」他在她耳邊咬牙道。

「原諒我沒辦法聽信你的片面之詞。」她確認他能支撐自身體重後才抽手，在幾呎外的地毯上坐下。

兩人無言互瞪。「鍛鍊身體雖然重要，」伊芮奈字字清脆。「欲速則不達。」

「我沒事。」

「你以為我不知道你在做什麼？」

鎧奧的臉孔就像面具，汗珠滑過太陽穴。

「這曾是你的避風港，」她指向他的結實身軀和滿身大汗。「碰上不順心的事，沮喪、生氣或難過的時候，你就躲進運動裡，直到汗水刺痛眼睛，直到抽搐肌肉哀求你休息。但你現在沒辦法那麼做——起碼沒辦法跟以前一樣。」

聽見這句話，他臉上怒氣炸裂。

她維持冷漠又嚴肅的表情，問道：「我這番話讓你有什麼樣的感覺？」

他的鼻翼顫動。「別以為妳能刺激我說話。」

「什麼樣的感覺，韋斯弗**大人**？」

「妳知道那是什麼樣的感覺，**伊芮奈**。」

「告訴我。」

看他拒絕答覆，她哼一聲。「那麼，既然你似乎就是想把健身項目做好做滿，我也來治療一下你的腿吧。」

他的目光宛如烙鐵。她不禁好奇，他知不知道她覺得胸口緊縮，他保持沉默時她感覺胃袋裡彷彿開了一口深坑。

但伊芮奈還是跪起，挪到他身旁，開始進行為了讓他的大腦和脊椎恢復聯繫的復健項目。

他能自行轉動踝部和腳部，雖然他在做完第十次時就累得咬牙。

但伊芮奈還是逼他繼續。她無視他的沸騰怒氣，而是維持和顏悅色，挪動他的雙腿。

她把手伸向他的大腿時，才被他抓住胳臂制止。

他回應她的瞪視——然後移開視線，繃緊下巴。「我累了，現在也晚了，我們明早再見面。」

「我不介意現在開始治療。」也許損壞的神經線路會因為今天的運動而更為活躍。

「我想休息一下。」

謊話。鍛鍊雖然不輕鬆，但他氣色很好，眼睛依然因發怒而明亮。

她評估他的表情和請求。「『休息』一點也不像你的作風。」

他繃緊嘴脣。「出去。」

伊芮奈對這項命令嗤之以鼻。「韋斯弗大人，你也許習慣了對你的手下和僕人發號施令，但我不歸你管。」但她還是站起，受夠了他這種態度。她雙手扠腰，瞪著依然躺在地毯上的他。「我會叫人送吃的來，幫忙長肉的食物。」

「我知道該吃什麼。」

他當然知道。他能練成這身肌肉，絕非一日之功。但她只是撫平裙襬，回一句：「嗯，不過我是上過課的。」

鎧奧怒火中燒，但沒吭聲，只是繼續瞪著地毯上的漩渦和花形紋路。

伊芮奈又給他一個甜如蜂蜜的笑臉。「我明早天亮來相見，大人——」

「不准那樣叫我。」

她聳肩。「我覺得我想怎樣叫你都行。」

他猛然抬頭，怒不可抑。她準備承受他的惡言相向，但他似乎控制住自己，只是繃緊肩膀，重複一次：「出去。」

他邊說邊用修長的胳臂指向門口。

「我真該踹爛你這隻手，」伊芮奈怒罵，大步走向門口。「但你如果手斷掉，就會在這裡待更久。」

鎧奧又一次咬牙，散發的強烈怒火彷彿真實可觸，漲紅的臉頰把疤痕襯托得更為鮮明。

「**出去**。」

伊芮奈只是又給他一個甜膩笑容，把門在身後關上。

她大步走過宮中，垂於兩側的雙手握拳，逼自己別咆哮。

患者當然有心情不好的時候，畢竟他們是患者，這是治療過程中很自然的一部分。

但是……她和他在這方面好不容易有些成果。他開始願意對她傾訴心事，她也對他訴說沒幾個人知道的祕密，而且她昨天跟他相處得那麼開心——

她反覆思索昨晚跟他交換過的一字一句。也許艾芮莎送他回來時說了什麼而讓他不開心。艾芮莎可不是以溫柔婉約出名；那女人願意容忍任何人，甚至願意幫助其他人類，這已經令伊芮奈震驚不已。艾芮莎很可能激怒了他……羞辱了他。

又或許他習慣看到伊芮奈在場，那種例行公事的中斷害得他不知所措。她聽說過有些患者和醫者就是處於這種關係。

但他從沒出現過這種依賴人的跡象，而是完全相反，總是獨立又在乎尊嚴——這種人格給他帶來了等量的幫助和傷害。

伊芮奈被他今天的態度氣得火冒三丈、呼吸急促。她決定去找赫薩爾。

赫薩蘭用汗溼的胳臂挽住伊芮奈的手，帶她走向自己的房間，說明自己剛上完劍術課，蕾妮雅在城裡購物。

「今天每個人都在忙忙忙，」赫薩蘭抱怨，把辮子撥到一邊肩後。「就連卡辛也跟我父王出了門，參加一場跟他那些部隊有關的會議。」

「出於什麼特定原因嗎？」伊芮奈試探道。

赫薩蘭聳肩。「他沒告訴我。雖然他大概確實有必要陪我父王，因為薩韃克要回去山中巢窩幾星期。」

「他離開了？」

「他還帶法里克隊長一起走。」她面露賊笑。「我還以為妳現在應該忙著安慰韋斯弗大人。」

噢。噢。「他們什麼時候走的？」

「昨天下午。聽說她算是不告而別，沒帶行李，留下一張字條後就跟他一起飛向夕陽。我沒想到薩韃克其實這麼會把妹。」

伊芮奈沒回以笑臉。她相當確定鎧奧今早回來時看到那封信，發現娜斯琳早已遠走高飛。

「妳怎麼知道她有留下字條？」

「噢，信使把這件事跟每個人都說啦。他不知道信裡是什麼內容，只知道它是放在鷹巢的郵箱裡，而且是寫給韋斯弗大人。另一封則是寄給她在城裡的親戚。這是她唯一留下的音訊。」

伊芮奈暗自提醒自己：以後千萬別再寄信來皇宮，起碼重要信件不行。

娜斯琳說走就走，也難怪鎧奧那麼焦躁惱火。

「妳懷疑有人會對她圖謀不軌？」

「例如**薩韃克**？」赫薩藺咯咯笑，這句疑問就等於答覆。

兩人來到公主的房門前。僕人默默開門後站到旁邊，簡直就像血肉組成的影子般毫無存在感。

赫薩藺正要拉伊芮奈進去，但後者在門口堅決停步。「我忘了叫人送茶給他。」她撒謊，掙脫赫薩藺的胳臂。

公主只是給她一個心照不宣的微笑。「如果得知任何有趣的奇聞趣事，妳知道上哪找我。」

伊芮奈勉強點個頭，轉身離去。

她沒去他的房間。她不認為鎧奧的心情會在她氣沖沖走過宮中的這十分鐘裡好轉。而且，她知道自己如果看到他，一定會忍不住追問娜斯琳的事情，直到自己徹底失控。她無法想像自己跟他之間的關係到時候會是什麼地步，也許是彼此都沒準備好面對的那種。

但她有行醫天賦在身，加上她被他氣得耳裡嗡嗡作響。

她坐不住。她不想回泉塔看書，不想幫助任何同事。

伊芮奈走出皇宮，前往塵土飛揚的城中街道。

她知道路。貧民窟從沒搬遷過，只有在不同統治下擴張或縮減。

而且光天化日之下沒什麼好怕。那些人不是壞人，只是窮人——其中一些走投無路。大多數的人被世人遺忘，灰心喪志。

所以她做出自己總是會做的舉動，就算在印尼希的時候也一樣。

伊芮奈朝咳嗽聲走去。

第二十七章

日落時分，伊芮奈已經治好六人，這才離開貧民窟。

一名女子的肺臟裡長了致命的惡性增生物，但因忙於工作而沒辦法去找醫者或醫師。三名孩童在一間過於擁擠的小屋裡發高燒，他們的母親驚慌得哭泣；伊芮奈用魔法為他們緩和痛楚、驅逐病灶後，他們的母親喜極而泣。一名男子上星期摔斷了腿，因為沒錢乘車前往泉塔而在貧民窟裡找了個庸醫。至於第六個患者……

是個頂多十六歲的少女。伊芮奈一開始注意到她，是因為她一眼瘀青，第二個原因是她嘴脣上的傷痕。

伊芮奈當時已經累得法力和膝蓋都在顫抖，但還是帶少女來到一道拱門前，治好她的眼睛、嘴脣和斷裂的肋骨，連同她前臂上的碩大掌痕。

伊芮奈沒追問，她已經在少女驚恐的眼睛裡看見所有答案，甚至看得出少女擔心帶著痊癒的身體回家會不會換來更慘烈的傷勢。

所以伊芮奈刻意保留表面的瘀痕和紅腫皮肉，但治好底下的傷。

伊芮奈沒試著說服少女離開貧民窟。不管毆打她的是她的家人、情人還是誰，伊芮奈知道只有少女自己能決定要不要走出那個家門。伊芮奈只有對少女說，如有需要，泉塔的門永遠對她敞開，不會有人對她多問，不會有人要求她付費，而且泉塔的人會確保沒人能帶她走，除非她自己願意。

少女親吻伊芮奈的手背道謝，在漸暗天色下匆忙回家。

伊芮奈自己也加快腳步，走向泉塔，她的家如烽火臺般耀眼。

她飢腸轆轆，又累又餓而腦袋悸痛。

精疲力竭。這麼疲憊的感覺很好。助人的感覺很好。

但是……焦躁感依然揮之不去，依然對她提出要求。**更多更多更多**。

她知道為什麼。她知道什麼事還沒解決、還在她心中翻騰。

所以她改變路線，走向輝煌宮殿。

她在某個攤販前停步，這裡賣的是她最喜歡的食物，包括她只花幾分鐘就吃乾淨的慢烤羊肉。她平時因為忙碌而很少在皇宮或泉塔以外的地方用餐，但現在……她心滿意足地揉揉肚皮，爬坡前往皇宮。但她注意到一間正在營業的咖啡館，判斷胃袋裡還容得下一杯咖啡……外加一塊淋了蜂蜜的糕餅。

她這趟路走得拖拖拉拉，走得充滿煩惱、憤怒和愚蠢。

對自己發脾氣的伊芮奈終於來到皇宮。太陽在夏天下沉得特別晚，她走進宮中的陰暗走廊時，時間已經過了晚上十一點。

他大概已經睡了。也許這樣也好。她搞不懂自己幹麼走這一趟。她可以等明天再對他破口大罵。

他應該已經睡了。

希望他已經睡了。身為他的醫者，似乎不應該衝進他的臥室裡搖醒他。這種行為絕對不被泉塔或海菲札贊同。

但她還是繼續往前走，加快步伐，把大理石地板踩得喀啷作響。如果他想在療程上走回頭路，她才不介意，但她絕對沒必要放任他這麼做——她得試著採取行動。

伊芮奈大步走過一條昏暗的冗長走廊。她不是膽小鬼，她絕不逃避這場爭吵。她已經把膽小的自己留在印尼希那條暗巷裡。他如果打算為娜斯琳的事情悶悶不樂，他當然有權這麼做。但就為了這種事而取消療程——

她無法接受。

她打算跟他說清楚這點就走。冷靜告知。理性說明。

伊芮奈每一步都板著臉，嘴裡念念有詞。無法接受。

而且無論她如何自我安慰，事實就是她居然讓他趕自己出去。

這點更令她無法接受。

大笨蛋。她也咕噥這幾個字。

她碎碎念時嗓門不算小，因此差點沒察覺到某種聲響。

腳步聲——鞋底擦過石地——就在她身後。

現在這麼晚，僕人應該都在回去主子房間的路上，不過——

不是錯覺。她渾身又出現那種刺麻感。

柱子撐起的走廊裡只有陰影和幾束月光。

伊芮奈加快腳步。

她再次聽見——來自後面的腳步聲。一種輕鬆的尾隨步伐。

她覺得口乾舌燥、心臟狂跳。她沒帶背包，連平時那把小刀也不在身上。她的口袋裡只有那名陌生少女留下的字條。

動作快，一個溫柔聲音在她耳邊呢喃，在她的腦子裡。

她不曾聽過這個聲音，但有時候感覺得到它的暖意。她施法時能感覺到它湧過體內。它聽起來就跟她自己的嗓音和心跳一樣令她熟悉。

動作快，孩子。

字字焦急。

伊芮奈的步伐加快到接近奔跑。

前面有個轉角——拐過轉角，走個三十呎，就是他的套房。

那道門有沒有上鎖？會不會害她進不去？還是能幫她抵擋身後的未知威脅？

快跑，伊芮奈！

而且這個聲音……

她母親的聲音在她的腦海和心靈中迴響。

她沒為了思考這是怎麼回事而停下腳步。

伊芮奈全力飛奔。

她的鞋子在大理石上打滑，她身後那人——怪物？——也奔跑追來。

伊芮奈拐過轉角時打滑跌倒，整個人狠狠撞上牆壁，肩膀疼痛難耐。她急忙爬起，重新加速，不敢回頭——

再快點！

伊芮奈看得見那扇門，看得見門縫滲出的燈火。

她的喉嚨裡爆發一聲啜泣。

後方的匆促腳步聲持續逼近。她不敢回頭查看，就怕影響平衡。

二十呎。十呎。五呎。

伊芮奈急忙朝門把伸手，使盡全力抓住，拚命推擠，避免腳下打滑。

門扉開啟，她急忙鑽進，緊接著用身子撞門闔起，摸索門鎖。有兩道鎖。

她鎖好第一道時，門外那人撞門。

整道門為之震顫。

她的手指顫抖，她的吐息以尖銳啜泣的型態逃出喉嚨。她拚命扳動較為沉重的第二道鎖。

她扣上這道鎖時，門板再次顫抖。

「這怎麼回事——」

「進你房間去，」她對鎧奧低語，不敢把視線從震動的門板和門把上移開。「**快進去**。」

伊芮奈這時終於轉頭，發現他在臥室門口，手持長劍，盯著門扉。

「外頭究竟是誰？」

「回你房間裡，」她的嗓門顫抖。「**拜託**。」

他看懂她臉上的驚恐。

他推輪椅回到臥室，幫她拉住門，等她進來後把門關上。

前門被撞出一條裂痕。鎧奧喀啷一聲把臥室門鎖上，而這扇門只有一道鎖。

「那個櫃子，」他冷靜道：「妳推得動嗎？」

伊芮奈立刻轉向門邊的抽屜櫃，沒開口答覆，而是直接上前推擠，鞋底又在光滑的大理石上打滑——

她踢掉鞋子，赤腳在石地上取得更多抓地力。她低哼推擠——

用櫃子堵住臥室門。

「通往花園的門。」鎧奧說話的同時，把用實心玻璃組成的花園門鎖好。

恐懼和驚慌盤踞她的五臟六腑，令她窒息。

「伊芮奈，」鎧奧平靜道，看著她的眼睛，安撫她的情緒。「最靠近花園的那道出入口離外廊有多遠？」

「走路兩分鐘。」她不假思索地答覆。想抵達外廊就必須穿越一個個房間，但因為大部分的房間都有人……他們倆必須抵達外廊的盡頭，不然就是冒險跑過隔壁的臥室……「也許一分鐘。」

「那就一秒也別浪費。」

她打量這間臥室。玻璃門旁邊是一個大型衣櫃，太高也太重——

但是浴室前的移動式屏風……

伊芮奈快步上前時，鎧奧從床頭櫃上拿起幾把匕首。

她抓住沉重的木屏風，又拉又推，屏風卡到地毯時她氣得罵髒話。但屏風有動——被她推到大衣櫃前。她接著拉開大衣櫃的門，把屏風卡在大衣櫃和牆壁之間，推動幾下，確保卡得牢固。

接著，她跑到書桌旁，掃掉上頭的書和花瓶，花瓶摔碎在地。

保持冷靜，集中精神。

伊芮奈把書桌拉到木屏風前推倒，強化這道屏障，翻桌時發出震耳巨響。

但是窗戶——

房間另一頭有扇窗，雖然開在高處，而且很小，可是——

「別管窗戶，」鎧奧推輪椅來到玻璃門前，一手持劍，另一手握著匕首。「他們如果想從那扇小窗進來，就會被拖慢動作。」

就方便他殺掉牠——不管牠是什麼。

「過來這裡。」他輕聲吩咐。

她照做，來回掃視臥室門和通往花園的玻璃門。

「深呼吸，」他告訴她：「維持冷靜。恐懼能跟武器一樣害妳很快丟掉性命。」

伊芮奈照做。

「拿起床上那把匕首。」

伊芮奈看著這個武器，遲疑不決。

「快。」

她抓起匕首，感覺這塊金屬冰涼又沉重，而且不順她的手。

他全神貫注地監視臥室門、花園門和小窗，呼吸平穩。

「浴室。」她呢喃。

「浴室裡的窗戶太高也太窄。」

「如果牠不是附在人類身上？」

她沙啞低語。她在那本書上看到的插圖——

「那我會拖住牠，妳趁機逃走。」

臥室門被家具堵住——

她聽懂他的意思。

「我不准你這麼做——」

臥室門震顫一下，兩下。

門把再三搖晃。

諸神在上。

殺手懶得從花園入侵，而是想直接從前門進來。

第三次撞門聲傳來，她嚇得退縮。第四次。

「穩住。」鎧奧低語。

伊芮奈手裡的匕首顫抖。鎧奧把身子對準臥室門，手中刀劍未曾搖晃。

第五次撞門聲，聽來憤怒又激烈。

然後——說話聲。

輕柔嘶聲，非男非女。

「伊芮奈。」低語聲從門縫飄進。她聽得出語中笑意。「伊芮奈。」

她感覺渾身發涼。那不是人類的嗓音。

「你想怎樣。」鎧奧的嗓音無異於鋼鐵。

「**伊芮奈**。」

她因為膝蓋劇烈顫抖而幾乎站不穩，學過的防身技巧全部忘光光。

「**快滾**，」鎧奧朝門扉低吼：「否則你會後悔。」

「伊芮奈，」牠嘶聲道，微微發笑。「**伊芮奈**。」

法魯格。那天晚上想殺她的就是這個法魯格，牠今晚再次找上她——

伊芮奈用另一手摀嘴，癱坐在床緣上。

「別害怕一個在黑暗中獵殺女人的懦夫。」鎧奧責備她。

門外的怪物低吼，門把咯唧搖晃。「伊芮奈。」牠重複。

鎧奧只是瞪著她。「妳的恐懼會給牠力量控制妳。」

「**伊芮奈**。」

他來到她面前，把匕首和長劍放在膝上。伊芮奈一愣，正想警告他別放下武器，但他已經在她面前停定輪椅，用雙手捧起她的臉，完全背對門扉，就算她知道他正在觀察來自身後的所有聲響和動靜。「我不怕，」他嗓門雖輕，但絕不虛弱。「妳也不該怕。」

「**伊芮奈**。」殺手厲聲咆哮，用力撞門。

她後退，但被鎧奧牢牢捧住臉。他始終凝視她。

「我們會面對這個難關，」他說：「一起。」

一起。在這裡活下去，或是死在這裡——一起。

她的呼吸恢復穩定，彼此的臉靠得極近，他的鼻息掠過她的嘴。

一起。

她沒想過使用這種字眼、感受這兩個字的意思……她上一次有這種感受是——

一起。

伊芮奈點頭。一下。兩下。

鎧奧打量她的眼睛，他的鼻息在她的唇上擴散。

他抬起她依然緊抓匕首的手，調整她的握姿。「不是往前直刺，而是稍微朝上。妳知道它的位置在哪。」他把一手按在自己的胸口上，心臟所在。「妳也知道其他要害。」

腦部，從眼窩刺進去。

割喉，放掉生命之水。

各處動脈，能確保對方迅速失血。

她是為了救人而牢記這些知識，不是為了……殺人。

可是門外的怪物……

「斬首的效果最好，但先試著讓牠倒下，好讓妳有時間砍頭。」

她意識到，他在這方面有經驗，他殺過這種怪物，擊敗過牠們。不是仰賴魔法，而是他本身的頑強意志力和勇氣。

而她……她曾翻山越嶺、遠渡重洋。她當時也是靠自己。

她的手不再顫抖，呼吸恢復正常。

鎧奧捏住她的手，刀柄的高級金屬緊貼她的掌心。「一起。」他最後重複一次，然後放開她，抓起膝上的刀劍，轉向門扉。

門外只有沉默。

他等候、計算、觀察，就像準備出擊的掠食者。

伊芮奈穩穩握著匕首，起身站在他身後。

玄關傳來撞擊聲——緊接著是吶喊聲。

她嚇一跳，但鎧奧顫抖地吐口氣——出於安心。

他比她更早認出那些喊聲。

衛兵的呼喊。

他們用的是霍赫語——朝臥室門呼喊，詢問他們的狀況：是否安全？有沒有受傷？

伊芮奈用不甚流利的霍赫語表示自己和鎧奧沒有受傷。衛兵解釋是女僕發現套房的門扉被撞破而急忙把他們找來。

套房裡除了伊芮奈和鎧奧之外沒有第三人。

第二十八章

在伊芮奈的請求下，衛兵很快把卡辛王子找來——否則她和鎧奧實在不敢移開堵住門扉的屏障。如果找來的是其他貴族，解釋起來就要花費不少工夫，但卡辛……他明白這個威脅有多嚴重。

鎧奧已經很熟悉這位王子的嗓音——伊芮奈當然更熟悉。聽見王子的說話聲從玄關傳來時，鎧奧對伊芮奈點頭，示意可以推開擋住房門的家具。

雖然只有那麼一秒，但鎧奧還是慶幸自己是坐在輪椅上，否則他可能會安心得腿軟跪地。他在事發時完全想不出對策，想不出辦法救她。坐輪椅面對法魯格，這無異於被判處死刑，儘管他當時判斷如果在適當時機擲出手中刀劍，也許能給自己和伊芮奈爭取一線生機。「擲出手中刀劍」居然已經是他最好的選項。

他當時已經決定豁出去，不在乎擲出武器就表示自己將手無寸鐵。他只在乎這麼做能幫她爭取多少逃命時間。

有人在追殺她，為此騷擾她至今。更糟的可能是那名殺手確實來自莫拉斯，真的是被法魯格附身的人類，畢竟那人的說話聲聽來確實像人。

鎧奧無法判斷那個嗓音是男還是女，只聽得出是人類。

伊芮奈保持冷靜，打開門，看見眼神狂亂、呼吸急促的卡辛。王子把她從頭到腳檢查一遍，然後瞥鎧奧一眼，接著又把注意力放回她身上。「發生什麼事？」

伊芮奈站在鎧奧的輪椅後面，說話時意外平靜。「我為了確保韋斯弗大人有服用藥水而回來這裡。」

騙子。熟練又貌美的騙子。鎧奧猜她回來是為了把他大罵一頓，他也為此等了整晚。

伊芮奈繞過輪椅，緊挨在他身邊，她的體溫因而溫暖了他的肩膀。「我快到這間套房的時候，感覺身後有人。」說明之後發生的一切時，伊芮奈不時左顧右盼，彷彿還是擔心怪物可能會從陰暗處蹦出來。卡辛問她懷疑誰可能想傷害她，她瞥向鎧奧，以眼神溝通：殺手那麼做大概是想嚇得她不敢再幫他治療，為了滿足莫拉斯的某種邪惡目的。但她只是跟王子說自己毫無頭緒。

卡辛板著臉，查看被撞出裂痕的臥室門，然後回頭對正在檢查套房的衛兵們下令：「你們當中四人在這間套房門外站崗，另外四人在走廊盡頭戒備，另外安排十二人在花園警戒，再安排另外六人把守通往此處的各走廊路口。」

伊芮奈吐口氣，聽來像是出於安心。

聽見她的嘆息，卡辛把手放在劍柄上，說道：「他們正在宮中四處搜索，我打算去幫忙。」

鎧奧知道王子這麼做不只是為了伊芮奈。王子有充分理由加入這場搜捕，他的房間窗戶大概還掛著白色奠旗。

英勇又忠誠。也許世上所有王子都該像他這樣，而且他也許會是個很適合鐸里昂的朋友——如果一切都能順利進行。

卡辛似乎為了冷靜下來而吸口氣，然後低聲詢問伊芮奈：「我離開這裡之前……讓我護送妳回泉塔吧？當然，我會多帶個武裝衛兵。」

看王子的眼裡充滿關心和期望，鎧奧決定暫時專心觀察仍在四處搜索的衛兵。

但伊芮奈只是雙臂抱胸，回一句：「我在這裡覺得更安全。」

鎧奧差點驚訝得對她眨眼。

她竟然覺得跟他一起待在這裡更安全。

他有點想提醒她一件事：他坐在輪椅上。

卡辛把視線移向他，彷彿這才想起他在場。王子眼裡的關心和期望被失望取代——失望和警告。他回瞪鎧奧。

鎧奧逼自己別以眼神警告卡辛：*別再這樣瞪我。去搜索皇宮吧你。*

他根本沒碰過伊芮奈。他今天一整天只想著娜斯琳那封信，不然就是想著自己看到阿申的袖子底下那條金屬臂時多麼震驚。

但王子只是低頭致意，一手按在胸口上。「妳如果需要什麼幫助，隨時派人通知我。」

伊芮奈勉強朝卡辛所在方位點個頭。看她態度如此不屑一顧，鎧奧有一點點替王子感到難過。

王子依依不捨地看伊芮奈最後一眼，接著轉身離去，幾名衛兵尾隨在後，其餘留在原地。鎧奧瞪著花園門，看著幾名衛兵去外頭站崗。

套房裡只剩他和伊芮奈的時候，他開口：「娜斯琳的臥室是空的。」

他以為她會問他說這個幹麼——但他意識到：她逃來這裡後一次也沒提到娜斯琳，沒試著叫醒娜斯琳，而是直接來找他。

所以伊芮奈接下來這句話並不令他意外：「我知道。」

他不在乎她是透過宮廷八卦還是探子得知。伊芮奈接下來的第二句話倒是讓他更覺得驚訝。「我──我能不能待在這裡？我可以睡地上──」

「妳可以睡床上。我今晚應該不打算闔眼。」

就算外頭有衛兵把守……他見過一個法魯格能同時殺掉多少普通人。他見過艾琳的身手──一名刺客單挑一大票對手，幾秒內就把他們砍倒在地。

沒錯，他今晚鐵定睡不著。

「你不能整晚坐在輪椅上──」

鎧奧以眼神反駁她。

伊芮奈噘口水，宣布要去浴室。她迅速梳洗時，鎧奧觀察外頭的衛兵和臥室門鎖的可靠度。她走出浴室，身上是同一套裙裝，領口潮溼，臉色又顯得蒼白。她在床前遲疑停步。

「他們已經換了床單。」鎧奧輕聲道。

她爬上床時沒看他。她的每個動作都比平時拘謹──軟弱。

她驚魂未定，雖然她在面對危險時表現得很好。他不確定自己當時有沒有能力推動那座抽屜櫃，但伊芮奈顯然從恐懼中獲取力量。他聽說過有些母親為了救出被車輪壓住的孩子而抬得動整輛馬車。

伊芮奈把身子鑽進被單底下，但還不想躺下。「殺人──是什麼樣的感覺？」

他想起凱因的臉孔。

「我──我在這方面其實是新手。」鎧奧坦承。

她歪頭看他。

「我是在去年冬至節過後……才第一次取人性命。」

她皺眉。「可是──你──」

「我是受過相關訓練，曾參與戰鬥，但我在那之前沒殺過人。」

「可是你是侍衛隊長。」

「我跟妳說過，」他苦笑：「那些事情說來話長。」

伊芮奈終於躺下。「可是你後來有殺人。」

「是的，不過數量沒多到讓我覺得習慣。當然，殺掉法魯格不會讓我於心不安，但被牠們附身的人類……有些已經永遠失去自我，但有些還在軀殼裡頭、遭到惡魔壓制。判斷誰該殺、誰可饒——我還是不知道哪些選擇是錯的，畢竟死人不會說話。」

她的腦袋在枕頭上滑動。「我七歲時曾在我母親面前發誓永遠不殺人。有些治療……她告訴我，有時候給患者死亡才是慈悲，但那跟屠殺不一樣。」

「的確不一樣。」

「我認為——不管今晚那人是誰，我當時恐怕真的會試著下殺手。我那時候真的……」他等著聽她說「我當時真的很害怕，怕得要死，因為唯一能保護我的人是坐在輪椅上」。「我真的打死也不想逃。雖然你說你會幫我爭取逃跑的時間，可是……我辦不到，我不想再逃一次。」

他感覺胸腔緊繃。「我懂。」

「我很慶幸我沒逃。可是——那個人跑掉了。也許我還不該覺得安心。」

「也許卡辛在搜索時會有成果。」

「我很懷疑。那個人在衛兵出現前已經不知去向。」

他默不作聲，過了一會兒說道：「我希望妳再也不需要用到那把匕首——或其他任何一把，伊芮奈，就算是為了給誰一個解脫。」

她眼裡的憂傷令他呼吸困難。「謝謝你，」她呢喃：「謝謝你當時願意為我殺人。」

從來沒有人對他說過這種話，就連鐸里昂也沒有，雖然他本來就不期望聽見。瑟蕾娜——**艾琳**——雖然感激他為了救她而殺掉凱因，但她本來就認為他的手遲早會染血。

艾琳當時的殺人紀錄早已豐富得讓他數不清；相較之下，他自己的手乾淨得讓他覺得……丟臉。他居然因為沒殺過人而感到慚愧。

在那之後，他殺過不少人——在裂際城，和那些反抗分子一起對抗法魯格。但是伊芮奈……她那句話減輕了他的殺人史給他造成的心理負擔。聽見那句話，他才用懷有自豪和安心的情緒看待自己的殺人歷史。

「我很遺憾娜斯琳決定離開。」伊芮奈在昏暗光線下低語。

我不要求你給我任何承諾，我也不會給你任何承諾。

「我對她承諾過要帶她踏上一場冒險，」鎧奧坦承：「她有權得到她想要的。」

沒聽見伊芮奈吭聲，他因此把視線從花園門轉向她，發現她蜷縮在被窩深處，她的注意力全集中在他身上。「那你呢？你有權得到什麼？」

「什麼也沒有。我沒資格得到任何東西。」

伊芮奈盯著他。「我一點也不同意。」她呢喃，眼皮越來越沉重。

他回頭繼續觀察出入口。過了幾分鐘後，他說：「我曾被給予不少，但都被我揮霍殆盡。」

鎧奧瞟向她，發現她已經睡著，表情柔和，呼吸均勻。

他凝視她許久。

破曉時，伊芮奈還沒醒。

鎧奧在自我許可的範圍內打了幾分鐘的盹。

陽光悄悄爬過臥室地板時，他已經洗了臉，驅逐了眼裡的睡意。

他來到套房外的走廊，伊芮奈依然動也不動。衛兵們就在卡辛吩咐的崗位上。鎧奧看著他們每個人的眼睛問路時，他們清楚說明他該怎麼走。

然後他告訴他們：如果伊芮奈在他暫離時受到任何傷害，他會打碎他們身上每一根骨頭。

幾分鐘後，他找到伊芮奈昨天提過的操練場。

這裡已經擠滿衛兵，有些人瞥他幾眼，有些人對他視而不見。有些人對他點個頭，他認出他們是跟阿申一起值勤的同事。

一名他不認識的衛兵走來；這人比其他衛兵都年長，頭髮蒼白許多。

這讓他想起昔日恩師——武器大師布羅。

死了——被吊在玻璃城堡的大門上。

鎧奧把這幅畫面趕出腦海，改成還在他的床上睡覺的那名女醫。他回想她是用什麼樣的表情對王子和全世界宣布她在這裡——在他身邊——覺得更安全。

看到周圍正在鍛鍊的衛兵們，看到這個操練場多像他以前那座，這些畫面雖然引發痛苦，但他想起阿申的義肢，想起阿申扶他下馬時讓他感受到不動如山的內斂力量。阿申雖然失去原本的胳臂，但依然是個稱職的衛兵——依然是個頂天立地的男子漢。

「韋斯弗大人。」灰髮衛兵用他聽得懂的語言開口：「現在這麼早，有什麼是我能幫你的？」這名男子顯然很機靈，知道鎧奧如果是為昨晚的襲擊事件而來，這個地方並不適合討論。不，這名男子知道鎧奧來此是出於完全不同的理由，而且他把鎧奧的緊繃姿態解讀成好奇而非警戒。

「我在老家的時候天天跟同鄉一起鍛鍊，」鎧奧邊說邊拿起帶來的長劍和匕首。「學到他們所有的本領。」

年長衛兵挑眉。

鎧奧瞪著對方的眼睛。「我想學會你的本領。」

名叫赫希姆的老衛兵把鎧奧操得呼吸困難，不管他是不是坐在輪椅上。

赫希姆的軍階只比侍衛隊長低一階，他負責監督衛兵們的訓練，並找到辦法讓鎧奧也能進行他們的訓練項目，不管是找人固定住他的腳，或讓他坐在輪椅上進行類似的動作。

他一年前就訓練過阿申——連同大多數的衛兵。他們當時一起合作，在阿申長達數月的復健過程中用各種方式幫他適應傷殘後的身體和新的戰鬥方式。

所以他們都沒瞪著鎧奧，沒嘲笑他，沒竊竊私語。

他們忙碌又疲憊得沒有這種精神。

幾小時後，太陽已升至操練場上空，但還是沒人休息。赫希姆繼續向鎧奧示範新的劍法，如何讓對手繳械。

不同的思維和殺戮方式與防禦方式。語言雖然不同，但都是殺人之道。

大夥在早餐時間休息，每個都虛脫得幾乎發抖。

鎧奧雖然氣喘吁吁，但其實還想繼續練下去，不是因為還有餘力，而是純粹因為想這麼做。

他回房洗澡時，伊芮奈正在等他。

之後，兩人進行了六小時的治療，彼此都陷進那團黑暗力量造成的黑影。治療結束後，他渾身疼痛難耐，伊芮奈疲憊得全身顫抖，但他感覺雙腳內部產生一種敏銳知覺，爬過踝部，原本的麻痺感如潮浪般退去。

當天晚上，伊芮奈在諸多衛兵護送下回到泉塔，他自己則睡得格外香甜。

第二天的天亮前，鎧奧已經在操練場等候赫希姆。

第三天也是。

第四天也是。

II

翻山渡海

TOWER *of* DAWN

第二十九章

娜斯琳和薩韃克準備離開阿西米爾山脈北部時，遭到風暴攔截。

王子醒來後瞥青紫雲團一眼，隨即吩咐娜斯琳盡量把所有行李固定在裸岩上。卡達菈來回挪動兩隻腳爪，抖動翅膀，以金眼觀察翻騰逼近的風暴。

在這種高山上，雷鳴聲沿每一塊岩石和每一條縫隙反彈。娜斯琳和薩韃克坐在棚狀岩塊底下，背靠岩壁，承受狂風鞭笞，她總覺得就連所在的這整座山都在震顫。但是卡達菈在風暴底下屹立不搖，用身子幫兩人稍微遮風避雨，就像一堵由白金羽毛組成的護牆。

但冰雨還是鑽漏洞找上門，把娜斯琳凍到骨子裡，就算薩韃克拿厚重的天鷹皮和羊毛毯裹住她。她的牙齒打顫，震得下巴疼痛，雙手麻痺。她把雙手夾在腋下，盡量保存體溫。

娜斯琳在魔法消失前本來就沒稀罕過魔法天賦。前任亞達蘭國王頒布了魔法禁令並把魔法持有者趕盡殺絕後，娜斯琳對「持有魔法」這種事更是想都不敢想。她滿足於練習箭術，學習如何使用小刀和長劍，並把自己的肉身鍛鍊成武器。她父親和姊姊每次問她為何習武時，她的答覆永遠是：魔法沒用了，但精良鋼鐵永遠可靠。

但此刻，坐在峭壁上任憑風雨襲擊得再也想不起暖意是何滋味時，她發現自己只希望血管裡能迸發一點火花，或是某個賜火者大搖大擺地從岩壁後面走來溫暖他們倆。

但是艾琳身在遠方，而且行蹤不明——如果赫薩蘅的情報屬實，起碼娜斯琳如此相信。真正的疑問是，艾琳及其朝臣失蹤是因為慘遭莫拉斯謀害？還是那位女王自己的安排？

娜斯琳在裂際城領教過艾琳的本領和密謀，因此相當確定答案是後者。那位女王會在選定的場所和確切時刻出現。娜斯琳猜想，這就是為什麼自己喜歡那位女王。世人都把艾琳當成魯莽的瘋子，但她其實非常懂得自制，而且深藏不露。

風暴在娜斯琳和薩韃克周圍肆虐時，她心想艾琳·加勒席尼斯是不是又藏了什麼連其朝臣都不知道的妙計。她只希望答案是肯定的——為了每個人著想。

但是牙齒顫個不停的娜斯琳提醒自己：魔法曾經失效。而且她會盡全力找出一個不靠魔法也能對抗莫拉斯的辦法。

數小時後，風暴終於轉往別處。薩韃克輕輕站起。卡達菈抖抖羽毛，把雨水甩得到處都是；娜斯琳當然沒資格抱怨，畢竟這頭天鷹幫他們倆擋下大半風雨。

他們倆在清澈山風中升空翱翔，進入山腳的遼闊草原。鞍座當然早已溼透，坐起來十分不舒服。

遭到風暴拖延，他們倆被迫又紮營一晚，這次是在一小片樹林裡，而且同樣沒生火。寒意還殘留在骨頭裡，樹根從鋪蓋底下戳刺她的背脊，而且水果、肉乾和受潮麵包完全無法填滿胃袋，但娜斯琳沒表示任何不滿。

薩韃克大方地把自己的毛毯讓給她，還問她要不要換穿他的衣服。但她意識到：自己跟他不算熟。跟她一同飛翔的這名男子，擁有蘇魯矛和銳眼天鷹的王子……他其實算是陌生人。

換作平時，這種事應該不會令她在意。她擔任護城衛兵時天天都在跟討人厭或情緒激動的陌生人打交道。她很少碰到令人愉快的陌生人，尤其是裂際城遭到黑暗勢力席捲的這半年。

但薩韃克……娜斯琳整晚發抖時都在想這次的決定是不是下得太過匆促，不管是否可能跟他結為盟友。

黎明灰光穿過松針縫隙而來時，她感覺四肢痠痛、眼睛刺痛。卡達菈已經醒來，只想早點升空。娜斯琳和薩韃克升空邁入最後一段航程前，只交換不到六句話。

飛了兩小時後，越往南的風變得越清新，薩韃克在她耳邊開口：「那個方向。」他指向東方。「往那裡飛半天，就能抵達大草原的北側，達岡族的據點。」

「你常去探望？」

他沉默一會兒，接著在風中開口：「他們效忠的對象是卡辛，還有——圖姆倫。」他說起妹妹的語氣已經透露許多答案。「不過，天鷹騎兵和達岡族原本是同一個群體。我們的老祖宗是騎著穆尼契馬追逐天鷹，追到塔凡山脈深處。」他指向東南方，這時卡達菈轉向飛往一片伸向天空的崎嶇高山，山中可見零星幾片森林和幾座冠雪高峰。「我們的老祖宗馴服天鷹後，有些馬王選擇不再回去大草原。」

「難怪你們有許多習俗都一樣。」娜斯琳低頭瞥向綁在鞍座上的蘇魯矛。下方遙遠的地面上，乾枯草原如金海般起伏，枝狀細川蜿蜒其中。

她趕緊把視線移向前方山區。雖然她早已習慣坐在這頭天鷹上就表示離摔死的可能性不算遠，但盯著地面還是讓她覺得胃袋痙攣。

「是的，」薩韃克說：「這就是為什麼我們這支騎兵隊常常跟達岡族並肩作戰。兩邊人馬的戰鬥方式雖然不同，但大多都知道怎樣合作。」

「地面騎兵搭配空中騎兵，」娜斯琳刻意不讓自己顯得非常感興趣。「你參加過戰爭嗎？」

王子沉默一分鐘。「規模不如正在北方大陸上演的那場。父王確保我們帝國裡的每一塊領土都知道某個道理：順我者昌，逆我者亡。」

她感覺背脊發涼。

薩韃克說下去：「目前為止，我曾奉命參戰兩次，讓動盪地區記得這個冰冷事實。」他的灼熱鼻息拂過她的耳朵。「天鷹騎兵分成幾個氏族。我學會怎樣處理氏族之間的多年恩怨。」

他沒說明他是透過慘痛教訓才學會，只是說：「妳擔任護城衛兵時一定也應付過類似的問題。」

她嗤之以鼻。「我當時只是負責巡邏，很少升職。」

「妳箭術那麼好，我還以為整座城都歸妳管。」

娜斯琳微笑。他真會說話。薩韃克的自信外表下是個厚臉皮的調情者。但她考慮他暗示的提問，雖然她好幾年前早就知道答案。「在讓女人當兵這件事上，亞達蘭不像……卡岡政權這麼開明。」她坦承。「我的武藝也許還可以，但升職的大多都是男人，我只能繼續在城牆或繁忙街上巡邏。應付黑幫或貴族之類的差事是交給地位更高的衛兵處理，還有亞達蘭當地的家族。」

每次發生這種事，姊姊都為她感到忿忿不平，但娜斯琳知道如果跟上級發脾氣……他們會說她能加入護衛隊就該懂得感激，然後命令她繳回佩劍和制服。她決定繼續待在這個崗位上，繼續被忽視，不只為了薪水，也因為像她這種喜歡幫助弱小的衛兵沒幾個。她是為了他們而留下，看著能力不如她的同事升職。

「啊。」王子又沉默片刻。「我聽說過他們不太歡迎外國人。」

「這個說法略嫌保守。」她不是有意讓語氣這麼冰冷，但她父親就是堅持要全家人待在裂際城，認為那裡能提供更好的生活。亞達蘭發動征服北方大陸的戰爭時，父親還是堅持留下，就算母親試著說服他帶家人回到安第加，她心目中真正的家園。但他堅持不走，也許出於頑固，也許因為他覺得搬走就會讓不歡迎他的人稱心如意。

娜斯琳努力試過不為這件事責怪父親。姊姊也搞不懂娜斯琳為何有時候在這個話題上表達不滿。德萊菈一直很喜歡裂際城，喜歡這座城市的繁忙，並決心贏得這些冷酷居民的心；不意外的，她嫁給一名在裂際城土生土長的男子。姊姊算是真正的亞達蘭之子，至少是一度繁榮、以後也許能恢復昔日榮光的那個亞達蘭。

卡達菈捕捉到一陣疾風，下方世界化為模糊影子，前方那些高山持續逼近。薩韃克輕聲問道：「妳是不是曾經——」

「不值一提。」因為她有時候還是能感覺到被裂際城的人們扔石頭砸到腦袋，還是能聽見那些孩子的挑釁。她嚥口水，補充兩個字：「殿下。」

他回以低沉笑聲。「我的頭銜又登場了。」但他沒繼續追究這件事，只是說：「我得拜託妳別在其他騎兵面前叫我王子或殿下。」

「你打算拜託我？還是正在拜託我？」

他交叉雙臂，以開玩笑的姿態假裝對她提出警告。「我花了好幾年工夫才說服他們別再問我需不需要絲綢拖鞋、要不要僕人幫我梳頭。」娜斯琳聽得呵呵笑。「我在他們當中只是薩韃克，」他補充幾字：「或隊長。」

「隊長？」

「看來這也是妳我之間的共同點。」

果然是厚臉皮的調情者。「可是六支鷹族都由你統領，他們都聽命於你。」

「沒錯，而且我們全都聚在一起的時候，我才是王子。但在我的家族所屬的伊瑞丹氏族當中，我是他們那些部隊的隊長，而且我對我的族母百依百順。」為了加強語氣，他又捏捏她的手。「我建議妳也照做，除非妳想在風暴當頭時被扒光衣服綁在峭壁上。」

「老天。」

「沒錯。」

「她曾經把你——」

「沒錯，而且借用妳剛剛的臺詞，這件往事不值一提。」

娜斯琳忍不住又輕笑幾聲，意外地發現自己因為這幾分鐘笑個不停而臉頰痠痛。「感謝你的警告，隊長。」

隨著距離持續縮短，塔凡山脈化為一堵龐大的深灰石牆，比她在老家見過的任何山都高，雖然她以前也沒近距離看過任何高山。她的家人很少造訪亞達蘭的內陸或鄰近王國，大多因為她父親很忙，但也因為那些偏遠地區的居民不太喜歡外人，就算他們的孩子是出生在亞達蘭的土地上，而孩子的母親是亞達蘭人——有時候後半段這個事實更令那些人氣憤。

娜斯琳只希望天鷹騎兵會更友善點。

她雖然聽過父親說過一大堆故事，但那些故事都無法描述天鷹騎兵在塔凡山脈的三座陡峭高峰上建立鷹巢是多麼艱難的壯舉。

不同於馬族在大草原上遷移時所用的大型框架式帳篷，伊瑞丹氏族的鷹巢是鑿山而建的房屋和廳室，大多原本是給天鷹棲息用的巢窩。

其中一些巢窩依然存在，通常就在一名騎手及其家人附近，以便主人隨時召喚天鷹，召喚方式包括吹口哨，或有人爬上吊在岩壁上的無數繩梯，用這種方式爬過諸多住家和洞穴之間。山峰之中也有挖出樓梯，大多是給老人和孩童使用。

每一間房屋本身都設有寬敞的洞口，以便天鷹降落，洞口下方就是住宿區。岩壁開了幾扇窗，房間隱藏在石壁後面。開窗是為了把新鮮空氣引進裡頭的房間，雖然這裡一點也不缺乏空氣流動。山風如河流般穿梭於伊瑞丹氏族所在的三座山峰之間，體型不一的天鷹在這裡高飛或俯衝。娜斯琳數不清這幾座山峰上到底鑿建了多少間房屋，只知道絕對有成百上千，而且可能有更多隱藏在山洞裡。

「這——這只是一支氏族？」這是她沉默幾小時後第一次開口。

卡達菈飛向中間那座山峰。暖牆般的薩韃克俯身向前，引導娜斯琳在鞍座上坐穩。他用大腿夾住她的大腿，挪移肌肉，用腳鐙幫彼此穩住平衡。「伊瑞丹氏族規模最大——而且自稱歷史最悠久。」

「所以你們其實不是歷史最悠久？」周圍的鷹巢看起來確實古老。

「每一支氏族都自稱歷史最悠久、是當年第一批飛鷹騎士。」他的隆隆笑聲引發她的身體共鳴。「所有氏族聚在一起舉行大會的時候幾乎都在吵這個。在別的氏族成員面前聲稱自己的氏族最古老，後果會比拿他們的老婆開玩笑還嚴重。」

娜斯琳微笑，就算因為懼高而緊閉眼睛。卡達菈迅捷平穩地飛向最寬敞的一面平臺——她意識到那算是起降臺。許多人站在洞口的龐大拱門底下舉手致意。

她在耳邊感覺到薩韃克的微笑。「那是奧頓山宮，我的族母和我的家族的家。」奧頓的意思是「風之家」，這三座山峰被稱作「多戈」，意思是「三歌手」，而奧頓峰的確最大。這個洞口本身至少高四十呎，寬一百二十呎。她勉強能看見洞穴裡的柱子和龐大廳室。

「那是接待廳，會議和宴會都在裡頭舉行。」薩韃克說明時用雙臂抱住她，因為卡達菈這時反向振翅。她如果在群眾面前緊緊閉眼，一定不會贏得好感，不過──

娜斯琳一手抓住鞍角，另一手緊抓薩韃克固定在她膝後的膝蓋，勁道足以留下瘀痕。

王子只是輕聲發笑。「看來神射手也有弱點。」

「我很快就會找出你的弱點。」娜斯琳回嘴，又換來他的輕柔笑聲。

天鷹慈悲地穩穩降落在光滑黑石平臺上，在洞口等待的人們承受牠振翅引發的強勁氣流。

著陸完成後，娜斯琳很快打直腰桿，放開鞍座和王子，看到洞穴廳室裡到處都是經過雕飾彩繪的木製柱子。無數火盆燃燒其中，給柱子的綠漆和紅漆之間的金色顏料染上光芒，紋路鮮明的厚地毯覆蓋大部分的石地板，廳室裡只有一張圓桌，對側牆壁看似有一座小型高臺。在高臺後面，托架上的火炬給陰暗山洞帶來光明。廳室裡的一條走廊通往山洞深處，兩邊設有許多門扉。

但是奧頓山宮的中心處是一團火。

火坑鑿建於地板，又深又寬，幾道寬階通往坑裡，就像一座小型的圓形劇場，但壓軸好戲不是舞臺，而是一團烈火。火爐。

這裡確實適合飛翼王子。

娜斯琳挺起肩膀。圍觀的男女老幼上前，各個面帶燦爛笑容。有些穿著相似的皮衣，有些穿著更鮮豔、蓋過膝蓋的厚羊毛大衣。他們大多跟薩韃克一樣頭髮烏黑，金棕皮膚經歷風吹雨打。

「哎呀呀。」一名少女慢條斯理道；她身穿鈷藍與紅寶石雙色大衣，穿著靴子的腳在光滑的石地板上頻頻踏地。娜斯琳逼自己靜止不動、承受對方的打量目光。少女的兩條辮子以紅色皮繩綑綁，垂過胸前。她把一條辮子撥到肩後，說道：「看看誰決定放棄溫暖被窩和精油熱水澡、再次回來咱們這兒。」

娜斯琳刻意維持面無表情。薩韃克只是放下卡達菈的韁繩，以眼神告訴娜斯琳「現在懂我的意思了吧」，接著低頭對少女說：「妳明明一直在祈禱我會多帶幾雙漂亮的絲綢拖鞋給妳，波緹。」

娜斯琳咬脣忍笑，但其他人沒忍，他們的笑聲沿周圍岩石反彈。

波緹交叉雙臂。「我也覺得你一定知道上哪能買到那種拖鞋，畢竟你自己最愛穿。」

薩韃克捧腹大笑。

娜斯琳不禁目瞪口呆。他在皇宮的時候一次也沒這樣笑過。

而她自己上一次這樣開懷大笑是什麼時候？她就算跟叔叔嬸嬸在一起的時候也笑得拘謹，彷彿被某種看不見的毛毯壓住。她上一次這樣笑過的時候，八成只是個護城衛兵、根本不知道裂際城的下水道裡潛伏著什麼樣的怪物。

薩韃克俐落地跳下鞍座，伸手表示要扶娜斯琳下來。

看到他這個舉動，周圍十幾名觀眾因此仔細觀察她。波緹觀察得比誰都仔細。

娜斯琳除了身上的皮衣之外，完全沒有這個族群該有的特徵。

她不是第一次接受陌生人的目光盤查，就算她此刻是站在奧頓的鍍金大廳前，被天鷹騎兵包圍。

娜斯琳無視薩韃克伸來的手，而是逼自己的僵硬身體把一腿靈活地滑過鞍座，自行跳下。她觸地時覺得膝蓋有點痛，但還是顯得優雅。她逼自己別摸頭髮——她相當確定頭髮雖然綁成短短的髮辮，但看起來還是像雞窩。

波緹黑眸裡閃過一絲欽佩目光，接著朝娜斯琳撇個頭。「巴爾朗女子穿著天鷹騎兵的皮衣。這倒是難得一見。」

薩韃克沒吭聲，只是瞥娜斯琳一眼，表示邀請，也是挑戰。

娜斯琳把雙手插進緊身長褲的口袋，一派輕鬆地來到王子身邊。「如果我跟妳說我今早看到薩韃克磨指甲，妳會不會更覺得難得一見？」

波緹瞪著娜斯琳，眨眼一下。

然後仰頭大笑。

薩韃克投給娜斯琳一個表示讚賞加投降的眼神，接著說：「這位是我的族妹波緹，族母珂爾倫的孫女兼繼承人。」他伸手想拉扯波緹的一條辮子，結果被她拍開。「波緹，這位是娜斯琳‧法里克隊長，」他停頓兩秒後補充說明：「來自亞達蘭皇家侍衛隊。」

現場一陣沉默。波緹挑起黑眉。

一名身穿鷹族皮衣的年長男子上前。「他們的隊長居然是個巴爾朗女子，而且她居然跑來這麼遠的地方，這兩點究竟哪一點更不尋常？」

波緹揮手趕走他。「你就喜歡瞎扯淡、講廢話。」令娜斯琳震驚的是，男子畏縮地乖乖閉嘴。「真正的疑問是……」波緹對薩韃克賊笑。「她是以使節還是新娘的身分前來？」

娜斯琳瞠目結舌地瞪著這名少女，再也無法故作鎮定。薩韃克厲聲道：「**波緹**。」

波緹一臉沾沾自喜。「薩韃克從沒帶過這麼漂亮的女士回家——無論來自亞達蘭或安第加。法里克隊長，妳走在懸崖邊的時候可得謹慎點，小心被這裡的哪個女孩兒推一把。」

「妳會是其中之一嗎？」娜斯琳語氣平靜，但臉龐漲紅。

波緹板起臉。「我覺得應該不是。」又有些人發笑。

「波緹是我的族妹，」薩韃克帶娜斯琳走向火坑邊緣的椅子。「我把她當成血親，就像我自己的妹妹。」

波緹收起嘻皮笑臉，走到薩韃克身旁。「你的家人過得如何？」

薩韃克面無表情，黑眼裡只是微微閃爍。「很忙。」他簡短答覆。說了等於沒說。

但是波緹點頭，保持沉默，彷彿很清楚他的心情和意願。薩韃克護送娜斯琳來到一張雕飾彩繪木椅坐下。熊熊大火送來宜人暖意，她把凍僵的雙腳伸向爐火時差點舒服得呻吟。

波緹嘶吼：「薩韃克，你連幫你這位紅粉佳人準備一雙像樣的靴子都懶？」

薩韃克回以低吼警告，但是娜斯琳對自己腳上的柔軟皮靴皺眉。這雙靴子比她自掏腰包買過的都貴，但是鐸里昂・赫威亞德堅持要送她，他當時對她眨眼說這是制服的一部分。

她不禁好奇，無論他現在在哪，是不是還能像以前那樣自在微笑、同樣揮霍。

她瞥向波緹，對方的靴子雖然也是皮革，但更厚——內襯似乎是最厚的羊皮，絕對更適合寒帶。

「我相當確定妳能幫忙弄一雙來。」薩韃克對族妹說。娜斯琳在椅子上不自在地挪動時，義理兄妹倆走回卡達菈所在。

人們包圍薩韃克，嗓音極輕，坐在廳室裡的娜斯琳因此聽不見。但王子邊卸下行李邊跟他們談話，面帶輕鬆微笑。他把行李遞給最近的人，然後卸下卡達菈身上的鞍座。

他撫摸這頭金鷹的頸部，然後用力一拍牠的側身。卡達菈立刻振翅升空，消失在山峰後面。

娜斯琳考慮要不要幫他們把行李搬進山洞，但是爐火送上的暖意滲過她全身，害她的兩條腿動彈不得。

薩韃克和波緹再次出現，其他人紛紛散場，這時娜斯琳注意到一名男子坐在廳室對面的一口火盆旁，他身旁的小型木桌上放著一個飄著白煙的杯子。他的膝上雖然攤著一張卷軸，但他的眼睛盯著她。

她發現他身上有許多特別之處：他雖然是古銅膚色，但顯然不是來自南方大陸；他的棕色短髮完全不同於鷹族的長辮造型；他的衣服似乎更像亞達蘭的外套和長褲。

他雖然體格魁梧，但沒有戰士那種高傲和冷酷，而且腰間只有一把匕首。他看起來年近五十，眼角有幾條風吹日晒所造成的細紋。

波緹帶薩韃克繞過火坑，走過幾根柱子，來到男子面前。男子站起，鞠躬致意，身高跟薩韃克差不多。雖然相隔一段距離，加上爐火劈啪作響、山風呼嘯，娜斯琳還是聽得見他用蹩腳的霍赫語開口：「很榮幸見到你，王子。」

波緹噗哧一笑。

薩韃克只是簡短點頭，用北方大陸的語言回話：「聽說你這幾星期都是我們的族母的貴賓。」

「是的，她真的很大方。」男子似乎因為聽見對方會說北方語而有些安心。他瞥娜斯琳一眼，她沒假裝沒在旁聽。「我剛剛似乎聽見有人提到來自亞達蘭的侍衛隊長。」

「法里克隊長負責監督皇家侍衛。」

男子瞪著娜斯琳，喃喃自語：「原來如此。」

娜斯琳回瞪他。*隨便你。你愛看就看。*

薩韃克以尖銳口吻問道：「你叫什麼名字？」

男子依依不捨地把目光移回王子身上。「法爾坎・恩納。」

波緹用霍赫語對薩韃克說：「他是商人。」

如果他來自北方大陸……娜斯琳站起，踏著近乎無聲的步伐上前。她確保他們把她從頭到腳打量一番，法爾坎絕對有這麼做。她確保他注意到她動作優雅不是出於女人味，而是她受過訓練，懂得如何悄悄接近目標。

法爾坎渾身僵硬，彷彿終於意識到這點，也明白自己如果膽敢亂來，腰間的匕首根本對付不了她。

很好。他已經比裂際城許多人都聰明。娜斯琳在適當距離外停步，詢問商人：「你有任何消息嗎？」

她剛剛以為他的眼睛是黑色，現在才發現是很深的藍寶石色。他年輕時應該十分英俊。

「關於？」

「關於亞達蘭，關於……什麼都行。」

法爾坎的站姿十分平穩，八成習慣在討價還價時寸步不讓。「隊長，我也希望我能給妳任何情報，可惜我這兩年多都待在南方大陸，妳知道的應該比我還多。」他巧妙地提出請求。

她懶得理會。她沒打算把亞達蘭王國的事情說給大家聽。因此娜斯琳只是聳肩，轉身回去原本的座位。

「我離開北方大陸之前，」她轉身離去時，法爾坎說下去：「皇家侍衛隊長是一個叫做韋斯弗的年輕男子。妳是他的接班人？」

小心。她確實必須小心，不能洩漏太多，無論對他還是任何人。「韋斯弗大人如今是鐸里昂・赫威亞德國王的御前首相。」

商人一臉震驚。她仔細觀察他臉上每一條肌肉的變化。他的表情不是出於喜悅或安心，但也不是出於憤怒，只是單純的……驚訝。誠實又強烈的震驚。「鐸里昂．赫威亞德成了國王？」

看娜斯琳挑眉，法爾坎解釋：「我這幾個月都待在深山野嶺，消息傳來得緩慢又稀少。」

「你來這種地方經商還真怪。」薩韃克咕噥。娜斯琳不得不同意這句話。

法爾坎只是對王子緊繃微笑。看來這個人也有祕密。

「你們這趟旅行這麼漫長，」波緹打岔，挽住娜斯琳的胳臂，拉她去廳室的陰暗深處。「法里克隊長需要吃些東西、洗個澡。」

娜斯琳不太確定該感謝還是埋怨這名少女打斷這場談話，但……她確實覺得飢腸轆轆，而且她已經很久沒洗澡。

薩韃克和法爾坎都沒攔住她們倆。波緹護送她進入一條通往洞穴深處的走廊時，聽見兩名男子再次開始低聲談話。這條走廊兩邊有幾扇木門，有些打開，裡頭是小臥室——甚至有一間是個小圖書館。

「那個男人是個怪咖，」波緹用霍赫語說：「我的外婆就是不願意讓我們知道他為什麼來這裡——他想要什麼。」

娜斯琳挑起一眉。「也許為了做交易？」

波緹搖頭，打開其中一道門。這個房間很小，一張小床靠牆擺放，另一堵牆邊放著置物箱和木椅，對側牆邊放著洗臉盆和水壺，連同一疊看似柔軟的布。「我們沒東西可賣。商人這個角色平時應該是由我們扮演——是我們把貨物送往大陸各處。我們這個氏族雖然沒什麼財物，但另一些氏族……他們的鷹巢堆滿來自各領土的寶藏。」她用腳趾碰碰吱嘎作響的小床，皺眉道：「他們可沒有這種破舊垃圾。」

娜斯琳咯咯笑。「也許他想幫你們擴大生意。」

波緹轉身，兩條髮辮為之甩動。「不。他沒跟任何人見面，而且似乎沒這種興趣。」她聳肩。「這也不是重點，唯一的重點是他在這裡。」

娜斯琳記下這點情報。他看起來不像來自莫拉斯的奸細，但誰知道埃拉魍的影響力已經擴張到什麼程度？如果真的已經觸及安第加，就很可能已經深入這塊大陸。她會提高警覺——薩韃克想必已經這麼做。

波緹勾轉一條辮子。「我有注意到妳如何打量他。看來妳也認為他來這裡不是為了做生意。」

娜斯琳評估說出真相有沒有好處，然後開口：「當前局勢對我們每個人都充滿變數，我已經學會別輕信任何人的說詞和外表。」

波緹放下髮辮。「難怪薩韃克帶妳回家。妳講話的方式跟他有夠像。」

娜斯琳強忍笑意，不太像讓對方知道自己覺得這種話是稱讚。

波緹嗅聞空氣，揮手示意這個房間。「雖然沒卡岡皇宮那麼棒，但總好過睡在薩韃克的臭鋪蓋上。」

娜斯琳微笑。「我猜任何床鋪都好過他的鋪蓋。」

波緹竊笑。「我不是開玩笑。妳需要洗澡，也需要梳頭。」

娜斯琳這才伸手摸摸頭，果然大驚失色——頭髮無處不糾結。光是解開辮子就會是惡夢一場。

「就連薩韃克也比妳會綁辮子。」波緹挖苦。

娜斯琳嘆氣。「我姊雖然盡力教過我，但我在這種事上還是無能為力。」她對少女眨個眼。「不然妳以為我幹麼留短髮？」

的確，娜斯琳在十五歲那年的某天下午頂著削短到鎖骨的頭髮回家時，姊姊真的暈倒。從那天起，她一直把頭髮維持在這種長度——不只為了氣死德萊菈，也因為短髮真的容易打理。挽弓耍刀是一回事，至於整理頭髮……她在這方面是扶不上牆的爛泥。而且頂著一頭美髮跑去衛兵們的兵營絕對不會獲得好評。

波緹只是對娜斯琳點一下頭，彷彿已經猜到這點。「妳下次飛行前，我會幫妳綁個像樣的辮子。」她指向走廊一條通往陰暗處的窄梯。「往那兒走是澡堂。」

娜斯琳嗅嗅自身，愁眉苦臉。「噢，好噁心。」

波緹對回到走廊上的娜斯琳笑道：「我沒想到薩韃克沒被妳熏得掉淚。」

娜斯琳咯咯笑，跟在少女身後，只希望能洗個滾燙的熱水澡。又一次感覺到波緹的評估目光時，她問：「怎麼了？」

「妳是在亞達蘭長大的？」

娜斯琳思索她為何這麼問。「是的，我在裂際城土生土長，不過我父親的家族來自安第加。」

波緹沉默一會兒。來到狹窄的樓梯間、進入昏暗深處時，波緹回頭對娜斯琳微笑道：「那麼，歡迎回家。」

娜斯琳心想，這也許是自己這輩子聽過最悅耳的一句話。

雖然必須把一壺壺熱水倒進古老的黃銅浴缸才能洗熱水澡，娜斯琳泡進去的時候完全沒抱怨。

一小時後，頭髮終於撫平梳理完畢，她坐在大廳的巨大圓桌前，貪婪地把烤兔肉塞進嘴裡，身上是波緹提供的溫暖厚衣。

袖子上的鈷藍和水仙黃的刺繡圖案跟烤肉一樣引起她的注意。

這件衣服很美——大廳裡雖然燒著爐火，但還是相當寒冷，而這身衣服為她驅逐了所有寒意。

她的腳趾……波緹真的給她弄來一雙有羊毛內襯的靴子。

同桌的只有薩韃克，他坐在娜斯琳身旁，同樣沉默地狼吞虎嚥。他還沒洗澡，但被風吹亂的頭髮已經重新編成辮子，長辮垂於背肌中間。

開始覺得肚皮飽滿，手指動作放慢時，娜斯琳瞥向王子，發現對方微微一笑。

薩韃克開口：「好過葡萄和鹹豬肉？」

她朝盤子上的骨頭撇下巴，做出無聲答覆，然後看著手指上的油漬——直接舔掉會不會很沒教養？這些食物的調味實在一流。

娜斯琳暫停進食。他們倆來這裡是為了尋求那名女子的建議——

「我的族母，」他的微笑消失。「不在這裡。」

「波緹說族母會在明天或後天回來。」

她等他說下去。沉默有時候跟發問一樣有效。

薩韃克推開餐盤，雙臂撐在桌上。「我知道妳有時間壓力。我如果辦得到，一定會親自去找她，但就連波緹也不確定她去哪。珂爾倫就是……這樣飄忽不定。她的蘇魯矛在風中往哪飄，她就騎著天鷹往哪追。如果我們膽敢阻止她，一定會被她揍。」他指向靠近洞口的矛架，他自己的蘇魯矛就掛在上頭。

娜斯琳見狀微笑。「她聽起來是個很有意思的人。」

「她是。在某些方面，我跟她的關係好過……」他搖搖頭，欲言又止。好過他跟他的親生母親。的確，娜斯琳在宮裡的時候沒見過他這麼坦率，他跟波緹相處得比跟他自己的手足還愉快。

「我可以等。」娜斯琳終於開口，逼自己別皺眉。「韋斯弗大人還需要時間治療，而且我跟他說了我會離開三星期。我可以多等幾天。」諸神在上，拜託別讓我多等太久。

薩韃克點頭，指尖連番輕敲這張古老木桌。「今晚我們好好休息，但明天……」他淺淺一笑。「明天帶妳參觀如何？」

「榮幸之至。」

薩韃克的笑意加深。「也許我們還可以練練箭術。」他打量她，目光坦率得害她不自在地挪動身子。「我很想跟涅絲之箭較量一番，我相信這裡的年輕戰士們也想。」

娜斯琳推開面前的餐盤，挑眉道：「他們聽說過我？」

薩韃克露齒而笑。「我上一次待在這兒的時候好像跟他們說了一、兩個故事。不然妳以為我們來到這兒的時候為什麼有那麼多人迎接？他們平時才懶得迎接我。」

「可是波緹看起來似乎從沒聽說過我——」

「妳覺得波緹看起來像是會熱情招呼任何人的類型嗎？」

她感覺內心深處綻放暖意。「是不像。可是他們怎麼知道我會來？」

他答話時咧嘴而笑，就像典型的傲慢王子。「因為我在出發的前一天就捎了信，讓他們知道妳大概會跟我一起來。」

娜斯琳瞪著他，沒辦法故作鎮定。

薩鞾克起身，收拾彼此的餐盤。「我跟妳說過我多麼希望妳願意與我同行，娜斯琳・法里克。如果我沒能帶妳一起來，波緹鐵定會笑我一輩子。」

第三十章

娜斯琳待在山宮深處的房間裡，完全無法判斷自己睡了多久、現在大概是上午幾點。她醒來時觀察門外所有聲響，聆聽是否有人走動。她猜薩韃克應該不會因為她賴床而責備她，但如果鷹族以前真的天天取笑他的王子身分，那麼睡懶覺恐怕不是一個能討他們喜歡的好方法。因此她在床上翻來覆去，偶爾睡個幾分鐘，注意到門縫閃過影子時決定放棄睡覺。看來奧頓山宮裡已經有人醒了。

她梳洗更衣。房裡還算溫暖，所以水壺裡的水並不冰涼，雖然她很想拿冷水沖掉眼睛裡的睡意。

三十分鐘後，她坐在薩韃克身前的鞍座上，後悔剛剛有這種心願。

她來到依然寂靜的大廳時，發現薩韃克果然已醒，而且正在給大鷹裝上鞍座。火坑仍燒著熊熊烈火，彷彿整晚有人添加柴火，但大廳裡只有王子及其坐騎。他拉娜斯琳上鞍、卡達菈載著兩人跳出洞口時，大廳裡依然空蕩。

卡達菈往下俯衝，凜冽空氣朝娜斯琳迎面而來。

空中有另外幾頭天鷹。在黎明照映下，薩韃克用輕柔嗓音對她說牠們大概正在獵捕早餐。他這次出門也是為了讓卡達菈覓食。

卡達菈飛出伊瑞丹鷹巢所在的三峰，深入長滿杉樹的山區，從一條湍急綠河裡抓出六條肥美銀鮭，拋到半空中再一口吞下。

薩韃克拉扯韁繩，轉向飛往一群較小的山峰。

「那是訓練航道，」他指向那個方位，該山區的岩石較為平滑，山峰之間的高度落差也比較小，看起來很像地勢平坦的溝壑。「讓新手學習騎術的路線。」

雖然該區域看起來不像多戈三峰那麼危險，但也絕對稱不上比較安全。「你說過是你把卡達菈從小養到大。每個騎手都是？」

「初學者例外。孩童剛開始學習騎術時，乘坐的是經驗豐富、脾氣溫馴但無法進行長途飛行的年老天鷹，一直練到十三、十四歲時再尋找、養育並訓練各自的雛鷹。」

「十三——」

「我們第一次飛行是在四歲，或者該說這是常規。我跟妳說過，我第一次飛行時比鷹族孩童晚了幾年。」

娜斯琳指向訓練航道。「你們居然讓四歲小孩沿那種地形飛行？」

「四歲孩童一開始飛的那幾趟，通常會由家人或同族成員陪同。」

娜斯琳對這片小型山脈眨眨眼，無法想像自己的姪女和外甥——他們到現在只要聽見「該洗澡囉」就會在屋子裡四處尖叫裸奔——不僅必須指揮她乘坐的這種猛禽，還得穩穩坐在鞍座上。

「大草原上的馬族也受過同樣訓練，」薩韃克解釋：「大多數的孩子在六歲時就能站在馬背上。只要腳夠得到腳鐙，就開始學習在馬背上張弓使矛。至於我們鷹族的孩子，站在飛鷹背上當然不實際——」想像那幅畫面，他呵呵笑。「但也受過其他類似訓練。」太陽從山峰後面探頭出來，晒暖她被天風啃咬的肌膚。「第一任卡岡王就是這樣征服了這塊大陸。我們的族人當時已經是訓練有素的騎兵隊，而且早就習慣自行攜帶軍事補給。而他們面對的敵軍……那些王國沒料到我們有辦法騎馬橫越冬季冰地，而是以為我們會在最冷的那幾個月躲在城堡裡。他們也沒料到我們的軍隊是輕裝上路，軍中的工程師能把一路上發現的任何原料製成武器。巴爾朗的『工程師學院』至今依然是卡岡王朝中最具聲望的學校。」

娜斯琳知道這點，她父親三不五時會提到工程師學院。她有個遠房親戚曾在那裡就讀，後來還因為發明了某種收割機而小有名氣。

薩韃克指揮卡達菈往南飛，高高飛越冠雪山峰。「那些王國也沒料到我們的軍隊會選擇充滿危險性的路線、從後方進攻。」他指向西方地平線上的一片白帶。「那裡是奇佐坦沙漠，數百年來都是乾草原和綠草原之間的天然屏障。如果想征服南方領土，一般人會選擇繞過沙漠，而這就讓防禦方有充足時間集結軍隊。所以，那些王國聽說卡岡王率領十萬人馬逼近時，便集結部隊準備攔截，」他的一字一句都充滿自豪。「結果發現他們瞧不起的沙漠遊牧民族跟我們成了朋友，指引我們橫越了奇佐坦沙漠。卡岡王得以從後方悄悄接近，重創未設防的城市。」

她在耳邊感覺到他的微笑，發現自己稍微更靠向他的身軀。「當時發生什麼事？」她以前只聽說過那些故事的片段，不像這次這麼詳細，更何況敘事者就是那條光榮血脈的後代。「全面開打？」

「不，」薩韃克說：「他其實每次都會盡量避免血戰，而是抓幾個重要領袖來開刀，嚇得人心惶惶，達到不戰而屈人之兵的目的。那些城市或敵軍眼見兵臨城下，大多數會直接放下武器，接受他的投降條件以換取保護。他把恐懼當成武器，就像他的蘇魯矛。」

「我聽說他有兩把——我是指蘇魯矛。」

「沒錯，我父王也是，我們把他的兩支矛稱作『黑檀』與『白牙』。綁著白鬃的那把蘇魯矛是在和平時期攜帶，綁著黑鬃的那把則是帶上戰場。」

「我猜第一任卡岡王在那場戰役時是帶著黑檀。」

「噢，一點也沒錯。他橫越奇佐坦沙漠、重創第一座敵城後，關於抵抗者有何下場、他確實帶著黑檀矛的消息傳得又快又廣。如此一來，他率軍來到下一個王國時，敵方甚至懶得集結軍隊，而是當場投降。卡岡王為此給了他們豐厚獎賞——也確保其他王國得知此事。」他沉默一會兒。「亞達蘭國王好像沒這麼聰明也沒這麼慈悲？」

「的確，」娜斯琳嚥口水。「他不是那種人。」那個男人毀城滅國、燒殺擄掠、奴役百姓。不……做出那些事的不是他，而是他體內的惡魔。

她補充道：「早在……鐸里昂和艾琳長大並繼承王位前，埃拉魍就開始建立一支大軍。鎧奧——韋斯弗大人跟我說過，裂際城的皇宮底下很早就有地道和密室，被當成進行人類和法魯格合體實驗的場所，就在一大堆無腦朝臣的腳底下。」

「這就讓人不得不好奇，」薩韃克若有所思。「既然他已經征服了大半個北方大陸，又何必集結這種軍力？他當時以為艾琳．加勒席尼斯已死——我猜他沒料到鐸里昂．赫威亞德也會起身反抗。」

她還沒向他透露命運之鑰，到現在還是沒勇氣說出口。「我們一直相信埃拉魍決心征服這個世界。這個動機看起來已經足夠。」

「但妳說出這句話的時候，聽起來充滿懷疑。」

娜斯琳思索片刻。「我只是搞不懂為什麼。他已經避人耳目地控制住北方大陸，為什麼還要這麼大費周章，還想征服更多。埃拉魍做了很多惡事都沒付出代價，他只是單純地想讓我們的世界陷入更深沉的黑暗？他想自稱這個世界的主人？」

「也許惡魔沒有動機或理由之類的觀念，也許他就是想毀滅一切。」

娜斯琳搖頭，朝持續高升的太陽瞇眼，陽光變得刺眼奪目。

回到伊瑞丹鷹巢後，薩韃克留卡達菈在大廳，繼續帶娜斯琳四處參觀。她哀求他別逼她爬上岩壁繩梯，他答應了，帶她走過穿過整座山的樓梯和步道。他宣稱如果想前往另外兩座山峰，就必須飛過去，不然就是橫越兩座吊橋其中一條。娜斯琳瞥吊橋的繩索和木板一眼，立刻宣布明天再試。

坐在卡達菈背上是一回事。娜斯琳信任那頭大鳥，也信任大鳥的主人。至於搖搖晃晃的吊橋，不管搭建得多麼紮實……她大概得灌下一、兩杯烈酒才敢嘗試橫越。

但是兩人所在的這座山已經有許多景色可欣賞。這座山峰被稱作呢喃者拉克霍，而組成多戈三峰的另外兩個兄弟分別是歡唱者阿瑞克和咆哮者托爾克。這三個名稱是依據山風掠過高峰時發出什麼樣的聲音。

拉克霍峰體積最大，開發程度也最高，最重要的設施就是靠近山頂的奧頓山宮。王子帶娜斯琳穿過迷宮般的奧頓山宮石室時，她看得眼花撩亂：各式各樣的廚房和小型集會廳；天鷹騎手的住家和工作室；天鷹的巢窩，有些大鳥跟卡達菈一樣是金色，有些是深棕色；把採自山中的礦石打造成護甲的鐵匠鋪；精心製作鞍座的製革坊；能購買日常用品和雜物的交易所。最後，兩人來到位於拉克霍峰頂的操練場。

這片寬廣又扁平的峰頂沒有護牆或圍籬，只有一個小型的圓形建築能稍微遮風避雨，建築裡就是通往下方設施的樓梯。

打開木門、來到呼嘯風中時，娜斯琳早已喘不過氣，門外的壯麗景色更是令她窒息。乘鷹穿梭於山峰之間的感覺，就是跟親自站在峰頂上不一樣。

周圍的冠雪高山和大地一樣古老，靜謐平和。附近的兩條山脊間是一片狹長形湖泊，飛在深青湖面上的鷹群如黑點般渺小。

她從沒見過這麼壯觀、嚴酷又宏偉的美景。雖然她和這些高嶺相比就像蜉蝣一樣微不足道，她卻不禁覺得自己就是這片景色的一部分，就是這些峻嶺的後裔。

薩韃克站在她身邊，順著她的目光望去，彷彿視線彼此綁定。發現娜斯琳凝視湖泊另一頭的一座寬廣孤山時，他快速吸口氣。那片深色山壁上沒有樹，最頂端的高峰峭壁只有被白雪覆蓋。

「那是阿朗汀，」薩韃克低聲道，彷彿害怕被風聽見。「這幾座山峰的第四個兄弟，」寒風如冰河般從山上急湧而下。「我們叫它『沉默者』。」那座山峰周圍似乎確實波動著一種沉重寂靜，其腳下的青綠湖水宛如明鏡，無比清澈。娜斯琳不禁心想，如果潛進湖裡，會不會發現底下別有洞天？一個暗影世界？「為什麼？」

薩韃克轉身，彷彿阿朗汀不是能夠久視的目標。「鷹族把逝者埋葬在阿朗汀的山坡上。如果飛得夠近，妳會看到山坡上插滿蘇魯矛——逝者唯一的標記。」

娜斯琳忍不住提出一個極不恰當的禁忌疑問：「你以後也會埋在那裡？還是跟其他家族成員一起埋在神聖的大草原上？」

薩韃克踢踢腳下的光滑石塊。「還沒決定。我應該會在這件事上考慮很久。」

她完全能體會被兩地拉扯的感覺。

聽見吶喊和金屬敲擊聲，她把注意力從永恆寂靜的阿朗汀移開，觀察拉克霍峰頂這個空間的真正功用：操練場。

穿著飛行皮衣的男女騎手們站在諸多擂臺上和訓練站前。有些人以一流準頭朝標靶射箭，有些人投擲槍矛，有些人持劍對練。較為年長的騎手們行走在這些戰士之間，發號施令，矯正他們的瞄準方式或戰鬥姿態。

薩韃克和娜斯琳走向山頂最遠側的操練場時，幾人轉向他。

這裡是射箭場，周圍的風向和低溫……娜斯琳忍不住默默計算這些環境要素，也因此更欽佩這些弓箭手的本領。她不甚驚訝地發現波緹是三名弓箭手之一，兩條長辮在風中彈跳，手中的弓對準塞了乾草的假人。

「老哥，你又跑來這兒自取其辱？」波緹冷笑道。

薩韃克再次發出宏亮的開懷笑聲，拿起一把長弓，再從一旁的架子上拿起一袋箭，背在肩上。他用髖部把族妹撞開，一派輕鬆地把一支箭搭在弦上，瞄準後射出，正中假人的頸部。娜斯琳微笑旁觀。

「了不起——以小王子的標準來說。」波緹慢條斯理道，轉向娜斯琳，挑起黑眉。「妳呢？」

好吧。娜斯琳吞下笑意，聳肩脫下厚重的羊毛大衣，朝波緹點個頭，走向擺放弓與箭的架子。山風吹襲下，她身上只有飛行皮衣提供暖意。她無視拉克霍峰的呢喃，把手指撫過架子上的諸多木弓。該選紫杉木？還是梣木？

她選定一把紫杉木弓，查看它的重量、彈性和阻力。可靠又致命的武器。

但令她熟悉，就像老友。她是在母親死後一開始那麻痺又悲痛的幾年才開始練箭，把精神和體力投入武藝成了她的避風港。

她好奇那些昔日恩師有沒有在裂際城遭襲時活下來？他們的箭有沒有射下任何一頭翼龍？或勉強為居民爭取到逃跑的機會？

娜斯琳放下這個雜念，走向箭袋，抽出幾支箭。與亞達蘭相比，鷹族所用的箭尖較為沉重，箭桿也稍微更粗，顯然是為了高速穿越強風，如果夠幸運或許能射下一、兩頭翼龍。

她從不同的箭袋裡挑出幾支箭，放進自己身上的箭袋，背到背後，走向正在默默旁觀的波緹、薩韃克和另外幾人。

「選個目標。」娜斯琳對波緹說。

波緹嘻嘻笑。「頸部、心臟和頭部。」她分別指向三個假人的不同部位。假人被風吹得顫抖，擊中這三個部位所需的瞄準方式和勁道完全不同，波緹知道這點——現場每一名戰士也知道。

娜斯琳觀察三個目標，把一條胳臂高舉過頭，指尖擦過箭羽，羽毛拂過肌膚。她聽著山風掠過拉克霍峰發出的呢喃，荒野對她發出的呼喚彷彿跟著她的心跳聲同步迴響。追風人，母親以前這樣叫她。

娜斯琳抽出一支箭，搭箭拉弓瞄準發射。

重複不斷。

重複不斷。

重複不斷。

她停手後，只有來自咆哮者托爾克的呼嘯風聲對她做出回應。每一個操練場上的人員都停止不動，瞪著她的成果。

她在三個假人身上不是各射一箭，而是三箭，一共九箭。每個假人的頭部、頸部和心臟各中一箭，彼此對齊，形成完美直線，分毫不差——絲毫未受疾風干擾。

她轉向薩韃克。他咧嘴笑，長辮如蘇魯矛般飄於身後。

波緹從他身邊推擠而來，朝娜斯琳低語：「教我。」

接下來的幾小時，娜斯琳站在拉克霍操練場上，說明自己如何計算風向、風速、重量和空氣。她向這些人員展示，他們也示範自己的技巧，示範在鞍座上轉身向後方射箭，在狩獵和戰鬥時分別使用哪種弓。

娜斯琳被風吹得臉頰刺痛、雙手發麻，臉上卻笑容不斷，直到一名氣喘吁吁的信使從樓梯口匆忙跑向薩韃克。

他的族母終於回到鷹巢。

薩韃克面無表情，只是點個頭。波緹立刻吩咐所有圍觀者返回各自的崗位。大夥照做，其中幾人向娜斯琳燦笑道謝，她點頭回禮。

薩韃克把箭袋和弓放回木架上，朝娜斯琳伸出一手。她把箭袋和弓遞給他，伸展這幾小時一直握弓拉弦的手指。

「她會累。」波緹提醒他，手裡握著一把短劍，看來今天的練習還沒結束。「別太操她。」

薩韃克對波緹投以驚訝的眼神。「妳以為我想再被湯匙打？」

聽見這句話，娜斯琳被口水嗆到，但只是聳肩套上藍金雙色的羊毛大衣，緊緊繫好腰帶。跟著王子走下昏暗樓梯、回到溫暖的室內時，她撫平被風吹亂的頭髮。

「波緹遲早會統領伊瑞丹氏族，卻也跟其他人一起訓練？」

「是的，」薩韃克沒回頭。「歷代族母都懂得如何戰鬥攻防，但是波緹的訓練包括其他項目。」

「像是學習不同語言。」波緹的北方語說得跟薩韃克一樣無懈可擊。

「沒錯。還有歷史，還有……其他。波緹和她外婆在這方面有很多事情不讓我知道。」

這句話沿周圍石塊反彈。娜斯琳鼓起勇氣問道：「波緹的母親在哪？」

薩韃克繃緊雙肩。「她的蘇魯矛插在阿朗汀的山坡上。」

他的口氣如此冰冷……「我很遺憾。」

「我也是。」薩韃克簡短道。

「她父親是誰？」

「她母親在遙遠外地認識的一名男子，她對那人的興趣只維持了一個晚上。」

娜斯琳回想凶悍的波緹在操練場上打鬥的本領不容小覷。「那麼，我很高興她有你……和她的外婆。」

薩韃克聳肩。她在不知不覺中走到一個她無權過問、危險又陌生的領域。

但是薩韃克說：「妳是個好老師。」

「謝謝你。」她想不出其他答覆。她向大夥說明自己的各種戰鬥姿勢和技巧時，他只是默默待在她身邊。他這個領袖並不需要時時刻刻高談闊論、自我吹噓。

他吐口氣，肩膀放鬆。「我也慶幸妳果然名不虛傳。」

娜斯琳呵呵笑，慶幸現在是站在安全的石地上。「你原本有懷疑？」

來到通往大廳的樓梯平臺，薩韃克讓她走在自己身邊。「那些情報缺乏一些關鍵資料，讓我懷疑整體可信度。」

注意到他眼裡的笑意，娜斯琳歪起頭。「缺了什麼？」

兩人來到大廳，這裡沒什麼人，只勉強看見火坑另一頭有個斗篷身影——其身旁另外坐著某人。

薩韃克轉向她，把她從頭到腳打量一番，看得相當仔細。「那些情報沒提到原來妳這麼美。」

娜斯琳張嘴又閉嘴，相當確定自己看起來就像被丟在乾地上的魚。

薩韃克眨個眼，大步上前，開口道：「**額吉**。」他今早跟她說過額吉在鷹族的意思是「母親」。娜斯琳快步跟上，兩人繞過龐大的火坑。坐在火坑階梯頂端的那人掀開兜帽。

娜斯琳原以為族母是駝背無牙的老婦。

但斗篷女子背脊挺拔，夾雜銀絲的黑髮綁成辮子。她對薩韃克嚴肅微笑，五官雖然浮現著歲月留下的痕跡，但看起來就跟波緹的臉一模一樣——或者該說四十年後的波緹。

族母身上的飛行皮衣大半被深藍斗篷覆蓋——近看之下，原來這身斗篷是披在肩上的大衣。

她身邊是……法爾坎。他用深藍眼睛打量兩人，表情同樣嚴峻。看到這名商人，薩韃克停下腳步，也許因為對方比自己先獲得族母的注意力而不高興，不然就是搞不懂這名商人為何在場打擾這場團聚。

在禮儀或自保本能的催促下，薩韃克繼續前進，跳下火坑的平臺。

他接近時，珂爾倫站起，給他一個俐落又有力的擁抱，然後按住他的雙肩，以敏銳目光打量對方。這名女子幾乎跟他一樣高，肩膀挺拔，大腿肌肉發達。

「你臉上還是充滿哀傷，」她用布滿疤痕的手撫摸薩韃克的高顴骨。「和擔憂。」

薩韃克閉上眼睛，低下頭。「我很想念您，額吉。」

「嘴真甜。」珂爾倫責備，拍拍他的臉頰。

娜斯琳開心地發現王子似乎臉紅。

珂爾倫的幾根銀髮被火光染成紅金雙色。她的視線越過薩韃克的寬肩，投向站在火坑入口的娜斯琳。「來自北方的弓箭手終於到來。」她點個頭。「我是珂爾倫，達欽之女，但妳可以像其他人那樣叫我額吉。」

娜斯琳只瞥珂爾倫的棕眸一眼，就知道對方的觀察力多麼敏銳。娜斯琳鞠躬道：「榮幸之至。」

族母凝視她許久。娜斯琳回視對方，盡可能保持靜止不動，讓對方看個夠。

珂爾倫終於把視線移向薩韃克。「我們有事情要討論。」不再被灼熱目光鎖定的娜斯琳吐口氣，但繼續維持脊椎筆直。

薩韃克點頭，臉上出現類似安心的表情。他瞟向坐在原處看著這一切的法爾坎。「這些事情應該私下討論，額吉。」

他的口氣並不粗魯，但也不算溫柔。娜斯琳差點開口附和王子。

珂爾倫揮個手。「那就晚點再說。」她指向石椅。「先坐。」

「額吉——」

法爾坎挪動身子，彷彿想幫大夥一個忙——暫時迴避。

但珂爾倫指向他，無聲警告他留下。「我有話要跟你們說。」

薩韃克一屁股在石椅坐下，腳掌頻頻點地，只以動作表達不滿。娜斯琳在他身邊坐下。神情嚴肅的珂爾倫坐在他們倆和法爾坎之間的位子。

「在這些山區的深處，某種古老惡意正在甦醒，」珂爾倫說：「我就是為了找出它的行蹤而離開了幾天。」

「額吉。」王子的語氣夾雜警告和恐懼。

「我還沒老到舉不動蘇魯矛，孩子。」她怒瞪他。的確，這名女子沒有任何老態。

薩韃克皺眉問道：「您去尋找什麼？」

珂爾倫掃視周圍，確認沒有其他人偷聽。「天鷹的巢窩遭到破壞，鷹蛋半夜遭竊，雛鷹失蹤。」

薩韃克低聲咒罵。聽見這個消息，娜斯琳眨眨眼，覺得胃袋緊繃。「盜獵者已經有幾十年不敢踏進這些山區，」王子說：「但您不該獨自追捕他們，額吉。」

「我追捕的不是盜獵者，而是更嚴重的威脅。」

看到女子臉色陰沉，娜斯琳緊張得嚥口水。如果法魯格真的來到這裡——

「我自己的額吉叫牠們『骼朗庫伊』。」族母說。

「意思是暗影……黑暗。」薩韃克對娜斯琳低語，神情緊繃。

她感覺心跳加速。如果法魯格真的已經到來——

「在你們的土地上，」珂爾倫來回瞥向娜斯琳和法爾坎。「牠們另外有個名稱吧？」

娜斯琳打量法爾坎，發現他嚥口水。她心想該如何撒謊或避免說出法魯格的事——

但是法爾坎點頭，答覆時嗓音幾乎被火焰燃燒聲淹沒。「我們叫牠們『冥蛛』。」

第三十一章

「冥蛛只是神話故事，」娜斯琳勉強鎮定下來，對珂爾倫說道：「冥蛛極其罕見，搞不好根本不存在。您這一趟恐怕只是捕風捉影。」

法爾坎嚴肅笑道：「恕我難以苟同，法里克隊長。」看到他把手伸進外套內側，娜斯琳心生警戒，急忙把手伸向腰間匕首——

但他拿出來的東西不是武器。

而是一塊閃閃發亮的白色布料，布面虹彩如星火般挪移。看到這條手帕大小的布料，就連薩韃克也忍不住吹聲口哨。

「冥蛛絲，」法爾坎把布收進外套內側。「來自冥蛛。」

娜斯琳張嘴，但薩韃克搶先一步：「你近距離看過那種怪物。」這句話不算提問。

「我在北方大陸跟牠們的同族交易過，」法爾坎自我糾正，臉上依然帶著嚴肅笑容……連同深沉陰影。「差不多三年前的事。有些人也許會認為我那麼做是白忙一場，但我確實拿到一百碼的冥蛛絲。」

他收進外套的手帕已經價值連城，更何況他有一百碼……「你一定跟卡岡王一樣富有。」她脫口而出。

他聳肩。「我學到一個教訓：真正的財富並不是金銀珠寶。」

薩韃克輕聲問道：「那麼，你付出了什麼代價？」冥蛛不是拿商品交易，而是夢想、願望和——

「二十年。我的二十年壽命。不是讓我英年早逝，而是直接讓我跳過英年。」

娜斯琳觀察這名男子，他的臉孔才剛開始出現歲月痕跡，頭髮尚未發白——

「我其實才二十七歲，」法爾坎對她說：「但看起來像快五十歲。」

老天。「那麼，你跑來這座鷹巢做什麼？」娜斯琳追問：「這裡的冥蛛也會吐絲織布？」

「這裡的冥蛛不如北方那些文明，」珂爾倫咂嘴道：「髂朗庫伊不事生產，只喜歡搞破壞。牠們的棲息地是南方那片達古爾高地的洞穴和山隘。我們長期以來一直跟牠們保持適當距離。」

「您認為是牠們竊取我們的鷹蛋？」薩韃克瞥向在洞口等候主人的幾頭天鷹。他俯身向前，手肘撐在大腿上。

「不然還有誰？」族母反問：「這附近沒發現任何盜獵者。還有誰可能悄悄潛入高峰上的天鷹巢窩？我這幾天飛過牠們的地盤上空，發現冥蛛結的網已經從達古爾高地的山峰和隘道擴張到松林深谷，扼殺了所有野生動物。」她看法爾坎一眼。「髂朗庫伊再次開始四處獵食的時候，一名商人為了獲取關於北方冥蛛的情報而找上咱們的鷹巢，我不認為這純屬巧合。」

在薩韃克的嚴厲瞪視下，法爾坎舉起雙手做投降狀。「我沒找過那些冥蛛，也沒招惹牠們。我聽說族母學識淵博，所以想在採取任何行動前先尋求她的建議。」

「那麼，你找牠們是為了做什麼？」娜斯琳歪頭問道。

法爾坎盯著自己的兩隻手，伸展看似僵硬的手指。「我想拿回青春。」

珂爾倫對薩韃克說：「他已經賣掉那一百碼冥蛛絲，但他還以為能拿回那二十年。」

「我拿得回來。」法爾坎的堅稱換來珂爾倫以眼神警告。他自我約束，改口道：「我……還有些事想做，我想在衰老前達成。我聽說如果想拿回那些歲月，唯一的辦法就是殺掉吞下我二十年壽命的那隻冥蛛。」

娜斯琳皺起眉心。「那你不是應該去追殺你老家那隻？跑來這兒做什麼？」

法爾坎沒吭聲。

珂爾倫代答：「因為他聽說只有頂尖戰士——最強的戰士——才殺得掉艂朗庫伊。他聽說我們離那些怪物很近，所以想先來這裡試試手氣——看我們對冥蛛知道多少，也許我們會知道如何殺掉冥蛛。」她臉上有點納悶。「他可能也想順便打聽有沒有其他辦法能拿回壽命。如果能在這裡找到其他辦法，就能省得在那裡面對冥蛛。」

對一個會拿自己的壽命做交易的瘋子來說，這個辦法聽起來倒十分可行。

「額吉，這一切跟鷹蛋和雛鷹遭竊究竟有何關聯？」薩韃克顯然也不怎麼同情拿青春換財富的商人。法爾坎把臉轉向爐火，彷彿清楚知道薩韃克的感受。

「我要你去找到牠們。」珂爾倫說。

「那些鷹蛋和雛鷹很可能已經死了，額吉。」

「冥蛛有辦法讓獵物在獵網上存活一段時間。但你說得沒錯，那些鷹蛋和雛鷹很可能已經被吃了。」珂爾倫滿臉怒火，不愧是她孫女致力看齊的戰士。「所以我希望你能在這種事再次發生時找到冥蛛，讓那些骯髒怪物記得我們絕不容忍小偷。」她朝法爾坎撇個下巴。「他們出發的時候，你也跟著去，看看能不能在那裡找到你要的答案。」

「我們何不立刻出發，」娜斯琳問：「現在就找牠們算帳？」

「因為我們還沒有證據。」薩韃克回答：「如果我們單方面挑起事端……」

「骼朗庫伊是天鷹的宿敵，」珂爾倫補充說明：「雙方很久以前發生過戰爭，在我們的族人從大草原爬到這些山上之前。」她搖搖頭，甩掉回憶，向薩韃克宣布：「所以這件事必須暗中進行，以免族人在盛怒下向當地發動攻擊，也為了避免咱們這裡出現驚慌。叫大夥提高警覺，但別說明原因。」

薩韃克點頭。「如您所願，額吉。」

族母轉向法爾坎。「我要跟我的隊長私下談談。」

法爾坎站起，知道對方要自己退下。「我隨時等你差遣，薩韃克王子。」他優雅鞠躬，接著大步離去。

法爾坎的腳步聲遠去後，珂爾倫輕聲問道：「他們捲土重來了，是不是？」她的黑眸掃向娜斯琳，眼白反映火光。「『沉睡者』已醒？」

「埃拉魍。」娜斯琳低語，總覺得就連熊熊烈火也為之波動。

「您知道他是誰，額吉？」薩韃克來到族母另一側坐下，以便娜斯琳更靠近她。

族母只瞪著娜斯琳一人。「妳面對過牠們？他的暗影怪物？」

娜斯琳壓住那些回憶。「是的。他在北方大陸建立了一支恐怖大軍。在莫拉斯。」

珂爾倫轉向薩韃克。「你父親知道這件事嗎？」

「只知片段。他因為悲痛……」薩韃克凝視爐火。珂爾倫把一手放在他膝上。「安第加發生了一起襲擊事件，受害者是一名泉塔醫者。」

珂爾倫忍不住咒罵，跟她身邊的族兒喜歡的字眼一樣髒。

「我們認為凶手可能是埃拉魍的手下，」薩韃克說下去：「我沒浪費時間試著說服父王把證據不足的推測聽進耳裡，而是想起額吉您說過的故事，所以來這裡問看看您是不是知道什麼。」

「如果我告訴你答案？」她的目光跟天鷹一樣銳利。「如果我說我知道那是什麼樣的威脅，你會出動所有鷹巢的族人嗎？你願意飛越狹海去面對牠們——而且一去不回？」

薩韃克噘口水。娜斯琳意識到：他來這裡不是為了尋求答案。

薩韃克對法魯格可能已經有不少瞭解，他來這裡是決定如何面對這個威脅，是為了說服族人——說服族母。在他父王和帝國眼裡，他也許是天鷹隊的指揮官，但在這片山區，珂爾倫的話語才是律法。

而且她女兒的蘇魯矛……就插在阿朗汀的寂靜山坡上。她深深明白生命的代價。她可能並不願意讓孫女參戰。她搞不好根本不允許伊瑞丹鷹族出動。

「如果骼朗庫伊正在蠢蠢欲動，如果埃拉魍已在北方崛起，」薩韃克謹慎道：「這對全天下來說都是威脅。」他低下頭。「但我想聽聽您所知道的一切，額吉，我想知道北方諸國可能因為歲月或滅亡而不知道的歷史。我想知道為什麼古老的魔族戰爭未曾來到南方大陸，我們在這些山區生活的族人卻知道那段歷史。」

珂爾倫凝視他們，又長又粗的辮子微微搖擺。她撐椅站起，嘆息一聲。「我得先吃點東西再休息一會兒，就會告訴你們。」她朝洞口皺眉，陽光給岩壁染上銀光。「一場風暴將至。我回來的時候勉強擺脫。通知大夥做好準備。」

說完，族母離開溫暖的火坑，進入廳室深處。她雖然步伐僵硬，但背脊挺拔，俐落又穩固的戰士姿態。

但珂爾倫不是走向圓桌或廚房，而是進入一扇門，娜斯琳知道那扇門通往一間小型圖書館。

「她是我們這一族的『說書人』，」薩韃克解釋，順著娜斯琳的視線望去。「圖書館那種環境有助她探索記憶。」

珂爾倫不僅是熟悉鷹族歷史的族母，還是神聖的說書人——擁有這種罕見天賦者能記住並轉述世界各地的傳奇和歷史。

薩韃克站起，伸展身子時嘆了一聲。「她在預報風暴方面從不出錯。我們最好通知大家。」他指向身後的廳室。「妳去內廳，我去通知其他山峰上的族人。」

娜斯琳還來不及問自己究竟該去通知誰，王子已經大步走向卡達菈。

她皺眉。好吧，看來她暫時只能跟自己的思緒作伴。一名商人為了重拾青春而尋找冥蛛——嚴格來說是北方那些冥蛛。至於冥蛛本身……牠們居然跑來這裡吞食小鷹，娜斯琳不禁打冷顫。傳說中的怪物。

也許埃拉魍正在號召天下所有邪物。

娜斯琳走向鷹巢深處，為了取暖而揉搓雙手。

她要讓遇到的每個人知道一場風暴即將到來。

就算她知道某種風暴早已降臨。

入夜不久後，風暴抵達。巨爪般的閃電劃過天空，雷鳴滾過每一個房間。

娜斯琳坐在火坑旁，瞥向以厚重簾布遮蔽的洞口。門簾隨風飄動，但依然垂向地面，只有稍微分開，揭露外頭落雨紛飛的黑夜。

看似由乾草和布塊組成的巢窩裡蹲伏著三頭天鷹：卡達菈、一頭姿態強悍的棕鷹（娜斯琳得知牠是珂爾倫的坐騎），還有一頭體型較小的紅褐鷹——這頭是波緹的坐騎，她在晚餐時對娜斯琳說牠是名副其實的小不點，雖然她這麼說的時候明顯充滿自豪。

娜斯琳伸展痠痛的雙腿，慶幸有爐火和薩韃克丟在她膝上的毛毯。她花了幾小時在鷹巢樓梯上上下下，向遇到的每個人轉告珂爾倫的風暴預警。

有些人對她點頭道謝，隨即匆忙離去。有些人請她喝茶並稍微品嘗他們正在爐臺上烹煮的食物。有些人問娜斯琳打哪來而且為何來此，每次聽她說明自己雖然來自亞達蘭但其實出身南方大陸，他們的答覆都一樣：*歡迎回家*。

她今早已經練武了幾小時，爬樓梯更是讓她疲憊不堪。法爾坎和波緹已在晚餐後回房休息；珂爾倫在娜斯琳和薩韃克中間坐下時，娜斯琳也差點打起盹。

閃電劃過，銀光鑽進洞內。珂爾倫凝視爐火的幾分鐘裡，周圍只聽見雷霆翻騰、狂風呼嘯、雨點墜落、爐火劈啪，還有天鷹窸窣抖動羽毛。

「風暴之夜是說書人的領域，」珂爾倫用霍赫語開口：「我們聽得見風暴從一百哩外逼近，能如獵犬般嗅到空中電荷。這些跡象叫我們準備好面對風暴，叫我們指揮族人。」

雖然穿著溫暖的羊毛大衣，娜斯琳還是覺得起雞皮疙瘩。

「很久以前，」珂爾倫說下去：「在卡岡王朝崛起，馬族占據大草原，泉塔聳立於海邊，在任何凡人統治這些土地前……這個世界上出現了一道裂痕，就在這片山區。」

族母說話時，薩韃克面無表情，但娜斯琳忍不住嚥口水。

世界上出現一道裂痕——命運之門開啟。就在這裡。

「它只開了一秒，如閃電般轉眼即逝。」

彷彿做為回應，高空爆發脈狀電光。

「但一秒足矣，駭人之物得以進入這個世界。骼朗庫伊，還有其他暗影怪物。」

這番話在娜斯琳腦海中迴響。

骼朗庫伊——冥蛛……以及其他入侵者。都不是普通生物。

而是法魯格。

娜斯琳慶幸自己坐著。「法魯格曾經在這裡？」她的嗓門在雷霆肆虐的寂靜中有點太過響亮。

薩韃克以眼神警告娜斯琳，但珂爾倫只是簡短點頭。「更多法魯格到來，之後大多被召去北方。但這片山區……也許來到這裡的法魯格是先遣部隊，牠們觀察了這個地區，但沒找到要找的，所以離開了這裡。但是骼朗庫伊為了侍奉一名黑暗君主而留在這裡的山隘，再也沒離開。冥蛛吃掉擅自闖進這片荒山野嶺的傻子，學會凡人的語言。僥倖脫逃者聲稱冥蛛留在這裡，是因為達古爾高地很像牠們的荒蕪家鄉。有些人說冥蛛留在這裡是為了守住回家的路——等那道門再次開啟、等著回家。

「東方的古老精靈國度爆發了戰爭。三魔王對抗永生精靈女王及其軍隊。那些惡魔穿越了不同世界之間的通道，來征服我們這個世界。」

她繼續描述娜斯琳已經熟悉的故事。

聽著族母描述時，娜斯琳飛快思索：冥蛛——其實就是法魯格——從頭到尾都躲在明處。

珂爾倫說下去：「雖然法魯格被趕回老家，雖然最後一個魔王躲進這個世界上的黑暗隙縫，但是永生精靈還是來到這裡，來到這片山區，教導天鷹如何對抗骼朗庫伊、如何聽懂永生精靈和人類的語言。他們在這片山區建造了瞭望塔和烽火臺。那些措施是為了對付骼朗庫伊？

還是永生精靈也跟冥蛛一樣一直在等那條裂痕再次開啟？人們想到該問這個問題的時候，精靈已經拋下瞭望塔，這段往事已化為遙遠回憶。」

珂爾倫停頓時，薩韃克問道：「除……除了戰鬥之外，有沒有其他辦法能擊敗法魯格？有沒有什麼力量能協助我們對抗埃拉魍建立的新軍？」

珂爾倫瞥向娜斯琳。「問她，」她對王子說：「她知道答案。」

薩韃克俯身向前，難掩震驚。

娜斯琳低語：「我不能告訴你……或你們之中任何人。如果被莫拉斯聽見，我們掌握的這一絲希望就沒了。」她不能冒險說出命運之鑰，就算談話對象是薩韃克和珂爾倫。

「那麼，妳把我找來是讓我白費工夫。」語氣尖銳又冰冷。

「不，」娜斯琳堅稱：「還有很多事情是我們原本不知道的，像是冥蛛其實來自法魯格的世界，原本隸屬法魯格軍隊，在這裡和北方大陸的勒恩山脈都有據點……也許這方面有某種關聯。也許法魯格有某種我們還沒發現的弱點。」她觀察周圍，試著讓急促心跳稍微放慢。恐懼幫不了任何人。

珂爾倫來回看他們倆。「永生精靈搭建的瞭望塔大多已不復存在，但有些還剩部分遺跡。離這兒最近的一座大約要飛個半天。先從那裡查起，看看有沒有任何線索。也許妳能找到一、兩個答案，娜斯琳．法里克。」

「沒人調查過那裡？」

「永生精靈在瞭望塔裡設下陷阱，以免冥蛛入侵，他們日後離去時並沒有拆掉陷阱。為了偷東西或學東西的擅闖者都沒能活著出來。」

「冒這種險值得嗎？」薩韃克以隊長身分的冷靜口吻詢問族母。

珂爾倫繃緊下巴。「我已經把我知道的都說了，就算只是歷史的冰山一角。但既然髂朗庫伊再次有所動作……你們最好去調查一下那座瞭望塔，或許能查到什麼有用的情報，像是永生精靈如何對付那些怪物。」她凝視娜斯琳許久，雷聲再次撼動周遭。「也許這能讓妳那一絲希望變得更粗一點。」

「也可能害死我們。」薩韃克朝巢窩裡半睡半醒的天鷹皺眉。

「想得到有用的東西就得付出代價，孩子，」珂爾倫反駁。「不過，天黑後別在瞭望塔逗留。」

第三十二章

「很好。」伊芮奈邊說邊把鎧奧粗壯的一條腿搭在自己肩上，緩緩轉動。

宮中驚魂的幾天後，鎧奧躺在泉塔醫師樓層一間工作室的地板上，默默看著身前的她。天氣炎熱，伊芮奈香汗淋漓——或者該說原本應該滿身大汗，要不是汗水在滲透衣物前就被乾燥高溫烘乾。但她跪在他面前時，不僅能感覺到自己臉上的汗，也看到鎧奧臉上的汗，他因為全神貫注而臉色緊繃。

「你的腿對鍛鍊項目產生良好反應。」她做出觀察，用手指戳戳他發達的大腿肌肉。

伊芮奈沒問他為何改變心意、開始跟宮廷侍衛一起訓練。他也沒主動說明。

鎧奧只是回一聲「的確」，抓抓下巴。他今早沒刮鬍子，跟衛兵們訓練完畢後回到套房；她在不久後出現，他說他想去騎馬——而且今天想換個環境。

看他這麼興奮，這麼想參觀城中、適應周遭……伊芮奈沒辦法拒絕。所以他們倆騎馬慢慢穿越安第加，來到泉塔，選了這個比較安靜的房間。所有房間都大同小異，裡頭擺放一張桌子、一張小床、滿牆櫥櫃，還開了一扇窗，能俯瞰整齊種植的草藥園。天氣雖熱，但迷迭香、薄荷和鼠尾草的芬芳還是飄進房裡。

伊芮奈把他的左腿放在冰涼的石地板上，他呻吟一聲，她開始處理他的右腿。她的法力流向他時發出低沉嗡鳴。她刻意避開正慢慢離開他脊椎的黑暗勢力。

他們天天一起對抗這股力量。伊芮奈驅逐吞噬啃食他的諸多回憶，慢慢擊退持續折磨他的黑暗力量。

有時，她瞥見他在那團漩渦般的黑暗深淵中承受什麼樣的折磨，那些痛苦、狂怒、愧疚和哀傷。但她只看見浮光掠影，彷彿那些畫面只是從她身邊飄過的煙霧。他雖然從不說明自己看見什麼，但伊芮奈成功推開那些黑浪，就算過程極其緩慢，不過……總好過毫無進展。

伊芮奈閉上眼睛，讓法力像一群白色螢火蟲般滲進他的腿，尋找斷裂的神經線路，包圍在鍛鍊時毫無反應的受損組織。

「我最近一直在研究……」她睜開眼睛，繼續轉動他的髖關節。「古代醫者如何治療脊椎創傷。我發現有個叫琳琴的女醫製作了一套全身式的魔法支架，一種看不見的外骨骼輔具，能協助患者行走，以便尋求醫者——或以防治療過程並不順利。」

鎧奧挑起一眉。「我猜妳沒有這種輔具？」

伊芮奈搖頭，放下他的腿，抓起他的另一腿，開始下一輪復健。「琳琴只製作了十套，是患者能戴在身上的護符，但這些輔具和製作方式都隨著歲月流逝而不知去向。據說，另一個名叫桑維的醫者能直接略過整個治療過程，把某種小型的魔法石植入患者的腦部——」

他皺眉。

「我不是提議在你身上做這種實驗，」她一拍他的大腿。「也沒這個需要。」

他的嘴角微微上揚。「那麼，這些知識是如何失傳？我以為這裡的圖書館收藏了所有醫者的行醫紀錄。」

伊芮奈皺眉。「那兩名醫者是在遠離泉塔的醫療站工作。這塊大陸一共有四個醫療站，是供泉塔醫者居住和工作的小型醫療中心，也方便無法前來泉塔的患者就近求醫。琳琴和桑維所在的醫療站太過偏遠，有人想到該收集她們的行醫紀錄時已經找不到了。我們現在只剩下傳說和謠言。」

「妳有保留妳自己的行醫紀錄嗎？我們的治療？」他指向彼此。

伊芮奈臉紅。「一部分。你表現得跟驢子一樣頑固的時候我就沒記。」

他臉上又出現一絲笑意，但伊芮奈放下他的腿，稍微後退，但依然跪在瓷磚地板上。「我的重點是，」她把話題從她房間裡那些日誌移開。「我找到先例。我知道治療過程很花時間，我也知道你急著回國——」

「我是急著回國，但我沒在催妳，伊芮奈。」他俐落坐起。就算坐在地板上，他還是比她高出許多，他的龐然體積幾乎令她呼吸困難。他慢慢轉動一腳，這個動作因為腿肌依然抗拒而十分艱難。

鎧奧抬頭，回視她，輕鬆看懂她的表情。「不管是誰想殺妳，他們不會再有機會——不管妳我是在明天還是半年後完成治療。」

「我知道。」她低語。卡辛和衛兵們還沒抓到那名神祕殺手，甚至找不到任何蹤跡。雖然這幾天晚上都很平靜，就算泉塔裡很安全，她還是難以入夢，只有治療鎧奧所造成的疲憊讓她稍微得以成眠。

她嘆道：「我覺得我們應該再去跟諾莎談談，再造訪圖書館一次。」

他的眼神變得警覺。「為什麼？」

伊芮奈朝身後的窗戶皺眉，確認附近沒有第三者偷聽，只見鮮豔的花圃和薰衣草在海風吹動下搖擺，蜜蜂在花叢間穿梭。「因為我們還沒問她那些書籍和卷軸怎麼會出現在圖書館。」

「那麼久以前的紀錄早就沒了。」諾莎隔著書桌瞪著伊芮奈和鎧奧，不悅地抿脣，用這兩人習慣的北方語說明。

昏暗的圖書館忙碌不堪，醫者和助理們進進出出，有些人經過時朝伊芮奈和諾莎打招呼。今天是一隻橘色的芭絲貓趴在壁爐前的沙發扶手上，用綠寶石般的眼睛盯著他們倆。

伊芮奈朝諾莎擠出笑臉。「也許有紀錄顯示當時為什麼有人需要這些文獻？」

諾莎把黝黑的胳臂撐在桌上。「有些人如果發現自己遭到追殺，就可能開始注意自己在尋找什麼樣的知識。妳開始尋找這方面資料的時候才發生凶殺案。」

鎧奧在輪椅上俯身向前，咬牙道：「妳這是威脅？」

伊芮奈揮手制止他。他的保護慾還真重。「我知道這麼做很危險，而且很可能跟命案有關。但是，諾莎，就是因為那起命案，我才需要知道那些文獻從哪來、由誰取得。」

「就為了能讓他再次走路。」冷酷無情的宣言。

伊芮奈不敢看鎧奧有何反應。

「妳也看得出來我們的進展非常緩慢，」鎧奧緊繃道：「也許古人在如何加快成果方面有些建議。」

諾莎以眼神表示一點也不相信他這番話，但只是朝天花板嘆口氣。「我說過，那麼久以前的事已經找不到紀錄。不過，」她在鎧奧正要反駁時補充道：「據說沙漠有些洞穴裡有這類資料——這些文獻就是來自那些洞穴。洞穴大多已經消失，但還有一座在阿克薩拉綠洲……」看伊芮奈皺眉，諾莎露出會意的表情。「也許你們該從那裡找起。」

離開圖書館時，伊芮奈咬唇，鎧奧跟在她身後一步之遙。

兩人來到泉塔的主走廊，即將進入庭院，能讓他上馬回宮休息時，鎧奧開口：「妳臉色為什麼這麼難看？」

伊芮奈雙臂抱胸，打量周圍，目前四下無人，還沒到忙亂的晚餐時間。「阿克薩拉綠洲不太……容易抵達。」

「很遠？」

「不，不是這個原因，而是當地歸貴族所有，任何人都不准進去。那是他們的私人度假村。」

「啊。」他抓抓鬍碴。「如果請求進入，就會引來太多質疑。」

「一點也沒錯。」

他瞇眼觀察她。

「別叫我利用卡辛。」她嘶吼。

鎧奧舉起雙手做投降狀，眼帶笑意。「我沒這麼大膽，不過妳那天晚上彈個響指，他就立刻乖乖離開。他是個好人。」

伊芮奈雙手扠腰。「那你幹麼不邀請他跟你來一趟浪漫沙漠之旅？」

鎧奧呵呵笑，在她繼續走向庭院時跟上。「我雖然不擅長宮廷鬥爭，但我知道妳在宮裡還有一條人脈。」

伊芮奈愁眉苦臉。「赫薩蘅。」她勾轉一縷捲髮。「她最近沒叫我扮演間諜，我不太想……自討苦吃。」

「也許妳可以說服她，讓她相信讓妳去沙漠玩一趟也許會……樂趣十足？」

「你要我這樣騙她？」

他的目光沉穩。「妳如果覺得很不自在，我們可以另外想個辦法。」

「不──不，這個辦法也許能成功。只是，赫薩蘅從小就在勾心鬥角的環境長大，她很可能會看穿我，加上她權力那麼大……我們只是聽了諾莎的片面之詞，真的值得冒險去招惹赫薩蘅？」

他思索她這番話。除了他之外，大概只有海菲札認真聆聽她的意見。「我們先考慮考慮。既然對象是赫薩蘅，我們就必須謹慎行事。」

伊芮奈走進庭院，以手勢吩咐一名泉塔衛兵把亞達蘭領主的馬從馬廄牽來。「我在幫忙耍詐這方面不算高手。」她帶著歉意，笑著向鎧奧坦承。

他只是輕觸她的手。「我覺得這點令人耳目一新。」

看他的眼神……她相信他，而且足以讓她稍微臉紅。

為了給自己一點呼吸空間，伊芮奈轉向聳立於後的泉塔，不斷抬頭，望向自己的臥室，那扇小窗俯瞰大海，朝向家鄉。

她把視線從泉塔移回鎧奧身上，發現他神情嚴肅。

「我很抱歉，把妳──和其他人──牽連進來。」鎧奧低語。

「你不需要道歉。也許這就是那個殺手的用意，想透過恐懼和罪惡感來阻止我們──終結我們的努力。」她盯著他，他抬頭挺胸。她說出的每個字都傳達力量：「不過……我確實擔心時間不是站在我們這邊。」伊芮奈立刻自我糾正：「你的治療急不來，不過……」她揉揉胸口。「我總覺得那個殺手遲早會再次出現。」

鎧奧點頭，繃緊嘴角。「我們會想辦法。」

就是這麼簡單。一起——他們會一起面對。

伊芮奈對他淺淺一笑。他的馬輕輕踏過碎石走來。

一想到要爬樓梯回房，緊張兮兮地待個幾小時……

也許這麼做讓她顯得可悲，但她忍不住開口：「你想不想留下來吃晚飯？你不告而別，廚娘會很難過。」

她知道這樣提議不僅因為恐懼，也因為想跟他多相處幾分鐘，想用平時很少用的方式跟他談話。

鎧奧只是瞪著她，彷彿這世上只有她一人。她準備承受他的拒絕、看他拉開距離。她知道自己應該讓他上馬揚長而去。

「我們外出用餐如何？」

「你是指……進城？」她指向敞開的大門。

「除非妳覺得輪椅不適合進城——」

「城裡的人行道都很平坦。」她感覺心跳加速。「你有沒有什麼特別想吃的？」

兩人跨過了一條怪異界線，踏出了中立區，來到外頭的世界，不再是醫者和患者，而是女人和男人——

「我什麼都願意試。」聽鎧奧這麼說，她知道他言之由衷。她注意到他用什麼樣的眼神看著敞開的泉塔大門，連同萬家燈火逐一綻放的城中……她知道他想嘗試一切，他跟她一樣想把心思從潛伏威脅上移開。

所以伊芮奈用手勢告訴衛兵：他不需要馬，至少暫時不用。「我知道一個好去處。」

有些人好奇瞪視，有些人忙著做自己的事或回家去，沒對推著輪椅跟在伊芮奈身邊的鎧奧做出評論。

她只有幾次需要介入，推他越過路面的突起處，經過陡峭斜坡時拉住他。她帶他來到五條街外的某處，他在裂際城從沒見過這種地方。當然，他跟鐸里昂去過幾間私人餐廳，但那些商家只接收社會菁英和會員。

至於這個地方……很像那種私人俱樂部，但只用於用餐，到處擺放著餐桌和雕飾木椅，但這一間向公眾開放，就像旅店或酒館的公眾區域。

這棟白石建築的前側開了幾扇門，門前的露臺擺放著更多桌椅，方便客人欣賞熙來攘往的城中景色，甚至能窺見月光下的斜坡街道和閃亮黑海。

誘人香氣從餐廳裡飄來：大蒜、某種刺鼻味、某種煙燻味……

伊芮奈對前來招呼他們倆的女侍者低語，看來她表明想要一張雙人桌但只要一張椅子，因為他在片刻後被帶往露臺的一張小桌，一名侍者俐落地移走一張椅子，方便他把輪椅推到桌邊。

伊芮奈在他對面坐下。不少人轉頭瞥來，但不是盯著他，而是她。

泉塔醫者。

她似乎沒注意到旁人目光。侍者回到桌邊，開始滔滔不絕，想必在說明今晚的菜單。伊芮奈用蹩腳的霍赫語點菜。

她咬住下唇，瞥向桌面和這間公眾餐廳。「這裡還行嗎？」

鎧奧欣賞渲染成藍寶石色澤的夜空，繁星閃爍甦醒。他上一次放鬆是什麼時候？上一次用餐不是為了維持活力而是為了享受是什麼時候？

他想辦法尋找適當字句，想辦法讓自己放鬆。「我以前從沒做過這種事。」他終於坦承。

他去年冬天在那間溫室過生日的時候——就算當時跟艾琳在一起，他也是心不在焉，一直想著自己丟下的皇宮，想著誰負責守護宮中、鐸里昂應該在哪。但現在……

「什——你以前沒吃過飯？」

「這是我第一次用餐時不是……用餐時只是……鎧奧。」

他不確定自己有沒有解釋清楚，要是他的口才能更好一點——

伊芮奈歪起頭，濃密秀髮垂過一肩。「為什麼？」

「因為我在那種場合的身分不是貴族繼承人、侍衛隊長就是現在的御前首相。」她耐心十足地看著他。他思索該如何說明。「但在這裡，沒人認得我。這裡根本沒人聽說過安尼爾。這種感覺很……」

「解脫？」

「令人耳目一新。」他反駁，對伊芮奈微微一笑，再次引用稍早說過的臺詞。

餐廳裡的燈籠投來金光，把她紅通通的臉蛋襯托得更美。「那……就好。」

「妳呢？妳常常丟下醫者的身分跟朋友出門？」

伊芮奈看著行人經過。「我沒什麼朋友，」她坦承：「不是因為我不想要朋友，」她衝口道，他微笑以對。「我只是……我們在泉塔都很忙。我們偶爾會幾個人一起外出用餐，但平時很難湊在一起，加上在泉塔食堂用餐比較方便，所以……很少相聚。因此卡辛和赫薩蘭成了我的朋友——他們待在安第加的時候。但我其實很少有機會這麼做。」

他差點問她「很少有機會跟男人上餐館？」，但只是說：「妳的心思放在別處。」

她點頭。「也許有一天——也許我會有時間出門享受享受，但……有人需要我幫忙。我每次把時間花在自己身上就覺得自私，甚至現在也是。」

「妳不該這麼想。」

「你不也跟我一樣？」

鎧奧咯咯笑，身子往後仰。侍者送上一大瓶冰鎮薄荷茶，離去後鎧奧才再次開口：「也許妳和我得學會如何享受人生——如果我們能熬過這場戰爭。」

這句話就像一把鋒利又冰涼的小刀。但是伊芮奈挺起肩膀，露出鬥志十足的淺淺笑容，舉起裝在白鑞玻璃杯裡的茶水。「敬人生，鎧奧大人。」

他舉杯跟她碰杯。「敬單純的當個鎧奧和伊芮奈——就算只有一晚。」

鎧奧吃到幾乎動彈不得。他每咬一口，在嘴裡迸放的香料芬芳都彷彿是一場啟示。

兩人邊吃邊聊，伊芮奈描述自己剛來到泉塔的那幾個月，當時的訓練多麼辛苦。然後她詢問他身為侍衛隊長的訓練，他雖然不太想提起布羅和其他夥伴，但……他無法拒絕她的喜悅和好奇。

不知道為什麼，在描述布羅——他比父親更像父親——的時候，鎧奧不再覺得那麼難過，一種而是較為輕微、他能承受的痛苦。

如果紀念一個好人的方式就是訴說這個好人的故事，他願意承擔這種傷痛。

用餐閒聊結束後，他護送她來到泉塔的耀眼白牆前。兩人在大門停定，等衛兵備妥他的馬。

「謝謝你，」她臉紅，容光煥發。「謝謝你請客——陪我吃飯。」

「榮幸之至。」鎧奧說出真心話。

「明早……在皇宮見？」

不必要的提問，但他點頭。

伊芮奈害羞地挪動身子，依然笑容滿面、眼神閃亮，就像夕陽最後一抹餘暉，在太陽早已沉進地平線後還是給天空留下揮之不去的繽紛色彩。

「什麼？」聽她這麼問，他這才意識到自己在瞪著她。

「今晚謝謝妳。」

鎧奧強忍一句很想跳出舌尖的話：我沒辦法把目光從妳身上移開。

她再次咬唇，聽見馬蹄踏過碎石。

「晚安。」她呢喃，走離一步。

鎧奧伸手，擦過她的指尖。

伊芮奈停步，手指如含羞草般彎起。

「晚安。」他簡短道。

鎧奧騎馬穿過城中、返回輝煌宮殿時，總覺得胸口和肩膀卸下某種重擔，彷彿一直不知道自己跟這份重擔一起生活了這麼久。而現在，雖然面對諸多煩惱，擔心家鄉和他在乎的那些人……但他此刻的感覺實在奇異。

一種輕盈感。

第三十三章

形似斷劍的艾德隆瞭望塔聳立在霧靄繚繞的松林之中，所在的低矮山峰被高牆般的群山包圍。娜斯琳和薩韃克乘鷹俯衝而下，飛越樹林山丘，接近瞭望塔。

這幅景象讓她覺得像朝一道滔天石浪飛奔而去。有那麼一秒，她突然想起致命的玻璃巨浪從天而降的畫面。她眨眨眼，那幅幻象消失。

「那裡，」薩韃克指向遠方群山，壓低嗓門，彷彿怕被誰聽見。「那片山丘過去就是達古爾高地，駱朗庫伊的地盤。當年如果有誰從那些山上下來，瞭望塔上的哨兵一定看得見——尤其因為他們擁有精靈視覺。」

娜斯琳沒有精靈視覺，但照樣瞟向達古爾高地的荒涼山坡，看起來就像由巨石和石堆組成的高牆，沒有樹林，沒有溪流，彷彿生命早已逃離此地。「珂爾倫飛過那片山區？」

「相信我，」薩韃克咕噥：「我聽了也很不高興。波緹今早因為那件事而被大罵一頓。」

「我沒想到你的膝蓋還能動。」

「妳沒注意到我剛剛走路有點瘸？」

雖然離令人不安的瞭望塔和山牆越來越近，娜斯琳還是忍不住咯咯笑。她總覺得薩韃克更靠向她，他的寬胸推擠她背在身上的弓、箭袋以及波緹提供的兩把長刀。

他們倆沒對任何人說明這一趟有何目的，也因此換來波緹在早餐時的怒目相視和法爾坎的好奇目光。但薩韃克昨晚送娜斯琳回房時，已經說好暫時保密的重要性。

今早破曉的一小時後，兩人全副武裝，帶上幾包補給品後出發。雖然計畫是在日落前就回到山宮，但娜斯琳還是堅持做好萬全準備，以防發生任何——甚至最糟——狀況。

波緹雖然被丟下而悶悶不樂，依然在早餐後幫娜斯琳把頭髮綁成緊致又精美的辮子，從頭頂垂到肩部，剛好碰到遮蔽飛行皮衣的披風。辮子綁得夠緊，未曾鬆懈，所以娜斯琳在這幾小時的飛行中不會一直想把辮子解開再重新綁過。瞭望塔進入視線時，這條辮子依然完整，娜斯琳決定予以保留。

卡達菈在瞭望塔上空盤旋兩次，持續降低高度。

「沒看到冥蛛網。」娜斯琳做出觀察。瞭望塔的上層區域早已毀於風雨或昔日戰亂，如今只剩底端的兩樓，損毀嚴重。塔中心的螺旋樓梯布滿松針和塵土，連同斷柱碎石，除此之外看不見任何生物，更沒有奇蹟般保存至今的藏書室。

薩韃克不相信這座瞭望塔的牆壁撐得住卡達菈的體重，決定在附近找個空地著陸。兩人沿一段平緩斜坡走向瞭望塔時，大鳥立即重返空中，來回盤旋，等薩韃克以口哨再次召喚。

鷹族和大草原上的馬族就是用口哨和「哨箭」來呼喚坐騎，這兩種方式能在身處敵方領土或陣線時盡量避免引起注意。鷹族也把天鷹訓練得能辨識不同的口哨聲，像是求救或撤退警告。

離茂密松林和巨大花崗岩越來越近時，娜斯琳希望晚點吹口哨時純粹只是為了召喚大鳥。她自己並不擅長尋跡追蹤，但薩韃克似乎是這方面的高手，正在熟練地觀察周圍所有蹤跡。

看見王子搖頭，娜斯琳知道他沒發現包括蛛類在內的任何生物，這讓她差點安心得鬆口氣。聳立在她右手邊的達古爾高地雖然長滿樹木，卻還是讓她覺得毛骨悚然，但她還是忍不住朝那個方位瞄幾眼。

首先映入眼簾的是一堆堆大型石磚，被半埋在松針和土壤底下。目前正值盛夏，樹蔭下的空氣卻無比涼爽。

「如果這個地方在夏天還這樣涼颼颼，也難怪那些精靈打道回府。」娜斯琳咕噥：「想像這裡在冬天有多冷。」

薩韃克微笑以對，但把一指湊在脣前，繼續帶她走出最後一小段樹林。被他以手勢提醒別出聲，娜斯琳羞愧得臉紅，卸下背上的弓，拿在手上，搭起一箭，仰頭觀察這座瞭望塔。

這座塔只剩兩截但還是讓她覺得自己格外渺小，可以想像它在數千年前有多大。塔裡的兵營和住宿區早已毀壞，但通往塔內的石砌拱門依然完整，門的兩旁各有一尊被風雨嚴重侵蝕的鳥形雕像。

薩韃克上前研究，手裡的長型獵刀在稀薄天光下看似水銀。「天鷹？」他輕聲發問。

娜斯琳瞇眼。「不——注意它的臉和喙，這是……貓頭鷹。」體型瘦長，翅膀收緊，席爾芭和泉塔的象徵。

薩韃克嚥口水。「我們最好動作快。此地不宜久留。」

娜斯琳點頭，進入拱門時不忘留意身後。她習慣擔任後衛；之前在裂際城下水道行動時，她經常讓鎧奧打頭陣，自己則負責殿後，把箭對準後方的陰暗處。薩韃克率先踏進拱門時，她在肌肉記憶的引導下轉身向後，把箭對準松林，觀察林中。

什麼也沒有。松樹之間沒有鳥，甚至沒有風。

一秒後，她轉身面向拱門，和以前一樣老練地觀察周圍，記下各個出入口、危險區，甚至可能的安全區。但這座廢墟裡沒有多少東西值得注意。

天花板和樓梯早已崩塌，暴露在灰天之下，地面因此照明充足。石牆幾處開了縫隙，應該就是昔日弓箭手的射擊位置，也方便哨兵在天冷時躲在溫暖的塔裡觀察外界。「上方什麼也沒有。」娜斯琳這項觀察聽起來有點像廢話。她面向薩鞑克，他走向一道敞開的拱門，裡頭是一條通往地底的黑暗樓梯井。她抓住他的手肘。「別過去。」

他回過頭，納悶地看著她。

娜斯琳面無表情。「你的額吉說過這些瞭望塔裡有陷阱——雖然我們還沒發現，但不表示絕對沒有。」她把箭指向通往地下樓層的拱門。「我們得處處小心。我先進去。」

如果他想一頭栽進危險，她還殿後做什麼？

王子的眼睛閃爍，但她不許他反駁。「我在今年春夏對付過一些來自莫拉斯的怪物，我知道怎樣分辨牠們——朝哪個部位下手。」

薩鞑克又把她打量一番。「他們真的應該升妳的職。」

娜斯琳回以笑臉，放開他發達的二頭肌，但不禁皺眉，這才意識到自己居然隨意觸碰王子——

「妳我都是隊長，還記得吧？」注意到她藏不住的愁容，他出言安撫。

的確。娜斯琳點個頭，繞到他前方，穿過拱門，走下樓梯。

她繃緊胳臂，拉弓警戒，觀察昏暗的樓梯入口處。確認沒有任何危險後，她放鬆弓弦，把箭插回箭袋，從地上抓起一把石子——崩塌石牆的碎片。

走在她身後一步處的薩鞑克也照做，抓些石子塞進口袋。

娜斯琳把一顆石子丟下螺旋樓梯，聽著石子喀啷彈跳，然後——

一聲輕微喀嚓，娜斯琳急忙後退，撞上薩鞑克，兩人雙雙倒地。樓梯井下方連續傳來幾個咚聲。

在接下來的寂靜中，只聽見她的沉重呼吸。她再次豎耳聆聽。「弩箭機關。」她做出觀察，皺眉發現薩韃克的臉離自己只有幾吋。他盯著樓梯井，一手貼在她背上，另一手把長型獵刀對準拱門。

「看來我欠妳一命，隊長。」薩韃克說。

娜斯琳立刻後退，朝他伸出一手。他用溫暖的手抓住她這隻手，讓她拉自己起身。

「別擔心，」娜斯琳平淡道：「我不會跟波緹說這件事。」她又拋出一把石子，讓石塊沿樓梯滾進下方黑暗處，又傳來幾聲喀嚓和咚聲——然後恢復寂靜。

「我們慢慢下去。」她收起所有笑意，沒等他點頭，直接用弓的一端戳戳第一道臺階，觀察牆壁和天花板。確認毫無異狀後，她用同樣手法檢查弓能觸及的第二、第三和第四階，確認沒觸發任何機關後才帶頭往下走。

娜斯琳也檢查第五到第八階，一樣沒發現異狀。但來到螺旋樓梯的第一道轉折處時……

「我真的欠妳一命。」薩韃克低語，因為兩人都發現第九階的石縫裡射出什麼東西。

帶有倒鉤的尖釘。這種設計顯然是為了卡進受害者體內——受害者想移除就得挖開被擊中的皮肉或內臟。

尖釘深深卡進石縫間的砂漿，可見發射的推力有多大。「別忘了，這些陷阱不是用來對付人類。」她輕聲道。

而是體型跟馬一樣大，有記憶力，會說話，懂算計的冥蛛。

她用弓敲敲弩箭的發射口，空洞回音在黑暗中迴響。「那些精靈還住在這兒的時候，想必記住哪幾道臺階不能走，」她觀察周圍，兩人又前進幾呎。「但我不認為他們會笨到讓入侵者很容易猜出安全路線。」

的確，下一支弩箭是在三階後，再下一支則相隔五階。在那之後……薩韃克從口袋裡掏出一把石子，把幾顆丟下階梯，然後兩人一起蹲下。

喀嚓。

娜斯琳的注意力都放在前方的牆壁上，沒注意到這聲喀嚓從哪來——不是來自前方，而是下方。

她所蹲的這道臺階突然滑動，她腳下成了漆黑深淵——

一雙強壯的手抓住她的肩膀和領口，一把刀喀啷掉在石頭上——

薩韃克低喝出力，抓住懸空的娜斯琳，她急忙攀住下一道階梯的邊緣。

他的長型獵刀掉進下方的黑淵，金屬互擊聲重複反彈，充斥樓梯井。

尖釘。八成是層層尖釘——

薩韃克拉她上來，她指甲裂開，但還是勉強攀住光滑石階，半趴在薩韃克雙腿間的梯面上。兩人氣喘吁吁，觀察樓梯缺口。

「看來咱們扯平了。」娜斯琳無法讓自己停止顫抖。

王子一手按住她的肩膀，另一手撫摸她的頭，這個動作令她安心。「不管是誰建造這個地方，顯然對骼朗庫伊毫無慈悲。」

又過了一分鐘，她才終於不再顫抖。薩韃克耐心等候，撫摸她的頭髮，手指滑過波緹幫她綁的辮子，她也讓他這麼做。她俯身靠向他的手，觀察階梯缺口，看來現在只能想辦法跳過去。

她終於穩穩站起後，兩人小心翼翼地縱身一躍，跳過缺口，再走幾階後又看到另一個缺口，而且這次的缺口伴隨一支弩箭。但兩人還是繼續慢慢前進，終於來到下一個樓層。這裡有幾束白光，看來上方地面有幾道隱密開孔，不然就是透過某種鏡子反射。她不在乎，只在乎這些光線能讓她看清楚周圍。

他們確實看得很清楚。

這層是地牢。

五間牢房敞開，牢門脫落，囚犯和獄卒早已消失。地牢中央是一張矩形石桌。

「如果有誰以為永生精靈喜歡唱歌吟詩，真該重新上一次歷史課，」薩鞑克咕噥。兩人在最後一道臺階上逗留，不敢踏上地板。「那張石桌可不是拿來寫字吃飯。」

的確，桌面依然看得見深色汙漬。一張靠牆擺放的工作檯上放著各種武器；如果原本放著紙張或皮封書，也老早被雪和雨融化。

「我們冒險進去？還是撤退？」薩鞑克思索。

「我們好不容易才來到這兒。」娜斯琳瞇眼觀察遠側牆壁。「那裡——那一處寫了字。」靠近地板的位置有一些潦草黑字。

王子從口袋掏出石子撒出去，這一次沒出現任何喀嚓或石板呻吟聲。他把幾顆丟向天花板和牆壁，一樣毫無異狀。

「看來安全。」娜斯琳說。

薩鞑克點頭，但兩人還是分別用弓和精美細劍試探每一塊石板。兩人走過石桌，娜斯琳懶得查看散落在桌上的各式器具。

她見過鎧奧那些夥伴被吊在城堡大門上，見過那些遺體上的傷痕。

薩鞑克在工作檯前停步，觀察放在上頭的武器。「有些還很鋒利。」他拿起一把長型匕首，拔刀出鞘。蒼白陽光反映於刀身，沿刀面雕痕舞動。

娜斯琳來到他身旁，拿起一把短劍，皮製劍鞘幾乎在她手上化成粉末。她擦掉握柄上的古塵，看到嵌有漩渦金紋的閃亮黑色金屬，護手的末端微微彎曲。

劍鞘確實古老，在她拿起劍時為之瓦解。這把劍的重心完美平衡，體積不小卻格外輕盈。劍脊上有更多雕刻，大概是名字或祈禱文。

「只有精靈刀劍能保千年鋒利，」薩韃克放下手裡的匕首。「大概是朵拉奈爾以東的亞斯特隆精靈鐵匠打造——甚至可能早在第一次魔族戰爭發生前。」

這位王子熟悉的不只是本國歷史。

歷史不是她的強項，所以她問道：「亞斯特隆——馬的品種？」

「來自同一處。亞斯特隆就是以鍛造和飼馬聞名，或者該說以前是這樣——在邊境關閉、世界陷入黑暗之前。」

娜斯琳打量手中的短劍，金屬彷彿被注入星光般閃閃發亮，她看著劍脊上的刻痕。「不知道這些符號是什麼意思？」

薩韃克觀察另一把刀劍，金屬反映的光芒映上他的英俊臉龐。「大概是抗敵用的咒文，說不定是為了對付——」他欲言又止。

娜斯琳還是點頭。法魯格。「我有點希望我們永遠不會知道答案。」她把這支短劍插在腰帶上，走向遠側牆壁底端的黑色字跡。

她檢查每一塊地板，沒發現異狀。

她查看褪色黑字。不是黑色，而是——

「血。」薩韃克來到她身邊，腰間插著一把亞斯特隆小刀。

這裡沒有骨骸，沒有寫字者在死前留下的任何殘留效果。

「這是精靈語，」娜斯琳說：「你的歷史老師該不會教過你古語？」

他搖頭。

她嘆氣。「我們最好找個方法把這些文字抄下來，除非你有過目不忘的記憶力——」

「我沒有過目不忘的記憶力。」他咒罵，轉向樓梯。「卡達菈的鞍袋裡有紙和墨水，我可以——」

她急忙轉身查看，不是因為他欲言又止，而是因為他突然僵住。

娜斯琳急忙抽出腰間的精靈劍。

「我來翻譯那句話吧，」一個操著霍赫語的輕盈女性嗓音傳來：「意思是**往上看**。可惜你們已經晚了一步。」

娜斯琳還是往上看，發現一個從樓梯井出現、爬過天花板而來的生物時，逼自己吞下尖叫。

第三十四章

牠的駭人程度超出娜斯琳所能想像。

骼朗庫伊從天花板滑到地板上，體型比一匹馬還大，一身黑灰表皮帶有白色雜斑，複眼宛如黑淵。牠雖然體積龐大，但外形流線——比較像黑寡婦而非狼蛛。

「那些精靈鮮肉在建造這座塔的時候總是忘記**往上看**，」冥蛛雖然模樣嚇人，但嗓音甜美，修長的前腿在古老石磚上喀啷作響。「總是忘了他們是為誰設下陷阱。」

娜斯琳觀察冥蛛身後的樓梯和光線，尋找出口，但一無所獲。

這整座瞭望塔如今成了某種冥蛛網。他們倆真笨，居然在這裡逗留——

冥蛛腿上的利爪刮過石地。

娜斯琳收劍入鞘。

「很好，」冥蛛溫柔道：「看來妳知道那些精靈玩具對我沒效。」

娜斯琳搭箭拉弓。

冥蛛發笑。「以前那些精靈弓箭手對付不了我，妳這個人類又有多大指望？」

娜斯琳身旁的薩韃克把手中的劍舉高一吋。

冥蛛逼近，亮出獠牙時，娜斯琳一籌莫展。今早波緹幫她綁辮子的時候，她確實沒料到今天會葬身此地。

「鷹族騎手，等我收拾了你，再好好折磨你那隻大鳥。」牠的獠牙滴下幾滴液體——毒液。

冥蛛發動衝鋒。娜斯琳射出一箭，沒等擊中目標已經搭起第二箭。但是冥蛛太過敏捷，娜斯琳瞄準牠眼睛的這一箭只是擦過堅硬的腹部甲殼。冥蛛跳向石製的拷問臺，打算從上頭撲向他們——

薩韃克朝最近的一條帶爪冥蛛腿猛力揮劍。

冥蛛尖嘯，傷口噴出黑血。薩韃克和娜斯琳急忙跑向遙遠的出口——

但遭到髂朗庫伊攔截。牠把腿伸向牆壁和石桌之間，攔住兩人去路。在這種近距離，冥蛛的獠牙散發的腐肉味撲鼻而來——

「人類廢物。」冥蛛咒罵，毒液灑在兩人腳邊的石地上。

娜斯琳從眼角注意到薩韃克揮來一臂。他想把她推開、自行撲向冥蛛那張致命的血盆大口——

接下來發生的事情讓她來不及反應。

她看不清楚令髂朗庫伊痛苦尖叫的一團飛影。

上一秒，就算薩韃克自我犧牲，她還是想奮戰到底。但在下一秒……冥蛛滾過地板。

襲擊牠的不是卡達菈，而是一種以尖牙利爪為武器的大型生物——

是一頭灰狼，體型跟一匹小馬差不多，但凶悍異常。

薩韃克和娜斯琳沒浪費時間，趕緊衝出拱門和階梯，不在乎牆面機關射出多少弩箭。兩人飛奔上樓，躍過梯面缺口，沒停步觀看下方的扭打和咆哮——

他們聽見一種犬類吠叫，一切回歸寂靜。

娜斯琳和薩韃克來到階梯頂端，跑向門外的樹林。王子一手貼在她背上，推她出去。

兩人半轉身查看瞭望塔，發現冥蛛衝出陰暗拱門。牠對準的不是樹林，而是通往瞭望塔上層廢墟的階梯，彷彿想爬上去伏擊追來的灰狼。

正如冥蛛所料，灰狼從樓梯井出現，衝出拱門外的樹林，完全沒查看身後。

冥蛛一躍而下。這時天上閃過一抹金光。

卡達菈發出的戰吼撼動松樹，爪子刺進髂朗庫伊的腹部。

灰狼急忙避開沿梯滾落的冥蛛。薩韃克對坐騎喊出的警告被卡達菈和冥蛛的尖嘯淹沒。

髂朗庫伊仰躺倒地，正中卡達菈的下懷——冥蛛的腹部暴露在天鷹的利爪和尖嘴底下。

幾道凶猛掃擊引發黑血噴灑，冥蛛拚命揮動修長肢體，然後……靜止不動。

娜斯琳用顫抖的雙手拿著弓，看著卡達菈肢解抽搐不停的冥蛛。她接著轉向薩韃克，只見他把視線轉向別處——灰狼。

灰狼這時瘸拐走來，側身有一條很深的傷口。娜斯琳看著牠的深藍眼睛，知道牠是誰。他一身灰毛閃閃發亮，周身綻放持續縮小的光芒。

法爾坎用雙腳站在兩人面前，一手按住血淋淋的肋部。

娜斯琳低語：「你是變形者。」

第三十五章

法爾坎屈膝跪下，地面松針為之四散，鮮血從他古銅色的指縫間滴落。

娜斯琳想衝上去，但被薩韃克攔住。「別過去。」

娜斯琳推開他的胳臂，跑向負傷男子，在對方身旁跪下。「你尾隨我們來此。」

法爾坎抬頭，眼神哀傷。「我昨晚有偷聽你們在火坑的談話。」

薩韃克低吼：「就像老鼠。」

法爾坎臉上充滿類似慚愧的表情。「我是以獵鷹型態飛來這裡，看到你們進去塔中，然後我發現牠偷偷跟在你們後面。」他打個顫，瞥向卡達菈。大鳥已經把冥蛛肢解完畢，此刻棲息在瞭望塔頂端，以評估餐點的目光打量他。

娜斯琳朝大鳥揮手，要牠下來，好讓她從鞍袋裡拿東西。卡達菈懶得理她。「他需要急救，」她對薩韃克嘶吼：「繃帶。」

「我的額吉知不知道你來這裡？」王子只在乎這件事。

法爾坎咬牙喘氣，不敢把沾滿鮮血的手從腰側移開。「知道，」他勉強答話：「我跟她說明了一切。」

「你是替哪個政權賣命？」

「薩韃克。」她從沒聽過他這種口氣，從沒見過他如此氣憤。她揪住王子的胳臂。「他救了我們的命。我們現在該報答他。」她指向天鷹。「繃帶。」

薩韃克把怒火四竄的眼睛對準她。「他這種人不是刺客就是奸細，」他咬牙道：「死了活該。」

「我兩種都不是，」法爾坎喘道：「我沒撒謊，我真的是商人。我在亞達蘭長大的時候甚至不知道自己有這種天賦。這種能力——來自我的家族血脈，但當時魔法消失，我以為我沒遺傳到，我也為此感到慶幸。看來我當年顯然是不夠成熟，因為我成年後踏上這片土地時，以這種型態……」他指向自己的身體，示意自己放棄掉的二十年壽命。這個動作引發傷口疼痛，他皺眉。「我能使用這種能力，我能變身，雖然效果不佳而且次數有限，但我勉強做得到，只要我能集中精神。」他對王子說：「我根本不在乎這個血統。我的兄長和父親擁有這種天賦——我以前不想要，現在也不想要。」

「但你能輕鬆變鳥變狼變人，就像受過充分訓練。」

「相信我，這次是我這輩子——」法爾坎呻吟，搖搖欲墜。

娜斯琳在他倒地吃土前扶住他，對薩韃克厲聲道：「你再不給他繃帶和藥物，我就在你身上劃出跟他一樣的傷口。」

王子目瞪口呆，對她眨眼，接著從齒縫吹聲尖銳口哨，快步走向卡達菈。

天鷹從塔頂跳下，降落在拱門旁的貓頭鷹雕像上，爪下石塊為之分裂。

「我不是刺客。」法爾坎堅稱，還在發抖。「我見過幾個刺客，但我自己不是。」

「我相信你。」娜斯琳言之由衷。薩韃克從卡達菈身上拿下行囊，從中翻找。「左邊那個。」她咆哮。王子回頭瞪她一眼，但還是乖乖照做。

「我剛剛想親手殺了那隻冥蛛，」法爾坎喘道，眼神茫然，顯然因為不斷失血。「我想看看這麼做能不能……讓我拿回青春。雖然……雖然拿走我壽命的不是那隻冥蛛，我以為所有冥蛛之間有一種……共享系統，就算彼此間以大海相隔，也能取用各地冥蛛取得的資源。」他發出呼吸困難的苦笑。「可惜我連親手殺掉牠的機會也沒有。」

「我相信我們都能體諒卡達菈代替你殺掉那隻冥蛛。」娜斯琳回話，注意到天鷹的嘴喙和羽毛上的黑血。

他又發出痛苦的笑聲。「妳不害怕……我的身分。」

薩韃克拿著繃帶和藥膏走來，其中一罐裝著蜂蜜狀的藥物，想必用於緊急黏合傷口。很好。

「我有個朋友也是變形者。」娜斯琳坦承，這時法爾坎暈倒在她懷裡。

娜斯琳清理了法爾坎的肋處，薩韃克用某種葉子和蜂蜜蓋住傷口。幾分鐘後，三人升空，為了減低傷口感染和失血而全速飛回鷹巢。

她和王子幾乎沒交談，不只因為法爾坎就坐在他們倆身後，也因為這趟飛行危險重重，本來就不適合談話。法爾坎的沉重身體有時候太傾向一側，薩韃克必須伸手把他固定在鞍座上。他在升空前已經跟娜斯琳說過鞍座上只有兩套束帶，他不想把任何一條浪費在變形者身上，不管對方是不是救命恩人。

但他們終究順利抵達，這時太陽開始下沉，多戈三峰被陽光映得火紅，看起來就像被螢火蟲覆蓋。

接近奧頓山宮時，卡達菈發出刺耳尖叫，看來這是某種信號，因為波緹、珂爾倫和諸多族人拿著大批補給品迎接他們降落。

沒人問法爾坎發生什麼事，沒人好奇他怎麼會在大鳥的背上，這可能因為珂爾倫命令大夥不准騷擾他們，也可能因為扶他下鞍、交由醫者照料的過程十分混亂。只有波緹一人提出質疑。

還在悶悶不樂的薩韃克拉著額吉來到廳室一角。看他咬緊牙關、交叉雙臂，大概是在詢問關於變形者的事。

珂爾倫只是抬頭挺胸，跟他一樣下巴緊繃。

跟卡達菈獨處的娜斯琳開始卸下補給品，波緹在幾呎外觀察。「他居然有膽質問額吉，這顯然表示出了大事。她居然允許他質問，這顯然表示她覺得有那麼一點點心虛。」

娜斯琳沒吭聲，只是低喝著搬下一個特別沉重的行囊。

波緹繞過卡達菈，仔細觀察這隻大鳥。「牠的爪子、嘴喙和胸口都沾染一大堆黑血。」

娜斯琳把行囊靠牆擺放。

「而且妳的背上沾染紅血。」

因為法爾坎在鞍座上的時候是靠在她背上。

「而且妳身上有一把新劍，**精靈劍**。」波緹上前觀察她的劍帶上的無鞘刀械。娜斯琳後退一步。

波緹嘴角緊繃。「不管妳知道什麼，我都想知道。」

「這不是由我決定。」

兩人瞥向薩韃克，他還在生悶氣，珂爾倫也顯然讓他發脾氣。

波緹扳手指一一數算。「額吉獨自離開了幾天。你們出門，帶了一個不期而遇的男子回來。可憐的卡達菈渾身都是這種……髒東西。」她嗅聞黑血。天鷹咂嘴做為回應。

「那是泥漿。」娜斯琳撒謊。

波緹發笑。「那我就是精靈公主。既然妳不想說，我可以自己四處問問，不然——」

娜斯琳把她拖向擺放物資的牆邊。「我如果告訴妳，妳絕對不能說出去，也不能參與其中。」

波緹一手貼上心口。「我發誓。」

娜斯琳朝石天花板嘆氣。卡達菈以眼神警告她，彷彿叫她重新考慮，但她還是向波緹說明一切。

她確實該聽卡達菈的勸告。波緹倒是真的沒說出去——除了對薩韃克。他終於從珂爾倫那裡走來後，波緹只是唸他幾句，用力一拍他的肩，抱怨他為何不讓族妹知道他要去哪，更糟的是沒**邀請**她同行。

薩韃克怒瞪娜斯琳，顯然意識到她對波緹坦承了一切。娜斯琳疲憊得根本不在乎，只是走過柱子之間，回去自己的房間。她知道薩韃克跟在後面，因為她聽見波緹喊道：「下次帶我一起去啦，你這頑固鬼！」

娜斯琳來到房門前，只想躺到柔軟的床上，但被王子揪住手肘。「我要跟妳談談。」

娜斯琳只是推門進去，薩韃克緊跟在後。他關門後斜靠門板。兩人同時做出抱胸的動作。

「波緹威脅說如果我不告訴她，她就要在鷹巢四處問些尖銳問題。」她說。

「我不在乎。」

娜斯琳眨眼。「那你——」

「命運之鑰在誰手上？」這個疑問在兩人之間迴響。

娜斯琳嚥口水。「命運之鑰是什麼？」

薩韃克靠向門板。「騙子。」他低語：「我們離開的時候，額吉從身為說書人的某種集體記憶裡想起別的故事，關於法魯格君王利用三把鑰匙開啟並穿過命運之門。額吉想起那些鑰匙失蹤，是玫芙親自偷走，用它們把法魯格趕回老家。她說鑰匙被藏在世界各地。」

娜斯琳只是挑起眉。「那又怎樣？」

他冷冷悶哼一聲。「這就是為什麼埃拉魍這麼快就建立了一支軍隊，為什麼野火艾琳沒辦法獨自對付他。他至少擁有一把鑰匙，頂多兩把，顯然還缺一把，否則我們現在應該已經叫他主人。那麼，第三把在哪？」

她真的毫無頭緒。艾琳和其他人就算有線索也未曾跟她說過，只知道他們未來的路除了戰爭和死亡之外就是拿走埃拉魍擁有的鑰匙。但她連這點也不能告訴他……

「也許你現在能明白，」娜斯琳的語氣同樣冰冷。「我們為什麼亟需你父王的軍隊。」

「妳需要那些軍人去當砲灰。」

「等埃拉魍把我們殺乾淨，接下來就輪到你們。」

薩韃克咒罵。「我今天看到的那怪物……」他用顫抖的手揉揉臉。「冥蛛曾是法魯格的步兵，數量龐大。」他放下手。「珂爾倫想起南方還有三座瞭望塔廢墟。等變形者痊癒，我們就立刻去調查其中一座。」

「我們要帶法爾坎一起去？」

薩韃克用力拉開門，手勁大得她以為門板會直接從鉸鍊脫落。「他雖然自稱是個能力很差的變形者，但既然他能變成那麼大隻的灰狼，這麼厲害的武器不帶可惜。」他瞪她。「他跟我一起飛。」

「那我坐哪？」

薩韃克離去前給她一個冰冷微笑。「妳跟波緹一起飛。」

第三十六章

他的腿部萎縮……正在逆轉。

三星期後，伊芮奈對成果大感驚奇。他的膝部以下恢復行動力，如今能彎曲小腿，可惜還無法挪動大腿，還沒辦法靠自己站起來。

但他繼續跟衛兵們一起晨練，下午接受治療，陷入那團充滿回憶和痛苦的黑暗……

他的雙腿確實正在恢復肌力，配得上他寬厚的肩膀和胸膛。他在大太陽下鍛鍊而晒得黝黑，粗壯胳臂呈現濃郁棕色。

他們每天遵照一種輕鬆節奏，就像伊芮奈每天起床後洗臉、刷牙、喝咖啡。

他也再次和她一起教導防身術。年紀最小的侍童們圍在他身邊時還是不停傻笑，但她們在他開始授課後從不遲到。他還教伊芮奈如何對付體型壯碩的歹徒。泉塔庭院雖然總是笑聲不斷，但他指導伊芮奈時嚴肅認真，因為她有朝一日可能真的用得上這些技巧。

但目前為止沒出現任何關於那名殺手的情報，沒人能肯定那人真是法魯格。伊芮奈心想，這也算是某種小小慈悲。

無論如何，她在上課時還是全力以赴，鎧奧在訓練她時同樣毫無保留。

王族子女在宮中來來去去，她只有在某天晚餐時才見到卡辛、感謝他在宮中驚魂的那晚提供協助。他說她沒必要道謝，但她還是觸碰他的肩膀表示感激，然後回到鎧奧身旁——令她安心的位置。

至於鎧奧希望卡岡王幫的忙……鎧奧和伊芮奈在晚餐時還是沒冒險請求卡岡王提供軍隊，也沒想出辦法讓赫薩蘮願意允許他們倆前往阿克薩拉綠洲尋找有關法魯格的古老情報，還得避免公主發現他藏在套房裡的那些卷軸。

但是伊芮奈知道他的時間壓力有多大，他的眼神有時候變得多麼茫然，彷彿在凝視遠方大地。他想起在那片土地為同胞而戰的朋友。他每次這樣發呆後都會逼自己更努力；讓他的腿部出現進展的功臣不只是她的魔法，也是他自己。

但伊芮奈也在逼自己更努力。她擔心北方大陸的戰鬥是否已經開始，她能不能及時回去幫忙——那裡還有沒有剩下任何同胞等她幫忙。

她幫他治療時，兩人一起經歷黑暗，躲在他體內的惡魔給這個世界帶來這麼嚴重的破壞。她不再像以前那樣被硬生生拖進他的回憶之中、被迫目睹恐怖的莫拉斯大軍、承受躲在鎧奧體內的惡魔的注意，而是用白光般的法力持續入侵他的傷口。

他承受這種痛苦，慢慢走過黑暗力量讓他看到的畫面。兩人日復一日進行治療，未曾退縮，他只有在她精疲力竭時才堅持要她休息，在金絲沙發躺下，吃點東西，喝些涼茶閒聊。

伊芮奈心想，這麼平穩的節奏遲早會結束。她覺得應該會是因為兩人之間吵架，而這不算是新聞。

卡岡王和仍在哀悼的妻子為了避暑而在海邊行宮住了兩星期，之後重返每天晚上的正式餐宴。歡聚——至少從表面上看來。皇宮和泉塔這幾星期都沒再發生襲擊事件，肅穆氣氛因此放鬆不少。

和鎧奧進入大廳時，伊芮奈注意到高桌的緊張氣氛，因此考慮要不要叫鎧奧離開這裡。大臣們在座位上焦躁地挪動身子。陪父母一起住在海邊行宮、沒人想念的阿古恩一臉得意洋洋。

赫薩薾對伊芮奈綻放心照不宣的開心笑容。不妙。

用餐十五分鐘後，公主發動攻勢，俯身向前，對鎧奧說：「你今晚一定很開心，韋斯弗大人。」

伊芮奈在椅子上靜止不動，穩穩地用叉子把一口灑了檸檬汁的鱸魚肉送進嘴裡，逼自己吞下。

鎧奧拿起高腳杯喝一口清水，平靜問道：「此話怎說，殿下？」

赫薩薾的微笑看似暗藏殺機。看到公主臉上的笑容，伊芮奈搞不懂自己當初為何答應她的傳喚。「這個嘛，如果算算時間，法里克隊長明天應該會跟我哥一起回來。」

伊芮奈默默數算，把叉子握得更緊。

三星期。娜斯琳和薩韃克前往塔凡山脈已經過了三星期。

娜斯琳明天回來。雖然伊芮奈和鎧奧之間什麼也沒發生……

伊芮奈還是覺得胸口塌陷，總覺得某扇門將在她面前永久甩上。

他們倆這三星期都沒提到娜斯琳，也沒提到彼此間的關係。他也從來沒有用不必要的方式觸碰伊芮奈，沒再用鴉片派對那晚的眼神看她。

這當然因為他正在等娜斯琳回來，他……不該背叛的女人。

伊芮奈逼自己再吞下一口魚，就算嘗起來酸苦不已。

笨蛋。她是**笨蛋**，而且——

「妳沒聽說新的消息？」鎧奧慢條斯理道，口氣跟公主一樣痞氣十足。他放下高腳杯，指關節擦過伊芮奈放在桌上的手。

看在別人眼裡，這大概只是不小心碰到，但是鎧奧……他的每個動作都是受到控制、精神集中。他刻意擦碰她的肌膚，用這個動作表達安撫，彷彿他能感覺到她覺得呼吸困難——

赫薩薾不高興地瞪伊芮奈一眼。妳為什麼沒通報我？

伊芮奈無辜地對公主皺眉。我根本不知道這怎麼回事。這是實話。

「我猜你要告訴我們？」赫薩薾對亞達蘭貴族冷冷回話。

鎧奧聳肩。「我今天收到來自法里克隊長的消息，她和妳哥決定再延三星期。她說他的鷹族很需要她的箭術，他們拜託她多待一陣子，她答應了。」

伊芮奈逼自己維持面無表情，就算心裡湧過安心和羞愧。

娜斯琳是好女人——勇敢的女人。聽見這個勇敢的好女人不會回來的時候，伊芮奈居然感到無比安心。這個勇敢的好女人不會回來……打擾她和鎧奧。

「我弟很明智，」一段距離外的阿古恩開口：「懂得想辦法把那麼優秀的戰士留在身邊。」他的話中刺扎得很深。

鎧奧又聳個肩。「他確實很明智，知道她多麼特別。」雖然這句話是肺腑之言，但……她在胡思亂想，以為他的語氣裡只有驕傲，沒有感情。

阿古恩俯身向前，對赫薩薾說：「那麼，妹妹，還有一項消息值得討論。我猜韋斯弗大人已經聽說了。」

幾個座位外的卡岡王和最親密的幾位大臣停止談話。

「噢，的確，」赫薩薾轉動杯子裡的葡萄酒，靠向椅背。「我差點忘了。」

伊芮奈總覺得一場滔天巨浪即將當頭砸下，因此試著引起蕾妮雅的注意，希望對方能透露蛛絲馬跡，讓她知道現場氣氛為何如此緊繃。但蕾妮雅只是看著赫薩薾，一手放在對方的胳臂上，彷彿表示小心點。

不是因為赫薩蘭即將揭露什麼內容，而是用什麼方式揭露。

鎧奧來回瞥向阿古恩和赫薩蘭，注意到王子和公主一臉沾沾自喜，看來他們知道他還沒聽說，但他還是判斷該裝傻還是坦承真相——

伊芮奈幫他省去這個麻煩。「我還沒聽說。」她說：「發生什麼事了？」

鎧奧在桌下用膝蓋輕觸她的膝蓋，表達謝意。她告訴自己，她感覺到的喜悅純粹因為他能動膝蓋，就算她打從心底感到忐忑不安。

「這個嘛，」赫薩蘭開口，看來她和阿古恩在參加晚宴前已經想好接下來的說詞。「鄰近那塊大陸似乎發生了一些……變化。」

現在輪到伊芮奈用膝蓋觸碰鎧奧，表示彼此是同一陣線。**一起**，她試著透過這個動作告訴他。

阿古恩說話時輪流看著伊芮奈、鎧奧和父王。「北方發生太多變化。幾個貴族一度失蹤，如今再次出現，像是鐸里昂·赫威亞德和特拉森女王，而且後者再次登場的方式可真是戲劇化。」

「在哪？」伊芮奈輕聲問道，因為鎧奧發不出聲音。聽見阿古恩提到他侍奉的國王，他就再也無法呼吸。

赫薩蘭對伊芮奈微笑——伊芮奈剛剛來到會場時，赫薩蘭就是用這種甜美笑容迎接她。

「骷髏海灣。」

鎧奧叫她拿去搪塞公主的謊話……竟然成了事實。

她感覺到鎧奧繃緊身子，就算他臉上只是裝得稍微感興趣。「南方一個海賊港，偉大的卡岡王。」鎧奧向烏魯斯解釋，彷彿對方也在聆聽這場談話。「在一片大型群島的中心處。」

卡岡王瞥向神情不悅的大臣們，和他們一起皺眉。「那兩人為何在骷髏海灣出現？」

鎧奧沒有答案，但阿古恩樂意解答：「因為艾琳．加勒席尼斯想正面迎擊帕林頓在該群島邊緣集結的軍隊。」

伊芮奈把手移到桌下，抓住鎧奧的膝蓋。他繃緊渾身每一條肌肉。

杜娃一手放在日漸碩大的肚皮上，問道：「贏的是她還是帕林頓？」彷彿那場戰役只是一場體育競賽。她丈夫瞟向同桌，看到許多人轉頭過來。

「噢，是她。」赫薩蘅說：「我們在當地早就安插了眼線，所以收到他們送來的詳細報告。」公主又朝伊芮奈冷笑，當初就是依據後者提供的假情報而派了間諜前往當地。「她的魔法相當可觀，」她向父王補充說明：「我們的探子說她釋放的烈火甚至焚燒了天空，一擊就把敵方艦隊毀滅大半。」

諸神在上。

大臣們不安地挪動身子，卡岡王的神情變得嚴肅。「看來玻璃城堡遭毀的相關傳言並不誇張。」

「的確，」阿古恩淡然道：「而且在那之後，她的力量和盟友數量都在持續增長。鐸里昂．赫威亞德就是跟她的朝臣們一同旅行，骷髏海灣和統治當地的海賊之王已向她俯首稱臣。」

征服者。

「他們是和她並肩作戰，」鎧奧插嘴：「一同對抗帕林頓的大軍。」

「是嗎？」赫薩蘅把他這句話輕鬆架開。「可是現在沿伊爾維海岸航行、焚燒途中所有村莊的人並不是帕林頓喔。」

「這不是事實。」鎧奧的嗓門極度輕柔。

「不是嗎？」阿古恩聳肩，接著面向父王，儼然是個憂國憂民的孝子。「當然，沒人親眼見到她，但那些村莊都被燒成灰燼。他們說她航往班加利、打算強迫耶格家族為她組建軍隊。」

「**這不是事實**。」鎧奧厲聲道。看他咬牙切齒，大臣們嗤笑驚呼，但他只是對卡岡王說：「偉大的卡岡王，我熟悉艾琳·加勒席尼斯的為人，那種行為有違她的作風和本性。至於耶格家族……」他欲言又止。

她很在乎耶格家族。伊芮奈感覺到他想說出這句話，彷彿彼此心有靈犀。赫薩爾和阿古恩俯身向前，等他說完，等他親口證明艾琳·加勒席尼斯的潛在弱點：不是法力方面，而是在乎誰。至於被夾在帕林頓大軍和卡岡政權之間的伊爾維……她看得出他們都在思考這點。

「耶格家族適合擔任南方盟友，」鎧奧改口道，肩膀緊繃。「艾琳那麼聰明，必定明白這個道理。」

「你知道這點，」赫薩爾說：「應該是因為你曾是她的情人。還是鐸里昂國王才曾是她的情人？還是你跟他都是？探子就是說不清楚誰在哪個時間點上了她的床。」

伊芮奈吞下驚訝。鎧奧——和艾琳·加勒席尼斯？

「是的，我很熟悉她，」鎧奧緊繃道，用膝蓋觸碰她的膝蓋，彷彿表示「我晚點會解釋一切」。

「這可是戰爭，」阿古恩反駁：「戰爭會讓你熟悉的人做出你無法預料的事。」

話中的羞辱和譏諷氣得伊芮奈咬牙。這是一場安排好的襲擊，由兩名王族子女暫時攜手策劃。

卡辛打岔：「她看上這片海岸？」這是身為軍人所提出的疑問，為了評估自己的君王面對什麼樣的威脅。

赫薩蘭摳摳指甲。「誰知道呢？她擁有那種力量……搞不好咱們全被她看上。」

「艾琳已經投入一場戰爭，」鎧奧咬牙道：「而且她不是征服者。」

「骷髏海灣和伊爾維都是反證。」

一名大臣在卡岡王耳邊低語，另一名大臣靠來聆聽，已經在評估局勢。

鎧奧對烏魯斯開口：「偉大的卡岡王，我知道有些人會把這些事往對艾琳不利的方向解讀，但我向你發誓，特拉森女王除了解放我們的家鄉之外沒有其他意圖，否則我的國王絕不會跟她合作。」

「但你願意發誓嗎？」赫薩蘭若有所思：「拿伊芮奈的生命發誓？」

鎧奧朝公主眨眼。

「根據你們聽聞的所有消息，」赫薩蘭說下去：「有關她的品行……你願不願意拿伊芮奈．塔爾斯的生命發誓，保證艾琳．加勒席尼斯絕不會運用這種計謀？她絕不可能放棄建軍計畫，而是打算奪取別國的軍隊？包括我們的軍隊？」

說你願意。說啊。

鎧奧只是分別瞪著赫薩蘭和阿古恩，沒看伊芮奈一眼。卡岡王和大臣們停止談話。

鎧奧沒說話，沒發誓。

赫薩蘭綻放表達勝利的淺淺笑容。「我想也是。」

伊芮奈感覺胃袋翻攪。

卡岡王打量鎧奧。「如果帕林頓和艾琳．加勒席尼斯正在集結軍隊，也許下場就是同歸於盡，讓我撿到鷸蚌相爭的便宜。」

鎧奧的下巴肌肉抽搐。

「既然她那麼厲害，」阿古恩若有所思，「也許能靠她自己對付帕林頓。」

「別忘了還有鐸里昂國王，」赫薩蘅附和：「我相信他們倆能輕鬆收拾帕林頓及其軍隊。還是讓那兩人自個兒想辦法吧，省得咱們的士兵客死他鄉。」

伊芮奈渾身顫抖，出於憤怒——赫薩蘅和她哥玩的文字遊戲是為了避免投入北方大陸的戰爭。

「不過，」卡辛似乎注意到伊芮奈的表情。「如果我們協助那兩位強大君主，到時候換來的多年和平應該值得現在冒的險。」他轉向卡岡王。「父王，如果協助他們倆，以後我們自己碰上嚴重威脅，想像一下那兩人的力量能給我們的敵人造成多大的打擊。」

「那兩人的力量也可能轉而對付我們——既然她就是喜歡出爾反爾。」阿古恩插嘴。

卡岡王觀察阿古恩，他的長子反感地對卡辛皺眉。杜娃只是旁觀，一手依然貼在孕肚上，沒人注意她，沒人徵求她的意見，就連她丈夫也沒這麼做。

阿古恩轉向父王。「我們的族人所擁有的魔法非常稀少。永恆天空和三十六神的恩賜大多給了我們的醫者。」他朝伊芮奈皺眉。「在魔法面前，鋼鐵和木材有何用？艾琳．加勒席尼斯先後征服了裂際城和骷髏海灣，現在似乎打算拿下伊爾維。如果她是個明君，應該回北方鞏固自己的王國，再從邊境往南揮軍。她卻分散軍力，分別部署於南北兩地。蠢的如果不是她，就是她的參謀。」

「她的參謀都是訓練有素的戰士，他們見識過的戰爭超過你一輩子的份。」鎧奧冷冷道。

最年長的王子僵住。赫薩蘅輕聲發笑。

卡岡王再次評估每個人的發言。「這件事應該在議會廳討論，不是在飯桌上。」他雖然這麼說，但鎧奧和伊芮奈並不覺得他一定考慮這件事。「不過我傾向於同意目前事證所傳達的現狀。」

鎧奧倒是沒再爭論下去，沒發脾氣，沒板起臉，只是點頭一下。「謝謝你願意在這件事上繼續考慮，偉大的卡岡王。」

阿古恩和赫薩蘞交換冷笑。卡岡王只是繼續用餐。

伊芮奈和鎧奧都沒了胃口。

婊子。公主是個婊子，阿古恩則是鎧奧這輩子見過最典型的混蛋之一。

這對王族兄妹所表達的顧慮確實有幾分事實——他們擔心艾琳的力量可能帶來什麼樣的威脅。但他看穿了這對兄妹，知道赫薩蘞純粹只是不想離開舒適的家和情人的懷抱、航向戰場，不想蹚這趟渾水。

至於阿古恩……這傢伙只在乎權力和情報。鎧奧相信阿古恩在飯桌上的言論是為了把他趕進比現在更絕望的窘境，逼他為了換取救援而答應任何條件。

雖然他現在已經絕望透頂。

卡辛則是父王怎麼說、自己就怎麼做。至於卡岡王……

雖然過了幾小時，鎧奧還是躺在床上對天花板咬牙切齒。伊芮奈離去前捏捏他的肩，保證明天再來見他。

鎧奧當時幾乎沒心情回話。

他應該撒謊，應該發誓自己對艾琳是以性命相託。

因為赫薩爾知道如果要求他拿伊芮奈的生命發誓……

就算這裡的三十六神根本不在乎他發什麼誓，他還是不敢冒這種險。

因為他見過艾琳做出多麼殘酷的行徑。

他到現在還夢見她把亞奇·芬恩開膛剖腹，她把古雷夫的屍體丟在那條小巷裡，她在裂際城和安多維爾殺人就像宰殺牲口，他知道她能變得多麼冷血無情。他在今年夏天曾為了這件事跟她吵過，關於她如何約束自己的力量——她欠缺約束自己的力量。

羅紋是個好男人，一點也不害怕艾琳及其魔法，可是她願意聽他的勸嗎？艾迪奧和艾琳兩人說吵就吵但也說好就好，至於萊珊卓……鎧奧不熟悉那名變形者，無從判斷她能否管住艾琳。

艾琳確實有所改變——成了女王，也還在學習如何扮演女王。

但他也知道，艾琳會為了保護自己所愛、保護自己的王國而傾盡全力。如果有誰阻礙她……艾琳在這方面不會有任何自我約束。

所以他確實沒辦法拿伊芮奈的生命發誓艾琳絕不會耍那種手段。考慮到她跟海賊之王羅弗之間的恩怨，她很可能是拿自身的威猛法力強迫他站在她那一邊。

但是伊爾維……他們是否拒絕她，結果她決定施以恐怖手段？他無法想像艾琳會考慮傷害無辜民眾，更別提她摯友的同胞。但她也知道帕林頓——埃拉魍——構成多大威脅。如果她不聯合眾人之力，埃拉魍將殺盡天下蒼生。她必須用盡一切手段。

鎧奧揉揉臉。要是艾琳懂得自我約束，懂得扮演受難女王……他的工作會輕鬆許多。

也許艾琳已經害他們輸掉這場仗，輸掉挽救未來的唯一機會。

至少鐸里昂不再下落不明，他在艾琳那些朝臣陪同下必定平安。

鎧奧默默感謝這個來自諸神的小小恩賜。

聽見輕柔敲門聲，他立即坐起。聲響不是來自玄關，而是通往花園的玻璃門。

他的兩腿抽搐，膝蓋微彎——大多出自本能反應，而非意念控制。為了讓行動力一吋吋復原，他和伊芮奈每天兩次進行痛苦的腿部復健，更別提她把法力灌進他的身體時他所承受的黑暗回憶。他從沒讓她知道自己看見什麼、為何尖叫。

說了也沒意義。如果讓伊芮奈知道他多麼失敗、誤判得多麼離譜，只會令她作嘔。但此刻站在夜色花園中的身影……不是回憶。

鎧奧瞇眼觀察站在花園裡的高大男性，對方舉手致意——鎧奧自己的手伸向藏在枕頭底下的小刀。對方走進燈籠照射範圍後，鎧奧安心得吐口氣，揮手要王子進來。

卡辛拿出一把小刀，解開花園門的鎖，鑽進室內。

「我沒想到王子也懂得撬鎖。」鎧奧用這句話代替打招呼。

卡辛在門口逗留，室外燈籠勉強照亮他的臉，鎧奧看見他微微一笑。「我學會撬鎖恐怕不是為了偷東西，而是為了溜進女士的香閨。」

「我還以為你的宮廷在這方面比我的更開放。」

卡辛的笑意加深。「也許吧，但是南北兩地很多女人都嫁給了討人厭的丈夫。」

鎧奧呵笑搖頭。「找我有什麼事嗎，王子？」

卡辛打量套房門扉，鎧奧也照做——觀察門縫有沒有掃過任何影子。確認門外無人後，卡辛開口：「我猜你沒找到皇宮裡是誰在追殺伊芮奈。」

「我也很想說有找到。」但娜斯琳如今外出，他靠自己實在很難搜遍安第加、揪出法魯格殺手。加上這三星期確實平靜，他因此有點希望那名殺手已經……離去。皇宮和泉塔最近平靜許多，彷彿那些陰影已成過往。

卡辛點頭。「我知道薩鞑克和你的隊長為了調查這次的威脅而出了遠門。」

鎧奧不敢確認或否認這點。他不完全確定薩鞑克跟王室處得如何、薩鞑克離去前有沒有獲得父王贊同。

卡辛說下去：「這可能就是我那兩個手足今晚合力對付你的原因。既然薩鞑克認真看待這個威脅，那兩人就知道想說服父王別參戰的機會很有限。」

「但既然這個威脅真實存在，」鎧奧說：「很可能會在這片土地上擴散，你們為何不戰？為何不在敵人踏上這片海岸前就阻止他們？」

「因為這是戰爭，」出於某種原因，卡辛的口氣和站姿都讓鎧奧覺得自己只是個晚輩。「雖然阿古恩和赫薩薾表達意見的方式確實令人惱火，但我相信他們倆知道投入你們陣營將付出什麼代價。這將是卡岡政權第一次把所有軍力投入異鄉，還包括其他軍團，像是鷹族和我指揮的馬王。他們有時合作，但絕非總是團結，不是你要求的那種。人員的犧牲、資金的耗費……將無比龐大。千萬別以為我的手足不明白這個道理。」

「還有他們對艾琳的恐懼？」

卡辛悶哼一聲。「我在這方面沒辦法發表意見。也許他們只是自己嚇自己，但也可能確實有理由害怕。」

「你溜進來我房裡就是為了跟我說這個？」他的口氣該更尊重點，可是——

「為了給你一筆阿古恩刻意隱瞞的情報。」

鎧奧真希望自己不是打著赤膊坐在床上。

卡辛說：「負責國際貿易的大臣告訴我們，有人下了一大筆訂單，購買一種新式武器。」

鎧奧屏住呼吸。如果莫拉斯找到辦法——

「武器稱作火槍，」卡辛說：「我們的菁英工程師用來自大陸各地的零件組成。」

老天。如果莫拉斯掌握這種武器——

「幾個月前下訂單的是羅弗船長，為了裝備他的艦隊。」

羅弗——「我們聽說骷髏海灣被艾琳・加勒席尼斯拿下的同一時間收到訂單，更多火槍將被送往北方。」

鎧奧分析這筆情報。「阿古恩在晚餐時為何不說？」

「因為火槍貴得要死。」

「這對你們的經濟一定有幫助。」

「沒錯。」對阿古恩想避開這場戰爭沒幫助。

鎧奧沉默幾秒。「你呢，王子？你想投入這場戰爭嗎？」

卡辛沒立刻答話，而是掃視房間、天花板、床鋪，最後看著鎧奧。「這會是我們這一代的大戰，」卡辛輕聲道：「這個事蹟將流傳千古，由人們在營火旁訴說、在宮中歌頌：誰生誰死，誰是參戰勇者，誰是怯戰懦夫。」他嚥口水。「無論日夜，我的蘇魯矛上的馬鬃都飄向北方。所以，也許我會在芬海洛的平原找到我的宿命，或在歐林斯的白牆前。總之，我該去北方——只要我父王這樣命令我。」

鎧奧思索，看著擺放在浴室牆邊的行李箱。

卡辛轉身要走時，鎧奧問道：「你父王下一次接見國際貿易大臣是什麼時候？」

第三十七章

娜斯琳已耗盡時間。

法爾坎需要十天復原，娜斯琳和薩韃克因此沒剩多少時間能調查南方另一座瞭望塔。她跟王子建議別帶變形者同行，但他拒絕。就算波緹也會參加這次行動，薩韃克還是不願冒人力不足的風險。

但是薩韃克找到其他辦法打發時間。他帶娜斯琳前往分別位於北面和西面的兩座鷹巢，拜見當地的族母和隊長。

有些人以直至深夜才結束的狂歡盛宴歡迎他們倆。

但另一些人，例如波拉德族，該族的族母和其他領袖都不希望他們倆久留，當然也沒拿出平時飲用的酸羊奶招待兩人。娜斯琳第一次品嘗酸羊奶時被這種味道激得渾身起雞皮疙瘩，嗆得差點窒息而死；薩韃克的族人熱情地拍拍她的背，向她敬酒致意。

無論如何，其他鷹族對她的熱情款待到現在還是令她驚訝。許多族人笑容滿面地請求她示範箭術，無論態度害羞還是大膽。她向他們展示時，自己其實也學到不少。她和薩韃克乘鷹飛過山隘，王子指出目標，娜斯琳負責射擊，學習如何在風中放箭，學習如何化為天風。

他甚至讓她獨自騎乘卡達菈——雖然只有一次，而且她還是搞不懂他們怎麼敢讓四歲小孩飛行，但……她感覺格外自由。

無拘無束，卻又無比平靜。

他們倆就這樣拜訪諸多氏族。薩韃克查看騎手們的狀態和訓練，探望新生嬰兒和虛弱老翁。娜斯琳一直待在他的影子裡——或者說她試著這麼做。她每次想後退一步，就被薩韃克往前推一步。每次需要應付什麼雜事，他都叫她去處理，像是在用餐後整理環境、從標靶上取回箭，或是清理廳室和巢窩裡的鷹糞。

至少王子在最後這件差事上會跟她一起挽起袖子。他雖然出身王族、貴為隊長，但在做任何雜事時都未曾抱怨。某天晚上，她在這件事上問過他，他的答覆是「沒有任何人高貴得不該工作」。

她剷掉地板上結塊的鷹糞，或指點年輕戰士如何給弓上弦時，覺得心中的焦躁不安為之沉澱。

她再也無法想像自己在裂際城皇宮中嚴肅地向衛兵們發號施令，行走於大理石地板，穿梭於華服朝臣。她已經不記得該城的兵營，不記得自己曾在擁擠的宴會廳後側逗留，不記得自己在收到命令後在某個街角站崗幾小時、看著人們購物吃喝吵嚷走動。

那感覺像上輩子的事，發生在另一個世界。

在這裡，在這片深山，吸進凜冽空氣，坐在火坑旁聽著珂爾倫訴說鷹族和馬王的故事，關於第一任卡岡王及其愛妻——波緹的名字就是紀念那女人……她已經想不起以前那個人生。

也不想回去那個人生。

某天晚上，娜斯琳坐在火坑旁，梳理波緹教她編織的緊致髮辮時，做出連自己都感到意外的舉動。

珂爾倫坐在附近，拿磨刀石磨著一把匕首，同時跟聚在身旁的幾人談話——薩韃克、波緹、臉色蒼白而且走路瘸拐的法爾坎，還有另外六人，娜斯琳知道他們算是波緹的表親。族母打量這幾張被烈火映上金光的臉孔，問道：「說個有關亞達蘭的故事來聽聽吧？」

大夥都轉頭盯著娜斯琳和法爾坎。

變形者面有難色。「我自己的故事恐怕都很無趣。」他思索。「我雖然有過一趟很有意思的赤紅沙漠之旅，不過……」他示意娜斯琳。「我倒是想先聽聽妳的故事，隊長。」

在這麼多人的瞪視下，娜斯琳逼自己別扭扭捏捏。「我從小聽到大的故事，」她坦承：「大多跟你們這些族群和這片土地有關。」聽她這麼說，大夥回以開心笑臉。薩韃克只是朝她眨個眼。娜斯琳低下頭，感覺臉龐灼熱。

「如果可以，妳就說個關於永生精靈的故事來聽聽，」波緹提議：「關於妳見過的那位精靈王子。」

娜斯琳搖頭。「我不知道這方面的故事——而且我跟那位王子並不熟。」看波緹皺眉，娜斯琳補充道：「但我可以唱歌給你們聽。」

一陣沉默。

珂爾倫放下磨刀石。「我倒是很想聽歌，」她對波緹和薩韃克板起臉。「畢竟這兩個孩子的歌聲只能用鬼哭神嚎來形容。」波緹朝族母翻白眼。薩韃克低頭道歉，歪嘴一笑。

娜斯琳微笑以對，就算為自己這項大膽提議而感到心跳如雷。她從沒在任何人面前演唱過，不過……這次不算演唱，而是分享。接下來的許久一刻，她聆聽洞口外頭的山風呢喃，其他人不吭一聲。

「這是亞達蘭的歌曲，」她終於開口：「來自裂際城北面的山麓，家母的出生地。」她在胸中感到一陣古老又熟悉的痛楚。「她以前常常唱這首歌給我聽——在她離世前。」

珂爾倫的堅定目光閃過一絲同情。但是娜斯琳邊說邊瞥向波緹，發現少女表情格外柔和。波緹瞪著娜斯琳，眼神像是第一次見到她。娜斯琳對她微微點頭。這是妳我共同承擔之痛。

波緹回以淺淺一笑。

娜斯琳再次聆聽風聲，讓自己飄回裂際城那間可愛的小臥室，感受母親用光滑如絲的雙手撫摸自己的臉和頭髮。她最近只想著聆聽關於她父親的家鄉以及鷹族與馬王的故事，所以很少問起關於亞達蘭的任何歷史，就算她其實是兩片大地的後裔。

而這首關於她母親的歌曲……是她知道的少數幾個亞達蘭故事之一，也是用她最喜愛的方式呈現，歌詞描述她的家園在盛世時的模樣。她想跟身旁這些人分享這個故事，讓他們窺見她的家鄉也許能恢復成什麼樣的榮景。

娜斯琳清清喉嚨，深呼吸。

開口唱歌。

在烈火爆裂聲的伴奏下，娜斯琳的歌聲傳遍奧頓山宮，穿過古老石柱，沿雕鑿岩面反彈。她感覺到薩韃克全然靜止，感覺到他臉上沒有任何嚴肅與笑意。

但她把精神集中在這首歌上，年代久遠的歌詞描述遙遠的冬季、雪上的血漬，描述母親和女兒如何彼此相愛、拌嘴爭吵。

她的歌聲如天鷹般大膽又優雅地飄揚起伏。她總覺得就連呼嘯山風也駐足聆聽。

她唱出的最後一道高亢音符如鍍金春陽般劃過寒地。歌聲平息後，寂靜和柴堆劈啪聲再次充斥這個世界……

波緹忍不住哭泣，淚珠沿漂亮臉蛋無聲滑過。珂爾倫放下磨刀石，緊握孫女的手。傷口尚未完全痊癒——她們倆都是。

薩韃克或許也是——因為他臉上帶有悲痛，連同敬畏，或許還有一種更為溫柔的情緒。他說：「這成了有關涅絲之箭的另一個傳說。」

她再次低頭微笑，接受旁人的讚美。負傷未癒的法爾坎勉強鼓掌，請她再唱一首。

娜斯琳沒想到自己願意配合。她唱起父親教她的一首愉悅山歌，歌詞描述盛開野花之間的湍急小溪。

娜斯琳在這座美麗山宮歌唱至深夜時，始終感覺到來自薩韃克的凝視，不同於他之前給她的眼神。

娜斯琳勸自己避開目光接觸，卻一直沒這麼做。

幾天後，法爾坎終於復原，一行人前往珂爾倫發現的另外三座瞭望塔。

他們在一開始的兩座沒有任何發現，而且這兩座都很遠，無法一口氣解決。珂爾倫禁止他們野營，而為了避免她發怒，他們在調查當天來回，讓卡達菈和波緹的坐騎阿卡絲能充分休息。

薩韃克對變形者的好感只有提高幾分。他和卡達菈同樣密切監視法爾坎，但他至少偶爾會跟對方搭話。

大夥仔細搜查無異於碎石堆的廢墟時，波緹則是拿一大堆問題轟炸法爾坎。

你變成鴨子在水底下得拚命划水但在水面上看起來悠哉愉快是什麼樣的感覺？

你如果變成動物時吃東西你的人類胃袋塞得下那麼多食物嗎？

你會不會因為需要消化所以沒辦法立刻從動物型態變回人類型態？你變成動物時也得排泄嗎？

最後這句引來薩鞳克捧腹大笑。就連法爾坎也面紅耳赤，拒絕回答。

調查了兩座瞭望塔後，他們還是沒找到答案：當年那些精靈衛兵為何建造這些哨塔？他們的敵人是誰？他們如何擊敗敵人？

如今只剩一座瞭望塔……娜斯琳每天都有數算時日，意識到跟鎧奧約定的三星期已經到期。

薩鞳克也知道這點。

昨天，她站在巢窩裡欣賞著天鷹休息、整理羽毛或起飛時，他來找她。她常常在較為安靜的下午來到這裡，只是觀察這些大鳥：牠們反映於銳眼的智力，還有彼此間的情感。

她斜靠門旁牆壁時，他來到她身邊。有那麼幾分鐘，他們看著一對大鷹配偶彼此磨蹭，之後其中一頭跳出巨大山洞，躍進下方深淵。

「那一頭，」王子終於開口，指向蹲俯於對側牆壁的紅棕色天鷹。她常常見到這頭大鷹——注意到牠不像其他坐騎一樣有主人探望。「牠的年邁主人幾個月前死了，用餐時抱胸暴斃。可是這頭天鷹……」薩鞳克對大鳥苦笑。「還很年輕——不到四歲。」

「死了主人的坐騎有何下場？」

「我們給牠們自由。有些會飛向野外，有些會留下。」薩鞳克雙臂抱胸。「牠留下了。」

「牠們會獲得新主人嗎？」

「有些會，只要願意接受。這得由天鷹自行選擇。」

娜斯琳聽懂他暗示的邀請，從王子的眼神裡看得出來。

她感覺喉嚨緊縮。「我們的三星期結束了。」

「的確。」

她轉身面向王子，仰頭看著他的臉。「我們需要更多時間。」

「所以妳跟他怎麼說？」

很簡單的疑問。

但她花了幾小時才寫好給鎧奧的信，交給薩韃克最快的一名信使。「我說要再待三星期。」

他歪起頭，依然專注地看著她。「三星期裡什麼事都可能發生。」

娜斯琳逼自己抬頭挺胸。「就算是這樣，我在時間到的時候還是必須回去安第加。」

薩韃克點頭，雖然眼裡閃過類似失望的情緒。「看來這裡這頭天鷹得等其他人來當牠的主人。」

這場談話是昨天的事，但還是害得她到現在都不敢把目光放在王子身上太久。

今早幾小時的飛行中，她偶爾偷窺卡達菈承載的薩韃克和法爾坎。

此刻，卡達菈伸展雙翼，鎖定遠在下方的最後一座瞭望塔，坐落於塔凡山脈中一塊難得一見的平地。時值夏末，這片山地只見翠綠青草和湛藍溪流，而聳立其中的廢墟看起來只像一堆石頭。

波緹吹聲口哨，一拉韁繩，阿卡絲聽命左傾後恢復水平飛行。波緹是個本領高強的騎手，膽子比薩韃克還大，大多因為她的天鷹體積更小也更靈巧。過去三年的氏族聯合競速大賽都是由她拿下冠軍，證明了她在敏捷、速度和機智這三項都最為優秀。

「是妳選了阿卡絲？」娜斯琳在風中問道：「還是牠選了妳？」

波緹俯身向前，拍拍天鷹的頸部。「互相。那天看到這顆毛茸茸的腦袋從巢窩裡探出來的時候，我就決定了。大家都叫我選一隻更大的雛鷹，我母親也拿這件事責備我。」想起母親，她面露苦笑。「但我知道阿卡絲屬於我。我看到牠的那瞬間就知道。」

娜斯琳沉默不語。兩頭大鷹飛向坐落於美麗高地的廢墟，陽光舞動於卡達菈的翼面。

「妳應該找個時間騎鷹巢裡那頭雄鷹出去逛逛，」波緹邊說邊指示阿卡絲平穩下降。「就當作試飛。」

「我很快就要離開這裡。試飛對我跟牠都不公平。」

「我知道，但妳也許還是該試試。」

波緹樂此不疲地尋找永生精靈留下的隱密陷阱。

娜斯琳對此也樂觀其成，畢竟這名少女在解除陷阱方面遠比另外三人優秀。

令波緹失望的是，這座塔曾在某個時間點崩塌，大量碎石壓住地面樓層，石堆上方只剩一個露天的破房間。

現在輪到法爾坎上場。

看見這名變形者的身軀扭轉縮小時，薩韃克忍不住打顫，看到法爾坎原本所坐的石塊上是一隻蜈蚣時抖得更厲害。蟲型法爾坎立刻站起，揮動無數細腿，向三人致意。

娜斯琳反胃得皺眉，波緹卻是哈哈大笑、揮手回禮。

法爾坎鑽過落石之間，窺探石堆底下。

「我搞不懂你們幹麼覺得噁心，」波緹對薩韃克嘖聲道：「我覺得牠超可愛。」

「我們討厭的不是他，」薩韃克坦承，盯著石堆，等著蜈蚣回來。「而是居然有人能化骨融肉……」他打個哆嗦，面向娜斯琳。「妳那個朋友──另外那個變形者，從不讓妳覺得噁心？」

「從不。」娜斯琳的口氣就事論事。「我是在你那些探子彙報的那天才見到她變身。」

「『神準一箭』那天，」薩韃克喃喃自語：「所以妳那天真的救了一名變形者。」

娜斯琳點頭。「她名叫萊珊卓。」

波緹用手肘頂薩韃克。「你不想去北方，老哥？去見見娜斯琳提到的那些人？變形者、噴火女王、精靈王子……」

「我開始覺得妳對永生精靈的熱愛已經到了有礙健康的程度。」薩韃克咕噥。

「我只有拿走一、兩把匕首。」波緹堅稱。

「妳從上一座瞭望塔抱走一大堆戰利品，害得阿卡絲差點飛不動。」

「這是為了我的買賣，」波緹悶哼道：「就等咱們的族人願意放下面子、明白我們其實也能發財。」

「難怪妳這麼喜歡法爾坎。」娜斯琳這句話換來波緹朝她肋骨揮來的一記刺拳。娜斯琳咯咯笑，拍開對方的手。

波緹雙手扠腰。「我得向兩位說清楚──」

這句話被一聲尖叫打斷。

不是來自地底的法爾坎。

而是來自塔外，來自卡達菈。

三人跑向空地時，娜斯琳已經搭起一箭。

只見這裡擠滿天鷹，連同神情嚴肅的騎手。

薩韃克安心得嘆口氣，放鬆肩膀。但是波緹從兩人身旁推擠而過，大罵髒話，沒收起手上的長劍——在上一座瞭望塔尋獲的亞斯特隆劍。

一名年齡與娜斯琳相近的年輕男子跳下毛色深棕似黑的天鷹，大搖大擺地走向三人，英俊五官嘻皮笑臉。波緹氣沖沖地走向他，幾乎把長草踏扁。

這隊鷹族騎手們以冷漠眼神旁觀，沒人向薩韃克鞠躬。

「你他媽的來這兒做什麼？」波緹質問，一手扠在腰上，在充分距離外停步。

他身上是跟她類似的皮衣，但臂環的顏色……波拉德族，態度最差但實力雄厚的鷹族。該族的騎手都受過嚴格訓練，所住的洞穴也打掃得一塵不染。

年輕男子沒理波緹，只是朝薩韃克喊道：「我們經過這兒時注意到你的天鷹。這兒離你的鷹巢很遠喔，隊長。」

波緹嘶吼：「快滾啦，伊嵐，沒人邀請你。」

伊嵐瀟灑地挑起一眉。「看來妳還是一樣愛吠。」

試探性的提問。

波緹朝他腳邊吐口水。

其他騎手見狀繃緊身子，但她怒目相視。

他們都放低目光。

注意到三人身後的碎石堆喀啷作響，伊嵐兩眼發光，雙膝微彎，彷彿想衝向波緹——想擋在她和法爾坎之間。

處於狼型的法爾坎。

但是波緹退後，避開伊嵐的手，溫柔宣布：「那是我的新寵物。」

伊嵐目瞪口呆地看著少女以及坐在娜斯琳身旁的狼。娜斯琳忍不住抓抓毛茸茸的狼耳，變形者倒也讓她這麼做，甚至把腦袋靠向她的掌心。

「隊長，你這年頭似乎身邊都是一堆怪咖。」伊嵐勉強對薩韃克開口。

波緹在他面前彈個響指。「你有話不能當著我的面講？」

伊嵐給她一個慵懶微笑。「妳終於有值得我聽的話講？」

波緹火冒三丈。

薩韃克只是微微一笑，漫步來到族妹身旁。「我們來這個地區有點事，為了休息而在這裡暫時停留。你深入南面又是為了什麼？」

伊嵐一手握住腰間的長型獵刀。「我們有三隻雛鷹失蹤，四處搜索但一無所獲。」

娜斯琳感覺胃袋緊繃，想像那些冥蛛爬過鷹巢，鑽過天鷹之間，找上受到嚴密保護的毛茸茸雛鷹——離人類騎手的住所那麼近。

「牠們何時被偷？」薩韃克神情嚴肅。

「兩天前的晚上。」伊嵐揉揉下巴。「我們原本懷疑是盜獵者，但沒發現人類的氣味、腳印或營地。」

往上看。艾德隆瞭望塔的血字警告在她的腦海中迴響。

看薩韃克嘴角緊繃，她猜他也想起同一幅畫面。

「回你的鷹巢去吧，隊長。」薩韃克對伊嵐說，指向這塊綠意盎然的高地遠方，山牆灰石寸草不生。達古爾高地似乎總是在監視……等候。「別進入更深處。」

伊嵐以棕眸來回觀察波緹和薩韃克，然後瞟向娜斯琳和法爾坎，眼裡充滿警戒。「髂朗庫伊。」

聽見這個字眼，騎手們明顯不安，就連鷹群似乎也拍拍翅膀，彷彿聽得懂。

波緹提高嗓門，確保每個人都聽得見：「你們也聽見我哥說了什麼。快爬回你們的鷹巢去。」

伊嵐諷刺地對她鞠躬。「妳回妳家去，我就回我家去，波緹。」

她朝他亮牙。

但伊嵐還是以輕鬆又有力的優雅動作跳上坐騎，撇個下巴，其他騎手紛紛振翅離去。等族人全數升空後，他對薩韃克說道：「如果髂朗庫伊開始活動，我們就得集結一支軍隊把牠們打跑，否則為時已晚。」

在一陣風的拉扯下，薩韃克的辮子飄向那片山區，遮住他的臉孔。娜斯琳真想看清楚他聽見對方提起軍隊時是什麼樣的表情。

「這個問題遲早要處理。」薩韃克說：「你們提高警覺，看好孩童和雛鷹。」

伊嵐嚴肅點頭，就像接獲指揮官命令的士兵——聽命於王子的隊長。他接著瞥向波緹。

她對他比出不雅手勢。

伊嵐只是對她拋個媚眼，然後對坐騎吹聲口哨。大鷹立即躍入空中，留下的強勁氣流晃動波緹的兩條辮子。

波緹盯著飛向其他夥伴的伊嵐，朝他的天鷹原本所在之處吐口水。「王八蛋。」她嘶吼，接著轉身，跺腳走向娜斯琳和法爾坎。

變形者回歸人型，搖搖晃晃。「廢墟底下沒有任何值得關注之處。」他宣布時，薩韃克大步來到三人所在。

娜斯琳皺眉掃視達古爾高地。「我也覺得我們該另外想個辦法。」

薩韃克順著她的視線望去，他站得離她很近，體溫因而滲到她身上。他們倆一同凝視那堵山牆——猜測在山牆後面有什麼。

「那名年輕隊長，伊嵐，」法爾坎對波緹試探道：「妳似乎跟他很熟。」

波緹板起臉。「他是我的未婚夫。」

第三十八章

卡辛雖然不願公開或私下要求父王考慮結盟一事，但還是想出其他辦法。鎧奧離貿易議會廳越來越近時，差點咧嘴而笑，因為他發現在緊閉的門扉旁站崗的是赫希姆、阿申和另外兩名跟他一起鍛鍊的衛兵。阿申朝他使個眼色，隨即用義肢敲敲門然後打開，一身衛兵盔甲在稀疏的早晨陽光下微微閃爍。

鎧奧不敢向這四名衛兵道謝，甚至連點個頭都不敢，因為他把輪椅推過採光充足的廳室時，只見卡岡王和三名金袍大臣圍坐在一張打磨發亮的黑木長桌旁，各個都默默瞪著他。

鎧奧還是繼續前進，抬頭挺胸，維持愉快又低調的笑臉。「希望沒打擾到各位，但有件事想和大家討論。」

卡岡王的嘴脣抿成一條線，身上是淡綠外袍和黑色長褲，合身剪裁襯托出他這身年邁外表下的戰士之軀。「韋斯弗大人，我說過很多次，你如果想跟我見面——」他朝坐在對面的臭臉男子點個頭。「就該先問過我的宰相。」

鎧奧在桌前停定，伸展雙腳。他今早和皇家侍衛一起運動時盡量鍛鍊了腿部，行動力雖然恢復到膝部，但如果想把體重壓在膝上**站起來**……

他推開這個雜念。現在這一刻跟他站立或坐著完全無關。

不管他用兩腳站起還是平躺在地，他的發言依然能夠充滿尊嚴和權威。這張輪椅不是囚牢，也沒有把他變得低人一等。

所以鎧奧只是鞠個躬，微微一笑。「恕我直言，偉大的卡岡王，我來這裡不是為了見您。」

烏魯斯只有眨眼的動作流露驚訝。

鎧奧朝卡辛描述過的天藍袍衣男子點頭。「我來這裡，是為了跟您的國際貿易大臣談話。」

大臣來回瞥向卡岡王和鎧奧，彷彿已經準備好表明無辜，就算棕眼流露好奇，但還是不敢出聲。

鎧奧回瞪卡岡王許久。

他沒提醒自己：他打擾了可能是這世上最強大的男人的私人會議，他是在一個異國宮廷作客，他的諸多朋友和同胞的命運取決於他在這裡有何成果。他只是瞪著卡岡王，男人之間——戰士之間的目光交換。

他對付過一位國王，還活了下來訴說那個故事。

卡岡王終於朝桌邊一個空位撇個下巴，這不算是熱情歡迎，但總好過全無反應。

鎧奧點頭道謝，推動輪椅上前，維持呼吸均勻，同時看著四名男子的眼睛，然後對貿易大臣開口：「我收到消息：羅弗船長的艦隊下了兩筆龐大的火槍訂單，其中一筆是在艾琳．加勒席尼斯抵達骷髏海灣之前，另一筆則是之後，而且金額更大。」

卡岡王挑起白眉。國際貿易大臣在座位上挪動身子，但還是點頭。「是的，」他用鎧奧的語言回答：「這是事實。」

「每一把火槍的確切價格是多少？」

大臣們面面相覷，說出答案的是另一名男子，鎧奧猜對方應該是負責國內貿易。

鎧奧耐心等候。卡辛昨晚已經向他透露了天文數字，而現在正如他所料，卡岡王聽見這個數字時立即轉頭瞪著國際貿易大臣。

鎧奧問道：「多少火槍正被送往羅弗——也就是特拉森那裡？」

大臣說出另一個數字。鎧奧讓卡岡王自己做算術。他從眼角瞥見卡岡王的眉毛挑得更高。

宰相把雙臂撐在桌上。「韋斯弗大人，你究竟是想讓我們相信艾琳·加勒席尼斯的意圖是好還是壞？」

鎧奧沒理會暗藏於這句話的倒鉤，只是對國際貿易大臣說：「我也想下一筆訂單。其實，我想把特拉森女王的訂單增加一倍。」

現場一片沉默。

國際貿易大臣的反應就像從椅子上摔下來。

但宰相只是冷笑道：「你哪來的錢？」

鎧奧回以慵懶笑容。「我來的時候帶了四大箱財寶，」那幾箱東西確實媲美一國財富。「那應該夠付。」

現場再度陷入寂靜。

直到卡岡王詢問國際貿易大臣：「夠付嗎？」

「這得先評估並秤過那些財寶的種類和重量——」

「已經處理好了，」鎧奧靠向輪椅的椅背。「你今天下午應該就會收到報告。」

第三波沉默。卡岡王用霍赫語對國際貿易大臣低語，對方收拾面前的文件，匆忙離去時緊繃地瞥鎧奧一眼。卡岡王以平淡口吻對宰相和國內貿易大臣說了幾個字，兩人也隨即離去；宰相在離去前又給鎧奧一個冷笑。

現場只剩卡岡王時，鎧奧默默等候。

烏魯斯從椅子站起，大步來到窗戶前，這裡得以俯瞰百花盛開、樹蔭濃郁的花園。「你八成自以為很聰明，能利用這種方式私下見我。」

「我剛說的一切都是事實，」鎧奧答覆：「我確實是想跟您的國際貿易大臣討論那筆交易。就算您不打算派兵支援我們，我也看不出有誰會反對我們向您購買武器。」

「而這想必是為了讓我意識到這場戰爭能帶來多大利潤——既然你的陣營願意花錢投資在我們的資源上。」

鎧奧保持沉默。

卡岡王把視線從花園移開，反映陽光的白髮看似發光體。「我不喜歡被人耍手段捲進這場戰爭，韋斯弗大人。」

鎧奧回應對方的瞪視，就算忍不住抓緊輪椅的扶手。

卡岡王輕聲問：「你究竟知不知道什麼是戰爭？」

鎧奧咬牙道：「我猜我即將親身體驗，不是嗎？」

卡岡王笑也沒笑。「戰爭不只是戰役、補給和戰術，而是把一方軍力全部投注於攻打另一方。」他以評估眼神凝視鎧奧許久。「那就是你要面對的——團結一心、實力堅強的莫拉斯大軍。他們決心把你們碾成灰。」

「我很清楚這點。」

「是嗎？那你知不知道莫拉斯此刻正在做什麼？他們正在累積軍力、安排計畫、準備出擊，而你們連跟上都很困難。你們正在按照帕林頓設下的規則玩他的遊戲，因此你們必敗無疑。」

鎧奧感覺胃袋裡的早餐翻攪滾動。「我們還是有可能會贏。」

卡岡王搖一下頭。「想贏，就必須獲得全面勝利，擊潰敵方所有抵抗活動。」

鎧奧感覺兩腿發癢——他勉強挪動兩腳。站起來，他以意念命令雙腿。站起來。

他把兩隻腳往下踩，肌肉痛得哀號。「這就是為什麼，」兩條腿就是拒絕聽命，他氣得咬牙道：「我們需要您派兵協助。」

卡岡王瞥向鎧奧繃緊的雙腳，彷彿看得出他的身體如何掙扎。「我不喜歡被當成林中雄鹿般獵捕。我有叫你等待，我有叫你拿出應有的尊重、讓我悼念我女兒——」

「如果我說令嬡可能是遭到謀害？」

兩人之間被恐怖又空虛的寂靜填滿。

鎧奧厲聲道：「如果我說帕林頓已經派來殺手，可能正在獵捕你，想誘導你做出參戰或旁觀的決定？」

卡岡王臉色緊繃。鎧奧準備承受烏魯斯的咆哮——對方甚至可能抽出腰間的珠寶匕首插進他的胸膛。但卡岡王只是輕聲說：「退下吧。」

衛兵們彷彿聽見每一個字，門扉打開一條縫，表情凝重的赫希姆揮手要鎧奧過去。

鎧奧沒動，聽見腳步聲從身後傳來——為了把他拖走。

他把兩腳重重壓在輪椅踏板上，咬牙出力。他死也不讓他們把他拖走——

「我來這裡不只為了挽救我的同胞，而是天下蒼生。」鎧奧對卡岡王咬牙道。

某人——阿申——抓住他的輪椅握把，準備轉動輪椅。

鎧奧扭身，朝對方亮牙道：「**不准碰**。」

阿申雖然眼神帶有歉意，但還是沒放開握把。鎧奧意識到，這名衛兵知道未經允許就被拖動輪椅是什麼樣的滋味，正如鎧奧知道違抗卡岡王命令對阿申來說有多麼嚴重。

鎧奧再次瞪著卡岡王。「您這座城市是我見過的所有城池之中最宏偉的，您的帝國是所有國度都該遵照的標準。莫拉斯來這裡毀滅一切的時候，已成腐屍的我們又怎能與您並肩作戰？」

卡岡王的眼睛如火炭般明亮。

阿申繼續把他的輪椅推向門口。

鎧奧拚命試著推開衛兵，也試著用顫抖的兩條腿站起來。他回頭咬牙道：「我在錯誤的一邊站了太久，結果失去一切。別犯跟我一樣的錯——」

「別以為你有資格說卡岡王該怎麼做。」烏魯斯眼神宛若寒冰，朝門邊忐忑不安的衛兵們撇個下巴。「護送韋斯弗大人回房。不准再讓他在我開會時進來。」

烏魯斯用平靜又無情的字句傳達這個威脅，無須提高嗓門，無須咆哮，衛兵們也清楚知道若不照做必遭嚴懲。

鎧奧在輪椅上拚命掙扎，試著站起，哪怕只是一吋。

但阿申已經把他的輪椅推出門外，穿過明亮走廊。

鎧奧的兩腿還是拒絕聽命，還是沒做出回應。

議會廳的門扉輕輕喀啷闔起，這個聲響撼動鎧奧渾身每一根骨頭和每一條肌肉，造成的破壞力超越卡岡王說過的每一個字。

伊芮奈昨晚沒打擾鎧奧想事情。

她氣沖沖地回去泉塔，認定赫薩薾……她一點也不介意欺騙那位公主，也意識到自己該用什麼方法讓公主願意邀請她去那片該死的綠洲。

但目前看來，就算在清晨跟衛兵們一起在操練場揮汗，還是沒能撫平鎧奧的牛脾氣，他在起居室等候時悶悶不樂。伊芮奈派卡妲嘉去準備一些無關緊要的東西——**細繩、羊奶和醋**——之後終於準備好幫他治療。

熱氣蒸騰的夏季正在邁入尾聲，秋季狂風開始鞭笞青綠海灣。安第加雖然四季皆熱，但狹海會在冬至節到朔火節期間變得陰晴不定。如果艦隊不在夏天結束前駛離南方大陸……伊芮奈心想，經過昨晚那件事，大概不會有任何人出海。

鎧奧坐在平時那張金絲沙發旁邊，在她進來時只是瞥她一眼，臉上完全沒有平時那副嚴肅微笑。注意到他的黑眼圈……伊芮奈放下原本迫不及待想告訴他的計畫，改口問道：「你整晚沒睡？」

「差不多。」他嗓音低沉。

伊芮奈走向沙發，但沒坐下，只是看著他，雙手交疊於腹。「也許卡岡王會重新考慮。他知道他的孩子們在打什麼算盤。他那麼聰明，不可能看不出阿古恩和赫薩薾難得聯手合作，不可能不對此起疑。」

「妳就那麼熟悉卡岡王的個性？」這句疑問冰冷又帶刺。

「不，但我在這裡生活得絕對比你久。」

他的棕眼閃爍。「我沒有兩年時間可以在這兒浪費、玩他們的遊戲。」

意思就是她有兩年時間可以浪費。

伊芮奈強忍惱火。「這個嘛，生悶氣也沒辦法解決問題。」

他的鼻翼顫動。「的確。」

她已經幾星期沒見過他這樣。

已經過了那麼久的時間？她的生日就在兩星期後，比她意識到的更快到來。

現在不是提起這件事的時候，也不是她來這裡的用意。考慮到當前局勢、他扛起的重擔、她在他肩上看見的沮喪和絕望，她的生日真的無關緊要。

「告訴我，發生了什麼。」兩人昨晚分開後，顯然發生了某種變化。

他回以尖銳目光。看他繃緊下巴，她準備聽他表示拒絕透露。

但他說：「我今早去見了卡岡王。」

「他答應見你？」

「不算是。」他抿脣。

「結果？」伊芮奈一手撐在沙發扶手上。

「他叫人把我拖出去。」語氣冰冷平淡。「我根本沒辦法擺脫衛兵，沒辦法試著要他聽我說下去。」

「你當時就算站著，還是會被他們拖走。」而且很可能因此受傷。

他怒目相視。「我並不想跟他們打。我當時對他苦苦哀求，但我連下跪都做不到。」他望向窗外花園，臉上寫滿憤怒、哀傷和恐懼。

她心疼道：「你今天已經取得不少成果。」

「我想再次跟我的同胞並肩作戰，」鎧奧輕聲道：「死在他們身邊。」

這句話在她心中留下恐懼，但她僵硬道：「你在馬背上也能這麼做。」

「我剛說了『並肩』。」他咬牙道：「我想在泥濘中、在殺戮戰場上作戰。」

「所以你在這裡接受治療，就是為了能死在別的地方？」她忍不住衝口斥責。

「沒錯。」

這個答覆冷漠又嚴厲。他的表情也一樣。

在他心中醞釀的風暴……她絕不允許這場風暴破壞彼此共同取得的成果。

而且家鄉確實正在爆發一場大戰。不管他想做什麼、不想做什麼，他們確實沒有時間。她在芬海洛的同胞也沒有時間。

所以伊芮奈走向他，把手伸到他的一肩底下。「那就站起來。」

鎧奧知道自己心情極其惡劣。

他越是考慮這件事，越是意識到昨晚被那對王族兄妹耍得有多慘……艾琳安排了什麼計謀都不重要，因為不管她做了什麼，都會被說成壞事，連帶影響鎧奧的可信度。就算艾琳當初願意扮演落難公主，也會被說成軟弱無用的結盟對象，怎樣都輸。

事實證明，去見卡岡王是愚昧之舉。搞不好卡辛也耍了他，因為如果卡岡王原本真的遲早願意聽他發言，從今天起也再無此意願。就算娜斯琳回來時帶著薩韃克的鷹族……她昨天寄到的那封信措辭謹慎。

鷹族各個都是神射手。他們也很欣賞我的箭術。我想繼續教導，繼續學習。他們在這裡飛得自由自在。我在三星期後見你。

他不確定該如何解讀倒數第二句。這是對他的羞辱？還是暗指如果卡岡王不讓她和鎧奧離開這裡，鷹族和薩韃克可能會做出違抗卡岡王命令的舉動？薩韃克真的願意為了幫助他們倆而犯下叛國罪？鎧奧擔心信的內容被別人看到，所以看過後已經焚毀。

飛得自由自在。他從沒嘗過這種滋味，也永遠沒機會體驗。跟伊芮奈相處的這幾星期，在城中星空下用餐，跟她無話不談但沉默時也自在……也許這種日子即將結束。

但未來的日子不會改變。

沒錯——他們在這場大戰中還是很孤獨。他在這裡逗留得越久，他的朋友們就孤軍奮戰得越辛苦……

他還在這裡，還在這張輪椅上，沒有援軍，沒有盟友。

「站起來。」

他慢慢轉頭看著伊芮奈。她重複這個命令，臉上充滿熾烈挑戰，一手緊抓他的腋下。

鎧奧對她眨眼。「什麼。」他這兩個字不算是疑問。

「站。起。來。」她繃緊嘴角。「既然你這麼想死在戰場上，**就給我站起來**。」

看來她也心情惡劣。很好。他早就想大吵一架，想宣洩坐在這張該死的輪椅上對抗衛兵的怨氣。但是伊芮奈……

他這幾星期一直不允許自己碰她。他逼自己跟她保持距離，就算她在無意間偶爾碰到他，她的頭有時候跟他靠得很近，他會忍不住盯著她的嘴。

但赫薩蘭昨晚嘲諷娜斯琳久久未歸時，鎧奧注意到伊芮奈多麼緊繃。她拚命試著藏起失望，在聽他說娜斯琳延期歸來時則顯得無比安心。

他是天下第一混蛋。就算他真能說服卡岡王在這場戰爭中伸出援手……他還是會離開這裡，不管拿不拿得到援軍，他都會離開這裡。雖然伊芮奈打算回去北方大陸，他也不確定會不會再見到她。可能永遠不會。

他們倆可能都會死於戰爭。

鐸里昂，他的老友，只託付給他這一項任務……

他失敗了。

他雖然承受了這麼多折磨，得知了不少情報……但還是不夠。

鎧奧瞪自己的腿一眼。「**怎麼站？**」雖然目前成果已經超出他的想像，但她的要求——

她把他抓得疼痛。「你剛剛也說了，你沒有兩年能浪費。我目前幫你治好的程度應該足以讓你站起。所以，站起來。」她甚至想拉他起來。

他皺眉瞪她，讓脾氣失控幾分。「放手。」

「**不然怎樣？**」噢，她真的很火。

「誰知道探子會跟王族怎麼說？」口氣冰冷堅硬。

伊芮奈繃緊嘴角。「我才不怕他們怎麼說。」

「妳不怕？妳似乎不介意擁有『彈個響指就能看到卡辛匆忙趕來』的特權。也許他遲早會受夠當妳的工具人。」

「你自己也知道你這是胡扯。」她拉扯他的胳臂。「站起來。」

他沒照做。「所以王子配不上妳，被趕出家門的貴族後代卻配得上妳？」

他以前從沒說出這個想法，甚至對他自己。

「就因為你很不滿被赫薩蘭和阿古恩耍弄、卡岡王還是不想聽你發言，這不表示你有權利把我拖進一場鬥爭。」她咬牙切齒。「現在，既然你急著上戰場，就給我站起來。」

他扭動肩膀，掙脫她的手。「妳沒回答我的問題。」

「我不打算回答。」伊芮奈沒再次抓住他的肩膀，而是把整條胳臂伸到他的腋下，呻吟低喝，彷彿想親手把他抱起來，就算他幾乎比她重一倍。

鎧奧咬牙出力，為了避免她傷到自己而再次擺脫她，接著把雙腳放在地板上，雙手撐在輪椅扶手上，盡可能把身子往前抬。「然後？」

他能挪動膝部以下，而且大腿這一星期不時感到刺麻，可是……

「你還記得怎麼站吧？」

他回嗆：「我說娜斯琳會晚幾星期回來的時候，妳為什麼看起來那麼安心？」

她的雀斑臉浮現紅暈，但她還是再次朝他伸手，用雙臂環抱他。「因為我不希望那件事影響我們的療程。」

「騙子。」

她的體香包圍他。他開始用雙臂撐起身子，輪椅吱嘎作響。

伊芮奈架開他這句話，做出毒蛇般的靈巧反擊。「我認為安心的是你，」她厲聲道，灼熱鼻息拂過他的耳朵。「我認為你才慶幸她還沒回來，好讓你繼續假裝你對她專一、把這件事當成牆壁。如此一來，你跟我一起在這裡的時候，你就不用看見她旁觀，不需要**考慮**她對你來說究竟是什麼。眼不見為淨，她現在對你來說只是一個遙遠回憶，但等她回來的時候，當你看著她的時候，你**看見**什麼？你**感覺**到什麼？」

「我曾與她同床，我認為這已經清楚表達我的感受。」

他痛恨自己說出這種話，就算他現在是在發脾氣，但這種尖銳字眼……不過這句話確實讓他鬆一口氣。

伊芮奈倒抽一口氣，但沒退縮。「是啊，你是曾與她同床，但我認為你只是利用她來轉移你的煩惱。她也受夠了這一點，她大概受夠了當個安慰獎。」

他的雙臂拚命出力，輪椅顫動。他持續撐起身子，就算只是為了稍微站起，以便回瞪她。「妳根本不知道自己究竟在說些什麼。」她完全沒提到艾琳，在昨晚晚餐後沒問，直到──

「所以她選了鐸里昂？那個女王。考慮到你跟鐸里昂的歷史、你們的王國對她的家園做了什麼，我真不敢相信她吃得下你跟他任何一人。」

他氣得耳裡嗡嗡作響，開始把身體的重心挪到腳上，命令脊椎骨撐住身子。他朝她怒罵：「妳在那晚的鴉片派對似乎一點也不介意。妳當時只差沒開口求我。」他也不知道自己究竟在說些什麼。

她的指甲掐進他的背部。「鴉片就是會讓人飢不擇食，找些爛人來弄髒自己。」

「沒錯，亞達蘭之子，違背誓言、毫無原則的叛徒。我就是這種人，不是嗎？」

「我沒有答案，因為你根本不想討論這件事。」

「我猜妳是這方面的專家？」

「當事人是你不是我。」

「但妳負責治療我，因為妳的高階醫者這樣規定，她發現不管妳在那座塔裡爬得多高，妳還是那個芬海洛丫頭。」他吐出冰冷苦笑。「我知道另外有個女人跟妳一樣失去一切。妳知不知道她把悲憤化為什麼？」他無法制止自己滔滔不絕，他在腦中轟鳴下幾乎無法思考。「她找到罪魁禍首，把他們**殺盡**。妳這些年把生命浪費在什麼事情上？」

鎧奧感覺這番話命中目標。

感覺她渾身僵硬。

就在他撐起身子，重心調整，膝蓋彎曲，他發現自己站起的時候。

太過分了。他說得太過分。他其實根本不相信自己說出的這些內容，連想都沒想過。

他不是這樣看待伊芮奈。

她的胸口急促起伏，凌亂鼻息擦過他面前。她抬頭對他眨眼，閉上嘴。她做出這個動作時，他看見一堵牆豎起。

因為他這番話，她永遠不會原諒他、對他笑。

她永遠不會忘記，不管他有沒有站起來。

「伊芮奈。」他沙啞道，但她從他身上抽回雙臂，後退一步，搖搖頭。她留他獨自站在這裡，獨自又窘迫。她再後退一步，眼眶浮現銀光。

看到她的淚水，他感覺胸腔被挖出一個大洞。

鎧奧把一手按在胸口上，彷彿能感覺到這個深坑，就算雙腿搖搖晃晃。「我沒資格提到這件事。我什麼也不是，我只是在氣我自己——」

「我的確沒跟國王決鬥過，沒粉碎過城堡，」她冷冷道，氣得嗓子顫抖，繼續後退。「但我是高階醫者的非正式傳人，因為我的努力、忍耐和犧牲，而你就是因此能站起來，人們就是因此能活下去。所以，雖然我不是揮劍戰士，沒資格被寫進武勇傳，但至少我救過性命——而不是奪人性命。」

「我知道，」他逼自己別抓住如今看似遙遠的輪椅扶手。「伊芮奈，我知道。」太過分了。他從沒這麼痛恨自己，他居然想找架吵，居然這麼愚蠢，就算他剛剛那番話其實是在罵他自己——

伊芮奈再後退一步。

「求求妳。」他說。

但她正在退向門口。如果她離去……

他必須放開每個夥伴。雖然他自己也必須離開家鄉，但他讓艾琳、鐸里昂和娜斯琳離去時，他沒去追他們。

但這個正在退向門口、強忍淚水的女子——因為他出言傷她而落淚，出於他完全應得的憤怒——

她摸索身後的門把。

如果她離去，如果他讓她走……

伊芮奈把門把往下壓。

鎧奧朝她走出一步。

第三十九章

鎧奧無法思考。

他甚至無法對自己的知覺如此敏銳、能感覺到自己身體的重量、能蹣跚踏出一步感到驚奇。

他只看得見伊芮奈，她抓住門把，她那雙美麗但憤怒的眼睛裡滿是淚水。他見過最美麗的眼睛。

他朝她踏出這一步時，她瞪大雙眸。

他的身子往前傾，搖搖欲墜，但他勉強踏出第二步。

伊芮奈匆忙上前，在他幾呎前停步，把他從頭到腳觀察一番，不禁抬手摀嘴。

他這才意識到她多麼嬌小又脆弱。

多麼——她在世上闖蕩至今多麼辛苦。

「別走，」他呢喃：「對不起。」

伊芮奈再次把他從頭到腳看一遍，仰起頭，淚水滑過臉頰。

「對不起。」鎧奧又說一次。

她還是沒說話，只是不停掉淚。

「我剛剛對妳說的都只是氣話，」他沙啞道，膝蓋開始痠痛彎曲，大腿開始顫抖。「我只是想找人吵架——剛剛那些都不是我的真心話，伊芮奈，完全不是。對不起。」

「但其中一小部分一定一直隱藏在你心裡。」她低語。

鎧奧搖頭，單是這個動作就讓他覺得站不穩。他抓住一張扶手椅的椅背，穩住身子。「我那些話是在罵我自己。妳所做的一切，伊芮奈，還有妳依然願意做的一切……都不是為了名聲或自我滿足，而是因為妳相信那是正確的。妳的勇氣、機智、毅力……我甚至無法用言語形容，伊芮奈。」

她的表情還是沒變。

「求求妳，伊芮奈。」

他朝她伸手，冒險踏出搖晃一步。

她後退一步。

鎧奧的手因此只抓住空氣。

他咬牙維持平衡，搖搖晃晃的身體感覺陌生。

「也許你跟我這種只會陪笑臉的卑微小人物攪和，是為了讓你自己覺得好過一點。」

「我沒有……」他咬牙，再朝她邁出一步，一心只想觸碰她，想握住她的手，想讓她知道他不是那種人，他沒有她說的那種心態。他向左邊傾斜時，急忙伸手維持平衡，咬牙道：「妳也知道那不是我的真心話。」

伊芮奈後退，遠離他的觸及範圍。「我也知道？」

他再往前踏出一步。又一步。

她每一次都避開。

「該死，妳明明知道。」他低吼，逼兩條腿再踏出艱難一步。

伊芮奈再次避開。

他眨眼停步，解讀她眼裡的光芒、她的語氣。

這個小魔女是用這種方法誘導他行走，逼他自行移動。

她暫停動作，回應他的瞪視，她的眼裡沒有任何憂傷，而是彷彿在說：你可終於懂了。

她的嘴角微微上揚。

他站了起來。他在……走路。

走路。而他面前這女人……

鎧奧又踏出一步。

伊芮奈後退。

這不是一場狩獵，而是舞蹈。

他始終盯著她，蹣跚地踏出一步又一步，渾身疼痛顫抖。但他咬牙忍耐，拚命逼自己一吋吋走向她，每一步都逼得她退向牆邊。

她瞪大金眸，呼吸又淺又快。她引導他一步步追逐她。

直到她的背脊觸碰牆壁，牆面燭臺為之震顫，彷彿她忘了自己在哪。

鎧奧瞬間來到她面前。

大腿顫抖，背脊緊繃，他為了穩住身子而伸手咚一聲壓在牆上，感覺掌心底下的光滑壁紙。

他感覺到的疼痛並不重要。

他的另一手……

伊芮奈的眼睛因為他引發的淚水而依然明亮。

一顆淚珠依然攀住她的臉頰。

鎧奧擦掉這滴淚珠，在她的下巴發現另一顆。

他不明白——她如此嬌小纖細，卻能徹底改變他的人生。這個翻山渡海的女人……她的靈魂和這雙手能行使奇蹟。

她抬頭看他。她打顫不是因為恐懼。

伊芮奈把手貼上他的胸膛，不是為了推開他，而是為了感受他胸膛下的強勁心跳。

這時鎧奧低頭吻她。

他站了起來。他在……**走路**。

而且他在吻她。

被鎧奧用嘴覆蓋時，伊芮奈幾乎無法呼吸，幾乎失控。

這種感覺就像剛醒來，就像剛出生，就像從天墜落，就像一個答案、一首歌。她無法思考，就連感知能力也似乎運作得不夠快。

她狠狠揪住他的襯衫，把他拉得更近。

他不疾不徐地用嘴愛撫她的唇，彷彿想細細品嘗她。他的牙齒輕輕刮過她的下唇時……她為他張嘴。

他整個人往前傾，把她更用力壓在牆上。小嘴遭到他的舌頭入侵時，她幾乎感覺不到背脊底下的牆面飾板和光滑壁紙。

伊芮奈呻吟，一點也不在乎有沒有人偷聽。她渾身發熱通紅——

鎧奧一手貼在她的下巴上，稍微轉動她的臉，以便更佳占據她的嘴。她拱起身子，無聲哀求他占有——

她知道他剛剛吵架時說的都不是真心話，知道他其實是在氣他自己。但她激他吵架，就算她聽了難過……看到他站起來、她感覺自己的心臟停止跳動的那瞬間，她就知道他那些都只是氣話。

知道他就算用爬的也要爬到她面前。

這個男人，高尚、無私又出色的男子漢……

伊芮奈抓住他的肩膀，手指伸進他的滑順棕髮底下。**更多，更多，更多**——

但他的吻很徹底，彷彿他想熟悉她所有的味道和每一吋肌膚。

她的舌頭擦過他的，他的低吼聲令她興奮得彎曲拖鞋底下的腳趾——

她感覺到他渾身打顫，接著意識到這是什麼反應。

緊繃。

但他繼續吻她，似乎就是決心這麼做，就算他已經癱坐在地。

一步一步來。急不得。

他作勢想再次占據她的嘴時，她掙脫他，一手按在他的胸膛上。「你該坐下。」

他的瞳孔放得極大。「我——讓我——求求妳，伊芮奈。」

字字破碎沙啞，彷彿他解除了身上的某種拴繩。

她竭力讓呼吸恢復均勻，讓腦袋冷靜下來。他如果站太久，可能會給脊椎造成負擔。她不能鼓勵他繼續走路，繼續——吻她，而是必須以法力觀察他的背傷。也許殘留其中的黑暗力量已自行退去不少。

鎧奧的嘴擦過她的唇，他的體溫讓她願意丟下理智。

但她還是做出反抗，輕輕掙脫他。「這下子我知道用什麼方式獎勵你。」她試著打圓場。

他沒笑，只是以近似掠食者般的姿態盯著她。她後退一步，朝他伸手，要他走回輪椅上。

走路。

他真的在走路——

他做到了。他撐牆站直，搖搖晃晃——

伊芮奈及時扶住他。

「我還以為妳絕不會扶我。」他挖苦道，挑起一眉。

「你坐在輪椅上的時候，我的確不會扶你。但你現在站了起來，跌倒的下場會更慘。」

鎧奧哼笑一聲，俯身在她耳邊輕聲道：「我現在該躺在床上還是沙發上，伊芮奈？」

她嚥口水，鼓起勇氣抬頭瞥他。他的瞳孔依然放大，臉龐漲紅，嘴唇充血——因為她。

伊芮奈感覺渾身血液加溫，心臟彷彿化為熔火之心。她現在要怎樣叫他只穿條內褲趴在她面前？

「你還是我的患者，」她勉強一本正經回話，扶他坐回輪椅上。差點用推的把他推回去——也差點撲到他身上。「雖然醫者在這方面沒有什麼正式誓約，但我還是打算維持公事公辦。」

鎧奧的笑容和低沉嗓門一點都不像公事公辦。「過來。」

帶著劇烈心跳，伊芮奈縮短彼此間的一呎距離。她盯著他的灼熱視線，坐在他的大腿上。

他把手伸進她的頭髮裡，捧住她的頸後，把她的臉拉近，輕吻她的一邊嘴角，然後另一邊。她呼吸急促，抓住他的肩膀，指尖陷進皮膚底下的堅硬肌肉。他輕咬她的下唇，另一手開始北移探索她的上半身——

走廊傳來開門聲，伊芮奈急忙跳起，大步走過起居室，來到辦公桌前——擺放精油瓶所在。就在這時，卡妲嘉端著一面托盤輕輕走來。

這名女僕弄到了伊芮奈需要的「材料」：細繩、羊奶和醋。

女僕把托盤放在桌上時，伊芮奈勉強記得向她道謝。

如果卡妲嘉有注意到這對男女面紅耳赤、衣髮皆亂而且氣氛火熱，也沒做出任何反應。伊芮奈斜靠桌邊，相信卡妲嘉一定在懷疑什麼、必定會向上司報告，但……她發現自己根本不在乎。

卡妲嘉悄悄的走了，正如她悄悄的來。

伊芮奈發現鎧奧胸口起伏、還在瞪著她。

「我們現在該怎麼辦？」伊芮奈輕聲問。

因為她真的不知道怎樣回去——

鎧奧沒回答，只是把一條腿伸直到身前，然後另一條。他再次挪動了雙腿。不可思議。

「我們不能回頭，」他盯著她的眼睛。「這麼做對任何人、任何事都沒幫助。」他說這句話的口氣……彷彿話中有話，至少對他自己來說是這樣。

鎧奧笑意加深，眼如閃電。「我們只能往前走。」

伊芮奈不禁走向他，彷彿他那抹微笑就像黑暗中的烽火臺。

鎧奧推輪椅來到沙發旁，脫掉襯衫，在沙發趴下。她把雙手放在他溫暖又強壯的背脊上……

伊芮奈也綻放笑臉。

第四十章

能站起來走幾步並不等於完全恢復。

接下來的一星期證明了這點。伊芮奈繼續對抗殘留於鎧奧脊椎的黑暗力量。她向他解釋，這股黑暗力量依然扎根深處，使得他無法恢復所有行動力。追趕跑跳之類的動作想都別想。但藉助於她幫他取得的一根結實木杖，他能走路。

這已經算是神蹟。

他每天早上推著輪椅、抱著拐杖去參加晨練，以防訓練完畢後累得沒辦法拄拐杖走回房間。伊芮奈旁觀過幾次，指示赫希姆把訓練重點放在他的腿部哪些部位，為了重建更多肌肉、讓他站得更穩。赫希姆某天早上向鎧奧透露，伊芮奈在阿申復健期間也是這樣照顧他，在他受傷後的復健期間都有來監督。

鎧奧第一次拿起劍——還得同時拄著拐杖——和赫希姆對練時，伊芮奈也在場旁觀。

他毫無平衡，兩腿無力，但還是設法有效擊中對手幾次。在必須動手的時候，拐杖這種武器其實並不差。

伊芮奈把眼睛瞪得跟杯碟一樣大，看著鎧奧在對練結束後走向她。他渾身顫抖，大部分的體重都撐在拐杖上。

他不禁沾沾自喜地意識到：她臉紅不只是因為天氣熱。兩人終於離開操練場，慢慢走進陰涼室內後，伊芮奈把他拉進一個以簾布遮蔽的壁龕吻他。

他為了支撐身子而靠向一面儲物櫃，雙手遊走她全身，撫過她的豐胸和纖腰，伸進她的濃密長髮。她一再吻他，呼吸困難。然後她舔他——真的舔掉他脖子上的汗水。

鎧奧大聲呻吟，也難怪不久後一名僕人拉開簾布，彷彿以為有兩個工人在這裡偷懶。

伊芮奈嚇得臉色發白，急忙站直，叫不停鞠躬道歉的男僕別把這件事說出去。他雖然保證不會，但伊芮奈還是驚魂未定。

接下來的路上，她跟鎧奧保持距離——之後也是，這差點把他逼瘋。

但他能體諒。她在泉塔和皇宮都是特殊人物，他們倆確實該更理智、更謹慎。

加上卡妲嘉總是在他的房間……

鎧奧老老實實地把手放在自己身上，即使伊芮奈把手放在他背上、試著以法力擊潰殘存黑牆。

他考慮是否該告訴她：他覺得現在這樣就夠了，他一點也不介意拄拐杖過完餘生。她給他的成果已遠遠超出他的期望。

因為他每天早上都能見到那些衛兵、兵器和盾牌。

然後他想起朋友們即將面對的那場大戰，發生在他的家園。

就算他沒辦法帶任何援軍回家，他也要想辦法站在那些戰場上。起碼他到時候和夥伴們並肩作戰時能騎在馬背上。

奮戰——為了她。

一個多星期後，兩人走向某家餐廳時，他想著這件事。雖然拄拐杖走路比乘坐輪椅慢，但他一點也不介意跟她多相處片刻。

她穿著他最愛的紫袍，頭髮半挽，髮梢因今天格外悶熱而捲起。但她顯得焦躁不安。

「怎麼了？」

他第一次靠自己的兩條腿走去參加晚宴時，貴族們一點也不在乎，畢竟這只是泉塔例行造就的奇蹟之一，不過卡岡王倒是稱讚了伊芮奈，她聽得眉開眼笑。可惜卡岡王還是把鎧奧當空氣——在那次不愉快的會面後。

伊芮奈揉揉頸後疤痕，彷彿這裡感到疼痛。他沒問也不想知道原因，純粹因為如果他問了……儘管大戰在即，他還是想追殺再埋掉令她心煩的元凶。

「我說服了赫薩蘅為我舉行一場派對。」伊芮奈輕聲開口。

兩人遠離一群僕人後，他才問道：「什麼原因？」

她吐口氣。「我的生日，三天後。」

「妳的生日？」

「你知道，慶祝自己出生的那一天——」

他用手肘頂她，雖然這個動作就害得他的脊椎挪移，拐杖被他的體重壓得吱嘎作響。「我沒想到魔女也有生日。」

她吐舌頭。「是啦，就連我這種生物也有生日。」

鎧奧露齒而笑。「所以妳叫她幫妳開派對？」想到上一場派對如何收尾……這次很可能輪到他中途溜進哪個黑暗臥室，尤其如果伊芮奈又穿上那套性感禮服。

「不算是，」伊芮奈淡然道：「我跟她說我的生日快到了，而你幫我安排的計畫多麼無趣……」

他呵呵笑。「妳好大膽。」

她故作無辜地眨眨眼。「而且我好像有跟她說我來到南方大陸後從沒去過沙漠，很想來一場旅行，但如果沒辦法跟她一起過生日，我會很難過……」

「我猜她提議妳去她的家族擁有的綠洲？」

伊芮奈嗯一聲。「阿克薩拉遠足——騎馬東行半天，去他們在綠洲裡的長期營地。」

看來這位醫者還是懂得打算盤。不過——「那裡現在一定熱得要命。」

「既然公主想在沙漠開派對，事情就該這麼辦。」她咬脣，眼裡又閃過陰影。「我也想辦法問過她關於阿克薩拉的歷史。」鎧奧做好心理準備。「赫薩蘭只說了一點就覺得不耐煩，但她有說據傳那片綠洲底下是一座死者之城，地面上的殘存廢墟其實是通往該城的入口。他們不想打擾死者，所以從不離開綠洲、進入廢墟所在的叢林。」

難怪她看起來擔心。「看來那裡不只有洞穴。」

「也許諾莎那番話其實是別的意思，也許當地有其他能找到情報的洞穴。」她吐口氣。「我猜我們只能看著辦。我故意在赫薩蘭說這件事時打呵欠，她應該不會覺得我對這個歷史感興趣。」

鎧奧迅速一吻她的太陽穴，確保沒人看見。「真聰明，伊芮奈。」

「我之前就想跟你說這件事，但那天看到你站起來，所以我忘了說。我這個宮廷陰謀家實在有夠遜。」

他撫摸她的脊椎，手稍微更往下挪。「因為我們當時在忙別的事。」她的臉蛋綻放美麗的粉紅色，但他想起另一件事。「妳生日到底想怎麼過？而且妳要滿幾歲了？」

「二十二。我也不知道我到底想怎麼過。要不是沙漠這件事，我應該根本不會提起我生日快到了。」

「妳原本不打算告訴我？」

她慚愧得對他皺眉。「我覺得你壓力那麼大，生日這種事顯得微不足道。」她把手伸進口袋──抓住他未曾問過的某個東西。

兩人這時接近吵雜的大廳晚宴會場。他的指尖擦過她的手指，她在他的無聲請求下停步。僕人和大臣們在眼前的大廳裡四處走動。

鎧奧用拐杖穩住體重。「我好歹有受邀參加這場沙漠派對吧？」

「噢，當然有。你，還有我喜歡的其他傢伙，像是阿古恩、卡辛和幾個可愛大臣。」

「考慮到赫薩爾那麼討厭我，我真慶幸獲邀。」

「不。」伊芮奈眼神陰暗。「如果赫薩爾討厭你，你恐怕已經死了。」

諸神在上。她居然跟那種女人當朋友。

伊芮奈說下去：「至少蕾妮雅也會去。杜娃有孕在身，不適合那種炎熱環境，而且她老公也不會讓她離開他身邊。等我們到了那裡，不管有沒有找到什麼情報，我大概也會希望我有杜娃那種身體狀況。」

「我們還有幾天時間。從技術上來說，我們還來得及讓妳也擁有杜娃那種身體狀況──如果我們到時候需要提早離開沙漠。」

她花了幾秒聽懂這番話──他的邀請和暗示。伊芮奈滿臉通紅，用力一拍他的胳臂。「無賴。」

鎧奧咯咯笑，瞥向走廊一個陰暗角落。但伊芮奈低語：「不可以。」

不是因為他剛剛這個玩笑，而是因為她看見他眼裡的情慾。他也在她眼裡看到同樣的慾望。

第四十一章

光是安排計畫就花了一個多星期。

薩𩨳克和珂爾倫找出達古爾高地的古老地圖也花了一個多星期。大多數的地圖模糊不清，根本派不上用場。騎士們從空中觀察但不敢接近，所以畫得不夠詳細。髂朗庫伊的地盤原本很小，但這幾年持續擴張。

而他們這一次將深入髂朗庫伊地盤的核心地帶。

最困難的部分是說服波緹留下。

娜斯琳和薩𩨳克把這件事交給珂爾倫決定。族母只厲聲一字，就把波緹管得服服貼貼。波緹雖然眼睛竄出怒火，但還是聽外婆的。珂爾倫厲聲指出，波緹身為繼承人，最重要的義務是為族人著想；她如果喪命，這條血脈就為之終結。波緹如果堅持要前往錯綜複雜的達古爾高地，就等於朝阿朗汀山坡上她母親那把蘇魯矛吐口水。

波緹則堅持，既然自己因為身為珂爾倫傳人而必須留下，那身為卡岡繼承人選之一的薩𩨳克也該照做。

聽她這麼說，薩𩨳克只是走進奧頓山宮的深處，說如果身為王位候選人之一就表示必須袖手旁觀、看別人為他而戰，那他一點也不想要王位。

總之，最後只有三人成行——娜斯琳和薩𩨳克乘坐卡達菈，法爾坎則變成田鼠、待在娜斯琳的口袋裡。

昨晚另一場爭論是關於要不要帶部隊同行。波緹認為要，薩韃克則表示反對。他們不知道那片荒山林谷裡有多少骼朗庫伊，帶越多人同行就可能意味著損失越大，而且會造成偵查困難。大批天鷹騎兵大老遠就會被發現，相較之下只有三人就更容易溜進去。

這場爭論在火坑旁越演越烈，珂爾倫做出決定：只派三人。要是他們三人沒在四天內回來，鷹巢就會派一支部隊前去搜索。飛行南下需要半天，偵查當地需要一天，進入該區需要一天，然後第四天帶著被偷的雛鷹回來。如果他們夠幸運，也許還能順便查明永生精靈當年為何害怕並如何對付冥蛛。

他們目前為止已經飛了幾小時。卡達菈每次振翅，就離高牆般的達古爾高地更近一分。他們很快就要越過灰山的第一條山脊，進入冥蛛的地盤。隨著距離持續縮短，娜斯琳感覺胃袋翻攪、口乾舌燥。

她身後的薩韃克很少開口。法爾坎在她的胸前口袋裡打瞌睡，偶爾探頭出來嗅聞空氣，然後又鑽回口袋，盡可能保存體力。

變形者還在睡覺時，娜斯琳問薩韃克：「你昨晚說的是真心話嗎？如果身為君主就不用戰鬥，你寧可拒絕王位？」

她感覺薩韃克的身體就像一堵暖牆。「父王曾經參戰——所有卡岡王都不例外。他就是為了打仗而同時擁有黑檀與白牙兩支蘇魯矛。如果我為了延續香火而不得參戰……沒錯，我寧可不要王位。被關在皇宮裡的那種生活不是我想要的。」

「但你很可能有朝一日成為卡岡王。」

「這只是謠傳。我父王從沒如此提議過。就我所知，他可能選擇杜娃。大家都知道她一定會是個仁慈的領袖，而且我們當中只有她有後代。」

娜斯琳咬唇。「為什麼——你為什麼還沒成親？」這是她第一次鼓起勇氣詢問，雖然她這幾星期天天都好奇。

薩韃克的雙手在轠繩上伸展又握起。「我一直忙碌不堪。媒人找來的那些女人……不適合我。」

她不是有意窺探隱私，但忍不住問道：「為什麼？」

「因為我每次向她們展示卡達菈，她們不是嚇得花容失色就是假裝感興趣，不然就是問我會多常不在家。」

「是因為她們希望你常常不在家？還是因為她們會很想你？」

薩韃克呵笑。「這我就不知道了。我光是聽她們這麼問就覺得像被套上拴繩，所以我知道她們不適合我。」

「所以你父王不過問你娶的對象？」危險又怪異的領域。她以為他會取笑她問這個做什麼，但他只是沉默片刻。

「沒錯。就算杜娃是奉媒妁之言……但她是心甘情願。她說她不想在一窩蛇裡挑個好男人之後還得天天擔心他會不會出軌。我不太確定奉媒妁之言是不是真的可靠，總之她運氣很好。她老公雖然沉默寡言，但真的很愛她。他們倆第一次見面時，我就從他臉上看出這一點。她也是。她當時顯得安心，還有……其他情緒。」

如果杜娃沒被選為下一任卡岡王，她一家三口會有何下場？娜斯琳小心問道：「為何不拋棄掉這個子女之間彼此競爭的傳統？」

薩韃克沉默整整一分鐘。「日後也許哪個王位繼承人會這麼做吧，也許那人對手足的關愛會超越對傳統的看重。我也很想相信我們跟幾百年前、這個帝國剛開始茁壯的時候相比很不一樣，但經過這些相對和平的歲月，也許現在才是危險時日。」他聳肩，她感覺到他的前胸挪動。「也許戰爭會為我們決定誰是下一任君主。」

也許因為他們倆在高空翱翔，也許因為那片陰暗土地持續逼近，總之娜斯琳問道：「所以，如果發生戰爭，沒有誰能逼你不能上戰場？」

「妳聽起來好像不太想再說服我們去北方幫忙打仗。」

她僵住。「我得承認，在這裡待了這幾星期……之前，我不介意向你們尋求協助，因為鷹族當時只是個沒有名字和臉孔的軍團，我不知道他們的名字和家人，我不認識珂爾倫和波緹，我不知道波緹有個未婚夫。」

他輕聲發笑。波緹嚴厲拒絕回答娜斯琳關於伊嵐的疑問，她說這根本不值得討論。

「我相信波緹很樂意參戰，就算只是為了跟伊嵐比較戰功。」

薩韃克在她耳邊微笑。「妳才知道。」他嘆氣。「他們倆之間的競爭心態是從三年前開始，就在她母親死後。」

「那他們倆還真是天造地設。」

他停頓許久，娜斯琳忍不住問道：「你很熟悉她母親？」

他過了一會兒才回答：「我有次跟妳說過，我曾被派去其他王國處理紛爭或不滿之類的問題。我父王最後一次派我出去時，我帶了一小隊鷹族，波緹的母親是其中之一。」

又一陣嚴肅沉默。娜斯琳緩慢又小心地把手放在他摟住她腰間的前臂上，他的皮衣底下的發達肌肉挪移——然後靜止。

「這個故事說來話長，而且令人難過，總之鷹族和某個意圖推翻我們帝國的團體之間發生了暴力衝突。就在我們準備允許他們投降時，波緹的母親……該團體的某個懦夫從她身後射出一支毒箭，貫穿了她的咽喉。」周圍天風呼嘯。「發生那種事，我沒讓他們任何一人活著離去。」

他的冰冷語氣已經清楚說明結局。

「我親手把她的遺體扛回家，」薩韃克的話語被天風撕裂。「我到現在還聽得見我在奧頓著陸後波緹的尖叫，還看得見她在葬禮後獨自跪在阿朗汀山坡上，不願離開她母親的蘇魯矛。」

娜斯琳把他的胳臂抓得更緊。薩韃克把戴著手套的手放在她的手上，輕輕捏住，長吐一口氣。

「半年後，」他說下去：「波緹在諸族大會上參賽。那是每年一次、為期三天的競技大賽，所有氏族都會參加。她當時十七歲，伊嵐二十歲，兩人在最後一項競速賽事中平分秋色。接近終點時，伊嵐做出一個可能算作弊的動作，但波緹早就看穿，而且還是贏了他。兩人著陸後，她把他打臉打得超響——字面上的意思。他從鷹背上跳下後，她把他撲倒在地，拚命捶他的臉，因為他在比賽中做的那個飛行動作差點害死阿卡絲。」他不禁發笑。「我不清楚那場盛會後來發生什麼事，但我有看到他試著跟她攀談，看到她當著他的面嘲笑他然後一走了之。他一直悶悶不樂，直到他們那一族在隔天早上離開。就我所知，他們倆有一年沒見，直到下一屆諸族大會。」

「結果波緹又贏了。」娜斯琳猜想。

「沒錯，不過贏得很勉強。這次換她做出爭議動作，結果害她自己受傷，但她從技術上來說贏了。我猜伊嵐當時其實更擔心她可能永久殘廢或當場喪命，所以放水讓她贏。她從沒跟我說過她那一次怎麼慶祝，但她在事發後那幾天一直驚魂未定。我們都以為那是因為她受傷，但她以前受傷總是一笑置之。」

「今年呢？」

「今年，在大會舉辦的一星期前，伊嵐來到奧頓山宮，不是為了見珂爾倫或我，而是直接去找波緹。沒人知道發生了什麼事，但他待不到半小時就走了。一星期後，波緹又贏得了大賽。她獲封優勝時，伊嵐的父親上前宣布她跟他兒子訂了婚。」

「沒人料到？」

「考慮到波緹和伊嵐之前的恩怨，沒錯，但波緹自己也沒料到。她在當下雖然沒什麼反應，但我後來看到他們倆在山宮裡吵架。她到現在還是不願透露她當時是否早就知道這項決定、對方會用那種方式宣布，但她並沒反對這個婚約，不過也沒歡喜接受。他們倆還沒宣布何時舉行婚禮，雖然這個婚約絕對能改善我們……跟波拉德族之間的關係。」

娜斯琳微微一笑。「希望他們倆會想出解決之道。」

「也許這場戰爭也會為他們倆解決這個問題。」

卡達菈朝達古爾高地持續俯衝而去，天光漸稀，雲層遮日而溫度下降。大鷹飛越第一座高峰，在高空氣流推送下飛向眼前的達古爾高地。

「天啊。」娜斯琳喃喃自語。

荒涼的灰石山峰，溪谷只有薄薄一層松林，無湖也無河，只有零星幾條小溪，被裹屍布般的冥蛛網遮蔽得很難看見。有些網子又粗又白，把樹木纏得窒息。有些在高峰之間閃閃發亮，彷彿擒住山風。

沒有生命，沒有蟲鳴獸嗥，沒有樹葉或翅膀窸窣作響。

法爾坎從她的口袋裡探頭出來，一同觀察下方這片淒涼之地，隨即吱叫一聲。娜斯琳也差點輕聲尖叫。

「珂爾倫沒誇大其辭。」薩韃克咕噥：「牠們的勢力超越以往。」

「這裡有地方降落嗎？」娜斯琳問道：「幾乎看不見任何安全地帶。雛鷹和鷹蛋很可能被藏在任何地方。」

她觀察高峰和山谷之間，尋找體型流線的黑色冥蛛，但一無所獲。

「我們繞這個區域飛一圈，」薩韃克說：「先大概知道地形，然後再判斷牠們的覓食習性。」諸神在上。「叫卡達菈維持高飛、姿態輕鬆。如果我們看起來像在找東西，就可能遭到牠們攻擊。」

薩韃克對卡達菈吹聲尖銳口哨，卡達菈立刻提升高度，爬升得比平時更快，彷彿慶幸能盡量遠離下方的蛛網之地。

「躲好，吾友。」娜斯琳對法爾坎說，用顫抖的雙手拍拍胸前口袋。「如果牠們正在從下方觀察我們，那你最好藏起來，直到必須上場的那一刻。」

法爾坎用小爪子拍拍她，表示明白，然後又鑽回口袋。

卡達菈盤旋一陣子，偶爾俯衝幾次，看起來像在追捕一般的猛禽，就像正在抓午餐。

「那一群山峰，」薩韃克指向達古爾高地的最高處，兩座姊妹峰如犄角般伸向天空，彼此緊鄰，看起來可能原本同屬一座山。兩座爪形高峰之間是一條頁岩山隘，通往山岩迷宮。「卡達菈一直望向那一處。」

「去那裡盤旋，但保持距離。」

薩韃克還來不及轉達這個命令，卡達菈已經照做。

「那條山隘有動靜。」娜斯琳低語，瞇眼觀察。

卡達菈振翅飛近，離山峰近得不夠明智。「卡達菈。」薩韃克警告。

但這頭大鳥匆忙振翅，顯然急著過去。

山隘中的那東西越來越清晰。

某個生物拚命拍打毛茸茸的翅膀，跑過頁岩……

是一隻雛鷹。

薩韃克咒罵。「快點，卡達菈。**再快點**。」牠無須催促。

雛鷹不停嘎叫，但小小翅膀終究派不上用場，就是飛不起來。牠跑出延伸至山隘邊緣的松林，對準山岩迷宮的中心處。

娜斯琳挽弓搭箭，身後的薩韃克也照做。「**別出聲，卡達菈**。」薩韃克警告張開嘴喙的坐騎。「妳會驚動到冥蛛。」

但雛鷹拚命尖嘯。雖然相隔一段距離，還是聽得出牠多麼驚恐。

卡達菈在一陣高空氣流推助下加速。

「快啊。」娜斯琳低語，把箭對準林中。雛鷹逃離的怪物想必正在追來。

雛鷹來到隘口最寬廣處，看到前方石牆時遲疑不決，彷佛知道後面是更多岩石。

牠被困住。

「俯衝下去，穿過隘道後立刻脫離。」薩韃克下令，卡達菈隨即急遽右傾。娜斯琳拚命穩住身子，感覺胃袋收縮。

卡達菈恢復水平飛行，持續下降，一呎呎接近救援目標。雛鷹東張西望，看到大鷹飛來而仰天尖叫。

「穩住，」薩韃克命令：「穩住，卡達菈。」

娜斯琳把箭對準前方的山岩迷宮，薩韃克轉身觀察後方樹林。卡達菈持續接近頁岩隘道。毛茸茸的小灰鷹靜止不動，等著被卡達菈伸出的爪子救走。

三十呎。二十呎。

娜斯琳的胳臂拚命出力，維持拉弓狀態。

一陣風推擠卡達菈，把牠撞向一側，視野傾斜，前方出現一陣閃光。

卡達菈恢復水平姿態、張大爪子準備抓起雛鷹時，娜斯琳意識到剛剛那陣閃光是什麼，視野角度改變而揭露了什麼。

「**小心！**」

她衝口尖叫，但為時已晚。

卡達菈的爪子握住雛鷹，把牠從地面抓起，隨即爬升。

迎頭撞上一張交織於山隘的巨網。

第四十二章

卡達菈撞上織於兩座高峰之間的獵網時，娜斯琳只想著「這隻雛鷹其實是陷阱」。這面巨網不是為了捕風，而是為了捕「鷹」。

卡達菈尖叫時，娜斯琳只感覺到薩韃克急忙從後面把她固定在鞍座上。

她只感覺到撞擊，只看見閃爍獵網、頁岩、灰天和金羽，她只聽見風聲呼嘯、雛鷹尖嘯和薩韃克咆哮。

兩人重重撞在岩石上，她被撞得牙齒和骨頭打顫。滾轉墜落時，卡達菈拱起身子保護爪子裡的雛鷹，就像薩韃克拱身保護娜斯琳。

一聲轟鳴，之後是彈跳——鞍座上的皮質束帶為之斷裂。他們倆被甩離卡達菈身上時，依然一起被綁在鞍座上。娜斯琳的弓脫手，手指只抓住空氣——

薩韃克轉動彼此的身子，他自己的身體如牢固護牆般包圍她。娜斯琳終於意識到天空在哪、山隘的地面在哪——

兩人撞上頁岩時，他痛得咆哮，為她承受所有撞擊勁道。

有那麼幾秒，周圍只聽見頁岩挪移、山隘岩壁崩塌。有那麼幾秒，她不記得自己的身體在哪，她的呼吸——

然後聽見翅膀刮過頁岩。

娜斯琳驟然睜眼，腦子還來不及思考，身體已經本能地移動。

她的手腕被劃出一條傷口，沾染碎石和沙塵。她感覺不到痛，幾乎沒注意到傷口的血，只是盲目摸索鞍座的束帶，急忙解開。她咬牙喘氣，勉強抬頭，鼓起勇氣查看——

他頭暈目眩，朝灰天眨眼，但還活著。他有呼吸，血從太陽穴滑下，他的臉頰和嘴……

她咬牙啜泣，終於抽出兩腿，翻身後來到他的腿旁，被扯斷的皮繩在兩人之間糾成一團。

薩韃克被半埋在頁岩碎石底下，雙手被割傷，但他的兩條腿——

「沒斷。」他沙啞道：「沒斷。」他比較像在喃喃自語。娜斯琳勉強穩住手指，解開扣帶。厚重的飛行皮衣救了他的命，避免他的皮肉被削離骨頭。他在墜落時挪動她的身子是為了替她承受撞擊——

她扒開蓋住他肩膀和二頭肌的頁岩，被尖銳石塊劃傷手指。她辮子上的皮繩在墜落時脫落，頭髮如今散落，讓她看不清楚周圍的森林及其後方的岩壁。「起來，」她喘道：「起來。」

他吸口氣，拚命眨眼。「**起來**。」她哀求他。

前方的頁岩挪移，一陣低沉哀號沿石塊反彈而來。

薩韃克急忙坐起。「**卡達菈**——」

娜斯琳跪地轉身，尋找弓的時候看見大鷹。

卡達菈倒在前方三十呎處，渾身被一種幾乎看不見的絲線裹起。那張幻影獵網固定住牠的翅膀，壓住牠的腦袋——

薩韃克竭力站起，在鬆散頁岩上搖搖欲墜，抽出亞斯特隆小刀。

娜斯琳也勉強爬起，兩腿顫抖，頭暈目眩。她在這條山隘中尋找遺失的弓——那裡。靠近山隘岩壁。依然完好。

她跑向弓所在，撿起武器。薩韃克則跑向坐騎，切斷其中一條絲線。

「妳不會有事的，」他對卡達菈說，就算他自己的雙手和脖子沾染血跡。「我一定會救妳——」

娜斯琳背上弓，一手插進口袋。法爾坎——

一隻小腳推擠她，做出答覆。還活著。

她立即來到卡達菈身旁，從波緹提供的劍鞘裡抽出精靈劍，幫忙切斷獵網的粗絲。蛛絲黏上她的手指，扯下表皮，但她還是不斷劈砍，清除固定住一邊翅膀的絲線。薩韃克清除另一邊。

兩人同時清理了卡達菈的腿部蛛絲。

發現牠的爪子裡空無一物。

娜斯琳猛然抬頭，觀察這條山隘，一堆堆未被打擾的頁岩——

雛鷹是在墜落途中被甩出，彷彿就連卡達菈也忍不住痛得鬆爪。此刻，那隻小小天鷹倒在靠近隘口的地上，試著爬起，發出的微弱求救聲沿石面迴響而來。

「起來，卡達菈，」薩韃克哽咽下令：「**起來**。」

卡達菈試著照做，挪動巨翼，身上的頁岩碎石喀啷作響。娜斯琳蹣跚走向雛鷹所在，清楚看見牠的灰毛腦袋沾染血漬，牠瞪大黑眸表達驚恐和哀求——

接下來的事情發生得太快，娜斯琳甚至來不及呼喊。

上一秒，雛鷹張嘴求救。

下一秒，牠發出哀號，因為一條烏黑長腿從一根石柱後面出現，插進牠的背脊。

骨頭斷裂，鮮血飛濺。娜斯琳因匆促停步而失去平衡，往後跌坐在地，發出無言驚呼，看著掙扎哀號的雛鷹被拖到石堆後面——

然後不再出聲。

她以前見過許多令她反胃、難以成眠的恐怖場面，但看到可憐的雛鷹被硬生生拖走然後不再出聲——

娜斯琳爬起後急忙轉身，兩隻腳在頁岩上打滑。她跑向卡達菈和薩韃克，後者拚命催促卡達菈飛起來的時候也看見雛鷹被拖進石堆後面——

大鷹一再嘗試，但就是爬不起來。

「**飛起來**。」薩韃克咆哮。

卡達菈極其緩慢地爬起蹲俯，受損嘴喙刮過身下碎石。

牠辦不到。牠沒辦法及時升空，因為那片纏以蛛網的樹林……潛伏著陰影，而且正在悄悄接近。

娜斯琳收劍入鞘，挽弓搭箭，先是對準雛鷹消失其後的石堆，再瞄準一百碼外的樹林。

「**起來，卡達菈，**」薩韃克哀求：「**起來！**」

大鳥連飛起來都很困難，更何況承載兩名騎手——

娜斯琳聽見身後傳來石塊散落聲。來自山隘深處的山岩迷宮。

他們被困住了——

口袋裡的法爾坎想爬出來，被娜斯琳用前臂用力壓住。「還沒，」她低語：「還不是時候。」

他的力量不如萊珊卓。他幾天前試過變成天鷹，但沒能成功。他頂多只能變成一頭大狼。再大一點的生物都超過他的能力所及。

「**卡達菈**——」

第一隻冥蛛從樹林邊緣出現，就跟瞭望塔那隻一樣烏黑光滑。

娜斯琳放箭。

冥蛛被擊中一眼，後退尖叫，這聲刺耳哀號撼動山岩。娜斯琳已經搭起第二箭，同時退向卡達菈所在。大鷹正開始振翅——

卻又頹然倒下。

薩韃克尖叫：「**飛起來！**」

一陣風吹動娜斯琳的頭髮，頁岩碎石也為之滾動。娜斯琳感覺後方地面震顫，但不敢把視線自第二隻從林中出現的冥蛛身上移開。她再次放箭，飛箭發出的颼聲被卡達菈的振翅聲蓋過。振翅節奏聽來沉重又痛苦，但大鷹勉強穩住——

娜斯琳回頭瞥一秒，只有一秒，只看見卡達菈搖搖晃晃，拚命振翅，飛出狹窄山隘，灑下鮮血和碎石。就在這時，一隻骼朗庫伊從山峰高處的石堆陰影處出現，彎曲腿部，彷彿想撲到天鷹的背上——

娜斯琳放箭時，另一支箭尾隨在後——薩韃克的箭。

兩支箭都命中目標。其中一支擊中冥蛛的眼睛，另一支擊中牠張開的嘴。

冥蛛痛得尖嘯，從躲藏處滾落。卡達菈大幅度搖擺，避開這隻冥蛛，差點碰到尖銳的山峰岩壁。冥蛛落地所發出的巨響傳至前方的山岩迷宮。

卡達菈成功飛進灰天，拚命振翅。

薩韃克轉向娜斯琳時，她也回頭查看松林。

只見大約六隻骼朗庫伊出現，嘶吼連連。

王子遍體鱗傷，呼吸凌亂，但勉強抓住娜斯琳的胳臂，輕聲道：「**快跑**。」

第四十三章

鎧奧不再需要支架後，他們為他弄來一匹名叫法拉莎的黑色母馬。法拉莎這個名字實在怪異透頂，因為他在三天後和伊芮奈在皇宮前庭見面時，她說這個名字的意思是「蝴蝶」。

法拉莎一點也不像蝴蝶。

牠拚命拉扯馬銜，跺蹄仰頭，似乎就是想測試他的極限。前往沙漠的旅隊還在進行準備，有些僕人已經提前出發去打理營地。

他早就猜到王室會給他最強悍的馬，雖然不是駿馬，但在脾氣方面也不遑多讓。他敢打賭法拉莎是生下來脾氣就這麼臭。

但他打死也不想拜託王室提供不會讓他的背脊和兩腿如此疲憊的溫馴馬匹。

此刻，伊芮奈對法拉莎和他皺眉，一手撫摸她自己所騎的棕黑雙色母馬。

這兩匹馬都很漂亮，雖然都比不上鐸里昂去年冬天在鎧奧生日時贈送的那匹頂級亞斯特隆駿馬。

另一場慶生宴，彷彿發生在另一個時空。

他不禁好奇：他未曾命名的那匹駿馬有何下場？他沒給那匹馬取名字，彷彿他當時已經猜到那歡樂的幾星期很快就會結束。不知道那匹馬是否還在裂際城的皇家馬廄？也許那些女巫已經殺了牠——拿牠去餵她們騎乘的恐怖翼龍。

也許這就是為什麼法拉莎這麼討厭他。也許牠察覺到他拋棄了北方那匹高尚駿馬，想讓他為此付出代價。

赫薩蘭剛剛騎著白色駿馬在他身旁繞兩圈，嘻皮笑臉地說明他這匹是亞斯特隆馬的品種之一，細緻的楔形腦袋和高高的尾巴表明其精靈血統。這個品種叫做穆尼契，是為了適應這片土地的沙漠氣候而培育，為了今天要橫越的沙地，還有卡岡所出身的大草原。公主甚至指出這匹馬的額頭微微隆起，這個特徵叫做「吉霸」，表示鼻腔較大，更能讓穆尼契馬能在這塊大陸的乾熱沙漠奔馳。

另一項特徵是穆尼契馬的速度。赫薩蘭坦承，穆尼契雖然不像亞斯特隆那麼快，但也很接近。

伊芮奈旁觀公主這場小小授課，刻意維持面無表情，利用這段時間把鎧奧的拐杖牢牢綁在自己的鞍座後面，然後理理身上的衣服。

鎧奧身上是平時那套深青外套和棕色長褲。伊芮奈並不是平時那種連身裙；他們幫她準備了防晒的白色和金色衣物，長袍蓋住膝蓋，遮住紮進棕色高筒靴的寬鬆透氣長褲。她的纖腰上繫了腰帶，脖子上掛著一條閃閃發亮、陷於雙乳之間的金銀鑲珠斜肩帶；頭髮跟平時一樣綁成公主頭，但僕人幫她編進幾條金線。

真美。美如晨曦。

這支隊伍一共大約有三十人，伊芮奈大多都不認識，赫薩蘭也沒邀請其他泉塔醫者。幾條快腿獵犬在庭院走動，穿梭在六名衛兵的馬匹腿腳之間。這六匹顯然不是穆尼契馬，雖然對衛兵來說已經非常優良——鎧奧在裂際城的同事們沒人擁有過這麼好的馬——但欠缺穆尼契馬所擁有的那種警覺性，這種馬彷彿一直在聆聽人類說的每個字。

赫薩薾對阿申打個手勢。阿申在大門旁抬頭挺胸，吹聲號角——

隊伍出發。

赫薩薾雖是海軍指揮官，但似乎對自己的馬族身世更感興趣，也似乎迫不及待想展示身為達岡族騎手的本領。被城中交通拖慢腳步時，公主臭臉咒罵。儘管宮廷人員已提前通知安第加居民讓路，又窄又陡的街道還是大幅減緩了隊伍通行的速度。

烈日當頭，已經冒汗的鎧奧騎在伊芮奈身旁，緊緊抓住法拉莎的韁繩。這匹馬曾試著去咬兩名在路邊瞪眼旁觀的攤販。好一個**蝴蝶**。

他一眼留意坐騎，一眼觀察周圍。前往東門，準備進入長滿灌木叢的乾旱丘地時，伊芮奈指出地標和零碎情報。

流水沿著水道橋穿梭於建築之間，餵養馬匹、公眾噴泉以及無數公園和花園。這座城市雖然在三百年前被征服，但那名征服者深愛城中一切，善待也發展此城。

隊伍脫離東門，開始沿一條塵土飛揚、劃過城外雜草地的漫長道路前進。赫薩薾沒多等，而是直接策馬飛奔，隊員們不得不揮手拍開她激起的塵埃。

卡辛聲稱不願在前往綠洲的一路上吃她的灰，因此對伊芮奈微微一笑，對自己的坐騎吹聲口哨，也揚長而去。然後，大多數的貴族和大臣們彷彿已經下了賭注，也紛紛以驚人速度穿越已接獲通知、清空道路的郊外城鎮，彷彿這整個王國都是他們的遊樂場。

好一個慶生宴。公主在宮裡八成早就閒得發慌，現在才隨心所欲大概只是因為不想在父王面前顯得不夠成熟。不過令鎧奧感到意外的是，阿古恩也參與其中。鎧奧原本以為既然他的手足大多都不在宮裡，他應該會趁機搞些名堂，但他此刻正和卡辛一同奔向地平線。

一些貴族留在鎧奧和伊芮奈身邊，任憑其他人持續遠去。隊伍脫離最後一圈郊外城鎮、爬上一片寬廣石坡時，馬兒已經各個滿身是汗、氣喘吁吁。伊芮奈跟他說過，翻過這座山丘就能看到第一批沙丘。他們將在穿越沙丘前讓馬喝水，然後進行橫越沙漠的最後一段路。

她對他微微一笑，兩人開始爬上峭壁，深入灌木叢。這裡有一條被馬蹄踐踏而成的小路，灌木叢被為所欲為的騎手踩散，其中一些甚至沾染早已在烈日下乾掉的血跡。

這樣虐待坐騎的騎手真該被活活剝皮。

一些人早已抵達丘頂，餵馬喝水後繼續前進。在鎧奧眼裡，那些人化為模糊斑點，消失在遠方──彷彿翻過丘頂後憑空消失。

法拉莎跺腳，出力爬坡。鎧奧因為沒有支架而必須靠背脊和大腿固定住身子。他不敢讓法拉莎嗅到他有任何一絲不自在。

伊芮奈比他更早抵達丘頂，一身白衣在無雲藍天下如烽火臺般耀眼，一頭烏黑秀髮亮如黑金。她等候他時，她騎乘的栗色母馬沉重喘氣，一身豐厚毛皮散發深紅光澤。

她下馬時，他催促法拉莎爬過最後一段上坡路，然後──

眼前所見令他窒息。

沙漠。

杳無人煙、風沙呼嘯的金沙之海。沙丘沙谷綿延不絕，空無一物卻充滿某種生命力。放眼望去看不見任何樹、草叢或小溪。

某個天神用無情之手塑造了此地，但還是吹氣拂過，挪動無數沙丘的每一粒沙。

鎧奧從沒見過這種景色、這種奇景。這是一個全新世界。

也許這片美景就是去沙漠深處尋找情報所獲得的意外獎勵。

鎧奧逼自己把注意力移回伊芮奈身上，她看懂他的表情和反應。

「並不是每個人都覺得沙漠很美，」她說：「但出於某種原因，我就是喜歡。」

這片大海永遠不會有船隻航過；有些人看著這裡，只看見灼熱之死。他只看見靜謐——和潔淨，以及一種緩慢又低調的生命力，未被馴服的野性之美。

「我明白妳的意思。」他小心翼翼地從法拉莎背上跳下。伊芮奈旁觀，但只是遞出拐杖，讓他自行判斷如何把一條腿挪過鞍座。他感覺背脊疼痛，搖搖晃晃，然後把腳踩在布滿沙的岩石上。拐杖立刻被送到他手上，不過伊芮奈沒幫忙攙扶他。

他終於放開鞍座，朝法拉莎的韁繩伸手。馬兒繃緊身子，似乎有點想撞倒他，但被他以嚴厲瞪視警告。他把拐杖拄在岩地上，木桿吱嘎作響。

法拉莎一雙黑眸閃閃發亮，彷彿是在天神赫拉斯的燃燒地獄鑄造而成。但鎧奧抬頭挺胸——在自己做得到的範圍內——始終盯著法拉莎的眼睛。

馬兒終於悶哼一聲，屈尊讓他把自己牽向沾染沙粒、年久失修的破舊馬槽。這個馬槽的歷史恐怕跟這片沙漠一樣悠久，餵養過上百名征服者的坐騎。

法拉莎似乎明白自己即將進入那片沙海，因而大口喝水，做好準備。伊芮奈也牽馬同行，跟法拉莎保持適當距離。「你的狀態如何？」

「很好，」他言之由衷。「我們抵達目的地的時候，我應該會全身痠痛，但目前並不嚴重。」現在沒拄拐杖，他走得很勉強，也不敢多走幾步。

她還是伸出一手，撫過他的下背和大腿，以法力評估他的狀況。雖然在大太陽下隔著衣物，她的雙手還是讓他清楚感覺到彼此間的每一吋距離。

但其他人都圍在古老又龐大的馬槽邊，所以他脫離伊芮奈的觸診，把法拉莎牽去適當距離外。至於等會兒該如何再次上馬……

「你慢慢來。」伊芮奈低語，但還是待在幾步外。

他在皇宮前庭上馬時有矮凳可用。但在這裡，除了踩在脆弱不堪的馬槽上……他未曾覺得自己的腳跟鞍座腳鐙之間的距離如此遙遠。用右腳站立，把左腳踩在腳鐙上，再把右腿甩過鞍座……這是鎧奧以前做過無數次的動作。他六歲就學會騎馬，幾乎一輩子都在馬背上。

當然，他現在面對的是彷彿來自地獄的馬。

但法拉莎保持不動，只是瞪著挪移沙海，盯著被踐踏而成的下山之路——進入沙漠的入口。雖然風持續把沙塑造成新的地形和深谷，但其他人留下的足跡還是非常明顯。他甚至能看到其中一些人翻過丘頂後飛奔而下，看起來就像黑白斑點。

他卻還待在這兒，盯著腳鐙和鞍座。

伊芮奈若無其事地提議：「我可以找個磚塊或水桶——」

鎧奧邁步。雖然動作不夠優雅，雖然掙扎程度超出原先預期，但他還是做到了，拐杖被他壓得吱嘎呻吟，然後喀啷落地，因為他放開拐杖，抓住鞍角，他的左腳勉強伸進腳鐙。法拉莎被他壓得稍微挪動時，他拉自己在鞍座上坐穩，把右腿甩過鞍座時感覺背部和大腿痠痛不已，但他成功上馬。

伊芮奈撿起拐杖，拍掉沙塵。「很不賴，韋斯弗大人。」她把拐杖綁在自己的鞍座後面，爬上馬背。「一點也不賴。」

他強忍笑意，臉龐依然灼熱。他輕踹馬腹，法拉莎終於開始下山。

他們倆沿其他人留下的蹤跡慢慢下山時，沙面熱浪滾滾，周圍只聽見咚咚蹄聲和沙粒嘆息。這支隊伍看似一條蜿蜒長蛇。衛兵們在四處站崗，手持卡岡旌旗和奔騰黑馬的圖案，這些旗幟指出前往綠洲的大略方向。鎧奧很同情這些可憐的衛兵——他們因為公主一聲令下就得站在高溫中——但沒說出口。

走了一段時間後，沙丘變得較為平坦，地平線轉變成一片平坦沙原。在遠方熱氣中飄盪的是……

「我們在那裡紮營。」伊芮奈指向一簇茂密綠意。鎧奧沒看到赫薩薾宣稱被綠洲覆蓋的死者之城，雖然從目前所在位置也不可能看得多清楚。

從這裡觀察，大概還要再走半小時，尤其因為他們速度這麼慢。

伊芮奈雖然白衣被汗水溼透，但還是笑容滿面。或許她也需要度個假、透透氣。

她注意到他投來的目光，轉頭回視。陽光襯托出她的雀斑，把她的膚色照成亮棕，捲曲髮梢包圍她的笑臉。

法拉莎拉扯韁繩，不耐煩地渾身打顫。

「我有一匹亞斯特隆馬。」聽他這麼說，她欽佩地嘟起嘴。他聳肩。「我想看看穆尼契馬相較之下有何能耐。」

她皺眉。「你的意思是……」她注意到這裡和綠洲之間的平坦大地。最適合奔馳。「噢，這我可——全速疾奔？」

他等她發表關於他脊椎和腿部的意見，但她沒這麼做。

「妳怕了？」他挑起一眉。

「害怕馬兒？沒錯。」她對胯下這匹焦躁不安的坐騎皺眉。

「牠跟乳牛一樣溫馴。」他評論伊芮奈的栗色母馬。

鎧奧俯身拍拍蝴蝶的頸部。牠咬他未遂。

他稍微拉扯韁繩，讓蝴蝶知道自己受夠了牠鬧脾氣。

「我跟妳比賽。」他說。

伊芮奈眼睛發亮。令他驚訝的是，她輕聲問道：「贏了有什麼獎品？」

他想不起自己上一次覺得渾身如此亢奮是什麼時候。

「一個吻。由我決定何時何地。」

「你說的何地是什麼意思？」

鎧奧只是咧嘴笑，隨即命令法拉莎縱情狂奔。

伊芮奈罵出他聽過最惡毒的髒話，但他不敢回頭——因為法拉莎在沙地上化為一團黑色風暴。

他去年冬天時一直沒機會試試那匹亞斯特隆駿馬。如果那匹駿馬比這匹還快——

法拉莎如黑色閃電般飛越金色沙地。他拚命坐穩，咬牙忍受肌肉疼痛。

但從眼角瞥見一抹紅棕和黑色飛影——連同坐在上頭的白衣騎手——追來時，他忘了疼痛。

隨著所騎母馬重踏堅硬沙地，伊芮奈的金棕捲髮起伏飄揚，白衣隨風飄逸，金銀肩帶宛如星光，而她的臉——

鎧奧看著伊芮奈臉上的狂野喜悅和全然興奮時，無法呼吸。

法拉莎注意到對手逼近、與自己並駕齊驅，因而全速衝鋒，決心讓對手吃灰。

鎧奧用韁繩和腳配合這匹馬，驚奇自己居然做得到，驚奇身旁的女子持續逼近，她已經騎在他身邊，對他眉開眼笑，彷彿這片荒涼熱海只有他……這都是她的功勞，是她給他的。

伊芮奈微笑，然後歡笑，彷彿再也壓不住喜悅。

鎧奧覺得這是自己這輩子聽過最美的聲音。

這一刻，並肩飛馳，吞噬沙漠之風，她的頭髮宛如一面金棕旌旗……

這彷彿是鎧奧第一次感覺自己醒著。

他也打從骨子裡為此感恩。

第四十四章

伊芮奈一身汗水乾得很快，所以只感覺到汗水殘留。

幸好綠洲受樹蔭遮蔽，中央地帶還有一大片淺水池。所有馬匹已被牽到最陰涼的區域飲水梳毛，僕人和衛兵們則占據了一個隱密地點沖涼玩水。

鎧奧和伊芮奈沒發現諾莎所說的洞穴，也沒看見赫薩蘅聲稱隱藏在後方叢林裡的死者之城。但這座度假村規模龐大，而且貴族們此刻正泡在清涼大池之中。

伊芮奈立刻注意到一身薄紗遮不住好身材的蕾妮雅從水中走出，跟赫薩蘅有說有笑。

「有意思。」鎧奧在伊芮奈身旁乾咳道。

「我跟你說過這裡會開派對。」她嘀咕，走向聳立在棕櫚樹和灌木叢之間的諸多帳篷。每一座鍍金的白色帳篷都以所屬的王子或公主的旗旗標示。既然薩韃克和杜娃沒來參加，鎧奧和伊芮奈就被安排分別入住這兩名王族子女的帳篷。

幸好這兩座彼此緊鄰。伊芮奈朝敞開的帳篷門簾瞥一眼，發現裡頭的空間就跟她以前跟母親一起住的小屋一樣大。她轉身看著鎧奧的背影。他走路時雖然拄著拐杖，但動作比今早更瘸，而且她也注意到他下馬時多麼僵硬。

「我知道你想洗澡，」伊芮奈說：「但因為長時間騎馬，我得先幫你看一看——我是指你的背部和兩條腿。」

也許她不該跟他賽馬，反正她也不記得是誰先跑到綠洲，因為她那時候忙於歡笑，感覺自己以後大概再也不會有這種靈魂出竅的快樂，也因為她那時候忙於盯著他洋溢喜悅的臉龐。

鎧奧在自己要住的帳篷前停步，拐杖搖晃，彷彿忍不住把太多體重壓在上頭。但看到他開口問「妳的還是我的帳篷？」一時神情輕鬆，她反而有點擔心。

「我的。」她答覆，他點頭。雖然僕人和貴族們大概根本不知道她就是這場旅行的主因，但應該還是會注意她的一舉一動。她觀察他的兩腿和上半身如何移動、他如何拄拐杖。

鎧奧從她身旁走過、進入帳篷時，在她耳邊呢喃：「順道一提，是我贏了。」

伊芮奈瞟向開始下沉的太陽，感到心花怒放。

他雖然渾身痠痛，但在伊芮奈診療完畢時還是走得動。她幫他伸展並按摩了雙腿和背脊。

鎧奧總覺得她在玩弄他的身體，儘管她的動作依然正經，似乎對他一點也不感興趣。

她甚至叫僕人送水來。

這座帳篷確實配得上杜娃公主。帳篷中央的高臺上擺放著一張大床，地上鋪著華麗地毯，坐墊四處散落，還有一個以簾布隔起的廁所兼梳洗區，而且到處都是用黃金打造的用具。這些昂貴器具如果不是僕人們昨天搬來，就是因為這片土地的人們畏懼卡岡政權發怒所以不敢偷這裡的東西。也可能因為他們被照顧得很好而無須行竊。

他脫下已乾衣物，兩人走出帳篷打探情報時，發現其他人大多都泡在綠洲水池裡。他們倆在帳篷裡已經低聲討論過，都沒發現這裡有任何值得注意之處。貴族及其友人們自由自在地浸泡其中的大水池當然也不是他們倆在找的洞穴或廢墟。自由自在——亞達蘭從沒享受過這種自由自在。他沒天真到以為水池裡沒人在打權謀算盤，但他確實從沒聽說過亞達蘭貴族泡在泳池裡享受歡樂時光。

他倒是納悶赫薩蘅為何答應幫伊芮奈舉行這種奢華宴會，因為公主清楚知道伊芮奈幾乎都不認識在此聚集的王公貴族。

伊芮奈在空地邊緣遲疑不決，垂眼瞄他——這看在外人眼裡就像女子含羞，似乎不確定是否該脫得只剩泳衣，是否該讓旁觀者忘了她是醫者而拿她來一飽眼福。「我覺得我不想泡進池子。」伊芮奈在周圍的歡笑和潑水聲中輕聲道：「一起散步如何？」

她說話彬彬有禮，朝左方占地幾畝的原始叢林點個頭。她雖然不把自己當政客，卻有辦法跟政客一樣撒謊。他猜「撒謊」對醫者來說也是有用技能。

「榮幸之至。」鎧奧伸出一臂。

伊芮奈又故作嬌羞，回頭瞟向池中男女。貴族們正在看著她，包括卡辛。

鎧奧會讓她自行選擇何時何地再一次表明她對那位王子不感興趣。她挽住他的胳臂，一起踏進陰暗叢林時，鎧奧總覺得有點慚愧。

因為卡辛真的是個好人。鎧奧認為卡辛說願意參戰是真心話。他現在這樣炫耀自己跟伊芮奈之間的關係，很可能激怒王子……鎧奧把拐杖刺進樹根和軟土之間，斜眼瞥她，她回以淺淺一笑，臉頰依然被晒得通紅。

算了，他懶得在乎會不會激怒卡辛。

綠洲的汩汩流水聲和棕櫚窸窣聲彼此融合。兩人深入叢林，隨意走動，沒想好該往哪裡走。「在安尼爾，」他說：「靠近銀湖的一片谷地有幾十座地熱溫泉。我小時候常在練武一整天後跟夥伴們一起泡在裡頭。」

她彷彿意識到他難得吐露心聲，因此謹慎提問：「你就是因為習武而想加入侍衛隊？」

他終於答覆時嗓音沙啞：「這是部分原因。我只是……很擅長武術，不管是搏鬥、擊劍還是射箭。我學習那些技藝，是因為我出身貴族，我們那個山地民族世世代代驅逐來自白牙山脈的野人。但我真正開始受訓，是在我去了裂際城、加入皇家侍衛之後。」

她放慢腳步，讓他專心判斷如何在走過一團糾纏樹根時挪動雙腳和拐杖。

「我猜你就是因為頑固的牛脾氣而適合軍訓。」

鎧奧呵呵笑，用手肘輕輕頂她。「的確。我總是最早到也最晚離開操練場，就算我每天都被打得很慘。」想起那些人的臉孔，他感覺胸口緊繃。他們曾訓練他，把他逼到極限，搞得他走路瘸拐、遍體鱗傷，但也確保他每晚在兵營獲得妥善治療、大吃一頓，還拍拍他的背以示鼓勵。

為了紀念那些夥伴、那些兄弟，他沙啞道：「他們不全是壞人，伊芮奈。我……一起成長、我指揮的那些人……他們都是好人。」

他想起瑞斯的笑臉，那名年輕衛兵在艾琳身邊總是忍不住臉紅。他覺得眼睛灼熱。周圍這片綠洲嗡嗡作響。伊芮奈停步，他慶幸疼痛的背部和兩腿能稍微休息。她抽回胳臂，觸摸他的臉頰。「既然他們是讓你成為……你的原因之一，」她抬頭輕吻他。「那我相信他們是好人。」

「他們都死了。」他低語。

他終於說出口。這兩個字雖然被綠洲的土壤和林蔭吞噬，但還是讓他有點站不穩。死了。

他還是可以後退——遠離面前這道無形斷崖。伊芮奈依然站在他身旁，一手貼在他的心口上，讓他自行決定要不要說下去。

也許因為她依然按住他的心口，他輕聲道：「他們今年春天被折磨了幾星期，然後被殘忍殺害，吊在城堡大門上。」

她的眼裡閃過悲痛和驚恐。他逼自己說下去：「他們都沒屈從，就算被國王和——其他……」他說不下去，現在還辦不到。也許他永遠無法面對自己可能已經猜到的真相。「國王逼我那些夥伴供出我的消息，但他們都沒招供。」

他不知道該如何形容他們的勇氣和犧牲。

伊芮奈嚥口水，捧起他的臉頰。

鎧奧終於吐口氣。「那是我的錯。國王——他那麼做是為了懲罰我，因為我逃走，因為我幫助裂際城裡的反抗分子。他……那一切都是因為我。」

「你不能為這件事自責。」這句話簡單又真誠。

但完全不是事實。

這句話立刻使他變回自己，效率比冰水潑頭還高。

鎧奧走離她身邊。

他不該告訴她，不該提起這件事。老天，更何況她生日快到了，加上他們倆現在應該專心搜索有用情報。

他瘸拐走進棕櫚樹和蕨類植物當中，留伊芮奈在後面跟著。他伸手確保隨身攜帶的長劍和匕首依然繫在腰間，這個動作只是因為他想掩飾自己的雙手顫抖、內心激動。

他把剛剛那些字句和回憶壓進腦海深處，一一清點腰間兵器。

伊芮奈只是一言不發地跟著他，深入叢林。這片林子比許多村落還大，而且整體原始，找不到路，當然也看不見死者之城的蹤影。

直到樹根和樹叢之間出現幾根坍塌的白石柱。他猜這算是不錯的跡象。如果這裡真有洞穴，可能就在附近——也許曾是某種古老住處。

兩人跨過或繞過的廢墟逼他小心挪步。「這不是把死者埋在洞裡的穴居民族。」他做出觀察，拐杖刮過古老石塊。

「赫薩蘅用的詞彙是『死者之城』。」伊芮奈朝布滿青苔的華麗石柱和雕飾石板皺眉。「寬廣墓地，就在我們腳下。」

他觀察林地。「我以為卡岡王的族人是把死者葬在家鄉的浩瀚天空下。」

「沒錯。」伊芮奈撫摸一根刻有動物和怪異生物圖案的柱子。「但是……這個遺跡比卡岡政權、泉塔和安第加都古老。不知道這裡以前住著什麼樣的族群？」幾塊崩塌石階通往一面平臺，樹木在破石而出的生長過程中推倒雕飾石柱。「赫薩蘅宣稱遺跡的地道裡到處都是精巧陷阱，為了嚇阻盜墓者，也可能為了避免死者離開。」

明明天氣炎熱，他還是渾身起雞皮疙瘩。「妳現在才告訴我？」

「我原以為諾莎說的是別的意思，以為真的是洞穴。如果洞穴跟這些遺跡相連，她當時應該會提起。」伊芮奈走上平臺，他跟上時兩腿疼痛。「但我沒看到任何石陣——起碼沒有洞穴該有的規模。這裡唯一的石頭……是來自這個。」赫薩蘅提過的寬廣入口，通往地下墓地。

兩人打量錯綜複雜的遺跡，巨柱不是崩塌就是被樹根和藤蔓覆蓋，寂靜氣氛就跟林蔭熱氣一樣沉重，彷彿綠洲的鳥蟲都不敢進來這裡啼鳴歌唱。

「真是陰森。」她咕噥。

他們倆只要喊一聲就能叫來二十名衛兵，但他還是忍不住把一手挪向劍柄。如果腳下就是死者之城，那麼也許赫薩蘅說得對──最好別打擾死者安息。

伊芮奈觀察周圍的柱子和雕飾，完全沒發現洞穴。「可是諾莎知道地點，」她思索。「表示地點對泉塔來說一定很重要。」

「但它的重要性已經隨著歲月而被遺忘或扭曲，所以後人只記得它的名稱，只記得它好像有些重要性。」

「其實，醫者們都被這個國度吸引，」伊芮奈淡然道，撫摸一根石柱。「這片土地給醫者的魔法恩賜最為豐富，超越其他職業，彷彿這裡就是醫職的發源地。」

「為什麼？」

她撫摸一根比普通船隻還長的石柱上的圖案。「成長還需要什麼道理？植物就是需要特定環境──對其生長最有利的環境。」

「南方大陸最適合醫者成長？」

某個東西勾起她的興趣，她回話時因此含糊不清：「也許這裡算是某種聖域。」

他走向她，皺眉忍受脊椎刺痛。他觀察她撫摸的圖案時忘了疼痛。

寬廣石柱上刻了兩幅處於敵對狀態的圖案，左邊是一群高大魁梧的戰士，手持劍盾，周身散發烈火與湧泉，腳邊和空中聚集各種飛禽走獸。尖耳──這些人的頭部帶有尖耳。

而他們面對的是……

「你說過沒有任何事情是巧合。」伊芮奈指向精靈陣營面對的軍隊。

這些生物比精靈矮，但身軀更為厚實，手帶利爪，嘴帶獠牙，手持猙獰刀劍。

她不禁輕聲說出一個名稱。

法魯格。

諸神在上。

伊芮奈快步來到其他柱子旁，清掉藤蔓和塵土。更多精靈的臉孔和身影。有些圖案描繪精靈單挑法魯格將領。有些被殺，有些獲勝。

鎧奧盡量跟上她，四處搜索——

那裡，在一群茂密棕櫚樹之間的深沉陰影下，有一座崩塌的正方形建築。陵墓。

「洞穴。」伊芮奈低語。這個建築在這一代的人們眼裡確實像洞穴。

鎧奧幫她撥開藤蔓，背部依然疼痛。

兩人觀察刻在墓地入口的圖案。「諾莎說過，其中一些卷軸據說就是來自這裡，」鎧奧說：「來自一個到處都刻有命運之痕、精靈和法魯格與圖案的地方。但這裡沒有活人，所以想必有人從底下的墓穴或檔案廳裡找出那些文獻。」入口就在一小段距離外。

「看來這裡埋的不是人類。」伊芮奈咕噥。

封鎖的石門上刻著……「古語。」

他在羅紋臉部和胳臂的刺青上見過這種文字。

這裡是精靈之墓。精靈——不是人類。

鎧奧說：「我原以為歷史上只有一群精靈曾離開朵拉奈爾——為了和布蘭農一起建立特拉森。」

「也許另外來了一群，在打這場仗的時候開拓了這裡。」

第一次大戰。第一次魔族大戰，遠在伊琳娜和蓋文誕生、特拉森建國前。

鎧奧打量伊芮奈，只見她面無血色。「也可能因為他們想隱藏什麼東西。」

伊芮奈對腳下皺眉，彷彿能看到地底墓穴。「寶藏？」

「很不一樣的寶藏。」

她觀察他的語氣，盯著他的眼睛，看他靜止不動。他心中浮現某種冰涼又尖銳的恐懼。

伊芮奈輕聲道：「我不明白。」

「精靈魔法是透過血脈傳承，不是隨機出現。也許這些人來到這裡，有好有壞，後來被歲月遺忘。也許他們知道這個地點偏遠得不受打擾，戰火不會蔓延至此——他們的戰爭。」他把下巴撇向圖案中的一名法魯格士兵。「南方大陸當時依然大多由凡人掌控。精靈在這裡和人類交配，後代因而擁有傾向於治療系的魔法天賦。」

「這個論點很有意思，」她沙啞道：「但你無法確認。」

「如果想藏起某個珍寶，藏在眾目睽睽處豈不最為妥當？藏在某個強大勢力一定會起身保護之處？例如帝國。幾個帝國。那些帝國的城牆未曾被任何征服者攻破。他們會明白醫者的價值，卻沒料到醫者的天賦其實能在另一種情況下被當成武器。」

「我們不殺人。」

「沒錯，」鎧奧感覺血液失溫。「可是妳和這裡這些醫者……這世上只有另一個地方能媲美此處。當地戒備森嚴，也同樣由一股強大勢力保護。」

「朵拉奈爾——朵拉奈爾的精靈醫者。」

由玟芙強勢捍衛。

玟芙打過第一次大戰，對付過法魯格。

「意思是？」她輕聲問。

鎧奧感覺地面彷彿搖晃。「我被派來這裡，是為了爭取一支軍隊。但我懷疑……也許另一種力量引導我來這裡，為了獲得另一種東西。」

她把手伸進他手裡，表達無聲承諾。他晚點再考慮自己跟她之間的關係。

「也許這就是為什麼那名殺手侵入泉塔追殺我。」伊芮奈輕聲道：「如果那人真的是莫拉斯派來……就一定不希望我們因為治療你而發現這些線索。」

他捏捏她的手指。「至於圖書館那些卷軸……應該是有人從這裡奪走或發現，但歷史悠久，所以後人只記得出處——也就是這片土地的醫者可能來自的地區。」

源頭不是墓地，而是建造這些設施的精靈。

「卷軸，」她衝口道：「如果我們能找人翻譯內容……」

「也許就能明白醫者能如何對抗法魯格。」

她嚥口水。「海菲札。我懷疑她可能知道那些卷軸寫了什麼。高階醫者這個身分指的不只是權力有多高，也表示學問。她就是活生生的圖書館，她的前輩教了她泉塔裡其他人都不知道的事情。」她勾轉一縷捲髮。「我們該給她看看其中一些文獻，也許她看得懂。」

把那些資料跟任何人分享都是一場賭博，但值得一試。鎧奧點頭。

儘管被茂密植物隔絕，某人的尖銳笑聲還是從水池傳遞至此。

伊芮奈放開他的手。「我們得去跟他們一起嘻哈玩樂，然後咱們明早天一亮就走。」

「等我們一回去，我就寫信叫娜斯琳回來。我們恐怕沒辦法繼續等卡岡王決定要不要派兵支援。」

「我們還是會試著說服他。」她保證。他點頭。「你還是得想辦法打贏這場仗，鎧奧，」她輕聲道：「不管我們可能扮演什麼角色。」

他用拇指撫摸她的臉頰。「我沒打算輸掉這場仗。」

想裝得沒有重大發現、沒被撼動心靈實在很不容易。

赫薩蘭厭倦了玩水，叫人表演音樂舞蹈並送上午餐，結果演變成在林蔭下躺了幾小時，聆聽音樂，品嘗一道道美食——伊芮奈搞不懂他們怎麼有辦法把這些東西大老遠搬來。

日落時，大夥紛紛回到各自的帳篷，更衣準備參加晚宴。和鎧奧發現了那些重大線索後，伊芮奈就算只是獨處一秒也感覺心裡發毛，但還是梳洗，換上赫薩蘭提供的薄紗紫袍。

鎧奧在帳篷外頭等候。

赫薩蘭也幫他準備了衣服，美麗的深藍布料襯托出他棕眼裡和古銅皮膚的金光。

他的視線從她的領口掃向飄逸褶痕在腰部和大腿處露出的肌膚，她被盯得臉紅。整件禮服鑲著銀色和透明珠子，看起來就像在上空閃爍的繁星。

綠洲水池周圍燃起火炬和燈籠，也擺好了餐桌、沙發和坐墊。在音樂伴奏下，圍坐在一張張桌邊的人們已經開始自我放縱。赫薩蘭坐在反映火光的池邊中央的桌子旁，如女王般主持全場。

她注意到伊芮奈，以手勢要對方過去——連同鎧奧。

公主右邊還有兩張空位。伊芮奈相當確定鎧奧一路上都在打量這些人，似乎在判斷桌椅、人群和整片綠洲當中是否暗藏任何威脅。他的手擦過她背部少許裸露的肌膚，彷彿表示一切正常。

「妳該不會以為我忘了妳這個貴賓吧？」赫薩蘭邊說邊吻伊芮奈的臉頰。鎧奧在體能允許的範圍內盡可能向公主鞠躬，然後在伊芮奈另一邊坐下，把拐杖斜放桌邊。

「今天真的棒極了，」伊芮奈這句話不是謊話。「謝謝妳。」

赫薩蘭沉默幾秒，以難得一見的溫柔眼神把伊芮奈從頭到腳看一遍。「我知道我這個人不好伺候，也不是個好相處的朋友，」她終於把黑眸對準伊芮奈的雙眼。「但妳從來沒有讓我覺得自己不好伺候、不好相處。」

聽見這麼直白的話語，伊芮奈覺得咽喉收縮。赫薩蘭點個頭，揮手示意這場宴會。「為了向朋友致意，這是我最起碼能做的。」蕾妮雅溫柔地拍拍赫薩蘭的胳臂，彷彿表達讚許和理解。

伊芮奈向公主鞠躬道：「我對容易結交和相處的朋友不感興趣。我覺得難相處的人遠比那種八面玲瓏的角色值得信賴。」

聽見這句話，赫薩蘭露齒而笑，把上半身歪過桌面，打量鎧奧，慢條斯理道：「你看起來還挺帥的嘛，韋斯弗大人。」

「妳看起來很美，公主。」

赫薩蘭雖然一身華服，還是不算貌美，但她仍然收下這個讚美，臉上的貓般笑臉有點讓伊芮奈聯想到在印尼希遇到的那名陌生少女。伊芮奈知道美貌只是暫時，但力量……力量是更有價值的貨幣。

隨著宴會進行，赫薩蘭以略帶暗示的態度向伊芮奈「這個忠誠又聰明的摯友」敬酒。伊芮奈乖乖喝酒，鎧奧也是。伊芮奈還沒注意到的時候，動作近乎無聲的僕人們已經上前斟滿葡萄酒和蜂蜜啤酒。

戰爭這個話題在半小時後開始，由阿古恩起頭。

他舉起酒杯，挖苦地宣布要敬「在當今亂世還能享有這種和平安定」。

伊芮奈雖然喝酒配合，但沒料到鎧奧倒是適應良好、臉上貼著淡淡笑意。

然後赫薩爾開始討論：既然太多人把注意力放在北方大陸的東半部，西部荒野會不會反而因此遭到特定人士爭奪。

鎧奧只是聳肩，彷彿今天下午已經在這件事上得出一些結論，關於這場戰爭，以及這些貴族將扮演的角色。

赫薩爾似乎也注意到這點。這場宴會雖然應該是慶生宴，但公主還是大聲自言自語：「也許艾琳．加勒席尼斯應該屈尊來這兒一趟、選我的某個兄弟當老公，也許到時候咱們就會考慮幫她，因為如此一來，我們提供的影響力就能留在我們自個兒的家族裡。」

意思就是艾琳擁有的烈火和力量……將加入南方大陸和卡岡血脈，永遠不再構成威脅。

「當然啦，這表示我的兄弟得容忍跟那種女人在一起，」赫薩爾滔滔不絕：「不過他們可沒表面上看起來那麼軟趴趴。」她刻意瞥卡辛一眼，對方似乎假裝沒在聽，就算阿古恩嗤之以鼻。伊芮奈不禁好奇，其他王族子女知不知道卡辛其實並不把他們的嘲諷當一回事——他未曾上鉤，因為他根本懶得理他們。

鎧奧以同樣溫和的口吻答覆赫薩爾：「雖然艾琳．加勒席尼斯應付各位的場面必定精采……」他露出心照不宣的微笑，彷彿真的很想看那場戲——艾琳真的會拿他們每個人開刀。「可惜婚姻對她來說不是選項。」

赫薩爾挑眉。「她不能嫁給男人？」

蕾妮雅瞪赫薩爾一眼，遭到對方無視。

鎧奧咯咯笑。「除了她的摯愛，她不能嫁給任何人。」

「鐸里昂國王，」阿古恩搖晃杯裡的葡萄酒。「我沒想到她能容忍他。」

鎧奧僵住，但只是搖頭。「不。另一位王子——來自異國，力量強大。」

貴族們紛紛愣住，就連卡辛也忍不住轉頭看來。

「那拜託你告訴我們，那人究竟是誰？」赫薩蘭啜飲葡萄酒，犀利雙眸變得陰暗。

「朵拉奈爾的羅紋．白棘王子，曾在玟芙女王底下擔任將領，也是她的朝臣之一。」

伊芮奈相當確定阿古恩臉上徹底失去血色。「艾琳．加勒席尼斯要嫁給羅紋．白棘？」

阿古恩說出這個名字的方式……他聽說過羅紋。

鎧奧曾不只一次提到羅紋，就是這人為他的脊椎進行了有效急救。精靈王子。艾琳的愛人。

鎧奧聳肩。「他們倆是靈友，而且他已經向她發下血誓。」

「他也向玟芙發過血誓。」阿古恩反駁。

鎧奧靠向椅背。「是的。而艾琳說服了玟芙釋放他，好讓他轉而向她自己發誓——當著玟芙的面。」

阿古恩和赫薩蘭面面相覷。「她怎麼做到的？」阿古恩追問。

鎧奧的嘴角微微上揚。「透過艾琳為了達成其他目的而採用的同一種方式。」他挑眉。「她以烈火包圍玟芙的城市。玟芙對她說朵拉奈爾是以石頭砌成，艾琳只回一句城裡的人民可不是石頭之身。」

伊芮奈打個冷顫。

「所以她是個流氓兼瘋子。」赫薩蘭嗤之以鼻。

「是嗎？有誰那樣對付玟芙還能活著離開，更別提達到目的？」

「她居然為了一個男人而願意摧毀一整座城。」赫薩蘭厲聲道。

「他是這世上最強大的純種男精靈，」鎧奧就事論事：「對任何宮廷來說都是珍貴幫手，更何況他們倆彼此相愛。」

但他說這句話時目光閃爍，說到最後四個字的時候嗓音有點緊繃。

阿古恩沒聽漏。「既然那兩人是情侶，他們的敵人就會為了懲罰女的而對付男的。」他面帶微笑，彷彿暗指自己正在考慮這麼做。

聽鎧奧噗哧一笑，阿古恩愣住。「如果有誰想找羅紋．白棘麻煩，我只能祝他們好運。」

「因為艾琳會把他們燒成灰？」赫薩蘭的語調甜美又惡毒。

但卡辛輕聲代答：「因為能活著離開那場戰鬥的必定是羅紋．白棘。」

大夥一陣沉默。

然後赫薩蘭開口：「這個嘛，既然艾琳沒辦法嫁人，也許咱們該另尋對象。」她朝卡辛竊笑。「說不定伊芮奈．塔爾斯能代替那位女王聯姻。」

「我不是貴族後代，」伊芮奈衝口道：「也不是王室成員。」赫薩蘭真的瘋了。

赫薩蘭聳肩。「我相信身為御前首相的韋斯弗大人能幫妳想個頭銜，讓妳當個女伯爵、女公爵之類的。當然，雖然咱們都知道妳只是個珠光寶氣的擠奶女工，但只要我們幫妳保密……我相信這裡一定有人不介意妳的卑微出身。」她就是這樣拉拔蕾妮雅。

鎧奧臉上失去笑意。「妳現在聽起來似乎想加入這場戰爭，公主。」

赫薩蘭揮動一手。「我只是在考慮各種可能。」公主打量伊芮奈和卡辛。伊芮奈感覺胃裡的食物變得沉重如鉛。「我常說妳會生下很漂亮的孩子。」

「如果妳未來的卡岡王願意讓她的孩子活下去。」

「這只是個小問題——而且以後再說。」

卡辛俯身向前，繃緊下巴。「酒精鑽進妳腦子裡了，姊。」

赫薩蘭翻白眼。「我這個提議有啥不好？伊芮奈是泉塔的非正式傳人，這可是高位——而如果韋斯弗大人願意賜給她貴族頭銜……像是編個小故事，說她最近被發現擁有貴族血統，那她就能嫁給你，卡——」

「她不嫁。」

鎧奧語氣平淡但嚴厲。

卡辛臉色蒼白，輕聲問道：「而這又是為什麼，韋斯弗大人？」

鎧奧回視對方。「她不會嫁給你。」

赫薩蘭面帶微笑。「我認為這位女士自己能回答。」

伊芮奈只想兩腳一蹬，往後倒進池裡，永遠待在水底下。她不想面對正在等候答案的王子、如惡魔般嘻笑的公主，還有怒火中燒的亞達蘭貴族。

但如果這是認真提議，如果這麼做就能獲得南方大陸的軍隊支援……

「妳千萬別考慮。」鎧奧的嗓門極輕。「她滿嘴屁話。」

人們倒抽一口氣。赫薩蘭爆出笑聲。

阿古恩怒罵：「跟我妹講話最好禮貌點，否則你會發現你那兩條腿又成了殘廢。」

鎧奧沒理他們。伊芮奈把劇烈顫抖的雙手藏到桌底下。

公主帶她來沙漠，就是為了逼她答應這個荒謬提議？還是臨時異想天開，純粹為了刺激韋斯弗大人？

鎧奧似乎很想張嘴說下去、要她別把這個荒謬提議當一回事，但遲疑不決。

伊芮奈意識到，他這種反應不是因為他贊成這個提議，而是因為他想讓她有空間自行選擇。這個男人以前習慣了發號施令，伊芮奈總覺得這是他第一次依賴耐心和信賴。

她信賴他。他該怎麼做就怎麼做，他會想個辦法熬過這場戰爭，無論援軍是否來自這塊大陸。如果這裡這些人不願幫他，他就去別的地方。

伊芮奈看著赫薩蘭、卡辛和其他人，有些人竊笑，有些人交換反感眼神，尤其是阿古恩。他無法容忍自己家族的血脈遭到汙染。

她信賴的是鎧奧。

她不相信其他這些貴族。

伊芮奈輪流對赫薩蘭和卡辛微笑。「這種話題對我的生日來說太沉重了。在場有這麼多俊男陪伴，我卻今晚就得選個男人？」

她相當確定鎧奧安心得打個顫。

「的確。」赫薩蘭溫柔道，笑臉變得更尖銳。伊芮奈彷彿看見這副笑容露出的無形獠牙。「婚約其實令人作嘔。看看可憐的杜娃，她被那個總是悶悶不樂、眼神哀怨的王子綁住。」

談話繼續。伊芮奈沒看卡辛或其他人，只是盯著自己一再被斟滿的酒杯——而且一再喝下，不然就是看著鎧奧。他似乎有點想把手繞過伊芮奈、把赫薩蘭連人帶椅子推進池裡。

但餐宴繼續進行，伊芮奈繼續喝酒——吃過甜點後站起時才發現自己醉得天旋地轉。鎧奧扶住她的手肘，就算他自己還沒辦法站得很穩。

「看來他們倆酒量不太好啊。」阿古恩嗤笑道。

鎧奧哼笑以對。「我建議你千萬別對特拉森的人說這種話。」

「我猜住在那種只有雪和羊群的地方，除了喝酒之外無事可幹。」阿古恩慢條斯理道，靠向椅背。

「也許吧，」鎧奧摟住伊芮奈的背，扶她走向帳篷所在的樹林。「但艾琳．加勒席尼斯或艾迪奧．艾希里弗還是會跟你拚酒拚到你醉倒在桌子底下為止。」

「還是該說醉倒在輪椅底下？」赫薩蘅對鎧奧溫柔呢喃。

也許因為喝醉，也許因為天氣熱，也許因為她背上這隻手，也許因為她身邊這個男人一再奮鬥而且未曾埋怨。

伊芮奈撲向公主。

雖然鎧奧決定別把赫薩蘅推進池裡，伊芮奈可沒這種顧慮。

上一秒，赫薩蘅還對她嘻皮笑臉。

下一秒，伊芮奈把公主連人帶椅子掀進池裡。公主的兩腿、裙襬和項鍊朝天飛起，發出的刺耳尖叫劃過沙丘。

第四十五章

赫薩爾掉進黑暗水池、人們紛紛起身咆哮拔刀的瞬間，伊芮奈知道自己死定了。

鎧奧立即把伊芮奈拉到身後，腰間長劍出鞘半截——她根本沒注意到他什麼時候把手伸向劍柄。

水池不深，赫薩爾很快站起，身體和頭髮溼透。她伸手指向伊芮奈，齜牙咧嘴。

沒人說話。

赫薩爾只是持續指著伊芮奈。後者等前者下達格殺令。

他們會殺了她，然後殺掉想救她的鎧奧。

她感覺他正在打量所有衛兵、王子和大臣。他在判斷誰可能妨礙他們倆上馬。

但是伊芮奈聽見身後傳來嘶嘶作響的吸氣聲。

她轉身，只見蕾妮雅一手摀嘴、朝情人捧腹大笑。

赫薩爾轉向蕾妮雅，後者只是指向前者，仰頭狂笑，笑得眼睛泛淚。

卡辛也仰頭大笑。

伊芮奈和鎧奧都不敢動。

直到赫薩爾推開一名急忙跳進池裡協助她的僕人，爬上池邊，以歷代所有卡岡王的熾熱怒火瞪著伊芮奈的眼睛。

現場再度陷入沉默。

然後公主悶哼一聲。「我原本還在想妳什麼時候才會有點骨氣。」

她轉身走離，渾身滴水，蕾妮雅又在放聲大笑。

伊芮奈瞥向鎧奧——看著他慢慢放低手中長劍，看著他的瞳孔開始收縮。他似乎意識到……

他們不會死在此時此地。

「既然這樣，」伊芮奈輕聲道：「我覺得我們最好回去睡覺。」

蕾妮雅暫時收起笑聲，對伊芮奈說：「我建議你們在她回來前離開。」

伊芮奈點頭，揪住鎧奧的手腕，拉他走向燃著火炬的昏暗樹林。

她猜想，蕾妮雅和卡辛那樣大笑，部分原因是由衷覺得好笑，但也是送給她的禮物——生日禮物，避免她和鎧奧被送上砍頭臺。蕾妮雅和卡辛最清楚赫薩蘮的脾氣多麼致命。

伊芮奈心想，能保住腦袋確實就是最棒的生日禮物。

鎧奧確實很想朝伊芮奈破口大罵，質問她為什麼那樣冒險。換作幾個月前，他會說出口。媽的，他其實還在考慮要不要說出口。

進入伊芮奈所住的寬敞帳篷後，他繼續壓抑自己在見到那些衛兵拔劍逼近時所產生的本能反應。

他由衷慶幸的是，那些衛兵都不是跟他一起晨練的夥伴——他不用被迫越過那條界線。

但他在那一刻看見伊芮奈眼裡的驚恐、她意識到接下來會發生什麼事——幸好公主的情人和弟弟及時大事化小。

鎧奧知道伊芮奈是為他而動手。

因為公主那樣羞辱他。

看著伊芮奈在帳篷裡的坐墊、桌子和沙發之間來回踱步……鎧奧知道她自己也很清楚當時多麼危險。

他在一張椅子的扶手上坐下，把拐杖斜放在一旁，等她開口。

伊芮奈倏然轉向他。一身紫袍把她襯托得美豔動人；晚宴前看她穿著這身禮服走出帳篷時，他差點跪倒在地，不只因為這身禮服多麼適合她，也因為禮服裸露得恰到好處，展現出她的婀娜曲線與透亮膚色。

「你開始罵人之前，」伊芮奈宣布：「我必須鄭重聲明，剛剛那件事證明了我不該嫁給王子。」

鎧奧交叉雙臂。「我大半輩子都跟某位王子一起混，我倒是認為妳很適合嫁給王子。」

她揮個手，繼續來回走動。「我知道剛剛那麼做很愚蠢。」

「無比愚蠢。」

伊芮奈咬牙嘶吼——不是針對他，而是因為剛剛那件事留下的回憶，以及對她的情緒造成的影響。「我不後悔那麼做。」

他的一邊嘴角勾起。「那幅畫面應該會讓我永生難忘。」

他會記一輩子。赫薩蘭兩腳朝天，落水前驚恐尖叫——

「你居然覺得這件事很好笑？」

「噢，才沒有，」他的嘴脣明顯向上彎。「但能看到妳把脾氣發在我以外的對象身上，真的極富娛樂性。」

「我才沒有脾氣。」

他挑起一眉。「我認識幾個脾氣大的角色，而妳，伊芮奈．塔爾斯，絕對是其中的佼佼者。」

「例如艾琳．加勒席尼斯。」

他的臉上閃過陰影。「她一定會很喜歡赫薩蘥被掀進池裡那一幕。」

「她真的要嫁給那位精靈王子？」

「也許。大概。」

「你──會難過嗎？」

這位醫者雖然口氣一派輕鬆、表情平靜又好奇，鎧奧還是謹慎遣詞用字。

「艾琳對我來說曾經非常重要。她現在還是很重要──但意義不同。有那麼一段日子……我得改變我為自己安排的未來，尤其是我想跟她一起追逐的夢想，那確實不容易。」

伊芮奈歪起頭，柔順捲髮反映燈籠的火光。「為什麼？」

「因為我認識並愛上艾琳的時候，她並不是……她當時是用另一個名字、頭銜和身分。雖然我跟她的關係在我得知真相之前已經破裂，但……我得知她其實是艾琳的時候，我就知道我必須在她和鐸里昂之間……」

「你永遠不會離開亞達蘭，也不會離開他。」

他撥弄身旁的拐杖，撫摸光滑木桿。「我猜她也知道，比我更早知道。但她還是……她後來離開了。說來話長，總之她獨自前往溫德林，她就是在那裡遇見羅紋王子。出於對我的尊重——因為我跟她都沒正式提分手——她等候了一段時間，也為了他。他們倆都等了一段時間。她回到裂際城後才結束；我的意思是，我跟她之間的關係正式結束。我處理得很糟，她也是，事情就那麼……我跟她和解了，後來在幾個月前分道揚鑣，她跟他一起走，事情也確實該這樣發展。他們倆……如果妳哪天見到他們，就會明白我的意思。艾琳跟赫薩蘭一樣不好相處、不易理解。每個人都怕艾琳。」他噗哧一笑。「但他不怕她。我猜這就是為什麼她忍不住愛上他。羅紋見過艾琳的每一面，卻不怕她。」

伊芮奈沉默片刻。「但你怕她？」

「當時那段日子……對我來說很混亂。我認知的一切都遭到踐踏。而她……我認為我當時把太多事情怪在她頭上，我開始把她當成怪物。」

「她是怪物嗎？」

「我猜這得看故事由誰說吧。」鎧奧盯著腳下精美的紅綠花紋地毯。「但我不認為她是。我相信只有她最有能力處理這場戰爭、面對整個莫拉斯，就連鐸里昂也比不上她。如果有什麼制勝之道，她一定找得出來。代價或許沉重，但她做得到。」他搖頭。「這次是慶祝妳的生日，也許咱們該討論更輕鬆的話題。」

伊芮奈沒笑。「她當時離開後，你有等她，是不是？就算你知道她……究竟是誰。」

他甚至沒對自己坦承這點。

他感覺喉嚨收縮。「有。」

現在輪到她打量腳下的手工地毯。「可是你——你現在並沒有繼續愛著她？」

「沒有。」這是他這輩子最真心的話語。他輕聲補充一句：「我也不再愛著娜斯琳。」

她挑眉，但他一手抓住拐杖，微微呻吟，撐身站直，朝她走去。她盯著他的每一步，觀察他的腿、腰、拄拐杖的方式，沒辦法放下身為醫者的本能。

鎧奧在一步之遙停步，從口袋裡掏出一小團布，默默遞給她。黑天鵝絨布的起伏皺褶就像綠洲外圍的沙丘。

「這是什麼？」

他只是舉著折起的布塊。「他們沒有我喜歡的盒子，我只好用布——」

伊芮奈從他的手裡接過，用微微顫抖的手指攤開他一整天都帶在身上的這團布，發現裡頭是一條串以銀鍊的橢圓形掛墜盒。

她舉到眼前，瞪大眼睛。吊墜在燈籠照映下閃閃發亮。「我不能收。」

「妳最好收下，」他說。她把吊墜放回手掌上查看。「因為我有叫工人刻上妳的名字縮寫。」

她撫摸刻在上頭的漩渦形字母。他請安第加的珠寶匠刻在掛墜盒正面。她轉到背面查看——

伊芮奈不禁一手按住咽喉疤痕。

「群山。重洋。」她低語。

「好讓妳永遠記得妳曾翻山渡海，妳完全是靠自己走到這一步。」

她發出輕柔笑聲——出自純然喜悅。他不想猜她這個笑聲裡還有什麼情緒。

「我買下這個掛墜盒，」鎧奧解釋：「好讓妳能把妳總是放在口袋裡的那東西收藏在裡頭，如此一來就不用每次換衣服都得換個口袋。」

她驚訝得瞪大眼睛。「你知道？」

「我有注意到妳總是握著口袋裡的某個東西，雖然我不知道是什麼。」

他選了個大小適合的掛墜盒。她為他治療時，他觀察過她隨身攜帶的物品——紙張、藥瓶——而她口袋裡的東西未曾形成突起狀，所以應該很小，也許是一小撮頭髮，或是小石子——

「雖然這東西比不上沙漠派對——」

「我上一次收過這麼棒的禮物是我十一歲的時候。」

來自她母親。

「我是指生日禮物。」她澄清。「我……」

她把掛墜盒的細緻銀鍊套在頭上，鍊環勾到幾縷光滑捲髮。在他的注視下，她把濃密秀髮蓋過鍊子，讓掛墜盒垂在雙乳之間，一身蜜棕肌膚把掛墜盒襯托得宛如水銀。她用纖手撫摸雕飾盒面。

看她抬頭時，鎧奧感覺胸口緊繃，注意到她眼帶淚光。

「謝謝你。」她輕聲道。

他聳肩，做不出其他反應。

伊芮奈只是走向他，他做好準備。她用雙手捧起他的臉，凝視他的雙眸。

「我很慶幸，」她呢喃：「你不再愛著那位女王，也不再愛著娜斯琳。」

他的如雷心跳撼動全身。

伊芮奈踮腳輕吻他的嘴，始終看著他的眼睛。

他看懂她眼裡的訊息。他不禁好奇，她是否也看懂他沒說出口的訊息。

「我會珍惜一輩子。」伊芮奈說。他知道她指的不是掛墜盒。她把一手從他臉上移向他的胸口，放在他的強勁心臟上。「無論這個世界有何變化，」她再給他一個輕如羽毛的吻。「就算路上有千林萬山重洋阻隔。」

自制力徹底瓦解的鎧奧丟下拐杖，一手摟住她的腰，用拇指撫摸禮服露出的肌膚，把另一手伸進她的濃密秀髮，捧住她的後腦杓，仰起她的臉。他盯著她情緒澎湃的金棕雙眸。

「我也很慶幸我不再愛她們，伊芮奈・塔爾斯。」他朝她的嘴唇呢喃。

他把嘴壓在她的唇上，她為他張唇，她的體溫和滑順肌膚令他從喉嚨深處發出呻吟。

她把手伸進他的頭髮，壓在他的肩上，撫過他的胸膛和頸部，彷彿摸不夠。

她把手指伸進他的衣服底下，就像爪子試著找到施力點。他興奮不已，用舌頭推擠她的舌頭，她靠向他的身子嬌喘——

鎧奧拉她退向床鋪，床單在燈火下白得發亮。他不在乎自己步伐蹣跚，因為她這身禮服薄得就像蛛網與霧靄。他始終把嘴壓在她的唇上，始終無法挪開。

膝蓋撞到床墊時，伊芮奈稍微挪開嘴唇，說道：「你的背——」

「別擔心。」他又用嘴壓住她的唇。這個吻灼燒彼此的靈魂深處。

她屬於他，這是他第一次能宣稱——想宣稱——自己擁有誰。

鎧奧完全沒辦法暫停，就算他想問她是否也對他提出所有權，就算他想說他已經知道自己的答案，就算他想說打從她第一天走進起居室、未曾對他投以同情目光的那一刻，他大概就知道事情會這樣發展。

他用髖部推擠她，她溫馴地讓自己被他輕輕推倒在床上。

但她朝他伸手、扶他壓在自己身上的動作一點也不溫馴。

鎧奧在她溫暖的頸邊悶哼一笑，她的肌膚滑順勝絲。她匆忙解開他的鈕釦和腰帶，往他身上磨蹭。他把體重壓在她身上，他的堅硬部位對準她的層層柔軟……

他興奮得感覺靈魂出竅。

伊芮奈在他耳邊的呼吸急促又凌亂，她拚命拉扯他的上衣，把手伸向他的背部。

「我還以為妳受夠了摸我的背。」

她以一記猛烈的吻讓他閉嘴，讓他暫時忘了語言。

忘了他自己的名字和頭銜，忘了一切，只記得她。

伊芮奈。

伊芮奈。

伊芮奈。

他的手滑過她的大腿，揭露她被裙襬遮蔽的肌膚，她舒服得呻吟。他以相同手法處理她的另一腿，同時輕咬她的嘴，用指尖在她的性感大腿上畫圈，從外緣慢慢滑向──

伊芮奈不喜歡被玩弄。

尤其當她一手摟著他，他拱身靠向她這隻手。他被這樣撫摸，而且是被伊芮奈──

他無法思考，什麼也做不了，只能品嘗、觸摸和臣服。

但是──

他思索話語，暫時恢復語言能力，勉強問道：「妳以前有沒有──」

「有。」她沙啞喘道：「一次。」

鎧奧推開這個答覆帶來的陰影，用嘴推擠她的喉部細疤，又吻又舔，然後他把嘴滑過她的下巴，靠著她的肌膚問道：「妳想不想──」

「**不要停**。」

但他逼自己暫停，抬頭看著她的臉，看著自己放在她的光滑大腿上的手，看著她繼續抓住他、撫摸他。「所以妳願意？」

伊芮奈的雙眼宛如金火。「我願意。」她低語，起身靠向他，輕輕吻他。不是輕，而是溫柔、坦率。「我願意。」

這三個字撼動他，他抓住她的大腿和髖部交會處。伊芮奈放開他，抬起髖部磨蹭他、感受他。彼此間只以薄紗禮服相隔——她這件禮服底下沒穿內衣。

鎧奧揪住她的禮服腰部布料，把裙襬掀到一邊，接著埋頭暢飲，撫摸、品嘗、探索怎樣做能讓伊芮奈．塔爾斯徹底失控——

「這部分先略過，」伊芮奈沙啞哀求：「先略過。」

他不忍心拒絕她的任何請求。這女人用這雙美麗的手抓住他的一切，抓住他的僅有。所以鎧奧脫掉上衣，再用較為複雜的幾個動作脫掉長褲，然後脫掉她的禮服，丟在床邊的地板上。

伊芮奈渾身除了掛墜盒之外一絲不掛。鎧奧打量她每一吋軀體，發現自己無法呼吸。

「我會永遠珍惜，」鎧奧低語，進入她的身體，又慢又深，快感沿脊椎竄過。「無論這個世界有何變化，」伊芮奈吻他的脖子、肩膀和下巴。「就算路上有千林萬山重洋阻隔。」

鎧奧盯著伊芮奈的眼睛，暫停動作，讓她調整姿勢。他也讓自己做出調整，因為整個世界的軸心已經改變。他盯著她的明眸，好奇她是否也感覺到這點。

伊芮奈只是再次吻他，這是她的答覆，也是無聲要求。鎧奧開始在她體內來回移動時，意識到在這裡，在沙丘與繁星之間……這裡，在一片異域的深處……這裡，在她身邊，就是他的家。

第四十六章

她分崩離析，然後重生。

幾小時後，伊芮奈趴在鎧奧的胸膛上，聽著他的強勁心跳，還是無法用言語形容彼此間發生的這一切。不是肉體連結，不是重複激戰，而單純只是他給她的感受和歸屬感。

她沒想到性愛能帶來這種感受。她去年秋天只有一次匆促又不愉快的體驗，害她在那之後一點也不急著再次尋求。但這一次……

他確保她嘗到快感，重複不斷，然後他才獲得他自己的高潮。

而且他讓她嘗到的其他感受——

不只是他的肉身為她帶來的快感，而是他是什麼樣的人……

伊芮奈慵懶地吻他的結實胸肌，享受背脊被他來回撫摸。

這種感覺安全、愉悅又舒服，她知道無論彼此有何遭遇……他絕不會膽怯，絕不會崩潰。伊芮奈用臉磨蹭他。

她知道產生這類感受是很危險的一件事。他看著她的時候，她知道自己的眼睛流露什麼樣的情感。她沒明確說出口，就把一顆心獻了出去。但看到他體貼安排的掛墜盒……不只是精美的名字縮寫，還有群山重洋的圖案……顯然出自安第加某個大師級珠寶匠之手。

「我不是靠自己。」伊芮奈靠在他身上呢喃。

「嗯？」

她撫摸鎧奧稜角分明的腹肌，用手肘撐起身子，在微弱光線下打量他的臉。燈籠早已燃盡，營地一片寂靜，只聽見棕櫚樹林中的甲蟲嗡鳴。「我是指來這裡的路上。沒錯，我是靠自己翻山，但渡海……有人幫了我。」

他飽享肉體歡愉的眼神變得警覺。「噢？」

伊芮奈拿起掛墜盒。在連番床戰之間的短暫休戰期，她把他的拐杖挪到床邊時，順便把口袋裡那張字條塞進掛墜盒裡，大小剛剛好。

「我當時被困在印尼希，沒辦法離開。某天晚上，有個陌生人來到旅館，她……是我想成為的那種人，我忘了自己該成為的那種人。她當時在等一艘船，而她投宿的那三個晚上，我總覺得她希望當地賤民搶奪她的財物——她很想大鬧一場，但她始終保持低調。那天深夜，其他人都走了，我被迫一個人打掃……」

鎧奧放在她背上的手變得緊繃，但沒說話。

「當晚稍早有幾個傭兵找我麻煩，結果他們在巷子裡堵到我。」

他整個人僵住。

「我猜想——我知道他們想對我……」她甩掉至今依然害她渾身發涼的恐懼。「那女人，少女，不管她幾歲，她在他們正想動手前介入。她……處理了他們。她收手後教我怎樣保護自己。」

他繼續撫摸她。「原來妳是這樣學會的。」

她撫摸喉嚨上的疤痕。「可是那批傭兵的幾個朋友來到現場，其中一人把小刀架在我的脖子上、叫她丟下武器。她拒絕照做。所以我用她教過我的辦法，繳械並癱瘓了那傢伙。」

他欽佩地吐口氣，氣息騷動她的頭髮。

「她說那場對峙是給我的考驗，她早就注意到第二批人逼近，她跟我說她那麼做是想讓我在受控環境下獲取一些實戰經驗。我以前從沒聽過這麼荒唐的做法。」那女人如果不是聰明就是瘋狂，也很可能兩者皆是。「但她告訴我……我既然橫豎都要流浪，寧可去安第加也別待在印尼希。還有，我如果想去安第加就該去，我想要什麼就該爭取。她叫我為我這條可憐小命奮戰到底。」

伊芮奈幫他撥開他眼前的汗溼頭髮。「我幫她包紮傷口後，她揚長而去。然後我回房……發現她留給我一袋金幣，連同一枚黃金胸針，鑲在上頭的紅寶石跟知更鳥蛋一樣大。她這麼做是為了讓我能負擔旅費，連同我以為泉塔會要求的學費。」

他驚訝地眨眨眼。伊芮奈輕聲哽咽道：「我覺得她其實是女神。我——我不知道除了天神以外還有誰會做那些事。我還剩一些金幣，可是那枚胸針……我未曾變賣，到現在還留著。」

他朝項鍊皺眉，以為自己誤判了尺寸。

伊芮奈補充道：「我藏在口袋裡的不是那枚胸針。」他挑眉。「隔天早上，我離開了印尼希，帶著金幣和胸針搭船來到這兒。所以，沒錯，我是獨自翻山。至於狹海……」伊芮奈撫摸掛墜盒上的波浪圖案。「我是因為她而得以渡海。我教泉塔那些女生防身術，不僅因為她叫我把這些技巧分享給願意學習的女生，也因為這讓我覺得能稍微報答她。」

伊芮奈用拇指撫摸掛墜盒正面的縮寫字母。「我一直不知道她叫什麼名字。她只留下一張紙條，上頭只有兩行字。無論妳需要去哪，這些錢足以應付——綽綽有餘。這個世界需要更多醫者。我藏在口袋裡的就是這個——她留下的一小張紙條，而現在就放在這裡頭。」伊芮奈輕敲掛墜盒。「我知道這麼做很傻，但這張紙條給了我勇氣。日子很難過的時候，它給了我勇氣，至今不變。」

鎧奧撥開她的瀏海，吻她的額頭。「一點也不傻。不管她是誰……我永遠感激她。」

「我也是，」伊芮奈低語。他用嘴滑過她的下巴，她舒服得彎曲腳趾。「我也是。」

第四十七章

達古爾雙峰之間的隘道其實比乍看之下更為複雜，宛如一座以崎嶇石峰組成的冗長迷宮。

娜斯琳和薩韃克不敢停步。

有些冥蛛網擋住去路，有些遮蔽上頭，但兩人還是拚命奔跑，尋找通往峰頂之路。若能抵達峰頂，卡達菈或許就能把他們倆抓進空中。

要是繼續待在這條狹窄隘道，天鷹就沒辦法接走他們倆。想爭取一線生機，就得想辦法爬到山頂。

娜斯琳不敢讓法爾坎出來——現在還不行，畢竟現在還充滿太多變數，如果讓冥蛛知道她暗藏了什麼王牌……不行，她現在還不能冒險讓他上場。

但她確實很想這麼做，想得要命。隘道兩旁的岩壁過於平滑，不適合攀爬，兩人只能沿路奔跑，一跑就是幾小時，薩韃克的喘氣聲沿岩壁迴響。

他現在光是站穩、持劍就很吃力，一點也不適合攀爬。

娜斯琳維持箭在弦上，拐過一個個轉角，不時抬頭查看上方。

山隘的轉角處極其狹窄，他們倆只能勉強擠過，從石縫之間看到的天空就像一條微弱光線。兩人奔跑時維持步伐輕盈，為了節省體力而不敢交談。

這麼做其實根本沒多大幫助。娜斯琳心知肚明。

尾。

冥蛛設下陷阱，他們倆自投羅網。骼朗庫伊顯然掌握了他們倆的行蹤，很可能從頭跟蹤到尾。

兩人最後一次聽見卡達菈振翅已經是幾小時前的事。

天色……開始變暗。

一旦黑夜降臨，一旦山路漆黑得無法通行……娜斯琳一手按住還在口袋裡的法爾坎，做出決定：等夜色覆蓋這條山隘，她就要派法爾坎上場。

兩人跑過一條格外狹窄、夾在兩顆緊鄰巨石之間的隙縫，她身後的薩韃克呼呼喘氣，輕聲道：「我們一定離終點很近。」

她有點想告訴他，她不認為冥蛛會蠢到允許他們倆站在山頂上讓卡達菈接走，而且受傷的天鷹很可能根本舉不動兩人。

但娜斯琳沒說出口，只是繼續往前跑，數算呼吸。雖然隘道變得稍微寬那麼一點點，但她恐怕撐不了多久——

這種想法對情況毫無幫助。她在今年夏天曾在鬼門關前走一遭——粉碎的玻璃城堡從天而降，她瞪著那團碎玻璃等死，但及時獲救。

也許她這次也能同樣幸運。

她身後的薩韃克步伐蹣跚、呼吸困難。水。他們倆亟需水——他的傷口也需要繃帶。就算冥蛛沒能追來，他們倆也可能先渴死在這條乾旱山隘上，根本等不到伊瑞丹鷹族救援。

娜斯琳逼自己一步步前進，隘道再次變得狹窄，兩旁岩壁宛如鐵鉗。她側身扭轉，勉強擠過，一身刀劍喀啷碰撞。

薩韃克呻吟，發出痛苦咒罵聲。「我卡住了。」

她轉身發現寬胸闊肩的他被卡在後面。他拚命試著往前擠，傷口為之出血。

「別動，」她命令：「別動——你試看看能不能後退。」這裡沒有第二條路，也不可能翻過岩壁頂端，但如果他卸下武器——

他的黑眸對準她的眼睛。她看見他想說什麼。

妳繼續前進。

數量眾多。

爪子在石頭上喀啷作響，爬行逼近。

就在這時，他們倆聽見某種聲響。

「薩韃克。」她低語。

太多。

來自後方，持續收攏。

娜斯琳抓住王子的手，拚命拉扯。「往前擠，」她喘道：「**快**。」

他痛得呻吟，頸部浮現青筋，試著從中擠過，靴子刮落少許碎石——

娜斯琳站穩腳步，咬牙出力，努力把他往前拉。

喀啷喀啷喀啷——

「再用力點。」她喘道。

薩韃克低下頭，對抗夾住身軀的石頭。

「我們這位嘉賓看起來可真美味，」一個輕柔的女性嗓音嘶聲道：「他長得可真大隻，連石縫都擠不過去。看來我們這次能飽餐一頓。」

娜斯琳再三拉扯，可惜因肌膚溼滑加上傷口出血而效果不佳，但還是死命抓住他的手腕，能感覺到他皮肉底下的骨頭為之挪移——

「快走，」他低語，繼續推擠。「妳快逃。」

法爾坎在她的口袋裡竄動，試著爬出來。但她被岩石推擠胸腔，石縫窄得連法爾坎想探出頭來也沒辦法——

「好登對的男女，」女性嗓音說下去：「她的頭髮閃亮得就像無月黑夜。我們要把你們倆都帶回去，兩位嘉賓。」

啜泣聲沿娜斯琳的咽喉往上爬。

「拜託。」她哀求，查看上方的高聳岩壁、通往上段隘道的小路以及弧形峰頂，同時繼續拉扯薩韃克的胳臂。

「**拜託**。」她哀求冥蛛，哀求任何對象。

但薩韃克的臉色全然平靜。

他不再掙扎，不再試著往前推擠。

娜斯琳搖頭，繼續拉扯他的胳臂。

他絲毫沒動。

他的黑眸對準她的眼睛。他的眼睛裡毫無恐懼。

薩韃克以清楚又沉穩的嗓音對她說：「我聽了探子們如何描述妳：身在亞達蘭帝國的巴爾朗女勇者、涅絲之箭。聽了那些故事，我就知道……」

娜斯琳啜泣，繼續死命拉扯。

薩韃克對她微笑——溫柔又可愛。她從沒見過他這種笑容。

「我還沒見到妳就愛上妳。」他說。

「拜託。」娜斯琳痛哭失聲。

薩韃克抓緊她的手。「我真希望咱們有更多時間。」

一聲嘶吼從他身後傳來，一個黑得發亮的龐然大物——

然後王子消失，從她手裡被強行奪走。

彷彿他未曾存在。

娜斯琳在隘道中推擠前進，視線淚眼模糊。她爬過石塊，雙臂痠痛，但步伐依然穩固。

繼續前進。這幾個字在她體內歌唱。

繼續前進，離開這裡，**搬救兵**——

隘道終於帶她來到一個較為寬闊的空間。娜斯琳踉蹌脫離狹窄石縫，氣喘吁吁，手上依然沾染薩韃克的血，他的臉依然浮現在她眼前——

前方山路彎曲，她蹣跚前行，手移向探頭出來的法爾坎。她忍不住啜泣，不只因為看到他，也因為那一陣喀唧爬行和嘶嘶作響再次從後方出現，再次逼近。

結束了。萬事休矣。她雖然沒殺他，他卻因她而死。她根本不該走這一趟，根本不該來——

她奮力跑向彎曲山路，踢起腳下碎石。

我們要把你們都帶回去……

活生生。冥蛛那句話的意思似乎是要把他們倆「活捉」回去。他們倆會活一小段時間，然後被享用。如果那隻冥蛛沒說謊……

娜斯琳一手壓住扭來扭去的法爾坎，他氣得吱叫。

但她以微風掠草的輕柔嗓音開口：「還不是時候。稍安勿躁，吾友。」

娜斯琳放慢步伐，接著完全停步，輕聲對他說明計畫。

看到娜斯琳跪地喘氣、鎖骨和雙臂被尖石刮得鮮血淋漓、她的氣味瀰漫四處時，牠們停步。

牠們嘶聲發笑、喀唧爬行，拐過山隘轉角而來。

髂朗庫伊來得大搖大擺。

在她眼裡，牠們顯然注意到她周身碎石沾染她的血。

彷彿她摔得很慘。彷彿她再也動不了。

冥蛛群喀聲交談，朝她包圍逼近，以古老又惡臭的肢體、獠牙和球狀腹部形成一堵牆——還有眼睛，牠們的眼睛多到她數不清，她在上頭看見自己的倒影。

她顫抖的模樣不是出自演技。

「可惜她沒能逃多遠，減少了我們狩獵的樂趣。」其中一隻埋怨。

「我們晚點再享用她。」另一隻答腔。

娜斯琳顫抖得更厲害。

某一隻冥蛛嘆道：「她的血聞起來真是新鮮又乾淨。」

「饒——饒命。」她哀求。

骼朗庫伊只是大笑。

一隻冥蛛從她身後撲來，把她壓在碎石地上，石頭刮傷她的臉和手，蛛爪扎進她的背脊。

娜斯琳尖叫時勉強回頭，看著冥蛛的紡絲器懸在自己的雙腿上方。

看著牠噴出絲線，準備織網，將她緊緊裹起。

第四十八章

娜斯琳被咬醒。

她急忙爬起，正想尖叫——

但她感覺脖子和耳朵是被某種小牙齒輕咬——為了弄醒她。

法爾坎。

娜斯琳覺得頭痛欲裂、作嘔欲吐。

不是因為被咬醒，而是因為纏繞周身的冥蛛絲飄出惡臭。至於她身處的這座洞穴……

不，不是洞穴，而是山隘的某一處，上方遮以岩棚，周圍被月光微微照亮。

她在昏暗光線下掃視兩旁，上方的岩棚寬度不超過三十呎。她逼自己冷靜呼吸——

那裡。他倒在不遠的地上，從頭到腳都是冥蛛絲。他臉上沾染血漬，眼睛閉著——

薩韃克的胸膛起起伏伏。

娜斯琳強忍哭聲而為之打顫。法爾坎無須她催促，已經從她身上爬下，用尖銳的小牙齒破壞她身上的冥蛛絲。

她觀察這條無人小徑，查看上方的微弱星光。

不管這是哪……顯然不是原本那個地點。

這裡的岩壁平坦光滑，而且這個古老又原始的空間布滿無數雕刻圖案。

法爾坎拚命啃咬，冥蛛絲一根根斷裂。

「薩韃克，」娜斯琳逼自己輕聲開口：「薩韃克。」王子絲毫不動。

拱道外頭傳來喀啷聲。「停下來，」她輕聲警告法爾坎：「**別動**。」

攀附於她皮衣背部的變形者暫停動作，這時一團比夜晚更黑暗的影子從後方的轉角處出現。還是前方？她完全無法判斷東南西北、這裡是同一條山隘還是另一座山峰。

逼近的冥蛛體積比同族稍微龐大一些，身軀更為漆黑，彷彿就連星光也對牠避而遠之。

注意到娜斯琳投來的瞪視，駱朗庫伊停下腳步。

娜斯琳控制呼吸，急忙想辦法爭取時間，讓薩韃克和法爾坎能……

「擅闖那些遺跡廢墟的就是妳？」冥蛛用的是霍赫語，嗓音悅耳動聽。

娜斯琳嚥口水兩次，口乾舌燥，勉強沙啞道：「是的。」

「妳想找什麼？」

法爾坎輕咬她的背部，表達警告——連同指示：轉移冥蛛的注意力，給他時間咬斷她身上的絲線。

娜斯琳衝口道：「我們是拿錢幫某個商人辦事，那人曾跟妳北方那些冥蛛姊妹交易——」

「姊妹！」冥蛛嘶吼：「她們也許算是我們的血親，但在靈魂上才不是真正的姊妹。那些心軟的傻子居然跟凡人交易——交易，就算我們生來就該把你們吃乾抹淨。」

娜斯琳被反綁的雙手顫抖。「這——這就是為什麼他派我們來。他覺得那些冥蛛沒什麼了不起，他——他說她們不像傳說中那麼……」她搞不懂自己究竟在說什麼。「所以他想見妳們，看妳們會不會願意交——交——交易。」

法爾坎輕觸她的胳臂，試著安撫她。

「交易？除了你們同族的屍骨之外，我們沒有能交易的東西。」

「這裡沒有冥蛛絲布？」

「沒有。不過我們很樂意品嘗妳的夢想和壽命——然後吃了妳。」

牠們已經這樣對待了薩韃克？所以他動也不動？身後絲線慢慢斷裂時，娜斯琳逼自己問道：「那——那妳們在這裡都做些什麼？」

冥蛛上前一步，娜斯琳做好準備。但冥蛛只是抬起一條帶爪細腿，指向一面刻有圖紋的光滑岩壁。「我們等候。」

娜斯琳的眼睛終於適應昏暗環境，看見對方所指。

圖案上是一座拱道——拱門。

一個斗篷身影站在拱門底下。

她瞇眼試著看清楚這個身影。「妳——妳們在等誰？」

珂爾倫說過法魯格曾行經此地——

冥蛛擦掉壁面塵埃，揭露圖中身影的飄逸長髮。娜斯琳原以為那是斗篷……其實是裙裝。

「我們的女王，」冥蛛說：「我們在等暗黑陛下回歸。」

「不——不是在等埃拉魍？」珂爾倫說過冥蛛侍奉一位黑暗君主……冥蛛吐口水，毒液灑在薩韃克的腳邊。「不是他。我們才不侍奉**他**。」

「那誰——」

「我們等候的是法魯格女王，」冥蛛擦拭雕痕，溫柔道：「她在這個世界自稱玫芙。」

第四十九章

法魯格女王。

「玫芙是精靈女王。」娜斯琳做出試探性的反駁。

冥蛛發出猙獰輕笑。「她讓世人如此以為。」

快動腦快動腦快動腦。「那她——她一定是偉大又強大的女王，」娜斯琳結巴道：「才能同時統治兩邊。」法爾坎拚命啃咬，每一條絲線斷裂得無比緩慢。「妳——妳能說這個故事給我聽嗎？」

冥蛛打量她，一身複眼宛如地獄深淵。「妳這麼做也難逃一死，凡人。」

「我——我知道。」她顫抖得更厲害，話語脫口而出：「可是故事……我向來喜歡聽故事——尤其關於這片土地。我媽媽說我是**追風人**，因為風兒把我拉向哪，我就去哪，我總是夢見我聽過的故事。而這裡……風兒就是拉我來這兒。所以，如果妳允許，我想在生命結束前聽最後一個故事。」

冥蛛沉默一秒、兩秒，然後在拱門圖案——這道拱門顯然就是命運之門——前蹲伏。「就當作我送妳的禮物吧，看在妳大膽請求的份上。」

娜斯琳不發一語，沉重心跳撼動全身。

「很久以前，」冥蛛以優美嗓音輕聲道：「在另一個時空，有一片黑暗寒冷、狂風呼嘯的大地。統治當地的三位君王是三兄弟，深諳暗影與痛楚之道。那個世界並不是從一開始就是那副模樣，而是三王發起了一場大戰，被稱作『終結日後所有戰爭之戰』。三王獲勝，全地因而成了廢土，成了黑暗生物的樂園。之後的一千年間，三王以平等權力共同治理，其子女遍布各地，確保無人起身反抗。直到一位女王出現——她的力量在那個世界上就像一首黑暗新曲。她的力量能行使奇蹟，能做出駭人又神奇之事……」

冥蛛嘆道：「三王各個都仰慕她、追求她，但她只願意屈尊和三王之中最強者結盟。」

「埃拉魍。」娜斯琳呢喃。

「不。答案是奧迦斯，法魯格三王中最年長者。但跟他成親後，玫芙並不覺得滿足。咱們的女王花費大把時間調查那個世界——連同其他世界——的諸多謎團。拜其天賦所賜，她找到辦法能觀察並突破諸界之間的時空帷幕，能看到擁有綠意、光明和歌聲的無數國度。」冥蛛吐口水，彷彿綠意、光明和歌聲令牠作嘔。「有一天，趁奧迦斯出門探望兄弟之際，玫芙穿越了時空帷幕，走出自己的世界，進入另一個。」

娜斯琳渾身發涼。「怎——怎麼做到的？」

「她一直在觀察並研究存在於諸界之間的時空裂隙。只要說出特定字句，就能開啟一道通往隨機時空的傳送門。」冥蛛的黑眼微微閃爍。「我們這些她深愛的侍女們與她同行，陪她一起踏進這個……地方，咱們現在的所在地。」

娜斯琳瞥向光滑岩壁。就連法爾坎似乎也暫停動作、查看石面。

「她吩咐我們留在這裡——看守傳送門，以防有誰想追捕她。因為她做出決定：她不想回去。她不想回她丈夫身邊，不想回她原本的世界。所以她離開了這片山區，我們從此只有聽聞其他姊妹和體型較小的族親捎來的消息。」冥蛛陷入沉默。

娜斯琳追問：「妳們聽聞了什麼？」

「奧迦斯和他兩個弟弟來到這裡。奧迦斯得知妻子離家出走，也查明了她如何辦到。但他更勝她一籌——他找到辦法控制諸界之間的通道。他為此打造了鑰匙，分給了兩個弟弟。三把鑰匙，分給三位君王。

「為了追捕她，他們在不同世界之間穿梭，隨心所欲地開啟傳送門，讓同行大軍把所經之處化為廢土。後來，他們終於來到這個世界。」

娜斯琳勉強吸氣問道：「他們找到她了？」

「不，」冥蛛似乎語帶笑意。「因為暗黑陛下早已離開這片山區，找到另一片土地並做好準備。她知道自己遲早會被找到，所以打算藏在眾目睽睽處——而且她做到了。她遇到一個長生不老得近乎永生、由兩位姊妹共同統治的可愛族群。」

瑪帛和茉莅。諸神在上——

「她利用自身能力侵入了那兩人的心靈，迫使她們相信自己有個共享君權的大姊。三女王——為了對付很可能找上門的三君王。她來到那對姊妹的皇宮，也心控了住在那裡的每個人，連同登門拜訪的任何人。她讓他們打從心底相信她這個共同治國的第三位女王從一開始就存在。就算有誰抵抗她的心控，也會被她想辦法收拾掉。」牠吐出猙獰咯笑。

娜斯琳聽過相關傳聞。沒人知道該如何稱呼玟芙那股能吞噬繁星的幽暗之力。玟芙未曾以精靈型態示人，只有展示過恐怖的黑暗力量。而且她活得遠比任何已知永生精靈都久。壽命能與之媲美的只有……埃拉魍。

法魯格的壽命。因為她是法魯格女王。

冥蛛再次陷入沉默。法爾坎把她手上的絲線清掉不少，但還不足以讓她恢復行動力。

娜斯琳問道：「所以，法魯格三王來到這裡，卻沒發現戰場另一頭其實就是她？」

「一點也沒錯。」冥蛛的語氣愉快又溫柔。「她當時用永生精靈的軀體偽裝自身，所以那三個傻子沒認出她。她也利用這一點對付了他們。她知道如何擊敗他們、他們的軍隊如何運作。她查出他們為了來到這兒而採取了哪些措施、他們掌握的鑰匙……她想要那些鑰匙。她想驅逐或殺掉那三王，以這個世界——或其他世界——為據點，隨心所欲使用那三把鑰匙。

「所以她溜進敵營，偷走了鑰匙。她在身邊部署了許多精靈戰士，以防任何人追問她怎麼會知道這麼多怪異知識。噢，咱們聰明的女王宣稱她如此博學是透過與靈界交流，但總之……她知道。她以前管理過那些軍營，知道那三王的習性，所以她順利偷走鑰匙，還成功把包括奧迦斯在內的其中兩個君王趕回老家。她正想對付第三王，也就是深愛兩位兄長的老么時，三把鑰匙從她手上被奪走。」冥蛛嘶吼。

「布蘭農。」娜斯琳低語。

「沒錯，那個火王。他看出她體內有股黑暗力量，就算沒能辨識真相。他雖然心生懷疑，但因為他見過的法魯格都是**男性**，無論是法魯格的小兵、王子還是君王。他不知道女性……他不知道法魯格的女性多麼與眾不同。就連他也遭到她心控；她找到辦法侵入他的心靈，避免他拼湊出完整真相。」又一陣輕柔悅耳的笑聲。「雖然他的亡魂現在應該恍然大悟……總之，他到死的那一刻都不知道真相。他死到臨頭都被蒙在鼓裡——他自己，還有別人。」

娜斯琳覺得反胃。艾琳。艾琳也被蒙在鼓裡。

「然而，他雖然沒猜中我們女王的來歷，但還是知道……她極端畏懼他擁有的烈火，正如所有法魯格。」娜斯琳記下這筆情報。「他遠走他鄉，在遠方建立了自己的王國。她也加強了防禦，許多巧妙措施，以防埃拉魍捲土重來，以防他意識到他征服無數世界就為了幫大哥搜索的那位女王不僅從頭到尾就在這兒，還建立了精靈大軍為她對抗法魯格大軍。」

織網守候獵物的蜘蛛。這就是玫芙。

法爾坎正在啃咬娜斯琳手上的絲線。倒在冥蛛腳邊的薩韃克依然不省人事。

「所以，妳們等候了數千年——等她回來這片山區？」

「她吩咐我們守住這條山隘、看守時空裂隙，我們遵命。我們將永遠照做，直到她再次召喚我們去她身邊。」

娜斯琳飛快思索。玫芙——她晚點再考慮這個人物，前提是能熬過眼前這一關。

她對法爾坎勾轉手指示意。

變形者悄悄沿陰暗處躲進黑暗。

「這下妳知道了——我們這些『黑衛士』為何在此棲息。」冥蛛猛然站起。「希望妳這輩子聽的最後一個故事還讓妳滿意，追風人。」

冥蛛衝上前，娜斯琳張嘴，扭轉被反綁的手腕——

「姊妹，」一個女性嗓音從後方暗處傳來，嘶聲道：「姊妹，借一步說話。」

冥蛛停步，把球形身軀轉向拱道入口。「**什麼事。**」

「出了個問題，姊妹。有個威脅。」略帶恐懼。

冥蛛急忙面對族親，厲聲道：「說清楚。」

「北面地平線出現一群天鷹，至少二十頭——」

冥蛛嘶吼：「看住這幾個凡人。我去對付那些臭鳥。」

牠喀唧爬行離去，激起無數碎石。娜斯琳伸展痠痛的手指，感覺心跳如雷。「薩韃克。」

她低語。

他眨眼睜開，眼神警覺又冷靜。

前來通報的冥蛛爬行逼近，體型比離去的前輩小一些。薩韃克繃緊身子，肩膀出力，彷彿想讓一身絲線直接爆裂。

但這隻冥蛛只是輕聲道：「**動作快**。」

第五十章

聽見骼朗庫伊的猙獰大嘴發出法爾坎的嗓音，薩韃克安心得放鬆身子。

娜斯琳掙脫掉手上最後一點絲線，被細線啃咬皮肉而痛得咬牙。法爾坎幫她清理掉這麼多冥蛛絲，口舌不知道有多痛——

在她的視線下，法爾坎站在薩韃克身旁，用蛛爪切斷王子身上的絲線。螯肢揮過，原本被絲線緊縛的皮肉這才出血。

「動作快，」變形者輕聲催促：「你們的武器都在那邊那個角落。」

她勉強看見反映微弱星光的佩弓，連同亞斯特隆短劍的裸露銀身。

法爾坎割斷薩韃克身上的絲線後，王子急忙站起，掙脫最後一點絲網。他站得搖搖晃晃，一手撐在岩壁上，滿身是血——

但他還是朝她快步走去，扯掉殘留在她腳上的細絲。「妳有沒有受傷？」

「動作再快點，」法爾坎開口，瞥向身後的拱道入口。「牠很快就會發現天鷹沒來。」

娜斯琳的雙腳終於恢復自由，薩韃克拉她起身。「你剛剛有沒有聽見牠怎麼說玫芙——」

「噢，我聽得很清楚。」薩韃克低語，和她一起趕往武器所在，把她的弓、箭袋和精靈劍遞給她，抓起自己的亞斯特隆匕首時朝法爾坎嘶吼：「往哪走？」

變形者往前爬，經過一旁岩壁上的玫芙雕繪。「這兒——有一條上坡道。這裡是原本那條山隘的另一邊。只要爬得夠高——」

「你有沒有見到卡達菈？」

「沒有，」變形者說：「可是——」

大夥沒留在原地討論，而是悄悄離開拱道，進入星光下的隘道。正如法爾坎所說，前方是一條布滿碎石的上坡道，看起來就像直達星空。

薩韃克和娜斯琳走在前頭，法爾坎如黑影般尾隨在後。沿鬆散難行的坡道爬到半路時，前方的山峰後面傳來一聲尖嘯。但天上空無一物，不見卡達菈的蹤影——

「火，」娜斯琳低語，三人匆忙來到峰頂。「牠說過所有法魯格都討厭火、痛恨火焰。」冥蛛吞噬生命與靈魂……就跟埃拉魎一樣是真正的法魯格，來自同一個黑暗地獄。「把你口袋裡的燧石拿出來。」她命令王子。

「這裡有什麼東西能燒？」他瞟向她背後的箭，這時三人來到形似弧形犄角的狹窄峰頂。「我們被困在這兒。」他掃視天空。「放火恐怕也爭取不了任何逃生機會。」

娜斯琳抽出一箭，把弓背回肩上，接著把飛行皮衣底下的襯衣撕下一條布，把碎布切成兩截，再把其中一半裹在箭桿上。「我們需要火種。」聽她這麼說，薩韃克立刻從胸前口袋掏出燧石。

然後薩韃克拿出小刀，切下自己一小段髮辮，伸手遞給她。

她沒猶豫，立刻把這截辮子纏在碎布上，把箭頭伸向他。他拿燧石朝火種不斷打火。火花飛濺——

其中一道著火，火焰為之升起。就在這時，一大團黑影湧進下方隘道，諸多冥蛛並肩殺來，至少超過二十隻。

娜斯琳挽弓搭箭，拉弦——往上舉。

不是對準蛛群，而是射向天空，高得足以射穿霜光星辰。

蛛群停步，看著飛箭抵達頂點後持續下墜——

「再一次。」說完，娜斯琳又取下一塊碎布，裹在第二支箭上。箭袋裡只剩三支箭。薩韃克又切下一截髮辮，纏於箭頭，擊石打火，火花四散。第一箭尚未落地，她已經射出第二箭。

蛛群——尤其是當中最大的一隻，剛剛跟娜斯琳相談甚歡的那一隻——的視線被第一箭移向空中，因而沒注意前方。

娜斯琳的燃燒箭狠狠射進說書冥蛛的腹部，牠發出的淒厲尖叫撼動腳下岩地。

「再一次，」娜斯琳輕聲催促，匆忙抽出第三箭時，薩韃克從自己的衣服上扯下一塊布。「快。」

無處可逃，也無力阻擋追兵。

「變身。」她吩咐變形者。法爾坎看著驚慌失措的蛛群，其頭目催促牠們幫牠滅火。「如果你打算變身，**動作快**。」

變形者把醜陋蛛臉對準他們倆。薩韃克再切下一截髮辮，纏在第三支箭頭上。「我會攔住牠們。」法爾坎開口。

火花揚起，點燃布塊。

「幫我一個忙，隊長。」變形者對她補充道。

時間。他們沒有時間——

「我七歲那年，裂際城有個窮家女孩幫我哥生下一名私生女，但母女倆都慘遭他拋棄。雖然那已經是二十年前的事，但我成年、進城做買賣開始就一直在找她們。我花了幾年才找到那個母親——她臥病在床、奄奄一息，勉強告訴我她把女兒趕出家門。她不知道我的姪女在哪，也不在乎。她斷氣前連女兒叫什麼名字也沒告訴我。」

娜斯琳雙手顫抖，把箭對準一隻試著從著火姊妹身旁推擠而來的冥蛛。薩韃克警告：「動作快。」

法爾坎說下去：「如果她還活著，如果她長大成人，很可能也擁有變形天賦。但她會不會變身並不重要，重要的是……她是我的家人、我僅有的親戚。我這些年一直在找她。」

娜斯琳射出第三箭。被擊中的冥蛛痛苦尖叫。其他幾隻急忙後退。

「找到她，」法爾坎朝竄動於下方路段的恐怖群體走出一步。「我的財產——都是要給她的。我也許活著的時候沒能照顧她，但我死後絕不辜負她。」

娜斯琳張嘴，心中千言萬語，不敢相信自己聽見什麼——

但法爾坎已沿坡道飛奔而下，跳到著火蛛群面前。

薩韃克揪住她的手肘，指向陡峭的下坡。「這——」

上一秒，她還穩穩站立。下一秒，薩韃克把她推向後方，揮動手中長劍。

她踉蹌不穩，急忙揮動雙臂維持平衡，意識到一隻冥蛛從峰頂另一側爬來。冥蛛朝兩人嘶吼，獠牙毒液滴到岩地上。

牠把兩隻前腿猛然刺向薩韃克。

他避開其中一條，往下揮劍，命中目標。

黑血飛濺，冥蛛尖嘯——但被砍傷的爪子還是深深扎進王子的大腿。

娜斯琳做出行動，射出第四箭，正中冥蛛的一隻眼睛。幾秒後，她射出第五箭——也是最後一箭——命中冥蛛尖叫時張大的嘴。

牠闔起口器，應聲咬斷箭桿。

娜斯琳丟下弓，拔出精靈劍。

目睹這把刃器，冥蛛嘶吼以對。

娜斯琳擋在薩韃克和冥蛛之間。坡道下方傳來駱朗庫伊的淒厲尖嘯。她不敢看法爾坎在做什麼，不敢看他是不是還在奮戰。

她舉在自己和冥蛛之間的精靈劍宛如一線月光。

駱朗庫伊逼近一步。娜斯琳後退一步，薩韃克竭力起身來到她身邊。

「**我會讓你們生不如死**。」冥蛛厲聲道，再次逼近。

牠仰起身子，準備撲殺。

別浪費機會，這一劍必須命中——

冥蛛縱身一躍。

卻被一頭咆哮黑鷹撞下懸崖。

不是卡達菈。而是阿卡絲。

波緹。

第五十一章

阿卡絲如狂怒風暴般上升然後再次俯衝，波緹的戰吼沿岩壁反彈。她指揮坐騎朝下方隘道上的髂朗庫伊衝去，目標是救援正在攔阻蛛群的那隻冥蛛，他滿身是血——紅血。

另一聲咆哮劃開夜空，娜斯琳無比熟悉的聲音。

卡達菈朝蛛群全速衝去，另外兩頭天鷹緊隨其後。

看到其中一頭天鷹脫隊，衝向波緹正在衝散的髂朗庫伊陣形，薩韃克發出類似啜泣的聲響。

那頭天鷹一身深棕羽毛，坐在上頭的是……一名年輕男子。

伊嵐。

娜斯琳不認識跟在卡達菈後面的另外兩名騎手。卡達菈雖然一身金羽沾染血漬，但在上空穩穩盤旋，另一頭天鷹投入戰場。

「別動，等會兒也別怕高。」薩韃克低語，一手撫摸娜斯琳的臉頰。月光映出他臉上的塵土和血汙，他雖然神情依然痛苦，但——

一堵巨翼之牆赫然出現，連同一雙大張的巨爪。

其中一爪纏住她的腰和大腿處，把她整個人抓向空中，另一爪則握著薩韃克，隨即躍入夜空。

狂風呼嘯，但天鷹持續爬升。卡達菈飛在最後頭，負責殿後。娜斯琳回頭，在散髮阻礙下望向燃燒隘道，看到波緹和伊嵐正在爬升，伊嵐的坐騎爪子裡是一個癱軟的陰暗身影。

波緹還沒罷手。

她的天鷹背上出現火光——燃火箭矢。

波緹朝天放箭。

娜斯琳意識到這是信號，因為周圍空中被無數巨翼占據。波緹的火箭落在一面冥蛛網上，火焰立即竄升，空中也紛紛出現數以百計的火光。

天鷹騎兵。各個挽弓搭起火箭，對準下方。

箭雨如流星雨般墜向黑暗的達古爾高地。有些擊中蛛網，有些擊中枯樹，火勢一團接著一團蔓延。

直到夜空被烈火照亮，濃煙竄升，夾雜發自山峰和樹林間的淒厲尖叫。

鷹隊轉往北方，娜斯琳渾身顫抖，緊抱著周身這隻巨爪。一小段距離外的薩鞑克回視她，被割得齊肩長的頭髮在風中飄動。

來自下方的火光把他的臉、手和頸部傷口照映得格外怵目驚心。他面無血色，嘴脣蒼白，眼神充滿疲憊和安心，但……

薩鞑克綻放笑容，就算只是嘴角微微勾起。王子先前對她的告白彷彿飄流於彼此間的天風。

她沒辦法把目光從他身上移開，沒辦法轉移視線。

所以娜斯琳微笑以對。

達古爾高地燃燒至深夜。

第五十二章

鎧奧和伊芮奈在黎明時騎馬全速返回安第加。

他們倆留下一張紙條給赫薩蘮，宣稱伊芮奈得去照顧一名重病患者，之後便在旭日下穿越沙丘。

兩人都沒怎麼睡，但如果對醫者起源一事猜測正確，他們倆就不敢在沙漠多做逗留。鎧奧背脊痠痛，因為昨天騎馬，加上昨晚騎……總之是另一種騎乘，而且是一夜多次。安第加的尖塔和白牆進入視線時，他已經痛得齜牙咧嘴。

穿過城中擁擠街道、前往皇宮的一路上，伊芮奈都對他皺眉。兩人雖然還沒討論如何過夜，但他就算必須爬上泉塔的每一道階梯也不在乎，總之他們倆要躺在同一張床上。一想到要跟她暫時分開，哪怕只是片刻——

鎧奧跳下坐騎時痛得皺眉。法拉莎這匹黑色母馬今天溫馴得反常。馬廄工人從伊芮奈的鞍座上取下拐杖，遞給他。

他勉強朝她瘸拐走幾步，立即被她以手勢制止。「別妄想把我抱下馬背，別妄想拿公主抱伺候我，別**亂來**。」

他回以挖苦眼神，但還是遵命。「另一種**亂來**如何？」

她臉上浮現美麗紅暈。她滑下鞍座，把韁繩遞給在一旁等候的馬廄工人。這名男子顯然因為不用應付暴躁的法拉莎而鬆一口氣。法拉莎正在打量這個可憐人，彷彿有點想把他當午餐吞進肚。果然是死神赫拉斯的愛駒。

「總之，別亂來，」伊芮奈撫平衣服上的皺褶。「你就是因為**亂來**而腳跛得更厲害。」

鎧奧走在她身邊，暫時用拐杖支撐全身體重，一吻她的太陽穴。他才不在乎被誰看到、說出去，他管他們去死。但他相當確定身後的阿申和其他衛兵咧嘴而笑。

鎧奧朝她眨個眼。「那妳最好把我治好，伊芮奈・塔爾斯，因為我打算今晚對妳拚命**亂來**。」

她臉紅得更厲害，但還是抬頭挺胸、一本正經。「咱們先專心處理那些卷軸吧，你這流氓。」

鎧奧發自內心地露齒而笑，和她一同走進宮中。

好心情總是短暫。

來到套房所在區域，發現這裡寂靜無聲，看到衛兵們竊竊私語、僕人們來去匆忙，鎧奧立刻覺得不對勁。伊芮奈只是跟他對視一眼，兩人在他能力範圍內匆忙上前。他覺得背脊和大腿神經灼燒。如果真的出了什麼事——

他發現套房門扉半開，在門口站崗的兩名衛兵對他投以同情又驚恐的眼神。他感覺胃袋翻攪。

娜斯琳。如果她已經回來，如果先前來此追殺他們的法魯格——

他急忙進入套房，感覺身體痛得幾乎癱瘓，腦子裡則一片轟然寂靜。

娜斯琳的房門敞開。

但床上沒有屍體。地毯和牆壁上都沒有血跡。

他的房間也一樣沒成為命案現場。但兩間臥室……都被翻得凌亂不堪，彷彿有一陣狂風破窗而入、恣意肆虐。

起居室更是堪稱重災區。平時最常坐的那張金絲沙發——被切割翻挖。掛在牆上的畫像不是被翻轉、打碎就是被割開。

翻箱倒櫃、地毯被掀——

卡妲嘉跪在一角收拾一支花瓶的碎片。

「小心，」伊芮奈嘶吼警告，大步走向赤手拾取破片的女僕。「用掃帚和簸箕，別用手去碰。」

「誰幹的。」鎧奧輕聲質問。

卡妲嘉站起，眼神流露恐懼。「我今早進來的時候就發現變成這樣。」

伊芮奈追問：「妳什麼也沒聽見？」

聽見她話中的尖銳懷疑，他繃緊身子。伊芮奈從沒信任過這名女僕，因此總是在進行治療時拿一些無聊任務支開對方，但卡妲嘉就算想搞出這種破壞——

「大人，您昨晚離開後，我……我趁這個機會去探望我爸媽。」

他逼自己別皺眉。家人。她在這裡有家人，他卻懶得詢問她的狀況——

「妳爸媽能發誓妳昨晚都跟他們在一起？」

鎧奧轉身。「伊芮奈。」

伊芮奈只是繼續打量卡妲嘉，懶得看鎧奧一眼。女僕在她的嚴厲瞪視下畏縮。「但我猜刻意為誰不鎖門會是更聰明的做法。」

卡妲嘉渾身僵住，縮起肩膀。

「伊芮奈——歹徒很可能另有其人，誰都有可能。」

「是啊，誰都有可能，尤其是在找東西的某人。」

鎧奧觀察淩亂現場，感覺這幾個字如拼圖碎片般喀啷湊起。

他面向女僕。「別再整理現場。任何一處現狀都可能是線索，或許能指出歹徒的身分。」

他皺眉。「妳已經清理了多少？」

從房間的狀況來看，應該不多。

「我才剛開始整理。我以為您今晚才回來，所以我還沒——」

「不要緊。」看她愁眉苦臉，他補充道：「去見妳爸媽吧。今天休息一天，卡妲嘉。我很慶幸妳在事發時不在場，沒遭到牽連。」

伊芮奈對他皺眉，暗指這名女僕很可能就是犯罪者，但終究沒開口。不到一分鐘後，卡妲嘉離去，把玄關門輕輕喀啷關上。

伊芮奈雙手掩面。「東西全被拿走了，一**個也不剩**。」

「是嗎？」他瘸拐來到桌前，一手撐桌，觀察抽屜，覺得背痛難耐——

伊芮奈氣沖沖來到金絲沙發前，掀起破損坐墊。「所有書籍和卷軸……」

「大家都知道我們暫時出城。」他把體重完全壓在桌上，舒服得差點嘆口氣。

伊芮奈四處走動，查看原本藏匿那些書籍和卷軸的地點。「全被偷光了，甚至包括《初始之歌》。」

「臥室呢？」

她立刻進去臥室。鎧奧揉揉背部，輕聲嘶吼。更多窸窣聲從臥室裡傳來，然後……

「哈！」

她再次出現，高舉他的一只靴子。「至少這個還在。」

最初那份卷軸。他擠出笑容。「至少這個還在。」

伊芮奈把他的靴子如嬰孩般抱在胸前。「他們顯然急了，這就可能做出危險舉動。我們不該留在這兒。」

他觀察現場。「妳說得對。」

「那我們直接去泉塔。」

他望向敞開門扉外的玄關，還有娜斯琳的臥室。

她很快就會回來。她回來時如果發現他不在，發現他跟伊芮奈一起走……他對待她的方式實在惡劣。他居然允許自己忘掉在裂際城和在來這裡的船上曾承諾並暗示過什麼。娜斯琳雖然沒要求他做出承諾，但他已經違背了太多諾言。

「怎麼了？」伊芮奈嗓音極輕。

鎧奧閉上眼睛。他真是個混蛋。他把娜斯琳拖來這裡，現在卻這樣對待她。她去外頭冒生命危險搜尋答案、試著尋求援軍……他要寫信給她——立刻。他要叫她盡快回來。

「沒什麼。」鎧奧終於回話：「也許妳今晚該待在泉塔。宮裡現在這麼多衛兵，歹徒必定會三思。」看她眼神難過，他補充道：「我不能讓別人以為我落荒而逃，尤其因為貴族們現在開始關注我，加上他們一直對艾琳感到擔憂又好奇……也許我該利用這點。」他撥弄拐杖，在兩手之間拋來甩去。「但我該留下。而妳，伊芮奈，妳該回去。」

她張嘴想抗議，但還是停頓，站直身子，眼神流露鬥志。「那麼，我會親自把卷軸拿去海菲札那裡。」

他點頭。她的緊繃語氣和失望眼神令他心疼。他對待她的方式也不夠好，因為他應該先跟娜斯琳斷乾淨。他把事情搞得一團亂。

蠢貨。他是蠢貨才會以為自己不會搞砸，才會以為自己不再是過去的自己，不會再犯下犯過的錯。

蠢貨。

第五十三章

伊芮奈氣沖沖爬上泉塔樓梯，差點捏爛手裡的卷軸。

套房被闖空門一事嚴重擾亂了他的情緒。她也深受影響，不過……

不是因為擔心人身安全。他是出於其他原因。

她的另一手裡抓著沾染體溫的掛墜盒。

顯然有人不希望他們查出某些真相，或至少為了避免他們查到什麼線索而銷毀相關資料，尤其當他們在阿克薩拉廢墟發現那些線索後……

來到悶熱的高層樓梯，伊芮奈讓自己冷靜下來。

海菲札在私人工作室裡，皺眉瞪著一瓶冒出濃煙的藥水。「啊，伊芮奈，」她用滴管處理某種液體，頭也沒抬。桌上堆滿藥瓶、燒杯、大碗、攤開的書籍，還有一組青銅沙漏。「妳那場派對好玩嗎？」

深具啟發性。「棒透了。」

「看來那位年輕貴族終於把他的心交給妳了。」

伊芮奈被口水嗆到。

海菲札面帶微笑，終於抬頭。「沒錯，我知道。」

「我跟他才沒有──應該說還不算正式──」

講甚至下注？

「那個掛墜盒提出反證。」

伊芮奈急忙用手蓋住掛墜盒，臉頰灼熱。「他不是──他可是貴族之身。」

看海菲札挑眉，伊芮奈的怒火愈加猛烈。還有誰知道？還有誰看到他們倆的互動而到處亂講甚至下注？

「他是亞達蘭貴族。」她澄清。

「所以？」

「**亞達蘭**。」

「我還以為妳已經放下了這部分的堅持。」

也許她已經放下。也許還沒。「總之這件事不重要。」

海菲札露出心照不宣的笑容。「很好。」

伊芮奈從鼻孔深吸一口氣。

「但可惜的是，妳來這兒不是為了跟我分享重口味的細節。」

「呃，」伊芮奈皺眉。「的確不是。」

海菲札再把幾滴液體滴進瓶裡，藥水為之翻騰。她翻轉一支用於計算十分鐘的古老沙漏，蒼白如骨的沙粒涓涓撒下。外頭傳來開會鈴聲時，海菲札開口：「我猜跟妳手裡那份卷軸有關？」

伊芮奈望向走廊，接著快步關上門窗。

海菲札放下藥瓶，臉色嚴肅得反常。

伊芮奈描述鎧奧房間遭到翻箱倒櫃；書籍和卷軸失竊；綠洲廢墟；醫者一職不是在這片土地上崛起，而是被暗中埋下其種籽，為了對抗法魯格及其三王。

伊芮奈第一次見到這名老婦臉色有點蒼白。

「妳確定——這種勢力正在妳的老家集結？」海菲札張大清澈黑眸，在工作檯後面的小椅子坐下。

「是的。韋斯弗大人曾親眼目睹並對付過法魯格，這就是為什麼他來到這裡。他想爭取援軍，不只為了對付忠於亞達蘭前任國王的黨羽，更為了對抗披著人皮、培育怪物的惡魔。法魯格陣容龐大而且心狠手辣，就連艾琳．加勒席尼斯和鐸里昂．赫威亞德聯手也不足以應付。」

海菲札搖頭，白髮為之擺動。「而妳和他相信醫者扮演某種特殊角色？」

伊芮奈來回踱步。「或許吧。北方大陸的醫者被趕盡殺絕，雖然我知道這聽起來不重要，但一群以治療為主的永生精靈在上古時代來此建立文明……**為什麼**？他們為何離開朵拉奈爾、遠走他鄉，在這裡只留下一點點蹤跡，卻又確保醫者一職能在這裡延續下去？」

「所以妳帶著這份卷軸來找我。」

伊芮奈把卷軸放在高階醫者面前。「諾莎只大略記得一些傳說，加上她看不懂這份卷軸上的文字，我想妳可能知道真相，不然也至少能說明這份卷軸的內容。」

海菲札小心翼翼地攤開卷軸，拿藥瓶壓住四角。卷軸上是用墨水寫下的怪異黑字。高階醫者的乾枯指尖滑過幾個文字。「我看不懂這種語言。」她再次撫摸這張羊皮紙。

伊芮奈垂頭喪氣。

「但這提醒我……」海菲札掃視一旁的書架，其中一些以玻璃遮蔽。她從椅子站起，蹣跚來到一個陰暗角落的上鎖書櫃前。這座書櫃的門板不是玻璃，而是金屬。鐵。

她掏出掛在脖子上的一把鑰匙，解開櫃鎖，然後示意伊芮奈過去。

伊芮奈來到海菲札身旁，步伐匆促得有些踉蹌。書櫃裡幾本將近腐爛的古書書脊上……

「命運之痕。」伊芮奈喃喃自語。

「我被告知這些書不是給人類的眼睛看的——裡頭的知識最好被永久封印淡忘，以免重見天日。」

「為何這樣提防？」

海菲札聳肩，打量但沒觸碰眼前的古書。「前任高階醫者跟我把話說得很簡單：這些書不是給人類的眼睛看的。噢，我得承認，我有一、兩次醉到有點想打開這些書，但我每次拿出鑰匙……」她撫摸脖子上的長鍊鑰匙圈，一把鐵鑰掛在上頭，跟櫃門鐵板同樣漆黑。「決定重新考慮。」

海菲札掂掂掌心上的鑰匙，說下去：「雖然我看不懂這些書上的文字，但既然那些卷軸和書籍原本收藏在圖書館裡，而這裡這些是被鎖在書櫃裡……也許書裡記載著會引來殺機的那種資料。」

伊芮奈打個冷顫。「鎧奧——韋斯弗大人認識看得懂這種符號的某人。」他說過艾琳・加勒席尼斯看得懂。「也許我們該把這些文獻拿去給她，包括卷軸和這幾本書。」

海菲札抿脣，鎖上書櫃鐵門，鎖具發出沉重喀啷聲。「我得考慮這麼做的風險，伊芮奈，判斷這些書是否該離開這裡。」

伊芮奈點頭。「是的，當然。但我擔心時間緊迫。」

海菲札把鐵鑰匙藏回前襟底下，走回工作檯，伊芮奈跟上。「不過我倒是知道一點點歷史，」海菲札坦承：「我原以為那只是神話故事……我剛來到這兒的時候，是前任高階醫者說給我聽的。當時在過冬月節，她喝醉了，因為我一直勸她酒，希望她能洩漏她的醫術技巧，結果她滔滔不絕地給我上了一堂歷史課。」海菲札噗哧一笑，搖搖頭。「我聽過後未曾遺忘，主要是因為我當時失望透頂，我耗盡積蓄買下的三瓶美酒居然換來這麼少成果，要是忘掉她說過什麼豈不虧大？」

伊芮奈斜靠在古老的工作檯邊。海菲札坐回椅子上，雙手交扣於膝。「她跟我說，很久以前，人們尚未行走於這片土地、大草原還沒出現馬族和鷹族時，這片土地屬於永生精靈。他們建立了一個美麗的小王國，其首都就在這兒，而安第加就是建立在該城的廢墟上。為了祭祀所信奉的諸神，那些精靈在城牆外建造了許多神殿——山上、河原、沙丘。」

「例如阿克薩拉綠洲那片墓地。」

「是的。而且她告訴我，精靈並不將逝者遺體火化，而是安置在槨頭或任何工具都打不開的沉重石棺裡，以魔法和精巧鎖具封印，永不開啟。」

「為什麼？」

「那個喝醉的老太婆說，他們這樣煞費苦心，是因為擔心有人會在他們死後進入那片墓地、奪走他們的遺體。」

伊芮奈慶幸桌子幫忙支撐體重。「就像北方大陸那些法魯格附在人類身上。」

海菲札點頭。「她嚷著說他們留下醫術讓我們發現，說他們是從別的地方偷走那些醫術，他們傳授的知識就是泉塔的基礎。有人在上古墓穴裡發現了他們的醫學紀錄，而卡瑪菈及其率領的一個小型組織就是依據那些醫學技巧建立了泉塔。卡瑪菈崇拜席爾芭，因為祂也是上古精靈信仰的醫術之神。」海菲札示意這間工作室和整座泉塔隨處可見的貓頭鷹圖案，揉揉太陽穴。「所以妳的推測確實有些道理。我之前並不知道永生精靈打哪來、去了哪、為何消失，但他們確實來過這兒，而且根據我的前輩所說，他們留下了某種知識或力量。」她朝上鎖的書櫃皺眉。

「而現在有人想銷毀這些東西。」伊芮奈嘸口水。「諾莎得知那些書籍和卷軸被偷的時候，一定會殺了我。」

「噢，她確實可能殺了妳，不過她應該會先去追殺那些竊賊。」

「可是這一切究竟是什麼意思？那些小偷為什麼要這樣大費周章？」

在沙漏的提醒下，海菲札把注意力放回藥水上。「也許這得由妳去找出答案。」她又把幾滴藥水加入瓶中，然後翻轉用於計算一分鐘的沙漏。「我會考慮要不要讓妳把這些書帶走，伊芮奈。」

伊芮奈回到房裡，一把推開窗戶，讓微風吹進悶熱的室內，在床邊坐了整整一分鐘後才再次起身走動。

她把那份卷軸留在海菲札那裡，認為那座上鎖書櫃應該比哪裡都安全，但她走出門外、左轉下樓時想著的並不是那些卷軸和古書。

而是成果。鎧奧的治療取得了顯著成果，卻一回到宮裡就發現遭人闖空門。

他的房間——不是他和她的房間。他當時清楚表明這點。

伊芮奈腳步平穩，就算因為騎馬兩天而腿痠。他的成果和這些襲擊事件之間必定有關。

如果待在寂靜又悶熱的房間裡，她一定什麼事也做不了。圖書館也不適合，因為好奇接近她的芭絲貓發出的腳步聲和喵聲都會嚇到她。

有個地方倒是靜謐又安全。她在那裡或許能釐清腦子裡的雜亂思緒。

澡堂——席爾芭的子宮——裡一個人也沒有。

伊芮奈洗刷了身子，換上紫色薄袍，輕輕走過煙霧瀰漫的澡堂，忍不住瞟向遠側牆壁那座浴缸。那名女醫在慘遭殺害的幾小時前就泡在那座浴缸裡哭泣。

伊芮奈揉揉臉，深吸一口氣。

兩旁的浴缸看起來都很舒服，熱水咕嚕冒泡，似乎在保證一定能舒緩她的痠痛四肢。但是伊芮奈站在澡堂的中心地帶，在輕柔作響的鈴鐺包圍下抬頭凝視上方黑影。

陰暗處的一塊鐘乳石滴下一滴水，正巧落在她的額頭上，冰冷又強勁。伊芮奈只是閉上眼，沒伸手擦掉。

諸多已逝姊妹留下的鈴鐺歌唱呢喃。她不禁好奇，那名遇害女醫……是否也在鈴聲中高歌。

伊芮奈抬頭望向最近一串尺寸與形狀不一的鈴鐺。她自己掛上的那只鈴鐺……

伊芮奈赤腳輕輕走向靠近牆邊的一小根石筍，這裡和幾呎外的一根石柱之間繫著一條鬆垮鐵鍊，鍊子上另外掛著七只鈴鐺，但伊芮奈一看就知道哪一只是由她親手掛上。

看著這只當時用陌生少女提供的金錢買下的銀色小鈴，伊芮奈綻放笑容。鈴鐺側面刻著她的名字——也許製作這只鈴鐺的珠寶匠就是幫鎧奧製作項鍊的同一人。

她不想跟這只鈴鐺分開，而是一再輕撫刻有她姓名以及入塔日期的文字。

在她的接觸下，鈴鐺發出輕微又悅耳的鈴聲，沿岩壁和其他鈴鐺表面反彈。有些鈴鐺因而發出鈴聲，彷彿做出回應。

她這只鈴鐺發出的聲響飄盪舞動。她在原地轉身，彷彿能跟上。鈴聲平息時……

伊芮奈又用指尖彈一下鈴鐺，這次的鈴聲更清脆響亮。

鈴聲飄過澡堂時，她以視線追蹤。

鈴聲再次平息，但她體內的法力做出反應。

伊芮奈用一雙不完全屬於自己的手催動鈴鐺。

鈴聲四處迴響時，伊芮奈開始邁步。

鈴聲飄去哪，伊芮奈就跟去哪。

她赤腳踏過溼潤石地，如逐兔般跟著鈴聲走過澡堂，穿梭於石筍之間，低頭避開鐘乳石。

鈴聲飄過澡堂，滑過牆面，騷動燭光。

她繼續追逐，穿過鈴聲引發歷代所有醫者留下的鈴鐺所發出的聲響。

伊芮奈也伸手掠過這些鈴鐺。

聲浪做出回應。

妳必須進入妳害怕行走之地。

伊芮奈繼續前進，無數鈴鐺發出聲響，但她繼續追逐她那只鈴鐺發出的聲音。清脆悅耳之聲呼喚她，拉扯她。

他的背傷裡依然殘留著那股黑暗力量。她和他雖然努力逼退，但它依然存在。他昨天說的那些話令她難過，但如果擊敗那股黑暗力量的關鍵不在於獨自面對那些回憶，如果她以法力盲目轟炸也沒有效果……

伊芮奈來到鈴聲停駐之處——澡堂的某個古老角落，這裡的鐵鍊老舊生鏽，有些鈴鐺布滿綠色氧化物。

她的鈴聲就是在這裡平息。

不，不是平息，而是等候，朝著岩壁角落嗡嗡作響。

這條鐵鍊盡頭掛著一只小鈴鐺，鏽蝕到文字難以辨識。

但伊芮奈還是看見上頭的姓名。

雅法・塔爾斯

她頹然跪地時感覺不到堅硬石地造成的疼痛。她查看鈴鐺上的姓名和日期——日期是兩百年前。

塔爾斯家族的女人。塔爾斯醫者。就在這裡——跟她在一起。伊芮奈在這裡的兩年間，另外有個塔爾斯女子以鈴聲型態在這間澡堂裡歌唱。就算在這一刻，就算遠離家鄉，她卻未曾孤單。

雅法。伊芮奈輕聲說出這個名字，一手按於心口。

進入妳害怕行走之地……

伊芮奈仰頭望向上方黑影。

吸食。法魯格之力一直在他的背脊裡吸食他的生命力……

正確，上方黑影似乎這樣對她說。周圍沒傳來任何滴水聲和鈴聲。

伊芮奈低頭看著自己癱垂兩側的雙手。她召喚法力的微弱白光，讓光芒傳遍周圍，如寂靜歌聲般反彈於岩壁與鈴鐺，無數姊妹之聲，她的塔爾斯前人之聲。

進入妳害怕行走之地……

不是潛伏於他心中的那片虛無之地，而是她自己的心中。

自從那些士兵包圍她的家，揪住她的頭髮，把她拉到翠綠草地上的那一天。

遠在地底深處這一角的雅法知不知道那天在大海彼岸發生什麼事？這兩個月是否旁觀並以古老生鏽的鈴鐺默默催促她？

他們不是壞人，伊芮奈。

的確，他們不是壞人。鎧奧曾指揮並一同訓練的夥伴跟那天包圍她家的那些士兵是穿同一種制服，向同一位國王低頭……

他們不是壞人。生活在亞達蘭的人們值得被救——值得被保護。他們不是她的敵人，從頭到尾都不是。也許她在他昨天說出那些心裡話之前就明白這點。也許她只是不想承認。

但殘留在他體內的黑暗力量，來自下令做出這一切惡事的惡魔……

我知道你是什麼，伊芮奈默默說。

因為同一股力量這些年來也潛伏在她體內，奪走她的力量，吸食她的生命。雖然是不同的怪物，卻也算是同一個。

伊芮奈把法力收回體內，光芒消失。她抬頭朝上方的美麗黑影微笑。我現在懂了。

又一滴水親吻她的額頭，做出回應。

伊芮奈微笑，朝祖先的鈴鐺伸手、搖晃。

第五十四章

鎧奧隔天醒來時幾乎動彈不得。

他們整理好了他的房間並安排更多衛兵。貴族們在日落時分從沙丘回到宮中時，一切已再次井然有序。

他昨天後來沒再見到伊芮奈，好奇她和高階醫者是不是真的在那份卷軸裡發現什麼重要情報。她在晚餐時也沒出現，他因此派卡妲嘉去向阿申打聽。

阿申親自來向他報告——臉有點紅，想必因為帶他回來的女僕實在貌美——說明泉塔有送來消息：伊芮奈安然回到塔中，尚未再次出門。

話雖如此，鎧奧覺得背痛難忍、就連拐杖也無法讓他蹣跚走動時，還是考慮要不要派人通知伊芮奈。但這間套房確實不安全，而且如果她開始在這裡過夜，娜斯琳在他還沒準備好解釋時回來——

他一直想著自己做了蠢事、破壞了信任。

所以他勉強泡了澡，希望能舒緩痠痛肌肉，然後累得幾乎用爬的上了床。

鎧奧在黎明時醒來，試著拿起床邊拐杖時強忍突來的劇痛。

他驚慌失措得咬牙，試著撐過去，並確認自己的狀況：腳趾。腳趾能動。還有腳踝。還有膝蓋——

他挪動膝蓋、大腿和髖部時痛得仰起頸部。

噢，老天。一定是因為他太勉強自己，他——

門扉被推開，她出現在門口，又是那身紫袍。

伊芮奈瞪大眼睛，然後愣住——彷彿原本想跟他說些什麼。

的確，她已經換上冷靜臉孔，把頭髮綁成平時的公主頭，同時穩穩走向他。「你能動嗎？」

「能，可是痛——」他幾乎沒辦法說話。

她把背包丟在地毯上，挽起袖子。「能翻身嗎？」

不行。他試過，結果——

她沒等他回答。「清楚描述你昨天做了什麼，從我離開到現在。」

鎧奧照做。一切，包括泡澡——

伊芮奈大聲咒罵。「冰。肌肉拉傷要冰敷，不是熱敷。」她吐口氣。「你得翻身。這麼做會痛得要命，但長痛不如短痛——」

他沒拖延，而是咬牙照做。

他痛得放聲尖叫，但伊芮奈立即上前，撫摸他的臉頰和頭髮，親吻他的太陽穴。「很好，」她在他身上呢喃：「很勇敢。」

他睡覺只穿內褲，這下省了她許多麻煩。她把雙手懸在他背上，離表皮只有半吋。

「它……它回來了。」她低語。

「我不覺得驚訝。」他咬牙道。一點也不。

她把雙手垂在兩側。「為什麼？」

他撫摸刺繡床單。「總之——妳該怎麼做就怎麼做。」

聽他避而不答，伊芮奈稍微愣住，接著從背包裡找出某個東西——咬合板。但她只是拿在手上，沒塞進他嘴裡。「我現在要進入你的傷口。」她輕聲道。

「行。」

「不——我要進去，我要在今天、這一刻徹底解決這個問題。」

他花了一點時間才聽懂她的暗示，鼓起勇氣問道：「如果我辦不到？」無法面對並承受它？

伊芮奈眼裡沒有恐懼和猶豫。「這不是我能回答的問題。」

沒錯，完全不是。鎧奧看著陽光在她掛墜盒的群山重洋圖案上舞動。她這下可能會在他心中看到他一再失敗——

但他們倆一起努力了這麼久。一起。她沒逃避，一次也沒有。

他也不該逃避。

鎧奧勉強開口：「妳如果在裡頭待太久，很可能會傷到妳自己。」

她依然毫無遲疑或恐懼。「我有個想測試的推論。」伊芮奈把咬合板放進他的脣間，他輕輕咬住。「而你——我只有你這個實驗對象。」

她把手放在他的裸背上時，他明白她為何只能在他身上實驗。但劇痛和黑暗猛烈襲來，他無計可施。

他沒辦法阻止伊芮奈以包圍彼此的白光法力進入他體內。

法魯格。他的身體被法魯格之力汙染，而伊芮奈——

伊芮奈沒猶豫。

她衝進他體內，爬過他的脊椎，深入他的骨骼與血肉迴廊。

她如一支光槍般朝黑暗直射而去，瞄準再度擴張、試著再次占據他的陰影。

撞上那團黑暗時，伊芮奈尖叫。

黑暗力量也回以咆哮。雙方激烈纏鬥。

黑暗力量陌生、冰冷又空虛，充滿腐壞、狂風與恨意。

伊芮奈發動猛攻，毫無保留。

在上面，彷彿被黑海隔絕，鎧奧痛苦咆哮。

在今天、這一刻徹底解決這個問題。

我知道你是什麼。

伊芮奈全力奮戰，黑暗力量也激烈反擊。

第五十五章

永無止境的劇痛撕裂他全身。

他不到一分鐘就失去意識，如自由落體般墜入這個……無底洞。

深淵的底部。

一座山底下的空虛地獄。

一切都被封鎖掩埋於此，都在這裡扎根。

地下礦物已被採集一空，只剩坑洞。

空無一物。

空無一物。

空無一物。

毫無價值。

他先看到父親。然後看到母親、弟弟和那座冰冷的山中要塞，看到階梯布滿霜雪、沾染血漬，看到自己樂意背叛的對象，就為了確保艾琳平安——確保瑟蕾娜平安。

他用刺殺任務的名義把深愛的女人送去安全地帶。他把她送去溫德林，以為那裡比亞達蘭安全。她的任務是暗殺當地的皇室成員。

他看到父親走出陰暗處，看到自己以後可能會成為的那種人。見到不再是兒子的兒子時，父親一臉鄙視與失望。

父親提出的價碼……他原本認為那無異於坐牢。

但這也許是能換來自由的一線機會——父親這麼做，是為了避免沒用又任性的兒子毀在即將崛起的惡魔手上。

但他違背了自己對父親許下的這項承諾。

他痛恨父親，但父親這個冷血無情的混蛋……履行了諾言。

而**他自己**……沒做到。

違誓者。叛徒。

他所做的一切努力都被艾琳破壞。從他的名聲開始。

她透過習以為常的狡猾手法……他為了她而破壞誓言，為了她而破壞自己一切的身分。

他在黑暗中看得見她。

她的金髮碧眼就是最後一個線索，拼圖上最後一塊碎片。

騙子。殺人犯。小偷。

她在宮中那間臥室的露臺躺椅上晒太陽，膝上攤著一本書。她歪起頭，用招牌的慵懶笑臉把他打量一番，就像暫時醒來的瞌睡貓。

他討厭她。

他討厭她那副藏刀笑臉。她連嘴都不用張開，只要瞪一眼、故作沉默，所散發的凶狠殺氣就能把人嚇得屁滾尿流。

她樂此不疲。樂在其中。

他卻被這個烈火化身的女人深深魅惑。他當時願意拋下一切，拋下榮譽，拋下發過的誓言。

他為了這個氣焰囂張、大模大樣、自以為是的女人違背了自己的原則。

之後，她一走了之，彷彿他只是個被玩壞的玩具。

她投入那位精靈王子的懷抱，而那人此刻也從黑暗中出現。精靈王子走向那張躺椅，在椅子一端坐下。

她原本慵懶的笑容發生變化。她的眼睛變得炯炯有神。

她把致命的掠食興致鎖定在王子身上。她變得容光煥發，變得更警覺，更沉穩，更……朝氣蓬勃。

火與冰。結尾與開始。

他們倆沒觸碰彼此。

只是坐在躺椅上進行無聲交流，彷彿終於在這個世界上找到鏡中倒影。

他痛恨這兩人。

他恨死這兩人之間的愜意、熱情和歸屬感。

她毀了他，把他的人生攪得天翻地覆，然後直接走向這位王子，彷彿只是從某個房間走去另一個房間。

一切崩壞，他背棄了自己所知的一切，為了保護她的祕密而欺騙自己最在乎的那人之後，她並沒有在場和他並肩作戰、伸出援手。

而是過了幾個月才回來，然後把一切都怪在他頭上。

怪他沒用。怪他一無是處。

你讓我想到這個世界應該是什麼樣子，能成為什麼樣子。

強。

鬼話連篇。說出這些謊話的少女曾感謝他給她自由，感激他不斷鞭策她，讓她再次變得堅

打從發現床上屍體的那晚，這個少女不復存在。

她撕開了他的臉皮。

她甚至差點拿匕首刺進他的心臟。

他在她那雙眼睛裡看見……猛獸出閘。

沒有任何拴繩能管束她。**榮譽**、**職責**、**信賴**之類的字眼也雲消霧散。

她在下水道裡將那名男妓開膛剖腹。她丟下那名男子的屍體，閉上眼睛，神情就跟她享受性高潮時一模一樣。她再次睜眼時……

殺手。騙子。小偷。

她仍坐在躺椅上，精靈王子在旁，兩人一同觀看下水道那一幕，彷彿就像在欣賞體育競賽。

看著亞奇．芬恩癱倒在石地上，出血成泊，滿臉震驚痛苦。看著鎧奧站在那裡動彈不得、無法開口。看著她吸氣享受殺人和復仇的快感。

然後瑟蕾娜．薩達錫恩的身影粉碎消失。

他當時依然試著保護她、把她送出國，為了向她贖罪。

你永遠是我的仇敵。

她朝他吼出十年份的憤怒。

而且她字字真心，就像任何一個被亞達蘭奪走家園的孩子一樣真心。

就像伊芮奈。

黑暗另一處出現一座花園。花園、小屋、母親和一個歡笑不斷的孩子。伊芮奈。

他沒想到會目睹這一幕，沒想到會見到她。

她在……這片黑暗之中。

他又做錯了。他辜負了她，也辜負了娜斯琳。

他應該等候，應該尊重這兩人，應該先結束一段關係再開始另一段，他猜自己在這方面也失敗透頂。

艾琳和羅紋繼續坐在陽光下的躺椅上。

他看著精靈王子溫柔又恭敬地牽起並翻轉艾琳的手，把她的手腕暴露在陽光下，揭露手銬留下的淡痕。

他看見羅紋用拇指撫摸這些細疤，看見艾琳眼裡燃起烈火。

羅紋不斷用拇指撫摸這些傷痕。艾琳的面具終於脫落。

那張臉孔上有烈火。還有憤怒。還有狡詐。

但也有哀傷、恐懼、絕望和罪惡感。

慚愧。

驕傲、希望與愛。她逃避的某個沉重負擔，但現在……

我愛你。

對不起。

她有試著解釋。她曾盡量說清楚。她給了他真相，好讓他在她遠去時試著拼湊出答案。她那幾個字發自內心。對不起。

因為她說過那些謊話。因為她對他的人生帶來何等影響。因為她說過她無論如何都會選他。永遠。

他想因為她撒的這個謊而恨她。她在溫德林那片霧靄森林中拋棄了這個虛假承諾。話雖如此……

這裡，在王子身邊，卸下面具……這就是她的深淵之底。

她帶著殘破不堪的靈魂來到羅紋面前，向他呈現別人從沒見過的真面目。她回到亞達蘭時變得完整。

儘管如此，她還是有等——等了一段日子才真正地跟那位王子在一起。

相較之下，鎧奧貪戀伊芮奈的美色，把她拐上床時根本沒考慮過娜斯琳的感受……此刻，她和羅紋轉頭看他，就像林中動物那樣靜止不動，但兩人的眼睛充滿體諒。

她愛上了別人，想要別人——就像他強烈想要伊芮奈。

艾琳雖然桀驁不馴，卻願意出於對他的尊重而延後跟羅紋在一起，遠超過他對娜斯琳的尊重。

艾琳點頭，彷彿對他說「沒錯」。

而羅紋……這位王子讓她回到亞達蘭、重整家園，也讓她決定她想要什麼、想要誰。如果艾琳還是選擇鎧奧……他打從心底知道羅紋會就此罷手。只要艾琳覺得幸福，羅紋願意離去、不向她告白。

他慚愧得作嘔欲吐。

他居然罵她是怪物，因為她擁有那種力量、做出那些行為，但……

他不怪她。

他能體諒。

雖然她對他許過一些承諾，可是……她改變了。路改變了。

他能體諒。

他也對娜斯琳許過一些承諾──或暗示過。但他改變了，路途也變了，路上出現伊芮奈……

他能體諒。

艾琳對他溫柔微笑，接著和羅紋雙雙消失在一束陽光下。

留下被一大灘紅血覆蓋的大理石地板。

一顆頭顱滾過光滑地磚，發出駭人聲響。

一位王子發出悲痛、憤怒又絕望的哀號。

我愛你。

快逃。

這一刻──如果他的心被劃開深深的傷口，就是在這一刻。

他轉身逃跑的這一刻。他在那個廳室裡丟下兄弟般的摯友。

他逃離那場戰鬥和死亡。

鐸里昂原諒了他，沒為此怨恨他。

但他還是逃走了，終究離開。

他計畫的一切、試圖挽救的一切，徹底崩解。

鐸里昂站在他面前，雙手插在口袋裡，臉上掛著淡淡笑意。

他不配侍奉這麼好的男人，這麼好的國王。

黑暗再次推擠，揭露那間鮮血四濺的議會廳，揭露王子和他曾侍奉的國王，揭露那對父子做過什麼、如何對待他的夥伴。

在城堡那間地下室裡。

鐸里昂一臉冷笑，看著瑞斯痛苦哀號，就算被布羅吐口水。

他的錯——全是他的錯。所有痛苦，那些人的死……

他在城堡地下室裡看見鐸里昂拿著那些器具。鮮血湧出，骨頭斷裂。鐸里昂那雙手乾乾淨淨、無比平穩。還有那副笑容。

他知道。他早就知道，早就猜到。事情已經無法彌補，無論對他的夥伴來說，還是必須承擔這份罪惡感的鐸里昂。

他在城堡拋下的鐸里昂。

黑暗力量重複讓他目睹那一刻。

鐸里昂堅守原地，在眾人面前施展魔法——此舉無異於自判死刑——為了幫他爭取逃跑的機會。

他當時真的很害怕——害怕魔法，害怕失去友人，害怕一切。而那份恐懼……依舊驅使他逃跑，催促他走上這條路。他當時拚命掙扎，也為此付出一切代價。太遲了。他沒能來得及看清楚。

最糟的可能終究成真時，他看到那條項圈，看到面目全非的夥伴們被吊在城堡大門前、任憑烏鴉啄食……

那一幕粉碎了他的意志。他掉進山底下這個深坑。

他徹底崩潰。他也刻意對此視而不見。

雖然他在受傷後還是在裂際城裡找到少許平靜，可是……

這麼做就像拿繃帶包紮傷及內臟的刀傷。

他沒痊癒。他失去方向、滿腔怒火，他其實不想痊癒。

沒錯，他希望身體方面能恢復以往，但就算傷癒……

他心裡有個聲音對他說：你是活該。

而這一道靈魂之傷……他不介意讓它化膿。

他是個失敗者、騙徒、違誓者。

黑暗湧來，一陣風攪動其中。

他願意永遠待在這裡。這團永恆黑暗。

很好，黑暗對他呢喃。

他可以留在這裡，抱著憤怒與憎恨，直到自己只剩陰影。

但鐸里昂繼續待在他面前，依然面帶微笑。等候。

等候。

等——他。

他曾許下一個承諾。他還沒違背這個承諾。

他發誓要拯救他們。

他的老友和王國。

他還有這個承諾。

就算置身於這片黑暗地獄的最深處，他仍擁有這個承諾。

他走了這麼久的這條路……不，他絕不回頭。

如果我們往前走，只碰上更多痛苦絕望？

艾琳站在裂際城中那面屋頂上，對他的疑問微笑以對，彷彿比他更早知道他遲早會掉進這個坑裡，而且他必須自己找出答案。

那麼，那個盡頭不屬於我們。

這裡……

這裡不是盡頭。他心裡的裂痕、這個深坑之底，並不是盡頭。

他還剩一個承諾。

他要履行。

盡頭未到。

他對鐸里昂微笑，對方那雙藍鑽之眼流露喜悅——還有愛。

「等我回去。」他對兄弟兼國王呢喃。

鐸里昂只是低頭致意，消失在黑暗中。

留伊芮奈站在他身後。

她周身散發如新星般耀眼的白光。

伊芮奈輕聲道：「這團黑暗屬於你，任你塑造。你可以給它力量，也可以讓它變得無害。」

「這原本是法魯格之力嗎？」他的話語化為回音，飄進虛無。

「是的，但它現在是你的了。這個地方，連同它最後一粒種籽。」

它會留在他身上，是個傷痕，也是個提醒。「它會不會再次成長？」

「除非你允許它，除非你不拿更好的力量灌入這裡，除非你不懂得寬恕。」他知道她指的不只是寬恕別人。「但如果你寬容自己，如果你——如果你懂得愛自己……」伊芮奈的嘴唇顫抖。「如果你像我這樣愛你……」

某種力量開始在他的胸中猛烈敲擊。原本平息於坑底的鼓聲。

伊芮奈朝他伸出一手，她的虹彩之光飄進黑暗。

盡頭未到。

「回去的路上，」他沙啞問道：「回去——爬出這口深淵的路上會不會充滿痛苦？」

回歸人生與自我之路。

「會，」伊芮奈低語：「但只痛這最後一次。這顆黑暗種籽不想失去你。」

「我對它恐怕沒有同感。」

伊芮奈的笑臉比周身光輝更加燦爛。星光。她宛如流星。

她再次伸來一手，做出無聲承諾——向他保證黑暗的另一頭等候著什麼。

他還有很多事要做，有許多誓言要實踐。

現在看著她，她的笑容……

生命。他要享受生命、為之奮戰。

從這裡開始也在這裡結束的這條裂痕……是的，它屬於他。他其實可以崩潰，好讓這個重鑄過程得以啟動。

好讓他能重新站起來。

這是他該為國王和家園做的。

這是他該為自己做的。

伊芮奈點頭，彷彿表示沒錯。

所以鎧奧站起。

第五十六章

它是痛苦、絕望和恐懼。它是喜悅、歡笑和休息。
它是純然生命。
這團黑暗撲向鎧奧和伊芮奈時，他不怕它。
他只是看著黑暗，面露微笑。
他不再支離破碎。
而是煥然一新。
這團黑暗看到他時……
鎧奧伸手撫摸它的臉頰，親吻它的額頭。
它鬆手，滾回坑底，蜷縮在岩地上，沉默又專注地觀察他。
他感覺自己往上飄，彷彿被吸過一道窄門。伊芮抓住他，拉他同行。
她沒放手，未曾動搖，只是如刺槍般帶他飛升，就像流星劃過夜空。
白光迎面而來——
不。這是陽光。
他在強光前用力閉眼。
他最先的感受是毫無感覺。

沒有疼痛。沒有麻痺感。沒有痠痛，沒有疲憊。

那些感覺全沒了。

他的兩腿……他挪動其中一條。它流暢移動，毫無痛楚或緊繃。如奶油般滑順。

他望向伊芮奈平時所坐的右手邊。

她只是低頭對他微笑。

「怎麼辦到的？」他沙啞問道。

她的絕美雙眸流露喜悅。「我的理論……我晚點再說明。」

「那道傷痕——」

她抿唇。「變得比較小，但……還在。」她戳他的脊椎某處。「不過我碰它的時候沒有任何感覺，什麼也沒有。」

這個傷痕是個提醒。彷彿某位天神希望他記得這件事。

他坐起身，不敢相信自己覺得多麼輕鬆自在。「妳治好我了。」

「我覺得咱倆這次都有功勞。」她面無血色，嘴唇極度蒼白。

鎧奧用指關節輕擦她的臉頰。「妳覺得還好嗎？」

「我——累了，但還好。你覺得還好嗎？」

他把伊芮奈抱到膝上，頭埋進她的頸窩。「我很好，」他呢喃：「好了一千倍。」

他的胸口……有種輕盈感，直達雙肩。

她把他往後推。「你還是得小心點。你才剛痊癒，還是可能又傷到自己。給你的身體時間休息——確保傷勢徹底恢復。」

他挑起一眉。「休息的確切項目是什麼？」

伊芮奈的笑臉散發邪氣。「只有特殊患者才能領教的項目。」

他亢奮得皮肉繃緊，但伊芮奈從他膝上滑下。「你應該會想洗個澡。」

他眨眨眼，查看自身，然後查看床鋪。不禁皺眉。

床單上和他的左臂沾滿嘔吐物。

「什麼時候——」

「我不確定。」

夕陽給花園染上金光，把狹長陰影投進室內。

已經過了好幾小時。他們倆在這裡耗了一整天。

鎧奧下床，不敢相信自己的動作靈活得就像絲布迎刃而解。

他走向浴室時感覺到她的目光。「我現在可以泡熱水？」他回頭喊道，脫下內褲，踏進浴缸裡的宜人熱水。

「可以，」她呼喊答覆：「你已經不再是渾身肌肉緊繃的狀態。」

他沉到水底下，刷洗身子。每個動作……諸神在上。

他浮出水面，擦掉臉上的水珠時，看到她站在拱門底下。

注意到她眼神朦朧時，他不禁愣住。

伊芮奈慢慢解開淡紫裙裝的前襟繫帶，任憑袍衣連同內衣落地。

她始終盯著他，走向浴缸時臀部左右搖擺，他看得口乾舌燥。

伊芮奈沿矮階走進池中時，他在耳裡聽見血管轟鳴。

她還沒踩到最後一階，鎧奧已經撲上去。

他們倆錯過了晚餐，錯過了點心。

也錯過了午夜咖啡。

卡妲嘉趁他們倆鴛鴦戲水時換了床單。伊芮奈根本不在乎這名女僕可能聽見什麼。他們倆在水池裡絕對不算安靜。

更別提泡澡後的幾小時。

兩人終於分開時，伊芮奈累得動彈不得，滿身大汗，恐怕又得洗個澡。鎧奧的胸腔強勁起伏。

他在沙漠帳篷裡的威猛表現已堪稱不可思議，更何況如今傷勢已癒——不只是脊椎和雙腿，還有靈魂深處的黑腐深淵……

他親吻她汗溼的額頭，嘴脣勾到她的凌亂捲髮，另一手在她的後腰處畫圈。

「在那個坑裡的時候，妳說過一句話。」他呢喃。

伊芮奈累得只能回一聲「嗯。」

「妳說妳愛我。」

這句話讓她醒來。

她感覺胃袋收縮。「你不用覺得有義務——」

鎧奧以堅定眼神讓她閉嘴。「那是真的嗎？」

她撫摸他臉上的傷疤。她進入他的回憶時來不及看到較早的畫面，只看到那名黑髮美男子——鏗里昂——對他微笑。但她感覺得出來是誰給他這道疤。

「是的。」她嗓音雖輕，但這是她發自靈魂深處的真心話。

他的嘴角上揚。「那麼，幸好我也愛妳，伊芮奈・塔爾斯。」

她感覺胸口緊繃、血液奔流。

「打從妳第一次走進起居室的那一刻，」鎧奧說：「我猜我在那時候就已經知道。」

「我當時只是個陌生人。」

「妳那時看著我的時候，眼裡沒有一絲同情。妳只有看到我。妳沒看到我的輪椅、我的傷，只有看到我。那是我第一次覺得……被人看見真正的我，覺得清醒，我已經很久沒有的感覺。」

她吻他的胸膛，心臟所在。「我哪抗拒得了你這身肌肉？」

他的笑聲震動她的嘴和骨頭。「妳好有專業精神。」

伊芮奈貼在他身上綻放笑容。「那些醫者一定會拿這件事唸我唸個沒完。海菲札已經天天都在笑我。」

但她繃緊身子，考慮未來的道路和諸多選擇。

鎧奧沉默片刻後說道：「等娜斯琳回來，我打算把事情說清楚，雖然我猜她已經猜到怎麼回事。」

伊芮奈點頭，試著抗拒悄悄爬進心中的不安。

「在那之後……由妳決定，伊芮奈。妳想什麼時候走、用什麼方式、妳是不是真的想離開這裡。」

她做好心理準備。

「但如果妳願意接受我……我的船上有妳的位子，就在我身邊。」

她哼著悅耳鼻音，在他的乳頭上畫圈。「什麼樣的位子？」

鐵奧像貓一樣伸展身子，把雙手枕在後腦杓底下，慢條斯理道：「就是平常那些嘛，像是廚房女傭、煮飯婆、洗衣婦——」

她戳他的肋骨，他哈哈大笑，響亮低沉又悅耳。

他捧起她的臉，棕眼變得格外溫柔。「妳想要哪個位子，伊芮奈？」

聽見這個疑問和他的音調，她心跳如雷，但只是嘻笑道：「哪個位子能讓我在你不懂得休息的時候好好罵你？」她撫摸他的腿和背。接下來的一段日子，他必須小心對待自己的身體。

鎧奧勾起一邊嘴角，把她抱到身上。「我覺得這個位子很適合妳。」

第五十七章

全員返回伊瑞丹鷹巢後，狀況一片混亂。

法爾坎雖然還活著，但只剩一口氣，而且因為處於冥蛛型態而引發奧頓鷹群的驚慌。珂爾倫不得不親自擋在這隻癱軟的冥蛛身前，以免他被鷹群活活撕開。

傷痕累累的薩韃克勉強站穩，擁抱卡達菈，命令一名醫者趕緊為牠治療，再擁抱渾身沾染黑血、露齒而笑的波緹，然後跟波緹刻意無視的伊嵐行個挽臂禮。娜斯琳覺得波緹這種態度已經比原本的公然敵意改善不少。

「你們怎麼找到我們的？」薩韃克詢問波緹。娜斯琳在昏迷不醒的法爾坎身旁逗留，以防周圍有任何一頭天鷹忍不住對他動手。

伊嵐的夥伴們已經先行返回波拉德鷹巢。伊嵐走離正在一旁等候的坐騎，只是回一句：「是波緹跑去找我，說她要執行一項危險到不行的任務，我可以選擇見死不救或一同參與。」

薩韃克發出沙啞笑聲。「妳明明被禁止走這一趟。」他對波緹開口時瞟向跪在法爾坎身邊的珂爾倫，族母確實顯得既安心又生氣。

波緹悶哼一聲。「禁止我的是這裡這位族母。但既然我目前的未婚夫是波拉德族的一名隊長——」聽見她強調目前，伊嵐臉色有點臭。「我也能同時效忠於波拉德族的族母，她一點也不介意讓我跟我的未婚夫共享一些美好時光。」

「我會跟她好好談一談。」珂爾倫怒道，起身走過，吩咐幾人把法爾坎搬進廳室深處。一想到冥蛛多麼沉重，他們各個愁眉苦臉，但還是乖乖照做，將盡量治療依然處於冥蛛型態的變形者。

波緹聳肩，轉身跟著珂爾倫一起進入室內。「至少他的族母對『美好時光』的定義跟我一樣。」說完，她轉身離去。

娜斯琳相當確定波緹這時給了伊嵐一個心照不宣的淺淺微笑。

伊嵐瞪著波緹的背影許久，然後轉向兩人，歪嘴而笑。「她保證會訂下日期，我的族母才答應讓我走這一趟。」他對薩韃克使個眼色。「可惜我沒跟她說我一點也不贊成她訂下的日期。」

說完，他大步跟上波緹——甚至小跑幾步。她猛然轉向他，對他毒舌幾字，但還是允許他一起進入宮裡。

娜斯琳轉向薩韃克，剛好看到他搖搖欲墜。

她雖然自己也渾身疼痛，但還是箭步上前，摟住王子的腰。某人叫來一名醫者，但薩韃克勉強站穩，就算兩條胳臂都抱在她身上。

娜斯琳發現自己不想從他腰上抽手。

薩韃克低頭盯著她，嘴角又露出溫柔可愛的笑容。「妳救了我。」

「那種死法對飛翼王子來說未免悽慘了點。」她回話，皺眉盯著他腿上的長條傷口。「你該坐下——」

山宮裡火光閃爍，呼喊聲此起彼落……然後冥蛛消失，變成一名鮮血淋漓的男子。

娜斯琳回頭時，發現薩韃克凝視她的臉。

意識到彼此真的就在這裡，她抿起顫抖的雙脣，覺得咽喉緊縮。他們真的在這裡，還活著。在那條山隘上看著他被拖走時，她感覺到這輩子最為強烈的恐懼和絕望。

「別哭，」他喃喃自語，俯身用嘴脣輕輕擦拭她壓不住的淚珠，在她耳邊呢喃：「否則人們會說涅絲之箭是愛哭鬼。」

雖然在鬼門關前走了一遭，娜斯琳聽見這句話還是忍不住哈哈大笑，鼓起勇氣緊緊摟住他，頭靠在他的胸膛上。

薩韃克只是默默撫摸她的頭髮，也緊緊擁著她。

鷹族議會在兩天後的黎明時分舉行。

來自各鷹巢的族母和隊長們在山宮齊聚一堂，把這裡擠得水洩不通。

娜斯琳在前一天幾乎睡了一整天。

不是在她自己的房間裡，而是跟王子躺在同一張床上。此刻，王子站在她身邊，面向諸族代表。

他們已經洗了澡，包紮了傷口，雖然薩韃克還沒吻她……但他牽著她的手，瘸拐地拉她去他的臥室時，她沒反對。

然後他們倆睡了一天，醒來後給傷口換了繃帶，然後來到大廳，發現這裡擠滿各族騎手。

法爾坎斜坐在遠側牆邊，一條胳臂掛在吊帶上，但目光清晰。娜斯琳進入大廳時對他微笑，但現在不是團聚的時候，也不適合說明她知道的某個真相。

珂爾倫向各族代表一一寒暄，群眾終於安靜下來時，娜斯琳並肩站在薩韃克身邊。看到他的頭髮變短，感覺怪是怪，但並不難看。她今早對他的頭髮皺眉時，他說頭髮遲早會長回來。

現場每個人都盯著他們倆，有些眼神溫暖友善，有些擔心，有些嚴肅。

薩韃克對人群開口：「髂朗庫伊東山再起。」交頭接耳聲和挪動身子的聲響充斥現場。「雖然那些冥蛛構成的威脅已暫時遭到英勇的波拉德族壓制，但牠們很可能會捲土重來。牠們已經聽見一個傳遍世界的黑暗呼召，也準備做出響應。」

娜斯琳上前一步，抬頭挺胸。雖然接下來要說的話語令她忐忑不安，但在這裡對這些人開口的感覺就如呼吸般自然。「我們在達古爾隘道得知了許多消息，」娜斯琳的嗓音迴盪於大廳的石柱與石牆。「這些消息將改變北方那場戰爭，甚至改變這個世界。」

每個人都盯著她。珂爾倫點點頭，站在一旁的波緹以笑臉鼓勵。伊嵐就坐在附近，一眼盯著未婚妻。

薩韃克用指尖輕觸她的手指一下——表示催促，也表示承諾。

「我們面對的不是北方大陸的凡人軍隊，」娜斯琳說下去：「而是魔族大軍。若不起身面對這個威脅，若不聯合所有地區的軍力……我們將註定滅亡。」

然後她向大家說明完整歷史，關於埃拉魍和玫芙。

她沒提到尋找鑰匙的任務，但她發言完畢時，群眾七嘴八舌地討論。

「我把這項選擇交給各位，」薩韃克以沉穩嗓音說道：「達古爾高地的恐怖經歷只是序幕。各位是否決定參戰，我絕不批判，但願意與我一同乘鷹參戰者，請記住我們是舉著卡岡王的旗幟。我們現在讓各位自行討論。」

說完，薩韃克牽起娜斯琳的手，帶她走出大廳，法爾坎跟上。波緹和珂爾倫以伊瑞丹氏族領袖的身分留在現場。娜斯琳知道她們倆會飛往北方參戰，至於其他氏族……

她和薩韃克來到伊瑞丹氏族專用的私室時，大廳的交頭接耳聲已經演變成激烈辯論。但薩韃克在這個小房間只待了一會兒，接著對娜斯琳和法爾坎眨個眼，說要去前往廚房拿些吃的來。

和變形者獨處時，娜斯琳來到壁爐前暖暖雙手。「你現在感覺如何？」她回頭瞥向在一張低背木椅上輕輕坐下的法爾坎。

「全身都痛。」法爾坎皺眉，揉揉一腿。「麻煩妳下次提醒我千萬別再逞英雄。」

她在劈啪作響的火堆前咯咯笑。「謝謝你——當時逞英雄。」

「反正我死了也沒人會想念我。」

她覺得咽喉收縮，但只是問道：「如果我們飛往北方——先去安第加，然後去北方大陸……」她再也沒辦法說出家這個字。「你願意一起走嗎？」

變形者沉默許久。「妳或任何人會希望我一起走嗎？」

娜斯琳終於從壁爐前轉身，眼睛灼熱。「我有件事要告訴你。」

法爾坎抱頭痛哭，聽著娜斯琳說明推測。她雖然不熟悉萊珊卓的過去，但對方確實出生在裂際城，就算其他方面不符合法爾坎的描述，例如萊珊卓的母親據說當年是個樣貌普通的棕髮少女，而非黑髮碧眼的美人。

但總之——是的，他願意一起走。他要參加這場大戰，要去找她，他的姪女，他找遍天涯海角、在這世上最後一個親人。

薩韃克拿來食物。又過了半小時後，大廳傳來消息。

諸族已經做出決定。

雙手顫抖的娜斯琳大步來到門口，走向伸來一手的薩韃克。

他帶她走向陷入寂靜的大廳，彼此十指緊扣。法爾坎痛苦地從椅子站起，擦掉眼淚，跛腳跟上。

三人剛走幾階，就看到一名信使沿走廊飛奔而來。

娜斯琳放開薩韃克的手，讓他應付這名氣喘吁吁、眼神驚慌的少女。信使卻把信件遞給娜斯琳。

認出上頭的字跡時，娜斯琳的手又開始打顫。

她感覺一旁的薩韃克也僵住，他也意識到這是鎧奧的筆跡。他後退一步，兩眼半閉，讓她看信。

她把訊息看了兩遍，深深吸口氣才壓住嘔意。

「他——他請求我回去安第加。至急。」她手裡的紙條震顫。「他懇求我們立刻回去，全速飛行。」

薩韃克接過信件，親自查看。法爾坎在一旁默默旁觀，看著王子咒罵。

「出事了。」薩韃克說，娜斯琳點頭。

如果從不尋求——從不想要——別人幫助的鎧奧懇求他們倆趕緊回去……她望向準備發表聲明的大廳群眾。

但娜斯琳只是問王子：「我們多久能升空？」

第五十八章

清晨已過，日上三竿，伊芮奈還是不急著起床，鎧奧也一樣。兩人懶得更衣，而是直接在起居室吃了一頓悠閒的午餐。

海菲札遲早會宣布是否願意出讓那些書籍，所以他們倆只能等候，然後等著再次遇到艾琳・加勒席尼斯或任何能解讀那些文字的人——伊芮奈向他說明海菲札確認了哪些推測後，他如此回應。

「那些書裡想必有大量情報。」鎧奧把看似小小紅寶石的石榴籽丟進嘴裡咀嚼。

「如果它們真如我們所想的那麼古老，」伊芮奈說：「如果它們大多來自那片墓地或類似場所，就很可能記載著關鍵真相——關於法魯格，以及我們跟法魯格之間的關聯。」

「艾琳在裂際城時幸運發現類似的幾本書。」

他昨晚向她描述了一切——名叫瑟蕾娜的刺客，其實是名為艾琳的女王。他完整說明冗長又悲哀的歷史，提到鐸里昂時嗓音變得沙啞。項圈和法魯格王子、他們失去的那些人、他自己扮演的角色、他做出的犧牲、他違背的誓言，鉅細靡遺。

伊芮奈原本已經很愛他，得知真相後更是愛他愛得要命。她明白他在經歷那一切後變成多麼偉大的男子漢。

「說來也巧，那幾本書在前任國王大肆焚書時成了漏網之魚。」

「也許這是哪個天神的安排。」伊芮奈若有所思，挑起一眉。「裂際城那間圖書館裡應該沒有芭絲貓吧。」

鎧奧搖頭表示沒有，然後放下挖掘一空的石榴。「艾琳總是有一、兩位天神坐在她肩上保佑她。現在不管發生什麼事，我都不會覺得稀奇。」

伊芮奈思索片刻。「被法魯格惡魔附身的前任國王，當時究竟有何下場？」

鎧奧靠向椅背——這張椅子的舒適度完全比不上被挖爛的金絲沙發——表情變得嚴肅。「艾琳治好了他。」

伊芮奈坐得更直。「怎麼辦到的？」

「她把他燒得面目全非。好吧，嚴格來說是她和鐸里昂聯手。」

「而那個人——真正的國王——活了下來？」

「沒有。或者該說只活了一小段時間。但是艾琳和鐸里昂都不太想討論當時在那座橋上究竟發生什麼。前任國王勉強說明當年的遭遇，但我認為他當時已經剩不到半口氣。後來艾琳摧毀了玻璃城堡，前任國王葬身其中。」

「但她的烈火驅逐了他體內的法魯格惡魔？」

「是的。而且我認為那麼做也挽救了鐸里昂，或至少給了他一點自由，讓他能靠他自己的力量反抗。」他歪起頭。「妳問這個做什麼？」

「因為我得出的那個理論……」伊芮奈抖腳，觀察周圍和出入口，確認沒有第三者。「我認為……」她俯身靠向他，抓住他的膝蓋。「我認為法魯格是一種寄生物，一種感染。」

他張嘴，但伊芮奈說下去：「我剛來這兒的時候，曾跟海菲札一起從赫薩蘭體內抓出條蟲，那種蟲子會吸食宿主的生命力，很像法魯格的習性，能掌控食慾之類的基本需求，最終在耗盡所有資源後害死宿主。」

鎧奧全身僵硬。「法魯格可不是無腦寄生蟲那麼簡單。」

「是沒錯，而我昨天就是想在你身上確認這點，我想知道那團黑暗力量擁有多少感知力，觸及範圍有多廣，是不是在你的血管裡留下某種寄生物。我發現它雖然沒這麼做，可是……有另一種寄生物——吸食你的體力，讓它得以維持控制。」

他一言不發。

伊芮奈清清喉嚨，用拇指撫摸他的手腕。「我是前天晚上意識到這點。我發現自己也有同樣狀況——我的恨意、憤怒、恐懼和痛苦，」她撥開眼前一縷亂髮。「它們全是寄生物，這些年一直以我為食。它們雖然給了我力量，卻也吸取我的力量。」

她終於明白她最害怕行走之地其實就是自己心中，因為這麼做就必須看清楚自己體內究竟棲息著什麼……

「我意識自己是什麼狀況時就想通了法魯格的本質，明白了你體內的陰影是什麼。寄生物。這幾星期忍受它並不等於面對它，所以我用對付寄生蟲的辦法對付它：包圍它，逼它來到你面前——它為了逃避我而全力攻擊你。如此一來，你就能面對並擊敗它，你就能進入你害怕行走之地，判斷你是不是終於準備好反擊。」

他的眼神清澈明亮。「這是重大發現。」

「的確。」她思索他描述艾琳如何驅逐前任國王體內的惡魔。「烈火能起到殺菌和淨化的作用，但以醫術來說很少用到，因為太難以控制。水屬性比較適合治療。另外就是原始的治療天賦，像我這種。」

「光明屬性。」鎧奧說：「我當時覺得妳的法力看起來就像團強光、對抗它們的黑暗。」

她點頭。「艾琳成功為鐸里昂及其父王驅魔，可是手法粗糙激烈，而且其中一人沒能活下來。但如果讓擁有我這類天賦的醫者去治療被法魯格附身——感染——的對象？那種戒指和項圈都是植入性裝置，就像汙水和腐壞的食物，其實只是一種媒介，把惡魔種籽送進宿主體內、成長茁壯。移除植入性裝置只是第一步，但你說過拿掉也趕不走惡魔。」

他點頭，呼吸加快。

伊芮奈輕聲道：「我認為我能治好他們。我認為法魯格……我認為牠們是寄生物，而且我能治好被牠們感染的人。」

「如此一來，被埃拉魍掌控、用戒指和項圈奴役的每個人——」

「我們很可能可以解救他們。」

他緊握她的手。「但意思就是妳必須接近他們，而他們的力量，伊芮奈——」

「我猜這時候就得靠艾琳和鐸里昂上場幫忙壓制。」

「但我們沒辦法測試這個辦法，除非冒重大風險。」他繃緊下巴。「這想必就是埃拉魍為何派人追殺妳——為了避免有人發現這個道理，為了避免妳在治療我的途中發現這點並告知其他醫者。」

「但如果是這個原因……為什麼現在才殺我？何必等這麼久？」

「也許埃拉魍之前也沒想到這個可能性，直到艾琳驅逐了鐸里昂和前任國王體內的法魯格。」他揉揉胸口。「有一枚戒指……原本屬於艾希瑞爾，布蘭農國王和玫芙的朋友。那枚戒指能讓艾希瑞爾對法魯格的附身免疫。它絕無僅有，可惜隨著歲月流逝而下落不明，但後來被艾琳發現。玫芙非常想拿走那枚戒指，甚至願意拿羅紋去換。傳說那是瑪菈為艾希瑞爾所鑄造，但……瑪菈愛的是布蘭農，不是艾希瑞爾。」

鎧奧突然從沙發站起，伊芮奈看著他來回踱步。「艾琳以前在玻璃城堡裡的房間裡有一面掛毯，毯面圖案是一頭雄鹿，毯子後面暗藏一條通道，通往布蘭農藏匿命運之鑰的地下墓穴。艾琳就是憑著這第一條線索踏上這條路。」

「結果？」她嗓音極輕。

「毯面圖案的森林動物之中有一隻貓頭鷹，那象徵艾希瑞爾而非布蘭農。那一切都是祕密訊息——掛毯、墓穴，層層堆疊的暗號。可是貓頭鷹……我們從沒考慮過……」

「考慮過什麼？」

鎧奧停步。「那隻貓頭鷹可能不只是艾希瑞爾的動物型態，而是他的家徽，因為他效忠某個對象。」

天氣雖熱，伊芮奈還是覺得渾身發涼。「席爾芭。」

鎧奧慢慢點頭。「療癒女神。」

伊芮奈輕聲道：「打造那枚免疫戒指的不是瑪菈。」

「沒錯，不是她。」

而是席爾芭。

「我們得去找海菲札，」伊芮奈低語：「就算她不讓我們拿走那些書，我們還是應該拜託她查看書中內容——我們該親眼確認哪些線索殘存至今、那些精靈醫者在那場戰爭中有何發現。」

他示意她站起。「我們現在就走。」

就在這時，赫薩蘥如風而來，一身金綠雙色裙裝飄逸搖擺。

「哎呀呀，」她取笑他們倆衣衫不整、頭髮凌亂。「至少你們倆過得倒是挺舒服。」

看著公主這樣對鎧奧微笑，伊芮奈總覺得腳下不穩。公主接著道：「我們獲得一些消息，來自你們的老家。」

「什麼消息。」鎧奧咬牙道。

赫薩蘏摳摳指甲。「噢，也沒什麼，只是玫芙女王的艦隊終於找到艾琳．加勒席尼斯偷偷拼湊的軍隊，雙方大打出手，聽說那場戰役頗為精采。」

第五十九章

鎧奧考慮要不要掐死一臉沾沾自喜的公主，但還是勉強把雙手置於兩側，而且抬頭挺胸，就算身上只有一條長褲。「發生什麼事。」

海戰。艾琳對抗玫芙。他等公主說出重劍劈頭般的噩耗。如果他已經晚了——

赫薩爾把視線從指甲上抬起。「聽說那個場面很壯觀。精靈海軍對抗人類的烏合之眾——」

「赫薩爾，拜託。」伊芮奈咕噥。

公主朝天花板嘆氣。「好吧。玫芙被打得很慘。」

鎧奧安心得癱坐在沙發上。

艾琳——感謝諸神，艾琳成功找到辦法——

「不過還有一些很有趣的細部消息。」公主滔滔不絕地說出相關事實和數據。玫芙海軍其中三分之一是飄著白棘旌旗，這些艦艇臨陣倒戈、加入特拉森艦隊。鐸里昂也參戰——和羅紋一同守住前線。還有一群不知從何而來的翼龍俯衝而下——為艾琳而戰。

曼儂．黑喙。鎧奧敢拿性命打賭，那名女巫是因為艾琳或鐸里昂而幫了這個忙，而且很可能因此改變了戰役的方向。

「聽說那場戰役中出現的魔法令人嘆為觀止。」赫薩爾說下去：「冰、風、水。」鐸里昂和羅紋。「甚至聽說還有個變形者。」萊珊卓。「但沒看到黑魔法，沒看到玫芙的法力。也沒有烈火。」

鎧奧把雙臂撐在膝上。

「但據說有人注意到遠方海岸出現火焰和陰影，兩者閃爍一會兒後消失無蹤，而且沒人在艦隊裡看到艾琳或幽暗女王的身影。」

那很可能是艾琳的計謀，她想把對抗玫芙之戰轉移至岸邊，如此一來就能盡情釋放烈火而降低池魚之殃。

「如我剛剛所說，」赫薩蘭撥撥裙襬。「艾琳那一邊贏了。有人注意到艾琳在幾小時後回到艦隊所在，該艦隊後來看似航向北方。」

鎧奧默禱感謝瑪菈，也感謝保佑鐸里昂的某位天神。「傷亡是否慘重？」

「小兵是折損不少，但重要玩家各個平安無恙。」鎧奧實在討厭赫薩蘭這種口氣。「至於玫芙……上一秒還在，下一秒就不知去向，彷彿人間蒸發。」她朝窗口皺眉。「搞不好她會坐船來這兒療傷。」

鎧奧只能祈禱這不會發生。但既然他渡海南下時玫芙的艦隊就在狹海……「艾琳那支艦隊往北航行——究竟去哪？」**我上哪能找到我的國王兼兄弟？**

「既然艾琳擁有艦隊，我猜應該是特拉森。噢，同行的還有另一支艦隊。」

赫薩蘭對他微笑，等他發問——等他哀求她快說。

「哪來的另一支艦隊。」鎧奧逼自己開口。

赫薩蘭聳肩，走向門口。「聽說艾琳催討了債務，債務人是赤紅沙漠的靜默刺客。」

鎧奧雙眼灼熱。

「還有溫德林。」

他的雙手開始顫抖。

「多少船。」他低語。

「全部。」赫薩蘅把手撐在門上。「溫德林的艦隊全數出動，由迦蘭王儲親自指揮。」

艾琳……熱血沸騰的鎧奧瞥向伊芮奈，她瞪大閃閃發亮的眼睛，眼裡充滿希望——灼熱又珍貴的希望。

「看來，」赫薩蘅彷彿臨時想到這件事。「不少人對她評價很高，也相信她推銷的東西。」

「她推銷什麼？」伊芮奈輕聲詢問。

赫薩蘅聳肩。「大概就是她幾星期前寫信向我求助時跟我推銷的同一個東西吧，以公主對公主的身分。」

鎧奧顫抖地吸口氣。「艾琳對妳承諾了什麼？」

赫薩蘅對自己微笑。「一個更好的世界。」

第六十章

兩人在暮光下快步走過安第加的狹窄街道，路上擠滿準備回家休息的人們。鎧奧渾身顫抖，但伊芮奈意識到他這種反應不是出於憤怒，而是使命感。

艾琳召集了一支軍隊，而如果他能帶些卡岡政權提供的軍力與之會合……伊芮奈在他眼裡看見這份希望和決心。

贏得這場大戰的一線希望。但前提是他必須能說服卡岡王族。

兩人進入陰涼的泉塔，匆忙上樓時，他對她說這是最後一搏。他就算必須在卡岡王面前行磕頭大禮也願意。他會最後一次試著說服卡岡王。

但當務之急是海菲札。而且那些古書蘊藏的知識很可能是比刀劍箭矢更強大的武器。

兩人爬上冗長梯道時，他未曾蹣跚一步。然而，儘管身負重任，鎧奧還是忍不住在她耳邊呢喃：「妳天天爬樓梯，難怪腿這麼美。」

伊芮奈臉紅地拍開他。「無賴。」

現在這個時辰，大部分的侍童正在前往食堂的路上。在樓梯上遇到鎧奧時，幾個女孩對他眉開眼笑，年紀較小的幾個則是不停傻笑。他對她們每一位回以溫暖笑容，害她們笑得更開心。

他是我的。伊芮奈很想對她們如此炫耀。這個俊美、勇敢又無私的男子漢——屬於她。

想到這點，她稍微清醒一些。她可能沒剩多少機會爬泉塔的冗長樓梯。她可能很久一段時間聞不到這裡的薰衣草和烤麵包，聽不到這些輕盈歡笑。

鎧奧輕觸她的手，彷彿對她說他明白。伊芮奈只是緊抓他的手指。是的，她確實捨不得離開這裡，但她離去時將帶著……

而且她要跟他一起回家。

鎧奧氣喘如牛，一手撐在樓梯平臺的牆上。終於來到泉塔頂樓時，伊芮奈面露微笑。海菲札的辦公室門扉半開，引進最後一抹夕陽餘暉。「這座高塔的起造人一定是施虐狂。」

伊芮奈捧腹大笑，敲敲辦公室門，然後推開。「起造人是卡瑪菈，據說她——」伊芮奈愣住，發現高階醫者的辦公室裡沒人。

她在樓梯平臺上從他身邊推擠而過，大步走向辦公室裡的私人工作室——這扇門也同樣半開。「海菲札？」

無人回應，但她還是推開門。

沒人在。幸好那座書櫃依然上鎖。

海菲札大概不是去探視患者就是去吃晚飯。話雖如此，她和鎧奧上樓時看到響應晚餐鈴呼召的每個人，海菲札不在其中。

「你在這兒等著。」說完，伊芮奈沿梯來到下一層樓，也就是她臥室的樓上。

「艾芮莎。」她邊說邊踏進這個小房間。

艾芮莎沒好氣地悶哼道：「我剛剛看到一對情侶放閃走過。」

鎧奧的乾咳聲從上方傳來。

伊芮奈噗哧一笑，但問道：「妳知不知道海菲札去哪了？」

「她在她的工作室裡。」艾芮莎懶得轉身回視。「她一整天都在裡頭。」

「妳……確定？」

「是的。我有看到她進去、關門，目前為止還沒出來。」

「我剛剛發現門是半開半閉。」

「那她可能離開的時候我沒注意到。」

連聲招呼都不打？這不像海菲札的作風。

伊芮奈抓抓腦袋，掃視身後的樓梯平臺以及一旁的幾道門。她沒先跟艾芮莎道別，而是直接去敲門。其中一間沒人，而另一間裡的醫者的說法也一樣：海菲札在工作室。

伊芮奈爬上樓，來到在此等候的鎧奧面前。他問：「找不到？」

伊芮奈用腳掌頻頻踏地。也許只是她多疑，不過……

她只回一句：「我們去食堂看看。」

她注意到鎧奧眼裡的擔憂和警覺。

兩人往下走了兩層樓，伊芮奈在臥室所在的樓梯平臺上愣住。

她的房門雖然緊閉，但門底下塞了某個東西，彷彿被誰在無意間用腳踹進門縫深處。「那是什麼？」

鎧奧拔劍的速度快得讓她看不清，他的身體和挪劍的每個動作如舞蹈般優美。她彎下腰，拔出門縫裡的東西，聽見金屬刮過石地。

吊在這條鍊子上的是……海菲札那把鐵鑰匙。

鎧奧觀察這扇門和樓梯時，伊芮奈顫抖地戴上這條項鍊。「她不是在無意間把東西塞進門縫。」他說。

既然她把鑰匙藏在這裡……「她知道有人想對她不利。」

「她的辦公室裡沒有強行闖入或打鬥的痕跡。」他反駁。

「她很可能只是受到驚嚇，可是……海菲札做任何事都經過思考。」

鎧奧一手貼在她的後腰處，引導她走向樓梯。「我們必須通知衛兵，組織一支搜索隊。」

她作嘔欲吐。她一定會吐在樓梯上。

如果是她害死海菲札——

驚慌失措對情況毫無幫助。

她逼自己深呼吸兩次。「我們得動作快。你的背脊——」

「我沒問題，感覺很正常。」

伊芮奈評估他的站姿和平衡。「那我們快走。」

兩人沿泉塔的螺旋樓梯飛奔而下，詢問任何路過者有沒有見到海菲札，但答覆都是她在她的工作室。

彷彿她憑空消失、遁入陰影。

鎧奧身經百戰，懂得聆聽直覺。

而他的直覺告訴他：如果不是出了事，就是正在出事。

伊芮奈驚恐得面無血色，胸前的鐵鑰匙隨著步伐彈跳。兩人來到泉塔底層，伊芮奈以平靜口吻向衛兵們解釋高階醫者不知去向，要他們提高警覺。

但搜索隊組織得太慢。

任何一分鐘，哪怕只是一秒，都可能出狀況。

在泉塔一樓的繁忙走廊裡，伊芮奈詢問幾名醫者知不知道海菲札在哪。

不，她不在食堂。不，她不在草藥園。

她們剛經過食堂和草藥園，都沒看到她。

況且泉塔如此龐大。「我們如果分頭行動，就能搜索更多區域。」伊芮奈喘道，掃視走廊。

「不，這很可能正中他們的下懷。我們不能分開。」

伊芮奈揉揉臉。「如果在人群之中引發騷動，那個……人很可能會採取危險行動。我們還不能聲張。」她放下手。「我們該從哪裡找起？她可能在城裡，她可能已經死——」

「泉塔有多少出入口通往街道？」

「只有大門，還有收送貨物的一道側門，戒備都很森嚴。」

兩人只花了幾分鐘就檢查了這兩處，一無所獲。站崗衛兵們訓練有素，而且詳盡記錄了進出的每個人。他們沒看到海菲札，而且上一次有馬車進出是在清晨時分，也就是艾芮莎最後一次見到她之前。

「她一定在泉塔某處，」鎧奧望向高塔和醫師塔樓。「除非妳想得出還有哪個出入口，可能被人遺忘的地方。」

伊芮奈整個人僵住，眼睛如夕陽餘暉般火紅。

「圖書館。」她低語，然後拔腿就跑。

她的動作迅如狡兔，他勉強奔跑跟上。奔跑。諸神在上，他居然能跑，而且——

「據說圖書館暗藏地道，」伊芮奈喘道，帶他來到一條他眼熟的走廊。「在地下深處，通往外界，但沒人知道究竟通往什麼地方。聽說那些地道被封起，可是——」

他心跳如雷。「這就能解釋歹徒如何悄悄進出。」

如果那位老婦真的被拖來這裡……

「歹徒要怎樣帶走她而不被人發現？」

他不想回答。法魯格能隨心所欲地召喚並藏身於致命陰影。

伊芮奈在圖書館的辦公桌前倉促停步，諾莎猛然抬頭。大理石地板過於光滑，伊芮奈抓住桌緣才避免滑倒。

「妳有沒有見到海菲札？」她衝口問道。

諾莎來回看這兩人，注意到他依然拿在手裡的劍。

「怎麼了。」

「地道在哪？」伊芮奈質問：「被封起來的地道——究竟在哪？」

在她後方，一隻灰如風暴的芭絲貓從壁爐前跳起，跑進圖書館裡。

諾莎盯著桌上那只大如甜瓜的古老警鈴，連同放在一旁的榔頭。

伊芮奈急忙把手壓在榔頭上。「不行。這會驚動他們。」

諾莎的棕臉變得蒼白。「去地下層，直接走向那堵牆，然後左轉，到最盡頭的那堵牆，石面粗糙崎嶇那塊，然後右轉，妳就會看到地道。」

伊芮奈呼吸急促，但點點頭，輕聲背誦方向。鎧奧也牢牢記住。

諾莎站起。「我該不該通知衛兵？」

「去吧，」鎧奧說：「盡快，但別動聲色。叫衛兵來找我們。」

諾莎把顫抖的雙手交疊於腹。「那些地道已被遺棄多時，你們務必當心。就連我們也不知道裡頭有什麼。」

鎧奧考慮要不要對諾莎指出「在別人上戰場前給一堆人家聽不懂的曖昧警告還真實際」，但終究閉嘴，只是和伊芮奈十指交扣，沿走廊飛奔而去。

第六十一章

伊芮奈數算每一步。這麼做其實沒什麼幫助，但她的腦子就是不斷產生數字。

一，二，三……四十。

三百。

四百二十四。

七百二十一。

她和鎧奧持續深入地下樓層，掃視所有陰暗處、走道、壁龕、閱讀室和隙縫，但一無所獲。

只看到侍童們默默工作，其中許多人準備回房休息。沒看到芭絲貓——一隻也沒有。

八百三十。

一千零三。

他們倆來到圖書館最底層，這裡的燈火更昏暗，氣氛更靜謐，陰影也更為鮮明。伊芮奈在每一處陰影中看見諸多臉孔。

鎧奧按照諾莎的指示尋路，快步走在前頭，手中長劍如水銀般閃爍。

溫度下降。燈籠的數量越來越少。

皮封書籍逐漸被破爛卷軸取代，卷軸逐漸被刻字石板取代，木製書架逐漸被石壁龕取代。

大理石地板和牆面都變得愈加粗糙。

「這裡。」鎧奧低語，拉她停定，舉起長劍。

前方廳室只有地板上一支蠟燭提供照明，再過去一小段路……有四道門。

其中三道以沉重圓石封閉，但第四道……敞開，石塊已被推開。這道門前也燃著一支蠟燭，照映出門裡的地道，比泉塔任何樓層——包括澡堂——更深入地底。

鎧奧指向前方那條路上的塵埃。「腳印。並排兩串。」

正如他所說，那一處的塵埃明顯受到打擾。

他轉向她。「妳待在這兒，我去——」

「不。」他評估她的口氣和站姿時，她補充道：「一起。我們一起面對。」

鎧奧又考慮片刻，然後點頭，小心翼翼地帶她同行，指導她該踩在哪些位置上，以免在鬆散碎石上發出太多聲響。

地道入口的蠟燭彷彿向他們倆招手，就像一盞明燈，也像邀請。

他把佩劍舉向地道入口，燭光沿劍身舞動。

他看到門裡只有倒落石塊，以及一條冗長的黑暗通道。

伊芮奈從鼻孔吸氣，從嘴巴吐氣。海菲札。海菲札曾在這裡，可能受傷，可能更糟，而且——

鎧奧牽起她的手，帶她踏進黑暗。

兩人默默走了不知道多久，直到門口那支蠟燭的光芒逐漸淡去——然後出現另一支，很微弱，很遙遠。彷彿躲在遠方某個角落。

彷彿有人正在等候。

鎧奧知道這是陷阱。

知道高階醫者其實是誘餌而非目標。但如果他們倆已經來晚一步……

他絕不讓這種事發生。

兩人慢慢走向第二支蠟燭，燭光簡直就像開飯鈴——而他們倆就是晚餐。

但他還是前進，伊芮奈走在身旁。

那支蠟燭愈加明亮。

不是蠟燭——而是來自遠方通道的金光，給周遭石牆鍍上金澤。

伊芮奈試著加快腳步，但鎧奧維持步伐緩慢無聲。

他相當確定不管誰在前面等候，那人已經知道他們倆正在路上。

來到地道中的拐角處，他觀察遠側牆壁，試著準備好面對任何陰影或騷動，但只看到牆面光芒閃爍。

他窺視轉角處。伊芮奈也照做……

他不禁屏住呼吸。他這幾年見過不少驚奇景象，但眼前這幅……

這是一間廳室，規模和裂際城皇宮的王座廳相比有過之而無不及。天花板以雕飾石柱支撐，半遮於陰影，一道階梯從地道延伸向廳室的主樓層。他現在明白為什麼反映在牆上的光芒是金色。

因為燃燒於廳室各處的火炬之光是反射於……**黃金**。

一個古老帝國的財富堆滿整個空間。以純金打造的無數大箱、雕像和飾品。數不清的全套盔甲和刀劍。

許多石棺陳列其中，不是以黃金打造，而是堅不可摧的石材。

這是墓穴——也是收藏室。在廳室最深處一座高臺上是……

看到嘴裡被塞了布條、整個人被綁在黃金王座上的高階醫者，伊芮奈不禁輕聲尖叫。看到站在老婦身旁、把一支小刀貼在圓滾肚皮上的女子，鎧奧感覺渾身發涼。

杜娃。如今成了卡岡王的么女。

她朝繼續前進的兩人微笑——這個表情不屬於人類。

而是法魯格。

第六十二章

「哎呀呀，」公主體內的聲音開口：「你們還真是姍姍來遲。」

這個嗓音反彈於寬敞廳室的石塊與黃金。

鎧奧邊走邊觀察周圍所有物體和陰暗處，尋找能用的武器以及可能的逃脫路線。

兩人走在黃金堆和石棺之間，離王座越來越近。海菲札絲毫沒動。

這是地下墓地，很可能從綠洲那片廢墟的地下城一路延伸至此。

宮廷人員前往阿克薩拉綠洲那次，杜娃留在宮裡，聲稱因為有孕在身——

聽見伊芮奈嘶吼，鎧奧知道她也得出同樣結論。

杜娃懷了孕——被法魯格控制。

鎧奧評估勝算。被法魯格感染的公主手持小刀而且身懷黑魔法，高階醫者被綁在王座上……

而且伊芮奈就在一旁。

「既然你顯然在評估現況，韋斯弗大人，我就幫你省點麻煩，直接列出你的選項。」杜娃用小刀輕輕滑過圓滾肚皮，幾乎沒擾動裙裝布料。「其實，你必須做個選擇：選我，選高階醫者，不然就是選伊芮奈·塔爾斯。」公主微笑，再次低語：「**伊芮奈。**」

那個聲音……

他身旁的伊芮奈發抖。殺手試圖強行闖進套房的那天晚上，就是發出這個聲音。

但兩人在陡峭的王座高臺前停步時，伊芮奈還是抬頭挺胸，如女王般以沉穩嗓音對公主說：「妳究竟有什麼目的？」

杜娃歪起頭，眼睛全然烏黑——法魯格那種黑色。「你們不想知道我怎麼做到的？」

「我相信就算我們不問，妳也會說。」鎧奧說。

杜娃惱火得瞇起眼睛，但還是輕聲發笑。「這些地道串聯皇宮和泉塔，那些混蛋精靈，茉菈血脈的變節者，就是把他們的貴族葬在這兒。」她揮手示意整個廳室。「我相信卡岡王如果得知自己腳下藏了多少黃金，一定會驚喜得不知所措，他這下在有需要的時候又多了一張王牌。」

伊芮奈只是盯著海菲札，對方冷靜地看著他們倆。

老婦顯然準備好面對死亡，現在只想確保伊芮奈別以為她在害怕。

「我一直在等你們發現凶手就是我，」杜娃說：「我銷毀了那些珍貴的書籍和卷軸後，我以為你們一定會注意到只有我沒參加綠洲派對。但我後來意識到——你們怎麼可能懷疑我？」她把一手貼在飽滿肚皮上。「這就是為什麼吾王一開始就選擇她，美麗又溫柔的杜娃，性格善良得沒人把她當成競爭王位的對手。」她綻放毒蛇般的微笑。「你們知道嗎？赫薩蘅其實第一個試著拿走我的戒指。她在婚禮的禮物堆裡注意到這東西是帕林頓送的，因而表示想要，可惜杜娃搶先一步。」她伸出一指，展示手指上的銀製寬戒——並非黑得發亮的命運之石。

「石頭就藏在銀面底下，」她輕聲道：「很方便的小技巧。她向愛她愛得要死的人類王子許下愛的誓言時戴上了這東西。」杜娃一臉得意洋洋。「而且沒人注意到異狀。」她亮出白牙。

「除了目光犀利的小妹。」她嘖一聲。「圖姆倫開始懷疑有事情不對勁，注意到我在不該進去的地方東摸西碰。所以我也抓到她。」杜娃咯咯笑：「或者該說沒抓到她——畢竟就是我把她推下那面露臺。」

伊芮奈倒抽一口氣。

「她真是個魯莽衝動的公主，」杜娃慢條斯理道：「情緒陰晴不定。我總不能讓她跑去她深愛的父母面前告我狀吧？」

「妳這**婊子**。」伊芮奈怒罵。

「她就是這樣叫我，」杜娃回話：「說我看起來不正常。」她一手撫摸肚皮，再敲敲太陽穴。「你們真該聽聽她當時的尖叫聲。杜娃——我把那個小屁孩推下露臺時，杜娃放聲尖叫，但我很快就讓她閉嘴。」她又拿小刀滑過肚皮上的絲綢布料。

「妳在這裡做什麼？」伊芮奈輕聲質問：「妳想要什麼？」

「妳。」

聽見這個字，鎧奧的心跳漏了一拍。

杜娃站直身子。「暗黑君王聽聞了一些傳言，聽說一個擁有席爾芭天賦的醫者進了泉塔，這讓他深感不安。」

「因為我能把你們這些寄生蟲殺乾淨？」

鎧奧以眼神警告伊芮奈。

但杜娃把匕首移離肚皮，打量這把刀。「不然你們以為玟芺為何從不允許她那些醫者離開戒備森嚴的邊界？因為她知道我們會回來，因為她想做好準備——保護她自己。朵拉奈爾醫者各個都是她的珍寶、她的祕密大軍。」杜娃以匕首示意這片墓地。「當年那些精靈可真聰明，居然能在那場大戰後逃出她的手掌心，一路逃到這兒——那些醫者知道他們的女王會把他們當成牲畜般關在家裡。後來，他們把魔法深植於這片土地及其人民，鼓勵正確的力量崛起，確保這片土地能永久堅強並保護自己。後來他們消失了，把寶藏和歷史藏在地底下，還在上頭蓋起小小花園，確保這些東西永不見天日。」

鎧奧只問一聲：「為什麼。」

「為了讓玫芙忽視的小人物能在埃拉魍捲土重來時保有一線生機。」杜娃咂嘴。「那些變節精靈可真高尚。泉塔因此得以茁壯——暗黑陛下也確實再次崛起，但在落敗後休眠，就連他也忘了擁有適當天賦之人能造成什麼樣的影響。但後來他再次醒來，而且想起那些醫者，所以他想辦法殺光北方大陸那些擁有天賦者。」她對伊芮奈投以恨意滿滿的冷笑。「看來有個小小醫者逃過了砍頭臺，還大老遠跑來這座城，由這個帝國保護。」

伊芮奈呼吸急促。鎧奧看見她眼裡的愧疚和忐忑。她認為自己來到這裡而給大家——圖姆倫、杜娃、泉塔、卡岡王族——帶來了禍害。

但伊芮奈不知道鎧奧幫她看見另一個道理。他之所以看清楚這個道理，是因為一整塊大陸、一整個世界的命運都扛在他肩上。他明白埃拉魍為何擔憂得派來殺手。

就是因為伊芮奈，她法力充沛，正在面對這個自鳴得意的法魯格……因為希望。

站在他身旁的是希望，這些年藏身在這座保護她的城裡。她幾年前在諸神帶領下翻山渡海，避開決心消滅她的黑暗勢力。

希望的種籽。

這是對抗埃拉魍的最強武器。

而鎧奧被帶來這裡，就是為了替家鄉和同胞獲得並保護這份希望。她比任何士兵和武器都寶貴，她就是天下蒼生得以續存的唯一機會。

「那為何不直接殺了我，」伊芮奈追問：「為何殺了我以外的人？」

鎧奧沒勇氣提出或思索這個問題。

杜娃又把匕首貼在肚皮上。「因為妳活著對埃拉魍更有用，伊芮奈・塔爾斯。」

伊芮奈打從骨子裡顫抖。

「我一點也不重要。」伊芮奈低語。

那把刀——就貼在子宮的部位上。海菲札在杜娃旁默默旁觀，依然鎮定。

「妳一點也不重要？」公主溫柔道：「妳只花兩年就爬到泉塔高位，這種速度實在快得反常。不是嗎，醫者？」

杜娃體內的惡魔盯著海菲札時，伊芮奈反胃作嘔。

海菲札毫無畏懼地回瞪對方。

杜娃輕聲發笑。「她知道。我把她帶離她的辦公室時，她已經知道我是為妳而來，席爾芭的傳人。」

伊芮奈把手移向掛墜盒，塞在裡頭的紙條寫著「這個世界需要更多醫者」。是席爾芭那晚親自前往印尼希，親自引導她來這裡，留給她一個她日後會明白的訊息？

這個世界需要更多醫者——為了對抗埃拉魍。

「這就是為什麼埃拉魍派我來此，」杜娃溫柔道：「幫他打探情報，確認泉塔是否出現一個擁有那些天賦——特定天賦——的醫者，並阻止妳查出太多真相。」她稍微聳肩。「當然，殺掉那個屁孩公主和另一個醫者是……錯誤，但我相信我抓妳回去的時候，暗黑陛下會原諒我。」

伊芮奈耳裡嗡嗡作響，幾乎聽不見自己厲聲道：「既然妳要抓我去見他，那晚又為何殺掉被妳當成我的那名女醫？妳何不省點麻煩，乾脆殺掉城裡所有醫者？」

杜娃嗤之以鼻，揮動匕首。「因為那麼做會引來太多懷疑，某些關鍵角色很可能會開始質疑埃拉魍為何盯上妳這種人？所以我們不打算襲擊泉塔——而是確保泉塔醫者對此一無所知，會繼續待在這裡，遠離北方大陸，永不離開這片海岸，直到吾王準備對付這個帝國。」她的笑容令伊芮奈血液凍結。「至於那名女醫……不是因為她長得像妳，她只是在錯的時間出現在錯的地方。嗯……嚴格來說，那對我來說是正確的時間點，因為我當時餓得要命，如果進食就可能被人發現，但我覺得那麼做也許能讓妳感覺到一些恐懼、意識到危險，妳就不會再繼續治療那個亞達蘭蠢材，不會再繼續追查那些上古歷史。可惜妳就是不聽話，不是嗎？」

伊芮奈握起垂於兩側的拳頭。

杜娃說下去：「真可惜，伊芮奈．塔爾斯，實在可惜。因為妳治療他的每一天，都清楚證明了妳就是我的暗黑君王想要的人選。杜娃在宮裡安插的眼線讓我知道妳已經完全治好他，他能再次走路，而這清楚證明妳就是我奉命要找的人……」她朝海菲札冷笑，伊芮奈只想扯掉她這個表情。「我知道殺人會引發後果，但誘使妳下來這裡……易如反掌，簡單得令我失望。總之，」她翻轉手裡的小刀。「妳得跟我走，伊芮奈．塔爾斯，去莫拉斯。」

鎧奧擋在伊芮奈身前。「妳忘了一件事。」

杜娃挑起修剪整齊的一眉。「噢？」

「妳還沒贏。」

你快逃，伊芮奈想對他說。快逃。

因為杜娃握刀的手開始飄出黑暗力量。

「有趣的是，韋斯弗大人，」杜娃從高臺上俯視兩人。「你以為你能爭取時間，直到衛兵趕來。但那時候你已經死了，而且沒人敢懷疑我說你在這裡試圖殺害我們三個弱女子，你想把這些黃金搬回你那個小小窮國，因為你把錢全浪費在跟我父王的大臣購買軍火。說真的，這裡這些黃金夠你買一千支大軍。」

伊芮奈嘶吼：「妳得先過我們這一關。」

「或許吧。」杜娃從口袋裡掏出某個東西。另一枚戒指，鑲在上頭的石頭烏黑得吞噬光線，想必來自莫拉斯。「但只要妳戴上這東西……就會乖乖聽我的。」

「我為何——」

杜娃把小刀架在海菲札的咽喉上。「這就是為何。」

伊芮奈望向鎧奧，但他在觀察廳室、樓梯和出口。

以及纏繞於杜娃指間的黑暗力量。

「那麼，」杜娃從高臺往下走一步。「我們開始吧。」

她踏出第二步時，發生了一件事。

做出動作的不是鎧奧，而是海菲札。

她把自己連同整張黃金王座滾下階梯。

直接壓在杜娃身上。

伊芮奈尖叫，飛奔上前，鎧奧也立即照做。

海菲札和嬰兒——

老婦和公主滾落陡峭階梯，木板應聲斷裂——王座是木製而非金屬打造。漆繪王座隨著兩人滾落而破碎，杜娃放聲尖叫，海菲札雖然嘴上布條脫落卻沒吭聲——

兩人撞上石地板所發出的喀啷巨響撼動伊芮奈的心臟。

鎧奧急忙上前，目標不是癱躺在地的杜娃，而是靜止不動的海菲札。他把她往後拖，她嘴巴大張，渾身碎木和繩索——

她睜眼——

伊芮奈啜泣，抓住海菲札的另一條胳臂，幫鎧奧把她拉到安全處——一尊精靈士兵的高聳雕像。

這時杜娃用手肘撐起身子，披頭散髮，破口大罵：「你們這些垃圾——」

鎧奧倏然站起，把劍舉在身前。伊芮奈急忙施法治療海菲札的衰老身軀。

但老婦竭力舉起胳臂，抓住伊芮奈的手腕。快走，她似乎如此催促。

杜娃爬起身，頸部插著長條木刺，嘴角滴血——黑血。

鎧奧只回頭看伊芮奈一眼。快逃。

帶海菲札一起逃。

伊芮奈張嘴對他說不，但他已經回過頭面對前方，面對踏出一步的公主。

公主衣襟撕裂，露出底下又硬又圓的肚皮。孕婦那樣捧倒——

嬰兒。

伊芮奈把手伸進海菲札的瘦肩底下，把輕盈老婦拖過地板。

鎧奧不會殺了杜娃。

伊芮奈咬牙啜泣，不斷把海菲札往後拖過金光大道，諸多雕像只是冷眼旁觀。

他不可能傷害有孕在身的杜娃。

聽見充斥現場的暗影之力發出低沉嗡鳴，伊芮奈感覺胸口凹陷。

他不打算還手。他只想為伊芮奈爭取時間。

讓她能帶海菲札逃跑。

杜娃溫柔道：「你接下來應該會痛不欲生。」

伊芮奈轉向身後時，公主擲出幾道暗影箭，朝鎧奧鞭笞而去。

他翻滾避開，暗影箭因而擊中為他提供掩護的雕像。

「還真愛演戲。」杜娃嘖嘖搖頭。伊芮奈加快腳步，把海菲札拖向遙遠的樓梯口，丟下他——對他見死不救。

這時她從眼角注意到某個動靜，然後——

一尊雕像倒向公主——

但被杜娃以暗影之力架開。金幣之雨重擊石棺，敲擊聲四處迴盪。

「你把這個過程搞得很無趣。」杜娃咂嘴道，把一團暗影拋向他所在之處，炸得廳室為之震顫。伊芮奈踉蹌一步，但勉強站穩。

又一擊。

再一擊。

杜娃嘶吼，繞過鎧奧躲藏於後的石棺，以法力狂轟濫炸。

鎧奧突然出現，一手持盾。

不是盾牌——而是一面金屬古鏡。

暗影法術雖然擊碎鏡面，但已遭到反彈，從金屬板上彈向公主。

伊芮奈先看見血——鎧奧和公主身上的血。

然後看見他一臉驚恐，因為杜娃被往後擊飛，狠狠撞上一口石棺，發出刺耳裂骨聲。

杜娃趴在地上，不再動彈。

伊芮奈等了一秒，兩秒，然後把海菲札放在地板上，飛奔上前，跑向鎧奧。他氣喘連連，盯著公主。

「我做了什麼……」他低語，拒絕把視線從全然靜止的公主身上移開。他的臉被鏡子的碎玻璃扎得出血，但除此之外沒有大礙——沒遭受致命傷。

至於杜娃……

伊芮奈從他身旁推擠而過，走過他所持長劍，來到公主身旁。既然公主倒下，她應該能趁機驅魔甚至治療——

她把杜娃翻轉過來。

發現公主對她微笑。

接下來的這一幕發生得太快，迅雷不及掩耳。

杜娃把手伸向她的臉和咽喉，掌心竄出一條條黑帶般的魔法。

下一秒，伊芮奈已經不在原處——因為鎧奧把她推到一邊，用自己的身軀擋在她和公主之間。

他手上沒有盾牌，手無寸鐵。

他推開伊芮奈時，只用毫無設防的背脊承受法魯格這一擊的所有力道。

第六十三章

他的脊椎爆發痛楚，竄至雙腿、雙臂甚至指尖。

痛過玻璃城堡那一戰。

痛過後來的每一次治療。

但他只看見刺槍般的暗影魔法射向伊芮奈的心臟——

鎧奧倒地，伊芮奈的尖叫聲劃過他感到的劇痛。

快起來快起來快起來。

「真可惜，辛苦治療如今化為泡影。」杜娃悠然道，指向他的背脊。「你那條可憐的脊椎骨。」

他的脊椎再次遭到黑暗力量重擊。

某個東西斷裂。

再一次。再一次。

他的兩條腿最先失去知覺。

「**住手**，」伊芮奈跪地啜泣。「**住手！**」

「快逃。」他呢喃，把雙掌撐在石地上，逼胳臂出力，挺起身子——

杜娃只是從口袋掏出一枚黑戒指。「你也知道接下來如何收場。」

「不。」他咬牙，一再試著用兩條腿站起，背脊劇痛——

伊芮奈爬開一步，兩步，來回看著鎧奧和公主。

悲劇重演。他不可能有辦法再一次承受下半身癱瘓的人生。

就在這時，他看見伊芮奈用右手握住什麼。

她剛剛爬向什麼。

他的劍。

杜娃冷笑，跨過他動彈不得的兩條腿，走向伊芮奈。

伊芮奈站起，把鎧奧的劍舉在自己和公主之間。

劍身顫抖，因為伊芮奈咬牙啜泣、渾身發抖。

「妳以為那玩意兒對付得了……」杜娃溫柔道：「這個？」

公主的掌心飄出一條條鞭狀暗影。

不。他呻吟道，朝自己的身軀、深入體內的重傷以及幾乎令他昏厥的劇痛尖叫這個字。杜娃舉臂準備出擊——

伊芮奈擲出手中長劍，往前直射，動作笨拙而且毫無準頭。

杜娃避開後——

伊芮奈拔腿就跑。

她轉身狂奔，跑進石棺和財寶組成的迷宮，身手迅如雌鹿。

杜娃如捕獲氣味的獵犬般低吼呻吟，動身追去。

她不知道該怎麼辦。腦子一片空白。

毫無頭緒。全然不知如何是好。

鎧奧的脊椎——

毀了。那一切努力……瞬間化為烏有。

伊芮奈跑過一堆堆黃金之間，尋找——

杜娃以暗影箭轟炸她周遭，炸得黃金漫天飛舞，她吐出的每一口氣息因此被鍍上金光。

她從一口珠寶滿溢的大箱裡順手抓出一把短劍，高舉揮舞。

如果能盡量拖住杜娃——

一發暗影箭擊碎她前方的石棺，激起大塊碎石。

伊芮奈先聽見咚一聲，然後才感覺到撞擊。

接著才覺得頭殼疼痛、頭暈目眩。

她集中所有體力和鬥志，拚命站穩。

伊芮奈拒絕讓腳步蹣跚，而是繼續前進，盡量為鎧奧和師父爭取時間。她拐過一尊雕像——

只見杜娃就站在面前。

伊芮奈來不及停步，手中短劍離公主的身體和子宮只有咫尺——

她攤開手掌，丟下武器。杜娃穩穩站在原地，用雙臂勒住伊芮奈的脖子和腰間，予以箝制。

公主嘶吼出力，把她拖向原本那條黃金大道。「我現在這副身子可不喜歡跑步。」

伊芮奈死命掙扎，但被杜娃牢牢抓住。公主明明身形嬌小，力氣居然這麼大——

「我想讓妳——你們倆——目睹這一幕。」杜娃在她耳邊譏諷。

為了救她，鎧奧爬了一小段路，留下一條血痕，兩腿依然毫無反應。

他停止爬行，嘴角滴血，看著杜娃來到走道上、把伊芮奈緊緊勒在身邊。

「我該逼妳看著我殺了他？還是逼他看著我給妳戴上戒指？」

雖然被勒住喉嚨，伊芮奈還是低吼道：「**不准碰他**。」

鎧奧咬緊鮮血淋漓的牙關，拚命試著用胳臂撐起身子，但力不從心。

「可惜我沒有第二枚戒指，」杜娃若有所思地對鎧奧說：「我相信你的朋友們會願意為你付出大筆贖金。」她悶哼一聲。「但你的死訊應該也能給他們造成沉重打擊。」

杜娃放開伊芮奈的腰，指向他時——

伊芮奈做出行動。

她狠踩公主的腳，正中腳背。

公主痛得彎腰時，被伊芮奈用手掌重擊手肘，勒喉胳臂因而鬆脫。

伊芮奈趁機轉身，直接肘擊杜娃的臉部。

杜娃如石頭般墜落，嘴角出血。

伊芮奈朝鎧奧腰間的匕首伸手，利刃颼然出鞘。

她衝向被癱瘓的公主，跨坐在對方身上，高舉匕首，準備刺進公主的脖子，斬首斷頭，就算得一吋吋切斷頸部骨肉。

「**住手**。」鎧奧沙啞道，滿嘴是血。

杜娃毀了他——毀了所有成果。

他嘴裡的血倒灌進喉嚨……

伊芮奈啜泣，把匕首懸在公主頸部上方。

他奄奄一息。杜娃破壞了他體內某個部位。

杜娃逐漸恢復意識，眉心開始抽搐皺起。

快動手。

她必須現在就動手，把刀子刺進去，給這件事畫上句號。

然後也許她還能救他，還能挽救他遭受的致命內出血。可是他的脊椎——

生命。她發過誓：永不殺生。

更何況她眼前這名女子的子宮裡也有一條命……

匕首持續往下移。她要下手，然後——

「伊芮奈。」鎧奧低語，無力的嗓音滿是痛楚……

太遲了。

她的法力能感覺到他瀕臨死亡。她一直沒讓他知道她其實擁有一個駭人天賦——每個醫者都知道患者是否難逃一死。

她要給杜娃及其胎兒的可不是安詳之死。席爾芭，賜予安詳之死的女神。

鎧奧的死也不是安詳之死。

可是她……

可是她……

公主看起來這麼年輕。還有她子宮裡的生命……

她眼前這條命……

伊芮奈把小刀丟到地上。

噹啷聲迴響於黃金、石塊和骸骨之間。

鎧奧閉上眼睛，她相當確定他這種反應是出於安心。

某人輕觸她的肩。

她熟悉這個觸感。海菲札。

伊芮奈啜泣轉頭查看時——

高階醫者是由身後另外兩人扶起。在那兩人的協助下，海菲札在杜娃身旁彎腰，朝公主臉部呢喃幾字，對方隨即沉沉睡去。

娜斯琳。頭髮被風吹亂，臉頰紅潤又乾燥——

還有頭髮短了許多的薩韃克。王子神情緊繃，瞪大眼睛，看著不省人事、渾身是血的妹妹。娜斯琳輕聲開口：「我們來晚一步——」

伊芮奈急忙爬向一段距離外的鎧奧，幾乎感覺不到膝蓋被石地刮傷、鮮血流過太陽穴，只是把他的頭抱在自己的大腿上，閉上眼睛，集中法力。

白光綻放，但她看見周圍只有紅與黑。

太嚴重。太多部位遭到嚴重破壞——

他沒睜眼，胸腔幾乎沒動。

「**醒醒**。」她哽咽命令他，從體內深處召集更多法力，但他的傷勢……治療他無異於試著拿軟木塞填補半沉之船的無數破洞。

太嚴重。而且——

周圍傳來吶喊聲和腳步聲。

在她的法力感知下，他的生命力變得稀薄如霧。死神如禿鷹般在上空盤旋。

「**撐下去**，」伊芮奈啜泣連連，搖晃他。「你這頑固的混蛋，**撐下去**。」

她和他努力了這麼久，卻在最重要的這一刻——

鎧奧鼓起胸口，就像在下墜前唱出最後一道激昂音符——

「求求你。」她低語。

她沒辦法承受，也拒絕承受——

光芒閃爍。她看到的那團紅與黑之中出現一道光芒。

一支蠟燭燃起。一團白光。

然後出現第二團。

第三團。

破碎的身軀內部出現團團光芒，光芒照耀之處……

血肉修補癒合。骨頭恢復平整。

一團又一團光芒。

他的胸口持續起伏。

但在這團傷痛、黑暗與光明之中……

出現一個既熟悉又陌生的女性嗓音。是海菲札的聲音，也是……別人，一個未曾身為人類的聲音。這個聲音透過海菲札發聲，兩者的嗓音在黑暗中彼此融合。

傷勢太過嚴重。若欲修補，就必須付出代價。

聽見這個異界嗓音時，團團白光似乎遲疑不決。

伊芮奈進入白光之間，就像走過一大片白花，光團在這個無聲的傷痛之地搖擺起伏。

她們不是光芒……而是醫者。

她熟悉她們的光輝和本質。艾芮莎——最靠近她的一團白光是艾芮莎。

同時屬於海菲札和異界者的嗓音重複：必須付出代價。

因為公主對他造成的傷勢……難以挽回。

我願意付出。伊芮奈朝傷痛、光明與黑暗答覆。

芬海洛之女願意替亞達蘭之子還債？

是的。

她相當確定一隻溫柔又溫暖的手擦過她的臉龐。

伊芮奈知道這不是海菲札或異界者的手，不屬於任何現存醫者。

而是在她浪跡天涯時也未曾丟下她的某人。

異界者問道：妳是自願付出？

是的。全心全意。

畢竟她的心已經給了他。

這雙溫馨的幻影之手再次撫摸她的臉頰，然後消失。

異界者說下去：看來我選得很好。妳將付出代價，伊芮奈・塔爾斯。我希望妳會明白這個代價究竟是什麼。

伊芮奈試著開口。但一團強光爆發，柔和又宜人。

光芒強烈得令她在裡在外都無法視物。她趴在鎧奧頭上，十指緊緊抓住他的上衣，掌心底下感覺到他的強勁心跳。他的低語拂過她的耳朵。

幾隻手放在她肩上。兩雙。這四隻手繃緊，無聲命令她抬頭。

伊芮奈照做，發現海菲札站在身後，艾芮莎站在一旁，各自把一手放在她肩上。

而這兩人身後也站著兩名醫者，手搭在她們肩上。

而那兩人身後也站著兩人，綿延不絕。

一條活生生的治療鍊。

所有泉塔醫者，無論老幼，都站在這個由黃金與骸骨組成的廳室。

人人彼此串聯，把法力導向伊芮奈，導向她依然放在鎧奧身上的雙手。

娜斯琳和薩韃克站在幾呎外，前者一手摀嘴，因為鎧奧——

鎧奧的雙腳出現動靜時，泉塔醫者們紛紛放下手，切斷法力之橋。然後他開始挪動膝蓋。

他睜開眼睛，仰頭看著伊芮奈，她的淚水滴在他沾染血汙的臉上。他抬手輕觸她的嘴唇。

「我死了？」

「還活著，」她低語，把臉靠向他。「活得好好的。」

鎧奧在她嘴邊微笑，深深嘆口氣。「那就好。」

伊芮奈抬頭，他又對她微笑，臉上血塊為之挪移。

他原本帶疤的臉頰……如今光滑無瑕。

第六十四章

鎧奧渾身痠痛，但這是因為脫胎換骨。痛的是肌肉，而不是因為哪根骨頭斷裂。至於肺臟裡的空氣……他呼吸時不再感到灼熱。

伊芮奈扶他坐起時，他覺得頭暈目眩。

他眨眨眼，在醫者們紛紛離去時看到神情嚴肅的娜斯琳和薩韃克。王子剪掉了原本的長辮，如今是及肩短髮，至於娜斯琳……一身鷹族皮衣，黑眸比他見過的更為炯炯有神──但臉色陰沉。

鎧奧沙啞道：「發生什──」

「你捎了信叫我回來，」娜斯琳臉色蒼白。「所以我們全速飛回。我們得知你今天傍晚進入泉塔，衛兵們跟我們一起進來，直到跟不上我們的腳步。我們在地底稍微迷了路，幸好……有貓帶路。」

鎧奧納悶地瞥向她身後，看到六隻眼如綠鑽的芭絲貓坐在地道階梯上理毛。注意到他這個人類投來的注意力，牠們豎直尾巴散場。

薩韃克淺淺一笑，補充道：「我們下來地底之前，判斷應該會需要醫者，所以也拜託其中一些跟來。想來的人數顯然遠超過預期。」

看到多少女性在貓群散場後魚貫離去……看來所有醫者都來了，一個都不缺。

在鎧奧和伊芮奈身後，艾芮莎正在治療海菲札。老婦還活著，目光清晰，但……虛弱疲憊。

艾芮莎雖然念念有詞地責備老婦逞英雄，但眼帶淚光。海菲札用拇指撫摸艾芮莎的臉頰時，後者似乎分泌出更多淚水。

「她該不會──」薩韃克把下巴瞥向癱倒在地的杜娃。

「只是陷入昏睡，」海菲札沙啞答覆：「直到被弄醒。」

「就算她戴著法魯格戒指？」娜斯琳詢問時，看到薩韃克想把妹妹從石地抱起，她立刻摟住他的腰阻止他，這麼做換來王子納悶的眼神。鎧奧意識到：這兩人滿身都是癒合不久的傷口，而且王子走動時……有點瘸。他們倆必定碰上某種經歷──

「她就算戴著戒指，還是會繼續昏睡。」海菲札說。

伊芮奈只是瞪著公主，連同掉在一旁的匕首。

薩韃克也看到這把刀，因而對伊芮奈輕聲道：「謝謝妳──沒殺她。」

伊芮奈只是把臉靠在鎧奧的胸膛上。他撫摸她的頭髮，感覺溼潤──

「妳在流血──」

「我沒事。」她靠著他的上衣呢喃。

鎧奧稍微後退，觀察她的臉龐和染血的太陽穴。「沒事才怪。」說完，他扭頭望向艾芮莎。「她受傷了──」

艾芮莎翻白眼。「很高興看到這一切絲毫不影響你們倆放閃。」

鎧奧冷冷回瞪。

海菲札從艾芮莎肩後探頭過來，淡然詢問伊芮奈：「妳確定這個強勢的男人值得妳付出的代價？」

伊芮奈還來不及回答，鎧奧追問：「什麼代價？」

現場一片沉默，就連伊芮奈也盯著要艾芮莎暫停治療的海菲札。高階醫者輕聲說下去：「你受的傷太重。就算我們一起醫治你……死神還是牽起了你的手。」

他轉向伊芮奈，不安得胃袋扭擰。「妳做了什麼。」他低語。她避開他的瞪視。

「她八成做了一樁愚蠢的買賣，」艾芮莎厲聲道：「連代價是啥都不知道就答應支付，就為了救你一命。我們當時都聽見了。」

鎧奧只是盡可能維持鎮定，問道：「付給誰的代價？」

「不是實際支付什麼東西，」海菲札糾正，把手放在艾芮莎肩上要她住口。「而是恢復平衡。收取這份代價的，是喜歡看到平衡得以維持下去的某一位，而那一位就是在我們大家聚在你體內時透過我發聲。」

「什麼代價。」鎧奧沙啞追問。如果她放棄了什麼，他一定要想辦法拿回來。他不在乎自己得付出什麼代價，他——

「為了讓你的生命得以繼續留在這個世上，我們必須把你的命繫在另一條命上——也就是她的命。兩條生命，」海菲札澄清：「如今共用一條繫繩。但就算這麼做……」她指向他單膝跪地的雙腿。「惡魔給你造成太多傷害。為了盡量挽救你，還需要付出另一個代價。」

伊芮奈僵住。「什麼意思？」

海菲札來回看著這兩人。「你的脊椎仍有一些損傷——會影響腿的下半段，就連我們也治不好。」

鎧奧來回瞥向高階醫者以及自己能動的雙腿。他甚至已經把部分體重撐在腿上，雙腿依然穩固。

海菲札說下去：「伊芮奈的法力能透過你們倆之間的生命連結湧入你體內……產生支架作用，穩定受損部位，讓你在伊芮奈法力充沛時能運用雙腿。」他做好心理準備，等著聽但是。

海菲札嚴肅微笑道：「但是，伊芮奈法力不足、精疲力竭的時候，你的傷勢就會再次奪回控制權，你的行走能力就會再次減弱。你至少得拄拐杖才能走路——如果嚴重，恐怕得在輪椅上坐幾天。總之，你的脊椎創傷將維持下去。」

這番話在他的心中湧動一會兒，逐漸平息。

看伊芮奈全然靜止，他轉向她。

「我不能再一次幫他治療？」她俯身靠向他，彷彿就打算這麼做。

海菲札搖頭。「這是平衡的一部分，這就是代價。別激怒出於同情而賜妳這份慈悲的那一位。」

但鎧奧觸摸伊芮奈的手。「這不是重擔，伊芮奈，」他溫柔道：「能獲得這種安排，一點也不是重擔。」

但她依然一臉悲痛。「可是我——」

「坐輪椅不是懲罰，不是坐牢，」他說：「從頭到尾都不是。無論坐輪椅、拄拐杖還是靠雙腳站立，我還是我。」他擦掉沿她臉頰滑落的淚水。

「我想治好你。」她呢喃。

「妳已經治好我。」他綻放笑臉。「伊芮奈，妳在真正重要的所有層面上……已經治好我。」

鎧奧幫她擦掉另一滴淚珠，輕吻她灼熱的臉頰。

「這筆交易的生命連結還有一個條件。」海菲札輕聲補充，他們倆轉頭回視。「等大限之日到來，無論死得安詳還是悽慘……死神將同時帶走你們倆。」

伊芮奈的金眸依然泛著銀光，但臉上不再有恐懼和憂傷——完全沒有。

「一起。」鎧奧低語，和她十指交扣。

她的力量將成為他的支柱。伊芮奈離開這個世界時，他會一起走。但如果是他先死——

他感覺內臟翻攪。

「這一切真正的代價，」海菲札看出他的驚慌失措。「不是擔心自己的生命，而是擔心自己的死會給另一半造成什麼影響。」

「我建議你別去打仗。」艾芮莎咕噥。

但伊芮奈搖頭，挺起肩膀，做出宣布：「我們會參戰。」她指著杜娃，看著薩韃克，彷彿自己剛剛並沒有為了挽救鎧奧而獻出生命——「如果我們不打這場仗，這就是埃拉魍會給你們每個人的下場。」

「我知道。」薩韃克輕聲道，轉向娜斯琳，她回視他……鎧奧看見了這兩人之間的默契，一種萌生不久的關係，雖淡但確實存在，就像他們倆身上的傷痕。「我知道。」薩韃克重複，手指擦過娜斯琳的手。

娜斯琳這時回視鎧奧的眼睛。

她對他溫柔微笑，然後瞥向正在問海菲札站不站得起來的伊芮奈。他從沒見過娜斯琳顯得如此……平靜，散發這種低調幸福。

鎧奧嚥口水，無聲表示：對不起。

娜斯琳搖頭時，薩韃克低喝一聲抱起妹妹，把體重撐在沒受傷的一腿上。我覺得我過得很好。

鎧奧微笑。那我為妳感到開心。

娜斯琳瞪大眼睛，看到鎧奧終於站起並拉伊芮奈一同起身。他的動作看來十分流暢，不像需要伊芮奈以法力提供無形支撐。

娜斯琳擦掉淚水，鎧奧拉近彼此間的距離，緊緊擁抱她。「謝謝妳。」他在娜斯琳耳邊說。

她也緊擁他。「謝謝你——謝謝你帶我來這裡，讓我經歷這一切。」

她望向以灼熱目光看著娜斯琳的王子。

她補充道：「我們有很多事情要告訴你們。」

鎧奧點頭。「我們也是。」

兩人分開後，伊芮奈上前幾步，熊抱娜斯琳。

「我們該如何處理這些黃金？」艾芮莎扶海菲札走離時質問，這時衛兵們組成一條通往墓穴外頭的人牆通道。「一堆俗不可耐的破玩意兒。」她吐口水，朝一尊高聳的精靈士兵雕像皺眉。

鎧奧不禁發笑，伊芮奈也一起笑，摟住他的腰，跟在兩名醫者身後。

伊芮奈剛剛對他說他「還活著」。兩人一同走出黑暗時，鎧奧覺得至少這三個字感覺是事實。

薩韃克把杜娃抱到卡岡王面前，並叫來所有手足。

因為伊芮奈堅持他們每個人都該在場。鎧奧和海菲札也如此要求。

卡岡王展現伊芮奈第一次目睹的情緒反應，衝向不省人事、滿身是血的杜娃。薩韃克跛腳走進父王和其他人所在的廳室，大臣們上前圍觀。聽見赫薩蘛發出驚呼，伊芮奈相當確定這是出自真心悲痛。

薩韃克把杜娃放在一張矮沙發上時，沒讓父王或任何人觸碰妹妹，只讓娜斯琳接近。伊芮奈在幾步之遙默默旁觀，鎧奧就在身邊。她幾乎能觸摸到彼此間的連結，它就像一條活生生的涼爽柔光，從她身上流進……他體內。

而且只要彼此能繼續活下去，他似乎真的不介意自己的脊椎和神經將永久半損。

就算她的法力耗盡，他的腿也確實能保有部分的運動能力。但在她法力枯竭時，他不可能站得起來。她心想，他們倆很快就會透過親身經歷，而得知她的法力存量與他是否需要拐杖或輪椅之間的關聯。

但鎧奧說得沒錯。不管他站立、拄拐杖還是坐輪椅……這都不會改變他是誰。她在他明白這個道理前早就愛上他。無論他在這個世上有何遭遇，她都會愛他。

如果我們吵架？走來這裡的路上，伊芮奈這樣問過他，到時候怎麼辦？鎧奧只是吻她的太陽穴，回一句我們本來就天天吵架，這算不上什麼新鮮事，然後補充道，妳以為我想跟一個不會天天讓我甘拜下風的女人在一起？

看她皺眉，他說下去：而且我們之間這條連結，伊芮奈……這沒改變任何事，完全沒改變妳我之間。妳還是需要妳的私人空間，我也需要我的，所以呢，妳千萬別以為我會容忍妳為了黏著我而掰些瞎理由——

她猛戳他的肋骨。我最好會像個花痴女一樣天天黏著你！

鎧奧哈哈大笑，把她抱得更緊。但伊芮奈只是拍拍他的胳臂，說聲而且我覺得你完全能照顧自己。

他只是又吻她的額頭。這個話題到此為止。

此刻，伊芮奈觸摸他的指尖，他握住她的手。薩韃克清清喉嚨，舉起杜娃癱軟無力的一手，展示上頭的婚戒。「帕林頓派來的惡魔就是透過這枚戒指奴役了我們的妹妹。」

人們交頭接耳、挪動身子。阿古恩怒罵：「胡說八道。」

「帕林頓不是人，而是埃拉魍，」薩韃克宣布，沒理會大哥。伊芮奈意識到娜斯琳顯然已向他說明一切。「法魯格君王。」

鎧奧依然牽著伊芮奈的手，向所有人補充說明：「埃拉魍以結婚禮物的形式送上這枚戒指，他知道杜娃會戴上——知道他派來的惡魔能藉此掌控她，就在她的大喜之日。」他們已經把另一枚黑石戒指送去泉塔，鎖在一口古老置物箱裡，留待日後處置。

「胎兒。」卡岡王質問，瞥向女兒衣襟破損的孕肚，以及已經被海菲札清除木刺的頸部傷痕。

「這些全是謊話。」阿古恩破口大罵：「出自別有用心之人的嘴。」

「這些不是謊話，」海菲札打岔，昂首而立。「而且我們有目擊者能向你提出反證。衛兵、醫者……如果你就是不信，你的親兄弟也能作證。」

想推翻高階醫者的說詞……阿古恩閉上嘴。

卡辛推擠而來，撞開赫薩蘭的肩而換來她的怒瞪。「難怪……」他看著沉睡的妹妹。「她最近一直很反常。」

「她才不反常。」阿古恩斥責。

卡辛瞪著大哥。「如果你曾屈尊稍微跟她相處，就會看出她哪裡不對勁。」他搖頭。「我原以為她心情不好是因為婚約和懷孕。」他面向鎧奧，眼裡滿是悲痛。「是她下的手吧？是她殺了圖姆倫。」

震驚情緒如驚濤駭浪般席捲全場，每個人都盯著他。但鎧奧只是轉向卡岡王，對方面無血色，其心中悲痛是伊芮奈尚未體會也無法想像——不僅失去一個孩子，還發現……「是的，」鎧奧向卡岡王低頭道：「惡魔坦承動手，但兇手不算是杜娃。按照惡魔的說法，杜娃當時拚命抗拒——極力拒絕殺害您的愛女。」

卡岡王閉眼許久。

卡辛在凝重氣氛中向伊芮奈舉起兩隻手掌。「妳能治好她嗎？如果真正的她還在這副軀殼底下？」他哽咽哀求，不是王子詢問醫者，而是朋友懇求另一個朋友，正如兩人有過的關係——她也希望彼此能恢復的關係。

人群盯著伊芮奈，她答覆時不讓自己因為絲毫遲疑而駝背。「我會盡力一試。」

鎧奧補充道：「另外有些事是您該知道的，偉大的卡岡王，關於埃拉魍以及他構成的威脅、您和這片土地能給他造成什麼樣的阻礙，而且您能從中獲得什麼。」

「你想趁這時候達成你的私人目的？」阿古恩怒斥。

「不，」鎧奧嗓音清澈而且毫無遲疑。「但別忘了，莫拉斯已將魔爪伸向這片海岸，已經謀殺並傷害了你們在乎的人們。如果我們不挺身面對這個威脅……」他握緊伊芮奈的手。「杜娃公主將只是個序幕，圖姆倫公主也不會是埃拉魍和法魯格最後一個受害者。」

娜斯琳上前一步。「我們從南方帶來了壞消息，偉大的卡岡王。髂朗庫伊再次崛起，受牠們的暗黑……主人召喚。」聽見她的用字，許多人不安得扭捏。另一些人困惑得面面相覷時，娜斯琳解釋：「牠們是來自法魯格黑暗國度的生物。這場戰爭的影響力已經觸及這片土地的深處。」

竊竊私語和袍衣窸窣聲四處迴響。

但卡岡王沒把視線從昏迷不醒的女兒身上移開。「救她。」他開口——朝伊芮奈。海菲札對伊芮奈微微點頭，示意她上前。

這個訊息再清楚不過：這是測驗，最終測驗，不是伊芮奈和高階醫者之間，而是在一個更為重要的規模上。

也許這就是呼召伊芮奈來到這片海岸的原因。那個聲音引導她橫越兩個帝國，翻山渡海。眼前這名患者遭到寄生物感染。伊芮奈曾面對這種寄生物。

但杜娃體內的惡魔……伊芮奈走向沉睡公主。開始動工。

第六十五章

伊芮奈伸出毫不顫抖的雙手。

她用白光籠罩的手指牽起沉睡公主的手，這隻手如此輕盈纖細，卻做出恐怖惡行。

伊芮奈朝虛假婚戒伸手時，法力波動扭曲，彷彿這枚戒指是能扭曲周圍空間的某種磁石。

鎧奧把手放在她背上，默默表達支持。

她鼓起勇氣，吸一口氣，握住戒指。

這次的感覺更糟。

遠比探索鎧奧體內時更糟。

他體內的黑暗力量只是一抹陰影，但公主這枚戒指裡頭就像一池黑墨。腐敗。和這個世界萬物完全相反的力量。

伊芮奈咬牙喘氣，手上的法力爆發強光，成了她和戒指之間的防護手套。她用力一拔。

戒指脫落。

杜娃開始尖叫。

她在沙發上拱身彈跳。薩韃克和卡辛急忙上前，分別抓住她的腿和肩。

兩位王子咬牙壓制時，妹妹拚命掙扎、無聲尖嘯，在海菲札的沉睡咒語下依然意識不清。

「**妳弄痛她了。**」卡岡王厲聲道。伊芮奈只是繼續觀察杜娃，懶得回頭看他。公主的身子劇烈起伏抽搐。

「閉嘴，」赫薩薾朝父王嘶吼：「讓她專心治療。旁邊的快找個鐵匠來，敲開這枚該死的戒指。」

周圍騷動化為模糊的影子和聲響。伊芮奈勉強注意到一名年輕男子——杜娃的丈夫——飛奔而來。他摀嘴哭泣，被娜斯琳拉住。

鎧奧只是繼續跪在伊芮奈身邊，以安撫姿態揉揉她的背，然後抽手。她繼續瞪著不斷掙扎的杜娃。

「她再這樣下去會傷到自己。」阿古恩斥責：「快住手——」

一個真正的寄生物。公主體內一個活生生的暗影占據了她的血液循環，在她的心智之中扎根。

她能感覺到公主體內的法魯格惡魔咆哮尖嘯。

伊芮奈抬起雙手，皮肉被白光完全滲透。她已經成為這團光，而她的肉身只是一個容器，肉體與光體之間的界線變得模糊。

聽見某人倒抽一口氣，伊芮奈把綻放強光的雙手伸向公主的胸腔，彷彿由某種無形力量引導。

惡魔感覺到她逼近，開始驚慌。

她依稀聽見薩韃克咒罵，聽見杜娃猛踩沙發扶手而發出的木材斷裂聲。

但這其實是法魯格在她的法力壓迫下掙扎。

她繼續把熾白雙手伸向公主，壓在對方的胸口上。

光明爆發，亮如烈日。人們驚呼連連。

但光明迅速消失，鑽進伊芮奈壓在杜娃胸上的雙手，鑽進公主體內。

伊芮奈的感知力也進入其中。

看到公主體內就像一場黑暗風暴。

冰冷、激烈又古老。

伊芮奈感覺牠就潛伏於此。無所不在。就像條蟲。

「**你們都會死——**」法魯格惡魔嘶吼。

伊芮奈釋放法力。

洪流般的白光淹沒所有血管、骨頭和神經。

不，不是河流，而是一條光帶，由她法力之中的無數小核組成，形成軍團，深入每一個黑暗化膿的角落、每一個充滿惡意的嗥叫隙縫進行獵捕。

她勉強聽見一名鐵匠到來，聽見榔頭敲擊金屬。

赫薩蘅低吼——鎧奧也發出同樣的聲響，就在伊芮奈耳邊。

她模糊看見他們把一小塊閃閃發亮的黑石放在一位大臣提供的手帕上，來回傳遞，讓眾人目睹。

在她的法力窒息與淹沒下，法魯格惡魔厲聲咆哮。伊芮奈呼吸困難，承受牠做出的反抗與推擠。

鎧奧又開始溫柔撫摸她的背。

她對周圍的感知又消退不少。

我不怕你，伊芮奈朝黑暗說道，而且你無處可逃。

杜娃拚命掙扎，試著讓伊芮奈鬆手。伊芮奈更用力按壓她的胸口。

時間放慢並扭曲。她隱約覺得膝蓋痠痛、背脊痙攣，感覺到薩韃克和卡辛拒絕讓別人接替他們倆的位置。

伊芮奈繼續把法力灌進杜娃體內，以吞噬之光充斥其全身。

惡魔尖叫連連。

她一點一滴地把牠逼至體內深處。

直到她看到牠蜷縮在公主的核心之中。

牠的真身……正如她想像的那般驚悚駭人。

煙霧在牠周身旋轉翻騰，偶爾揭露牠帶爪的瘦削肢體，皮膚光禿無毛。她盯著牠時，牠用大得反常的憤怒黑眼回瞪。

她仔細觀察牠。

牠嘶吼，露出魚牙般的尖牙。*妳的世界註定滅亡，正如其他世界，所有世界。*

惡魔把爪子深深刺進黑暗時，杜娃哀號。

「可悲。」伊芮奈對牠說。

也許她是大聲說出這兩個字，因為周遭陷入寂靜。

她模糊感覺到那條連結飄離……變得薄弱。她背上那隻手越來越遠。

「真可悲，」伊芮奈重複，法力在身後聚成一道熾白巨浪。「堂堂王子這樣欺負一個弱女子。」

面對大浪，惡魔匆忙後退，在黑暗中揮爪，彷彿想在杜娃體內挖出一條隧道。

伊芮奈向前推進，讓法力之浪往下砸。

大浪襲擊惡魔的殘餘力量時，牠發笑。*丫頭，我不是王子，而是公主，而且我的姊妹們*

很快就會找到妳。

伊芮奈的光芒爆發，撕裂劈砍，吞噬任何一抹殘留黑暗——

伊芮奈突然返回軀殼，癱倒在地。鎧奧呼喊她的名字。

但赫薩薾已經趕到，拉她坐起。伊芮奈急忙把發光的雙手伸向杜娃——但公主劇烈咳嗽，呼吸困難，試著轉向側身。

「幫她翻身。」伊芮奈對王子們沙啞道，他們照做。這時杜娃大口吸氣，然後嘔吐在沙發邊上，沾到伊芮奈的膝部，臭得就像來自地獄最深層。但她還是觀察這團穢物：食物——大多是食物，還有少許血斑。

杜娃發出斷喘聲，再次嘔吐。

這一次，她的唇間只飄出黑煙。她不斷嘔吐，直到一縷暗影滴在翠綠地板上。

幾條黑霧飄出杜娃的嘴唇時……伊芮奈的法力雖然為之緊繃，但她感覺那個法魯格惡魔的最後一絲力量終於消失無蹤。

就像被太陽蒸發的最後一滴晨露。

她感覺渾身冰涼痠痛。空虛。她的法力枯竭得只剩殘渣。

她眨眨眼，抬頭望向沙發周圍的人牆。

卡岡王由兒子們包圍，各個握住劍柄，神情嚴峻、殺氣騰騰——出於震怒，不是針對伊芮奈，不是針對杜娃，而是把這一波禍害送進這個家族的那名男子。

杜娃吐口氣，神情放鬆許多，臉頰恢復血色。

杜娃的丈夫又想衝向她，但被伊芮奈抬手攔阻。

沉重——她覺得自己這隻手沉重如鉛，但她還是觀察這名年輕人的驚慌眼神。他盯著的不是妻子的臉龐，而是腹部。伊芮奈對他點頭，彷彿表示**我會檢查**。

然後她把雙手放在杜娃高挺又圓滾的肚皮上，以法力偵測各處——查看裡頭的小生命。某個嶄新又喜悅的力量做出回應。

強勁又嘹亮。

這股力量踹醒杜娃。

公主眨眼睜開，朝周圍每個人眨眼，包括依然把手放在她肚皮上的伊芮奈。「胎兒——」公主的嗓音哽咽沙啞。

伊芮奈微笑以對，輕輕喘口氣，感覺如釋重負。「很健康，而且是人類。」

杜娃只是瞪著伊芮奈，直到黑眸湧出淚珠。

她的丈夫癱坐在一張椅子上，雙手掩面，肩膀顫抖。

旁邊出現一陣騷動，卡岡王——這個世上最強大的男人——來到沙發旁屈膝跪地，朝女兒伸手，把她緊緊摟進懷中。

「這一切都是真的，杜娃？」阿古恩從沙發另一頭提出質問，伊芮奈逼自己別罵他應該先給杜娃一點時間恢復。

薩韃克可沒有這種顧慮，直接朝大哥咬牙道：「**給我閉嘴**。」

阿古恩還來不及回嗆，杜娃這時從卡岡王肩上抬起頭。

她以淚眼一一看著薩韃克和阿古恩，接著是赫薩蘛，然後是卡辛，最後是把雙手從臉上放下的丈夫。

她那張美麗的臉龐上依然殘留陰影，但——都是人類的情緒。

「是真的，」杜娃輕聲哽咽，回頭看著兄弟姊妹。「全是真的。」

卡岡王聽懂這幾個字暗指的一切，又把女兒抱進懷裡，在她痛哭失聲時輕輕搖晃她的身子。

赫薩蘅在沙發一端逗留，帶著類似渴望的情緒看著兄弟們上前擁抱妹妹。

注意到伊芮奈投來的目光時，赫薩蘅以脣語向她道謝：謝謝妳。

伊芮奈只是低頭致意，走向在附近等候的鎧奧。他這時不在她身旁，而是坐在附近一根石柱旁的輪椅上。看來伊芮奈在杜娃體內驅魔時，為他提供的魔法支架因而持續減弱，他因此請了僕人去他房裡把輪椅搬來。

鎧奧推動輪椅來到她面前，觀察她的臉孔，但他自己臉上沒有悲痛，也毫無沮喪。只有敬畏——還有令她窒息的強烈愛慕。伊芮奈在他的大腿上坐下，在他的環抱下吻他的臉頰。

廳室另一頭的門扉猛然打開，匆促腳步聲和裙襬沙沙聲飄來——連同啜泣聲。皇后撲向女兒時啜泣不斷。

她離女兒不到一呎時被卡辛急忙攔住腰部，她整個人為之搖晃，白袍因而擺動。她用霍赫語開口，快得讓伊芮奈聽不懂，膚色在長直黑髮襯托下顯得格外蒼白。卡辛輕聲說明原委，以安撫姿態撫摸她的瘦削背脊時，她似乎只看見眼前的女兒。

皇后跪在地上，把杜娃抱進懷裡。

看到這對母女因悲痛和喜悅而痛哭，這勾起了伊芮奈的昔日傷痛。

鎧奧捏捏她的肩膀，表示理解。伊芮奈從他膝上站起，兩人一同轉身離去。

「什麼都行。」卡岡王回頭對伊芮奈開口，依然跪在妻子和女兒身旁；赫薩蘅終於也撲上去擁抱妹妹。母后抱著兩位公主，吻她們倆的臉頰、額頭和頭髮，互相緊擁。「不管妳想要什麼，」卡岡王說下去：「只要妳說出口，它就是妳的。」

伊芮奈毫無遲疑，衝口做出答覆。

「幫我一個忙，偉大的卡岡王。我想請您幫個忙。」

雖然宮中陷入混亂，但鎧奧和伊芮奈還是得以和娜斯琳和薩韃克坐下來獨處，而且地點就是平時所住的套房。

王子和娜斯琳加入了他們倆返回套房的漫長旅程。鎧奧推動輪椅，緊緊跟在伊芮奈身邊。伊芮奈雖然走得搖搖欲墜，但頑固得不想承認這點，甚至還以醫者銳眼評估他的狀況，詢問他的背脊和雙腿狀況如何，彷彿法力枯竭的人是他。

她為杜娃驅魔而灌入大量法力時，他感覺到自己的身體發生變化，背脊和雙腿變得愈加無力，他才終於走離她身邊，踏著不穩的步伐來到附近一張沙發旁，把手撐在木製扶手上，輕聲請求旁邊一名僕人幫他把輪椅推來。僕人回到現場時，鎧奧已經站不起來，就算雙腿仍保有部分行動力。

但這並不令他感到氣餒或羞愧。如果他的後半輩子就是這種狀態……這完全不是懲罰。回到套房時，他還在想著這點，盤算該如何安排在她的治療下讓他能踏上戰場。

因為他決心參戰。就算她法力耗盡，他還是要戰鬥下去，不管是坐在馬背還是輪椅上。

伊芮奈日後需要為別人進行治療時，她體內的法力召喚她踏上那些殺戮戰場、她跟他之間的連結變得薄弱時……他會靠拐杖或輪椅撐下去，絕不退縮。

前提是他能熬過接下來的戰役。大戰。如果他和她都能活下來。

他和伊芮奈在取代了原本那張金絲沙發的替代物上坐下——說真的，他在考慮要不要把那張被砸爛的沙發搬回亞達蘭——娜斯琳和王子則是謹慎地分別坐在兩張椅子上。鎧奧強忍笑意，盡量裝作沒注意到這點。

「你們怎麼知道我們遇上大麻煩？」伊芮奈終於問道：「我是指在你們跟衛兵們一同前往泉塔之前。」

薩韃克眨眨眼，回想當時，嘴角上揚。「卡妲嘉，」他把下巴撇向正在倒茶的女僕。「是她看見杜娃離開——前往那些地道。她……聽我差遣。」

鎧奧打量這名女僕，對方彷彿根本沒聽見這番話。「謝謝妳。」他沙啞道謝。

伊芮奈甚至牽起女僕的手，緊緊握在掌心裡。「妳救了我們的命，」她說：「我們該怎麼報答妳？」

卡妲嘉只是搖頭，以倒退行走的方式離開套房。大夥目送她片刻。

「阿古恩想必正在考慮要不要為這件事懲罰她。」薩韃克思索。「一方面，她這麼做等於救了杜娃。但另一方面……她未曾通報阿古恩。」

娜斯琳皺眉。「看來我們得想個辦法保護她，既然阿古恩那麼不懂得知恩圖報。」

「噢，他就是這種人，」薩韃克回話，鎧奧試著別眨眼——她跟薩韃克之間默契十足，而且她用了我們這種字眼。「不過我會想辦法。」

鎧奧暫時沒讓大家知道一件事：只要跟阿申說一聲，卡妲嘉就會獲得一個期限長達一輩子的忠誠衛士。

伊芮奈只是問道：「接下來怎麼辦？」

娜斯琳伸手理理黑髮。不一樣，她在某些方面確實變得完全不同。她瞥向薩韃克——不是徵求許可，而是……彷彿為了讓她自己感到放心、他還在這裡。她接下來的話語讓鎧奧慶幸自己已經坐下。

「玫芙是法魯格女王。」

然後她說明一切，她和薩韃克這幾星期得知的一切：冥蛛其實是法魯格步兵。有個變形者可能是萊珊卓的叔叔。有個法魯格女王數千年來假扮永生精靈，為了不被三魔王發現她就是他們前來這個世界尋找的離家王后。

娜斯琳沉默下來後，伊芮奈輕聲開口：「這大概就能解釋當年那一批精靈醫者為何離開家園，玫芙為何命令麾下醫者在緊鄰凡人國度的邊界建立據點。那麼做也許不是為了醫治人類病患……而是為了建立一支抵禦法魯格的巡防隊，以防法魯格試圖入侵她的領土。」

艾琳在溫德林對付那幾名法魯格王子時，那群惡魔不知道自己其實離下落不明的法魯格女王有多近。

「這也能解釋艾琳第一次見到玫芙時，為何看到對方身邊有隻貓頭鷹。」娜斯琳指向皺眉的伊芮奈。

伊芮奈衝口道：「那隻貓頭鷹想必其實是一名精靈醫者所變。她安排幾個醫者隨侍在旁——擔任貼身保鑣。還讓外人以為那其實只是寵物……」

鎧奧聽得一頭霧水。薩韃克看他一眼，彷彿表示同感。

「我們趕到之前發生了什麼事？」娜斯琳詢問：「我們找到你們的時候……」

伊芮奈緊握鎧奧的手。現在輪到他說明自己跟伊芮奈有什麼樣的發現與經歷。無論玫芙有什麼計畫……他們還是必須面對埃拉魍。

伊芮奈輕聲道：「我治療杜娃的時候，那個惡魔……」她揉揉胸口。那是他見過最令人驚奇的景象：她的雙手發出奪目光芒，她的表情近乎神聖，彷彿她就是席爾芭。「那個惡魔說牠不是法魯格王子……而是公主。」

大夥陷入沉默，直到娜斯琳再次開口：「那隻冥蛛。牠聲稱法魯格三王有兒子也有女兒。王子和公主。」

鎧奧咒罵。無論伊芮奈正在緩緩恢復的法力是否支撐他，現在聽見的這些消息都讓他震驚得站不起來。「看來我們需要一位賜火者。」他說。也需要那人幫忙翻譯海菲札已表示樂意出讓的古書。

娜斯琳咬脣。「艾琳正在率領一支艦隊北航前往特拉森，連同那些女巫。」

「也可能只是那支十三人眾，」鎧奧反駁：「這部分的情報不夠明確，那些女巫可能根本不屬於曼儂・黑喙的女巫團。」

「是那支女巫團沒錯，」娜斯琳說：「我敢打賭。」她把注意力移向薩韃克身上，他點頭──默默表示許可。娜斯琳把手肘撐在膝上。「我們趕回這裡的時候，不是隻身前來。」

鎧奧來回瞥向這對男女。「多少人？」

薩韃克神情緊繃。「鷹族是國防的重要軍力，所以我只敢帶來一半。」鎧奧等他說下去。

「也就是一千人。」

鎧奧確實慶幸自己坐著。一千名天鷹騎兵……鎧奧抓抓下巴。「如果我們能和艾琳的軍隊會合，再加上十三人眾以及曼儂・黑喙能說服加入我們陣營的鐵牙女巫……」

「我們就擁有一支能對抗莫拉斯的空中軍團。」娜斯琳接話，雙眸明亮。她眼裡雖然流露希望，但也暗藏擔憂，彷彿她意識到那場大戰將多麼血腥，犧牲多麼慘重。但她還是轉向伊芮奈。「如果妳能治好被法魯格感染的那些人……」

「我們得想辦法先制伏被感染的宿主，」薩韃克說：「伊芮奈和其他醫者才能有機會進行驅魔。」這部分確實是個問題。

伊芮奈打岔：「正如你們所說，賜火者艾琳站在我們這邊，不是嗎？她既然能放火，就一定能生煙。」她勾起一邊嘴角。「我可能有幾個點子。」

伊芮奈張嘴，似乎還想說下去，這時套房門扉被猛然推開，赫薩蘭悠然到來。看到薩韃克在場，赫薩蘭似乎逼自己收起痞樣。「看來我參加戰事會議遲到了。」

薩韃克翹起二郎腿。「誰說我們正在討論戰事？」

赫薩蘭找個位子坐下，把頭髮撥到一邊肩後。「你的意思是屋頂上那一大堆天鷹只是為了幫你充場面？」

薩韃克悶哼忍笑。「所以妳來這兒有什麼事，老妹？」

公主只是輪流看著伊芮奈和鎧奧。「我會跟你們一起走。」

鎧奧不敢動。伊芮奈問道：「妳一個人？」

「不是。」她收起自鳴得意的笑臉。「妳救了杜娃的命，也救了我們的命——在她做出更大膽的舉動之前。」她瞥向薩韃克，二哥回以略帶驚訝的目光。「杜娃是我們這幾個當中最好的人，我以她為傲。」赫薩蘭嚥口水。「所以我會跟你們一起走，我能帶多少船就帶多少，好讓我妹永遠不用再提心吊膽地過日子。」

鎧奧逼自己別回一句「好讓妳妹只需要對兄弟姊妹提心吊膽」。

赫薩蘭似乎在他的眼裡看見這句話。「她例外。」她輕聲道：「其他人會彼此競爭，」她補充道，冷冷看薩韃克一眼，對方嚴肅點頭。「但絕不會傷害杜娃。」

鎧奧意識到：這是另外四個王族子女之間的不成文約定。

「所以啦，你得再忍受我一段日子，韋斯弗大人，」赫薩蘅的犀利笑容不帶惡意。「為了我一死一活的兩個妹妹，我會高舉蘇魯矛攻進莫拉斯城門，逼那些惡魔混球付出代價。」她盯著伊芮奈投來的瞪視。「也為了妳，伊芮奈・塔爾斯。妳挽救了杜娃，我會幫妳挽救妳的家鄉。」

伊芮奈站起，雙手顫抖，來到赫薩蘅面前，緊緊抱住公主的頸項，彼此都沒說話。

第六十六章

娜斯琳徹底虛脫，只想連續睡上一星期，一個月。

但她還是不自覺地穿過諸多走廊，前往卡達菈所在的尖塔。獨自一人。

薩韃克和赫薩薾此時一同去見父王。雖然娜斯琳在跟鎧奧和伊芮奈共處時並不覺得尷尬……但還是給那兩人空間；畢竟他才剛從鬼門關前回來，她猜得到那兩人在套房裡正在做什麼。

她得另外找個房間。

娜斯琳心想，也得為另外一些人安排今晚的住處——第一個是波緹，她在全速俯衝而下時對安第加與大海的美景大感驚奇。第二個就是以田鼠型態窩在波緹口袋裡的法爾坎——伊嵐對此深感不滿，至少娜斯琳最後一次在伊瑞丹鷹巢見到伊嵐時，他就是那種表情，而薩韃克當時吩咐各族的族母和隊長召集鷹族、趕往安第加。

娜斯琳來到通往尖塔的樓梯口時，一名宮廷侍童找到她。這個男孩雖然氣喘吁吁，但還是優雅地鞠個躬，遞給她一封信。

信上日期是兩星期前。她叔叔的筆跡。

她用顫抖的手指拆開封蠟。

一分鐘後，她飛奔上樓。

看見一頭紅棕天鷹飛越安第加的無數建築和住家時，人們驚呼連連。

娜斯琳對這頭雄鷹呢喃，指示牠在夾雜鹽味的海風中全速飛向魯尼區。

她在離開伊瑞丹鷹巢時已經對牠提出所有權。

她當時直接走進巢窩，凝視牠的金眸，牠還在等候一個永遠不會回去的騎手。她對牠說自己名叫娜斯琳・法里克，是薩耶和希蓓爾・法里克的女兒，而如果牠願意，她要成為牠的主人。

她不禁好奇，這頭天鷹——其前任主人叫牠沙爾希——朝她低頭時，是不是知道她眼睛灼熱並不是因為狂風吹襲。

鷹族全速北飛、前往安第加的路上，她騎乘的沙爾希跟卡達菈一起飛在隊伍最前頭。

此刻，沙爾希在她叔叔家門口的街道上著陸。有些攤販嚇得直接丟下手推車；有些孩子暫停遊戲，對天鷹目瞪口呆，然後咧嘴而笑。娜斯琳拍拍坐騎的寬頸，跳下鞍座。

叔叔家的大門被猛然推開。

她看見父親站在那裡，姊姊從旁推擠而來，姊姊的孩子們又叫又笑地從中跑來……

娜斯琳跪地痛哭。

娜斯琳不知道薩韃克如何在兩小時後找到她。不過她心想，天鷹站在安第加豪宅區的馬路上這種景象想必會引來騷動，也容易發現。

在沙爾希的旁觀下，她在馬路上又哭又笑地擁抱家人不知道多久，直到叔叔和嬸嬸叫他們進屋、要哭就配杯好茶，然後她聽家人描述這一路上的大冒險：他們乘船橫越怒濤，一路上避開多少敵人，但終究順利抵達——而且她父親說他們會待在這裡、避開戰亂，她叔叔和嬸嬸點頭以對。

她終於走出大門時，父親主動要求護送她走向沙爾希——他先叫她姊姊去**管管那群馬戲團兒童**——娜斯琳突然停步，父親因此差點撞上她。

因為薩韃克站在沙爾希身邊，臉上帶著淺淺笑容。在沙爾希另一邊……卡達菈耐心等候，這兩頭天鷹果然是一對自豪的夫妻。

她父親瞪大眼睛，彷彿先認出那頭天鷹，然後認出王子。

然後父親深深鞠躬。

娜斯琳跟家人大略描述過她在鷹族的經歷。孩子們紛紛宣布以後也要成為天鷹騎兵時，姊姊和嬸嬸對她板起臉。孩子們模仿天鷹尖嘯、張開胳臂做振翅狀，在屋子裡橫衝直撞，還從家具上大膽跳下。

她以為薩韃克在等她過去，但王子注意到她父親時主動邁步上前，伸手握住她父親的手。「我聽說法里克隊長的家人終於安然抵達。」薩韃克以寒暄般的語氣開口：「所以我想親自前來表示歡迎。」

看到薩韃克朝她父親低頭致意，她心花怒放地覺得胸口疼痛。

王子如此禮遇，加上傳奇的卡達菈就在一旁，薩耶・法里克看起來似乎興奮得隨時可能暴斃。幾顆小腦袋從她父親腿後探出來，先是打量王子，再來是兩頭天鷹，然後——

「**卡達菈！**」

叔叔和嬸嬸最小的孩子——不超過四歲——扯開嗓子喊出天鷹之名，城裡這下不可能有人不知道這頭大鳥就在這條馬路上。

薩韃克哈哈大笑，看著孩子們從娜斯琳父親身旁推擠而過、衝向金鷹。她姊姊緊追在後、叫他們別亂來——

直到卡達菈壓低身子，沙爾希也照做。孩子們停下腳步，不禁打從心底感到敬畏，試探地朝兩頭天鷹伸出小手，輕輕撫摸。

娜斯琳的姊姊安心地嘆口氣……然後意識到站在娜斯琳和父親面前那人的身分。

德萊菈面紅耳赤，急忙撫平裙裝，彷彿這麼做就能掩飾老么在她身上留下的食物汙漬。然後她慢慢走回屋裡，邊走邊朝王子鞠個躬。

德萊菈消失時，薩韃克發笑——但她進屋裡前狠狠瞪娜斯琳一眼，彷彿表示「噢妳看看妳的七魂六魄都給人家勾走了」。

娜斯琳朝姊姊的背影比出不雅手勢，父親假裝沒看見，只是對薩韃克說：「王子殿下，老朽的孫兒、侄子和侄女這樣亂碰您的天鷹，我為此向您致歉。」

薩韃克只是露齒而笑——她從沒見過他這麼開心的笑臉。「卡達菈只是假扮高貴坐騎，其實骨子裡只是個愛孩子的老母雞。」

卡達菈蓬起羽毛，贏得孩子們的興奮尖叫。

父親捏捏娜斯琳的肩，接著對王子說：「趁孩子們還沒試著騎牠飛上天，我最好去管管他們。」

然後現場只有她和王子，在馬路上，在她叔叔的家門前。周圍所有安第加居民都瞪大眼睛旁觀。

薩韃克似乎沒注意到那些人，只是說：「陪我走走？」

娜斯琳嚥口水，回頭一瞥，看見父親確保興奮尖叫的孩子們別爬到沙爾希和卡達菈身上，然後回頭對王子點頭。

兩人走進她叔叔家後面一條靜謐又整潔的小巷，默默走了幾步，然後薩韃克開口：「我跟我父王談過了。」

她這時開始懷疑這場談話是為了討論壞消息。他父王命令他們倆帶來的部隊返回鷹巢？還是她親眼目睹在那片山區過得多麼自由自在的王子沒辦法跟她在一起？

因為他是王子。她深愛自己的家人，也深深以他們為傲，但這條血脈絲毫沒有貴族血統。法里克家族跟貴族之間最密切的接觸，大概就是她父親剛剛跟薩韃克握手的那一刻。

娜斯琳勉強開口：「噢？」

「我跟父王……討論了一些事。」

聽見他語氣如此謹慎，她感覺胸口凹陷。「原來如此。」

薩韃克停步。蜜蜂在攀附於花園牆壁的茉莉花之間來回，地面蓋滿沙粒的巷道因而嗡嗡作響。兩人後面那座花園就是她叔叔家的私人後院。她真想翻牆躲進去，不想聽他接下來要說什麼。

但娜斯琳還是逼自己回視王子，看見他盯著她的臉。

「我告訴他，」薩韃克終於說下去：「我打算率領鷹族對抗埃拉魍，無論他答不答應。」更糟。這個話題的走向變得越來越糟。她真希望他的表情更容易看懂。

薩韃克吸口氣。「他問我為什麼。」

「希望你有跟他說這攸關全世界的命運。」

薩韃克呵呵笑。「我有說，但我也告訴他，我愛的某個女人打算投入這場戰爭，而我打算追隨她。」

她不敢讓自己聽懂這句話，不敢讓自己相信任何一個字，而是先等他說完。

「他對我說妳是平民，而角逐卡岡王位的王子必須娶個公主，或是貴族仕女，不然就是拿得出領土和結盟關係的對象。」

她感覺喉嚨收縮。她試著阻擋這些聲響和文字。她不想聽他接下來要說什麼。

但薩韃克牽起她的手。「我對他說，如果這樣才能角逐王位，那我不稀罕。說完我轉身就走。」

娜斯琳倒抽一口氣。「你瘋了？」

薩韃克淺淺一笑。「為了這個帝國著想，我當然希望自己沒瘋。」他把她拉得更近，直到兩人身軀幾乎互觸。「因為就在我離去前，父王宣布選我當繼承人。」

娜斯琳感覺靈魂出竅，只能勉強維持呼吸。

她試著鞠躬時，被薩韃克緊緊抓住肩膀，她連低頭都來不及。

「妳永遠別對我鞠躬。」他輕聲道。

繼承人——他被選為**繼承人**，繼承這一切，她深愛的這片土地，她一心渴望多加探索的國度。

薩韃克捧起她的臉頰，掌心繭皮刮過她的肌膚。「我們將飛向戰場，前方充滿無數未知，只有這個例外，」他用嘴輕擦她的唇。「我對妳的感情。無論是魔族大軍、幽暗女王還是暗黑君王都無法改變這點。」

娜斯琳打顫，把這句話聽進心裡。「我——可是，薩韃克，你是繼承人——」

他稍微後退，再次凝視她。「我們倆將參戰，娜斯琳．法里克。等我們擊潰埃拉魍及其大軍，等那股黑暗勢力終於被趕出這個世界……妳我將飛回這片土地，一起。」他又一次吻她——以嘴唇輕輕愛撫。「妳我一起共度餘生。」

她聽見他的邀約與承諾。

他呈現在她眼前的世界。

她為此打顫。

他大方給她的不是帝國和王位，而是……人生。

他的心。

娜斯琳不禁好奇，他知不知道她第一次騎上卡達菈時就把自己的心給了他。

薩韃克微笑以對，彷彿表示是的、他知道。

所以她用雙臂摟住他的脖子吻他。

這個吻謹慎輕柔而且充滿好奇。他嘗起來就像天風，就像山泉。他嘗起來像家。

娜斯琳稍微後退，用雙手捧起他的臉。

「我們上戰場去，薩韃克，」她呢喃，把他臉龐的每一寸線條牢記在心。「然後我們一同目睹那之後的際遇。」

薩韃克給她一個心照不宣的的囂張笑容，彷彿早就決定好那之後會有什麼際遇，而她不管說什麼都無法改變他的心意。

只隔一堵牆的後院傳來她姊的呼喊，響亮得足以讓所有街坊聽見：「**爸，你看吧，他果然是她男朋友！**」

第六十七章

兩星期後，黎明才剛剛降臨，伊芮奈已經站在一艘精美大船的甲板上，最後一次看著太陽探出安第加的地平線。

船上人員正在四處忙碌，而她站在圍欄前，數算皇宮的尖塔數量。她掃視每一個閃閃發亮的街區，整座城市在新光下逐漸甦醒。

秋風已經開始鞭笞大海，她腳下這艘船為之搖晃。

家。今天就要啟程回家。

她沒有對太多人道謝，也沒這個必要。但她騎馬來到碼頭時，發現卡辛還是找到她。鎧奧對王子點個頭，接著把她的坐騎牽上船。

許久一刻，卡辛只是凝視這艘船，連同聚集於碼頭的其他人，然後輕聲開口：「我真後悔那天晚上在大草原對妳告白。」

伊芮奈急忙搖頭，不確定該如何回應。

「我一直很想念妳——是我朋友的那些日子，」卡辛說下去：「我朋友不多。」

「我知道，」她勉強答話，然後補充道：「我也很想念你是我朋友的那些日子。」

這是實話。加上他現在願意為她和她同胞提供的協助……

她牽起卡辛的手，緊緊捏在掌心裡。雖然他的眼睛和英俊臉龐依然流露傷痛，但……也有體諒。他望向北方的海平線時，一臉強烈鬥志。

王子也緊握她的手。「再一次謝謝妳——為了杜娃。」他朝北方天空微微一笑。「妳我會再次相見，伊芮奈．塔爾斯。我很確定。」

她回以笑容，一切盡在不言中。但卡辛對她眨個眼，從她手裡抽手。「我的蘇魯矛依然飄向北方。誰知道我在前方的路上會有什麼發現？尤其因為王位繼承人這份重擔如今落在薩韃克肩上，我現在想怎樣就能怎樣。」

這項消息發布時，全城轟動，所引發的慶祝和爭論……到現在還在熱烈展開。伊芮奈不知道其他王族子女對此究竟做何感想，不過……卡辛眼裡只有平靜。伊芮奈見到另外幾個王族子女時，他們的眼神也一樣平靜。她不禁懷疑，薩韃克跟其他手足之間建立的不成文約定已經不只是「永不傷害杜娃」，而是「永不傷害手足」。

伊芮奈對王子——對這個朋友——再次微笑。「謝謝你，謝謝你所有的恩情。」

卡辛只是對她鞠躬，在灰天底下大步離去。

之後的一小時裡，伊芮奈站在這艘船的甲板上，默默看著甦醒之城，周圍其他人則忙著處理甲板上下的諸多事務。

漫長的幾分鐘裡，她把海風、香料味和安第加在旭日下的喧囂深深吸進肺裡，妥善收藏。她貪戀地看著聳立於城中的白石泉塔，這座高塔在黎明下宛如明燈，就像一柄象徵希望與安寧的擎天刺槍。

她擔心可能從此再也見不到泉塔，畢竟前路危機重重……

伊芮奈把雙手撐在欄杆上，又一陣疾風撼動這艘船。這陣風來自內陸，彷彿安第加的三十六神集體吐氣，幫助這艘船航向她的家園。

渡過狹海——前往戰場。

船終於開始移動，周圍化為一團混亂的動作、色彩和聲響，但伊芮奈依然站在護欄前，看著城市變得愈加渺小。

就算海岸已經化為一條影子，伊芮奈還是相當確定能看到泉塔聳立其中，在陽光下閃爍白光，彷彿舉臂向她道別。

第六十八章

鎧奧．韋斯弗珍惜自己能走的每一步——包括他在出海的頭幾天急忙來到桶子前嘔吐的那幾步。

儘管如此，和醫者一同旅行的好處之一，就是伊芮奈很快讓他的腸胃感到舒適。出海兩星期，船避開了船長所說的幾場「毀船風暴」後……他的胃袋終於饒了他。

他看到伊芮奈在船首欄杆前遙望陸地，嚴格來說是陸地應該所在方位。這艘船盡量跟北方大陸的沿岸保持適當距離，而他剛剛跟船長談過，知道這艘船目前在靠近伊爾維的某處，靠近芬海洛邊界。

一路上完全沒發現艾琳率領的艦隊，但這也在意料之內，畢竟他們在安第加逗留了那麼久。

但鎧奧推開這個雜念，摟住伊芮奈的腰，吻她的頸窩。

被他從身後摟住時，她連愣也沒愣一下，彷彿她早就熟悉他的腳步聲，彷彿她也珍惜他的腳步聲。

伊芮奈往後靠向他，嘆口氣，放鬆身子，把雙手放在他置於她腹部的手上。

她治療了杜娃後，鎧奧過了一整天才有辦法拄拐杖走路——儘管走得既僵硬又蹣跚，就像之前經歷過的那種恢復期，他感覺背部緊繃痠痛，每走一步都必須全神貫注，但他終究咬牙挺過，伊芮奈在他自行判斷該如何適應時溫柔鼓勵他。又過了一天，他感覺四肢大多放鬆，但他還是需要拐杖；到了第三天，他走路時才沒感到太多疼痛。

儘管如此，就算航行了兩星期，就算伊芮奈只需要幫他治療胃部不適和曬傷，鎧奧還是把拐杖留在艙房裡，輪椅則收藏在甲板下方的船艙裡，留待下一次需要的時候。

他把視線從伊芮奈肩處往下挪，看著彼此交扣的十指，連同兩人手上都戴著的對戒。

「盯著海平線也不會讓我們更快抵達。」他在她頸邊呢喃。

「拿這件事取笑你老婆也不會讓我們更快抵達。」

鎧奧靠在她的肌膚上微笑。「我除了逗妳還能怎樣打發時間，韋斯弗夫人？」

伊芮奈嗤之以鼻，她每次聽見這個頭銜都是這種反應，但這聽在鎧奧耳裡宛如天籟——唯一足以媲美的就是兩人在兩個半星期前在泉塔的席爾芭神殿裡交換的誓言。婚禮雖然規模很小，但赫薩蘭堅持在婚禮結束後舉行了一場足以讓皇宮汗顏的盛宴。那位公主雖然缺點不少，但確實懂得如何開派對。

也懂得如何統領艦隊。

他無法想像赫薩蘭和艾迪奧見面時場面會多麼火爆。

「你討厭人家叫你韋斯弗大人，」伊芮奈思索：「卻似乎很喜歡把這個頭銜壓在我頭上。」

「因為妳很適合。」他又吻她的頸窩。

「是啊，適合得害我一直被艾芮莎拿屈膝禮取笑。」

「我其實很想把艾芮莎丟在安第加。」

伊芮奈咯咯笑，但還是用力一掐他的手腕，脫離他的懷抱。「等我們靠岸後，你會很慶幸有她同行。」

「我確實如此希望。」

伊芮奈又想掐他，但鎧奧抓住她的手，吻她的手指。

妻子——他的妻子。三星期前的那天下午，看見她坐在花園裡的時候，他……清楚看見前方的路，知道自己想要什麼，於是他來到她所坐的椅子前，屈膝跪地，直截了當地開口。

妳願意嫁給我嗎，伊芮奈？妳願不願意成為我的妻子？

她撲到他身上，摟住他的脖子，兩人因此雙雙跌進噴水池。無端遭到打擾的魚兒不悅地看著他們倆在池子裡吻個不停，直到一名僕人路過時刻意乾咳一聲。

此刻看著她，海風捲起她的髮梢，露出她鼻梁和臉頰上的雀斑……鎧奧微笑。

伊芮奈給他的笑臉比映海太陽更燦爛。

他終究把那張該死的金絲沙發帶上船，就連被撕爛的坐墊也沒丟掉。那張沙發被搬進貨艙時，赫薩蘭見狀對他發表長篇大論，但他不在乎。如果能熬過這場戰爭，他要以那張破沙發為中心、為伊芮奈蓋間房子，連同法拉莎專用的馬廄。牠正在欺負幾個奉命打掃牠所在獸欄的可憐士兵。

赫薩蘭把法拉莎當成結婚禮物送給他，連同伊芮奈專屬的那匹穆尼契馬。

他當時差點叫公主自個兒留著法拉莎這匹地獄馬，不過他轉念一想，騎著一匹綽號「蝴蝶」的馬兒朝莫拉斯步兵衝鋒而去的畫面應該很精采。

伊芮奈依然靠在他身上，一手抓著除了洗澡之外絕不拿下的掛墜盒。他考慮是否該修改掛墜盒上的名字縮寫。

因為她不再是伊芮奈·塔爾斯——而是伊芮奈·韋斯弗。

她低頭朝掛墜盒微笑，盒子的銀身在正午陽光下閃亮得近乎奪目。「我大概再也不需要裡頭那張小抄。」

「為什麼？」

「因為我不再孤單，」她撫摸金屬盒。「因為我找到了我專屬的勇氣。」

他吻她的臉頰，但不發一語，只是看著她打開掛墜盒、小心翼翼地拿出已經變得棕黃的紙片。海風試圖從她的指間奪走這張紙，但伊芮奈緊緊抓住，攤開這張薄紙。

她掃視已經看過無數次的文字。「不管她是誰，不知道她會不會為了這場戰爭而回來？她說起那個帝國時，口氣就像……」伊芮奈似乎對自己搖頭，又把紙張折起。「無論她航向何方，也許她還是會返鄉奮戰。」她把紙片遞給他，轉頭望向前方大海。

鎧奧從伊芮奈手裡接過紙片。她這些年一直把它藏在口袋裡，握於手心，無數次攤開閱讀，紙片因此變得如天鵝絨般柔軟。

他早就猜到這張紙上寫了字。他攤開閱讀：

無論妳需要去哪，這些錢足以應付——綽綽有餘。這個世界需要更多醫者。

海浪彷彿平息。整艘船宛若停定。

鎧奧瞥向朝大海平靜微笑的伊芮奈，然後又回頭看著紙片。

看著他再熟悉不過的筆跡，熟悉得就像他自己寫的字。

注意到他一臉止不住的淚水，伊芮奈愣住。

「怎麼了？」

她當時應該十六歲，快滿十七。既然她當時在印尼希……

這表示她那時候在前往赤紅沙漠的路上，要去接受靜默刺客的訓練。伊芮奈說那名少女滿身瘀痕……她因為釋放了羅弗的奴隸並大肆破壞骷髏海灣而慘遭艾洛賓・漢默爾毒打。

「鎧奧？」

無論妳需要去哪，這些錢足以應付——綽綽有餘。這個世界需要更多醫者。

她親筆寫下……

鎧奧終於抬頭，眨掉淚水，凝視妻子的臉龐——每一條優美的線條，還有那雙金眸。

這是禮物。

來自一位女王的贈禮，她當時看到另一名女子身處人間地獄，因而決定伸出援手。她從沒想過要對方報答。一秒的仁慈，就像拉扯命運織布上的一條細線……

艾琳雖然聰明絕頂，也不可能想到當時從一群傭兵手中挽救一名女侍，傳授防身術，還給對方一袋金幣和這張紙片的結果是……

就連艾琳也不可能知道、料到、猜到那一秒的仁慈決定會帶來什麼樣的回報。

回報她的不只是一位蒙受席爾芭祝福、有能力驅逐法魯格的醫者。

而是和這位醫者同行的三百名泉塔醫者。

這三百人此刻散布於卡岡王親自提供的一千艘船上。

幫我一個忙，伊芮奈當時這樣請求想報答救女之恩的男人。

儘管說，卡岡王如此承諾。

伊芮奈在卡岡王面前跪下。拯救我的同胞。

她只提出這個請求。她唯一的哀求。

拯救我的同胞。

卡岡王履行承諾。

赫薩爾和他自己的艦隊一共派出一千艘船，滿載卡辛的步兵和達岡馬隊。

在上空，延伸於鎧奧和伊芮奈所搭乘的旗艦後方這片天空……一千名鷹族騎兵，來自每一個鷹巢和氏族，由薩韃克和娜斯琳帶領。

這支大軍將挑戰莫拉斯，而卡辛正在安第加集結更多軍力，日後將陸續出發。鎧奧給了卡岡王和卡辛兩星期的準備時間，但因為秋季風暴即將崛起，他不敢再多等下去，所以這第一批軍力……只是一半。雖然只是一半，但海上和空中這些軍力的規模……

鎧奧把紙片沿陳年折痕對折，小心翼翼地收進伊芮奈的掛墜盒。

伊芮奈眼裡充滿驚訝和好奇，但沒多問，只是讓鎧奧再次緊緊摟著她。

「再保留一陣子，」他輕聲道：「我認為某人會有興趣看看這張紙。」

每一步，他踏過的所有步伐，都是通往這裡。

從覆雪山地的要塞——一名臉色如周圍岩石般嚴峻的男子把他丟進冰天雪地下，到安多維爾那座鹽礦——一名眼如野火、置身地獄一年卻依然堅強的刺客對他冷笑。

那名刺客遇到他的妻子，或者該說她們倆找到彼此，兩個蒙神祝福的女子在這個世界上的陰暗廢墟流浪。而這兩名女子如今共同掌握這個世界的命運。

每一步。每一次深入黑暗。每一秒的絕望、狂怒和痛苦。

都是為了帶他來到他必須出現的地方。

來到他想待的地方。

一秒的仁慈。一名殺人如麻的少女，給了一名救人無數的年輕女子一秒的仁慈。

殘存在他體內的那一絲黑暗力量持續萎縮，最終化為塵埃，由海風捲走，飄過在他後方浩蕩而行的一千艘船，飄過散布於諸多士兵和馬匹之間的三百名醫者——由海菲札帶領，在伊芮奈也懇求她們拯救她同胞時做出回應；飄過翱翔雲間、觀察前方是否有任何威脅的天鷹大軍。

伊芮奈納悶地看著他。他吻她一下——兩下。

他不後悔。他不回頭。

因為伊芮奈就在他懷裡，就在他身邊。因為她身上那張紙，那一點證據……它證明了他就在他註定該在的地方，證明了他其實一直在前往這裡的路上。這裡。

「你遲早會解釋你的反應為何這麼誇張？」伊芮奈終於咂嘴道：「還是你打算吻我一整天？」

鎧奧發出隆隆笑聲。「這個故事說來話長。」他一把摟住她的腰，和她一起凝視海平線。「妳最好先坐下。」

「我最喜歡這種最好先坐下再聽的故事。」她使個眼色。

鎧奧又一次發笑，感覺這個笑聲在身體共振下變得如鈴聲般清晰嘹亮。這是他在戰火風暴降臨前的最後一次歡笑。

「來吧，」他對伊芮奈說，朝周圍的士兵們點頭，他們和赫薩蘭的手下忙著讓所有船隻快速航向北方——前往戰場和流血之地。「我會在吃午餐時告訴妳。」

伊芮奈踮腳吻他，讓他帶她走回寬敞的艙房。「你這個故事最好值得你這樣賣關子。」她笑嘻嘻地挖苦他。

鎧奧對妻子回以笑臉，看著自己這輩子都在不知不覺中走向的這團光明，就算他以前一直看不見。

「值得，」他對伊芮奈呢喃：「值得。」

火心

她被囚禁於黑暗鐵棺。

她沉睡，因為他們逼她沉睡——縷縷甜膩毒煙從隱藏於上方、周圍和底部鐵板的洞口吹進。

一位古老女王打造了這口棺材，能把太陽囚禁其中。

她在這口鐵棺裡沉睡，陷入夢境。

她飄過諸海，飄過黑暗，飄過烈火。虛無公主。無名公主。

這位公主朝黑暗與烈火歌唱。它們也回以歌聲。這裡沒有開頭，沒有結尾，沒有中段，只有歌聲、大海，以及成了她的閨房的鐵棺。

直到這些東西也消失。

直到一道奪目強光湧進寂靜又溫暖的黑暗。直到疾風襲來，清新凜冽，夾雜雨味。

她在臉上感覺不到雨滴，因為她臉上還被綁著死亡面具。

她的眼睛睜開一條縫。她在黑暗中待了這麼久，強光讓她看不見任何輪廓和色彩。

但是一張臉孔出現在她面前——在她上方，被移開的蓋子上頭。

一頭飄逸黑髮，肌膚蒼白如月，朱脣鮮紅如血。

上古王后的雙脣張開，綻放笑容。

皓齒潔白如骨。

「妳醒了。很好。」

這個嗓音悅耳又冰冷，足以吞噬繁星。

幾隻粗糙而且布滿疤痕的手從強光裡出現，伸進棺裡，抓住她身上的鐵鍊。這人是女王的獵人，女王的刀劍。

他拉公主起身，她感覺渾身麻痺又痠痛。她不想回到這副軀殼裡。她試著掙扎，抓向已如清晨潮汐般退去的烈火與黑暗。

但獵人把她拉向那張殘酷又美麗、笑臉宛如蜘蛛的臉孔。

獵人制住她時，上古王后溫柔呢喃：「我們開始動工吧。」

作者鳴謝

我再次面對一個重大挑戰：把我的感激之意傳達給讓這本書成真的美好夥伴們。但我首先要把我無盡的愛與感激獻給：

我的丈夫喬許：你就是我的明燈、磐石、摯友、避風港——基本上，你是我的一切。謝謝你這麼照顧我，這麼愛我，而且陪我一起走過這趟神奇之旅。你的笑聲是我在這世上最喜愛的聲音。

致安妮：我在撰寫和編輯這本書的那幾個月裡，妳一直坐在我身邊，所以我總覺得妳的名字也應該印在封面上。但在出版社開始把犬類夥伴的名字列入工作人員名單之前，我只能先把妳的名字列在這兒。我愛妳，小寶貝，妳捲捲的尾巴、蝙蝠般的耳朵、潑辣性格、朝氣蓬勃的步伐……一切。希望咱們以後會一起寫更多書——而且分享更多擁抱。

致我的經紀人塔瑪：雖然已經發行了十本書，但我還是不知道該怎麼讓妳明白我多麼感激妳所做的一切。謝謝妳支持我，謝謝妳付出這麼多辛勞，也謝謝妳總是酷勁十足。

致蘿拉．班尼爾：感謝妳的指引、建議和熱忱，讓撰寫這本書的過程充滿喜悅。超感謝妳辛勤的編輯工作，也感謝妳協助我把這本書修改得盡善盡美。

感謝這顆星球上最棒的布魯姆斯伯里出版社國際團隊：拜瑟妮．巴克、辛蒂．羅、克莉絲提娜．吉伯特、凱特琳．法拉爾、奈傑爾．牛頓、蕾貝嘉．麥可納利、索妮雅．帕米桑諾、艾瑪．霍普金、伊恩．蘭伯、艾瑪．布萊德蕭、麗希．梅森、寇特妮．格烈芬、艾瑞卡．巴爾馬、艾蜜莉．瑞特、葛蕾絲．胡利、伊夏尼．阿格拉瓦、愛麗絲．格瑞格、伊莉絲．本斯、珍妮．考林斯、貝絲．艾勒、凱莉．強森、凱莉．迪古特、艾希莉．普斯頓、露西．麥凱西姆、哈利．巴姆斯坦、梅麗莎．卡沃尼克、歐娜．帕崔克、黛安．阿隆森、唐娜．馬克、約翰．坎德、尼克拉斯．查爾奇、安娜．本納德、夏洛特．戴維斯，以及整個國外版權團隊。謝謝各位為我以及我的作品所做的一切。我真的很榮幸能和你們每一位共事。

致瓊．卡希爾、綺菈．史奈德、安娜．佛斯特以及整個馬克高登工作室：你們最棒了。我真的很開心這些作品是交在你們手上。

致凱絲．荷馬：我對妳所做的一切只有數不完的謝謝。妳真的好到不能再好。致大衛．阿岑：感謝你從一開始就大力支持我們，也感謝你所有的辛勞和恩情。大大感謝無人能比的莫菈．沃根和維多利亞．庫克，這世上最棒的法律團隊。

致琳娜．諾尼：我真的、真的很高興能在幾年前那場 Supanova 漫展大會認識妳！感謝妳在這本書上提供的協助，妳是個天才型的腦力激盪夥伴，我也感謝妳就是妳。

致洛希妮．查克西：首先，我超崇拜妳。謝謝妳的歡笑和中肯建議，也感謝妳陽光般的性格。我很榮幸能成為妳的朋友。

致跟我一樣是花痴粉絲團的團員史戴芬．布朗，謝謝妳給我的支持和友誼。我沒辦法用言語形容這對我來說多麼重要。等不及咱們下一次的魔戒馬拉松（拚酒遠征隊 #FellowshipoftheDrink）！

感謝珍妮佛．亞門蘿特，我這輩子見過最友善、熱情又大方的人物之一。感謝瑞妮．阿赫迪，妳在我們共進晚餐時總是令我歡笑不斷。感謝同屬花痴粉絲團而且好相處的愛麗絲．范蔣，還有克里斯汀娜．哈伯斯和羅倫．畢林斯，我最喜歡的兩個人。

致查理．波瓦特：我該從哪開始謝起？謝謝你繪製的諸多精美地圖，你的美術作品總是令我驚豔，謝謝你所做的一切。我沒辦法描述能與你共事的感覺是多大的光榮，你的作品對我來說多麼重要。

致凱蒂．加德納和艾弗利．奧姆斯德：我打從心底感謝你們的貼心建議和洞察，那對我來說無比珍貴，也深深影響了這本書。除此之外，我也真的很高興能跟你們建立私交。

致傑克．韋瑟福德，您所撰寫的《成吉思汗：近代世界的創造》永久改變了我對歷史的看法，也為本書中的卡岡王族提供了靈感。感謝保羅．卡恩翻譯的《蒙古祕史》，也感謝卡羅琳．韓佛瑞所寫的文章《蒙古喪葬儀式》。

致我的爸媽和家人：謝謝你們給我所有的喜悅、愛和支持。致我的家族的最新成員，我的姪女：妳的存在已經讓我的人生更為美好。願妳長大後成為一位強悍女士。

大大感謝我每一個摯友：珍妮佛．凱利、亞歷克薩．桑提雅哥、凱莉．葛鮑斯基、維爾瑪．岡薩拉茲、瑞裘．多明哥、潔西卡．瑞格、蘿菈．艾希佛、莎夏．奧斯伯和迪雅娜．王。致露薏絲．洪：在這一次的作者鳴謝裡，我覺得我對妳所做一切的感謝就像唱片跳針般重複不斷，但還是超感謝妳這麼支持我。

還有您，親愛的讀者，感謝您讓我覺得我所有的辛勞都是值得的。你們是我這輩子見過最可愛的一群人，我愛你們每一位。

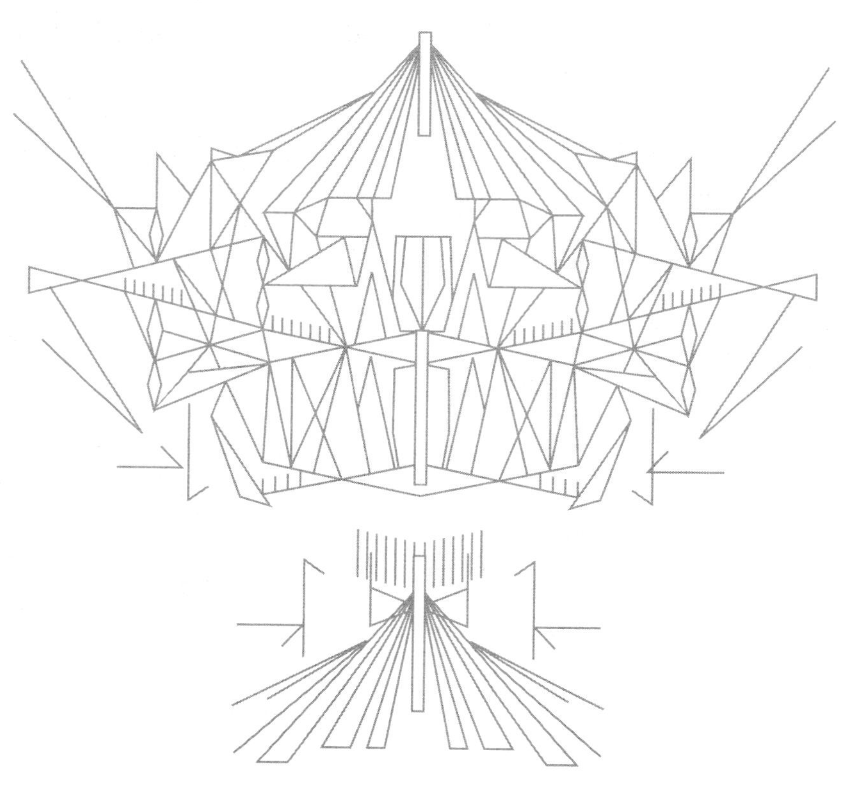

TOWER OF DAWN

奇炫館

黎明之塔（玻璃王座系列六）

（原名：TOWER OF DAWN）

著　　者／莎菈・J・瑪斯（Sarah. J. Maas）
發 行 人／黃鎮隆
副總經理／陳君平
執行編輯／許晶翎
企劃宣傳／邱小祐、劉宜蓉、洪國瑋
內文排版／謝青秀

譯　　者／甘鎮隴
副　　理／洪琇菁
美術編輯／許晉維、李政儀
國際版權／黃令歡
文字校對／施亞蒨

出　　版／城邦文化事業股份有限公司 尖端出版
台北市中山區民生東路二段一四一號十樓
電話：（〇二）二五〇〇－七六〇〇
傳真：（〇二）二五〇〇－二六八三
E-mail：7novels@mail2.spp.com.tw

發　　行／英屬蓋曼群島商家庭傳媒股份有限公司城邦分公司 尖端出版
台北市中山區民生東路二段一四一號十樓
電話：（〇二）二五〇〇－七六〇〇（代表號）
傳真：（〇二）二五〇〇－一九七九

中彰投以北經銷／楨彥有限公司（含宜花東）
電話：（〇二）八九一九－三三六九
傳真：（〇二）八九一四－五五二四

雲嘉經銷／威信圖書有限公司 嘉義公司
電話：（〇五）二三三－三八五二
傳真：（〇二）二三三－三八六三
客服專線：〇八〇〇－〇二八－〇二八

南部經銷／威信圖書有限公司 高雄公司
電話：（〇七）三七三－〇〇七九
傳真：（〇七）三七三－〇〇八七

香港經銷／城邦（香港）出版集團有限公司
香港灣仔駱克道一九三號東超商業中心1樓
電話：（八五二）二五〇八－六二三一
傳真：（八五二）二五七八－九三三七
E-mail：hkcite@biznetvigator.com

新馬經銷／城邦（馬新）出版集團Cite（M）Sdn. Bhd.
E-mail：cite@cite.com.my

法律顧問／王子文律師 元禾法律事務所
台北市羅斯福路三段三十七號十五樓

二〇二〇年六月初版一刷

郵購注意事項：
1.填妥劃撥單資料：帳號：50003021戶名：英屬蓋曼群島商家庭傳媒(股)公司城邦分公司。2.通信欄內註明訂購書名與冊數。3.劃撥金額低於500元，請加附掛號郵資50元。如劃撥日起 10～14日，仍未收到書時，請洽劃撥組。劃撥專線TEL：(03)312-4212 ・ FAX：(03)322-4621。E-mail：marketing@spp.com.tw

國家圖書館出版品預行編目資料

黎明之塔/ 莎菈．J．瑪斯作；甘鎮隴譯. --
1版. -- [臺北市]：尖端出版：家庭傳媒城邦
分公司發行, 2020. 06
面；　公分. --（玻璃王座系列；6）
譯自：Tower of dawn
ISBN 978-957-10-8867-9（平裝）

874.57　　　109003174